闲

CHAT TANG

唐

春溪笛晓
——
著

中国言实出版社

图书在版编目(CIP)数据

闲唐 / 春溪笛晓著 . -- 北京 : 中国言实出
版社,2022.1
ISBN 978-7-5171-3962-1

Ⅰ.①闲… Ⅱ.①春… Ⅲ.①长篇小说 – 中国 – 当代
Ⅳ.① I247.5

中国版本图书馆 CIP 数据核字（2021）第 257916 号

闲唐

总 监 制：朱艳华
责任编辑：罗　慧
责任校对：王蕙子

出版发行：中国言实出版社
　　　　　地　　址：北京市朝阳区北苑路 180 号加利大厦 5 号楼 105 室
　　　　　邮　　编：100101
　　　　　编辑部：北京市海淀区花园路 6 号院 B 座 6 层
　　　　　邮　　编：100088
　　　　　电　　话：64924853（总编室）　64924716（发行部）
　　　　　网　　址：www.zgyscbs.cn　E-mail：zgyscbs@263.net

经　　销：新华书店
印　　刷：河北照利印刷有限公司
版　　次：2022 年 1 月第 1 版　2022 年 1 月第 1 次印刷
规　　格：710 毫米 ×1000 毫米　1/16　24 印张
字　　数：413 千字

定　　价：65.00 元
书　　号：ISBN 978-7-5171-3962-1

曾也少年时，望尽长安花

闲坐花前读逸史，慢品香茗看盛唐。

目录

闲唐

楔

子

浩瀚宇宙，茫茫无垠。

星空深处有一座名为"万界图书馆"的交互展览中心，其中大大小小的分馆存贮着多如牛毛的文明档案，每一位公民都可以进馆浏览自己感兴趣的展会。

科技发展到如今，图书馆储藏的不再是枯燥乏味的图书，而是一个个过去曾经存在过的美丽文明。

单论其数量的话，万界之称绝非虚言。

不过信息爆炸也有信息爆炸的烦恼，宇宙之中曾经存在过的文明太多太杂，就像有一个巨大的宝库敞开大门摆在每一个人面前，人们却不知道该去看什么，该去了解什么。

相比于广阔的宇宙和漫长的文明发展史，人类的生命实在太渺小也太短暂。

即便人们已经能依靠先进的科技追溯各大文明的发展始末，每个人能去的地方、能做的事却仍然十分有限，普通人往往很难从浩如烟海的馆藏之中找到自己感兴趣的东西。

这种情况下，万界图书馆最新一批助手系统应运而生：它们负责连接不同的文明存档，通过适合的绑定对象深挖各类文明的文化内涵，向游客们展示不同文明的独特风采。

这批助手系统运用了最新的四维交互科技，可以定向连接各大文明存档中特定的时空坐标，并且能够稳定又及时地将画面和资料传送回对应分馆供游客阅览。

目前它们已经兢兢业业地为万界图书馆开展过不少专题项目。

最近万界图书馆放出的"大唐"专题预告引起了极大的反响，预告栏下的留言区空前热闹——

"这次的专题是'大唐'！"

"万界图书馆要连接大唐了？"

"就是'唐人街'的那个'唐'吗？真是太期待了！"

"预约了，预约了，这次的展会一定会有很多有趣的东西吧？"

"啊啊啊啊！真是有生之年系列，我一定会第一时间跟进！"

眼看群众热情高涨，万界图书馆官方对这次的"大唐"专题项目非常重视，光是挑选负责这个项目的助手系统就开会讨论了好几次，更别提时空坐标和绑定对象的选择了。

最终众人一致决定，由蝉联万界图书馆贡献榜冠军足足十轮的优秀助手系统，来完成这次重要任务。

接下来，万界图书馆官方趁热打铁公布了这次"大唐"专题项目的起始点——

选择坐标：贞观九年冬天。

选择对象：唐滕王李元婴。

于是在公元六三五年的这个冬夜，一场连绵多日的大雪在夜半时分悄然停歇，圆盘似的明月于雪地上高高升起，皎洁的月华笼罩着悄寂无声的大安宫。

年仅四五岁的大唐滕王李元婴懵懵懂懂地坐起身来，茫茫然地想了一会儿，过了一会儿，冻得直哆嗦。他赶忙钻回被窝里去，裹紧被子呼呼大睡到天明。

天大地大，睡觉最大！

第一章

故事大王

　　贞观十三年的夏天来得很早，才到三月中旬，天气已带上些暑热，朝中上下正在张罗着前往九成宫避暑事宜。

　　太极宫营建时是寻高人看过的，从风水上看地势极好，可论起住人的舒适度来却不行，它地处低洼，夏天闷热潮湿，健健康康的人还好，像李二陛下这样长年征战、身有旧疾的人夏天根本住不了！

　　是以登基后这十三年间，李二陛下时不时会带上群臣一块儿去九成宫那边度过难熬的夏天。后宫及宗亲之中自然也有不少人会跟着一块儿去，不过今年这些人里头又有一个特殊的小孩——李二陛下的幺弟李元婴。

　　提起李二陛下这位幺弟，许多人肯定都要皱眉头，因为这小子在他还没晓事的时候就干过不少混账事！

　　这要从李元婴出生的时机开始说起。

　　李元婴出生于贞观四年，是李二陛下登基的第四年。

　　之所以称李二陛下为李二陛下，是因为李二陛下排行老二。他上位的过程在后世非常有名。那是某个风和日丽的清早，他带着人埋伏在玄武门杀了他哥和他弟，让浑身是血的猛将尉迟敬德去和他爹商量说："您看都这样了，咋办好呢？"他爹一听，没得办法了，只能顺势立他为太子，过几个月直接禅位给他，乖乖当太上皇去了。

　　李二陛下用了几年把朝中上下都收拾停妥了，终于客客气气地请仍住在太极宫的太上皇迁居大安宫。

　　大安宫原本不叫大安宫，叫弘义宫，是太上皇当初赐给李二陛下的宅邸。到这一年风水轮流转，当年你赐给儿子什么样的府邸，现在你就住什么样的宅子！

　　李元婴就是在太上皇搬进大安宫后出生的。

　　太上皇退位这几年不问政事、沉迷酒色，儿子女儿生了不少，贞观四年他已经六十四岁，竟还得了李元婴这么个幺子！

人总是偏爱幺子的，太上皇也一样，他在世时一直如珠似宝地疼爱着李元婴。怎么个疼法？连李元婴拔了他胡子，他都能闭起眼睛吹嘘："我儿真聪明！"

李元婴就这样被惯着长大，太上皇的胡子他拔过，李二陛下的胡子他拔过，裴寂那些大臣的胡子他也拔过！更过分的是，有次大宴之上他还曾悄悄解开李二陛下的金腰带，等李二陛下起来向群臣祝酒，所有人都听到哐当一声，李二陛下的腰带掉啦！

总之，李元婴这小子从小混账到大，只有太上皇觉得他哪儿都好，贼聪明贼可爱。

前些年太上皇临去时，还殷殷地将自己的宝贝幺子托付给李二陛下，让李二陛下千万要好好待他。

李二陛下能怎么办，只能捏着鼻子认了！那会儿李元婴才五岁，又没赶上贞观五年那波封王，李二陛下便将他接到太极宫中抚养，让他跟着李治一块儿读书识字。

李二陛下对小孩纯粹是养猫养狗的态度，平时由专人照看着，想起来才召到跟前逗一逗，自然也不会对李元婴太上心。

这回要去九成宫避暑，儿女们的表现却有点出乎李二陛下的意料。

首先是兕子兴冲冲跑来和他说："父皇，能不能带上幺叔啊？"

然后是城阳羞羞怯怯地来和他说："父皇，能不能带上幺叔啊？"

再然后是衡山奶声奶气地来和他说："父皇，能不能带上幺叔啊？"

接着李治也鼓起勇气跑过来和他说："父皇，能不能带上幺叔啊？"

李二陛下觉得，这事不一般。

这几个孩子都是他与长孙皇后的嫡出子女，平日里比其他皇子皇女更受厚待，可不是一般人指使得了的。李二陛下按兵不动地让人把李元婴的名字添加到随行名单之中，准备好好观察观察这个弟弟。

入了孟夏，朝中上下也都收拾好行囊，齐齐往九成宫出发。

九成宫也是隋朝时建的宫殿，当时叫仁寿宫。李二陛下登基后表示这仁寿宫拆了太浪费，自己另修避暑行宫又费钱，干脆修整修整直接拿来避暑算了！

一辆紧跟在御驾后的马车里头，几个小屁孩正兴奋地围坐在一起闲聊。为首的人正是年方九岁的李元婴，他天生一副好皮相，眉目俊秀，唇红齿白，声音更是朗如清泉，听着很是讨喜。"据说重修完后九成宫缺水，皇兄和皇嫂在里头溜达一圈，发现有个地方异常湿润，拿东西戳了戳，戳出泉水来。皇兄非常高兴，叫魏徵写了篇《九成宫醴泉铭》，并叫欧阳询誊写出来刻碑纪念！"

晋王李治道："对，这事我听说过。欧阳率更的字写得特别好，我们平时也有临写他的字！"欧阳询时任太子率更令，所以李治称他为欧阳率更，至于李元婴如何称呼，大伙早就已经不强求，他能记住名字就不错了！

李治名义上是李元婴的侄子，年纪却比李元婴还要大两岁，比李元婴要老成多了。

李元婴过去的胡作非为给人印象太深，因此每个人对他的要求都很低：读书，能识字就好，绝不要求读懂内容和写文章；写字，会写个名就好，绝不要求他能写出多精妙绝伦的书法。至于骑射琴棋之类的，爱学不学，随他高兴。

李元婴愉快得很："是你要临，我可不用临。"

李治听李元婴懒得这么理直气壮，也不知该说什么好。

李元婴继续拉着李治他们讨论游玩计划。他并非随口提起这《九成宫醴泉铭》，而是接到个新任务：扫描《九成宫醴泉铭》！

这也是李元婴愿意舟车劳顿离宫避暑的原因。要知道这年头出行难，一难在路不好，二难在车糟糕，这一路走来颠得他屁股疼！如果不是要做任务，谁乐意出远门呢？

提到任务，就要提及李元婴几年前的一番际遇。

那年冬天大雪，李元婴闲着无聊想玩点新鲜的，把一个瞧不顺眼的内侍撵出去叫人用雪埋了！别人在外面埋，他抱着暖炉哈哈直笑。

当时他娘柳宝林又惊又气，叫人把那内侍从雪里挖出来，又拉他进屋狠狠教训一通。

他不服气，反驳道："我不过叫人略施小惩而已，看他还敢不敢再不敬母亲！"

他娘就抱着他哭了起来，说："儿啊，你耶耶去了，你不可再像往日那样任性。"

耶耶听着像爷爷，实际上却是时人对父亲的称呼。

李元婴对生死之事还很懵懂，不太明白"耶耶去了"是什么意思，可看柳宝林哭得那么伤心，他只能乖乖保证再不做那样的事。

到了夜里，李元婴还在气闷不已，翻来覆去睡不着，直至下半夜才昏昏沉沉地进入梦乡。

就是在这时候，李元婴脑中出现了一个稀奇的任务系统，名字非常霸气——万界图书馆。

更奇异的是，明明从来没见过更没学习过，李元婴居然能看懂里面的文字、听懂里面的语言。稍稍了解一下"图书馆"是什么玩意，李元婴对它就没了兴趣，书而已，无论是他爹还是他皇兄，都多的是。

接下来很长一段时间，李元婴都没理会过这个万界图书馆，毕竟这图书馆还说他权限不够，要做任务才能打开，谁要费那个劲啊！

直到有一次系统让李元婴试吃了一颗巧克力糖果，并表示要是他觉得好吃就去做任务，任务完成可以给他奖励一包！李元婴才勉为其难地在巧克力糖果的诱惑下，找侄子李治借了一卷书，辛辛苦苦地把它读完。

即便有巧克力糖果当诱饵，李元婴还是不太爱读书，三年过去都没录入十卷书——毕竟他又不缺吃喝，系统老用巧克力糖果引诱他，吸引力是会下降的！

这次，系统表示只要他找到《九成宫醴泉铭》把它扫描进系统里，就给他一大瓶可乐。

可乐，后世称为"肥宅快乐水"，听着不是什么好东西，不过李元婴试喝过了，确实很快乐！

而且这个任务非常简单，说是扫描，其实就是他用眼睛去看一看，系统自然会接收到扫描件。

比对过任务的付出和收获之后，李元婴决定去九成宫溜达一圈，顺便也跟着避避暑。

李元婴只用了几个巧克力糖果，就成功说动小伙伴们去求李二陛下带上他。接下来只需要和李治他们一起去观摩一下《九成宫醴泉铭》，立即可以获得一大瓶可乐！

轻松！

快乐！

美滋滋啊美滋滋。

李元婴心情大好，和小伙伴们开起了小小的故事会，讲童话故事给侄子侄女听。前段时间为了树立身为叔字辈的威仪，李元婴还辛辛苦苦地读完了一卷《论语》，和系统换了本《王尔德童话》拿来显摆！

据系统说，这本书里头的故事绝对是这个时代没人听过的，而且都是些非常温馨美好、老少咸宜的童话，在后世流传度很广、很受欢迎。

李元婴信了，有板有眼地给晋阳公主他们讲了起来。

皇家车驾一路走走停停，终于在阳光明媚的午后抵达九成宫。

李二陛下记挂着自己几个年幼的儿女，遣人去把李治他们带过来。

要说这么多儿女之中李二陛下最宠爱谁，那肯定是晋阳公主无疑。晋阳公主小名兕子，年纪虽小，模样却出落得越来越像她母亲长孙皇后。长孙皇后去后，李二陛下悲痛不已，时常把兕子带在身边亲自教养。

出发时李二陛下本来也想让兕子和自己同坐一车，兕子却提出要跟李元婴坐一块儿，因为李元婴要给他们讲故事。

李二陛下很好奇李元婴到底给他们讲什么故事，吸引力居然这么大！

他这幺弟什么时候有这种能耐了？

李二陛下这边正想着自己的混账弟弟，那边他派去的人也把兕子几人带来了，只是这四个儿女除了李治之外，剩下三个竟都哭成了泪人儿！

兕子一见李二陛下，更是直接扑进李二陛下怀里，再一次伤心地大哭起来。

李二陛下登时怒了："雉奴，谁欺负你妹妹了！"

李治犹犹豫豫地说："没有，是幺叔给我们讲了个故事。"

李二陛下不信，追问："什么故事能把兕子她们全弄哭？"

"是《快乐王子》！"兕子这时候擦了泪抢答，她抽噎着说，"快乐王子和小燕子都好可怜啊！小燕子的朋友还在很远很远的远方等着它呢，它却去不了了！"

李二陛下一手抱着兕子，一手牵起年纪最小的衡山公主，带着所有人入九成宫休整。

李元婴见李治他们被李二陛下叫了去，本想一个人偷溜去观摩《九成宫醴泉铭》，没想到才踏出几步就被两个禁卫拦住了。

俩禁卫说是李二陛下有令，让他乖乖跟着大伙一起走，随时等候召见。

李元婴这才晓得他这个二哥看似把他给忘了，实则特地派了两个禁卫来盯着他！

太欺负人了，他又不是那种爱惹是生非的人！

可惜打又打不过，溜又溜不走，李元婴只能乖乖地跟着大队伍走。

一路上，李二陛下已经听完兕子给他复述的《快乐王子》。故事确实是好故事，但李二陛下不是小孩子，他能听出故事里藏着一些不属于孩子世界的东西，自然也不会像兕子一样真情实感地为一只鸟和一座雕像伤心。

李二陛下对兕子一向很有耐心，哄道："最后天上来的使者不是把它们带到天上去，让它们幸福快乐地生活在一起了吗？"

兕子环抱住李二陛下的脖子，把脑袋抵在李二陛下颈边，还是有点哽咽："可我还是好难过！那些人都太坏啦，竟然还把快乐王子扔进炉子里！"

李二陛下又好言哄了一会儿，才让几个儿女分坐两旁，唤人去把始作俑者叫来。

李元婴正琢磨着要不要叫人去给自己张罗饭菜呢，听到李二陛下叫自己过去，马上摸着饿瘪的肚子跑去见李二陛下。他一进门，了不得！侄子他们都在，还齐刷刷地看着他！

李元婴上前朝李二陛下行了礼，没等李二陛下发话就乖乖巧巧地坐下，积极地问："皇兄您饿不饿？唉，都过了吃饭的点了，您是不是还没用饭啊？您日理万机，每日辛劳，可不能不吃啊！"

李二陛下一听就明白了，这小子是想蹭饭来着。李元婴好歹是他幺弟，还勉强算是他看着长大的，李二陛下也不省他一顿饭，叫左右去让人张罗饭食。

吩咐完了，李二陛下才转向李元婴："你在路上给侄子他们讲了个故事？"

李元婴想起三个小侄女对着他哭的恐怖画面，心有余悸，赶紧"推锅"道："这些故事都是一个叫王尔德的人写的，和我没关系！"

有不少人投诉过李元婴上课不专心、专门搞事情，李二陛下对李元婴的学业水平心里有数，自是知晓他不可能自己想出这样的故事。听李元婴用的是"这些"，李二陛下来了兴致："还有别的吧？你再给侄子他们讲一个。"

侄子一听，马上忘了刚才哭得多惨，两眼亮晶晶地望向李元婴，只差没在脸上写下"我要听故事！"

李元婴虽然才九岁，人却鬼精鬼精，每次说要给侄子他们讲故事都是先漫天开扯，吊他们半天胃口才会给他们讲一个——毕竟《王尔德童话》可是他辛辛苦苦念完一部《论语》才换来的！一听李二陛下一句话就想套出《王尔德童话》的第二个故事，李元婴不乐意，当场摸着肚子耍赖道："皇兄我饿啦，我肚子一饿就什么都记不清！"

这时侄子的肚子应景地咕噜咕噜响。

侄子向李二陛下撒娇道："父皇，我也饿。"

李二陛下看了李元婴一眼，说道："已经叫人去张罗了，既然你们幺叔记不清，不如你们先把幺叔给你们讲过的故事给朕讲讲？"

侄子四人都积极响应，你一个我一个地复述起来。

李元婴继续乖乖巧巧地坐在一旁。

他觉着自己给侄子他们讲故事好像没什么不对，都是圣贤书里写着的呢，不慌！

要知道万界图书馆一开始录入图书可不如最近出现的扫描任务轻松，必须他读完读懂才合格，为此李元婴这三年来也读过几本书。本着读完的书不能浪费的原则，李元婴又从这些书里摘出一些典故编成简单易懂的小故事讲给兕子他们听，怎么看这事都没毛病！

李元婴这边心大地等着蹭饭，李二陛下那边却越听越惊讶。

李二陛下戎马半生，该读的书却没少读，李元婴讲的这些典故他也都读到过。正因如此，他才更清楚，想要像李元婴这样深入浅出地把这些典故当成故事来讲，并且让兕子和衡山这两个才五六岁的小孩轻松复述，绝非易事！

饭菜很快送了上来，李二陛下示意开饭，几个小孩都没拘着，和往常一样开开心心地吃了起来。

李二陛下吃得快些，停箸后看着李元婴陷入思索，他这个幺弟是不是有意藏拙？

李二陛下转念一想，又否决了这个猜测，他这幺弟真要有那么深的心思，哪会轻易在兕子他们面前露馅。

最有可能的是大伙都先入为主地认为这小子顽劣无比、不堪造就，所以没有人用心去教导他。就连他这个兄长，也没注意到弟弟有这样的好天分！

李二陛下仍是按兵不动，等几个小孩都吃饱了，才让李元婴再讲一个故事抚慰抚慰兕子她们的情绪。

李元婴想了想，觉得自己蹭了顿御膳不算亏，便也不再推搪，娓娓地给李二陛下及兕子他们讲了个新故事。

这个故事也很温馨动人，叫《小公主的生日》，讲的是一个美丽可爱的小公主马上要过生日了，底下的人为了让小公主高兴，特意买下一个长得特别丑、被父母视为累赘的小男孩为小公主献舞。小公主果然被小男孩滑稽的舞姿逗笑了，取下发间洁白的玫瑰花扔给小男孩。

李二陛下听完这一段，赞许地点点头，觉得这个故事虽然平淡了点，但也算不错，至少教兕子她们不要以貌取人，世上任何人都有他们存在的价值！

李元婴停下来抿了口水，才继续往下把故事说完。

那小男孩误以为小公主喜欢自己，一心闯入宫中向小公主表达自己的心意，结果在途中发现一面镜子。小男孩家里穷，没有见过镜子，乍一见镜子里的自己，吓了一跳："这是什么怪物？"等他确定镜子里的"怪物"是他自己之后，非常难过。这时候他听到有人在说话，是小公主笑嘻嘻地和她的朋友们说："他跳起舞来真是滑稽。"

小男孩知道公主只是把自己当个小丑，心碎而死。

故事的最后，小公主得知小男孩不能再跳舞逗她开心，很生气地说："以后陪我玩的人都不许有心！"

李元婴把小男孩闯入宫时的憧憬和坚定描述得非常真实，小男孩的美梦被现实戳破的那一刻自然非常扎心，兕子、衡山、城阳三个"小萝卜头"懵懵懂懂地把整个故事听完，又一次哇地哭了出来。

李治默默地坐在一边，既怕李二陛下发飙，又怕三个妹妹把眼睛哭肿了，一时不知该如何是好。

李元婴见势不妙，赶紧起身告退："一路舟车劳顿，皇兄肯定乏了，我就不打扰皇兄了！"

看着三个泪汪汪的宝贝女儿，李二陛下有气无力地骂道："滚吧！"

那个王尔德不知是何许人也，净写这样的故事！

再有下次，他定要让人掘地三尺把那王尔德找出来！

顺利开溜的李元婴被人引回了自己的住处，漱口更衣，舒舒服服地睡了个午觉。

到傍晚，李元婴刚醒来，李治又带着三个妹妹溜了过来。

三个"小萝卜头"都换上了方便行动的行头，头发也扎成一个小包包，活脱脱三个小男孩。

小孩子忘性大，三个"小萝卜头"已没了晌午的伤心。兕子一马当先地冲到李元婴面前，兴冲冲地拿着李治画的地图向他献宝："定向越野，九哥安排了！"

兕子才六岁，说的话有时让人听不明白，不过这难不倒李元婴，他一听就懂！

这定向越野是他们路上定好的"九成宫玩乐计划"之一：首先，李治偷溜去李二陛下书房画好九成宫地图，命人在指定路线上埋好打卡工具。然后就是分头跑，沿途打卡，最终看谁先到达目的地！

李治在兄弟中是个小透明，也不是胆大包天的人，要他溜进李二陛下书房是绝对不可能的。他选择直接向李二陛下说了这事，请求李二陛下让他画一下地图。

现在李治已经画好两张路线图，并派人安排好了打卡点，分好队立刻可以开始玩!

现在问题来了,每次碰上分队都是李治尴尬的时刻:三个"小萝卜头"都想跟李元婴一队,不想跟他。

兕子和衡山一听要分开走,马上一左一右站到李元婴两边,死死抓紧李元婴的手坚决不换队。还好城阳是个贴心妹妹,见李治孤零零的,主动过去和李治组队。

所以分队结果是这样的——

李治和城阳一队,一个十一岁,一个九岁。

李元婴和兕子、衡山一队,一个九岁,一个六岁,一个五岁。

李元婴对自己一个人捎俩小短腿没什么不满,反正李治这人有一点儿路痴,有城阳在旁边也不一定能比他们快。再有,他的目标根本不是胜出,而是顺利抵达他们共同的终点——《九成宫醴泉铭》所在地。

他之所以倒腾出这个叫定向越野的游戏,只是为了带兕子他们活动活动筋骨、开动开动脑筋而已,结果不重要,重在参与!

李元婴拿着地图琢磨了一会儿,有模有样地给兕子和衡山分析了己方路线,最后郑重其事地伸出一只手掌悬在地图上方。

兕子会意,也一脸郑重地将小手啪地搭到他手掌上。

衡山自然是有样学样,啪地也把自己的小手搭了上去。

三个小屁孩高高兴兴地齐声宣布:"出发!"

李元婴动动嘴巴出主意,李治却准备得挺认真,亲手绘制的地图上列出了需要打卡的地点。

打卡的工具临时做不出来,李治索性寻了堆印章来叫人守在打卡点保管印章兼做见证。

李元婴看地图能力一流,转眼就捎着两个小短腿跑到第一个打卡点,见着的是李治身边一个小宫女,脸盘圆圆,很是讨喜。兕子和衡山争着要盖章,李元婴就教她们剪刀石头布,谁赢谁盖!

兕子和衡山学得很快,在李元婴的监督下软软甜甜地开始喊:"剪刀、石头、布——"

兕子出了把小剪刀。

衡山出了个小拳头。

衡山高兴得小脸红扑扑："石头捶剪刀，赢了！"

兕子很想盖章，但还是愿赌服输，乖乖在旁边看着衡山往地图上的第一个打卡点戳印章。

趁着兕子两人在抢着盖戳，李元婴琢磨好下一个打卡点该怎么走，火速带她们往下一站冲。

虽说不在意胜负，但能赢肯定要赢啊！

冲！

李二陛下正带着群臣登临远眺，不经意地扫见几个小孩在下方，便停留在原地多看了一会儿。瞧着李元婴和兕子两人在亭子里闹腾了一会儿才离去，李二陛下不由得和魏徵他们感慨道："当初朕把元婴接到太极宫时，他才五岁，皇后时常亲自把他带在身边教养，雉奴他们就是在那时候和元婴玩到一块儿的。"

提及皇后，李二陛下的神色免不了有几分黯然。自从皇后去后，宫中出了不少乱子，儿子之间也起过些龃龉，他时常会想，若是皇后还在，孩子们肯定不会做让她伤心的事。

李二陛下显然是在缅怀已故的皇后，魏徵等人都没插话。

再说了，提起李元婴，魏徵等人都不想吭声。这小子是有几分聪明劲，可你要想让他干点正事，他没半天就能想出点新花招来偷奸耍滑！他一个人偷奸耍滑不打紧，还会带着其他皇子皇女闹腾——但凡奉命给皇子授过课的，哪个没领教过李元婴的顽劣？

一旁的长孙无忌倒是没被李元婴祸害过，他是李治他们的亲舅舅，时常从几个外甥、外甥女口里听到李元婴这个么叔，对李元婴颇有好感。长孙无忌接过李二陛下的话茬，以家里人的口吻提议："说起来，也该给他封王了。"

李元婴已经九岁，上头那些哥哥们最晚都在贞观五年封王，剩他晚出生的孤零零没封号，一直拖着确实不太好。李二陛下听长孙无忌提及此事，领首说："确实得给他挑一处好地方了。他年纪还小，回头朕先派人去帮他把王府造好，晚几年再让他去封地。"

另一边的李元婴还不晓得自己马上要荣升小王爷，带着兕子和衡山一路打卡，先李治和城阳一步杀到目的地。

饶是城阳脾气很软，也忍不住抱怨："九哥对着地图都能走错方向，差点就闯到父皇的住处那边去了！还好有个好心的姐姐给我们指了路，要不然我们天黑都找不过来！"

李治有些羞赧，这不是方向感不太好吗？李治纠正城阳：“那不是姐姐，是父皇身边的武才人。”

才人是宫中妃嫔的品级之一，比李元婴他娘的宝林高一级。李治是见过那位武才人的，两年前才入宫，年纪不大，只比他年长三四岁，模样却十分出挑，又聪明灵慧，据说他父皇对武才人颇为喜爱，给她赐名为“武媚”。

李元婴不认得什么才人，反正他们这队赢啦。他笑眯眯地让城阳记上，回头他们还要算总成绩的！

李治显然输习惯了，也没受太大打击。来都来了，他拉着李元婴他们一起欣赏前头的《九成宫醴泉铭》。

李元婴自己对这种碑文没什么兴趣，不过有任务在身，他也绕着《九成宫醴泉铭》转悠了一圈，把它扫描成立体影像传送到万界图书馆里。

这个图书馆有个好处，只要是自己存档进去的图文，他随时都可以从里头调出来查看——可惜这对李元婴根本没用，毕竟这些酸书他自己都看过一遍了，谁还要看？

至于应付考试抄书什么的，那是绝对不可能的！抄什么抄啊，不会的空着不写不就好了？反正，太傅他们又不会骂他！

李元婴完成任务，对《九成宫醴泉铭》已经失去兴趣。眼看天要黑了，他们该回去吃点心了！

除了李治，兕子几人对《九成宫醴泉铭》也都没什么兴趣，高高兴兴地跟着李元婴回了他们的落脚处。

晚上李元婴要给柳宝林写信。柳宝林是先皇的妃嫔，没道理一起来九成宫，母子自然没在一块儿，李元婴的信是向柳宝林报平安的，只要叫人送去负责送信的人那边，就能跟着其他人的信一起送回京城那边。

为了确保信能早早送到柳宝林手上，李元婴还游说兕子她们一块写信。虽然李二陛下在这，可太子李承乾要留守京城，弟弟妹妹出行，不得给哥哥写个信吗？

兕子觉得很有道理，正儿八经地拿了纸和李元婴凑一块儿写信。别看兕子才六岁，她写的字可比李元婴好看多了，一手飞白是李二陛下亲自教的，已经写得有模有样。

衡山倒是因为李元婴恐吓她说太小开始习字手指会变丑，至今还没怎么学写字，只巴巴地在一边看着，让兕子一定要把自己也写上！

等几个人都把信写好，城阳带着兕子她们回去睡觉，李治则留下来和李元婴密谋大事。他偷偷摸摸地和李元婴说悄悄话："我们明日真的要去试探那杜荷吗？"

杜荷是杜如晦之子。

杜如晦当年早早追随李二陛下，和房玄龄合称"房谋杜断"，意思是：房玄龄想法贼多，就是经常拿不定主意；杜如晦处事果决，判断精准，由他来决断的事鲜少出错。所以，李二陛下讨论问题的时候会把他俩一起叫上，一个谋，一个断，双剑合璧，无往不利！

这两个人当初都是李二陛下的智囊，太上皇还曾经故意调开他们俩，不让他们给李二陛下谋划！

可惜杜如晦命不好，四十多岁就不在了。杜如晦去世之后，李二陛下时常会在和重要大臣开小会时错喊他的名字，回过神后伤心不已，早早将城阳公主许给了杜如晦未曾婚配的次子杜荷。

别看城阳公主眼下才九岁，李元婴和李治按照李二陛下颁布的婚配令屈指算了算，再有六年城阳就要嫁给杜荷了！

为此，李元婴和李治决定早点给城阳把把关，要是杜荷人品不行，他们要想办法把婚事搅黄了！

起初李治是没想过这种事的，毕竟父母之命媒妁之言，没他们说话的份。可李元婴不一样，他天生和别人不大相同，敢于想别人不敢想的、做别人不敢做的。

自从李元婴了解了婚嫁是怎么回事，再瞅瞅自己三个粉雕玉琢的侄女，心里就对将来要来拱他们家"白菜"的家伙很不满。他们家水灵灵的女娃儿从小养到大，得费多少心思啊，凭什么他们出点聘礼就能娶回去！他们又不缺那点聘礼！嫁出去的女孩儿，就成别人家的了，没天理！

要是再遇上个人间渣滓，岂不是平白让他们家女孩儿受委屈？

李元婴对李治进行了深刻的思想教育，表示他太不关心妹妹了，这样不行！李治认真反省之后，决定和李元婴一起好好观察一下准妹夫杜荷。

于是李元婴和李治凑一起嘀嘀咕咕，商量着明日怎么试探那要拱他们家"白菜"的家伙。

首先，当然是要看看他脾气怎么样，会不会是那种冲动易怒、容易动手打人的。这点很重要，根据系统跟李元婴说的，家暴只有零次和无数次，他的侄女们肯定打不赢！然后，还要试探一下他们家里的情况，有没有难缠的婆母姑嫂之类的，毕竟城阳婚后和她们相处的时间可能比和驸马在一起的时间更长——这个李元婴不太懂，交给李治去旁敲侧击。

两个人还没分好工，忽听外头传来一阵急促的脚步声，似是有人把他们的屋子围拢起来。李元婴吩咐旁边的内侍："戴亭，去看看是怎么回事。"

戴亭领命而去。

李治若有所思地看了眼戴亭的背影，道："幺叔你身边这戴亭长得可真俊。"戴亭长得雌雄莫辨，相貌极其秀美，气质看着竟不像个内侍。若不是脸颊上有个三指宽的浅红色胎记，可能都轮不到李元婴讨他到自己身边伺候。

李元婴道："男孩子的长相又不重要。"

李治一想，也对，便也不再多说，等着戴亭回禀外头的情况。

戴亭办事利落，没一会儿已折返，和李元婴禀报："有人夜袭行宫，陛下已让禁卫全宫戒严。"也是赶巧碰上李治在这儿和李元婴夜谈，所以派来保护他们的人格外多，要不然李元婴可没这个待遇。

李元婴奇道："什么人这么想不开，居然夜袭九成宫？他们不知道皇兄把精锐都带来了吗？"

戴亭道："听说是阿史那结社。"

见李元婴两人都没听过这人，他继续把打听回来的消息都说了出来，阿史那结社是突厥人，来唐后当了个中郎将，一直没升官，可能因此想"另谋出路"。

这突厥人艺高人胆大，只纠集了不到百人就敢夜袭九成宫！

李治道："连这都查清楚了，应该没事了吧？"

戴亭点头，回道："是的，禁卫在排查有没有漏网之鱼。"

李治和李元婴说："外头乱成一团，干脆我和幺叔你挤一晚算了。"

李元婴没意见，打了个哈欠，钻进薄薄的被子里和李治约法三章道："挤可以，你夜里不许踢我！"

李治也上了榻，嘴里反驳道："我睡觉从不踢人！"

两个人很快呼呼大睡。

到下半夜，李治半梦半醒间听到咚的一声。

那是他被李元婴踢下床，脑壳磕到地板的闷响！

李治摸着脑壳坐起来，瞪向睡得香甜的李元婴。

敢情他这幺叔是自己睡觉爱踢人，就叫别人别踢他！

李元婴一觉睡到天亮，早上醒来时看到李治一脸幽怨地看着自己，眨巴一下眼，奇怪地问："大早上的，你这么早起来干吗？今儿又不用去上课。"

李治道："幺叔你知道你晚上睡觉会踢人吗？"

李元婴理直气壮道："不知道。我又不和人一起睡，哪里知道啊。"李元婴从小就很有主见，晓事以后就不爱和柳宝林一起睡，柳宝林一直惯着他，自然随他去了。

李治听李元婴这么说，也不好说什么了，昨夜是他自己要留下来挤一挤的，哪能怪到李元婴头上去？

李治摔醒后睡不着，索性坐着看李元婴睡起觉来有多骄横。这一看，可把李治逗乐了。只见李元婴从这头滚到那头，短短半个时辰，竟把可以容纳好几个人的床榻滚个遍，当真是"卧榻之侧岂容他人鼾睡"！

李元婴晓得自己可能真的踢了李治，一点都不惭愧，只说道："那你下回可别和我挤了。"

李治心有余悸道："你请我我也再不会和你挤！"

叔侄俩感情好，倒也不在意这些小事，唤来底下的人帮忙更衣。李元婴边在宫女的帮助下把手伸进袖子里，边看向一旁有点清瘦的李治。瞧见李治瘦瘦弱弱的身板，李元婴像是想起了什么，奇道："昨天怎么没见到你四哥？"

李治的四哥是魏王李泰，与他也是一母同胞的兄弟。

长孙皇后几个儿女之中，李承乾、李泰、长乐他们那一茬年纪相近，李治和兕子这一茬年纪差不多，中间隔了好些年，年长的大多不爱和年幼的一起玩，平日里他们与李泰碰头的机会并不多。

不过这几年李泰风头很盛，主要是李二陛下特别疼爱他。

本来藩王成年后得到封地去，眼下李泰都十九岁了，李二陛下还舍不得放他去外地，特地在长安给他造了个魏王府，甚至还特许他开了个文学馆招揽贤才，满足他搞文学创作的爱好。

反正，李二陛下每天都要见一见李泰，一天见不着就要放自己的白鹘去送信说"爹想你了"，离宫避暑当然要捎上李泰。

与李治不同的是，李泰长得圆圆胖胖，身材与脸盘都很是喜庆。所以李元婴一见到李治瘦巴巴的身板，马上想到了和他是两个极端的李泰！

李治昨日一直跟在李二陛下身边，消息比李元婴灵通，闻言答道："四哥路上寻得一本古书，一路废寝忘食地看着，到了九成宫也不愿挪动，父皇特许他把书看完了再下车。"

李元婴感慨道："你四哥真是爱书如命啊！"

李治道："四哥从小就这样。"

两人说话间已把衣裳穿好，洗漱用膳，分头行事。李治去找兕子她们，李元婴溜达去马球场搞事情。

李二陛下准备先松快两天再着手处理政务，今天早上的行程是看勋贵子弟和宗室们打马球。因为李二陛下亲临，勋贵子弟们都摩拳擦掌，要在李二陛下面前好好表现。

李元婴就是想借这个机会试探试探那杜荷，比赛嘛，闹出点小摩擦很正常。坏事他去干，好人李治去当，两相配合，绝对能把杜荷的底子摸得清清楚楚！

李二陛下一早用过早膳，便着人牵出马来，带着群臣去马球场那边看看少年们的热闹。还没到半途，有人急匆匆来报，跪地说道："陛下，马球场那边出事了！"

李二陛下眉头直跳，喝问："怎么回事？"

来者额头汗珠密布，瑟瑟地抖着说："是杜家子与房家子突然领着底下的人打了起来。"他们这些小吏人微言轻，两边都不能得罪，只能过来搬救兵。本来他们是想去寻房玄龄的，不想途中撞上圣驾，惶恐之下直接把事情捅到了御前。

李二陛下闻言看了房玄龄一眼，摆摆手让那小吏退下，径直策马前往马球场。

房玄龄听到"房家子"，眉头就跳了起来。长子房遗直已有差使在身，没有随驾九成宫，来的是他的次子房遗爱。这孩子不如他大哥稳重老成，容易受激，可别在陛下面前捅出娄子来！思及此，房玄龄也赶紧一夹马腹，跟上李二陛下。

魏徵几人落后一些，厚道地没打算去看房玄龄儿子的热闹。

李二陛下行至马球场外，只见双方已打得不可开交，仪态尽失，全无往日的骄矜样子。李二陛下眼尖，一下子瞧见不远处坐着个熟悉的身影，不是他那幺弟李元婴又是谁？

那小子居然坐在那儿捧着个杯子啜饮着什么，不时停下来看看杜荷他们的战况，一脸"怎么连打架都不会打"的震惊表情。

李二陛下额头青筋跳了跳，勒马叫人去把李元婴拎过来。

李元婴没注意到李二陛下的到来，他正为杜荷和房遗爱两人这么经不住挑拨而吃惊呢！他也就悄悄取弹弓弹了杜荷后脑勺，想和平时一样搞事，没想到赶巧房遗爱过来了，从杜荷的角度看去就像是房遗爱干的！

于是，他们两边就打起来了！

李元婴一点都没有这场群殴事件因自己而起的觉悟，只敏锐地觉得这两人可能本来就有仇。他倒了杯"肥宅快乐水"，坐在一边，边让戴亭给自己扇风边看戏，瞅瞅老杜和老房的儿子到底什么仇什么怨！

李元婴正看得津津有味，李二陛下身边的人已来到他身后，说李二陛下要他过去。

李元婴转头看去，只见李二陛下在马球场外驻马而立，并没有下马，而是坐在马背上居高临下地看着场内的群殴。李元婴一激灵，立刻惊道："皇兄来了！"

众人一听，群架也顾不得打了，当场作鸟兽散，生怕自己落下御前干架的坏名声。

李元婴把人证都惊走了，才把手里的"肥宅快乐水"转给戴亭保管，自己跑去面见李二陛下，一副要多乖有多乖的好孩子模样。

李二陛下仍旧没下马，冷眼瞥他。

李元婴有丰富的干坏事经验，坚决不自乱阵脚、自己露馅，张口就开扯道："皇兄您怎么这么早过来了，早膳用了没？听说，早上要吃好，中午要吃饱，晚上随便吃吃就好，您可不能不用早膳就出来，会饿坏身体！"

李二陛下见李元婴在那不慌不忙地闲扯，终于下了马，直接问："刚才是怎么回事？给我说说。"

李元婴一脸无辜："我才刚到呢，就看到他们不知怎的厮打到一块儿了，一开始只是两个人在打，后来还叫其他人一起上——人多得我都不知道谁是谁了！您瞧瞧我这小身板，一看就不扛揍，当然不敢上去劝架，只能躲远点等他们打完！"

李二陛下觉得这事和李元婴脱不了干系。可那群互殴的小子已经跑了，老房又紧张地候在一旁，看着好像随时要上来请罪，他也只能暂且揭过此事，问李元婴："怎么不见雉奴？"

李元婴道："我也不晓得，雉奴去找兕子她们了，我们约好在马球场这边见。"

李二陛下决定把李元婴拴在身边，不让他出去干坏事。他淡淡地道："行，和朕一道去看他们打马球。"

李元婴爽快答应："好！"双方还没下场就打了起来，下场之后肯定也很热闹！

另一边，李治自然是按照原定计划去和杜荷说话，李治没想到李元婴会直接搞出两伙人互殴的动静，感觉事情有点棘手。

好在李治向来有着好脾气和热心肠的形象，叫左右上前帮杜荷等人治伤，倒也不算突兀，很快就顺利和杜荷说上了话。

聊上之后，李治没能把话题转到杜荷家中情况上，反倒从杜荷口里得知他与房遗爱不对盘的事。

这两人都不是家中长子，不管爵位还是田产都分不到大头，因此都在积极地谋寻出路。

巧的是，他们一个跟李承乾走得近，一个跟李泰走得近，往日就因为这样或那样的事情起过矛盾，这次双方都憋足劲要露脸，狭路相逢后分外眼红，一时没忍住打了起来。

这些事杜荷往日自是不会挂在嘴边，偏他今日和房遗爱打了起来，心中难免有些不忿，便和李治牢骚了几句。

李治与李元婴不一样，他是个聪敏好学的好孩子，功课从来不落人后，懂的东西比李元婴多得多。

听杜荷话里隐晦地提及房遗爱已经追随李泰、暗中开始和李承乾对着干，李治心中一惊，想到了过去许多兄弟阋墙的惨祸。

远的不说，近的就是他们父皇与隐太子李建成的相争——血染玄武门！

李治一时有些失神，已忘了和李元婴约好的要探问杜家家事。

杜荷逞一时之快把人骂完了，也察觉自己在李治面前失言，当即闭了嘴，不再言语。到底下的人把他的伤处料理完毕，他便与李治分别，要去和房遗爱在马球场上一较高下！

李治叫人领来儿子几人，依着约定去马球场边与李元婴会合。

三个"小萝卜头"一到，李元婴就被李二陛下赶走了。

李元婴见李治瞧着有点儿失魂落魄，凑过去压低声音问："怎么了？没问出来吗？莫不是你露馅了？皇兄那边我已经过关啦，你可别害我！"

李治看到李元婴没心没肺的样儿，摇摇头说："没事。"

李元婴也没追根究底，只叫戴亭倒了杯好东西给李治喝。

好东西一个人捂着没什么意思，得和小伙伴们分享才快活！

李治到底还是个半大少年，闻言立刻抛开了刚才的烦忧，好奇地接过戴亭送上的饮品。一入手，只见那碧玉杯中有几块晶莹亮泽的冰块轻轻浮动，掩映着底下那咕噜咕噜冒小气泡的褐色液体，光是瞧着就沁凉入脾。

李治只觉暑气全消，郁气也全无，不由得追问："这是什么？"

这是什么？

这是李元婴辛辛苦苦扫描《九成宫醴泉铭》换来的任务奖励，据说加点冰好喝，李元婴便交给戴亭去捣弄，自己负责享受成果。他大大方方地跟李治介绍："冰可乐。"

李治没听说过，犹豫地问："不是酒吧？"大唐从马上取天下，男孩没有不喝酒的，不过又不是宴饮之时，李治不敢喝，怕喝醉误事。

李元婴道："不是。"他接过自己那杯冰可乐抿了一口，没游说李治赶紧喝，而是把目光转向场下。杜荷和房遗爱还是下场了，看起来要在马球场上一决高下，刺激！

李治见李元婴自己都喝了，也没抵住诱惑，捧起碧玉杯尝了一口。冰凉的可乐入喉，有点冰，有点甜，还带着点气泡在嘴里迸开的奇妙口感，一下子把李治征服了。李治浑身舒爽，对李元婴说道："好喝！"

"不好喝我为何带来喝，"李元婴的注意力被场中的房杜两人吸引了过去，啧啧称奇，"老房和老杜感情挺好，他们儿子感情却不咋地，真是稀奇啊。"

岂止不咋地，瞧瞧他们的凶狠样，简直是要在马球场上直接打起来！

李治听到李元婴的称呼，额角抽了抽，终归没开口纠正。李元婴从小天不怕地不怕，称呼这种小事没人和他较真——省得气坏了自己。

李治也把目光转到球场中。

他们说话间，杜荷竟一球瞄准房遗爱胯下骏马的眼睛凶狠击去！

若不是房遗爱避退及时，他的马怕是要因为眼睛被击中的剧痛而发狂！

李治暗暗心惊，不由自主地往李二陛下那边看了眼，却见李二陛下只是平静地看着杜荷他们在场中拼斗，脸上瞧不出喜怒。

李元婴看得津津有味，把一杯可乐都喝空了，转头让戴亭给自己再倒一杯，余光却瞧见李治往他爹那边看。

李元婴捅捅李治，奇怪地问道："你不看球，看你父皇作甚？想去你父皇身边待着就去呗，害什么羞啊！"

李治对上李元婴澄澈明亮的眼睛，摇摇头说："我没想去，就是想看看父皇有没有看出什么来。"

李元婴闻言也往李二陛下那边看去，想瞅瞅李二陛下是不是真不追究刚才杜荷和房遗爱打群架的事。不想他才转头，就撞上李二陛下扫过来的锐利眼神。

李元婴一激灵，赶紧转开眼，在心里暗暗嘀咕：这就是他不喜欢往皇兄身边凑的原因了！他这二哥总是用"这坏事是你干的吧"的眼神瞧他，一点都没有兄弟情义！

虽说，坏事大多是他干的没错，可李二陛下也不能这样啊！就不能给弟弟一点点信任吗？

另一边，李二陛下已经从房玄龄口里得知事情始末。房玄龄先是请罪说自己教子不严，而后才表示刚才两边会打起来完全是事出有因，不知谁用弹弓弹了杜荷一下，杜荷以为是他儿子干的，转过头来找他儿子算账。但是，一起来的人和旁边的小吏都能做证，他儿子绝对没有动弹弓。

房玄龄为人稳重谨慎，只阐明事实，没告谁的状，但李二陛下听完房玄龄的话后还是直接锁定了嫌疑人——李元婴。

这种混账事，只有李元婴会干！

好在有李二陛下在旁观赛，马球场中的两队人马也只是厮斗得比平时激烈一些，并没有真的打起来。最终房遗爱以极小的优势胜出，昂首挺胸地下马朝李二陛下行礼。

下一场，轮到年长些的皇子皇女们上场，三皇子李恪等人正在场中热身。

李二陛下不甚在意少年间的小恩怨，只准备逮无法无天的李元婴来教训教训。

他让人去把李元婴叫来。

李元婴听李二陛下召见自己，心里有点忐忑，迈开脚走过去，带着满脸的无辜和好奇问道："皇兄寻我有事吗？"

李二陛下道："你再给我说说，方才遗爱他们是怎么打起来的？"

见李二陛下眼神不善，房玄龄又脸色不好地杵在一旁，李元婴眼珠子一转，老气横秋地叹了口气，说道："本来我不想说的，但皇兄您问起了，我只好说说啦。我觉得会发生这种事，得怪老房！"

在李元婴的认知里，李二陛下是他二哥，那他和李二陛下是一辈的；而房玄龄嘛，和李二陛下也是一辈的，四舍五入等于他和房玄龄是同辈，叫声老房没问题！

房玄龄听李元婴这么说，差点一口血喷出来。他都没打算和李元婴计较，这小子竟还敢扯上他！

房玄龄一时没忍住，追问道："怎么怪我了？"

李元婴理所当然地说："子不教，父之过！老房你看，遗爱贤侄也不小了，又不是和我一样才八九岁，应当知道什么该做什么不该做才是，怎么可以随随便便动手呢？老房你一向老成持重，瞧着遗爱贤侄这般冲动，我真不敢相信他是你的儿子。我听说，你家夫人很凶悍，但老房你也不能因为惧内而放松对遗爱贤侄的管教啊！"

李二陛下听李元婴滔滔不绝地教育起房玄龄来，额头青筋突突直跳。

要这小子写文章，他一整天连个屁都憋不出来，到胡搅蛮缠时倒能口若悬河了！

见李元婴还有继续下去的劲头，李二陛下怒声斥道："够了，闭嘴！"

李元婴乖乖闭嘴。

房玄龄再次苦笑请罪："确实是臣教子无方。"

李二陛下朝房玄龄摆摆手，让房玄龄别在意这事。他看见李元婴就来气，直接下令："你回去给朕把《礼记》抄一遍，不抄完不许出门！"

李元婴见李二陛下已经给自己定了罪，没办法了，只能蔫头耷脑地，跟着李二陛下指定的监督他的禁卫走。

兕子三人在旁有些焦急，想开口帮李元婴说情却不知该怎么帮。她们都不晓得李二陛下为什么要罚李元婴！

李治倒是知晓内情，他原本一直在旁边没敢吭声。见李元婴耷头耷脑、很不开心，李治才上前吞吞吐吐地认错："父皇……这事我也有份。"

李二陛下听李治主动坦白，看了他一眼，没追根究底，只说道："那就去和你幺叔一起抄书。"

李治立刻拔腿追上李元婴。

李元婴听李治说他也领了罚，看李治的眼神跟看傻子似的："你怎么这么傻，你不认谁会知道！"

李治认真说道："你一个人被罚，我心里不安宁。"

李元婴觉得这侄子真是傻，不过傻得还蛮可爱。叔侄俩一同去藏书的地方翻出一卷《礼记》，一看就傻眼了，字这么多？

这么一本书抄完，怕是要把手抄废了！

这年头的书不是一页一页的那种，而是卷成一卷，《礼记》摊开后贼长，上面是密密麻麻的小字，李元婴还没看就开始犯晕。李元婴嘀咕："皇兄不是挑字最多的书给我抄吧？"

李治道："应该是觉得我们不知礼。"

李元婴哼道："不是我们，是我。本来只罚我一个的，是你自己自讨苦吃！"

对于李二陛下这种罚人还要拐着弯骂骂他的行为，李元婴很不满。

李治说："我们还是赶紧抄吧，要不然抄到明天都抄不完。"

李元婴最不爱写字，可李二陛下不可能让他蒙混过去，只好与李治分坐两边开始抄书。

反正都要抄了，李元婴索性边抄边瞅瞅《礼记》到底写了啥，回头去万界图书馆换点好东西。一读之下，李元婴觉得这书可真了不得，衣食住行、婚葬祭祀、礼乐教育、为人处世，什么都管！若是凡事都要照着这《礼记》来活，不知该多累！

幸亏他不是读书人！

李元婴边读边抄，抄得认真又专注，称得上是心无旁骛。

李二陛下遣开身边的人找过去时，夕阳已西斜，他让人不要惊动屋内的两人，站在门外看了两个小子一会儿才踱步进去。

李治先注意到李二陛下的到来，想要起身行礼，却感觉两腿一阵酸痛，根本站不起来——坐太久，腿麻了！

李治这番动作惊动了抄得入神的李元婴。

李元婴抬头一看，只见李二陛下站在不远处瞥着他们。李元婴坚信会哭的孩子有糖吃，当即把手里的纸笔一扔，和李二陛下诉苦："皇兄，我腿麻了，手也麻了！"他把自己面前那一摞字迹十分豪迈的"抄书成果"捧给李二陛下看，可怜巴巴地问："您看我们已经抄了这么多，能不能不抄了？"

李二陛下看了眼李元婴手里那摞壮观的书稿，再看了眼李治那薄了一大半的书稿，上前拿起来检查。一看李元婴写的字，李二陛下就想骂人，这能叫字吗？其中几张甚至只胡乱涂了几笔，就把一张纸塞得满满当当！白瞎了这些上好的纸张！

再去检查李治写的，李二陛下才神色稍霁，转头朝李元婴开骂。先骂他到哪都不消停，一天到晚只知道胡作非为；再骂他抄书都不好好抄，白白糟蹋了那么多好纸；最后还要翻旧账，把李元婴这几年来干的混账事都数落一遍！

李元婴打小练就滚刀肉一般的脸皮，李二陛下骂什么他都乖巧点头，老实认错，认真反省！

李二陛下一阵无力，只能问李治："说吧，这次又是为什么找上遗爱他们？"

李治忍不住看向李元婴，想和李元婴交流一下意见。

李二陛下见状板着脸骂道："别看他，你自己说！"

李治没办法，只好老老实实把事情都交代了。

听到两个半大小子要帮城阳考校未来驸马，李二陛下有些啼笑皆非。不过，李元婴对城阳她们是真的好，当真是把自己摆在叔叔的位置上替她们考虑。

李二陛下道："我给城阳选的驸马自然是悉心挑过的，哪用你们操心？"瞥见李元婴和李治在揉手腕，李二陛下无奈摆手："罢了，都不用抄了，去用膳吧。"

李元婴两人抄书抄得太认真，别人都用过膳了，只剩他俩凑一块吃。

没见着兕子她们，李元婴把饭菜搬到李治案上和他挤着吃，悄悄和李治嘀咕："我觉得杜荷不太靠谱。"

李治拿李元婴挤过来磕牙的行为没辙，哧溜一口吃掉夹起来的汤饼，犹豫了一下才说起白日里听到的事。杜荷和房遗爱年纪不大，却已经各自投到李承乾和李泰手底下，这让李治觉得有点难过。

李元婴边听李治把事情娓娓道来，边夹起一片汤饼往嘴里送。这年头的汤饼和后世的面条差不多，把面片压得扁扁的再放进沸腾的汤水里煮熟，香喷喷的，又挺筋道，李元婴还挺喜欢吃。

等李治把事情说完了，李元婴恍然点头："怪不得你今天怪怪的。"他对此不甚在意，满不在乎地说："就算家里只有个破茅屋，兄弟间也可能抢破头，一点都不稀奇。何况，你们上头还有你们父皇做示范呢。"

李治听李元婴这么说，差点没吓得捂住他的嘴巴。他语气都带上了恳求："幺叔，你在别人面前可别这么说话。"要是他父皇听到了，非得把李元婴的皮扒了不可！

李元婴道："我又不是傻子，怎么会和别人说这些？"他换了个姿势，盘腿舒舒服服地坐好了，才接着和李治分享自己的看法："要我说，给我我也不干呢，你看你父皇现在多累啊，天天要和你舅舅他们讨论政务，时不时还得一大早上朝；想要去打个猎吧，老魏追着他喷；想要迎个人进宫吧，老魏还追着他喷！那么累人的位置，为什么一个两个都抢着坐？"

李治听李元婴这么说完，也觉得有点可怕，但还是下意识地反驳："也不都是这么累的。"

李元婴奇道："你莫不是也想争一争？"

见李元婴一副"你要想争可得早点告诉我，我好离你远点"的表情，李治正色道："不管大哥、三哥，还是四哥他们，都比我要厉害得多！论长论贤都轮不到我头上，我争什么？"

李元婴这才好好地把晚膳吃完，与李治到禁苑中边散步边把话题拉回正题上。

李元婴还是觉得杜荷不适合城阳。

城阳性格有点内向，又十分纯善。

可从杜荷今天的表现来看，一来他有着超出年龄的野心，想来是因为杜如晦早逝，自己捞不着好前程，心里很不甘心；二来又冲动易怒，连在李二陛下面前都能寻机对房遗爱下狠手，绝不是那种能好好过日子的类型。

这样一个人，怎么看都不是城阳的良配。

李治知道李元婴的分析很有道理，拧眉道："父皇时常缅念莱国成公，怕是不会悔这桩婚事。"杜如晦死后被追封为莱国公，谥号"成公"，李治便称他为莱国成公。

李元婴没见过杜如晦，只听说过杜如晦的一些事迹。他直摇头："爹是爹，儿子是儿子！你还是你父皇的儿子呢，能一样吗？你父皇可有十四个儿子！至于女儿，那就更多了，只比我上头的姐姐少一点点而已。"

这么多儿女，李二陛下肯定是不能一一把关的，大多是看个家世就许了。别的李元婴管不来，甥子她们他是管定了，不靠谱的坚决不让嫁，管他姓杜还是姓房！

说起来，今天斗殴的两伙人之中，其实还有一个准驸马——房遗爱。

李二陛下对功臣的爱重，体现在嫁公主上——

襄城公主嫁了萧瑀之子。

长乐公主嫁了长孙无忌之子。

豫章公主嫁了唐俭之子。

巴陵公主嫁了柴绍之子。

清河公主嫁了程知节之子。

反正公主多，一家家嫁过去都绰绰有余，李二陛下自然也选了两个颇为宠爱的公主指婚给最为信重的"房杜"之子：指给杜家的是城阳，指给房家的则是高阳！

这次最爱热闹的高阳没来九成宫，因为前段时间冷热交替，她又贪凉喝了不少冰水，硬生生把自己折腾病了。

李元婴觉得高阳这驸马也不太靠谱，不过高阳比城阳年纪要小一点，应该没那么快出嫁才是，先瞅瞅城阳这桩婚事怎么解决再说。一回生，二回熟，这次能做成，下次肯定就驾轻就熟了！

李治见李元婴搅黄这桩婚事的决心很坚定，便问："那你打算怎么做？"

李元婴道："暂时还没想好，回头我们再商量商量。"说实话，他对婚事这玩意儿还没有太清晰的概念。不过今天李二陛下让他抄《礼记》，倒让他从中得了不少灵感。

虽说这书的条条框框看着让人头皮发麻，但是这些条条框框也不是不能利用的。

李元婴和李治分别之后，回房间边洗澡边琢磨这事。想着想着，他便觉得天色还早，不能和平时一样早早睡下。

李元婴叫人伺候自己穿好衣服，带上戴亭去了藏书楼那边。因着李二陛下来避暑，入夜后藏书楼仍是灯火通明，仿佛随时等候李二陛下过来走一趟。

这大大地方便了李元婴，他让戴亭在外头候着，自己沿着一排排书架寻觅白天看过的那卷《礼记》。

就在李元婴循着记忆看见躺在书架一隅的《礼记》时，意外地看见个十四五岁的少女拿着卷书倚在那里细读。少女只给李元婴瞧见张侧脸，只见她眉如远山、鼻梁挺翘，怎么看都是个美人坯子。

李元婴才九岁，没到对女子好奇的年龄，自然也不大有欣赏美人的闲心。他大咧咧地走过去，寻到《礼记》拿起来准备走人。

李元婴的脚步声惊动了少女，她转过头往李元婴这里望来，一双明眸里满是好奇。

少女打量着李元婴的衣着，发现他应当是皇室中人，再看看年龄与相貌，心中已推测出李元婴的身份。她含笑问好："殿下这么晚来找书看吗？"

李元婴见少女仿佛洞悉了自己的身份，仰起头看了看她，发现应当是宫中的低品妃嫔，于是（在他自己看来）很有礼貌地"嗯"了一声，抱着那卷《礼记》转身走了。

回去的路上，刚才一直远远等在一边的戴亭开了口："那是陛下的武才人，父亲是武士彟，早年曾与太上皇相交。"

武士彟因为曾与太上皇、齐王有交情，玄武门之变后并未得到李二陛下的重用，前两年他特意将聪慧美丽的女儿送了进宫，想走走后宫路线。

可惜差不多时间进宫的还有个徐才人，这徐才人颇有长孙皇后的影子，具体体现在她敢于直言劝谏李二陛下。

所以，徐才人今年已经晋封为婕妤，比停滞在才人上的武才人更得圣宠。

这恐怕就是武才人一个人躲在藏书楼看书的原因。

李元婴习惯了戴亭的博闻强识，听他把这些事细细道来也不奇怪。他虽对后宫之事没甚兴趣，但也不阻止戴亭留心这些事情，毕竟要搅黄城阳的婚事说不定还得借借后宫之力。

李元婴颔首表示自己知道了，抱着《礼记》回去挑灯夜读。

等李元婴连夜把《礼记》读完，整卷《礼记》也出现在了万界图书馆里头。

万界图书馆对它进行了全面的分析，连它有几个字都列得清清楚楚，并且对它各方面的价值进行了评估——最终确定这卷《礼记》完整度、重要度都为"上等"，收纳进了他的个人图书馆里。

凡是收纳进去的图书，李元婴都可以自由选择对外开放阅览或不开放阅览，理论上来说只要有人来看，他就能得到相应的贡献点。

李元婴觉着这种书不会有人想看的，随手选择开放阅览就扔到书架上没再管，继续琢磨《礼记》里面有什么可以利用的内容。

读书读出了兴头，李元婴直接泡在万界图书馆里过完了后半夜，再睁开眼时，天刚蒙蒙亮。

明明几乎一夜没睡，他的精神却好得不得了！

李元婴舒舒服服地伸了个懒腰，跳下床洗漱更衣，去与李治他们会合。耽搁了一路、玩耍了这么多天，他们又要齐聚一堂上课去了。

上课期间无需人伺候，李元婴便让戴亭出去打探消息——主要是打探杜家和房家的消息，什么方面的都要，将来大有用处。

遣走戴亭，李元婴溜达着去和李治几人碰了头，一块到讲堂里边候着，每个人身上都散发着"我不想上学"的可怜气息。

直到负责讲学的人走进门，李元婴等人才知道什么叫作"屋漏偏逢连夜雨，船迟又遇打头风"，这小老头清癯瘦弱，一双眼睛却炯炯有神，不是那连李二陛下都不想听他开口的魏徵又是谁？

李二陛下显然是觉得他们懈怠了这么多天，必须好好敲打！

这不，都直接让魏徵来镇场了！

李元婴安安分分地混在小伙伴里装乖巧，久违的系统却突然提示说他触发了新任务：检测到《十渐不克终疏》原稿就在附近，若能获取《十渐不克终疏》扫描件，将获得葵瓜子一包。

系统给李元婴介绍了一下《十渐不克终疏》是什么：魏徵上疏非常频繁，颇为有名的就是《十思疏》，给他皇兄列出洋洋洒洒十条想法和建议，让他皇兄看着改进！至于《十渐不克终疏》，是魏徵觉得他皇兄登基快十年了，渐渐有点骄傲自满，没当初那么英明神武、励精图治了，所以洋洋洒洒列了十条自己觉得他皇兄干得不够好的事给他皇兄提个醒。

李元婴啧啧惊叹。

老魏可真能找事！

所以说，当皇帝多累人啊！

比起《十渐不克终疏》，李元婴还是更在意任务奖励。

他看了看物品说明，发现这葵瓜子非常棒，看热闹的时候可以咔嗒咔嗒地嗑几颗！最稀奇的是，出产商家还在每包葵瓜子里面用单独包装裹了十颗生瓜子和写着栽种指南的小卡片，据说是让消费者可以亲自体验一下如何种出漂亮的向日葵！

瞧见展示在自己眼前的向日葵花朵，李元婴两眼一亮。

这个好玩！

李元婴对这葵瓜子很感兴趣，眼珠子一转，捅捅旁边的李治，压低声音叫李治借他一卷"课本"。

李治熟知李元婴什么品性，早叫人备了一套备用的，悄悄把魏徵要讲的那卷书递给李元婴。

两个人自认小动作做得十分隐蔽，却不知坐在上首的魏徵看得一清二楚。

见李元婴连课本都要跟李治借，魏徵眉头直跳，很想当场开骂。可一想到李元婴的累累前科，魏徵决定省点口水，毕竟李元婴就是个滚刀肉，骂了也没用！

魏徵的威慑力非常大，大伙都很乖，没人敢分神。

李元婴也很乖，拿着借来的课本专心研读。他当然不是要好好学习，他只是琢磨着好好和魏徵套个近乎，寻机瞅瞅魏徵揣着的那份《十渐不克终疏》。

虽说魏徵一直不太待见他，但学生有问题请教，魏徵总不能不教！

李元婴已经想好了，先拿课业上的问题去请教魏徵，再把读《礼记》时攒下的疑问拿出来问他，烦得多了，总有机会看到魏徵写的那什么什么疏！

打定主意后，李元婴老老实实看了一堂课的书，认真得不得了。

于是在魏徵宣布他今天的讲学内容结束时，李元婴在其他人诧异的目光中跑去向魏徵请教问题。

装乖卖巧这种事是李元婴的专长，他不仅请教了好些个问题，还殷勤地给魏徵端了杯水，活脱脱一个三好学生。

魏徵觉得这事很蹊跷，甚至怀疑到嘴的凉水是不是被李元婴下了点巴豆粉。他试着给李元婴解答了两个疑问，却发现李元婴一脸恍然，还能举一反三地提出另外的问题！

魏徵心中大为惊异，觉得这小子莫不是要改邪归正了！

李元婴装得很彻底，请教完还毕恭毕敬地送魏徵到院门外，很是不舍地问魏徵："我要是有别的问题，能不能去请教您啊？"

魏徵非常欣慰，捋须颔首："自然可以。"

李元婴恭恭敬敬地目送魏徵离开，才溜达回讲堂里。

李治见他回来了，忍不住发问："你今儿怎么这么认真啊？"

李元婴一脸正经："我发现我年纪不小啦，不能再胡闹了，得好好学点学问！"

李治信他才怪！

李治不信，魏徵也不太信，他揣着满腹的狐疑回去当值。

回去路上遇着要去负责后半截课程的孔颖达，魏徵还和孔颖达提到李元婴的转变，让孔颖达也注意一下他。

子曰，有教无类！若是李元婴当真有心要改，他们自然会尽心地教。

孔颖达听了，忍不住在心里犯嘀咕：李元婴那小子也会有向学之心？

孔颖达乃孔子第三十二代孙，根正苗红的孔家传人，少年时敏而好学，早早闻达乡里，甚至还有人因为他太过聪明而心生忌惮，派人刺杀他！

早年孔颖达就是秦王府中的十八学士之一，李二陛下登基后更是任命他为国子监祭酒，妥妥的国家教育部部长；他还有另一个任务，当全国科举教材的主编，带着底下的人编写《五经正义》！

这次随驾至九成宫，孔颖达也被李二陛下请来给李治他们讲几堂课，期望李治他们将来也能成为于国于民都有益处的大唐好藩王。

孔颖达还没走到讲堂所在的庭院外，便听里头有人在叫嚷："幺叔，你快点下来吧，九哥说孔祭酒要过来啦！"

这脆脆嫩嫩的嗓儿，不是李二陛下最宠爱的晋阳公主又是谁！

孔颖达听到"幺叔"两个字，眉头止不住地跳。他绷着脸迈步入内，只见儿子她们围在一棵老树下昂着小脑袋往上看。

那棵老树树身高大，枝叶浓绿，瞧着相当高龄。

此时李元婴快爬到树顶了。

李元婴很不怕死地站在微微弯曲、颇具弹性的横干上伸出手去取卡在枝叶间的纸鸢。

早上李元婴和李治要上课，兕子她们与宫人们跑到外头放纸鸢，不想方才一阵风猛吹，愣是把纸鸢吹到这边的树上挂着不下来！

李元婴正闲得无聊，见兕子她们巴巴地望着树上的纸鸢、一脸马上要哭出来的样子，立刻捋起袖子表示他上树取下来。

左右当然想拦着，可李元婴是谁啊，你越不让他干他越要干，当场麻利地爬到了树上。

孔颖达见李元婴的靴子胡乱地甩在树下，其他皇子也都趴在窗沿看热闹，长长的胡子不受控制地抖了抖，朝树上怒喝："李元婴，你立刻给我下来！"

李元婴被孔颖达一吓，差点脚底打滑摔了下去。他抱紧自己扶着的枝干，稳稳当当取下卡在枝叶间的纸鸢才不慌不忙地往下爬，灵活得跟个猴似的。

孔颖达气得不轻，怒瞪着把纸鸢递给兕子的李元婴。

李元婴一点都不害怕，还振振有词地批判起孔颖达来："孔祭酒，你这就不对啦，别人在高处，你怎么可以大声吼人？要是你家小孩爬到树上被你这么一吼，一准摔下地！到时真要摔伤了，你说算谁的？"

孔颖达冷哼道："孔家的儿孙可不会爬到树上去！"

孔颖达板着脸让兕子她们去别的地方玩，勒令李元婴站在门外反省，这才走进讲堂给李治他们讲课。

他傻了才会相信魏徵的话！

这小子哪里有半点有心向学的样子？

对着鹌鹑一样乖巧的李治等人讲完一段典籍，孔颖达想到李元婴到底还小，便朝门外喊了一声："你进来吧！"

门外没动静。

孔颖达脸色不大好。

靠窗的老七探出脑袋往外一看，对孔颖达道："孔祭酒，他不在外头了！"

孔颖达骂道："孺子不可教也！"他没让人去逮李元婴，接着刚才的内容往下讲。

反正，那小子就算待在这里也不会听讲，随他去！

李元婴当然不是乖乖罚站的人，他只站了一会儿，就看到三颗小脑袋从院门外探出来，脸上都有着深深的愧疚。

李元婴一看，可不能让三个"小萝卜头"难过啊！他马上溜了出去，开开心心地陪兕子她们放纸鸢。

讲堂东边就是一片宽阔的草场，长满如茵青草，特别适合小孩子玩耍。

李元婴玩了个尽兴，又美滋滋地和兕子她们用过点心，才和兕子她们说自己要回去学习了！

回讲堂是不可能的，李元婴溜回住处取了那卷自己读完的《礼记》，径直去魏徵当值的地方找人。

魏徵刚和李二陛下议完事，正在收拾自己抄录下来的文稿。

瞥见李元婴在外头探头探脑，魏徵眉头一皱。

这小子不是该在听孔颖达讲学吗？

魏徵脸庞瘦削，唇有点倒垂，天生带点凶，瞧着很是严肃。他板起脸喝道："鬼鬼祟祟地做什么？有事就进来！"

李元婴溜达进去，一点都不怕魏徵的黑脸，还和魏徵告起孔颖达的状来，说孔颖达不仅差点把他吓得摔下树，还罚他站在外头不许他进讲堂！

见魏徵对他的说法不置一词，李元婴也不在意，按部就班地继续自己的计划："我想着不能白白浪费一天，就去寻了昨天没抄完的《礼记》接着看完。"

李二陛下罚李元婴和李治的时候，魏徵也在场，自然知晓李元婴昨天确实抄了《礼记》。

魏徵目光中带着审视："你看完了？"

李元婴道："看完啦，就是有些地方不太懂。"他凑到魏徵身边，摊开了自己带来的《礼记》，开始认认真真地请教起魏徵来。

魏徵位居朝堂多年，结识了不少人，经历过不少事，眼力自然不会差。至少李元婴是认真还是装模作样，魏徵是能分辨出来的。

李元婴有心求教，魏徵便把文稿推到一边，悉心解答起李元婴的问题来。

李元婴算是误打误撞地找对人了，真要论起对《礼记》的理解和运用，朝中恐怕没多少人能比得过魏徵。他"喷"李二陛下的时候，经常就拿"于礼不合"当由头，可谓是将《礼记》运用得炉火纯青！

魏徵旁征博引地解决着李元婴的疑问，听得李元婴震惊不已。

原本他觉得自己已经把《礼记》看懂了，听魏徵深入一讲，他又觉得自己一点都没懂！

最要紧的是，魏徵还会给他举例，百姓中的事、朝堂上的事、史书上的记载，魏徵都信手拈来、随意化用，把他不理解的点讲得通透无比！

这一招要是学来了，往后他谁都能辩赢啦！

李元婴登时来了精神，听得更加起劲。

一老一小一个教、一个学，不知不觉竟到了下衙的点，该回去吃饭了！

李元婴有些意犹未尽，收起《礼记》表示要跟魏徵回家。

由于李二陛下一般要在九成宫待上小半年，所以百官是允许带上妻儿的，魏徵也带着妻儿一起过来，一家老小都住在按照品阶分下来的住处里。

听李元婴要跟自己回家，魏徵道："我家可没什么好吃的。"

李元婴说："那我叫人送些好吃的过去！"不等魏徵反对，李元婴已经吩咐左右去膳房弄些好菜送去魏徵家里。

意犹未尽的可不止李元婴，魏徵刚才也教出了兴头来。他听李元婴都吩咐下去了，便也不再拒绝，由着李元婴亦步亦趋地跟在自己身边。

正是下衙的时候，百官都在往外走。

有不少人注意到了这一老一小一起往外走的身影，心里免不了暗暗吃惊：那小子怎么和魏徵凑一块儿了？

换了平时，那小子别说自己去找魏徵了，躲魏徵还来不及！

这是太阳打西边出来了吧？

李元婴翘课和找魏徵的消息也传到了李二陛下耳中。

李二陛下本就有心观察一下李元婴，听到李元婴跟魏徵走了后也觉得稀奇，不过李二陛下处理了一天的公务，颇觉疲惫，分不出太多精神在李元婴身上，只准备明日问问魏徵是怎么回事。

别人怎么看，李元婴才不管。李元婴麻溜地跟在魏徵身后，随着魏徵回了他的住处。

虽然这次集体出差上头包住，吃喝却是不包的，魏徵家得自己开火。李元婴跟在魏徵后头踏进屋一看，发现魏徵住哪儿都能住出一股子清贫味道，瞧着很是寒酸。

魏徵的妻子裴氏亲自在厨下忙碌，听魏徵带了个宗室子弟回来，愣了一下，抹了把手撩开门帘走出来。

李元婴正好奇地打量着魏徵住处里的陈设，瞧见裴氏出来了，立刻很有礼貌地向这位衣着素简的妇人问好，没有半点传言中的荒唐跋扈。

简直乖得连魏徵都忍不住多看了他几眼。

米刚下锅，裴氏知晓李元婴要留下用膳，当即揭开锅多放了些米下去。他们家的米不是上好的米，还混着些杂粮，一锅蒸熟，口感不大好，却管饱。

见李元婴又在那探头探脑，魏徵板起脸道："离晚膳还早，你还有什么要问的可以先问问。"

李元婴立刻收回目光，再次摊开《礼记》向魏徵请教起来。

李元婴年纪小，悟性却不差，难得的是能举一反三、活学活用。魏徵越教越觉得，若不是这小子过于疲懒和顽劣，指不定也能把经义学得很好！

两人再次进入你教我学的忘我状态，忽听有人从外面推门而入。李元婴还没到学痴的境界，一听到动静便抬头往门外看去。只见一个男孩从门外走进来，年纪六七岁，长得眉清目秀，很是好看，一不留神肯定会错眼认成女孩。

李元婴平日里玩伴不少，却没见过这男孩，有些好奇地打量着他。那男孩跑到魏徵身边，也好奇地看着李元婴发问："祖父，他是谁啊？"

魏徵看到男孩跑到自己跟前，先是不太赞同地拧眉看了男孩一眼，接着才把李元婴的身份说了出来。

男孩显然对李元婴那些混账事早有耳闻，听到李元婴的名字便颇觉稀奇地多看了他几眼。

男孩偎到魏徵身边，落落大方地和李元婴坦白："我叫魏姝，是女孩，穿男孩的衣裳只为了方便，你不要跟别人说！"

李元婴没想到自己的第一感觉还真蒙对了。他浑不在意地说道："不稀奇，高阳也爱穿男孩的衣裳，她马球打得比很多男孩都要好！"

若说李元婴是宗室之中的混世小魔王，高阳则是公主里的搞事精，比皇子还活泼爱闹！李元婴与高阳小时候不太对付，碰一次面互殴一次，后来打得多了，一起被罚的次数也多了，关系竟莫名其妙地好了不少。

魏姝见李元婴拿着本书，便也不打扰，安静地坐在一边看他们重新进入问答教学环节。到裴氏招呼她将饭菜端出去，魏姝才起身去厨下帮忙。

此时李元婴身边伺候的人也端着丰盛的菜肴过来了，他们征得魏徵的同意后鱼贯而入，将热腾腾的美味分到每个人面前。

李元婴刚才专心听讲，耗神不少，闻到饭香之后觉得饿极了，便跟着魏徵入座，自带好菜在魏徵家蹭了顿饭。饭后天还没黑，李元婴又逮着魏徵问了好些个问题，才揣着自己带来的《礼记》走了。

李元婴前脚刚走，魏徵就训起自己孙女来。他儿子在外赴任，夫妻俩都是小年轻，带着魏姝不方便，便将魏姝留在家中。偏他这孙女不爱女红，独爱书画一道，她爱看书、爱习字也就罢了，还爱打扮成男孩到外面去。谁家的女儿会像她这么野？

魏姝乖乖挨训，一句都不反驳，到魏徵骂够了才绕到他身后替他捏肩。她还小，力道也小，给人捏肩本没什么用处，却让魏徵一下子没了话。

魏姝边给祖父献殷勤边奇道：“这位殿下和传言不太一样。”她听说宫里有个混世小魔王，天不怕地不怕，什么事都敢干。谁要是惹着了他，一准没好日子过！听说他才四五岁时，做事就极其残忍，曾经命人把一内侍埋在雪里不许出来，差点让那内侍丢了命！

魏徵道：“没什么不一样的。”虽然李元婴有要改的迹象，可也掩盖不了他以前是个混账的事实。

魏徵很喜欢李元婴的转变，却也不会因此而放松警惕。他总感觉这事有点蹊跷，那么混账的一个人怎么会说变就变？

李元婴在回去的路上与外出打探消息的戴亭会合了，两人一前一后地往回走，都没说话。行至半途，李元婴才一拍额头，懊恼地发现自己居然忘记了假“请教”之名偷看《十渐不克终疏》的事。

真是太不应该了，怎么把这么重要的事给忘了！

好在魏徵每天都会在那里，绝对不会跑掉，他的机会多得很。李元婴打定了主意，抱着《礼记》溜达回自己的住处。

阿史那结社夜袭行宫之后，九成宫的守卫森严了许多，李元婴房门外也有人把守着。他打了个哈欠，在底下人的伺候下沐浴更衣，舒舒服服地睡下了。

第二日，李二陛下与魏徵等人议事完毕，特地留魏徵问了李元婴的事。听魏徵说李元婴对《礼记》颇感兴趣，李二陛下令人把李元婴自己照着典故编的那些小故事拿来给魏徵看看。

魏徵是头一个在他面前说李元婴好话的人，所以李二陛下想问问魏徵对这些小故事的看法。

大唐的天下姓李，若是藩王才华卓绝，能稳定一方，于李家皇室自是有利的！

经历过玄武门之变，太上皇和长孙皇后又先后逝去，李二陛下对待自己那些个弟弟宽容了许多，早早就给他们封了王。

唯独对李元婴，李二陛下颇为犹豫。这小子说他笨吧，可干起坏事来比谁都精明；说他聪明吧，他又太过胆大妄为。最要紧的是，这小子是在他眼皮底下长大的，还曾经被长孙皇后抚育过大半年，不管从哪个方面来看，这个弟弟于他而言都是最特殊的。

李二陛下原想着给他封个好地方，让他舒舒坦坦过一辈子，可察觉到李元婴可能有过人的天资之后，李二陛下觉得这样太浪费了。

他希望天下之才都能为他所用，包括他的弟弟们！

魏徵将李元婴给兕子她们讲的典故故事看完，心中也和李二陛下一样惊讶。若这些典故故事当真是李元婴自己选择出来改编的，那李元婴绝对是一块难得的璞玉！

李二陛下瞧见魏徵的神色，知晓他的看法也和自己相同，便吩咐道："他若是再来向你请教，你只管好好教他！"

魏徵领命退下。

魏徵不晓得的是，李元婴今天又逃课了，而且不是逃课来找他，而是去"偶遇"他孙女魏姝。

李元婴能通过万界图书馆感应到魏徵那份《十渐不克终疏》所在之处，昨天魏徵是把它揣在身上的，今天魏徵却没揣着，按照方位来判断，魏徵显然是把它搁在家里了。

李元婴是个闲不住的，心里又惦记着任务奖励，眼珠子转了转，很快生出另一计：魏徵不在家，他去与魏徵的孙女魏姝套套近乎，找个由头跟魏姝一起去魏徵书房玩耍，自然有机会看到《十渐不克终疏》！

李元婴说干就干，叫李治给自己请了个病假，溜去魏徵住处外围寻找魏姝的身影。

不一会儿，李元婴便在一棵树下瞧见了魏姝。这女孩年纪那么小，不知怎的十分嗜书，正捧着一卷书坐在树下看，不时还拿树枝在地上写写画画。

李元婴的认知里从来没有"犹豫"和"害臊"这两种玩意，他大咧咧地跑了过去，一屁股坐到另一条裸露在地表的树根上，好奇地看向魏姝在地上涂画的字迹。

一看之下，李元婴吃了一惊，魏姝的字写得可真好啊，至少比他的字好看多了，虽还稚气未脱，却已有了几分空灵飞动的神韵。

李元婴一点都不觉得自己的到来有多突兀，张口品评道："你这字，有点像褚遂良的。"

褚遂良是当朝名臣，字写得特别好，现在被李二陛下钦点去写起居注——简单来说就是记录李二陛下的一言一行，可以时刻追随在侧！

李元婴虽不学无术，却也自幼受各方名师熏陶，别的可能比不上旁人，眼光绝对不会差。

魏姝见李元婴一眼便能认出她习的是谁的字，更觉李元婴和传言中那个混世小魔王大不相同。她抹平刚才写的字，又在上头另起一行，写的是另一种字体。

这次她写的字秉笔方圆，筋骨外露，与方才大不相同！

李元婴看得吃了一惊："这是欧阳询的字了！"李元婴还是头一次看到年纪这么小就能在两种字之间切换自如的人，不由钦佩地问："你几岁啦？怎么这么厉害？"

魏姝道："我马上要满七岁。"

李元婴一听，说道："马上要满七岁，那你的生辰岂不是近了？"

这次魏姝没回答，虽说她许多想法都很离经叛道，却也知晓不能随便和男孩说出自己的生辰。生辰八字，那都是要成婚时才能和夫家交换的！

魏姝不答，李元婴也不在意，他把自个儿的生辰给说了："我的生辰也近了，还差两个月我就满九岁啦！"李元婴自顾自地说完，又问魏姝怎的不在书房里练字。他很理所当然地发表自己的意见："大热天的跑到外面来，多热啊！在书房写就很好，往书案两边放上两盆冰，特别凉快，可舒服了！"

魏姝听完他的话也不恼，只坦然承认家贫："纸很贵，冰更贵，我们家用不起。而且我的字写得还不够好，也没写出过什么好文章，没必要非要往纸上写。"

李元婴听懂了，原来自己也当了回对人说"何不食肉糜"的傻子。虽然才见过两面，李元婴却能判断出魏姝不是那种愿意白白收受别人东西的人。他想了想，两眼亮亮地对魏姝说："若你不嫌弃纸是被人用过的，我倒是有个法子帮你弄许多纸来！"

魏姝说是不想往纸上写，可真要有机会她还是很想在纸上练字。听李元婴这么说，她有些心动，忍不住问："什么法子？"

李元婴一听，知道魏姝心动了，立刻神神秘秘地对魏姝说："你跟我来，我这就去给你弄纸。"

第二章

向阳而绽

魏姝半信半疑地收起书，跟着李元婴走。

李元婴叫戴亭去弄了个麻袋回来，屁颠屁颠地带着魏姝去寻长孙无忌。

长孙无忌正在安排各项事务，见李元婴来了，奇怪地问："殿下不去讲堂，来我这作甚？"

魏姝虽是魏徵的孙女，却没什么机会见到长孙无忌。她天性聪慧，远远便从长孙无忌的紫衣金带瞧出了他身份不凡，当即安静地候在门外，不随意张望，也不随意张口。

李元婴可没别人那么多顾虑。

算起来，长孙无忌是兕子她们的亲舅舅，早年与长孙皇后相依为命，如今又颇得李二陛下信重，以外戚身份位居三公之列！

在李元婴看来，他与长孙无忌四舍五入也算是亲戚了。他直接和长孙无忌说明来意："我看各个衙门都有许多废弃的公文，旨意传达下去之后便没用了，浪费！我想要这些废纸，您能写个手谕让我去和底下的人讨吗？"

长孙无忌一向是与人为善的性格，听了李元婴的话，觉得要点废弃的公文没什么紧要，爽快地写了个手谕让李元婴进去折腾去。

李元婴讨来长孙无忌亲笔所书的手谕，美滋滋地跑出去和魏姝会师，示意魏姝和自己一起拉开麻袋的口子，跑去向各个衙门讨废弃公文。

长孙无忌眼下可是朝中一把手，他的手谕谁敢轻慢？李元婴没跑几处便把麻袋塞得满满当当。

一麻袋的纸太沉了，李元婴将扛麻袋的任务交给身后的人，自己拉着魏姝绕开魏徵当值的地方往外跑。

等跑得够远了，李元婴慢下来才和魏姝夸起自己的聪明来："怎么样？这么多纸，够你写老久啦！我这法子是不是很棒！"

魏姝心道，这种事也只有李元婴能去做。长孙无忌高居司空之位，谁敢轻易去讨他的手谕？

不过李元婴帮自己弄来这么多纸，魏姝自然是感激的。她夸道："殿下真有办法！"

李元婴成功结识新的小伙伴，还帮上了小伙伴的忙，心里非常自得，大摇大摆地跟着魏姝一块往回走。

到了魏徵住处见着裴氏，李元婴嘴甜地和裴氏问了好，才问裴氏能不能把那麻袋废弃公文扛进魏徵书房。

裴氏听说是李元婴去跟人要来的纸，不太赞同地看了魏姝一眼。

魏姝在自家祖母面前向来比较活泼，悄悄朝裴氏做了个可爱的鬼脸。

裴氏瞪她。

李元婴帮魏姝解释："这些纸都是用过的，对各个衙门来说没什么用处，正好可以拿来给妹妹妹练字。"他自小在宫里横着走，唯独对女孩子特别好，侄子她们都爱黏着他，遇上魏姝便下意识地多照顾几分。

裴氏见李元婴这样说了，也没再责备魏姝，只觉李元婴与丈夫说的完全不一样。

多贴心的孩子啊！自家儿子、孙子像他这么大的时候，哪会照顾妹妹？不欺负妹妹就不错了！

李元婴获得裴氏的许可，大大方方地叫人扛着那麻袋废弃公文进了魏徵书房。

魏徵显然很疼爱魏姝，书房里也给她摆了个书案，笔墨纸砚一应俱全。

魏徵好歹也是朝中大员，真要一穷二白是不可能的，所以该给孙女的都会给。说到底还是魏姝太爱书法，光这些根本不够她练习，才会跑到外头用树枝反复写画。

都到魏徵书房来了，李元婴自然想顺道把自己的任务完成。他说道："听说你祖父与褚遂良他们关系不错，家里肯定收藏了很多他们的文稿吧？"

魏姝在整理那一麻袋废弃公文，闻言便起身把书架上的几卷书稿取下来，摊开其中一卷给李元婴看："这就是欧阳公的文稿。"

李元婴接到手里，也不急着看，而是对魏姝说："你先整理那些公文吧，要不然你祖父回来看到乱糟糟的一准要骂你！我自己瞧瞧就行了。"他还征询魏姝："这里头没什么不能看的吧？"

魏姝平日里就经常自己取这些书卷来看，从来没被魏徵阻拦过。她听李元婴这么有礼貌地向自己确认，没怎么考虑便说："那你先看着，我很快就能整理好了。"

李元婴假模假样地把手中的欧阳询真迹原稿看完，按照万界图书馆的指示轻松挑出了魏徵藏在书架上的《十渐不克终疏》。

他欣喜地开启扫描功能，开始把《十渐不克终疏》原稿收进万界图书馆里。

《十渐不克终疏》才扫描过半，书房的门帘竟被人从外面撩开了。

是裴氏端着两碗红豆汤进来。

裴氏含笑招呼道："殿下，天气热，不如喝点红豆汤吧？虽不是什么好东西，却也可以解解暑热。"

李元婴一点都没有偷看别人东西被抓包的惊慌，不慌不忙地把《十渐不克终疏》完完整整地看完才将它放回原处，转身乖巧地朝裴氏道谢。

裴氏越发觉得这是个好孩子。

李元婴目的达成，心情好得很，便乖乖与魏姝相对而坐，喝起了红豆汤。

裴氏做菜很有一手，这汤中红豆熬得烂熟，已隔着碗在凉水里面浸冷了，捧在手里凉凉的，夏天令人烦躁的热意顿时散了大半。

李元婴一尝，感觉竟有丝丝甜意在嘴里泛开，好喝得不得了。

李元婴一向是有话直说的性情，立刻两眼发亮地夸："太好喝了！"

裴氏更喜欢这孩子了。

李元婴与魏姝对坐喝完了红豆汤，心里惦记着任务奖励的那包葵瓜子，等裴氏出去后，便悄悄和魏姝约定："我明日要带兕子她们去种一样新奇的花，你要一起来吗？"为了让魏姝知晓自己要种的花有多稀奇，李元婴扯过一张纸，讨了魏姝的笔墨在上头勾画出向日葵的样子来："你看，长这样的，要是长得好的话花盘能和我们的脑袋那么大，花盘上是一圈圈紧紧挨在一起的葵瓜子。这葵瓜子可以吃，炒熟以后香喷喷的，咬开壳就能吃到好吃的籽！"

李元婴还和魏姝形容向日葵的模样：它们大朵大朵地开在高高的枝头，碧绿碧绿的叶子本来就很大，花却比叶子还大。

更特别的是，这花准备开花时还会追着阳光走，太阳从东往西走，它的花苞也会从东往西转，确保自己永远都向阳而绽！

魏姝没听过这样的花，自然被李元婴勾起了兴趣，一口应下李元婴的邀约。

李元婴高兴极了，乐滋滋地和魏姝道别，回住处接收任务奖励兼筹划翌日的向日葵种植大计去了。

这天魏徵到下衙都没见着李元婴寻来，还从孔颖达口中听说李元婴今天还是跷了课，免不了有些失望：这小子果然还是老样子，不能指望他能改过来。

直至回到住处，魏徵才知晓李元婴找魏姝玩了半天。

裴氏瞧着很高兴："殿下还夸我煮的红豆汤好喝。"

魏徵对口腹之欲没什么追求，只说："他怎么和姝儿凑一起了？"

裴氏道："在外头赶巧碰上了吧，姝儿总爱往外跑，不稀奇。"裴氏还把李元婴帮魏姝讨来一堆废弃公文的事一并说了。

魏徵听得眉头跳了跳，敏锐地觉得李元婴别有企图。可李元婴能有什么企图？魏徵说道："我去瞧瞧。"他把摘下的幞头递给裴氏，走入书房看看自己孙女在做什么。

魏姝得了这么多纸，自然是在过练字瘾，只要能多多练习，她一点都不觉得书房太闷热。

魏徵见魏姝神色专注，显然写得入了神，心中免不了感到惋惜：可惜这孩子生为女儿身，若是生为男儿，再长大些怕是能金榜题名、闻达天下！

然而世俗对女子颇为苛刻，女子即便是有才，也只能落个"贤内助"名头，终归不能和男子一样一展所长——至少，许多男人不太乐意自己的妻子比自己还出色，觉得有损尊严和颜面。

如此一想，魏徵的心便软了。他没和平时一样训斥魏姝，而是认真看了看魏姝写出来的字，给她指出几处需要改进的地方。

魏姝得了祖父指点，马上重写一次，瞧着竟当场把魏徵指出的缺点改了大半！

魏姝见魏徵望向自己的目光带着遗憾和怜惜，趁机把自己与李元婴明日的约定说了出来，问魏徵自己能不能去。

魏徵听李元婴居然还约魏姝明天见，眉头不由自主地皱了起来。他本想反对，对上孙女满含期待的眼神却说不出"不许去"三个字来。

魏徵道："行，你去吧。"反正晋阳公主她们也要去，总不会有什么危险！答应之后，魏徵又好奇起孙女所说的向日葵来，叫魏姝把李元婴画的花给他瞧瞧。

魏姝早把李元婴画的向日葵收好了，听魏徵要看便重新取出来拿给魏徵看。

魏徵活了快六十年，竟也没见过这样的花。他捋须说道："是挺稀奇，你且去看看。"

魏姝虽然比同龄人早熟一些，却也还是个半大孩子，该有的好奇心不比别家小孩少。她问："据说眼下把这花种下，七八月就能开花，我们会待到那个时候吗？"

魏徵点头："这次也会待半年，七八月自然还在这儿。"

魏姝得知能看到向日葵开花，心情有点小雀跃，又仔细把李元婴随手画给她看的向日葵收了起来。

魏徵见魏姝难得流露出小孩子应有的欢喜和开心，更觉自己允许魏姝与李元婴去玩是对的。

他这个孙女从小比别家孩子聪慧，叫她与人一起玩，她总不爱去，说不想玩那些小孩子玩的游戏。

可六七岁的孩子整天抱着书看哪里行？

夜里入睡之前，魏徵与裴氏说了明日让魏姝和李元婴他们去玩的事。

裴氏对此很放心。女人的感觉是很奇妙的，虽然只见了李元婴两次，裴氏却已经觉得这孩子哪儿都好，还特别可靠！她应道："姝儿想去，自然是让她去。"

另一边的魏姝早早睡下了。

这天夜里她的梦中有大朵大朵的向日葵向阳而绽，金灿灿的，特别漂亮。

晚上李元婴与李治他们会合，听李元婴说有新小伙伴加入，三个"小萝卜头"都很期待。

李治却不太赞同地说："你明天还不去讲堂吗？孔祭酒要生气了！"

李元婴一听，这是有情绪了，毕竟他们能去种向日葵，李治不能去！李元婴好言安慰："如果你也想去，一起告假就好，别怕，你学得好，一天不去肯定也能跟上！"

李治涨红了脸："我不是想一起去。"

李元婴直摇头，觉得这娃儿咋这么不实诚，想去就去呗，还嘴硬。他可不信李治说什么孔颖达会生气的鬼话，他看书时看到过周处除三害的故事，觉得周处傻兮兮的，别人喜不喜欢他都看不出来，还觉得自己当了大英雄。

他才不会那么笨！

李元婴道："反正，你帮我告个假就好，老孔巴不得我不去呢。"

李治拿李元婴没辙。

孔颖达确实不喜欢李元婴，李治帮李元婴告假时孔颖达眉头都没皱一下，点点头表示知道了。

其实李治是觉得李元婴比他聪明，若有心向学肯定学得比他好，所以不太赞同李元婴逃课玩耍的行为。

李治还想再挣扎一下："孔祭酒学问很好，你别总和他对着干。"

李元婴抬手弹了李治额头一下，笑得蔫儿坏："你不觉得老孔气急败坏的模样很有趣吗？反正我不去！"

不管李治有多郁卒，李元婴已经打定主意要逃课。

第二天一大早，李元婴起得老早，决定先去接魏姝。

正是上衙的时候，朝臣们陆陆续续地往办公地点走去，只有李元婴一个人领着左右逆流而出，自然引起了不少人的注意。

最不巧的是，李元婴还碰到了孔颖达。李元婴满心期待着见到小伙伴，一时不察，迎头与孔颖达撞上了！

李元婴不慌不忙地跟孔颖达打招呼："孔祭酒，早啊。"他长着张好皮相，笑起来灿若春华，还露出两个小酒窝，瞧着格外讨喜。

孔颖达可不吃他这一套，冷笑道："今天不生病了？"

李元婴保证道："不生病不生病！"

孔颖达不再理会他，拂袖走了。

等孔颖达抵达讲堂那边，面带犹豫的李治又候在外头等他。

孔颖达绷着脸走过去，李治便迎了上前，吞吞吐吐地说："孔祭酒，幺叔说他今天卜了一卦，不宜出门，所以今天不来了。"

敢情还真不生病，换卜卦去了！

孔颖达脸皮抖了抖，骂道："你以后不用再帮他告假，他爱来不来！"还不宜出门，刚才那个颠儿颠儿往外跑的人是谁？

李治赶紧回去坐好，感觉这事不太妙。

李元婴一点都不担心自己的学业问题，他跑去接到魏姝，一路上给魏姝介绍三个"小萝卜头"。

听说要见到三个小公主，魏姝心里挺紧张，不过她从小比别人稳得住，面上没表露半分不安。

几个人都没满十岁，不用讲太多虚礼，会师后很快混熟了。兕子绕着魏姝转了一圈，夸魏姝："你这样穿比高阳姐姐还好看！"她爱穿小裙子，却也觉得男装打扮很棒，玩耍时方便又利落。

魏姝鲜少被人这样热情围着看，有些不自在。

李元婴适时地掏出张"向日葵栽种指南"。这是他按照那包葵瓜子里的教程重新绘制的，万界图书馆里带有文字的东西不能随便带出来，所以他得自己摘录好这份教程。

三个"小萝卜头"变成了四个"小萝卜头"，李元婴搞起事情来更带劲了，非常享受"小萝卜头"们的瞩目，骄傲地说："据说，这向日葵原本生长在一片很遥远很遥远的大陆上，离我们相隔着一片非常大的大洋，坐船的话，花个好些年都不一定能到。"

兕子道："哇，好远啊！"

四个"小萝卜头"轮流传看那份向日葵栽种指南，最后才传到魏姝手上。

相比兕子三人，魏姝在家时会帮祖母种点蔬果，勉强算是有种植经验，她看完后觉得整个流程很靠谱！

李元婴领着他们去寻九成宫的暖房。暖房常年供应宫中时蔬，冬日里在暖房里种反季节蔬菜，平时则可以在暖房周围直接种。

见李元婴领着四个小女娃过来，底下的人赶紧迎了过来，看看这几个小贵人怎么突然跑这种地方玩耍。

李元婴道："你们这儿的人有识字的吗？"

一个年约十一二岁的内侍紧张又期待地出列，恭恭敬敬地应道："小的识字！"他长相普通，一双眼睛却带着几分灼亮，显见很想抓住出头的机会。

李元婴把魏姝手里的向日葵栽种指南拿给那内侍，吩咐道："那你给我们挑个好地儿，等我们把这东西种下去，你负责照料好。"李元婴对亲力亲为全程照顾几棵花可没什么兴致，只准备经常带兕子她们溜达过来看看长势便好。

听李元婴如此安排，内侍喜不自胜，双手接过那份向日葵栽种指南，认真地看完，熟门熟路地领着李元婴他们去寻适合种向日葵的地方。

其他人见好事没自己份，只好各自散去，暗暗羡慕那小子的好运气。

对于种向日葵这件事，李元婴几人都很有热情。

李元婴接受四个"小萝卜头"的指挥负责挖坑，接着把十颗种子分成五份，一人两颗，小心翼翼地埋到坑里。最后，李元婴指定兕子和魏姝负责写牌子，分别在自己埋下种子的地方竖起个小牌，方便以后看谁的长得快长得好！

忙活完了，李元婴扔给那内侍一颗金豆子，说道："你照着种植指南上的指示好好照料，种好了有赏。"

那内侍欢喜地收好豆子，向李元婴自报姓名："小的董小乙，一定好好照看几位殿下的花。"

李元婴点点头，让董小乙看到向日葵发芽后来通知他，转身带着兕子她们走了。

李元婴很懂得照顾小伙伴的喜好，离开暖房那边后问魏姝："来都来了，不如我们带你去藏书楼看看！"

魏姝犹豫道："可以吗？"

兕子刚才就觉得魏姝的字写得很好，热情地拉着魏姝说："当然可以，我们去！"

李元婴的提议全票通过，魏姝便跟着他们一块转到藏书楼。

魏徵家中别无长物，唯独不缺书，但个人藏书再多也比不过皇家所藏的典籍。魏姝一到楼中便觉得宛如置身书海，眼睛不由得比平时更亮了！

李元婴虽然对书没什么兴趣，可见到魏姝这么喜欢，便也挑了本书随意地翻看起来。

兕子和衡山虽和魏姝差不多大，却没魏姝沉得住气，看了一会儿书就觉得无聊，噔噔噔地跑到李元婴身边一左一右地拉住他的手摇晃。

兕子说："幺叔，我要听故事！"

衡山软乎乎地跟着说："对，听故事！"

城阳与魏姝闻言不由得也放下了手里的书。

李元婴见四双眼睛齐刷刷地望向自己，觉得自己不能让四个"小萝卜头"失望，想了想，便给她们讲了另一个温馨美好的童话故事：《夜莺与玫瑰》。

这个故事讲的是，夜莺为了让一个男子赢得爱情，在月光下顶着玫瑰的尖刺唱了整整一晚的歌，用死亡换得一朵红玫瑰！可惜，这朵红玫瑰并没有成就一段佳缘，而是被人随手扔进了阴沟里。

李元婴别的不行，讲故事最厉害，什么情境在他嘴里都能变得活灵活现。他讲着讲着，四个"小萝卜头"的眼眶都红了，等讲到玫瑰被扔掉时兕子最先哇的一声哭了出来："怎么可以这样？那可是夜莺用生命换来的！"

新城也抽噎着说："又是这样的故事，我不喜欢幺叔了！"

两个"小萝卜头"拉着姐姐城阳哭着跑走。

李元婴见新来的小伙伴魏姝也两眼红通通，有点怀疑那本《王尔德童话》是系统推荐来坑他的。可他觉得，这故事确实挺好看的啊！

李元婴问魏姝："你不会也不想理我了吧？"

魏姝已经擦掉了眼泪，摇摇头说："很好的故事。"

李元婴找到了知己，特别开心："对吧，我也这么觉得。"

魏姝想起新城说"又是这样的故事"，忍不住问："你还给兕子她们讲过别的吗？"

李元婴觉得魏姝还想再听，立刻兴致勃勃地把《快乐王子》和《小公主的生日》也给魏姝讲了。

魏姝说："我想回去了。"

李元婴见小伙伴虽然眼眶红红，情绪却还算稳定，起身表示要送她回家。路上，李元婴有点紧张地问："下回你还跟我们一起去看向日葵吗？"

魏姝说："去。"

李元婴一听，心里高兴得很，乐滋滋地说："下回我再给你们讲新故事。"

李元婴把魏姝送到家，欢快地走了。

魏姝跑回自己的房里，回想着李元婴讲的三个故事，很快变得泪眼汪汪。她不是多愁善感的人，从小到大哭鼻子的次数屈指可数，可李元婴讲的故事太让人鼻子发酸了啊，呜呜呜忍不住要掉眼泪！

魏姝自己躲着哭，兕子三人却不管那么多，在李元婴这里受了委屈，她们就想去找李二陛下告状。

赶巧李二陛下议完事准备用点吃食，瞧见三个宝贝女儿哭着跑来了，当即把两个小的都抱到膝上，问道："谁欺负你们了？"

兕子抽抽噎噎地把《夜莺与玫瑰》给李二陛下复述了一遍，最后伤心地抱着李二陛下的脖子哇哇大哭："夜莺好可怜啊！"

兕子三人告完状被李二陛下哄去午歇，孔颖达又找上李二陛下。

虽说孔颖达负气地对李治说李元婴爱来不来，李二陛下这边还是要有个交代。毕竟，李二陛下把李元婴养在身边，是想展现自己兄友弟恭的一面，李元婴过于顽劣的话传出去是不大好听的。

孔颖达到了李二陛下面前，便把李元婴这几天的所作所为说了出来，话里话外都透露出一个意思：他恐怕教不了这位殿下！

李二陛下正为李元婴闹哭兕子她们的事恼火，听孔颖达说完后怒火中烧，叫人去把李元婴拎过来当面对质。

李元婴还琢磨下午要不要继续去请教魏徵，虽说任务做完了，但魏徵才讲了一段《礼记》，不听完他有点心痒。作为一个多年无心向学的学渣，李元婴还是头一回生出求知欲来，一时间有点无所适从。

听人说李二陛下喊自己过去，李元婴心里直打鼓，摸不清李二陛下找自己做什么。坏事干太多，他都不晓得为的是哪一桩！

虽然不知道是哪件事东窗事发了，李元婴还是迈开腿跑去见他皇兄。

一瞧见坐在下首的孔颖达，李元婴马上明白了，是这老头告的状！

不就告假理由露馅了吗？要不要直接找他皇兄啊！

李二陛下没开骂，李元婴就能装作啥都没发生。他乖乖巧巧地向李二陛下问好："皇兄您找我有事吗？"

李二陛下骂道："你还问我什么事？这两天你去哪儿了？"

李元婴不慌不忙地扯谎："我没去哪，我在认真看书！"他看了孔颖达一眼，口气大得很："老孔教的东西我都看会啦，就不去讲堂了！"

孔颖达听到他那称呼，气得差点跳起来骂他一顿。李二陛下希望能"文治"，尊崇儒道，朝中上下对他一直很尊重，唯独这小子不听他讲学不说，还一口一个"老孔"！

李二陛下自然也被李元婴气到了，当场训斥："朕让孔卿教你们，孔卿就是你们的老师！改掉你那目无尊长的叫法！"

李元婴不吭声了。

李二陛下又冷笑："你说你都会了，敢情你把《论语》都学透了？"

李元婴这回理直气壮多了，挺直腰板说："那是当然，我都会背了！"前些时候为了换一本《王尔德童话》，他可是认真读完了《论语》的，现在回忆起来每个字都还清清楚楚！

李二陛下与孔颖达对视一眼，都觉有些不相信。李二陛下也熟读《论语》，当即随意抽了几段来考李元婴。

李元婴本就聪明过人，这种简单的提问自是应答如流，甚至连李二陛下抽考一些句子的意思都不惧。

孔颖达见李元婴从容应答，心中颇为震惊。

若李元婴当真把整本《论语》都学到倒背如流的程度了，确实没必要再听他这两天的讲学。

只是孔颖达好歹是孔家后人，自不能让李元婴这样落了面子，当即和李二陛下交换了一个眼神，改由他出题考校李元婴。孔颖达不让背也不让释意，只挑出几句看似有歧义的经义，问李元婴这几句是不是相互矛盾？孔子为什么要说这些话？

这是直接提高难度，从背诵题和翻译题跳到了论述题！

李元婴听完题一下子愣住了，他不知道两种题型难度不一样，只知道自己根本不会答。

李二陛下见状哼道："知其然而不知其所以然，还扬扬自得！"

李元婴生气地说："有什么了不起的，我能学会！"说完他就气冲冲地跑了。

李二陛下见弟弟气得跑走，顿时哈哈大笑，笑完了，他才对孔颖达说："孔卿，你看元婴可还算可教？"

孔颖达也意识到李元婴有不错的天资，听李二陛下这样说便应道："臣明白了。"从前他觉得李元婴不堪造就，自是不会管束他，既然知道李元婴颇为聪慧，李二陛下又有心让他们好好教导，他哪里还会轻慢！

孔颖达门生多，平时负责给李元婴讲学的人之中也有不少是他门下的，他只要和他们提一句就足以做到全方位"严抓共管"。

孔颖达说干就干，行动力很强，回去后就找几个门生开了个小会，把李二陛下的意思传达给他们：给我抓，给我好好抓！李元婴要是有八分聪明，你们就把他教成十分！

李元婴不晓得李二陛下和孔颖达正在给他织网，他回去后躺在榻上生了好一会儿的气，翻来覆去睡不着，索性一骨碌地爬起床，抄下孔颖达刚才的问题跑去向魏徵请教。

魏徵有些纳罕：怎的不问《礼记》，改问《论语》了？

不过，李元婴有心请教问题，魏徵自然不会不答。魏徵面上凶，答疑时却很有耐心，先是引导李元婴分析几句话的语境，随后让李元婴自己总结归纳一下为什么这几句话看似相互矛盾，却又都是有理的。

李元婴听完就明白了："面对不同的人、不同的事，应对的方法肯定不一样，要因势利导和因地制宜！"

魏徵颔首。

李元婴高兴地道："也不难！"

魏徵道："一两句自是不难，难的是对所有内容都了然于胸。"

李元婴问魏徵："您的《论语》学得比老孔好吗？"

魏徵听李元婴喊"老孔"，眉头直跳。他想了想，对李元婴提了一个人："要数朝中《论语》学得好的，我认为应当是萧德言。贞观初陛下让我带人编纂《群书治要》，我曾与萧德言日夜畅谈，获益良多。"

李元婴既不知道《群书治要》，也不知道萧德言，听魏徵这么说便来了兴趣。

一问之下，李元婴才知晓《群书治要》是魏徵奉命编纂的治国参考书，汇聚了过去大部分的经籍史料，字数也特别多，比五千多字的《礼记》多了百来倍，真吓人！

李元婴想都不想就决定拒绝读这本书，改为问萧德言是谁，现在在哪里。

不学则已，一学他一定要学到最好，不能让李二陛下看他笑话！而且，他才不要和孔颖达学，他要和比孔颖达厉害的人学！

李元婴打定主意，便决定寻机去找萧德言学《论语》。魏徵告诉他，萧德言目前在李泰的文学馆内帮李泰编书，这次跟着一起来九成宫，他去李泰那边应当能寻到。

李元婴这几天还没见李泰呢，也不回自己住处了，径直往李泰那边跑。

李泰爱读书，至少对外是爱书如命的人设，李二陛下特许他开了个文学馆招揽贤才尽情交游。

提到文学馆，就要提起当年李二陛下还是秦王的时候，太上皇特许他设立弘文馆，任由他招揽了十八个学问精深的名士来增广见闻。

这秦王府的十八学士里头，就有房玄龄、杜如晦这两个智囊，有虞世南、孔颖达这些大儒，为李二陛下打造了一批阵容相当强大的好班底。

李元婴听魏徵说李泰有个文学馆，头一个便想到李二陛下的弘文馆，心里免不了暗暗嘀咕：老四不会是真的想效仿他爹吧？

房遗爱都和杜荷打起来了呢，太子和老四应该也快水火不容了！

左右不关自己的事，李元婴现在只想去撬一撬李泰的墙脚！实在撬不动就算了，自己多跑去请教一下便好。

李元婴打定主意，大摇大摆地跑去寻李泰。

李泰正在读书，听人说李元婴来了，搁下书起身相迎。不是他对李元婴另眼相待，着实是李元婴从小毁书不倦，他担心自己的宝贝古籍遭殃！

要知道，当年李元婴抓周时，他与母后是在场的，李元婴这个抓抓那个玩玩，最后才拿起一卷书横看两眼竖看两眼——很快地，所有人都听到刺拉一声，李元婴直接把书撕了！

后来他拿书去献给太上皇，李元婴也干过差不多的事，当着他的面就把他献的书撕得稀巴烂，还塞进嘴里咬！

李泰实在是怕了他。

李元婴一点都没有自己很讨人嫌的自觉，见胖得圆滚滚的李泰下榻相迎，他还非常感动，觉得这侄子真是尊老爱幼（老是他，幼也是他）。

李元婴拉着李泰的手，一本正经地说："四侄子，一阵子不见，你又胖了，瞧着越来越有福相了啊！"

李泰脸皮抖了抖，想着李元婴拉他的手总比去撕书好，只好挤出笑脸和李元婴说话："幺叔倒是瘦了些，是不是在九成宫住不习惯？"

李元婴道："没有不习惯，挺好玩的！"李元婴很不客气地在李泰的邀请下坐下，开门见山地说明自己的来意，问李泰能不能把萧德言借他几天。

在李元婴看来，带本活书在身边可比自己看书棒多了！

李泰一听，笑容都僵了。萧德言是他父皇专门为他选的老师，学识渊博，德高望重，李元婴开口就借他老师是想做什么？把他老师也当物品一样借来借去吗？

李泰婉拒道："老师年事已高，幺叔你若是想让老师帮你做事，他怕是做不了。"

李元婴一听就懂，李泰是不想借！

李元婴退而求其次："那我去请教一下他可以吗？"

这个要求不太过分，李泰心中虽狐疑李元婴怎么突然要请教萧德言，但还是点头答应："可以。"想了想，他又补了一句："这样吧，我带你去见老师。"

李元婴大喜过望，屁颠屁颠地跟在李泰身后去见萧德言。

萧德言历经陈、隋、唐三朝，武德年间是负责教导太子的，如今又被安排来教李泰，可见学问特别好。比起学问，他更让人侧目的是身体极其健朗，今年他已经八十二岁，上马弯弓都还不算艰难，当真厉害至极。

李元婴原以为自己会见到个步履蹒跚、说话都直哆嗦的糟老头，不想他随李泰来到萧德言住处后，却发现这人老则老矣，却很精神，那白发白胡子打理得齐齐整整，瞧着像是画里的神仙。

李元婴觉得这老头很不一般，竟不由自主地收敛起平日里的顽劣，跟着李泰上前问好。

萧德言也听说过李元婴干的那些荒唐事，不过他活得久了，早见怪不怪。他还颇感兴趣地问道："殿下为何要找我？"

李元婴在萧德言近前坐下，开始讲起孔颖达有多坏。先说孔颖达那天在树下吓他，又说孔颖达罚他不许进讲堂，反正他不要跟着孔颖达学了！

李泰在旁听得不知该做什么表情才好，只觉得孔颖达真冤枉，好端端的你爬树上去做什么？你不爬树，就没后面那么多事了！

李元婴可不会这么想，反正他是不会错的，错的一准是别人。他和萧德言数落完孔颖达的不是，又把孔颖达给他出的题目告诉萧德言，虚心向萧德言请教："您能不能给我说说，这样的问题要怎么才能答上来啊？"

这下李泰和萧德言都有些吃惊，孔颖达居然给李元婴这么高深的题了？

李元婴见萧德言不回答，又接着补充了自己已经请教过魏徵的事。他清晰明了地说出自己想要达到的程度："这题我会了，但是换一题我还是不会，我要怎么才能全会答呢？"

萧德言捋须道："很难。"

若是往日听到"很难"，李元婴就会放弃，可他今天觉得自己被李二陛下和孔颖达瞧扁了，顿时生出点不达目的不罢休的执拗。李元婴说道："我不怕难！"

萧德言打量着李元婴，发现此子双目澄明，神色坚定，竟是真的想要把《论语》给读透。见李元婴和自己最小的孙儿差不多大，萧德言便道："可有通读《论语》？"

李元婴道："能背了！"

萧德言微讶。他颔首道："那我给你列些书，你先去看完了再来找我。"

听到要看书，李元婴小脸拧成了苦瓜。可一想到自己很快会让李二陛下他们对他刮目相看，李元婴马上精神高涨，朗声应道："好！"

萧德言看他什么想法都写在脸上，心中一乐，叫人磨了墨，执纸给他列书单。

李元婴自觉和萧德言熟悉了，马上开始不守规矩，好奇地挪动蒲团往萧德言身边凑，想提前瞧瞧萧德言给他挑的是什么书。

李元婴那探头探脑的模样完全就是小孩子做派了，萧德言更觉这孩子天真活泼，由着他在那张望。

萧德言一向最讲规矩，对李泰的要求同样严格。李泰瞧见李元婴这番动作本以为萧德言会呵斥，不想萧德言对李元婴竟这般纵容，不仅不训斥李元婴，还一脸的笑意！

李泰郁闷得很，李元婴却高高兴兴地挨在萧德言旁边评价："您的字写得真好，刚劲有力！"他还感慨道："我也想写这样的字，可写出来总是软绵绵的。"

萧德言说："书画一道，三分靠天分，七分靠苦练。"

李元婴自有自己的一套道理："您说得对！可我觉着若没三分天分，就算十分苦练也是白搭的！所以，我还是不练啦。"

萧德言还是头一次听到人懒得这么理直气壮，他不觉反感，还觉得挺有趣，便对李元婴循循善诱："等你学透了《论语》，人家叫你写出来看看，结果你一写就是一手臭字，别人又有理由说你没学好了。"

李元婴也是头一回听人站在自己的角度这样分析。他感觉萧德言说的话很有道理，他皇兄和孔颖达显然就是这么无耻的人！他哼哼两声，不服地说："我也是很有天分的！我画画可厉害啦！"

萧德言道："有天分也要让别人看到，别人才会承认。"他把写好的书单递给李元婴。

李元婴接过书单，乖乖谢过萧德言，又一溜烟地跑了，也不知有没有把萧德言的话听进去。

李泰等李元婴跑远了，才道："老师，您好像很喜欢幺叔。"李元婴从小什么事都敢干，混账起来能把他父皇都气得七窍生烟，李泰着实想不到萧德言会喜欢他。

萧德言笑道："我家孙儿与他一般大，见了难免喜欢。"

听萧德言这么说，李泰也就理解了。他留下与萧德言多说了一会儿话，才回自己的住处读书。

萧德言坐在原处，看着庭院中一株棠棣，棠棣花在枝头无声绽放，宛如团团白雪。

《诗经》之中有一首《棠棣》，写的是兄弟之义，头一句就是"棠棣之华，鄂不韡韡。凡今之人，莫如兄弟"，意思是"你看着棠棣花开光明灿烂，多像是兄弟间的情谊啊！天底下的人们算起来，最亲也亲不过兄弟"。

可惜人心易变，总为外物所驱使。

萧德言合上双眼，低低的叹息隐没在徐徐微风里。

李元婴拿着书单又跑了趟藏书楼。

他最近活力充沛，浑身有着用不完的劲，跑来跑去也不觉得累，到了藏书楼便对着书单寻起书来。

李元婴恶名在外，一般人都不敢上前来打扰他，所以他看了半天都没把书找齐，才找到一两卷。

李元婴有点生气了，这里的书怎么这么多！

换成平时，李元婴一准直接吩咐别人给他找来了，可他倔劲上来了，非要自己找不可！

李元婴气哼哼地东翻西找，动静弄得有些大，很快惊动了书架另一边的女子。

那女子绕了过来，竟是上回李元婴见过的武才人。

李元婴还记得她，奇道："你怎么又在这儿啊？难道你把这里当家了？"

武才人笑道："若是可以住在这里，有何不可？"她落落大方地与李元婴行了礼，看着李元婴手上的书单说："殿下是要找什么书吗？我可以帮殿下找。"

李元婴想了想，点头道："也好。"他把书单递给了武才人。

武才人美目一扫，便将上头的书名记了大概。她又细看了几眼，将书单还给了李元婴，开始熟门熟路地替李元婴把一卷卷书从不同的书架上取下来。

即便李元婴还小，却也觉得这女子看起来很不一般，连取书的动作都透出股别样的从容。看来她待在这藏书楼里不是为了制造偶遇李二陛下的机会，而是当真在好好看书。

怎么一个两个都这么爱看书呢？得看那么多字，累得慌！

李元婴见武才人几乎是不假思索就能把书找出来，夸道："你挺厉害的。"夸完他想了想，又补了一句："不过还是不如妹妹妹厉害，妹妹妹会写两种字！"

武才人闻言也不恼，只好奇地问："妹妹妹是谁？"

李元婴道："自然是我刚认识的好朋友！"

说话间，武才人已把李元婴要的书都找齐了。

李元婴睁大眼："这么多！"他唉声叹气地抱过那七八卷书，朝武才人道了谢，苦着脸走了。

李元婴抱着书往回走，迎面撞上了刚下课的李治。

李治有些震惊："你抱着这么多书做什么？"

李元婴一脸的理所当然："拿来看啊！"

李治忍不住白了他一眼，说："我当然知道书是拿来看的，我是说你怎么突然要看书了？"

李元婴与李治一起转了个弯，说起孔颖达跑去御前告状的事。他恶狠狠地说道："老孔太坏了，我要让他大吃一惊！"

李治一阵默然。

李元婴又把自己去找魏徵和萧德言请教的事告诉李治，很有把握地说："等我把这些书看完了，一准能把老孔问得答不上来！"

李治听到李元婴的目标这么远大，心里觉得不太可能。但李元婴难得想要看书学习，李治也不打击他，只说："书单让我抄一份，我也要看。"

李元婴爽快答应，大方地和李治共享学习资料。一个人看书太无趣，拉上李治正好！

既然打定主意要好好学习，李元婴接下来也不翘课了，每日带着书去讲堂看。

风平浪静地过了几日，暖房那边的董小乙过来告诉李元婴，那向日葵种子发芽了，嫩芽钻出地面来啦！

李元婴高兴得很，兴致勃勃地和兕子她们分享这个喜讯。第二日一早，他又跑去魏徵住处寻魏姝，喊她一块儿去看向日葵的芽儿。

魏姝欣然答应，与李元婴一起去和兕子三人会合。

三个"小萝卜头"虽然口里说不喜欢幺叔了，隔天又开开心心地去找李元婴玩，根本不会记着自己曾经哭得那么伤心。

五个人跑去看完向日葵，李元婴又把自己要好好学习的事告诉她们，还对字写得好的兕子和魏姝说："我也要开始练字，你们是怎么练的？教教我呗！"

兕子讲不出所以然，只能说："父皇教我的。"

魏姝思路比较清晰："照着喜欢的字多写写就会了，祖父时常也会提点我几句。"

李元婴道："我明白了，多写写，然后去问人。"

魏姝点头。

李元婴说："那我先写着，下回先拿来问你们。若是你们都觉得好了，我再去问别人。"李元婴还是很好面子的，知道自己现在的字拿去给别人看只会贻笑大方，所以打定主意先通过内部考验再向外发展。

接下来的日子里，李元婴每天不是看书就是练字，还有陪兕子她们玩。

不过，讲堂上的气氛也在慢慢变化。

以前所有人都恨不得当李元婴不存在，免得被他搞出的动静影响到。这段时间也不知是怎么回事，每个夫子都很喜欢点李元婴回答问题，简直快把他当成重点培养对象了。

当然啦，李元婴是不这么觉得的，他只觉得这些人在针对他。

李元婴让戴亭一打听，发现这些人都是孔颖达的门生！

真是岂有此理，居然轮流向他提问想看他出丑？没门！

很快地，李元婴开始化身另一种令人头疼的学生，在夫子们还没点他起来回答问题之前，他先举手提问！他的问题角度刁钻，思路清奇，随随便便就能让整个课堂乱成一锅粥。

若不是负责讲学的老师都是饱学之士，怕是要被他弄得没法往下讲！

师生间每天针锋相对，倒是让李元婴觉得到讲堂听课不那么无聊了。

李元婴一点都不觉得自己很混账，照常跟李治交流书中问题，跟兕子及魏姝交流练字成果。偶尔去找魏姝时，若是碰见了魏徵，他还会顺便听魏徵讲讲《礼记》。

如此学了一个多月，李元婴竟认认真真地把萧德言给他列的书看完了！

这段时间李元婴虽然称得上是在好好学习，但混账事他也没少干。

五月上旬的时候，他拿着一把什么葵瓜子在孔颖达考校李治时吧嗒吧嗒地嗑，嗑得孔颖达勃然大怒，没收了他的葵瓜子并把他赶出讲堂。

据说李元婴还不服气呢，嚷嚷着说："再过几个月，我种的葵瓜子就长出来了！"

孔颖达气得去找李二陛下告状。

结果是李二陛下领着一干大臣去暖房那边围观那十株漂洋过海来到大唐的向日葵。

得知李元婴找到这种稀罕作物的种子，却全部炒着吃，只留下十颗种着玩，所有人都气得肝疼！

按照那份向日葵栽种指南上说的，这葵瓜子似乎不仅吃着香，产量高，种植周期短，而且还能出油！

这样的好东西，都被这小子吃了！

现在那十株向日葵已经被团团围住、严密保护，每天都有人要绕路去看两眼，瞧瞧它有没有开出金灿灿的花来、什么时候能结籽！

至于葵瓜子的来处，李元婴老实交代说是有人给他的，他觉得有趣就拿出来种了。

李元婴说得不清不楚，李二陛下却自动帮他把东西的来处补齐整：当年太上皇最疼爱的就是这个幺子，连会见外客都会把他抱在膝上。后来太上皇故去，留给李元婴的东西也最多，至少李元婴搬进太极宫时东西那是一箱接一箱，叫人目不暇接！具体里头有什么，怕是连李元婴自己都不晓得，所以李元婴时不时拿出些稀罕东西也不稀奇。

李二陛下拿到孔颖达上交的炒葵瓜子，都想去没收掉李元婴那一箱箱宝贝了！

天知道他还会糟蹋什么？

好在李二陛下还是要脸的，到底没去强抢自家幺弟的东西。

李元婴一点都不在意自己捣乱课堂带来的小风波。

眼看自己生辰要到了，李元婴欢欢喜喜地给柳宝林写信，说自己最近长进啦，读了很多书。等将来接娘去了封地，他可以开班授课，教出一群好弟子雄霸科举，惊呆李二陛下！

李元婴在信中图文并茂地给柳宝林构建了美好的未来蓝图，透着一股子想马上前往封地大展身手的迫不及待！

李元婴是带着儿子她们一起写信的，儿子见李元婴洋洋洒洒写了厚厚一叠，忍不住凑过去看李元婴写了什么。

李元婴也不瞒着儿子，和儿子分享自己的种种计划——

首先，他要培养一批人陪他玩耍，这些人要会读书，会写字，会讲故事，谁的故事讲得最好，他就奖励谁。到那时候，他就有听不完的故事了！

接着他还要让人搜集天下所有的好吃的，谁找来的最好吃，他也奖励谁，那样的话，他就有尝不完的好东西！

要是离长安很远的话，他还要偷偷开宵禁，让城里每天夜里都像白天一样热闹！

儿子一开始高兴地听着，觉得李元婴的想法特别棒！可她很快想到，李元婴要是去了封地，她不能跟着一起去啊！

见李元婴那么开心，儿子撇撇嘴，有点伤心。

回去之后，儿子和姐姐城阳、妹妹衡山说起这件事："幺叔去了封地，就不能带我们一起玩啦！"说完，儿子眼泪就哗啦啦地往下掉。才六岁多的小孩，还不懂得控制情绪，难过了就忍不住要哭。

衡山比她更小，听儿子这么一说，也哭了："那怎么办啊？"

两个妹妹泪眼汪汪地看向年纪稍长的姐姐城阳。

城阳当然想不出留下李元婴的好主意。

一想到幺叔有可能离开她们，城阳鼻子也酸酸的，忍不住和两个妹妹一起抱头痛哭起来。

这天李二陛下和心腹重臣聊到入夜才散去，想到三个女儿便过去看看。不想才到门外，竟听到三个宝贝女儿又伤心地哭作一团！

有这两个月来的经验，李二陛下立刻把怀疑对象锁定为李元婴。

难道那小子又给兕子她们讲那个王尔德的故事了？

李二陛下推门而入。

兕子三人哭得肩膀一耸一耸的，听到动静后泪眼蒙眬地抬起脑袋一看，依稀认出了来的是她们父皇。

兕子最先冲了上去，抱着李二陛下的大腿哭着说："父皇，我们不要幺叔走！"

李二陛下好言哄住兕子的眼泪，才晓得是怎么回事：原来那小子已经盘算好带着他娘跑去封地没拘没束地过逍遥日子！

李二陛下冷哼一声，一颗心却也被兕子的抽噎弄得有些怅然。

人吧，总是那么奇怪。原本你觉得挺烦人的小子，一想到往后再也见不着了，心里又有些舍不得。偏偏你舍不得的那小子是没心没肺的，巴不得早点离你远一些，你说气人不气人！

李二陛下道："别怕，我可不会让他如意。"

那小子想去封地，再过几年吧！

兕子惊喜地说："幺叔不会走了吗？"

李二陛下揉揉兕子的脑袋，保证道："父皇不让他走。"

三个"小萝卜头"都喜笑颜开。

第二天下午兕子去找李元婴说起这个喜讯。

李元婴没想到自己被三个"小萝卜头"坑了一把！他生气地捏了捏兕子的小脸蛋，捏得兕子张口要咬他才放开。

兕子脸蛋红扑扑的，被捏也不生气，拉着李元婴的手说："幺叔，你不许走！"

李元婴拿这小家伙没辙，只能认了。反正，他觉着李二陛下一准不是因为兕子她们哭鼻子才改变主意的。

先不去封地就先不去呗，将来总能去的，又不差这几年。李二陛下总不能一辈子留他在长安！

李元婴陪兕子她们玩了半天，又趁着天色还早跑去拜访萧德言。

萧德言还是那副老神仙的模样，李元婴很喜欢他，高兴地告诉他自己把书都读完啦！

李元婴积极追问："我接下来还要做什么呢？"

萧德言有些讶异，虽然他给李元婴选的书字都不多，道理也比较浅显，可一个多月内把这么多书读完着实让人吃惊。

尤其是，李元婴还要在讲堂捣蛋以及带着几个小公主到处玩耍！

萧德言没提近来那些热闹事，只挑了《论语》中的几句话询问李元婴其语境与意义。

李元婴最近读了不少书，一点都不怕考校，轻轻松松地答出了萧德言的问题。

接下来萧德言逐步提高难度，李元婴回答的速度渐渐慢了下来。

难是难，李元婴却感觉有个全新的世界在自己面前敞开，以前他读书都只是应付而已，会背、能理解就好，萧德言的一句句提问却给他展现了一种完全不一样的方法。

原来读书不仅仅是为了读书！

萧德言问到最后，李元婴虽是被难住了，看起来却格外高兴，由衷夸道："您真厉害啊！"

萧德言否认道："聊比别人多活了数十载而已。"

李元婴这次没直接让萧德言给自己列书单，而是将自己不太理解的部分列出来，请教完了，才把自己近来听别人提及的各种典籍写出来，让萧德言看看有哪些是值得看的。

萧德言接过李元婴写的书单一看，首先注意到的是李元婴的字大有进益，好歹不再写成谁都看不懂的鬼画符。

仔细瞧了瞧李元婴列出来的书，萧德言接过笔划掉了其中几本："这里面有的书内容重复了，有的书不值得看，我都帮你划了，剩下的你可以试试。"

李元婴高兴地向萧德言道谢，又继续和萧德言磕牙了一会儿，待墨迹干后才欢欢喜喜地带着书单离开。

回去的路上，李元婴撞上了李泰。

李泰见李元婴从萧德言那边出来，脸皮又抽了抽，好言与李元婴问好："幺叔又去找老师了？"

李元婴听李泰喊萧德言老师，也觉得这称呼不错，便道："对啊，我最近听别人提起不少书，抄了个单子来问问老师哪些值得一看！"他羡慕地对李泰说："侄儿你真幸福啊，每天有什么不懂的都可以直接问老师。"

李泰一听，这小子还是不死心，想把萧德言借走！还有，那是父皇给我挑的老师，关你李元婴什么事啊？李泰挤出一脸笑："那是自然的，我一天都离不开老师，连来九成宫都要麻烦老师舟车劳顿地跟着过来。"

李元婴听李泰这么说，点点头没再往下说，抱着书单和李泰分别。

戴亭默不作声地跟在李元婴身后往回走。

　　主仆二人一前一后走出一段路，戴亭才听李元婴嘀咕："没人和他说过，他笑起来有点假吗？唉，我这些侄子真是一个两个都不让人省心啊。"

　　戴亭眼观鼻鼻观心，脸上没有流露半分表情。

　　李元婴回到住处后，便有人通知他做好受封准备。他的九岁生辰马上要到了，李二陛下要正式册封他为滕王，并已命人前往滕州建滕王府。

　　李元婴不太清楚滕州是哪里，老实听人教导了受封事宜，才去寻他最要好的侄子李治。

　　李治对舆图比较熟悉，听说是滕州之后便说："这地方在东边，属于河南道境内，离海不远。"

　　李元婴听了很高兴，"那我可以去海里玩了！"

　　李元婴倒是开心了，李治却也和兕子她们一样有些不舍。虽说李二陛下已经表示暂时不会让李元婴去封地，可过几年李元婴还是会去的；而他，将来也会有自己的封地，两个人很可能隔得老远，一辈子都不能再相见。

　　李治说："要是都能像幺叔你这样，就没那么多事了。"

　　李元婴抬手一拍李治脑袋，摇头说道："就算天塌下来也有个高的顶着，压根没你什么事，瞎操心什么啊。"他把从萧德言那带回来的新书单分享给李治，拉李治一起开始新一轮的研读。

　　李元婴好歹是自幼在大安宫和太极宫长大的，册封仪式如何如何正式，于李元婴而言也是不难的。

　　李元婴还特地邀请魏徵、萧德言过来观礼，他没请的孔颖达等人也被李二陛下请了过来，于封王而言算是十分隆重了。

　　李元婴唯一遗憾的是，他娘柳宝林不在这儿，不能亲眼看着他封王。

　　李二陛下见李元婴与萧德言瞧着很亲厚，颇有些稀奇。

　　去年他儿子李泰上书要修一本叫《括地志》的书，李二陛下便让萧德言等人前去协助李泰修书。照理说萧德言应当在李泰那边才是，怎的竟让李元婴给请来了？

　　李二陛下走到萧德言身边问道："这小子可是时常去缠扰萧卿？"

　　萧德言年事已高，经历过不少风浪，在御前并不紧张。他笑着看了眼一旁的魏徵，语带调侃地说："还是魏侍中牵的线。"

　　魏徵现在是门下省长官，专门管着李二陛下的各种诏令，他认为可行的会署个名签发下去，认为不适合的会打回让李二陛下召人重新拟定章程。李二陛下用他用得顺手，哪怕贞观十年已经给他升职为特进，地位仅次于三师，门下省那边的侍中之职还是由他兼管着。

被萧德言点了名，魏徵应道："修《群书治要》时，臣曾与萧学士畅谈多日，自认治《论语》不如萧学士精透，是以推荐殿下去向萧学士请教。"

李二陛下便问萧德言："元婴学得如何？"

李元婴一听这个问题，立即期待地看向萧德言，眼睛里头亮晶晶的，明显写着："今天是我册封的好日子，说点好话夸夸我吧。"

萧德言一乐，遂了他的意："殿下聪慧过人，读书也肯下功夫，怕是要不了多久，臣就教无可教了。"

李元婴爱听这话，尾巴都要翘起来了，满脸都是骄傲和得意。

既然是李元婴的生辰，李二陛下和孔颖达难得没有出言打击他，都对他宽勉了几句，让他往后不可再胡闹。

册封礼过去后，萧德言等人给他送了礼，连孔颖达都送他一方好砚台。

李元婴高高兴兴地收了礼，心里却暗暗嘀咕：老孔莫不是讽刺他字写得不好才送他砚台？

大伙一起吃了顿饭便各自散了，李元婴把册封诏书收好，大咧咧地和李治说起自己对孔颖达那份礼物的猜疑来。

李治道："魏侍中还送你墨锭，你怎么不这样想？"

李元婴哼道："那怎么能一样！"

老魏对他可好了，还有妹妹妹这么好的孙女，孔颖达又没有可爱的孙女！就算有可爱的孙女，也没有妹妹妹厉害！

李治懒得理他，走了。

李治一走，李元婴觉得有些寂寞，想了想，又去了藏书楼那边。在老地方看到武才人后，李元婴早见怪不怪了，拿出书单托她帮忙找书，还忍不住和她说起孔颖达送他砚台和魏徵送他墨锭的事。

他也觉得稀奇，怎么他会觉得孔颖达是在讽刺他，却不会觉得魏徵也是讽刺他呢？

武才人道："那你可以多看一卷书。"

李元婴奇道："什么书？"

武才人伸出纤细的手轻松从书架上取下一卷书递给李元婴。

李元婴摊开一看，疑惑地说："《韩子》？"

武才人点头。

李元婴将信将疑地把《韩子》搁在他要找的书前头，抱着书跑了。

武才人看着李元婴离开的背影，唇角不由自主地染上了一丝笑。

深宫之中人人都活得深沉，唯独这小孩无惧无畏，日子过得放纵又肆意。

她真好奇他以后会变成什么样的人，是被皇家的无情磨光了如今的天真快活，还是会活出别人想不到的一生？

李元婴可不管武才人有没有对自己生出好奇心，他抱着书回到住处，先拿起那卷《韩子》看了起来。

《韩子》分了许多卷，武才人给他取的是《说难》那一卷，字数并不算多。

李元婴这段时间读的大多是《论语》和《礼记》的相关著述，并没有涉足法家的书。

乍看之下，李元婴只觉这《韩子》颇具趣味，等看完了，他也明白武才人为什么让他看这本书了。

里头一个故事正好与他的疑惑有关，大意是有家人的墙被冲塌了，儿子与邻居都劝他赶紧修，否则要被人从那里潜入偷东西。结果第二天真的被偷了，他就夸儿子聪明，并怀疑东西是邻居偷的！

后头还有一个故事，讲的是一个人初时很得君主宠爱，母亲病重时逾矩驾君王的马车去探看，君王赞叹说："他多么孝顺啊，焦急得连规矩都忘了！"另一次，这人咬了一口桃子，发现很甜，便将桃子递给君王吃。君王又赞叹："他多爱我啊，吃到甜的桃子就分给我吃！"后来这人失宠了，君王看到他就觉得厌烦，竟骂道："这人胆大包天、目无王法，敢驾驶君王才能用的马车，还将吃过的桃子给我吃！"

这说明同一件事，关系不同便会有不同的看法！

韩子还说，龙有逆鳞，君王也有，想要成功进言，就不能触及君王的逆鳞！

李元婴特别喜欢这篇《说难》，又跑了一趟藏书楼，把韩非的书全找出来抱回去细看。

第二天去讲堂时，李元婴不仅因为封王换了身新行头，还抱着几卷崭新的《韩子》。

李治也没看过《韩子》，见夫子还没到，便取了一卷打开看了起来。

巧的是，李治拿的是一卷《五蠹》，韩非在《五蠹》中写了国家有五种蛀虫，一种是埋头搞学问的（儒家），一种是靠言谈蛊惑人的纵横家，一种是任侠而不受管束的游侠，一种是靠依附贵族来逃避徭役之人，还有则是商贾和工匠！

韩非还讽刺，让搞学问的用礼义来治国，无异于愚蠢的农夫守株待兔！

守株待兔这事写得特别生动，李治看了悚然而惊，感觉自己都快被韩非说服了。

见李元婴拿着另一卷在看，李治忍不住问："幺叔，这书你从哪翻出来的？"

李元婴道："藏书楼找的啊。"

李元婴见李治一脸被《韩子》震住的表情，抽走李治手上那卷《五蠹》，把自己手里的《八奸》换给李治。

《八奸》比较短，说的是君王身边的一些奸邪之人，包括并不限于君王老婆、君王兄弟、君王侍从以及君王手底下那些搞事情的大臣。

李元婴一点都不觉得自己被包括在《八奸》里，还津津有味地说："这书写得真有趣啊，他真是什么都敢写，怪不得被杀了呢。"

瞧瞧这扫射范围，简直是在说："大王啊，你身边全是奸人，千万得提防所有人啊！"

你说别人不杀他，怎么睡得着觉哟！

李治接过《八奸》看完后，李元婴也把《五蠹》看完了。

他对韩子的胆量极其敬佩！

刚才的《八奸》还只是喷了君王身边的人，这《五蠹》是要把老百姓也全扫进去了！除了安分种地的农民，剩下的全是奸佞和蛀虫，管你什么读书人、什么商人匠人，全都不是好东西！

换个心态不好的人看了，怕是要觉得这人世当真黑暗！

李元婴感慨道："这人厉害呀。"

真是不把天底下的人全得罪光不罢休！

李治生性宽仁，不喜欢性恶论，摇摇头劝说李元婴："幺叔，你还是别看这样的书了。"

书好找，有趣的书却不好找，凭什么不看？李元婴可不会答应李治，坚持地说："不成，我要把它全看完。"

一本《韩子》，李元婴越读越觉得妙趣横生，感觉里头有许多鲜活的例子可以让他拿来讲给兕子她们听！

接下来好些天，李元婴都泡在《韩子》里头，直至董小乙来报说向日葵长出了花苞，他才把书一扔，兴奋地带着兕子与魏姝她们去看向日葵花苞。

这次李治不用去上课，终于可以加入看花小队！

兴许是种子很顽强，董小乙又照顾得非常用心，十株向日葵全活了下来，而且长得非常健壮，每一株都比李元婴还要高。

李元婴和李治正带着四个"小萝卜头"齐刷刷地仰头找向日葵花苞，李二陛下竟也领着人绕过来瞧瞧向日葵花苞长什么样。

瞧见李元婴他们注意到了自己的到来，李二陛下摆摆手让他们不必行礼。

看着那十株向日葵，李二陛下免不了又告诫李元婴一通："往后你发现什么能种的好东西，不能再把它炒了吃！"

李元婴点头如捣蒜，乖得不得了。

一行人围着花苞瞧了个新鲜，李二陛下便带着他们一起往回走。

注意到李元婴身边跟着个眼生的小男孩，李二陛下免不了问一句："这是谁家的孩子？"

李元婴和魏姝早熟稔得不得了，见魏姝被李二陛下瞧见了也不害怕，还嬉皮笑脸地道："皇兄你猜！"

李二陛下骂道："朕不猜！"

魏徵赶紧上前坦白："陛下，这是臣的……孙女。"

李二陛下一细看，这小孩唇红齿白、眉清目秀，还真是个女孩。

看到魏姝一身男儿打扮，李二陛下想起没能一起来九成宫的高阳，笑道："不知魏卿你的孙女和朕的高阳站在一起，哪个更俊一些！"

魏徵瞪了魏姝一眼，再三告罪说自己管束不严。

李二陛下笑着揭过此事，又看向李元婴，问道："听说你最近手不释卷，吃饭都捧着书在看，都看了什么？"

李治赶忙朝李元婴使了个眼色。

虽则他不算特别了解《韩子》，眼下却也知道大多数人不喜商韩之法，他父皇更是直接说过"商韩刑法，实清平之秕政！"

他父皇的意思是，在清明太平的时代，商鞅、韩非他们所立下的严苛刑法是弊政，应当用儒学治理天下。

李元婴可没那么多顾忌，老老实实回答："我在看《韩子》。"

李二陛下听了皱了皱眉，这小子不是在学《礼记》和《论语》吗？怎么又跑去看《韩子》了？

李二陛下少年便随着李渊起兵，可以说是马背上夺天下。越是如此，李二陛下即位后便越注重教化，他一边让房玄龄他们着手拟了贞观律，一边放宽审判标准、尽量减少重罪。

李二陛下前些年甚至还干过一件很有名的事：他让人把两百多个死囚释放回家过年，让他们来年再回来受刑。第二年，两百多个死囚一个不漏全回来了！

李二陛下当场就大赦了这批死囚，表示他们有悔过之心，还可以再给一次机会。

从这一套操作可以看出，李二陛下认为《韩子》不适合用来治太平之世，他更喜欢"以德治国"！

李二陛下面色淡淡，问李元婴："你看完了？觉得怎么样？"

按照李二陛下的想法，乱世才用重典，韩非、商鞅的法典虽不算错，却是适用于动乱频起、民不聊生的时期。像现在天下大定、诸邦咸服，再用商韩之法着实不适合。

尤其是，李二陛下上位的过程还有那么一点小争议，李二陛下更要卖力显示自己的宽仁与圣明、拒绝再做任何会让他背负更多骂名的行为。贞观初年李二陛下愤怒之下叫人把个大理寺的官员拖下去砍了，过后极其后悔，从此下令这类命令必须经过三次复核才能执行。

所以说，李二陛下也是头一次当皇帝，他爹又同是野路子出身，自然一切都要逐步摸索。

德名这一块，是李二陛下最想补回来的。因此他重视儒家，每日处理政务之余，常与朝中的学士们秉烛畅谈，讨论治国之术；重视修史与修书，派魏徵、虞世南、房玄龄等饱学之士负责修纂史书与《群书治要》。

对于李二陛下这种"缺什么补什么"的心理，李元婴是不晓得的，所以他回答得很理所当然："写得很有趣啊。"

《韩子》不是萧德言给的阅读任务，李元婴遇到难懂的地方草草扫过，专挑他感兴趣的部分看。

几十卷《韩子》看下来，李元婴竟从中归纳出近两百个有趣的小故事。

李元婴觉得这拨书读得不亏，够他哄兕子她们老久的！

李元婴才不管李二陛下脸色如何，兴致勃勃地拣出那智子疑邻的故事和李二陛下分享了一遍，很是感慨地和李二陛下说出自己的感悟："那天老孔送我砚台，我还觉得他是讽刺我字写不好，现在想想，应该是我以小人之心度君子之腹了！"

孔颖达也在随行诸官之列，听了李元婴这话脸都黑了。

为李元婴在那鼓吹《韩子》写得好，也为李元婴那乱糟糟的猜测！

在韩非之前，法家分为法、术、势三派，各自为政，韩非却将法、术、势集于一身，融合成三者兼容的法家理论。

可以说，韩非是大部分儒家子弟都不太喜欢的人，他的学说像把锋芒毕露的利剑，一出鞘就扫杀一片！偏偏那一套又是最能蛊惑君王的，试问身居高位的人，谁不想将一切生杀予夺的权力都掌握在自己手中？

当时秦王就对韩非的学说惊为天人，韩非虽死，秦王却还是用韩非那一套来治国。

李二陛下继位之后十分看重儒家，虽然国子监分设律学、算学等，但那些都只是搭头而已，科举考的还是诗赋和政论。像《韩子》这些法家著作，只有掌管大理寺和刑部的人才会细读！

没想到这小子才刚好好读书没几天，居然就歪到法家上去了！

孔颖达顾及李二陛下在场，没好劝告李元婴别看《韩子》，李二陛下却不能让他不敬尊长。李二陛下抬手便往李元婴额头上敲了一下，骂道："上次告诉过你怎么喊人，又忘了？"

李元婴捂着额头，拒绝悔改。

对于李元婴这块滚刀肉，大伙都懒得管了，随他爱怎么喊就怎么喊。

这小子也只把《韩子》当话本之类的来看，哪有什么可能真看出深刻的名堂来？

所有人都没想到的是，李元婴还真看出点名堂来了。

接下来两天，李元婴一口气把剩下的几卷《韩子》读完，系统又适时出现，表示李元婴可以把《韩子》存档到个人图书馆。

李元婴好奇地问："《论语》和《礼记》有人看了吗？"

系统不吭声了。

"我就说了，肯定没人爱看。"李元婴道，"这个《韩子》放进去也不会有人看的，白费功夫！"

系统依然沉默。

见系统小伙伴没了声音，李元婴也不在意，遂了它的意，把《韩子》放入个人图书馆。系统很快给出扫描结果，表示这本书完整性、可读性也为优等，给他列出可选换书目列表。

李元婴点开一看，这次系统居然直接来了一个绘画大礼包，里头有这样三本书：《简笔画入门 1000 例》《漫画人物入门技巧》《教你如何完成一本漫画书》。

选择接收之后，三本书齐齐整整地出现在李元婴的个人图书馆里。李元婴本就有几分画画天赋，看到都是画画相关的书便坐到个人图书馆里边喝着可乐边看看交换来的三本新书。

李元婴最先看的是《简笔画入门 1000 例》。这本书展示了快速勾画各种食物、人物、物件和工具的方法，虽说用的笔和画的东西不大一样，有很多玩意都是李元婴闻所未闻的，比如什么飞机，什么火车，什么小汽车！

好在李元婴有系统在旁边讲解，勉强能理解它们都是啥玩意。

李元婴有一点远比别人强，那就是遇到天大的事，他都觉得没什么大不了。

比如听到飞机能在天上飞、火车能运比货船还多的货之类的稀奇事，李元婴都是一脸"你说的是真的吗？我怀疑你在骗我"的表情，弄得系统不得不给他展示从乘客登机到飞机起飞的动态过程。

李元婴看完后非常高兴，接着充分运用起系统这个厉害的展示功能，把许多不知道的东西一样样认过去。

等弄清楚它们到底是什么，李元婴还试探着想问问它们的造法。可惜系统这时候终于反应过来了，坚定地对李元婴说他权限不足，不能查询相关内容。

骗不到造法，李元婴也不气馁，着手练习起刚学来的新鲜画技，很快画得有模有样，迅速掌握简笔画技能。接着，他拿起两本漫画相关教程看了起来。

随着李元婴把两本书读完，一扇新大门在他眼前开启了！

这个漫画不错，字少，图多，适合给侄子她们看！等侄孙长大一点，还能当礼物送侄孙！正巧刚看完了《韩子》这个丰富的素材库，李元婴摩拳擦掌准备画一套《韩子寓言》，拿来哄自己可爱的晚辈们！

李元婴平时不怎么爱待在万界图书馆里，可眼下他有了这么个宏伟的计划，自然带上稿纸泡在万界图书馆里头积极地写写画画，准备在里头偷偷画完给小伙伴们一个大惊喜。

过了几日，李元婴破天荒地跑去找孔颖达请教问题："老孔，我们的书是谁负责做的？"孔颖达是给他们编教材的人，李元婴觉得问他肯定可以直接得到答案。

李元婴难得主动找孔颖达说话，孔颖达奇道："你问这个做什么？难道看了几天《韩子》，你就准备著书立说了？"

李元婴一脸骄傲："不可以吗？"

孔颖达见李元婴眉间眼底都是掩不住的小得意，有心要看看他能捣鼓出什么名堂来，捋须笑道："这个容易，你寻些人替你多抄几遍便是。"

这年头的书大多是手抄的。

李元婴道："不成，我要做的书不一样。"

李元婴回想着自己在万界图书馆看到的那些书，不是一卷一卷的，而是一本一本很方便，可以一页页往下翻！李元婴想做那样的书！

而且找人抄的话，抄书的人不一定能照着他的原稿画出来。

所以，李元婴希望能有直接印出来的法子！

李元婴理了理思路，把自己的想法告诉孔颖达。

孔颖达道："这种书倒像是佛经了。"这年头的书都卷成一卷，只有一些佛经才会一页页地记录，据说是由贝叶经演变而来。孔颖达给李元婴指了条路："你若真想要这样的书，可以去寻太常博士李淳风问问。"

李淳风本是道士，后来应召入朝为官，时任太常博士。这次御驾到九成宫避暑，李淳风也跟来了，平时大多在太常寺那边当值。太常博士平时要负责挑挑吉时、维护维护器物之类的，偶尔李二陛下心有疑虑，还会召他去问问吉凶。

这位李道长曾收集过全本的《墨经》，于营造一道上颇有造诣，造出过许多新奇物件。李元婴要是把他想要的效果说出来，李淳风应当能帮他想出办法！

李元婴点头记下，抛下孔颖达一溜烟跑了。

对于李元婴这种过河拆桥的行为，孔颖达早已见怪不怪，回去后便与同僚说起李元婴异想天开想搞出本书来的事。

有人显然是平时被李元婴气狠了，闻言摇头说道："小孩子就是不知天高地厚，他要是真能写一本书出来，我到街上帮他吆喝去！"

孔颖达道："你可别把话说太早，说不准他真能弄出来。"孔颖达在李二陛下那看过李元婴给晋阳公主她们讲的故事，若是那种大白话内容的话，李元婴写起来一准轻松无比。

李元婴若是能听到孔颖达这话一定非常感动，觉得老孔居然愿意给他说公道话！可惜李元婴听不到，他已经跑去找李淳风了。

李元婴是李二陛下的幺弟，在九成宫中到处乱跑也没人拦着，没多久就跑到了太常寺诸官当值的地方找到正在整理文书的李淳风。

李淳风今年才三十七岁，不是李元婴想象中那样穿着道袍，反而穿着一身浅青色的官袍，瞧着很年轻。

李元婴心道，这人还不如萧老学士像神仙。

虽然在心里觉得李淳风不太靠谱，李元婴还是上前和李淳风说明来意。他还扯过一张纸给李淳风画了幅图文并茂的示意图，包括封面、封底以及内页排版。

李淳风道："印书的话，江南那边的一种雕版印刷法倒是可以做到。"他指着李元婴想要的翻页效果说出自己的构想："要是想把书一页页地连着，可以用绳穿起来。"

李元婴听完李淳风的话，对李淳风的不信任顿时消散无踪，积极地拉着李淳风进一步探讨细节。

他准备印一百本，给小伙伴们一人送一本，老孔他们也一人送一本，前者是好东西要和小伙伴分享，后者是要气一气孔颖达这些把他瞧扁的人！

别看一百本很多，光是侄子侄女他就有二三十个，更别提还有别的小伙伴了！

听李元婴张口就这么大手笔，李淳风提醒道："怕是要耗不少钱。"

印书可不是那么简单的事，木料要钱，雕工要钱，纸张墨料之类的更要钱。若不是纸贵墨贵，怎么会有那么多人买不起书？

李元婴听到只是钱的问题，立刻给李淳风打包票："我有钱！"

李淳风这时也想起李元婴丰厚的资产，据说，太上皇临去时把大半好东西都留给了他！若不是李二陛下把他接到太极宫，他怕是要被其他兄弟活活撕了！

对这位新晋小王爷的新鲜想法，李淳风很乐于一试："那臣帮殿下寻几个有经验的雕工试着做几个雕版，殿下觉得满意再下印。"

离开太常寺那边，一直沉默追随在侧的戴亭开口道："殿下，我们没带那么多钱到九成宫。"

李元婴一愣："没有吗？"他对钱没什么概念，毕竟他又不用怎么花钱，平日也就拿来赏赏底下的人而已。

临行前柳宝林将保管银钱的任务交给戴亭，是以戴亭对此非常清楚，斩钉截铁地回答："没有。"

李元婴一点都不慌："没事，我去借来！"

戴亭又默不作声地跟在李元婴身后，看着李元婴直奔李二陛下议政的地方。看这架势，李元婴显然是想和李二陛下借去！

戴亭猜对了，李元婴打的就是李二陛下的主意。大伙不都说普天之下莫非王土，李二陛下肯定是不差钱的！

李元婴直接跑去议事堂那边探头探脑地张望，准备寻个时机进去找李二陛下。

李二陛下早瞥见了李元婴鬼鬼祟祟的身影，却不动声色地与其他人继续讨论政事。等瞧见李元婴在外面抓耳挠腮地绕圈，李二陛下才让人去把他拎进议事堂中。

忙了大半天，李二陛下也乏了，摆摆手让长孙无忌等人退下。待屋里没别人了，李二陛下才问李元婴："你小子来做什么？"

别看他这么弟年纪小，本质上也是个有事喊皇兄没事不理你的糟心玩意儿，若不是有事相求的话躲他躲得不知多遥远！

李元婴一脸腼腆地说："皇兄，我想和你借点钱！"

李二陛下奇道："你吃在宫中，用在宫中，要钱做什么？"

李元婴如此这般地把自己的伟大构想告诉李二陛下，表示自己马上就要做出一本书来啦，一印就印一百本，齐齐整整一本都不能少！李元婴还很大方地拍着胸脯打包票，等印出来一定会送一本给李二陛下！

李二陛下听完李元婴报的数后眉头忍不住跳了跳。

这小子真是崽卖爷田不心疼，仗着自己多得了那么点宝贝，挥霍起来真是眼都不眨！

李二陛下相当冷酷无情："你写个借条，我再让人支给你。"

李元婴就知道李二陛下是这德行，哼哼两声，和旁边伺候的内侍讨了纸笔给李二陛下写借条。他虽没写过这玩意，落笔却一点都不犹豫，甚至还在李淳风给的预算上多添了一位数。

按李元婴的想法，既然要写借条这么麻烦，那就一次性多借点，免得不够用又要来借。

李元婴可是有个私人小金库的，李二陛下也不怕他还不起，收起他递来的借条，便让人带他去支钱。

李元婴没有自己当搬运工的兴趣，直接叫戴亭寻人把钱全搬去李淳风那边。

李淳风看到比预算翻了十倍的钱，一时不知该说什么好。

戴亭向李淳风转达李元婴的意思："用不完的请您先留着，下次再做点别的。"

李淳风是个洒脱之人，见李元婴没提什么"不许乱用"或"不许中饱私囊"之类的话，当即也爽快应下。和滕王殿下这样的人打交道真是省心，不必你猜我猜那么累！

既然李元婴这样信任自己，李淳风自然也没有拖延，马上开始召集人手完成李元婴交托之事。

戴亭送完钱回到李元婴身边伺候。

李元婴压根没问李淳风是什么反应，径自整理着这段时间画好的画稿。虽说他在《韩子》里挖出了两百多个小故事，可也不是所有故事都适合画出来，要不然书就太厚了！

李元婴挑挑拣拣，把《三人成虎》《自相矛盾》《智子疑邻》《滥竽充数》《守株待兔》《讳疾忌医》等比较典型的故事选了出来整理成集，按儿子他们的接受能力编了编顺序。

整理好后，李元婴一琢磨，又觉得自己得去叫人写个序，这样才像正经书！

李元婴在小伙伴里挑了一圈，感觉魏姝最适合，字好，聪明，还可靠！

李元婴马不停蹄地抱着稿子去寻魏姝。

魏姝听说李元婴要印书，吃了一惊。她家中藏书虽多，却也都是手抄的，还没见过用雕版印刷出来的书。

魏姝郑重其事地接过稿子，心里有些发虚："我不一定写得好。"

李元婴道："你那么棒，肯定能写好的！"

这时魏徵正巧回来了，见李元婴又在自己家中，便问李元婴来做什么。

李元婴又如此这般地把自己的想法告诉魏徵，和魏徵说自己这次来是要给书添个序。

听到李元婴要找人写序，魏徵捋着须说："真写出来了？把稿子给我看看，我若觉得好便给你写一个。"

李元婴眨巴一下眼，坚定地说道："不行，不给您写，您太老了，不适合！这是我们小孩看的书，我准备让妹妹妹写序的！"

魏姝在一旁扑哧一笑。

这臭小子真是叫人又爱又恨！魏徵没好气地瞪了李元婴一眼，骂道："行吧，我不给你写序，你给我看看。"

李元婴还不答应："不成，还没印出来，不能给别人看！"说完他直接拉着魏姝跑去征用魏徵的书房，朝魏姝伸出个小指头："我们拉钩，你不能把稿子给老魏看。"

魏姝也正儿八经地伸出个小指头和李元婴拉钩做约定，然后把李元婴带来的稿子放进自己专属的小箱子里，表示自己会尽快把序写出来。

一想到有机会把自己写的字印成书，魏姝心里也雀跃得很，欢快地送李元婴离开。

回去的路上，李元婴暗自嘀咕："女孩子的手真软呀，感觉就是不一样。"

戴亭识趣地没吭声。

李元婴开开心心地回去用晚膳。

安排完印书的事，李元婴也没和李治他们提，准备给他们一个惊喜。接下来几天他又恢复往常的刺头做派，天天和讲课的老师们对着干。

过了几日，李元婴去寻魏姝，魏姝的序写好了，稿子也连一个边角都没翘起来，保管得非常好。

魏姝夸道："你画的故事很好看！"

李元婴得意扬扬地说了句"那当然"，然后想到自己要谦虚一点，又补充了一句："故事都是《韩子》里的，还有一些不适合画出来，下回我直接讲给你们听。"

魏姝点头。

李元婴挑出魏姝写的序一看，第一眼便发现上头的字迹娟秀漂亮，显然比上次进益了不少；再看内容，那也是清新隽永，读来颇具趣味。

李元婴自是当场把魏姝夸得天花乱坠，也不管人家好不好意思。

魏姝这边写好了序，李淳风那边也做好了准备，李元婴看过几个雕工的成果，觉得刻出来的成品让他很满意，便把稿子给了李淳风，让李淳风赶紧帮他把稿子印出来。要不然拖太久，他们都要回京了！

李淳风保证一定尽快将书印出来。

李元婴挺喜欢性情爽快的李淳风，给完稿子也不急着走，反而坐下和李淳风聊起天来。

两个人虽然相差十几二十岁，交流起来却颇觉投缘，李淳风还带李元婴去观赏一些他复原的物件，都是从古书上读来的。

比如欹器。

这东西是《荀子》里记载的，据传一开始置于鲁王的宗庙中。李元婴也看过这玩意，见了实物便忍不住要亲自试验一番。欹器中间是一个奇异的容器，由两根基座相连，空着的时候容器会往一侧倾斜；若是水加到中间，容器则会稳稳当当地停在正中；若是把水加满，容器会往另一侧翻倒，里头的水全部倒光光！

李元婴动手搞完实验，绕着欹器转了两圈，觉得这真是稀奇极了，抓着李淳风问起其中原理。

李淳风自是知无不言言无不尽。

李元婴又从李淳风这里知道，荀子在战国末期当过稷下学宫的祭酒，和孔颖达一样是搞教育的，门生遍天下。比如他最近在读的《韩子》，作者韩非就是荀子的弟子，许多观点都传承于荀子，比如"人性本恶"，人生下来就是坏的，需要教化引导他们变好！

李元婴觉得，厉害的人怎么这么多，他一听到荀子这么牛，又很想去看荀子写的文章。

一想到要是李淳风把其他玩意都介绍出来，自己不知该想看多少书，李元婴立刻拒绝再看，一溜烟跑了！

带着"这么想学习一点都不像我了"的困扰在外头溜达一圈，李元婴不知不觉绕到了李泰那边。他想起自己好几天没去拜访萧德言，当即一点都不见外地跑进去找人。

跑到萧德言常待的地方后，李元婴才发现李泰也在那，正和萧德言说着话。

李元婴偷偷摸摸地溜过去，却听见李泰在和萧德言说他要印韩子相关的书、还跑去和李二陛下借钱的事。

李泰认为这事很不妥，不仅铺张浪费，还宣扬商韩恶法。

好啊，这是在背后说人小话！

李元婴也顾不得自己是在偷听了，冲出去气咻咻地说："我借皇兄的钱又不是不还，你和老师告什么状！"他不管李泰如何目瞪口呆，毫不见外地跑萧德言身边一坐，不服气地和萧德言说道："我想印点书送给兕子她们，算什么铺张浪费！要是你不花钱我不花钱的，谁买外头的东西啊？谁请匠人做活啊？我听说农户还要往外卖米卖菜呢！钱在手里捂着又不会生钱，攒着有什么用，我自己的钱，怎么就不能花？"

萧德言听他噼里啪啦地辩驳了这么一大段，忍不住抬手揉了揉他脑袋，忍俊不禁："是你说得对。"

李泰脸有点黑。你这小子把这当自己家了是吧？想来就来，连通报一声都不用，还偷听别人讲话！

最气人的是，萧德言还对他很是喜爱。

这不，一听到萧德言的肯定，李元婴的尾巴马上翘了起来，得意扬扬地朝李泰露出笑脸。

李元婴也不管李泰讨不讨厌他，径自和萧德言说起刚才去寻李淳风的事。作为把胡作非为当成家常便饭的混世小魔王，他很不习惯自己突然旺盛起来的求知欲，纳闷地把自己的困惑说给萧德言听："您说我现在怎么什么书都想看呢？我还有那么多好玩的东西要玩，哪来那么多时间看书啊！"

萧德言闻言莞尔，并不觉得李元婴顽劣不堪，仍是循循善诱："你看看你现在经常看书，不也不耽误你玩？反而还能找到更多新鲜好玩的事。"

李元婴一听，豁然开朗，高兴地说："我明白啦！"李元婴一点都不觉得自己才是不请自来的外人，瞥见李泰赖在一旁听他和萧德言说话，显然很妒忌萧德言更喜欢他，顿时更来劲了。他殷勤地摸出一颗糖剥开，递到萧德言嘴边"献宝"："这糖很甜的，您尝尝！"

李泰气得直发抖。

这小子绝对是故意的！

第三章

好好学习

　　李元婴气完李泰，美滋滋地跑了。

　　李元婴这人没别的优点，就是特别恩怨分明，你对我好我就对你好，你对我不好我就对你不好。

　　过去，长孙皇后常去大安宫看望太上皇，见他陪在太上皇身边的次数多了，便时常会给他捎点好吃的好玩的。

　　所以长孙皇后在李元婴心里是个好人。

　　他乐于带着儿子她们玩，和李治也处得挺好，偶尔还和他们一起去东宫看看小侄孙。独独这李泰总不爱带他们一起玩，天天拿本书跑李二陛下面前装样子，自己开府之后更是忙于搞他那个文学馆，连长孙皇后生病都没怎么入宫探望。

　　若换成李元婴，他才不管什么文学馆，不管什么规不规矩，一定天天守在母亲身边不离开。就算不能天天守着，每天去见一见也是好的。

　　李元婴起初是想不明白原因，现在李元婴明白了，原来是为了李二陛下现在坐的那个位置。想想他皇兄也真惨，才四十出头，娘没了，爹没了，老婆也没了，难得疼个儿子还疼出这么个坏胖子，还没到弱冠之年已经惦记着继承他的位置。可见当皇帝真辛苦！

　　李元婴在心里怜悯着李二陛下，回去后兴致勃勃地给他娘写了封特别肉麻的信，主旨是"世上只有阿娘好，有娘的孩子像块宝"。他还把印书的事和柳宝林说了，在信里告诉柳宝林，再过几个月他就带书回京给他看！

　　这封信随着儿子她们的信一同跑往太极宫，先送到了东宫那边。

　　李承乾处理完各项事务，便听有人说弟弟妹妹又来信了。

　　李承乾这几个月早习惯了收九成宫那边的信，他先把塞在最底下的那封信抽出来看了眼，果然又是李元婴托他转交给柳宝林的信。

　　这小子特别滑头，怕人弄丢了他的信，总拉着儿子她们一起写，直接叫人把信往东宫送！

李承乾笑着看了看信封上写的字，和左右夸道："幺叔这字倒是大有长进，看来九成宫水土不一般，幺叔去了那边竟都开始练字了！"他也没去拆李元婴的家书，直接命人送到柳宝林那边去。

自李元婴去九成宫后，柳宝林每日都会念一段经，祈祷李元婴在外面平平安安，不要遇到什么意外。后来李元婴开始写信回来，柳宝林念完经后便取出李元婴的信重读一遍。

这日李承乾派来的人把信送到，柳宝林给对方塞了几颗银豆子，欢欢喜喜拆开信来看。

柳宝林出身寒微，原本是不识字的，结果李元婴小时候无心向学，连字都不想认！于是柳宝林想了个法子，她佯作不经意地在李元婴会注意到的地方抹眼泪，和身边伺候的人说自己因为不识字被欺负了。李元婴一听，生气极了，当即表示他去学，学了回来教阿娘！

李元婴真要想干什么，那是肯定会一门心思去做到的，他还真去认了字回来一个个地教柳宝林。

柳宝林如今虽然称不上熟读诗书，看看家书却不成问题。想到儿子的贴心和好动，柳宝林又是思念又是忧心，拿到信便小心拆开，一字一字地读过去。

看李元婴在信里写他向魏徵、萧德言等人求教，过些日子还要把自己画的书印出来，柳宝林心中欢喜得很，起身命人去开库藏替李元婴清点一下太上皇留下的银钱和宝贝们。

这些要是不够儿子花，将来到封地上应该会有不错的进项。柳宝林已经和人打听过了，滕州临湖近海，算是物产丰饶之地，他们去了滕州，日子不会太难过。

柳宝林数数点点，清来算去，不知不觉又忙到午后。她拿出针线活坐到榻上，一针一线地缝，悉心做起了儿子冬天能穿的新衣裳。

转眼到了八月底，九成宫逐渐能看见几分秋色。金灿灿的向日葵早已过了花期，只留在了李元婴等人涂抹出来的"巨作"上，到入秋之后，十株向日葵陆陆续续开始结实，那挨挨挤挤长满花盘的向日葵籽越来越丰盈！

李元婴最近没触发奖励葵瓜子的任务，挺久没嗑瓜子了，有点心痒，寻了个清早跑去摘了个最大最好的花盘，带回去准备叫人下锅炒了。

虽说他身边没人炒过瓜子，但弄个锅扔下去炒一炒应该不难才对。唔，要炒奶油味的话，可以去弄点羊乳！

李元婴想得挺美，结果他刚抱着花盘转身，后头就跪了一地的人，央求他不要把向日葵带走，否则李二陛下是要治他们罪的。

真是岂有此理！这明明是他的向日葵，凭什么不能吃？要是李二陛下治他们的罪，那是李二陛下没理，和他有什么关系！

李元婴一点都不在意董小乙等人的哀求，直接抱着花盘走人。

董小乙面色惨白，跪在原地没敢上前拦人。

离开暖房走出挺长一段路，一直沉默的戴亭忽然开口喊："殿下。"

李元婴转头看他。

戴亭犹豫片刻，还是跪到地上乞求道："那董小乙与小人是同乡，小人想请殿下帮他一把。"董小乙被李元婴点去负责照看那十株向日葵，又靠着向日葵在李二陛下面前露了脸，平日里早让旁人记恨不已。李元婴不由分说摘走一个花盘，恐怕会有人借机要让董小乙遭罪。

李元婴见戴亭说完话便安安静静地跪在那，皱着眉说："那不是还有好些个花盘吗？我摘一个怎么不行了？"

戴亭道："少了一个便是失职。"

李元婴道："你刚才怎么不说？"

戴亭伏跪在地，不再吭声。

他身份低微，贸然开口已经是逾矩。再说，他与那董小乙也只是同乡而已，这些年来没怎么说过话，算起来并没有多少情分，他不可能当着外人的面提出。再说，李元婴不一定会答应的请求。一边是李元婴，一边是没什么交情的同乡，谁轻谁重谁都能看出来，若不是知道李元婴可以轻松改变董小乙的命运，他绝对不会多说半句话。身在宫中，自保都不容易了，谈什么保别人？

李元婴早习惯了戴亭这少年老成、瞻前顾后的德行，稍一思索便有了主意，对戴亭说："起来吧，我去找皇兄说一声便是。多大点事啊，犹犹豫豫做什么！"

戴亭依言起身，与往常一样跟随在李元婴身后。

李元婴抱着花盘去寻李二陛下，告诉李二陛下葵瓜子可以采收了！

李元婴自觉在这十株向日葵的去处上还是很有发言权的，既然有十株那么多，那他自己种的两株肯定要留着，余下的八株，李元婴让李二陛下自己和兕子她们讨去！

李二陛下摆明要强抢："这东西种在朕的暖房里，自然是属于朕的。"

李元婴很有想法："你这么不讲道理的话，我要写大大的布告，贴到城门上骂你！"

李二陛下还是头一回听到这种威胁，饶有兴趣地挑挑眉："长进了啊，还会写布告了？"

李元婴骄傲地说："那是自然，我可是能印书的人了！"

李二陛下知晓李元婴这混账小子真的敢做那种事，便道："你的两株朕不能要，兕子她们是朕的女儿，朕怎么不能要了？"

李元婴道："兕子她们也很喜欢啊，都说君子不夺人所好，您可是兕子她们的亲爹，怎么能抢女儿喜欢的东西！"他又指出李二陛下话里的错处："而且剩下八株里还有两株是妹妹妹的，妹妹妹不是你女儿！"

李二陛下被李元婴气乐了，还真和他较起劲来："行啊，我让人去把她们叫来问问她们愿不愿意给。"

兕子三人很快被人带了过来。

一听李二陛下说要，三个"小萝卜头"都直接把自己的向日葵给了出去。

李二陛下横了李元婴一眼，意思是"你看看你，再看看别人"。

李元婴觉得李二陛下太不要脸了，坚持不给自己那两株。他还顺嘴跟李二陛下把董小乙讨到身边，说明年要让董小乙到自己庄子上种一大片，想留多少种就留多少种，将来他带到封地上种！

一个在暖房侍弄时蔬的人而已，李二陛下也没在意，吩咐左右把董小乙拨到李元婴身边。好歹是正儿八经的滕王了，身边确实应该添几个人才行。

这时魏姝也被人带了过来。

这回是被李二陛下召见，魏姝被裴氏勒令换回了女孩的装扮，看着多了几分清丽可爱。

李元婴头一次见魏姝这么穿，先是两眼一亮，而后等魏姝行完礼便溜过去戳了戳她，压低声音说："不要给他！"

李二陛下瞪了李元婴一眼。离得这么近，真当放低嗓门别人就听不见了吗？

李元婴乖乖闭嘴。

反正他已经说完了！

李二陛下把要征用那两株向日葵的事告诉魏姝。

魏姝自然也听到了李元婴刚才的话。出于对小伙伴的无条件信任，她毫不犹豫地拒绝了李二陛下。

李二陛下既已知道魏姝是魏徵的孙女，得到这样的答复也不太意外。暖房已经有兕子她们献上来的六株，让李元婴和魏姝另外种一批也算是避免把鸡蛋放在同一个篮子里。李二陛下觉得自己和李元婴计较这种事完全是被李元婴气的，摆摆手让李元婴快滚，别留着碍他的眼。

李元婴拉着兕子她们跑了。

跑到外头，李元婴严肃地批评了兕子三人，认为她们直接送出去的做法太笨了。就算要给，也该要点好处啊！

城阳道："既然父皇想要，自然应该给父皇，怎么可以和父皇讨价还价？"

兕子和衡山也点点头，认同姐姐的话。

李元婴看着三个老实的"小萝卜头"，在心里琢磨着要不要给她们讲点别的故事，比如"自己的东西一定要积极争取"什么的。这么听话，万一以后被人骗了可怎么办才好！

李元婴庆幸地和魏姝说："还好你没给出去，要不然皇兄肯定更得意！兕子她们太好说话了，如果是高阳的话，一定能和我一起贴布告去！"

魏姝好奇地问："贴什么布告？"

李元婴便得意地把自己威胁李二陛下的话说了出来。他认为李二陛下要不是怕了，一准把他手上的花盘也给抢走，简直无耻至极！

魏姝几人听得瞠目结舌。

这真是除了李元婴，没人想得出来的奇招！

这一天对于董小乙来说是非常特别的一天。

大清早，董小乙负责看护的向日葵被李元婴采了去，他本有些绝望，无奈地承受着其他人有意无意的奚落。虽说向日葵种子是李元婴拿来种的，但东西已经被李二陛下点名要保护起来，自然连李元婴也不能随意采走。

董小乙以为自己要完了。

不想只过了一个时辰，便有人过来吩咐说，以后他可以去滕王那边当值。

滕王，便是李元婴了。

董小乙依稀记得李元婴身边的戴亭是他同乡，与他同一年入宫，只是不太爱理人，又长得有点像女孩，一开始总被人欺负。后来戴亭被李元婴讨到身边，从此就和他们不一样了！

李元婴虽然出了名的任性，实际上却极其护短，谁敢欺负他身边的人一准没好果子吃。当初，有内侍因为太上皇驾崩、李二陛下不甚在意他这个弟弟而轻慢他母亲柳宝林，李元婴直接叫人把那内侍埋进了雪里。这也是许多人不愿意招惹李元婴的原因，李元婴天不怕地不怕，你敢惹他和他身边的人，他就敢干别人不敢干、不愿沾的事！

董小乙心中一阵欢喜，忙去收拾东西。

他抱着一只手都能拎完的家当去拜见李元婴。

李元婴正陪儿子她们玩呢，叫人把董小乙领进来后，仔细打量董小乙几眼，发现这董小乙虽然有一颗往上爬的心，瞧着却还算纯善，倒也算是个能用的人。

李元婴不太在意这些事，满不在乎地把他交给了戴亭："既是你同乡，往后你带着他吧。"

董小乙一怔，看向戴亭。

戴亭面上没什么变化，仍是一如既往的沉静，领着董小乙去安排他的临时落脚处。安顿下来后，戴亭便将李元婴对那几株向日葵的打算告诉董小乙，仍让董小乙去看护其中四株不属于李二陛下的向日葵。

既然十株向日葵已经分好了，几天后便全部采收完毕，各自带回去留种。李元婴挺想炒掉一个花盘，后来想着自己吃也吃过了，不如留着回京给柳宝林尝尝，便也不再冒着被李二陛下骂死的危险炒葵瓜子吃。

当然，另一个原因是，向日葵采收完毕后，李元婴又接到一个新任务：扫描九成宫的立体图像留档万界图书馆。

这也是李元婴只需要用眼睛看便可以完成的，只是要多跑几个地方而已。李元婴本来就到处跑，倒也不介意顺便完成这个任务。

接下来几天他和往常一样带着儿子几人在九成宫各个好玩的地方晃荡，渐渐地，整个九成宫在万界图书馆里成形了。他试着在个人图书馆里进入"九成宫扫描件"，发现里面居然和真正的九成宫一样大，他伸出手可以摸到里面的梁柱，甚至还可以爬到李二陛下的宝座上躺一躺。

李元婴觉得很稀奇，忍不住好奇地问系统："既然能做到这种地步，为什么还要我来扫描啊！"这只要扫描一下就能在万界图书馆里复原全貌的技术，着实太厉害了！而且，他们还会造能在天上飞的飞机！

系统沉默了一会儿，答道："历史非常漫长。历史的每一次更替，都会毁灭许多东西。所以，有许多当前时代的人看来非常常见，又或者重愈生命的东西，以后可能会消失不见。"

李元婴听不太懂。

系统没再多说。

李元婴琢磨了一会儿，才再一次发问："所以，你们没有九成宫了吗？"

"是的。"

"没有《九成宫醴泉铭》？"

"是的。"

"没有《十渐不克终疏》？"

"是的。"

"没有《礼记》《论语》《韩子》？"

"是的。"

"没有大唐了？"

系统终于反应过来，拒绝回答："您的权限不足，不能查询该问题。"

系统选择避而不答，李元婴却已经知道了答案。

看来，大唐确实没有了。

李元婴有点难过，大唐才刚建起来没多久、他还没去封地作威作福，怎么就没有了呢？李元婴不信："你骗人，这么大的九成宫，这么多的书，怎么可能说没就没！"

系统没有再吭声。

李元婴将九成宫扫描件选择对外开放。本来他对对外开放后的情况一向没什么兴趣，这一次他却站在原处看着上面逐渐多出一个个光点。系统说过，一个光点表示有一个人花钱进去浏览，几乎是在开放后的下一秒，光点就挤满了整个虚拟九成宫。这说明，有许多人翘首以盼等着九成宫的出现。

李元婴更难过了，他离开万界图书馆，鼻子酸酸的，左想右想想不出找谁说这件事，便跑去寻李二陛下。

李二陛下正在批奏章，听人说李元婴好像受了什么委屈似的哭着跑来了，颇觉稀奇，让人赶紧把李元婴放进来。

李元婴一见到李二陛下，眼泪立刻憋不住了，扑上去抱着李二陛下哇地哭了出来："皇兄，我难过。"虽然他总和李二陛下对着干，但是他认识的人里面，最厉害的还要数李二陛下。

李二陛下还真不知道谁能让这小子这么委屈了。难得见到李元婴这么哭，李二陛下心都被他哭软了，无奈地用少有的软和语气问："谁还敢欺负你了？"

李元婴摇摇头。

没有人欺负他，但他就是难过。

李元婴问李二陛下："皇兄，我们大唐会消失吗？"

李二陛下一顿。没有人敢在他面前问这种话，大唐才刚建国二十余年，谁会在这个时候问"大唐会不会消失"？李二陛下对上李元婴泪汪汪的眼睛，想了想，正色回道："不管商周秦汉，开始时总都想着千秋万代，父皇建立大唐自然也这样想。但打天下难，守天下也难，我们所能做的，只有尽力做好眼前的事，上不愧天，下不愧黎民百姓。至于能不能传承万代，只能看后人如何。"

千秋万代之类的，也就酒兴上头时会想想。

李元婴认真记着李二陛下的话。

李二陛下问："你怎么会想到这个？"

李元婴把系统那段"历史是漫长的"照搬出来，说是有人这样告诉他的。

李二陛下听完一阵沉默，而后抬手揉揉李元婴的脑袋，好言宽勉："既然你能把这些话听进去，往后就不要再胡闹了。大唐疆域横跨大江南北，幅员辽阔，难以管辖，光靠我一个人可不成，还需要你们这些弟弟帮忙分担。你早点变成顶天立地的男子汉，等将来你把滕州管好了，我再给你个更大的地方让你管！"

李元婴一听李二陛下要给自己更大的地方，顿时高兴了，一口答应下来。

李元婴欢欢喜喜地跑了，李二陛下却还在沉思着李元婴说的话。他独坐片刻，命人把房玄龄他们叫到议事堂。

君臣相对而坐，李二陛下把李元婴哭着来找自己的事告诉房玄龄几人。

房玄龄感慨道："九岁孩子尚且知道为此伤心，我等更不能尸位素餐，无所作为。"

长孙无忌与魏徵亦赞同房玄龄的话。

君臣便顺势商量起政务来。

至于李元婴，那是难过一下就可以"改过自新"的吗？

进入深秋后，天气逐渐转凉，这天李元婴一夜好眠，第二日睡到日上三竿都没能起来。

李治早就知道李元婴这德行，一大早过来催促李元婴起床，今天是孔颖达来讲课，再迟到或者旷课，孔颖达又要发飙了！

李元婴把被子拉得更高，把自己蒙在被子里闷声闷气地说："不起，就不起，这么冷的天，才不要去上课！"

李治心道，亏父皇昨晚还拿李元婴来教育他们，就李元婴这懒成狗的臭德行，哪有半点顶天立地的样子！

李元婴没理会李治的叫唤，一觉睡到自然醒。到他醒来，发现自己已经错过上课时间了。这对李元婴来说是稀松平常的事，要是换成冬天的话，他可以一整天都窝在床上。

想到孔颖达那张凶凶的老脸，李元婴唉声叹气片刻，爬起床，在小宫女的伺候下穿好衣裳，溜达去寻刚刚下课的孔颖达。

李元婴昨天想了很多，想着想着便想到孔颖达。孔颖达对《韩子》特别不喜欢，李二陛下也是，所以大唐学《韩子》的人少，甚至连知道《韩子》的人都不多。所以，李元婴想找孔颖达聊聊天。

孔颖达见李元婴下课了才跑来，脸色黑得很。听李元婴说有事情要向自己请教，孔颖达神色稍霁，领着李元婴去当值的地方坐下细谈。

李元婴难得端端正正，正儿八经地对孔颖达说："孔祭酒，我有一件事怎么想都想不明白。"

孔颖达问："何事？"

李元婴道："子曰：'三人行，必有我师焉。择其善者而从之，其不善者而改之。'这是《论语》里的话，没错吧？"

孔颖达点头道："那是自然，这三岁小儿都会背。"

李元婴道："那为什么您不喜欢别人看《韩子》？难道您觉得《韩子》一点可取之处都没有？"

孔颖达道："商韩恶法，虽有可取之处，却失之仁厚，用之必然会让人心向背离，岂能宣扬？观秦三代而亡，便知其不可行。"

李元婴还是不理解："一朝败亡，和一本书有什么关系？"他胆大包天地给孔颖达举了个例子："若是将来有人将亡国之罪归于儒家，罢黜儒家，焚毁经典，又当如何？"

若是从前听到李元婴说这种话，孔颖达肯定会指着他鼻子大骂："竖子安敢妄言！"可对上李元婴带着疑惑的双眼，孔颖达却突然骂不出口，他摇摇头，毫不犹豫地否定了李元婴的猜测："绝不会如此。"

这是儒家子弟、孔氏后人对儒家的信任，孔颖达不相信有任何学说能够取代儒家。自汉代以来，哪朝哪代治国不是用儒家子弟？虽说他研究汉代典籍时发现其中混杂着一些不属于孔圣的观点，但大体上还是承续着孔圣思想的，甚至还变得更适合用来治理国家。

孔颖达为此骄傲且充满自信。

李元婴听孔颖达回得斩钉截铁，便知道孔颖达不会考虑那样一天的到来。他本就不知道自己想要得到什么样的答案，也不再多问，跑去找兕子她们玩了。

晌午有人送来李二陛下赐下的贡梨，又大又甜，可惜李元婴不爱吃，便让人拿下去炖了许多盅，遣人送去给魏徵他们喝，毕竟魏徵他们老给他讲课。魏徵还好，其他夫子都觉得李元婴是不是往里头放了什么东西要祸害他们，见魏徵吃了才放心地吃掉。

李元婴还让戴亭端上一盅，跟自己去找萧德言。

这是李二陛下赐下的梨子，许多人都没机会吃。听李元婴全炖了拿去给别人喝，萧德言道："你就不怕陛下生气？"

李元婴觉得这事自己在理，李二陛下不在理，理所当然地说："皇兄连我不爱吃梨都不知道，凭什么生我气！"

萧德言觉得李元婴运气着实不错，若不是生在李二陛下继位之后，李二陛下对兄弟怕是没有这么好。也就是出生的时机好，李元婴才能无忧无虑地被养成外界传言中的混世小魔王。

李元婴哄着萧德言把炖梨吃了，才把和孔颖达的对话告诉萧德言。他还评价起孔颖达来："我觉着老孔不如他先祖，三岁小儿会背的话，他都不肯照做。人又不是傻子，孔子都说了'择其善者而从之，其不善者而改之'，又不是看了就全部照做，怎么就不能看别的书了？"

萧德言道："可不是人人都像殿下这么聪明。"

李元婴觉得这话很中听，一点都不知道谦虚为何物，高兴地应和："说的也是！"

萧德言莞尔。

李元婴把自己的新构想告诉萧德言："等我去了封地，我就建个大书院，什么书都给人看，什么家的学说都给人教，只要有人愿意学，我就让他们有机会学！"他拉着萧德言皱巴巴的手，积极挖李泰墙脚："老师，以后你要不要来给我的书院当山长啊？"

萧德言笑着摇摇头："这不成，我老了，年轻人不喜欢听我的。"

李元婴虽然有点失望，但也没气馁，仍拉着萧德言的手道："那您把您的学生借给我吧，您的学生一定很多！"

萧德言见李元婴眼睛里满满都是期盼，不忍让他失望，温言道："好，等你要去封地了，我帮你问问有没有人愿意随你去。"

转眼到了差不多要启程回京的日子，李元婴的《韩子寓言》也印好了。在那之前，李元婴已经拿到过样书，对成品非常满意。

李淳风同样非常满意，毕竟，他本来就是个爱动手实践的人，李元婴花钱让他搞实验，他乐意得很。看到一百本《韩子寓言》整整齐齐地垒在一起，李淳风成就感满满，第一时间让底下的人去通知李元婴。

李元婴头一次弄出书来，自然十分骄傲，他借用了一大批宫人帮他去搬书，队伍浩浩荡荡地排了个长队。钱是李二陛下借他的，李元婴头一个送去给李二陛下，他送书的时候见长孙无忌他们都在，又一个个送了过去。

送完后，李元婴发现自己的书一下子少了十来本，忍不住在心里嘀咕：皇兄信任的大臣怎么这么多，天天召这么多人一起议事！

李元婴送完李二陛下，自然是去分给自己的小伙伴们。李治对李元婴要印书的事早有耳闻，兕子她们却被蒙在鼓里，看到李元婴变出本书来，她们都吃了一惊，自告奋勇要帮忙替李元婴送书。

一时间，皇子皇女手里都拿到了李元婴的"巨作"。

李元婴又去送给孔颖达他们。

几轮下来，一百本书竟所剩无几！

李元婴想着自己还要带回去给柳宝林她们，便让戴亭把剩下的书收起来，不再送给别人了！

在戴亭准备把书封箱时，李元婴又想起自己居然把魏姝忘了，赶紧又拿出一本，亲自跑去魏徵家送给魏姝。

魏姝早算着时间等书印出来，见李元婴亲自送来了，心里高兴得很。她把书珍而重之地收起来，转而问起李元婴该怎么处理自己收在家里的向日葵种子，要不要跟他一块儿种算了。虽说她祖父也有田庄，但她祖父有好些个儿女，不是她父母独有的私产，她不能让田庄全部不种粮食改种向日葵。

李元婴当时只是想气气李二陛下，没想到这一层。他说道："既然这样，你自己留一些，剩下的给我，我让小乙一并帮你种了。收成之后，我们卖掉换点钱！"

李元婴印一次书耗了不少钱，现在又想着往后要办个大书院，终于有了点想办法捞钱的念头。既然妹妹妹相信他，要把向日葵种子交给他来种，李元婴当然不会辜负她的信任！

魏姝并不觉得卖种子能卖多少钱，不过听李元婴两眼亮亮地表示这将会是他将来那家大书院的运转资金，魏姝也没有打击他的热情。

魏姝好奇地问："你说你的书院可以让天底下想读书的人都去读书，那你的书院能让女孩子去念书吗？"

李元婴一愣，他还真没想过这个问题。

李元婴奇怪地反问："女孩子不能读书吗？兕子她们都会读啊！"他数完自家又数别家："姝妹妹你也读书啊，你的字还写得那么好！"

魏姝说："没有学堂会招女孩子的。"她们不过是占着出身的便宜，才有了识字断文的机会。

李元婴道："那我以后的大书院，女孩子也能来读书！"他热情邀请魏姝："以后书院开了，你来当第一个女学生！"

魏姝想也不想便答应："好！"她答应完又说："那你可要早点把书院开起来，要不然我就变成老学生了！"

李元婴被"老学生"这词逗笑了，乐得不行。

回去后，他还和李治说起这事，表示为了不耽误他姝妹妹学习，他可得赶紧准备起来，争取一到封地就马上开书院。

李治一阵无语道："你什么时候能去封地都还不一定，别一天到晚和别人说你要建书院了。"

李元婴自觉自己已经是个读书人了，一本正经地批评李治："非知之艰，行之惟艰。"他可是想干什么就会马上行动的人，和这个整天想来想去犹豫着什么时候迈出第一步的家伙完全不同！

李治闭了嘴。

他想起李元婴说要印书时，不少人都等着看笑话，要么觉得他不可能印出来，要么觉得他压根写不出一本书。结果李元婴一口气把事情安排好，如今真的让他们拿到了书！那书的内容虽然浅显得很，图多字少，怎么看都算不得是开宗立派、著书立说。可你要是翻开看了，便会觉得有股奇异的魔力吸引着你往下看，不看完整本不罢休！

一般人绝对不会把钱砸在这种事情上，可李元婴不是一般人！他真要想砸钱办书院，指不定真能让他办成。

李元婴见李治一脸的思索，坐下趁热打铁地怂恿起李治来："我看你就别和你四哥一样赖在京城不走，到时我们一块去封地玩，我开一个书院，你开一个书院，我们每年让书院出来的学生相互切磋、比个高低，多棒是不是？你要是怕钱不够，到时我借你也成！"

李治道："你以为办书院那么容易？你不仅得有钱，还得有名师坐镇，要不然别人干吗不去别处，来你这虚耗光阴！"

李元婴信心十足，和李治说："这个我已经和老师说好啦，他说会把他的学生借我！到时我再去和老魏他们借点人，一准能成的！"

李治没想到李元婴连这个都解决了。他有点纳闷地问："哪个老师？孔祭酒吗？"

李元婴道："才不是，是萧老学士。"

李治自然也知道萧德言，萧德言今年足足有八十二岁了，怎么看都是超高龄人士。能历经三朝还平平安安活到这个岁数，肯定挺有本事！李治有些发愣："萧老学士不是在帮四哥修书吗？怎么成你老师了？"

李元婴道："你可真笨，你看看孔圣人，别人教他一个字，他就能称别人是'一字之师'。我去请教了萧老学士那么多次，怎么算都不止一个字，怎么不能叫老师了？所以说，你看书就是死读书，学过的东西都不会灵活运用！"

李治一阵沉默。

上下都收拾停妥，御驾便趁着冬日未至赶回京城。李元婴又带着小伙伴挤一车，一路上把没画到书上的《韩子寓言》讲给兕子他们听。

别看李元婴把书送出不到一百本，这本书近来却掀起了不小的风浪。首先，李元婴送书的对象不是皇子皇女，就是达官贵人，头一批人翻开看了都觉有趣，纷纷凑在一起讨论；至于长孙无忌这些年长的，对这种小孩子看的书虽不大有兴趣，看过之后却也觉得挺有教育意义，便顺手拿给了家中小孩看。

这年头的书是不会讲究趣味性的，有的看就不错了，哪会照顾你小孩子懂不懂、觉不觉得枯燥？是以，这本《韩子寓言》一下子在年纪小的那群人里刷足了存在感，大伙都热烈地讨论着里头各种有趣的故事，还准备带回京城向那些没机会看到这本书的人炫耀。

甚至，还有没法拿到《韩子寓言》的小孩哭着喊着，求别人借给他们看。

新晋的滕王殿下在众人心目中的形象变得高大起来，原以为这家伙只会惹是生非，没想到他居然还能自己弄出一本书来！而且这书的外观瞧着就很新鲜，可以一页页地往下翻！

御驾回到京城已是十月，李元婴先去见了柳宝林，被柳宝林抱着左看右看，生怕他在九成宫吃不习惯饿瘦了。李元婴由着她看完，把特意留着的《韩子寓言》拿给柳宝林看。

柳宝林欢喜地拿着书看去了。

李元婴正准备把余下的书叫人拿出去分了，便听有人在外面叫唤："李元婴，出来，李元婴，你出来！"

李元婴一听，这不是高阳嘛！他跑出去一看，一身骑服的高阳额上还带着亮晶晶的汗珠，白皙的脸颊红扑扑的，显见是刚才还在玩马球。

见高阳一脸怒气，李元婴很无辜："怎么了？"

高阳冲上去，拿着马鞭柄戳李元婴胸口，生气地说："你还好意思问我怎么了？你明知道我因为生病去不了九成宫特别伤心，还整天写信来告诉我你们玩了什么、玩得多开心！你怎么能这样？气死我了！"

李元婴觉得高阳太不可理喻了，他辩驳道："我把好玩的事和你分享，你怎么可以生我的气？我要是不写信给你，你才应该生气！"

高阳想了想，觉得李元婴说得好像也有道理。要是李元婴都不给她写信，她一定更不高兴！

李元婴见高阳陷入思索，笃定地说："所以说，你们女孩子就是这样，这也不行那也不行，都不知道怎么才行！"

高阳还是觉得李元婴是个混账："那你也不能炫耀你们天天吃喝玩乐有多开心。"

李元婴跑回屋里拿了本《韩子寓言》出来："这是我画的书，厉害吧！这本送你了！"

高阳道："你明知道我不喜欢看书。再说，书还能画出来吗？"

李元婴道："那当然能！"他翻开给高阳看里头的内容，高阳只看了一眼便被吸引住了。

高阳一把抢过《韩子寓言》，决定勉为其难地原谅李元婴。

送走迫不及待准备回去看《韩子寓言》的高阳，李元婴开始琢磨接下来干点啥。

李元婴如今已经是滕王了，可以自己领着人出入宫门，往后他时不时可以去外头玩耍。他既然有办个大书院的伟大理想，那肯定不会等到事到临头才手忙脚乱地开始搞，李元婴决定先做点前期准备！

比如收集点书，再收集点人才。

李元婴命戴亭去把董小乙叫来。

人齐之后，李元婴开始交代任务：董小乙领着人去他名下的田庄逐一考察，看看哪个田庄适合改造成"葵园"，这个葵园于他而言大有用处，不能出差错；戴亭负责在城中物色一处带铺面的好宅子，要大要敞亮，把整个宅院按照他的要求改造一番；除了找宅院之外，还要再盘个造纸工坊，挖点技术人才囤着，将来他们可能还要印书，总买纸太亏了！

两人领命下去了，李元婴便开始整日在屋中躲冬，唯一和以前不同的是他时常叫人去拿点书过来看。

李元婴这边优哉游哉地窝在榻上学习，李二陛下他们却很快忙了起来。

原因是高昌那边出了点事。

高昌位于吐鲁番盆地那一带，属于通往西域的重要关口，也就是说，各方进行贸易时都要经过这地方。

作为一个兵弱力微的小国，高昌和其他小伙伴一样作出了相同的选择：隋在时依附隋，唐建立后依附唐，只为勉勉强强在夹缝中求一条生路。

可惜今年高昌开始和西突厥眉来眼去，想联合搞搞周边另一个地方。那个地方同样也依附于大唐，一看形势不妙，马上派使者来求援。朝中再翻出个旧账，发现高昌好几年没来纳贡了！

当时李二陛下决定先礼后兵，先派人过去责问，结果一直到十一月，高昌国主都没来请罪。

李二陛下是个相当好面子的人，一琢磨，高昌显然是觉得大唐初立，国力弱于隋朝；而如今恰逢严冬，高昌又路途遥远，肯定不会为此派兵前去，顶多只是派人不痛不痒地斥责一番！

李二陛下气得睡不着觉，他一直为大唐国力赶不上隋朝而耿耿于怀，现在一个小小的高昌都敢藐视大唐了！

李二陛下召集心腹重臣商量此事，表达出来的只有一个意思：打，给我狠狠打！不管多难，都要打到它高昌翻不了身，一定要让其他附国看看悖逆大唐是什么下场！

朝中虽有人想劝阻，最终却还是达成共识：高昌打定了，而且要快，最好马上就出发！

李元婴听说朝廷要打仗，打的还是高昌，又找小伙伴们开小会。

讨论主题是：高昌是什么地方？远不远？好不好玩？有什么好吃的？

李治拿出张不太精准的手绘舆图，给李元婴指出高昌所在的位置，还给李元婴介绍了一下这个地理位置的优越性。

高阳积极回应自己记得的东西："高昌好像会进贡葡萄酒，甜甜的，不醉人，好喝。"

李元婴得出结论："这是个有葡萄酒的地方！"他兴致勃勃地提出自己的想法，"不知道皇兄会派谁去，要是我们认得的话，可以让他多捎点回来！"

李治没好气地道："你以为打仗是玩吗？还能给你捎酒！"

李元婴一想，也对，哪能叫人家军队捎带东西，不像样！他想了想，神神秘秘地和小伙伴们密谋："我准备干件大事，你们要不要加入？你们出点人就好，剩下的包在我身上！"

李元婴一开口，高阳等人自然纷纷举手要参与，连李治都在片刻的犹豫之后表态想参加。没办法，过去他也曾因为退出小伙伴团体行动，而被李元婴坑成背锅的，太惨了，还不如大家一起被父皇骂！

李元婴得到小伙伴们的一致支持，非常感动，当场约定让他们回去点好人，隔天到校场那边集合。

会议结束，李元婴溜达去寻李二陛下，说自己已经不小啦，现在也封王了，堂堂小王爷，身边怎么能没几个侍卫！这不合规仪！

李二陛下这几天被高昌气到了，没好气地骂道："你是坐不住了，迫不及待带人去宫外玩吧？"

李元婴嘿嘿一笑，默认李二陛下的话。

李二陛下心烦得很，让李元婴自己去挑人。

李元婴没走，而是好奇地问李二陛下这次要派谁去打高昌。

李二陛下睨了他一眼，也没瞒着他："应该是侯君集。"

李元婴这才带着李二陛下的旨意去找禁军头头。

他让禁军头头按照藩王规仪挑一批大龄的、家贫的、娶不着老婆的禁卫到他这边来报到。

对方没想到李元婴会有这样的要求。这样的人通常处于禁军的底层，许多人都认为他们是负累，只让他们干些苦活，晋升显见是无望的！

任何地方都有这样处处被人踩的"弱鸡"，禁军也不例外。可惜的是，他们大多立过功才被选入禁军，想把他们踢出去还很不容易！

李元婴要这样的人，禁军那边自然是求之不得的，三两下把事情办好，将这批年纪不太小的大龄单身禁军拨到李元婴那边。

禁卫还没分来，李元婴先把戴亭叫了过来。戴亭不过十二三岁，因着相貌和阉人的关系，面相偏于阴柔。可他跟在李元婴身边这么多年，李元婴知道他绝不是个软弱之人。

想了想，李元婴取出张面具让他戴上。

有了面具，戴亭看起来就老成多了，再加上他身高也挺不错，瞧着便已像十六七岁。

李元婴道："我去封地后需要大笔钱粮，眼下有一个好机会，你愿意帮我去办一件事吗？"他摊开照着李治那张图复原出来的舆图，在长安打了个圈，又在高昌打了个圈，把难处先摆给戴亭看："你要跟着军队走上这么远，那边气候非常寒冷，这个时节冰雪封路，难走得很。"

戴亭认真听着。

李元婴道："你伺候我和母亲很尽心，但伺候人的活，你能干，别人也能干。你自小跟在我身边，我并不想你一直干这种随时能被人取代的活。正好冬天我不太爱出门，可以放你出去锻炼锻炼。"

戴亭听了李元婴这番话，伏地跪下，眼眶有些湿润。

他入宫时年纪虽小，却已有记忆，清晰地记得亲生父母如何卖掉自己、自己又如何被除去了身为男儿的根。

自那以后，他便只能苟且求活，不再指望自己能像个人一样活着。

可这一刻，李元婴告诉他，不想他一直做那些随时能被人取代的活。

哪怕路途艰远，哪怕冰雪封途，他也想去试一试！

戴亭重重地一叩首，应道："小人愿意去！"

李元婴上前扶起戴亭，将自己的计划和盘托出："你向来反应灵敏，又善于探听消息，这次朝廷要征伐高昌，那不过是弹丸之地，肯定敌不过大唐王师。这次皇兄很可能会派侯君集他们前去，我听说侯君集好大喜功，放纵军卒，破高昌之后肯定不会约束底下那些士兵。我想让你跟在大军后面趁乱带些东西回来，到时候你见机行事，遇到侯君集的人，你就亮出我和雉奴他们的身份；遇到不愿意跟你回来的高昌人，你就借侯君集的势！"

李元婴又把自己要的东西告诉戴亭：第一，是善于种植葡萄的，让他们带上葡萄种一起过来；第二，是酿酒的，让他们带着窖藏的酒过来；第三，是带几个识字的高昌人，让他们把那边所有有文字的东西都给带回来一份。这三种，不一定要多，但都要有。

戴亭喏然听命。

李元婴道："皇兄马上要给我拨一批禁卫，等会儿我会给他们放几天假，外出去寻些解甲归家的老友，凑齐一个大商队。"李元婴给了戴亭另一个任务："你到了高昌，给他们都找个老婆。"

高昌那小地方惹恼了李二陛下，李元婴估摸着他们离亡国不远了，所以嘛，那边的好吃的、好看的，还有那边的女人，都先弄回来再说。其实要不是自己还没有封地，李元婴怕是连男丁都想弄上一批，拿来干活多好啊！

戴亭并不觉得任务艰难，一一应下。

李元婴便取出一把剑，让戴亭拿着。这剑是太上皇留给他的，是把好剑，也是权力的象征。头一次派心腹出去，他自然得多给戴亭几分保障！

主从两人商量完，禁军那边选来的人也到了。李元婴带着戴亭去见这批自己的未来助力，他先是欢迎他们的到来，而后就开始鼓吹自己的计划："想要奖金吗？想要老婆吗？跟着戴亭去高昌，一切你想要的都会有！要是完成了任务，回来还有更丰厚的奖励！"

李元婴从前的混世小魔王形象深入人心，一开始众人都不太相信，结果李元婴叫人搬出一箱金灿灿的金子，告诉他们事成之后这些全分给他们！

李元婴还说，他见过高昌的美人，又高挑又漂亮，眼睛黑湛湛，鼻梁又高又挺，跳起舞来堪称一绝。他们去了，可以借机讨个高昌老婆！

一群大龄单身禁卫被李元婴说得热血沸腾，纷纷表示愿意为小王爷效命！

第二天，李元婴让他们和李治他们选来的禁卫会合，这下李元婴那批新禁卫更加振奋了。如果只有李元婴一个人派遣他们出去，他们心里可能还会打鼓，可眼下看来连皇子皇女们都参与了，他们放心去便是！

李元婴当众再将太上皇的佩剑交给戴亭，让所有人在途中要听戴亭的指挥，不听者杀！

人手安排停妥，李元婴派戴亭领人去筹备物资。

李治这才晓得李元婴要干什么，顿时不太淡定，待李元婴搞完动员，拉着李元婴重新开小会："你让他们跟着大军去高昌？"

李元婴道："这机会多难得啊，你想想，平时路上难免会遇到蟊贼之类的，危险极了！难得有大军在前面开路，此时不去更待何时！"

李治一阵沉默。

虽然李元婴说得还挺有道理，但，李治总觉得这事好像不太好。

高阳说："就你胆子小，不管父皇派谁去，他们都不敢动我们的人！"

李元婴见有人站在自己这边，立刻正气凛然地道："皇兄这次显然是要杀鸡儆猴，我看这次高昌怕是要亡国了。哪怕是一个小国，兴替之际也难免会毁掉许多东西，我们派人去把这些东西带回来，也是让它们免遭浩劫。"

李元婴又对城阳他们说起城破时士兵们可能会做的事。并不是所有人都会用严明的军纪约束士卒，毕竟士兵们都是人，你光叫他们苦战，不让他们捞点好处，他们哪里愿听你的？所以，抢掠的、抢人头的，只要不太过分，许多人都会睁一只眼闭一只眼。

到那时，男的免不了被杀，女的免不了被糟蹋，财物会被强夺，那些不值钱的东西则会被毁于一旦。

千百年后，那里的人没了，那里的文字和文化没了，什么痕迹都找不到！

所以，他们把这些东西保下来，是在做好事！

兕子她们听李元婴这样说，便觉得这事是对的，她们派去的人若是能保住一二，那也算是让一些人和一些东西免于遭难！

待兕子她们走了，李治独自留下与李元婴说话："我还是觉得不太对。你要是真的那么怜悯高昌，怎么不去求父皇别打它？"

李元婴自有一套道理："不打怎么行？说好要纳贡，高昌不按时纳，是无信；勾连外邦攻打同为大唐附属之地，是不义！这等背信弃义的行为若是大唐不出兵，叫别人怎么肯再依附于大唐？所以，不打是不可能的，"李元婴循循善诱，"但是我们大唐是仁义之师，打虽然打了，怜悯还是要的！人若是对自己的同类都没有怜悯之心，和畜生有什么区别？"

李治觉得，只要经李元婴的口一说，什么事都是对的。

十二月，朝廷敲定了征伐高昌的人选：侯君集和薛万均。

大军集结誓师，顶着严寒往高昌出发。

在大军出发不久后，一队百余人的人马也不疾不徐地缀在后头跟着出发。李二陛下站在城门上为将士们送别，正欲回宫，却眼尖地瞧见了后头那队人！这群人虽走得不算快，却整齐划一，衣着相同，步伐也相同，初一看像一个商队，再一看竟像是训练有素的行伍中人。

李二陛下眉头一皱，让人去看看那是谁的人。

很快地，有人回来禀报说，那是滕王弄的商队，领头的是滕王常带在身边的戴亭，其余人是滕王的侍卫及他们去征召回来的退役兵卒。

李二陛下脸色一黑，摆驾回宫，顺便让人去把李元婴拎过来。

李元婴正窝在榻上躲冬，听李二陛下召见，慢吞吞地穿好正经衣裳，跑去见李二陛下。到了那儿，李元婴还要抖着说："这么冷的天，皇兄您叫我过来做什么呢？一路跑过来，可冷死我啦！"

李二陛下道："叫你过来做什么？你是不是得给我解释解释你叫人跟着侯君集他们是想干什么？"

李元婴见东窗事发，一点都不慌，把自己忽悠李治他们的那套搬过来给李二陛下说了一遍。

李二陛下冷笑道："朕看你才没这么好心，你是想看看能不能捞点好处！"

李元婴一副很伤心的样子："皇兄您怎么能这么想我？我是真心实意地这样想啊！"他很老实地说："当然，要是能顺便赚点钱，那当然是好的，谁会嫌钱多？说起来，我还欠着皇兄您一笔钱呢，要是戴亭能帮我赚到钱，我马上还给您！"

李二陛下道："你还缺钱了？"

李元婴说："谁会嫌钱多啊？"他又和李二陛下说起他的宏伟理想："我上次印了一百本书，花的钱可多了。我以后是要开大书院的人，要印很多很多书，不知得多少钱！要是我赚的钱够多，我要让想看书的人都买得起书！"

李二陛下道："你知道大唐有多少人吗？"

李元婴摇摇头。

李二陛下道："光是按户算，大唐就有三百多万户，每户又有五到十五人不等。你算算，大唐一共有多少人？这么多人，光是想让他们吃饱穿暖就已是难上加难，你得赚多少钱才能让他们都买得起书？"

李元婴在心里算了算，发现数目大得他根本没概念！

李元婴咋舌："这么多人啊！"

李二陛下道："你以为呢？"

李元婴同情地看着李二陛下，说道："皇兄您真是太辛苦了，要管这么多人！"他想了想，又说："所以，才要把更多的聪明人找出来啊！比如种地，许多人天天埋头苦种，遇到天时不好还是可能颗粒无收。可要是一个村子里头出一个聪明的人，他知道怎么看天时变化，知道哪些地种哪些作物能高产一些，知道不幸遭遇大旱大灾该补种什么，知道山里有哪些药物可以采来卖，那他们一村人肯定都不愁吃喝——只要找到这样的聪明人，让他们去各地帮着督管农事，我们就可以不劳而获了！"

李二陛下原本耐心听着李元婴说自己的见解，觉得李元婴近来闭门读书算是读出了名堂来，结果一听到他说"不劳而获"，立刻又气不打一处来，抬手敲了他脑袋一记："什么叫不劳而获？有你这么说的吗？"

李元婴捂着自己脑门，虚心求教："那该怎么说啊？"

李二陛下道："这叫垂拱而治。"

这词李元婴也听过，意思是垂衣拱手，什么都不干，国家也被治理好啦！李元婴坚持己见道："明明是一个意思！"

李二陛下已经懒得教训这混账弟弟，摆摆手赶他走，算是揭过了他暗戳戳派人跟着大军去找发财机会的事。

李元婴欢快地跑了。

冬日虽冷，李元婴还是抽空出了趟宫。

李元婴这厮极其无耻，人全派去高昌了，又跑去和李二陛下说一不小心忘了留两个保护自己。

李二陛下老烦他了，点了两个人寸步不离跟在他身边，到哪都不许他甩掉。

李元婴是那种在意别人跟着的人吗？他一点都不在意，反而还美滋滋，领着人便出宫去巡视自己的新地盘：戴亭临去前已经将他吩咐的事办妥，在西市那一带盘下个带临街铺面的宅院。

西市在隋朝时被称为利人市，周围多是平民屋宅，卖的东西都比较接地气，租金也相对比较便宜；东市邻近达官贵人住处，有许多酒楼与奢侈品店之类的高端消费场所。

李元婴出宫时随行的人都觉得他会去东市那边玩耍，结果李元婴看了看自己抄下来的舆图，径直往西市走去。行至一处招牌上蒙着红色绸布的店铺前，已有个内侍模样的人候在外头，正是李元婴身边的董小乙！

董小乙小跑到李元婴身后，引着李元婴入内。

这地方原是家酒肆，入不敷出经营不下去了，便要转卖给别人。巧的是它隔壁也混不下去了，李元婴便财大气粗地表示两家一起买下来改建！

如今两家店面已经里里外外地翻修过，李元婴迈步进去，只见一张张桌案整齐地分列在厅堂中，两旁的墙壁和屋柱上皆贴着些劝学标语，瞧着很有读书氛围。

李元婴自然不懂设计，不过他有系统在手！在他提出要系统生成"大唐图书馆设计图"的时候，系统爽快地将唐初已有的各种家居陈设排列组合一番，生成设计图交给了李元婴（系统甚至还为此喜极而泣，毕竟李元婴终于有使用它的需求了，不再白白摆着数不清的积分留着长毛）。

图书馆的概念，李元婴只听系统提及过，听说在文化蓬勃发展的时代，大小城市都会有对外开放的图书馆。

任何人都可以自由进出借阅里面的书籍，到科技发展得更好一些，图书馆会变成万界图书馆这样的虚拟图书馆，所有人都可以足不出户而知天下事！

李元婴觉得图书馆可以先解决一部分人买不起书的问题。至于更多的，李元婴还没想好！

这小小的地方，就是李元婴小试牛刀弄出来的大唐图书馆。

由于需要的东西许多都是现成的，标语也只需要找写字先生帮忙写一下就好，费不了多少时间，所以阅览室改装得很快。

反倒是书架做得久一些，从李元婴回京到现在才做好。

看着一行行空荡荡的书架，李元婴决定去搬救兵。

李元婴先去寻孔颖达。

回京后孔颖达要忙国子监的事，要给监生们编教材，还得去给太子李承乾讲课，再没机会看到整天没大没小喊他的李元婴了。

见李元婴跑来寻自己，孔颖达觉得有些稀奇："殿下找我何事？"

李元婴把自己要弄个图书馆的事告诉孔颖达。这个地方平时是对外开放的，不收钱，谁都可以来看书，他要是要搞什么活动则会清场征用场地。

李元婴道："我将这图书馆设在西市，那一带有更多买不起书的人，城外的人入城来也更好找。"

孔颖达听完李元婴的安排，心中有些震动。读书难，难在买不起书，拜不起师，甚至田地里也脱不开身。

所以，难处实在太多，即便朝廷开了科举，每年来应考的人也不多！

李二陛下一直在和他商量国子监扩招的事，几乎年年都会让国子监多招些生员。但是，还不够！远远不够！

国事艰难啊！

孔颖达捋须问道："你这地方，为何要叫'图书馆'？"

李元婴早想好答案，应答如流："最近天气太冷，我都躲在屋里看书，近来读的是《史记》。《史记》里写了这么一段故事，汉高祖带人攻入咸阳，其他人都忙着去抢金银珠宝，唯有萧何先去把秦朝丞相、御史家的律令图书收集起来。后来汉高祖建立汉朝，轻轻松松就能接管秦朝的天下，知道有多少户人家，知道百姓疾苦，知道哪些山川险要哪些地方防守薄弱，原因就在于萧何搜罗到的那些秦朝图书！所以，天下有用之书可以称之为'图书'，藏书之馆自然叫'图书馆'。"

孔颖达听完李元婴有理有据的应答，问道："你要我帮你做什么？"

李元婴很是腼腆地说："就是，我这图书馆里还一卷书都没有，您能不能把国子监的学生借我几天，让他们帮我抄点书呢？反正，他们都是要练字的，且让他们帮我抄抄吧！"

孔颖达被李元婴的话噎了一下。

若是别的事，孔颖达肯定会把这厚颜无耻的家伙赶出去。可李元婴做的这事却让他赶不了人，换成别人，谁会乐意花大钱买下两个大店面做这等费力不讨好的事？这小子纵是没脸没皮了些，要做的这件事总归是好的！

孔颖达道："行，我叫人给你抄。不过，笔墨纸这些总不会还叫他们自备吧？"

见孔颖达一脸"你再说一句他们本来就要写的，我就把你赶出去"的冷酷表情，李元婴放弃了这个得寸进尺的要求，积极表态："那我明日便让人把这些东西都送到国子监！"

李元婴找完孔颖达这个教育部部长，又挨个去骚扰魏徵等人，他们也都是有学生有下属的人，而且家中藏书颇多。只要人人都奉献一卷书，世界将变成美好的人间！

李元婴溜达了一圈，差不多满朝上下都知道他要搞个图书馆，连房玄龄都被他找过，说是想讨点刑律宗卷之内的摆去图书馆里头，好让大伙增加点法律知识。

房玄龄也被李元婴讲述的图书馆理念征服了，爽快地答应让人抄录刑律和典型宗卷送过去。

图书馆的藏书逐渐变得丰富起来。

由于经常有读书人模样的人在这个神秘新店进进出出，许多人都非常好奇这到底是什么店。被命令帮忙抄书的学生小吏们都闭嘴不答，一脸苦相，谁愿意没事埋头抄书啊？辛辛苦苦埋头抄了这么些天，他们只想赶紧摆好这些书了事，哪里有心情理会周围那些百姓的议论和询问！

越是没人往外说，众人便越是好奇，纷纷猜测这地方这么多书，莫不是卖书的！卖书怎么不去东市卖呢？这一带根本没多少人买得起书！

由于书暂时还没筹集到符合李元婴要求的数目，图书馆定到年后才正式对外开放。李元婴这厮把别人支使得团团转，自己却闲了下来。他窝在宫中看了好些天的书，觉得腻了，又领着李二陛下借调给他的两个禁卫跑去西市玩耍。

这次李元婴随性地在西市溜达了一圈，最终在一个摊贩那儿对一只大公鸡一见钟情。那大公鸡鸡冠红彤彤，一身羽毛鲜亮无比，怎么看都是鸡中极品！

见大公鸡雄赳赳气昂昂的，李元婴决定借用一种飞机的名字，给它取名叫"战斗鸡"。

李元婴越看越觉得他家战斗鸡很神气，叫人养了几天便给李二陛下下了帖子，要用战斗鸡挑战李二陛下叫人精心饲养的那只大鸡。

李二陛下也是个斗鸡爱好者，看完李元婴那封大放厥词的挑战信后兴头也上来了，挑了个日子着人带上鸡去和李元婴斗个高低。

兄弟两人一人一边指使着两只鸡互殴，你一声我一声地给自家"战斗鸡"加油鼓劲。正斗到兴头上，两只鸡都掉了不少毛，有人急匆匆地提醒："陛下，魏侍中到！"

李二陛下面色一僵。

李元婴还在两只鸡激昂的叫声里对着战斗鸡喊："啄它，战斗鸡，好机会啊，上！"等察觉到对面的李二陛下没了声响，李元婴才抬头看去。

天！是魏徵黑着脸冲了进来！

老魏黑起脸来比战斗鸡还凶！

不等李元婴打招呼，魏徵已经噼里啪啦地劝谏起来，大意是："你是一国之君，怎么可以玩物丧志？你以为你玩的是一只鸡吗？你玩的是天下人的鸡！"其间引经据典无数，句句都是戳人肺管子的话！

李元婴听得瞠目结舌，暗暗数起魏徵到底用了多少典故，这可真是难得的现场教学啊！

李元婴正听得津津有味，结果魏徵喷完了李二陛下，竟转头看向他！

李元婴警觉又敏捷地作出反应："您的一番话听得我醍醐灌顶，我觉得我和皇兄太不应该了，所以我决定，今晚我把这只战斗鸡宰了，带去您家和您一起吃！斗鸡有什么好玩的，还是吃鸡比较开心！好久没去您家了，好想您家的饭菜啊！"

比起自己被喷得狗血淋头，李元婴是不会怜惜一只鸡的！

果然，魏徵听他这样说，到嘴的话硬生生噎了回去。

喷人的情绪已经被打断，魏徵只能朝李二陛下行了一礼，说道："臣先告退了。"说完他便转身迈步离开，显然对李二陛下跑来玩斗鸡的行为很不满。

李二陛下瞪了李元婴一眼。

就你会装乖卖巧！

要不是你下战书，谁会来斗鸡？

李元婴一点都不怕李二陛下生气，还问李二陛下："皇兄，你要不要也把你的鸡宰了？要不然我觉得老魏上朝时还得骂你。"

李二陛下想想魏徵那性格，无奈地吩咐左右："去，把这两只鸡都宰了，送去魏侍中家！"

李元婴凑过去，很好心地劝解李二陛下："皇兄别伤心，旧鸡不去，新鸡不来。整个天下都是您的，您还怕找不到一只合心意的鸡吗？"

李二陛下骂道："滚，给我滚！"

李二陛下痛失爱鸡，不再理会李元婴，回去继续沉迷公务去了。

李元婴丝毫不为战斗鸡伤心，膳房那边还没把鸡杀完，他已经溜达出宫，径直跑去魏徵家告诉裴氏这个好消息。

入冬之后，蔬果贵，肉也贵，魏家虽不缺吃喝，每天却总不离腌菜，伙食惨得很，李元婴跑到魏徵家一瞅，感觉把他妹妹妹都吃瘦啦！

李元婴赶紧把李二陛下会宰两只鸡送来的事告诉裴氏。

听到魏徵把李二陛下喷得怒宰爱鸡，裴氏有些担心。

事实上，自从魏徵在朝堂上出了头、李二陛下开始重用魏徵，裴氏就总怕哪天等不回自己丈夫。

要知道魏徵前半生辗转各处，追随过好几拨人。在玄武门事发之前，魏徵可是隐太子李建成的人，甚至还劝隐太子早下决心杀了当时还是秦王的李二陛下。隐太子死后，李二陛下曾问过魏徵此事，魏徵竟坦然回答："若是隐太子早听了我的话，就不会这样了。"

魏徵现在天天追着李二陛下骂，裴氏怎么能不担忧？要是有一天李二陛下再不能忍耐魏徵，说不准过去那些事就全成了错处！

李元婴本身就是天天跑去撩虎须的人，一点都不能理解裴氏的心情，反倒兴致勃勃地和裴氏讨论起两只鸡怎么做才好吃。

李元婴觉得要是人不多的话，可以把其中一只挂到外头冻起来慢慢吃，挑只肥的剁下头头脚脚炖汤，剩下的只要白水煮熟，配些蘸料就很棒了！

裴氏都一一应下，又招呼一旁的魏姝去买些姜葱之类的回来，家里正好用光了。

魏姝接下钱要出门，李元婴立刻亦步亦趋地跟上。外头很冷，虽没下雪，却也冻得李元婴一哆嗦。

李元婴和魏姝说起自己年后要开业的图书馆："就在西市，很近的！到时你要过来给我热场子！"

不必他解释，魏姝已经道出图书馆之名的由来："'图书'二字是出自《史记》里'何独先入收秦丞相御史律令图书藏之'那一段吧？"

李元婴道："对啊！"有人和李元婴磕牙，他也不觉得冷了，高高兴兴地夸魏姝："姝妹妹你真聪明，一听就知道了！不像老孔，还要问我为什么叫图书馆，真笨！"

魏姝心道，人家孔颖达恐怕不是不知道，而是想看看你知道不知道。不过见李元婴这么开心，魏姝也没多说，领着李元婴去买姜蒜。

周围的摊贩大多认得魏姝，见魏姝带着个衣着华贵的少年过来，都好奇地问这是谁。

李元婴一点都不拘着，跟着魏姝一路叔叔伯伯婶婶嫂嫂地喊，还报上自己的名字，说自己姓李，叫元婴，是魏姝的哥哥，头一次来这边，是被大人叫来帮魏姝提菜的！

百姓之中知道皇家名字的人并不多，尤其是这一带都是些城外的贫农进城来卖些自家产的东西，自然更不清楚李元婴就是李二陛下刚刚封的滕王了。

大伙都当李元婴是魏徵家的远房亲戚，家中有钱，所以穿得好，模样也好。

这些摊贩卖的都是自家的东西，卖到下午也该回去了，听李元婴嘴那么甜，一点都没有富贵人家的架子，不少人便大方地送李元婴两块姜或者几颗蒜——甚至还有人送了两枝从山里折来卖的花给他，瞧着还挺漂亮！

魏姝带来的钱没花出去，两个人却满载而归。

裴氏以为是魏姝让李元婴花钱了，不赞同地看了她一眼。

魏姝赶紧为自己辩解："都是直接送我们的，没让给钱。"魏姝自己还觉得郁闷呢，平时她帮祖母跑腿买东西，还得和那些摊贩你来我往地讲讲价，结果今天跟李元婴一起去，他们竟都白送！还有个卖花的小姑娘送他两枝花！

李元婴往常是个鬼见愁，许多人远远见了他都要转头走的，这也是他头一回享受这种待遇。虽然都不是什么值钱东西，换成平时李元婴碰都不会碰，如今抱得满满当当地走回来，李元婴却有种从来没感受过的感觉。

李元婴纳闷地说道："我收了第一个，他们就都塞过来了！"他把东西都放下，又取出那两枝犹带着水珠的花，问魏姝能插到哪儿去。

魏徵家中没花瓶之类的玩意儿，魏姝找了半天，翻出个小醋坛子盛了些水，把两枝花插了上去。坛子是俗的，花却挺雅，还带着点幽香，李元婴和魏姝摆弄了一会儿，便把它摆到一旁，跑书房写写画画去。

魏徵下衙回来，闻到了炖鸡汤的香味。

想到李二陛下和李元婴这兄弟俩居然去斗鸡，魏徵脸色就不大好。可撩起门帘，看到李元婴和魏姝对坐习字，瞧着安分又乖巧，魏徵又觉得这孩子还是可教的，反而是李二陛下身为一国之君居然不以身作则才更该警惕！

魏姝听到门口的动静，抬头喊了一声："祖父！"

李元婴也搁下笔，乖乖和魏徵打招呼。当着小伙伴的面，李元婴还是很给魏徵面子的，不仅没喊他老魏，还主动拿着自己刚写出来的字请魏徵指点。

魏徵接过一看，客观地给李元婴评价了一番，简单来说就是力道不行，走笔不行，没形没骨，东也学学西也学学，却哪家都没学到精髓！

李元婴不信，他生气地说："我上次印的《韩子寓言》可受欢迎了，不可能这么差！"

魏徵道："你自己也说那是小孩子看的书，自然受小孩子欢迎。你看孔祭酒喜不喜欢？"

李元婴不承认："那是老孔没眼光！他对《韩子》有偏见！"

魏徵激他："那就是你的书还没好到让孔祭酒放下偏见。"

李元婴拿起自己的字看了看，又去拿魏姝的，发现魏姝年纪比他小，字却比他的好多了。他这半年来虽然也习字，但不会刻苦练习，顶多只是比过去多写一点而已，论勤勉，他和谁比都比不过！

李元婴嘴硬道："我才不要他喜欢。"孔颖达一直都不喜欢他，又不是一天两天了！

魏徵见好就收，没再继续刺激他。

这时饭菜也做好了，裴氏招呼他们出去用膳。

一提到吃的，李元婴又快活起来，拉着魏姝一块儿出去分坐两边，把李二陛下的爱鸡给解决了！

临近傍晚，李元婴便要回宫了。因为到了日落时分，城门、市门、坊门都该关闭，全城进入宵禁时段，所有人都不许出入和随意行走。

李元婴听魏姝说，有人在宵禁前不小心滞留在邻坊，不得不留在邻坊找客店住了一宿才回家！所以，宫外的宵禁是非常严格的！

李元婴回到宫中时天色还早，他回味着刚才那特别好喝的鸡汤，不由得诗兴大发，扯了张纸给李二陛下写了一首《雄鸡颂》。整首诗十分口水，大意就是这鸡生前那么威武可爱，死后味道还那么好，当真不枉鸡生。

李二陛下辛劳一天，到晚上总算能舒一口气，他正琢磨着要去哪个妃嫔那儿放松放松，却听有人说李元婴遣人送了首诗过来献给他。

李二陛下颇觉稀奇，和左右说道："真是日头打西边出来，那小子居然能作诗了！"他命人把诗送上来给他瞧瞧。

将诗展开一读，李二陛下脸顿时黑了。

李二陛下少年时也算活得放纵肆意，上马有仗打，下马有酒喝，没事还可以打打猎、结交结交朋友，培养了许多兴趣爱好。结果登基之后吧，有点小爱好都会被"喷"一顿，有魏徵在前做示范；他想去打猎，有人敢拦着，想做点啥也要考虑会不会有什么不良影响。

若是知道魏徵在当值，李二陛下是不会和李元婴去斗鸡的，白白害他让人精心饲养的鸡丢了命。偏李元婴这厮太没心没肺，杀了鸡还要跑去吃！吃了就吃了，还写首诗送来气他！

李二陛下破口大骂："这混账小子！这混账小子！"

左右噤声不语。

李二陛下骂完了，心里舒泰了一些。稍一思索，李二陛下便有了整治李元婴的法子。他冷哼一声，吩咐左右说："去通知一下膳房，从明天开始只给那小子送鸡肉做的吃食，别的菜一概不许送！"

这么喜欢吃，他让那混账小子天天吃！

李元婴还不知道李二陛下想了个蔫儿坏的法子对付他，乐滋滋地睡了一觉。结果，第二天一早，膳房给他送来鸡肉粥，中午，膳房给他送来焖鸡肉烤鸡腿等，晚上，膳房又给他送来炖鸡汤。虽然菜色各不相同，每一顿也和平时一样丰富，但每道菜都和鸡脱不了干系！零嘴都换成了卤鸡翅和小鸡饼干！

李元婴觉得有点不太对头，差人去问膳房怎么会这样，得到的答案却是李二陛下下的令！

头两天李元婴还觉得李二陛下这样的报复一点都不可怕，吃得有滋有味。

过了几天发现自己还得继续吃"全鸡宴"，连柳宝林都被禁止给他单独开小灶，李元婴顿时撑不住了，跑去找魏徵告状，说李二陛下虐待弟弟！

小孩子能有什么喜欢的啊，不就喜欢吃！现在李二陛下居然天天让他吃全鸡宴，太过分了，李元婴越说越委屈，当场和魏徵哭了起来。

魏徵一听，李二陛下居然还公报私仇，为一只鸡这样对待自己的弟弟！魏徵登时怒了，让李元婴先回去，捋起袖子开始写奏折，上纲上线地"喷"了李二陛下一整份奏疏！

最近李二陛下心情舒畅得很，因为根据底下的人禀报，李元婴吃全鸡宴已经吃得要耷毛。很好，要的就是这个效果！

李二陛下正等着那糟心弟弟来求自己，没想到糟心弟弟没等来，反而在上朝时被魏徵兜头盖脸"喷"了小半个时辰。

李二陛下被骂得勃然大怒，朝都不上了，直接甩袖走人。

朝臣面面相觑。

长孙无忌无奈地看了魏徵一眼，小跑往李二陛下离开的方向追。

长孙无忌追上李二陛下时，李二陛下还在气头上。

这魏徵，他都把鸡杀掉送了过去，居然还来找他麻烦！他教训教训自己弟弟，碍着魏徵什么了？这小老头也太会找事了！

见长孙无忌追来了，李二陛下怒气稍缓，邀长孙无忌坐下，对着长孙无忌痛骂起魏徵来。

骂完魏徵，李二陛下又骂李元婴，斗鸡是李元婴起的头，吃了他那只鸡还写首乱七八糟的口水诗来气他的也是李元婴，怎的魏徵不骂这小子，还帮这小子来喷他！

长孙无忌道："毕竟，陛下是天子啊。"魏徵的观点一直是天家无私情，你既然是天子，那你的一言一行都当垂范天下，不能放纵个人的想法、个人的私欲。

至于李元婴？李元婴只是个藩王，将来顶多也只分到千百户食邑，魏徵对他的要求自然不一样。

更何况……

长孙无忌一脸的无奈："更何况，滕王殿下才几岁？他比雉奴还小两岁，陛下和他较劲做什么？"

若不是顾及李二陛下的面子，长孙无忌真想直说：你兄弟俩幼稚不幼稚啊？

尤其是李二陛下，他九岁，你也九岁吗？

李二陛下听长孙无忌这么说，也觉得自己和李元婴较劲有点傻。

长孙无忌见李二陛下神色缓和下来，心情也随之放松，笑着问李二陛下："滕王殿下在陛下面前没大没小，陛下觉得是谁惯出来的？"

要是没有李二陛下的宽纵，李元婴哪会被惯成现在这种无法无天的德行？

李二陛下听长孙无忌这么说，气道："那我算是自食苦果了？"

长孙无忌道："是不是苦果，陛下自己最清楚。"

既然天家无私情，那天家的父子、夫妻、兄弟之间必然与百姓之家不同。李二陛下杀了两个嫡亲兄弟，又先后失了父亲与发妻，平日里虽有膝下儿女慰藉，总归还是寂寥了些。

有李元婴这个混账弟弟在，别的没有，热闹永远是有的。除了想法天马行空、做什么事都理直气壮的李元婴，还有谁敢这样天天捋李二陛下虎须，觉得委屈了还去找魏徵来骂李二陛下？

要不是舍不得这幺弟，李二陛下也不会留着他不放他去封地。

看看其他藩王，有些也没比李元婴大几岁，还不是早早被李二陛下分封到各地去了？至于长没长大，能不能管好封地，那根本没关系，自有朝廷派下去的人会做好该做的事。

李二陛下跟长孙无忌聊完，怒火全没了，想起自己撂下一干朝臣不管，便起身招呼长孙无忌一块儿回去继续开朝会。

魏徵还直挺挺地站在诸官前列。他身上有个职位叫特进，意思是三公之下就是他了，自然和房玄龄他们一起站在最前头。

李二陛下看了眼魏徵，虚心承认自己的错误，表示自己会好吃好喝地养着这个弟弟，绝不让他再受半点委屈。

其他人闻言不由得齐齐看向魏徵。

魏徵面色僵了。李二陛下这么一招，整件事倒像是他在为李元婴出头！

朝臣和藩王往来过密终归不是什么好事，即便李元婴年纪还小，也是这个理。都说常在河边站，哪有不湿鞋，他常在朝中挑别人刺，自然也有人会盯着他，看他出不出错！

他们这位陛下，心眼其实也不大，心胸并不宽广！

李二陛下见魏徵讷讷不语，心中畅快，哈哈一笑，揭过此事，改议别的朝务。

李元婴很快发现，自己的"特供饭菜"又换了。

这次更狠，每顿全是青菜！

李元婴最讨厌吃青菜了！

李元婴想去李治他们那边蹭饭，结果底下人端上来的还是一样的"全素餐"，李治他们则纷纷对他投以爱莫能助的眼神。

李元婴故技重施，再去找魏徵告状，这回魏徵却说冬日里蔬菜昂贵，李二陛下供给他这么多蔬菜是疼爱他的表现，让他好好吃饭别再胡闹！魏徵还教育他，外头有许多人连一口热饭都吃不上，哪有机会这样挑挑拣拣？让他们吃一口鸡肉，他们能高兴得哭出来！

李元婴无计可施，啃了几天蔬菜之后，只能跑去向李二陛下投降，认错卖乖。

李二陛下拿着本奏疏入神地看，任由李元婴在一边怎么献殷勤也不搭理他。

李元婴只能强行抱住李二陛下的胳膊往下掰，不让李二陛下再看手里的奏疏而瞧一瞧自己可怜的弟弟："皇兄，您看我都饿瘦了！"

李二陛下直接起身，抬手把李元婴拎起来掂了掂，说道："这么沉，哪瘦了？"

李二陛下一开口，李元婴就知道他气消了，赶紧继续可着劲装乖卖好，直接在李二陛下身边赖了一天，不是给李二陛下倒水就是给李二陛下捏肩，其间还自告奋勇帮忙磨墨，可谓是世上难得的贴心好弟弟了！

一天下来，李二陛下终于大发慈悲，让他蹭了顿丰盛的晚膳，并吩咐膳房取消他的"滕王特供饭菜"。

李元婴吃得饱饱的，走过长长的回廊回自己住处，身后跟着董小乙。

李元婴边散步消食，边在心里感慨：自己的弱点还是太明显了，皇兄拿一个吃字来威胁他，他就没了办法，只能乖乖投降认输！所以，他一定要多攒点钱，往后想吃什么就吃什么！

这对天家兄弟幼稚的"互杠"落下帷幕，大唐也迎来了贞观十四年的正月。

年前，李二陛下命孔颖达搞了次大扩招，这一年国子监生员招了足足两千两百多人，再加上新罗、高昌、吐蕃各国慕名来求学的旁听生，林林总总竟有八千余人。

这个庞大的生员数让李二陛下非常满意，决定亲自前往国子监主持释奠。

所谓的释奠，是《礼记》中记载的一种奠祭往圣先师的祭礼，奉礼器，置酒食，师生同祭，坚立学之心，明向贤之志！

李元婴是从系统那听说这件事的，系统表示这是很值得纪念的事件，不如去记录记录。

　　这么冷的天，光是动动嘴皮子就想让李元婴去掺和那种冗长的祭礼，李元婴自然是不乐意的。系统只能用出奖励大法：要是能将这个盛大的释奠过程记录下来，奖励会是和前两个任务奖励同款的爆米花！当然，由于这个季节不适合种植原材料"玉米"，所以系统建议和上次的鱼皮花生一样先不要开封，以免保存不当导致种子无法种植。

　　简而言之就是，又有新的好吃的！

　　李元婴前段时间刚被李二陛下用吃食拿捏过，对食物有了点执念。一听有好吃的，他顿时来了精神。

　　这一次等他拿到奖励，他要连着花生一起偷偷种，谁都不让知道！种得足够多了，他再卖给所有人尝鲜，独独不给他皇兄吃！

　　李元婴也是很记仇的！

　　靠着"一定要馋死皇兄"的坚定信念，李元婴天天追在孔颖达屁股后面跑，表示自己有拳拳的向学之心，很想去参加他皇兄主持的释奠！在李元婴持之以恒的骚扰下，孔颖达被磨烦了，答应带他一起参加释奠。

　　李元婴还没去过国子监，对这地方的印象是一堆人坐在那儿念之乎者也，搁在从前他是一点兴趣都没有的。不过李元婴自认也是个读过很多书的人了，对国子监也产生了一点点好奇，孔颖达答应之后，便去和李治他们炫耀此事。

　　可惜没等李元婴高兴几天，李二陛下就下了道旨意，让李元婴和一干皇子一起出席释奠，感受感受国子监的求学气氛，认识认识大唐未来的国之栋梁。

　　这下轮到李治嘲笑李元婴了："幺叔，你看，根本用不着去求孔祭酒，我们可以直接跟去的！"

　　李元婴哼了一声，不理李治了。

　　释奠这天，李元婴一大早被李治叫醒，慢腾腾地穿好正儿八经的礼服，由太子李承乾领着前去国子监。

　　李元婴觉着干走一路太无聊，屁颠屁颠跑到李承乾身边找这位面色不大好的大侄子说话："承乾啊，你眼底下怎么有点黑，莫不是没睡好？"他一副长辈关心后辈的模样，谆谆劝诫："年轻人不要仗着自己底子好就胡搞瞎搞，要爱护自己的身体！"

　　李承乾本来心情阴郁，听李元婴又来自己面前装大人，一时竟不知该好气还是该好笑。

李元婴生性顽劣，却又很好面子。当初长孙皇后耐心地对李元婴说那几个比他大好几岁的小孩都是他的侄子侄女，李元婴便感觉自己是长辈，整天装出小大人的模样喊"大侄子""四侄子""大侄女"，还时常学着别的大人模样奶声奶气地叮嘱他们这叮嘱他们那。

随着年纪渐长，母后不在了，长乐嫁到舅舅家了，弟弟李泰越来越得父皇宠爱，身边逐渐聚拢了许多野心勃勃的人。

该变的人都变了，只有他们幺叔还没心没肺地天天乐呵。

李承乾脸上露出了久违的笑容，对李元婴说："我记住了，谢谢幺叔。"

李元婴得到了李承乾的回应，非常高兴，又凑得更近一些，要和李承乾说悄悄话："我听说，你在外头弄了个大大火炉，可以做烤全羊烤全牛！是真的吗？下次你去做烤全牛的时候，能不能带上我啊？"

这事还是戴亭去高昌前探听到的。去年年底李二陛下又罚了李承乾，说是因为李承乾在外面玩耍不学习。

李元婴不关心李承乾被罚得多惨，只关心李承乾到底是怎么玩的。据说，李承乾弄了个非常大的大火炉，能把整头大牛悬在上面烤熟，李元婴听完就惦记上了，一直念念不忘！

可惜每次见到李承乾都有不少烦人的老古板在场，李元婴没法和李承乾提出想一起去！

李承乾听李元婴装了几句便暴露了本性，心中更加怀念少时那段无忧无虑的时光。去年年底被训斥之后，他便把"秘密基地"搬了个地方，谁都没让知道，听李元婴提出想去，李承乾便悄声答应："下次我要去的时候，叫人知会你一声，你有空便来。"

李元婴两眼一亮，也把声音压到只有他们两个人才听得见的大小，高兴地应道："一定有空！"

有了烤全牛之约，李元婴决定了，从今天起李承乾正式顶替李治成为天底下最好的侄子！

叔侄俩边走边聊，不知不觉间已行到国子监大门前。

李元婴昂起脑袋，看了眼大门上悬着的"国子监"三个字，没觉得有什么特别之处。他认为太子排第一，剩下的按辈分排，他该排在第二，所以仍是不慢不紧地挨着李承乾走。

进了国子监，李元婴才发现李泰没跟他们一起走，而是早早跑去跟着李二陛下做准备，这会儿李泰胖乎乎的身影正立在李二陛下身边陪着说话，显然是不让别人看见他是他父皇最疼爱的儿子不罢休。

这也符合李泰一直力图立起来的好学人设，毕竟他那么喜欢文学创作，喜欢到在长孙皇后生病时还要求李二陛下给他在府里设个文学馆。

李元婴看到李承乾脸上的笑意又渐渐隐没，取而代之的是一如既往的沉郁。

李元婴想起长孙皇后病重时曾交代李承乾好好照顾几个弟弟妹妹，那会儿他还不太懂生死，偷听到长孙皇后那样说还兴冲冲地凑上去问"那我呢那我呢"，长孙皇后听后便笑了起来，温言托付道："我也托元婴你这个幺叔好好照顾几个侄儿侄女。"当时他就高高兴兴地答应了。

现在看看，李承乾这个当大哥的真辛苦，得照顾这么多弟弟妹妹。弟弟要扎你刀，你真不知道该拿他怎么办！

李元婴戳了戳李承乾这个好侄子。

李承乾垂眸看他，目光幽沉。他已经不小了，今年满二十一，算是成年人。玄武门之变发生时他年纪不大，但不代表他一点印象都没有。为了天子之位，兄弟阋墙很寻常，你死我活更是常态。

李元婴被李承乾沉沉地望过来，有点心疼这个大侄子。

唉，作为太子，不仅不能像李泰一样跟他爹撒娇，还早早有一群人盯着他，等他犯错。

要知道太子一犯错，那就是一场狂欢！谏官纷纷上奏，东宫属官纷纷劝谏，瞧瞧李二陛下给他大侄子东宫里塞的都是什么人吧，孔颖达、于志宁、张玄素，个个都是严肃到可怕的老头，动不动就给你摆大道理，想想就可怕！

李元婴觉着李二陛下一定是怕自己被他们骂，所以让他们把目标转移到李承乾身上。

他大侄子这个爹啊，坏得很！

李元婴大逆不道地在心里揣度完李二陛下，继续和李承乾说起了悄悄话："我跟你说，现在在青雀府上修书的萧老学士学问很好，你有没有见过？"

李承乾听李元婴突然提起萧德言，有点纳闷，说道："见过几次。"这位萧老学士八十多岁还能精神矍铄，李承乾自然也注意过他，可惜李二陛下把萧德言派去帮李泰修《括地志》了。

李元婴一听李承乾知道萧德言，立刻说："那下次我们出宫时一起去拜访一下萧老学士吧，我老喜欢他了。青雀天天喊他老师，我还以为皇兄真让萧老学士给他当老师了呢，后来才知道皇兄只是让萧老学士去帮他修书。你说青雀这书怎么修老久都没修完？我的书一下子就印出来了！"李元婴自己挖不动墙脚，又想怂恿李承乾去挖："承乾，不如你也和皇兄说你要修书，等青雀那书一修完你就把萧老学士请过来。"

李承乾觉得李元婴的想法着实跳脱得很，摇摇头，无奈地说："我修什么书？"他对这方面的事没什么概念，不得不承认于吸引文人这方面还是李泰更在行。

李元婴知道李泰修的是《括地志》，一本地理相关的书，讲的是各地的地形、地势与风土人情。

不得不说，李泰这个选题很好，既有现实意义，又容易掺入文学意向，妥妥的好书苗子。

别的李元婴不敢说，论开动脑筋他是最擅长的，稍一思索便说："他修地理，你修天文便是，天文涵盖四时变化，可以用来指导农桑。你就说，农桑是要因地制宜的，论天文也得知地理，把修《括地志》的人全都要过来。"

李承乾听得心中一震。

其他人不像李元婴一样亦步亦趋地跟在李承乾身边，自然没人听得见李元婴和他说的这些话，只看到李承乾突然停下脚步。

李元婴当李承乾停下来是认真听自己讲话，高高兴兴地说出自己的最终目的："这样的话，我去找萧老学士请教问题就方便了！"

在李元婴看来，要去魏王府拜访萧德言实在太远了，把人拉到东宫多近啊！

李承乾静默片刻，答应下来："好，我试试。"

李元婴觉得大侄子很棒，果然是好侄子！不像李泰，防他跟防贼似的！不就想和他借个人嘛！

李承乾领着李元婴和后头那群弟弟前去见李二陛下。

李二陛下也刚到歇脚的地方不久，才坐定，便见李承乾一行人过来了，李元婴还凑在李承乾身边不知和他说些什么！

待李承乾上前行礼，李二陛下注视着这个从小聪颖的长子。

自从长孙皇后去世，这个儿子便有些消沉，学业日渐懈怠，反而喜欢上出宫打猎游玩。罚他骂他他也认，就是不怎么改，眉宇间还越来越阴郁。

相比起来，还是李泰更讨他喜欢，胖得可爱，又喜好文学，瞧着就让人开心。

李二陛下免了他们的礼，目光转向李元婴，总觉得这小子又要闹出什么幺蛾子。

　　若不是这小子跑去磨孔颖达说想来参加释奠，他也不会下旨让李承乾带着李治他们一并过来观礼。要论这群小子里头谁最能闹腾，当属李元婴无疑！

　　李二陛下瞥着李元婴，毫不留情地警告他："这次释奠不仅有大唐的生员参加，还有新罗、百济这些附国慕名派来求学的生员，你小子要是敢捣乱，往后就别想再踏出宫门半步！"

　　李元婴觉得自己太冤枉了，他只是来做个任务而已，李二陛下居然怀疑他会捣乱！

　　李元婴决定不理李二陛下，撒腿就跑，提前去看看李二陛下夸口的八千个学生。

　　抵达举行释奠之处，李元婴趴在栏杆前往下看，只见下头挨挨挤挤站着许多人，仔细数的话，真的有近万人立在那！

　　只可惜学生们对排队这件事似乎不太习惯，压根没列好队，三三两两站一起说话，吵吵嚷嚷的，瞧着乱糟糟。

　　果然有人的地方就有乱子啊！

　　这时孔颖达也过来了，看着下头的乱象直皱眉头。

　　李元婴瞥见了孔颖达，跑过去和孔颖达感慨道："老孔，我看你们国子监的生员也不怎么样，连个队都不会排！"

　　孔颖达懒得理他。

　　李元婴想了想，跟人要了张大大的纸，卷成喇叭状，拿在手里颠儿颠儿地跟上孔颖达，随着他一同下了集队地点。

　　李元婴年纪小，胆子却挺大，拿着个纸喇叭狐假虎威地朝着那群监生喊话："你们，都按班次排好队，没看到孔祭酒来了吗？孔祭酒那是谁？孔圣人的第三十一世孙，你们国子监的祭酒！看看你们一个两个的，经义学得不咋地就算了，连队都排不好，像什么样，丢人！看看人家百济新罗的人可比你们强多了，为了学习新知识，跋山涉水来我们大唐求学！"李元婴批评起人来一套一套的，见那堆监生都静了下来，顿时更来劲了："我听说，新罗那边可是女王当政，可见人家女孩子比你们厉害多了，能当一国之主！要是你们再吵吵嚷嚷连个队都不会排，赶紧回家种地去吧，好好供养你们的姐姐妹妹、媳妇母亲来念书！"

　　见李元婴年方九岁，说出的话却句句扎人，众监生顿时面红耳赤，自觉地闭上嘴巴列起了队。

　　李元婴还在那中气十足地指挥："从矮到高排好，前后左右对齐，这都不会吗？看好前面的后脑勺！"

这时一众国子博士和助教们也反应过来,在孔颖达难看的脸色里下去按李元婴的法子督管诸生。

李元婴见国子博士们不再干站着试图用眼神组织诸生排队,便把手里的"喇叭"送给其中一个国子博士,溜达回孔颖达身边,很是关切地对孔颖达说:"老孔,你们国子监管得不太好啊!"

孔颖达瞪他。

这不是头一回搞这种大集合吗?按照孔颖达的想法,诸生全都是有一颗向学之心的人,连军队那些莽夫都能把队排得整整齐齐,读过圣贤书的监生怎么可能排不好队?是以,他只让人把事情通知下去,也没想着吩咐底下的人组织组织队伍。

其实只要他过来了,再让国子博士们管一管,很快也能镇住这群监生。也就李元婴这小子嘴快,冲到前头就打着他的名号开始训人!

李元婴见自己好心帮忙,孔颖达还瞪自己,觉得这老头真坏。李元婴哼道:"说实话你还不听!"他也不想跟孔颖达一块儿玩了,准备另找点好玩的事搞搞,结果他才一转身,就被李二陛下派来的人拎了回去!

李二陛下可不放心李元婴自己乱跑,早叫人注意着他跑哪儿去了。得知一眨眼的工夫,李元婴就跟着孔颖达跑去训斥诸生,李二陛下额头青筋直跳,立刻命人去把李元婴逮回来。

这糟心玩意儿,一眼都不能少看!

瞅见李二陛下那张写着"再闹我真禁足你"的臭脸,李元婴安分下来。他溜回李承乾和李治那边,悄悄问李治:"释奠要开始了吗?"

李治点点头。

李元婴便不跑了,与李治他们一起等待。

爆米花,马上要到手了!

吉时将至,李二陛下便领着李元婴他们出发。

整顿好的国子监监生精神头还挺不错,瞧起来个个都是一表人才的大唐好儿郎。两千多人按照国子、算学、律学、书学等六学整齐排开,预示着将来大唐将会收获一拨搞政治、搞会计、搞法律、搞书法艺术等方面的人才。

监生后头还站着将近六千的"旁听生",这些旁听生都是从外邦来大唐留学的,有的想学习基础知识,有的想接受深造,也都按照不同的班次排好。算起来这类"旁听生"竟比国子监本来的监生多了一倍都不止!

李二陛下见状心情大好。

这就是他想要的国子监。

占地要大，生员要多！

越大越好，越多越好！

不仅大唐的人才他要栽培，外邦诸国的人才他也要招揽，好叫天下英才都为大唐所用！

第四章

建大书院

李二陛下神色肃穆地开始主持释奠。

周围的人都神色严肃，李元婴不好搞出什么动静，只好安安分分地跟着大伙一起该拜的拜、该喊的喊。集体是一种很奇妙的东西，近万人同行庄严肃穆的释奠祭礼，每一次齐声高喊的声音仿佛真的能响遏天穹。

李元婴原本是滥竽充数的，后来竟也庄而重之地行完了大礼。到祭礼结束，李元婴终于忍不住戳了戳旁边的李治，和李治说："我感觉怪累的，下次再也不来了。"他天生是好玩的性子，受不得这种庄重的场合，平日里连年节的祭天都想赖掉。

李治本来还觉得李元婴今天没闹幺蛾子挺稀奇，听李元婴这么说倒觉得这才像他。李治小声回道："你小心往圣先贤们还没走远，等他们听到你这么说，你今天就白来了，他们不会保佑你！"

李元婴觉得李治这话好没道理，反驳道："我学东西学得好不好，难道还靠他们保佑吗？那我不用看书了，天天起来拜一拜，看看是不是躺着就能学会。"

李治语塞。

准备给监生们讲话的李二陛下目光扫向交头接耳的李元婴和李治。

李治赶紧端正身姿，闭嘴不言。

李元婴一脸无辜地看向李二陛下，一副"我很乖你看我做什么"的模样。

李二陛下没再理他，开始向监生们发表他精心准备的新春讲话。

李元婴接收到任务完成的提示，把里头赠送的玉米种子在个人图书馆里存好，爆米花则用自己专用的零嘴小布包装起来。趁着李二陛下沉浸在自己的演讲之中，李元婴掏出爆米花尝了一颗，嗯，脆脆甜甜的，真好吃！

李元婴自己吃还不算，还借着袖子的遮掩暗中递到旁边的李治面前，让李治也尝尝。

李治这个乖宝宝瞪李元婴。

李元婴压低声音怂恿道："可好吃了，保证是你没吃过的！"

李治知道李元婴的性格，与其让他一直递过来，还不如直接拿算了！李治拿了一颗爆米花，发现确实是他没见过的吃食，散发出一种香香甜甜的味道，很吸引人。

李元婴和李治分享完，又看向另一边的大侄子，没想到李承乾离得有点远，中间隔着个四侄子！李元婴想了想，拿着小布包朝李泰面前递去。

李泰也瞪他。

李泰不仅瞪他，还义正词严地说："父皇在劝导监生们向学，你们这是做什么？我是不会和你们一起胡闹的！"他可早看到了李元婴和李治刚才的小动作，包括李元婴光明正大往嘴里塞爆米花！

李元婴很奇怪地看了李泰一眼，理所当然地说："谁让你胡闹了？又不是让你吃，让你帮忙递几颗给承乾而已！"

李泰涨红了脸。

他气道："不帮！"

唉，就知道这四侄子老小气了！李元婴也不在意，他知道闹出太大的动静不太好，便自己咔嚓咔嚓地就着爆米花听李二陛下慷慨激昂地激励诸生。

李二陛下讲了大半，余光扫了眼皇子们那边。

李承乾目光炯炯，听得聚精会神。

李二陛下暗自点头。

李泰目光炯炯，听得聚精会神。

李二陛下满意点头。

再到李元婴……

李元婴迅速把手里的爆米花塞进嘴里，收起另一只手上托着的小布包，眨巴一下眼，也摆出聚精会神的模样回望他，脸上写着"我什么都没干您继续讲"。若不是他不忘嚼一下塞进嘴里的爆米花，李二陛下还真以为是自己眼花了！

李二陛下气得差点忘词。

他气势万钧地把自己的开春演讲收了个尾，听得监生们纷纷感慨吾皇英武，连讲话都这么中气十足、大气磅礴。

李元婴觉得有点不妙。

他决定一会儿要马上开溜！

可惜的是道高一尺魔高一丈，李二陛下经过他们面前时特别指示两个禁卫盯紧李元婴，务必把他提溜过来。

李元婴没法子，只能乖乖跟着大队伍走。

李泰那厮贼坏，径直追上李二陛下和李二陛下说话，说着说着还回头看李元婴一眼。

李元婴用脚指头想都晓得，这坏小子是跟李二陛下告状去了！

果然，回宫后李元婴立刻被人拎去见李二陛下。

瞧见李二陛下脸色臭臭的，李元婴觉得李二陛下太小气了，不就没认真听他讲那些激励人心的话嘛，要不要这么容易生气！

李元婴一点都不慌，他自发地拉了个坐垫挨着李二陛下坐下，丝毫不提自己干的混账事，反而和李二陛下夸起国子监来："国子监真大，等我去封地也要弄个这么大的书院。"

李二陛下横他一眼，骂道："就你这样的，真开书院怕不是误人子弟！"

李元婴反驳道："才不会，又不是我去教他们！"

李二陛下本想叫他过来臭骂一顿，看他这么没脸没皮地凑到自己身边坐下，顿时觉得骂这小子也是白瞎。李二陛下道："就你这长不大的性子，朕怎么放心让你去封地？"

李元婴一听还扯上去封地了，立即积极地说："我已经长大了！今年马上要十岁了！"

李二陛下睨他："你小子就这么想离开长安？"

李元婴义正词严道："我总要去封地的，我也很想能帮上皇兄的忙！当然，我也舍不得走。"他掰着手指给李二陛下数了起来："我舍不得兕子，舍不得城阳，舍不得衡山，舍不得高阳，舍不得姝妹妹，舍不得承乾，舍不得雉奴，舍不得老师，舍不得老魏……"

李二陛下听他一口气数了一溜人，黑着脸说："行了，别数了，知道你有很多人舍不得了。"

李元婴这才发现自己忘了数李二陛下，不应该！当着皇兄的面漏掉皇兄，皇兄得多伤心！

李元婴马上一脸真诚地补救："我最舍不得的，当然是皇兄了。父皇驾崩时我才五岁，是皇兄把我接到身边抚养长大，教我许多做人做事的道理！皇兄于我而言亦兄亦父，一想到到了封地就不能经常见到皇兄，我心里就特别难过！"

李二陛下笑骂："朕若是连你这鬼话都信，怕是离昏君不远了。"

李二陛下骂是骂了，却也不再追究李元婴害他差点气忘词的事，只教育他两句便放他回去玩。

李元婴回到住处，一眼看到坐在那边做女红边用余光往外看、神色略有些焦急的柳宝林。柳宝林不能在宫中随意行走，每一次他出去便都这样等着他回来，总怕他在外头遇到什么事、惹出什么祸。

戴亭去高昌了，董小乙虽能言会道，遮掩起事情来却没戴亭那么周全，显然是让柳宝林知晓了李二陛下把他叫去的事。李元婴迈步入内，坐到柳宝林身边和她抱怨："母亲，这衣服真沉，往后我去了封地再也不穿了！"礼服穿起来比常服要烦琐得多，上头的佩饰严格按照品阶来分，李元婴很不耐烦这些。

听到要去封地，柳宝林眉间的忧色少了大半，笑着劝说："你说的是什么胡话，该穿的场合还是要穿的。"

李元婴乖乖点头，又说："母亲还是别做这些针线活了，经常做伤眼睛，交给底下的人去做便是。"

"你穿贴身的衣物，我哪放心交给别人？"柳宝林拉起儿子的手，打量起儿子还稚气得很的脸庞，柔柔地打趣道，"若是你娶个王妃回来，我便可以交给你王妃去做了。"

"穿在身上的东西而已，哪有什么放心不放心的？"提到娶王妃李元婴也不害臊，直接和柳宝林说出自己的想法，"也不能想着让我王妃做，要是将来我娶的王妃不喜欢做针线活，我也不叫她去做的。"

柳宝林道："是我没想到这个。还是我儿聪明，这就知道疼媳妇了。"自己生的儿子，柳宝林也知道怎么按照李元婴的逻辑去说服他："那我喜欢给你做，你不能拦着不让我做。"

李元婴听柳宝林这么说果然不再多劝，回房换掉死沉死沉的礼服，找小伙伴们玩去了。

柳宝林看着李元婴出去，再次拿起做到一半的里衣，摸着那细细的针脚检查了一遍，确定穿着不会不舒服，才接着往下落针。

正逢年节，宫中有各种祭典与宴会，李元婴被勒令不许到处乱跑，没能找出空去倒腾他即将要开业的图书馆。

李元婴这厮脸皮厚，朝中大臣被他找了大半，李淳风私藏的《墨经》都被他磨着借来抄录了一份，李靖自己编的兵书也提前被他拿来读了，偏偏有个人他没找——他皇兄李二陛下。

在李元婴看来，李二陛下是当皇帝的，和他的图书馆没什么关系，所以满朝人都找了，李元婴就是跳过了李二陛下。结果上元节李二陛下赐宴群臣，和房玄龄他们聊着天，房玄龄不经意地提了一嘴，说李元婴那图书馆怕是该开放了。

其他人相互一提，发现竟都被李元婴找上门要过书！

只有李二陛下纳闷地问："什么图书馆？"

长孙无忌讶道："滕王殿下没和陛下提起吗？"他把李元婴那通建馆说辞告诉李二陛下。

李二陛下心道，那天那小子说什么舍不得他、什么亦兄亦父果然全是屁话，搞这么个图书馆所有人都知道了，在他面前提都没提过！李二陛下骂道："他的想法倒是挺多！"

房玄龄几人见李二陛下脸色有点黑，都默契地结束了这个话题。

第二日，李元婴去请教魏徵问题时，魏徵隐晦地提了句宴会上发生的事，委婉表示李二陛下知道后心情不太好。李元婴这才想起，自己居然没和李二陛下通过气！

魏徵还提点李元婴，害人之心不可有，防人之心不可无，他的出发点虽然是好的，但难免会有来捣乱的、来窃书废书的——甚至来栽赃陷害的，管理起来可能会有很多他想不到的麻烦事。若是能说动李二陛下给图书馆题个匾额写个字的话，这图书馆就好管多了，京兆尹换成谁都得好好帮忙护着！

李元婴还真没想到这些。他知道魏徵搞过很多年的基层工作，对这些事情很有经验，这么说肯定不会有假。

衡量了一下"找皇兄求字"和"源源不断的麻烦事"哪一个比较难以接受，李元婴立刻跑去找他皇兄聊天！

李二陛下原本不想理这个没良心的混账弟弟，后来被他在旁边磨来磨去磨烦了，才勉为其难地答应帮他题个"大唐图书馆"。

李元婴一听李二陛下应了下来，高兴得不得了，难得没过河拆桥，殷勤不已地给李二陛下磨墨捏肩。

二月初，冰消雪融，杨柳吐绿，虽还带点春寒，却已是处处有卖花声。

天刚蒙蒙亮，高大沉重的城门在鼓声中缓缓开启，将初升艳阳的光辉洒入城门之内。

百姓们鱼贯入城，便见金光门两旁的居德坊、群贤坊都坊门大开，坊内居民也三三两两地走了出来，洒满晨曦的街道慢慢从一夜的沉睡中苏醒过来。

有条小河穿群贤坊流经西市，行人沿着河岸走一段路，便能看到前头由河水汇成的、面积不大的湖。今日这湖边格外热闹，因为临湖那处神秘的"店铺"在吊足所有人胃口后，终于要开业了！

听说，这店铺是被当今陛下刚封的滕王盘下的。这位滕王是陛下最小的弟弟，从小养在陛下身边，很得陛下疼宠。

听说，这几个月各方人士来来往往，有国子监的监生，有刑部和大理寺的小吏，有李靖将军府上的亲兵，等等！

听说，里头摆了很多案儿，还做了好几屋子的书架，上面满满当当的都是书！反正，传这些话的人这辈子都没见过那么多书就是了！

正是因为这种种奇异之处，许多人听说这地方今日要正式开业之后早早过来等着看热闹。一传十十传百，整个西市陆陆续续聚了不少人，有小贩看到商机挑着担子挤来挤去卖小吃了！

吉时还没到，这处神秘的店铺便走出来一批人，看衣着打扮，竟都是国子监的监生。

换成平时，这些监生可都是天之骄子，走在路上是要被人投以羡慕眼神的。结果现在他们的监生袍外面披着件红马褂，胸前和背后都书有"志愿者"三个字，瞧着很是醒目！

这些人当仁不让地收获了所有人的注目。

长孙诠是这批身穿红马褂的人之一，算起来他是长孙无忌和长孙皇后的堂弟，只不过他的年纪比他们小太多了，今年才进国子监。

和长孙诠同病相怜的还有虞世南最小的孙子虞植，虞世南去世后，虞家门庭冷落了不少，他便格外发奋，想要向他祖父靠拢，再次光耀虞家！

这两个人是这批图书馆志愿者之中出身最高的，剩下的大多是寒门子弟。像杜荷、房遗爱这些勋贵子弟，断不会愿意来做这种事！

这要从李元婴上元节后前去拜访孔颖达说起。李元婴充分诠释了什么叫无事不登三宝殿，见了孔颖达，他便开始说起自己的开业构想来。

李元婴说，图书馆面向的是看不起书的人，他们之中可能有些人看不懂张贴出去的布告，弄不懂进出图书馆的规则，所以，他想借点国子监的监生来用用，让他们充当图书馆的志愿者，一面和百姓宣讲图书馆有何用处，一面替百姓答疑解惑，以免开业当天发生什么混乱场面。

所谓志愿者，应当有兼济天下之志、襄助贫弱之愿！

李元婴扣完一顶高帽，继续积极地游说孔颖达：这些监生天天闷在屋里读书，不懂得运用学到的知识，很容易读成书呆子，后果非常可怕！所以，他给他们找了个锻炼机会，让他们有机会接触接触百姓，懂得怎么将自己所了解的、想表达的传达给百姓。

孔颖达琢磨了一下，觉得李元婴说得有道理。他为朝廷培养人才，不就是想他们能学以致用，成为朝廷的中流砥柱吗？

于是长孙诠等人就被选派出来当志愿者了。

李元婴早带着儿子、魏姝她们去了图书馆，等待吉时到来正式拉开御赐匾额上蒙着的红绸。儿子紧张地问："幺叔，等一下真的让我来揭红绸吗？"

李元婴道："对的，由我们儿子来揭。"这其实是几个人剪刀石头布的结果，这么刺激的机会，直接决定谁来揭红绸多无趣，李元婴选择几个人来几轮剪刀石头布！最终，幸运的儿子赢了！

儿子小脸红扑扑的，高兴极了："外面那么多人，都是来看我们这图书馆开业的？"

李元婴道："对，等虞植他们出去宣讲完会更多！怎么，你怕了吗？"

儿子道："才不怕！"

李元婴笑眯眯。

李元婴安排虞植等人去做的事情很简单。

第一，去各个坊门前贴布告。

第二，向被吸引到布告前的百姓宣讲布告内容。

这布告是李元婴亲自写的，孔颖达看后很想帮他代笔，但李元婴坚决不同意。李元婴觉得，孔颖达写的东西百姓们看不懂！还是他写的好，通俗易懂！

辛苦活有人出去干了，李元婴便优哉游哉地带儿子几人在图书馆里面转悠，介绍每个区域的图书。有系统在，图书的归类也变得简单清晰，每个书架都规定了摆放些什么内容的书籍，行走其中一目了然！

这天李二陛下和魏徵他们商量完正事，想到自己这混账幺弟难得做件正经事，值得支持，便决定微服去那劳什子图书馆看看。

其他人也想去看看，一致同意这个提议。

李二陛下微服简从出了宫，带着魏徵等心腹重臣一起前往西市。

两人没走出多远，便见有许多人围拢在前头挤着听人宣讲。

站在布告旁负责宣讲的是个国子监的监生，李二陛下瞧着有点眼熟，魏徵则直接认了出来："这是虞家小子吧？"

一行人便停了下来，看看虞家的小孩怎么应对百姓。

这虞家小子自然是虞植，他正儿八经地给百姓们念出布告上的内容，大意是："西市有个图书馆，不花钱就能看书，大家赶快去看看啊。"

这直白过头的介绍简直让自幼饱读圣贤书的虞植有点不知该怎么念出口！

可要论蛮横，谁比得过李元婴？李元婴说要这样写，他们就得照着念。

见百姓接受良好，没有哄堂大笑，虞植悄悄擦了把汗，接着给众人讲图书馆借阅规则。

由于空间有限，每次只能执竹牌进入，竹牌有圆形和方形两种。

圆形竹牌数量少些，拿到的人可以坐在阅览室读书抄书。

方形竹排数量多点，取号即可进去找书、看书，但没有位置坐，当然，你想席地而坐肯定也没问题。

至于想把书借出图书馆，那就需要验证身份、核实地址，毕竟要提防一些不老实的人直接把书拿走不还。如果你去晚了，没拿到竹牌，那就只能等别人还了竹牌再换你进去。

有个老农安静地听完全部内容，有些激动地攥紧手里破旧的扁担，用土音浓重的官话发问："俺有个儿子没上过学堂，但识得几个字，也能进去吗？"

虞植道："可以的，所有人都可以进去。"

有妇人见监生脸嫩，不由得笑着调侃："那闺女行不行？"

虞植认真回道："女子也行。"

一众哗然，都觉惊异。

虞植面色不变，继续答疑解惑。

起初志愿者之中有人觉得不应该允许女子进入，毕竟这是读书之地，允许女子出入像什么样？

结果李元婴当场骂道："女子出入怎么就不像样了？影响你看书了吗？若是你被影响了，那只能说是你自己意志不坚定，该走的是你不是人家女孩子！若没影响你，你为什么不许人家去看书啊？"骂完了，他还把那几个提这种意见的人全赶回国子监，不让他们再当志愿者。

所以，剩下的人都老老实实按照李元婴的要求朝百姓宣讲。

一开始，虞植他们都觉得这种事派些小吏去做便好，根本不该他们来受累。可几轮讲下来，围拢到布告前的人越来越多，每个人都争相问出自己没听懂的地方。他们的面孔都黑瘦或饥黄，双手大多长满老茧，口音各不相同，一口奇奇怪怪的官话说得别扭至极。

可是，在知道图书馆还能提供许多用过一面的纸张供买不起纸的人抄写时，他们眼底都迸发出灼热的光彩。本来，他们的儿子、孙子是读不起书的，若是有这样一个地方，他们儿子便能读书——听说里面还有算学、律学、书学、农桑这些方面的书，就算考不了科举，也能学点本领当个账房先生或写字先生。

任谁都能看出这些百姓的迫切和热切。

对上那一双双越来越亮的眼睛，虞植头一次感受到，许多自己习以为常的东西，对于眼前这些百姓而言是多么可望而不可即。他们的渴望、他们的需要，都清晰地摆在他们面前！

虞植再也没嫌累，哪怕讲得口干舌燥，依然耐心地解答着一个又一个的疑问。

李二陛下一行人看了一会儿，心中也颇有触动，和长孙无忌他们夸道："这孩子瞧着还挺不错。"

长孙无忌笑道："那是自然，国子监的监生可都是未来的国之栋梁。"

几人行至西市，才转了个弯，便见街上人潮拥挤，竟是挤满了人！

这图书馆一不要钱，二又新鲜，宣讲开始后闻讯而来的人自然不少。

李二陛下几人面对这种人山人海的架势也无计可施，只能站在外头望洋兴叹。

没一会儿，长孙无忌眼尖地看见了同样被挤到人潮外头的孔颖达。

君臣几人对望一眼，都觉得这阵势有些夸张，应该是因为李元婴指派了好几拨监生沿街贴布告加宣讲的缘故。

可气的是，那混账小子搞出这种阵势，居然没想着请他们去看看！

李二陛下微服在外，孔颖达并未喊"陛下"，只无声地上前朝李二陛下见礼。

李二陛下笑着打趣："孔先生这是被过河拆桥了。"

在场的人里头要论谁出力最多，那肯定是孔颖达无疑，书是他让监生抄的，宣讲是他让监生去的，李元婴那厮一不满意就把人"退货"不说，图书馆开业这天还不请他去观礼！

孔颖达脸皮抽了抽，回道："就没指着他会请我。"

那小子不把他气得跳脚就不错了，谁还指望他能懂什么人情世故和尊师重道！

当，当，当——

一阵锣声打断了君臣二人的叙话。

吉时到！

李元婴是压根没想过请李二陛下他们来玩，毕竟这又不是休沐日，他们还得日理万机呢，凑什么热闹！他请来的小伙伴里头年纪最大的要数李承乾，这是李元婴看在烤全牛的份上给他发的邀请。

可惜耕牛都在府衙登记在案，不能随便宰，宰了算是犯罪，要追究牛主人责任。李承乾告诉他，过些日子就春耕了，总有点牛会出意外，他已经叫人留意着了，到那时，他们就可以去秘密基地吃烤全牛！

烤全牛还不能吃，但不妨碍李元婴觉得李承乾是个好侄子，他提前下帖子邀请李承乾一起来看图书馆开业，瞅瞅李承乾能不能告个假来玩玩！李承乾来是来了，可惜在剪刀石头布里没能成功胜出，揭红绸没他份！

李元婴一听吉时已到，便牵着儿子出去。外头挨挨挤挤都是人，若不是街道就那么点宽，塞不下更多人，外头的人潮怕会是更为壮观。李元婴问儿子："你看看，外头起码也有几千人吧？怕不怕啊？怕的话我帮你揭！"

儿子一双眼睛亮亮的，声音也清清亮亮："不怕，我才不怕。"

外头早围满了等着图书馆开放的人，见几个粉雕玉琢的小孩子从里头走了出来，年纪最大的也不过二十出头，不由得都有些发愣。

董小乙一向机灵，在一旁向百姓们介绍起李元婴和诸位皇子皇女来，最先介绍的自然得是李承乾这个太子，虽然李元婴一向仗着辈分喊他"承乾"，关键时刻还是愿意帮忙抬一抬李承乾这个侄子的。

百姓们很是捧场，董小乙一提太子来了，最里面那一圈百姓便齐声惊呼："太子殿下！"这么拥挤的情况下也没人要求百姓们对李承乾行礼，是以呼声只是像波浪一样一波接一波地往外扩散，最后整条街都充斥着"太子殿下"的呼喊声，后面那些看不到前头情况的人都急得不得了，甚至有人相互驮起旁边的人一探究竟。

李二陛下等人来晚了，挤是挤不进去的，只能寻了处吃酒的地方登上二楼远远地看热闹。

等满街人喊完了"太子殿下"，董小乙才介绍李元婴，说这位是开设图书馆的正主，当今陛下最小的弟弟滕王。百姓们又开始高喊"滕王""滕王""滕王"。李元婴一点都不怯场，听到这么多人喊自己的封号还蛮得意，骄傲地挺着小胸脯接受百姓们的瞩目。

后边则是几位小公主和魏姝。

董小乙介绍完，太子殿下在西市亲自观看图书馆开业的消息也传开了，更多的人朝西市涌来，很多人卡在街上想进进不了，想走走不了，只能像一只只鸭子一样抻长脖子往里看。京兆府那边早叫差役沿街列队站岗维持秩序，生怕一不小心出个意外，害他丢了脑袋！

李元婴见此盛景，回头看看由两处大铺面打通改造的图书馆，感觉还是太小了。皇兄说得对，大唐百姓有千千万万，连让他们吃饱穿暖都难，更何况是想让他们都看上书！他弯身把儿子抱起来，对儿子说："来吧，图书馆该开放了。"

李承乾几人退到屋檐两旁，让位置靠前的百姓们可以看清馆内的情况。正门之内，有两处登记身份的长案，再往里便是一排排书架，没有多余的装饰，没有什么雕花纹理，只有浅淡的书墨香飘散在空中。

书，全是书，别的什么都没有。可正是因为这单纯的书海，喧闹的人群一下子安静下来，这样的地方，所有人都觉得大声喧哗是一种天大的亵渎。

百姓中一些寒门学子眼中甚至还控制不住地涌出热泪，在旁人或惊异或理解的目光里低低地哽咽出声。

董小乙又扔下另一个重磅炸弹：这图书馆的匾额，是当今陛下亲手所书！

所有人的目光转向那被红绸遮掩着的匾额。

儿子不够高，被李元婴稍稍托起一下便够着了垂下的那段红绸。她用力一拉，上头的红绸缓缓落下，露出李二陛下亲手所书的"大唐图书馆"五个字。百姓们看着那遒劲有力的字迹，顿时热泪盈眶，不知谁高声喊出"吾皇万岁万万岁"，满街百姓便又跟着喊了起来。

李二陛下站在二楼的窗前，看着底下的人对着那匾额上简简单单的五个字山呼万岁，背手而立许久，和一旁的房玄龄感慨道："玄龄啊，我觉得我们做得还不够。"不够多，也不够好，要不然天子脚下的百姓也不会因为简简单单一个图书馆就这样激动。

房玄龄道："不是还在做吗？"

李二陛下听了房玄龄这话，觉得在理，便不再感怀。他说道："没想到这小子居然让儿子来揭开红绸，倒是挺疼爱儿子。"

魏徵比较了解李元婴，推测出最大的可能："约莫是猜拳猜输了。"若赢的是他孙女魏姝，那他孙女也能当揭红绸的人！

李二陛下看了魏徵这小老头一眼，又看了看和李元婴一起站在回廊下看百姓鱼贯入馆的魏姝，笑道："看来朕的儿子运气比较好，魏卿你的孙女略逊一筹。"

房玄龄几人都看向魏徵，有些羡慕他有个打入了李元婴小伙伴团队里的孙女，这不，刚才除了李二陛下这个皇子皇女的爹刷了刷存在感，唯一被提及的大臣只有魏徵——就因为他孙女魏姝和李元婴他们玩得好！

魏徵不吭声了。

这时第一批竹牌已经发放完毕，拿到竹牌的人陆续入场，余下的人有不少不愿意散去，都留在门口看看有没有人早些还了竹牌。馆内也有一批志愿者，负责登记借书情况和给人答疑指引，明明涌入了一大批人，秩序竟丝毫不乱！

待第一拨人都进去了，李元婴才和李承乾他们一起走回里面，不少人都在书架前流连，两眼炙亮地浏览着上头的书，还有人已经带上圆形竹牌，拿了选好的书去阅览室迫不及待地看了起来。李元婴很喜欢这种气氛，觉得这就是大唐学子该有的劲头。

当然，也有些大字不识一个，单纯好奇才抢了号牌进来的。他们在图书馆里走了一圈，发现没别的东西好看，真的全是书，便还了号牌出去了。

开馆头一天，没有人故意偷走号牌或者偷走藏书，一切都井然有序地进行着。毕竟，馆内有国子监的志愿者在，门口有诸位皇子带来的禁卫守着，外头还有京兆尹派来的差役站队，任谁都不敢乱来。

李元婴估摸着，等过几天因为好奇跑来的人少了，剩下的都是真正想看书的人，开始可能需要志愿者引导，后来他们都会自发地维护图书馆的秩序。若是能按照这个势头运转下去，图书馆算是开成了！

搞完了热闹的开业仪式，李元婴便要领着小伙伴们一起离开。魏姝还不想走，李元婴便把做好的金号牌送给她，说她是这个图书馆的终身会员，随时可以来看书！

魏姝看着那金灿灿的号牌，一时不知该说什么好，最后还是默默收下了李元婴递来的金号牌。反正，她只是拿着而已，也不会去卖掉！

李元婴和李承乾他们走出图书馆，外头还围着不少人，看他们要走都自发地给他们让出一条道来。

李承乾平日里出去也常被人敬畏地避让，可今日感觉到周围那些或好奇或热烈的目光，和平时大不相同。他没有觉得这些偷偷看他的百姓是大不敬，反而还感觉心里涌动着一种难言的热意。

走在李承乾身边的李元婴可没那么多感触，他觉得这些人有眼光，没抢到号牌都还坚持守在外头等待！他装出读书人的样子朝周围的百姓们拱手来拱手去，一点小王爷的架子都没有，还笑嘻嘻地和他们说笑："下回早些来啊，要不然又抢不到号牌了。"

众人起初还挺敬畏这几个天家儿女，见李元婴这般讨喜的小大人模样，都放松下来，纷纷答应："一定一定，下回会早来的！"

李元婴一路磕牙过去，可算出了街口。

没了图书馆外满满当当的人，街道瞧着敞亮多了！

李元婴见天色还早，和李承乾他们商量要不要干脆出城踏青！这个提议当然获得小伙伴们的一致赞同，可惜没等他们出发，李二陛下派来的人上线把他们拦了下来，客客气气地请他们去一旁的酒楼雅间说话。

李元婴不太乐意，但李二陛下好歹是李承乾他们的爹，他也只好跟着一起上楼去。

一到雅间，李元婴惊了一下，不仅李二陛下在，魏徵、房玄龄、孔颖达、长孙无忌这些人都在。这些人好好的政务不管，都偷跑出来吃酒！几个小的显然都被这阵势震慑住了，个个都跟只鹌鹑似的上前行礼。

李元婴可不怵，他还不怕死地跑过去问李二陛下："皇兄，你们怎么都玩忽职守，跑出宫来看热闹！天下的百姓可都指着你们为他们谋福啊！"

魏徵几人相视无语。

李二陛下一下子没忍住，抬手往他脑袋上敲了一记。

李元婴捂着脑袋，觉着他皇兄心眼太小啦，听不得实话！

不过既然李二陛下等人集体翘班，李元婴又有了新想法："皇兄，来都来了，不如我们一起出城玩玩吧！做事也要劳逸结合效率才高，要是天天忙活一点儿都不休息，谁撑得住啊。皇兄我跟你说，承乾他有个好去处，可以做什么烤全牛烤全羊的，我们这么多人正适合去！"

众人齐齐看向李承乾。

李承乾哑然。

他刚才听到"承乾"两个字时早该上去捂住李元婴的嘴。

李二陛下淡淡地扫了李承乾一眼。

去年年底李承乾因为沉迷打猎游玩，就被好几个人联合参过一本，这才刚挨过罚不久又故态复萌！

李承乾感受到李二陛下望过来的目光，默然不言。他们虽是父子，他却不能像李元婴或者李泰那样无拘无束地和李二陛下撒娇耍赖。

李元婴一点都不在意他们父子之间的气氛，还凑到李二陛下身边感慨起来："我早就想去了，可承乾说耕牛不能宰，得看看有没有谁家的牛出事能吃了再去买下来！我和承乾都等好些天了，还没买到，吃牛这么难的吗？"

李二陛下道："一头耕牛可以节省许多人力，你靠人去翻地，翻到什么时候才能种？你少盼着人家的耕牛出意外！"

李元婴可没种过地，他连城都没怎么出过。不过上回在九成宫挖坑种向日葵，才带着儿子她们挖了十个坑，他就觉得很累。李元婴听李二陛下这么一解释就懂了，兴致勃勃地换了个主意道："那我们不吃牛了，我们去吃羊吧，羊不会翻地！"

李二陛下望向魏徵他们。

李元婴见李二陛下看向魏徵等人，立刻想起他皇兄当皇帝也很可怜，做点啥都要被人盯着，和他大侄子真是一对难父难子。

李元婴当即跑过去紧紧拉着孔颖达的手，一脸诚挚地说："孔祭酒，图书馆今天顺利开放，多亏了您又出人又出力！为了庆贺从今以后芸芸学子多了一处求知之地，我想请您和大伙去吃个烤全羊！"他一脸郑重，说得正气凛然，"这只羊我们先敬孔圣人，再敬百家诸子，然后一起吃掉，祈祷将来能有更多继往开来的能人志士出现！孔祭酒，您说好不好啊？"

瞧见李元婴一张稚气包子脸硬是摆出严肃正经的表情，还说出这么一番冠冕堂皇的话，不少人都忍不住笑了出来。

孔颖达被李元婴弄得气也不是，骂也不是，真想直接把李元婴握过来的手甩开！

长孙无忌忍笑劝说魏徵几人："既是如此，我们就一起去吧。"

众人对视一眼，都认同长孙无忌的话。既然都翘班出宫了，再多翘半天也无妨，正好也可以去看看太子到底弄了个什么地方。

一直到吩咐人提前赶紧去做好烤全羊准备，李承乾都还觉得不太真实。

明明是他一个人的秘密基地，怎么突然过了明路？他现在是要带他父皇、魏徵，还有天天骂他光玩乐不学习的孔颖达一起去吃烤全羊？

李元婴一点都没有自己把李承乾卖了的自觉，他觉得人多，热闹！

大伙一起出发，李元婴也讨了匹小马，嘚嘚地骑着凑到他大侄子身边和他并骑，跟这个面色郁郁的大侄子商量："承乾，烤全羊怎么吃的？是不是拿把刀子直接切，切到哪块吃哪块？要不等会儿你直接切个羊蹄子送给老孔，以示尊师重道！

你要是怕羞不好意思送，切给我我去送，我很想看看老孔怎么啃羊蹄子！"

李承乾一脸复杂地看着自己没心没肺的幺叔。这家伙刚才要扯人家当大旗的时候还喊人家孔祭酒，现在人家答应一起去吃烤全羊，他又喊回老孔了！不过想象一下孔颖达拿着个羊腿啃的画面，李承乾也忍俊不禁，答应道："好，我帮你切。"

李元婴骑到半路，觉得骑马太累，又不要脸地倒回去和兕子她们挤一车。三个"小萝卜头"见他回到车上，特别高兴。几个小孩时而凑一起交流故事，时而趴在窗边看外头的景致，都因为这次意外的游春踏青欢喜万分。

因着要瞒着别人，李承乾的秘密基地有点偏远，算上准备车马的时间一行人走了将近一个时辰才到。李承乾派去做准备的人花大价钱买了整只别人料理好的羊，快马加鞭地赶过去，这会儿柴火已经备够，大炉子也烧得火热！

李元婴没见过烤全羊，一到地方便跳下车，领着几个侄子侄女跑过去看大炉子。

真的好大，还很高！

在几个小孩看来，这炉子简直大得不得了！

那只整羊已经被架在火上烤了，旁边好几个人盯着，随时准备给羊翻翻身或者加点调料！

李元婴带着几个侄子侄女目不转睛地围着炉子看了好一会儿，总算是过足了瘾。

这地方虽偏僻了点，风光却很不错，处处都是青山绿浪，远处还能看见几户依山而居的人家。眼看烤全羊还没做好，李元婴又怂恿李承乾去寻周围的猎户，看看他们有没有什么好猎物，买过来一并尝尝鲜！

李承乾依着李元婴的意思吩咐下去。

几个小的欢呼起来，又想去一边的小湖边抓鱼。李元婴完全没经验，眼珠子一转，掏出把金豆子，跑去问随行的禁卫里头有没有会叉鱼的，谁叉到鱼奖励一颗金豆子。

禁卫们压根儿不理他。

李元婴只能跑去磨李二陛下。

李二陛下一声令下，有经验的禁卫都站了出来，就地取材弄了几根鱼叉，在几个小孩兴高采烈的围观下叉起鱼来。没一会儿，鱼有了，李承乾遣去的人也买回好几只山鸡，说是赶巧碰上个进山回来的猎户，这是对方全部的收获。

李元婴指着山鸡对李治说："雉奴你看，今天我们要做野雉！"

李治听他特意咬着个"雉"字来说，额头青筋跳了跳，恼羞成怒地说："和我有什么关系！"

叔侄俩互杠了几句，软脾气的李治又被李元婴拉着加入搞事行列，烤鱼烧鸡忙得不得了。

不幸的是，李元婴根本不会弄，鱼焦了，鸡黑了，还弄得自己灰头土脸！

李承乾已经成年了，被迫跟着李二陛下他们在周围转悠，听听他们商谈国事。

一行人转了一圈回来，李承乾一眼便看见李元婴那惨不忍睹的模样。

偏偏这家伙不觉得自己脸上这里黑一块那里黑一块有多狼狈，还蔫儿坏地对旁边专注于烤鸡事业的李治说："雉奴啊，你脸上黑了，我帮你擦擦！"说完便用黑乎乎的指头往李治脸上擦去。

兕子三人闻言看向李治，发现李治脸本来不黑的，被李元婴这样东抹抹西抹抹，竟变成了大花脸！

三个小萝卜头乐不可支地笑成一团。

没想到李元婴祸害完李治又转向她们，一副天下第一好叔叔的语气说："兕子，你脸上也黑了，我给你擦擦！"

兕子一听，把烤鱼塞给旁边伺候的人，撒腿便跑，坚决不让李元婴得逞。

老实孩子李治终于反应过来，把烤鸡塞给别人跑湖边一照，都快认不出自己了！

李治气得不轻，捧了把水擦干净脸去追李元婴要报仇。

几个小孩你追我赶地闹起来。

李二陛下见状也不阻止，由着他们跑来跑去。

李承乾站在李二陛下身边，有些羡慕地看着几个弟弟妹妹。直至底下的人过来说烤全羊做好了，李承乾才开口招呼李元婴他们别再闹腾，赶紧来吃烤羊。

烤全羊一出炉，香喷喷的烤肉味便四下飘散开，闻着好吃得不得了。这次是临时过来，没提前挑羊，所以个头不算大，不过还有烤鸡烤鱼之类的凑合着吃，瞧着也算丰盛。

李元婴几人围在烤得金黄喷香的烤羊边上，惊叹不已，他们还没亲眼看过这么大一只烤熟的羊呢！李元婴想起路上和李承乾商量好的事，凑到李承乾身边戳了戳他，示意他该切羊腿了！

李二陛下瞅见李元婴朝李承乾挤眉弄眼，总觉得这小子又要弄点什么幺蛾子。

接着他便看到李承乾上前利落地切下连着羊蹄的半条羊腿。

李元婴拿起羊蹄子噔噔噔跑到李二陛下面前，很是热情地塞到李二陛下手里：

"皇兄，这个好吃，您吃！"

接着，长孙无忌、房玄龄、孔颖达都分了一只羊蹄子。

李二陛下和长孙无忌三人执蹄相看，一时无言。

分完蹄子，李元婴也不管他们心情如何，凑在李承乾身边指使他切这里切那里，给魏徵他们分完又给兕子她们分，最后自己也尝了一块热乎乎的现烤羊排，调料用得很足，外香内嫩的，好吃！

都是老熟人了，所有人吃到兴起都没端着仪态，围坐在一起割肉吃酒。

李元婴小时候被李二陛下用筷子沾酒骗过，一直不太爱喝酒，此时看李二陛下他们喝得高兴，又挺想凑凑热闹，又央着李二陛下叫人给他倒了一杯。

酒捧到手里，李元婴吸着鼻子嗅了嗅，觉得味道不怎么样。他试探着抿了一口便搁下了，对兕子她们说："这酒不好喝，你们别喝！等戴亭他们从高昌带葡萄酒回来，我们再喝那个。"

李承乾道："葡萄酿的酒太甜，哪有这样的烈酒好喝？"在东宫越被束缚，他越喜欢这大口吃肉、大口喝酒的感觉，肉越大块越好，酒越烈越好。只有纵马行猎，快意吃喝，他才能稍微放松下来。

李元婴可没感受过李承乾那种束缚，自然没那么多感触，一点都不赞同李承乾的意见："烈酒有什么好喝的，就只觉得呛人！"

两人的对话倒是把话题引到了高昌那边，李二陛下和魏徵他们聊起了大冬天出发前往高昌的侯君集等人。大军此去高昌得长途跋涉，途中又有沙漠连横，一路不知得耗却多少钱粮。提到钱，魏徵等人又开始发愁，你一句我一句地数起朝中还有哪些地方要用钱。

李元婴本来已经凑到李二陛下身边想听听行军情况，关心关心戴亭他们走到哪了，结果李二陛下他们一言不合聊起了国事！

李元婴听得眼冒金星，一头雾水。

好气啊！

这群人，就不能好好偷个懒给自己放个假吗！

临近黄昏，大军仍在西行。

大军之后缀着百余人，每个人脸上都满布疲色，却还是紧跟着前方的士卒迈步前进。他们已经进入一个小沙漠，若是不跟紧识途之人怕是会迷失在茫茫黄沙里。

为首的人正是戴亭。

　　队伍之中大部分都是上过战场的骁勇壮汉，起初对戴亭颇有些轻慢，他们满脑子都是李元婴给他们勾画的美好未来：金子、房子、媳妇孩子！

　　所以，表面上听从戴亭的指挥，只因为他是李元婴的信重之人而已。可一路行来，所有人都对这个看似纤弱的少年敬佩不已，他年纪虽小，还是个阉人，却从未喊过一声累。途中有个一直挑衅他的人得了急病，他不急也不躁，更没有扔下不管，向人讨了药治好了对方的病才急行追上侯君集大军。

　　现在寸步不离守在他身边的彪形大汉就是那个得急病的人，要是还有人敢不听指令擅自行事，这人就抡起家伙要和对方干一场。戴亭对这彪形大汉的态度也没怎么改变，仍是每天戴着面具，只有需要分工时才会开口把事情安排下去。

　　走了两个多月，他们的人一个都没少。前方的大军倒是有些掉队的，这也没办法，毕竟不是所有人都能适应这样艰苦的长途行军。

　　入夜就地扎营，侯君集与薛万均对坐饮酒。提到后头跟着的那么一撮人，侯君集奇道：“原以为他们跟着跟着就会知难而退，没想到能跟这么久，瞧着可能还真要跟到高昌去了。”

　　薛万均道：“不过百来人而已，跟去也无妨。这也算是看好我们吧？不然战事凶险至极，谁愿意去冒险？”

　　侯君集哈哈笑道：“那倒是，随他们去吧。”

　　倘若光是李元婴的人，侯君集根本不会去关心，可里头还有李二陛下几个嫡出子女派来的人，李二陛下的面子他还是要给的，这才叫人偶尔禀报一下这批人的情况。

　　只不过，也不必太上心就是了。

　　薛万均说得对，区区百来人能成什么事？

　　李元婴是睡着回去的，他对国事着实没什么兴趣，只听了一会儿便呼呼大睡，还大逆不道地把李二陛下的腿当抱枕。到要回宫了，他还不愿醒，还是李二陛下把他抱起来扔车上去的。

　　李元婴是玩累就睡，开心不已，李承乾却没那么容易过关。李承乾回去后又挨训了，李二陛下和孔颖达把他骂得狗血淋头，说他不务正业，劳民伤财地搞个地方弄什么烤全羊，不如多读点书！

　　李元婴听李治提起他大侄子的悲惨遭遇，顿觉这些人太过分啦，明明自己也吃了，一抹嘴居然又来秋后算账！

李元婴溜回住处研好墨，大笔一挥，画了幅《君臣对坐啃羊蹄》，偷溜到李二陛下的议事堂外趁着禁卫不注意张贴到显眼的地方。

这天被宣召到议事堂说话的大臣进门前都会停顿一下，愣愣地看着张贴在外头的画，这……这是什么？虽则画得不怎么写实，面过圣的人却都能一眼认出正中央的正是李二陛下！其他几个拿着羊蹄在吃的，明显是孔颖达、房玄龄、长孙无忌啊！

这几个人什么时候一起啃羊蹄，还被人画了下来？

这个疑问盘旋在每一个人的心头，却没人敢直接问李二陛下他们，毕竟这几个人不是一国之君就是朝中重臣，哪能随便问这些闲话？

最后还是禁卫换班时注意到了这张怪画！

禁卫赶紧将画撕下来，进议事堂向李二陛下禀报此事。

房玄龄他们早上到了议事堂便没再出去，自然没机会看到这幅画。接过禁卫撕下来的那幅《君臣对坐啃羊蹄》一看，房玄龄脸都绿了，忙呈上去给李二陛下看！

李二陛下只消看一眼，便知道这是谁的杰作。他脸顿时黑了，勃然大怒地叫人去把李元婴逮过来。

怪不得今天许多大臣进来时都神色古怪，敢情是李元婴干了这样的好事！

李元婴正和兕子她们展望葵园的规划呢。这葵园本来是种葵花的，眼下又有了玉米和花生，李元婴便交代董小乙一并去种下，为求保险，他还让董小乙把它们分种在两个田庄上，免得一害病就全死了。

一看李二陛下派了人过来，李元婴便知道东窗事发了。他也不慌，把摘抄出来的玉米种植指南、花生种植指南留给兕子她们看着玩，自己乖乖跟着禁卫去议事堂见李二陛下。

李二陛下见李元婴那乖乖巧巧的模样，更来气了，把那幅"巨作"往案上一扔，喝问："这是什么玩意儿？"

李元婴不慌不忙地跑到李二陛下身边，把被李二陛下捏皱的"巨作"摊平，诚挚无比地和李二陛下解释："我昨儿玩得太高兴了，早上起来还一直想着吃烤全羊的事，索性画了出来！画好以后，我想到皇兄您平日里对我这么好，我这幅画合该送给您才对！可等我走到这边以后，又觉得您在忙政事，我不该去打扰您，所以，我就把它贴在外头，想着您忙完就能看到它了！"李元婴得意洋洋地说："您看，您这不就看到了！"

李二陛下看着画上那啃羊蹄啃到仪态全无的君臣四人，脸皮抽动了两下，冷笑着骂道："你再胡扯一句试试看。"

李元婴立刻闭嘴。

李二陛下睨着他："说说，画这个做什么？"

"昨天您和老孔他们明明也吃了，为什么骂承乾呢？"李元婴一屁股坐到李二陛下身边，光明正大地替他大侄子抱不平起来，"孔圣人都说了，己所不欲，勿施于人！您肯定也很讨厌被人骂的，怎么动不动就骂承乾啊！"

李二陛下道："承乾是太子，一言一行都该注意些！"

李元婴胆大包天地说："可太子上头不是还有皇兄您吗？"他昂起脑袋直直地望向李二陛下："您看您正当壮年，连白发都还没有，少说还能活个几十载，就该让承乾先玩够了再说！要不然他从小就要这么累，多难受啊！"

对上李元婴乌溜溜的眼睛，李二陛下一阵静默。他虽然才四十多岁，但世事无常，谁能保证他能活多少年？他的皇后才三十出头，不也扔下几个年幼的儿女撒手人寰？

李二陛下少有地用郑重而认真的语气和李元婴说话："我们大唐马上得天下，治国却不能在马上治。我不是非要承乾通读经典，但他不能整日耽于游猎，这不仅荒废学业，更让天下有志之士失望。既然承乾当了太子，就得担起太子的责任。"他沉声说："你只看到我白发未生，却不知我戎马半生，身上隐伤无数，莫说数十载了，怕是要不了多少年就会随父皇和你皇嫂而去。承乾若是一直这样荒唐，你让我如何放心？"

李元婴愣住了。

他想到父皇和皇嫂的故去，两人都是生了场病便一病不起，最后再也没醒来。

李元婴道："不能治好吗？"

李二陛下道："早成了陈年积疾，治不了了。"这也是他夏天时常要外出避暑的原因，这隋朝留下的大兴宫夏季潮湿炎热，容易诱发他身上的旧疾。

李元婴抓住李二陛下的手，倔强地说道："皇兄肯定会健健康康地活一百岁！"他给李二陛下举例："你看萧老学士，今年八十三岁了，多精神啊！皇兄也会活到一百岁的！"

李二陛下道："你少惹点事，我说不定能多活几年。"

李元婴有点难过，和李二陛下说完话后跑回去想了很久，到夜里都睡不着觉。他在榻上翻来覆去许久，终于还是没忍住，一骨碌地爬起来穿好衣裳，沿着回廊一路跑去东宫。

春来多雨，这晚入夜后便有淅淅沥沥的细雨飘落，把整座宫宇都打得湿漉漉雾蒙蒙。

东宫诸人见是李元婴来了，忙引他入内。李承乾显然是被罚了，这会儿还在书房点着灯抄书，听人说滕王来了，愣了一下便叫人赶紧将李元婴领进来。

二月的夜里有点凉，李承乾见李元婴穿得单薄，身上还被雨淋湿了，叫人赶紧送热汤过来。吩咐完了，李承乾才问李元婴怎么这么晚了还过来。

李元婴说："我睡不着。"

这对李元婴来说可真是太稀奇了，李承乾从来没听说过李元婴有睡不着的时候。像昨天，李元婴可是直接趴他父皇身上睡着了，连父皇把他扔上车他都没醒来，一直睡到回了宫！这么能睡的家伙，怎么可能会睡不着？

李承乾奇道："怎么会睡不着？"

李元婴便把白日里李二陛下对他说的话说了出来。没谁会拿生死来开玩笑，身为一国之君的李二陛下更不会，所以李元婴才会又难过又害怕。他说道："难道太医院就没有可以把皇兄的伤治好的人吗？那么大的太医院，那么多的太医，一个厉害的都没有吗？"

虽然皇兄很凶，但他还是不想皇兄离开他们。

李承乾没有回答李元婴的话，他已经呆住了。

李承乾也想起了他的母后。

那么突然的一场病，只小半年便带走了他的母后。他求访名医，求了天拜了佛，甚至还想求李二陛下大赦天下，最后却还是无济于事。当时他就想，父皇当了皇帝有什么用，他当这个太子有什么用，连母后都留不住！

现在，李元婴说他父皇也有积疾在身。

长孙皇后病倒后的一幕幕，又浮现在李承乾脑海中。

那样的话，父皇从来没和他说过，父皇只不断地对他提要求，只让孔颖达他们不断地规劝他。他从来都没想过正当壮年的父皇，也有着随时离开他们的可能。李承乾沉默了很久，才生硬地宽慰李元婴："不会的，父皇身体康健，一点旧伤没那么严重。"

李元婴还是不放心，拉着李承乾的手说："我听李淳风说有个很厉害的神医叫孙思邈，皇兄想请他当太医他都不愿意！要不，承乾你想办法把他请回来吧！"

李淳风和孙思邈都是道士，只是侧重点不同，一个搞吉凶测算和产品研发，一个搞医学研究。李元婴闲暇时跑去找李淳风聊天，陆陆续续从李淳风嘴里听说过不少传奇故事，孙思邈就是其中之一。只是当时李元婴根本不需要什么名医，压根没放在心上。现在有需要了，他便想起这人来了！

李承乾也觉得是个办法。他点点头，答应了李元婴的要求："好，我派人去找找。如果他不愿意来，我就亲自去请！"

李元婴听李承乾答应，喝了李承乾叫人送来的热汤便高高兴兴地回去睡觉。

既然已经让李承乾找那神医孙思邈，李元婴就没了烦恼，洗漱更衣后很快睡得极其香甜。

换成李承乾睁着眼躺到天亮。

李承乾第二天顶着熊猫眼起来，有点惨。

太子妃见他如此憔悴，关切地问他怎么了。李承乾摇摇头，说没事，还去看了看仍在熟睡的儿子。皇孙李象快要满两岁，向来聪明可爱，李承乾在床边坐下看了一会儿才去早朝。

待早朝结束，李承乾便与房遗直等人商量寻找孙思邈下落的事。

李二陛下登基之初，孙思邈曾应邀来到长安。当时孙思邈已经七十多岁，瞧着却是鹤发童颜，健康得很。

当时李二陛下邀孙思邈入太医院任职，孙思邈没同意，表示更愿意云游四方为百姓治病。有段时间朝廷中许多医学典籍需要整理编改，孙思邈又应邀而来，还带来了一些他自己编整过的医书。

对这位老神医，李承乾还是有点信心的。他并没有和别人提及李元婴那番话，只说想找孙思邈，房遗直等人也不多问，都领命而去。

房遗直几人都是家中嫡子，能动用的人力和物力都不会少，孙思邈名气又大，出没在什么地方都是容易获知的，真要去找不算太难。

自与李承乾说了李二陛下那番话，李元婴便时不时带些小玩具去寻侄孙玩耍，顺便问问李承乾有没有找到神医的踪迹。

李承乾也在等。

这年头消息传得太慢了，便是房遗直跑出去的人在外头找到了孙思邈，要把人或者消息带回来也得费些工夫。

没老神医的消息，李元婴只好去捣鼓自己的事。

去年他让戴亭给他买个工坊，造纸的那种，因着冬天缺材料，工坊虽买下来了，却一直没造半张纸。

入春之后草木丰茂，造纸材料好采集，董小乙便禀报李元婴说，工坊可以开始造纸了，是否要按原来的工序正式开始产纸？

李元婴一听，来了兴致，打发走董小乙，便溜达去寻武才人。

现在李元婴把武才人当图书管理员，有想找的书都先去寻武才人问问。

武才人听李元婴问造纸之事，想了想，摇头说："这等事很少有人专门记述。"造纸之法大多是口耳相传，顶多只会提一句蔡伦造纸，谁会详细地记载造纸之法。

见李元婴实在好奇，武才人又给李元婴提及一些她了解的东西：纸有麻纸，自汉代起便用大麻、苎麻、黄麻作材料，因着麻还得用来做衣服，麻纸造价也不便宜；后来又有用楮皮和藤来造纸的，叫皮纸和藤纸；听说，现在江南一带可以用竹子来造纸，叫竹纸，质量很好。

若想改进造纸之法，可以从原料下手，看看什么原料又便宜又好用。

武才人说得头头是道，李元婴听得点头不已，转头出宫去工坊那边有样学样地对造纸师傅如此这般一说。

李元婴最大的优点就是不缺钱，当场又叫董小乙亮出一个金灿灿的金元宝，相当大方地说："谁若能提出把本钱降下去的好办法，这就是谁的了！"

接着他又强调，成本低了质量差点也没关系，纸太软了可以拿来擦屁屁，纸太粗糙了可以拿来包装食物。

总之，前期成品怎么样不要紧，先摸索出适合的来！

要是单用一种不行，那就多种材料混着用！

短期内有没有产出更不要紧，他只要最新最好且成本最低的造纸之法！

他要的不是纸，而是让纸价降下去！

从前造纸匠人虽然也有工钱拿，却从来没见过这么大一锭金元宝——事实上别处也没有，是李元婴在鼓动自己的侍卫去高昌后灵机一动，叫人按着他画的图铸出来的，实心足重，像座小金山，看着就很诱人！

古往今来能抵挡金子诱惑的人并不多，听李元婴金口玉言这么一许诺，整个工坊的匠人们都激动起来，纷纷表示一定会竭尽全力去摸索新式造纸法。

李元婴很喜欢这种气氛，学着李二陛下平时说话的模样勉励了匠人们几句才离去。

李元婴忙活完改良造纸法的事，已经到二月中旬了。

入春后气候越来越潮湿，李二陛下身上旧伤疼痛难忍，太医建议李二陛下前往骊山汤泉疗养几日。

李二陛下这段时间忙着接待吐谷浑使臣，暂且搁置了太医的提议。

这次吐谷浑使臣是来迎亲的，李二陛下将一位宗室之女封为弘化公主，许给吐谷浑王诺曷钵，这几日礼部和鸿胪寺都在为这事情忙碌。

昨日李二陛下亲自出城门为弘化公主送嫁，并让左骁卫将军、淮阳王道明护送弘化公主前往吐谷浑。

吐谷浑与吐蕃比邻，占据大片草原，是个养马的好地方，隋朝时便是中原的供马之地，隋炀帝一直想把这地方给吞进大隋疆域里，一度把它打得几近灭国。

到隋末，举国大乱，吐谷浑再度恢复元气，吐谷浑人依然游走在青海湖一带驯养马。

李二陛下许婚给吐谷浑王诺曷钵，一为吐谷浑的马，二为扶弱削强、分制吐蕃。

李元婴对朝中之事了解不多，他只知道李二陛下很忙，忙得没时间理会他们，当然趁机搞东搞西。

结果他忙得太欢，竟把小伙伴给冷落了。这天高阳一早气势汹汹地来堵他门，要他这一整天哪都不许去，只能陪她们去玩。

李元婴对此从善如流，堂而皇之地把课翘了，带着高阳她们出宫玩耍。

四个"小萝卜头"都对图书馆那边的情况很感兴趣，李元婴便带她们溜达去西市看看。

图书馆开业小半个月，每天在外面等候的人依然不少，不过比开业那天有秩序多了。

原本属于国子监监生的红色马褂如今穿在一批寒门学子身上。他们原本都已经读不起书了，现在有个地方可以免费给他们徜徉书海，他们绝对不允许任何人破坏这处宝地。

李元婴亮出自己的身份，原本来维护秩序的志愿者便热切地引他们一行人入内。

里头的人都在安静地找书看书，连性情最跳脱的高阳都不自觉地放轻了脚步。

对于这些每日早早过来等候图书馆开门的寒门子弟来说，任何一本书都是无价珍宝，他们如饥似渴地汲取着自己所需要的经义。

巧的是，魏姝正巧也在图书馆里。

两边顺利会师，四个"小萝卜头"变成了五个"小萝卜头"。

李元婴带着五个"小萝卜头"在各个区域转悠了一圈，发现还是儒家典籍被翻取的次数最多，其他典籍瞧着很少被翻动，倒是他那本《韩子寓言》颇受欢迎，书页都快被翻破了，也不知是不是看在他是图书馆主人的份上才有这种待遇。

书都要来了，没人看有点浪费啊！李元婴在心里琢磨着怎么把图书馆里的其他书尽可能地利用起来，高阳却逛腻了单调乏味、不能玩闹的图书馆，拉着李元婴的袖子想去别的地方玩。

李元婴也是小孩子心性，高阳这么一说便不再多想，带着她们出去溜达了。

以前李元婴没封王，年纪小，不能自己出宫，更不可能带着高阳她们出来玩耍，如今他总算可以爱去哪里就去哪里！

自由是有了，具体要去哪儿玩却还没想好，李元婴索性问平时主意最多的高阳："你说我们去哪里玩好？"

高阳也没怎么出过宫，不过她常和年长的皇兄们一起打马球，听了不少宫外的事，回忆了一下便说道："我听说平康坊很好玩。"

她那几个皇兄私底下都说平康坊是个好去处，偏偏每次她深问或者央他们带她去的时候，皇兄们却都讳莫如深，不肯和她多提。

人都是这样的，别人越遮遮掩掩，你就越想知道！

高阳也一样，她早就想去平康坊看看了。

李元婴平日里不爱玩马球之类的，又是个众所周知的混世小魔王，和年长的皇子没有共同话题，很少和他们聊起这些。

听高阳报了个地名，他便在脑海里翻找出自己看过的长安舆图瞅了瞅，很有把握地说："我知道平康坊在哪里，那边临近东市，从朱雀门前头那条路一直走就到了。"

李元婴是说走就走的性格，一定下目的地，马上爽快地带着五个"小萝卜头"前往平康坊。

由于兕子她们还小，走不了太远，他还让人弄了辆马车直接送他们到平康坊门前。

一下马车，李元婴就觉着这地方和西市挺不一样。

西市那边热闹得很有人味儿，走在街上能听到各种各样的吆喝声。这边许是因为周围大多是达官贵人的住处，街上要安静许多，一路走过去可以发现好些个邸院，都是地方上的驻京办事处，各地的官员有事要上奏便来这些地方稍做休整。

除此之外，许多京城官员的住宅也在此处，比如李元婴看到了褚遂良家的宅子。

李元婴奇怪地问高阳："这里有什么好玩的呢？"这里是官那里也是官，看着就很乏味！

高阳道："皇兄他们说好玩的！"

李元婴道："那我们再走走看吧。"

李元婴往前溜达了一段路，寻了个老仆问对方这边好玩的地方在哪里。那老仆稀奇地打量了李元婴和他身后的高阳她们一眼，毕恭毕敬地道："这边好玩的去处只有一个，就是北里。可是——"

高阳早走得不耐烦了，打断了老仆的"可是"，问道："那你快告诉我们北里怎么走！"

见高阳浑身透着盛气凌人的气息，老仆不敢再多言，直接给他们指了去北里的路。

李元婴领着五个"小萝卜头"浩浩荡荡地往老仆所指的方向走去。

老仆看着他们走远的背影，讷讷地把没说完的话独自补完："可是，那地方不适合女娃去啊！就算是那小郎君，瞧着也太小了……"

有了指引，北里还挺好找，李元婴带着高阳她们走了一会儿，眼前便豁然开朗。

这地方的门面远比西市要精致许多，门口悬着的匾额都像是出自名家之手，瞧着很像样，不像西市那样随便写几个字招揽客人。

许是因为这边住的大多是京官与士子，白日里没空来光顾，街上远没有西市热闹。

李元婴走近一听，倒是能听到不少丝竹之音，这些曲子软绵绵的，与他皇兄爱听的很不一样，倒是和他父皇在世时喜欢听的差不多。

看来这是个听曲子的地方啊！李元婴颇为怀念，大摇大摆地牵着衡山和兕子左看右看，瞅瞅哪家店最大最好，他就要去最大最好那一家！

沿街的窗户里倚着一些妙龄少女，远远见有个半大少年牵着几个小女娃走进北里，都挺好奇地把窗子推得更开一些，巧笑着往外张望。

李元婴几人平日里都习惯受人瞩目，倒也不在意这些目光，反而是魏姝和随行的侍卫们觉得有点不对。

尤其是随行的侍卫们，他们可都是成年人，某方面的需求肯定是有的，便是没去过秦楼楚馆的也肯定听过，一堆男人都在一起聊天，哪能不带点荤味？

瞧这架势，这地方怕不是小孩子能来的！

高阳的侍卫平日里最常挨骂的，看到那些倚窗张望的少女后都觉不妙，推了个人上前请示高阳："公主，这地方怕是不能去。"

高阳可不是听劝的人，转头望向那侍卫，不高兴地问道："为什么不能去？我们好不容易才找到的！"

对上高阳乌漆漆的眼睛，随行的侍卫都语塞，不知该如何和高阳几人解释。

若当真是那种地方，公主几人如何能去？可眼前这几个小贵人，显然什么都不懂，连最年长的滕王和城阳公主都才十岁！

那被推出来说话的侍卫硬着头皮说："这是男子听听曲儿看看舞的地方，女孩还是不去为好。"

高阳最不喜欢"男孩子可以，女孩子不行"这种话了，她自小没了母亲，在宫中野生野长，性子比男孩更顽皮几分，要不也不会和李元婴这混世小魔王臭味相投。

高阳道："什么曲子女孩不能听，什么舞女孩不能看？断没这个道理的，我偏要去！"

她说罢便挥挥手让侍卫都退下，催促李元婴赶紧挑个好去处，她要去看看女孩子不能看的歌舞有什么特别！

李元婴一向不怕事大，只嫌事小。一听高阳这么说，他立刻指着前头一处装潢得光鲜亮丽的地方说："那家店不错，够大，够气派，我们去那儿看看。"

高阳高兴地同意了。

魏姝四人自然是紧跟李元婴，好奇地打量着周围的一切。兕子吸了吸鼻子，对李元婴说："这里闻起来香香的。"

李元婴闻言嗅了嗅，点头说："是挺香。"他对此不觉得有什么稀奇，不管是大安宫还是太极宫，他都是在香粉堆里长大的。

李元婴领着五个"小萝卜头"迈进那家"大店"的店门，立刻有人迎了上来。

对方是这挽翠楼的老鸨苏二娘，四十来岁、风韵犹存，她稀奇地打量着李元婴，很好奇这么几个一看就是天潢贵胄的小娃娃怎么会跑到北里来。

看出李元婴几人身份不一般，苏二娘谨慎地询问："小郎君是来做什么的？"

该不会是来找爹的吧？这样的荒唐事也不是没有，苏二娘开这挽翠楼这么多年，还真见识过正室带着孩子来逮人的！只是几个小娃娃一起找过来这种事，她当真没见过。

李元婴到哪儿都不会觉得拘束，虽没怎么来过外头，表现得却很理所当然："自然是来玩的。你们这地方有什么好玩的事，都给我们说说。"他想起太上皇生前之事，印象有些模糊，却隐约记得太上皇喜欢琵琶，便装作很懂地说道："先找几个会弹琵琶的弹给我听听，跳舞的也要。"

李元婴这倒是装对了，北里虽都是那市妓汇聚之地，却不会直来直往地做皮肉生意，寻过来的大多是新科进士或者达官贵人，都风雅得很，极少有那强取横夺的腌臜事。

听李元婴吩咐得熟门熟路，苏二娘虽是纳罕，却还是收下李元婴叫人递来的银钱，吩咐底下的姑娘们做准备。

有些事看破不点破更能保平安。她当寻常客人一样收了这银钱，若是这几个小孩身份当真不一般也不至于追究到挽翠楼上，毕竟这只是开门做生意而已。

反倒是不收钱或者不接待，闹起来会惹祸上身！

左右的小婢好奇地看着李元婴几人，见苏二娘吩咐姑娘们做准备了，便热络地上前给他们引路，领他们去二楼最好最宽敞的房间。

李元婴带着高阳几人一溜坐开，便有几个妙龄女子鱼贯而入，为他们端上精致的点心瓜果。

这些女子衣着和宫中女子不太一样，都露胸束腰，俯仰之间尽显婀娜身姿，相貌虽不算是顶尖，胜在年轻俏丽，瞧着总是讨喜的。

魏姝心里咯噔一跳，已明白这地方显然不止是听歌看舞的，这约莫是书中所写的"风月之地"了！

魏姝虽时常穿着男装出行，却也不至于觉得自己可以跑到这种地方来。

她看向一旁的李元婴。

李元婴这厮看都没看那些女子一眼，倒是兴致勃勃地盯着眼前一碗绿汪汪的茶水看了一会儿，转头对她们说："我小时候喝过这个，是一个南边来的人进献给父皇的，我当时吃了很多烤肉，喝这个挺解腻的。不过父皇不喜欢，后来就没人煮过了，没想到竟在这里见着了！"

魏姝心道，这些女孩是白妆扮了。

李元婴和魏姝她们随口一提，周围的女子却听得心中一惊。

挽翠楼也会接待不少达官贵人，但皇家之人来这里，一般是遮遮掩掩的，绝不会像李元婴这样，不仅带着几个小女娃过来，还大大咧咧地提到"父皇"。

有人已经悄悄退出去找苏二娘了。

苏二娘本就一直注意着这边的情况，听了这话更是把心提到了嗓子眼。

这可真是招来了不得了的人啊！

眼下她只能盼着好好招待完这几个贵不可言的客人，顺顺利利地把他们送走，别闹出什么大动静来！

"我去为他们弹琵琶吧。"一旁侧耳听她们说话的少女开口。

少女名叫苏七娘，乃是自小被苏二娘收养的，约莫十三四岁，却已学了八年琵琶，楼中数她才名最高，出场也最少，在北里之中素有"一面千金"之说。

苏二娘知道七娘性格一向倔强，便是身在这挽翠楼中也从不曾想过攀附哪家权贵，要不凭她这相貌与才名，要过上富贵日子太容易了！七娘这是看她为难，想帮她分忧解难。

苏二娘想了想，叮嘱道："你莫要冲撞了贵人。"

七娘点头。

这会儿李元婴正游说魏姝她们试试那茶水。

茶叶多产在南方，北人是不怎么喝的，李唐乃是关陇起家的，自然也没有喝茶的习惯。

兕子几人都不曾喝过，觉得绿汪汪的不太好喝。等见到李元婴就着茶点用茶，一副好喝得不得了的样子，兕子几人才心动地试着喝了起来。

魏姝也跟着试了几口，发现原本有些腻人的点心就着茶水用下后，竟变得刚刚好，尝着确实有些独特之处。

几个小家伙正讨论着这茶的奇妙之处，苏七娘已抱着琵琶推门而入。

李元婴抬头看去，只见这少女相貌姣好，气质动人，身姿也依稀有了豆蔻少女初现的婀娜。他对此不甚在意，反是被她手中的琵琶吸引住了。

这琵琶一看就是好琵琶。

待苏七娘朝他们行了一礼开始弹琵琶，李元婴更确定这琵琶好得很，若是太上皇在世一定会喜欢。

高阳见李元婴紧盯着苏七娘那边，忍不住戳了戳他。

李元婴回神，朝高阳摇了摇头，表示自己没事。他自小记性便好得很，太上皇去时他才五岁，如今他却还记得太上皇如何把他抱起来逗弄，如何纵容他胡作非为。

李元婴无心去听苏七娘弹了什么曲子，等苏七娘弹完了，竟直接开口问："卖吗？"

苏七娘被问得愣住。

她对上李元婴澄澈的眼睛，一下子不知道该说什么好。

等苏七娘定神再看，才发现李元婴的目光落在自己手中的琵琶上。

他不是要买她，而是要买她的琵琶。

李元婴见苏七娘下意识地抓紧手中的琵琶，已知这是她的心爱之物。他摇头说道："算了，你留着吧。"

高阳还是很关心小伙伴的，凑到李元婴身边奇怪地问："你怎么了？"

李元婴道："也不知为什么，一走进这北里我就想起了父皇，看到这把琵琶后更想了！父皇一直喜欢琵琶，我想着买下来送他的，想了想又觉得还是留给能弹它的人吧，他又不能弹了。"

兕子几人听李元婴这么说，都围过去抓住李元婴的手安慰："幺叔不难过！"

李元婴哼道："我才不难过。人总是会死的，有什么好难过！"他正要让苏七娘她们换点热闹的玩法，别弹这婉转幽切的琵琶曲了，却听外面传来一阵吵闹声。

几人侧耳一听，却是有人在高喝："我当你们苏七娘有多难请，原来只是瞧不上我房俊！我再给你们一次机会，马上去把人带过来！"

听到"房俊"两字，李元婴眉头一跳，转头看向高阳。

虽没正式赐婚，李二陛下却早就和房玄龄通过气，要把高阳嫁给这房俊。

这件事高阳也是知道的，她和城阳不一样，城阳性情柔顺，她性格火爆得很。

一听是房俊在外头吵吵闹闹，还是要抢正在给她们弹琵琶的苏七娘，高阳立刻风风火火地起来，打开房门和门外那位房家二郎针锋相对："让我看看，是谁要抢我们这边的人！"

房俊见鬼一样瞪着她。

房俊这一刻只觉得，老天是不是在玩他。

李二陛下要把高阳许给他的事他是知道的，不仅知道，他还认得其他几个驸马！自打从他们那里得知驸马的生活有多惨，房俊就决定及时行乐，免得以后想行没得行！

最近房俊迷上了这挽翠楼的苏七娘，本来他不爱听琵琶的，这苏七娘弹的他却爱听。偏偏苏七娘号称"一面千金"，而且也不是想请就请的，还得经过重重考验，麻烦得紧，让他很不耐烦。

刚才房俊在楼里听小曲喝酒，听人说苏七娘抱着琵琶去了别人那里，顿时有些气不过，不由得领着仆从出来找碴！

结果他看到了谁？他看到了高阳！别的公主他不一定见得到，这高阳他却是见过的，因为她是公主之中最骄横跋扈的一个，整日穿着骑服打马球，出门更是不可能带什么幕篱。

这都什么事啊！

房俊整个人都是蒙的，这不是北里吗？这不是挽翠楼吗？高阳为什么会在这里？

高阳见房俊呆若木鸡地站在那儿，吱都没吱一声，拧起小眉头看着这刚才还气势汹汹的"准驸马"。

房俊老半天才找回自己的声音，不敢置信地问高阳："你怎么会在这里？"

高阳觉得这家伙可坏了，还想来抢人，闻言哼了一声，很不高兴地道："你们这些人真奇怪，听个小曲儿而已，你们听得，我们为什么听不得？"

听高阳说的是"我们"，房俊心里咯噔一跳，有种背脊发凉的感觉。他走过去一看，只见那雅间里头除了他刚才惦记着的苏七娘之外，还有李元婴、城阳、兕子、衡山！

房俊眼前一黑，差点要当场昏了过去。

这是把李二陛下最宠爱的几个小孩都一锅端了！

李元婴看见房俊，眨巴一下眼，热情地邀请："是遗爱贤侄啊，来，坐下一起听曲儿。你常来这里吗？知不知道什么曲儿最好听？"

房俊知道李元婴那浑不论的臭脾气，忙不迭地反驳："没有，我不常来，今天是第一回，哦不，第二回过来。我就是来听个曲儿！"

李元婴奇道："当然是来听曲儿的，不然还能做什么？"

房俊背上冷汗淋漓，斩钉截铁地说："不能做什么！"

李元婴觉得房俊怪怪的，虽说他不太喜欢这个准侄婿，可也想深入了解再决定要不要把他和高阳的婚事搅和掉。李元婴自认是个非常讲道理的人，好歹房俊他爹也是太子太师，很得李二陛下信任，若没个像样的理由很难成事！

李元婴再次邀房俊一起听曲，房俊却抹了把额头上的汗水，连连摇头表示自己和别人有约，逃也似的下了楼，一溜烟地跑出挽翠楼。

高阳压根不了解这个未来驸马，见他这么不给李元婴面子，坐回李元婴身边气道："他怎么这么不识好歹！"

魏姝斟酌着开口："他恐怕不是不识好歹，而是害怕了。"

李元婴几人纷纷看向魏姝。

魏姝便把自己的猜测说了出来，这也许不是单纯听曲子的地方，而是男人出来寻欢作乐的风月之地。

李元婴听完后恍然大悟："怪不得他们都说女孩子不能来。"

高阳也反应过来："所以那房俊刚才才吓得跑了！"

兕子和衡山听得一脸茫然。

还是城阳提出最重要的事："幺叔，我们是不是该走了？"

要是父皇知道她们来这种地方，一定会很生气的吧！

李元婴不慌不忙地说："不急。"他还有事想和这挽翠楼的人聊聊，便给了城阳几人一个安抚的眼神，转头端起那碗茶汤问那苏七娘："你们这里有南边的人吗？"

苏七娘一愣，思及李元婴几人把房俊吓跑的事，当即恭谨地答道："是的，母亲是南边来的。"她说的母亲正是苏二娘，即便苏二娘一直表示收留她们只是为了让她们替挽翠楼赚钱，也只给她起了个"七娘"当名字，她依然感激苏二娘当年救她一命。

李元婴道："这茶喝着很不错，不知是哪个地方产的，你知道的话和我说说。"

苏七娘便给李元婴说起这茶的来处，原来苏二娘的义兄每年都会遣人从江南东道那边送茶来，那地方远得很，几乎是最南边了，好像叫福州。这煮茶之法也是苏二娘从那边学来的。若是有不爱喝酒的客人来了，苏二娘便送上茶汤，算得上是挽翠楼的一个特别之处，过去有些个文人尝过了格外喜欢，还曾赋诗称赞。

李元婴道："我也想要这茶，若是你母亲那义兄再送茶来，你们着人去西市的图书馆给我送个信。"

苏七娘听了李元婴这话，眼中忽地绽放出一丝异样的光彩，伏地拜道："苏七娘拜见滕王殿下。"

李元婴一愣，一思索便明白苏七娘是怎么猜出自己身份的，奇道："你也去过图书馆吗？"

苏七娘道："去过，里面有许多曲谱。"她去的时候用幕篱遮挡半身，左右虽也有窥探的目光，但馆内大体上安宁静谧，找书看书的人各不相扰，叫人非常安心。

她们这些市伎不像教坊的官伎那样有专人教导，同行女伎都是靠这个吃饭的，自然不愿意将曲谱倾囊相授，只能自己费心收集和揣摩。现在不一样了，过去她们花大价钱都求而不得的曲谱，全都大大方方地放在那图书馆里供人阅览，她一介女伎进出其中也无人阻挡、无人恶语相向。

当时苏七娘就在想，这滕王殿下定然不是一般人。如今苏七娘亲眼见了，更觉李元婴与别人不同，他生在帝王家，却有着一副赤子心肠，便是到了北里这种地方也不曾生出邪念，反倒是触景生情、睹物思人。

苏七娘拿起自己的琵琶，双手奉给李元婴："七娘想把这琵琶献给殿下，报殿下广传曲谱之恩。"

李元婴听苏七娘这样说，便叫随行的董小乙把琵琶收下，回头送去献陵给他父皇在九泉之下弹着玩。

李元婴和苏七娘聊完了，正要带着忐忑不安的城阳她们离开，忽听楼下传来急促的脚步声，竟有两列禁卫齐齐冲进挽翠楼。为首的是李靖将军之子李德謇，这李德謇平日里和李承乾交好，今日李承乾在李二陛下跟前旁听政务，忽听有人来报说李元婴带着几个小公主往北里去了。

李承乾一听就知道要糟，见李二陛下脸色发黑地吩咐禁卫出宫逮人，便提出让李德謇来一趟，免得别人不知轻重害了虬子她们的清誉。至于李元婴，那是虬子多了不愁抓，他干出什么事来别人都不会觉得稀奇！

李元婴一看这架势，心大地觉得有人来接自己挺好，招呼虬子她们一起下楼。李德謇见李元婴压根不心虚，还欢欢喜喜地迎上来，一时不知该说什么好。

几个小的是要回宫的，魏姝却该回家去。李元婴本想亲自送魏姝回西市，李德謇却一脸坚决地表示必须一个不少都带回宫，李元婴只好命董小乙代自己送魏姝回去。

魏姝误入这种地方，心里其实有点慌，不过她遇事向来镇定，上马车时还不放心地回头看了李元婴一眼。见李元婴毫不担心地在车下目送她坐进车里，魏姝悬着的心才放了下来，这事着实不能怪他们的，毕竟他们也不知道北里是什么地方。

她祖父说过，李二陛下是个讲道理的人，她相信祖父的话！

李元婴也很乐观，带着四个"小萝卜头"钻进李德謇叫人赶进来的马车里回宫。李德謇多留了一会儿，告诫苏二娘等人不许泄露李元婴他们今天来过挽翠楼的事。苏二娘能把挽翠楼安安稳稳地开这么久，自然不是笨人，立即诚惶诚恐地应了下来。

待李德謇护送着李元婴一行人离开，苏二娘转身看向犹自望着街道尽头的七娘，抬手拍拍她的手背，说道："别傻站着了，进去吧。"

七娘应声回神，跟着苏二娘入内，把李元婴交代的事讲给苏二娘听。

苏二娘道："若他当真要茶，到时去知会一声也无妨。"她顿了顿，出言提醒七娘："这位滕王身份尊贵，这次显见是误入北里而已，往后会不会再来这边还不一定，你可莫要生出什么不该有的想法。"

七娘道："我知道的。"

人和人生来就是不同的，有人天生贵不可言，宛如天上之星辰；有人天生卑微下贱，只能在泥沼里挣扎着活下去。她自小生活在这淤烂之地，见识过多少多情与薄情之事，什么该想什么不该想，她比谁都明白。

只是看到世上有这般明亮快活之人，她心里也觉得很欢喜。

仅此而已。

另一边，因为不能让兕子她们跑去北里的事传扬开，李元婴一行人难得地坐着马车进了宫，一路上连个检查都没接受。到了要下马车的地方，李元婴最先跳下去，把高阳她们一个个扶下车。

李元婴疑惑地问李德謇："皇兄怎么知道我们在那里啊？还这么快让你来接我们。"

李德謇显然不是个多话的人，他言简意赅地回道："有人向陛下禀报的。"

李元婴琢磨着是不是随行的侍卫里头有人去通风报信了。毕竟拦是拦不住他们的，只能及时回去通知他们家大家长了。

高阳气呼呼地说："一准是房俊那家伙去告的状！"

李德謇听了有些惊讶。

他没得到房俊也在那边的消息。

准驸马在北里遇到公主，这都是什么事啊？这要是让李二陛下知道了，怕是会火上浇油！

李元婴可不觉得自己犯了什么大错，不就是去了下风月之地嘛，又没做什么！他边牵起兕子她们的手跟着李德謇去李二陛下那边，边客观地否定了高阳的猜测："遗爱贤侄才走没多久，哪有那么快跑到宫里告状，你不能冤枉人家！"

高阳哼道："看他那样子就像是告状的！"

第五章

孙老神医

李二陛下脸色很不好看，坐在御座上等着李德謇把李元婴几人拎回来。

李承乾有些担心几个妹妹，又担心李二陛下气坏了身体，想劝一劝，却又不知该从何劝起，他们父子俩已经许久没有好好说过话了。

李承乾没退下，静坐在一旁和李二陛下一起等候。等有人来报说李元婴他们已经回来了，李承乾才坐直身体往外看去。

首先跑进来的不是别人，是被李元婴牵着的兕子。兕子平日里最得李二陛下喜爱，李元婴和她咬了两句耳朵，她进门后便一马当先地冲到李二陛下面前，扑到李二陛下怀里喊："父皇！"接着高阳和衡山她们也跑了过去，脆脆甜甜地齐齐喊人。

被四个宝贝女儿围在中间，李二陛下的火气一下子散了大半。

李元婴见李二陛下脸色稍缓，才慢腾腾地凑上前试探着自己有没有机会卖个乖。

李二陛下瞥见他那鬼鬼祟祟的模样，心里的怒火又腾的一下上来，骂道："你给我站一边去！"

李元婴只好乖乖退到一边罚站。

唉，要是没高阳她们几个在，他可以更不要脸一点。

闹出这种事，李二陛下是不可能轻易平息怒火的，四个宝贝女儿撒娇也没用，他很快又板起脸来盘问到底怎么回事。同时李二陛下还勒令李元婴和高阳不许出声，这两个小鬼太滑头，李二陛下不信他们胡扯。

平日里最老实的城阳被选作代表，原原本本地把事情始末说了出来。听到李元婴他们都不晓得北里是什么地方，是高阳听几个皇兄说的，李二陛下脸色稍缓，问高阳："哪几个皇兄？"

高阳闭嘴不答。

李二陛下道："还挺讲义气的是吧？"李二陛下冷笑一声，叫来左右的人把平时和高阳一起打马球的那几个儿子点名了，全部一起罚，公平又公正！

高阳睁大眼，不明白为什么自己没出卖皇兄，李二陛下还是能把人都找出来。

李二陛下示意城阳继续往下说。

听到李元婴看到琵琶想起太上皇，李二陛下看了李元婴一眼，没说什么。直至城阳提起房俊在外面喊话抢人，李二陛下额头青筋才暴跳起来。这对未婚夫妻真是有能耐了，一个是身为女孩子却跟着她幺叔跑去那种地方，一个更了不得，居然抢人抢到自己未婚妻子头上！

既然城阳已经把房俊卖了出来，立在一边罚站的李元婴就忍不住插嘴了："皇兄你看，我说了吧，挑女婿要好好考察的，你还说是你悉心挑的……"

李二陛下朝他喝道："你闭嘴！"

李元婴转过身去背对着李二陛下站好，不理他了。

城阳老实归老实，还是很懂得给李元婴打掩护的。她没提李元婴还与那苏七娘约定要通过图书馆联系的事，只说那苏七娘知道李元婴是滕王之后便将琵琶送予李元婴，再然后，李德謇就来了。

这套经过剪切处理的说辞没引起李二陛下的怀疑，李二陛下看向背过身去只给他留一个后脑勺的李元婴，一时不知该怎么骂他才能解气。

这小子糟心是糟心，可也是被误导了才会领着高阳她们去北里，到了那儿也没干什么荒唐事，反而惦念起太上皇来。

搁别人身上，李二陛下只会觉得他瞎扯淡替自己狡辩，可太上皇搬到大安宫那几年，确实每日醉心歌舞，沉浸在美人堆里，兴起时还会自己抱起琵琶为美人们弹一曲。那时李元婴虽然还小，印象应当还是有的，他走进北里那种地方会想起太上皇也是可能的事。

李二陛下顿了顿，板起脸严厉地教育了儿子四人一顿，罚她们回去抄书并闭门思过。

儿子还想拯救一下李元婴，小心翼翼地说："幺叔——"

李二陛下一脸"没得商量"的冷酷，无情地说道："行了，你们回去，不许再乱跑。"

儿子她们一走，屋内只剩下李二陛下、李承乾和李元婴。

李承乾在心里斟酌着该怎么替李元婴说说情。

李二陛下看了李承乾一眼，向仍背对着他们的李元婴斥道："转过来！"

李元婴见兕子她们都被李二陛下赶走了，直接把李二陛下的"转过来"转换成"过来坐下"，屁颠屁颠地跑过去往李二陛下身边一坐，看得李承乾有些发愣。

李二陛下见李元婴又没脸没皮地赖到自己身边，不由得骂道："你小子能不能消停两天？到哪都能惹出事来！"

李元婴觉得李二陛下这话很没道理，有理有据地反驳："才没有惹事，我们就是去听个曲儿，有什么不对？难道就因为有的人去北里是想干别的，我们单纯听曲儿的反而不能去了？"他哼了一声："自己心里有鬼的人才会看谁都觉得龌龊，像那个房二就是，没见到我们时还挺趾高气扬的，见到我们后我叫他一起坐下听个曲，他吓得跟什么似的，一眨眼就跑没影了！"

这就是李二陛下刚才让李元婴闭嘴的原因，什么事经他的嘴一说，好像都挺有道理。想到自己挑的驸马，李二陛下更糟心了，横看竖看都觉得眼前这小子碍眼极了！

李二陛下道："过两天我要去骊山，你两天内把《诗经》抄一遍，我带上你一起去。"

李元婴一听，脸色有些发苦，虽说他现在长进了，什么书都有看看，可是他对《诗经》着实没什么兴趣。翻来覆去全是诗，乏味得很，还有很多他看不懂的生僻字，有什么好看的！李元婴试探着问："那我不去骊山，可以不抄吗？"

李二陛下冷笑一声："可以啊，以后哪也别去了，随你抄不抄。"

李元婴立刻闭嘴。

李元婴和李承乾一起被李二陛下赶了出来。

李元婴刚才就看见大侄子一直欲言又止，显然是想找机会帮他说话！他感动地压低声音和李承乾交流经验："承乾，你不用担心的，只要和皇兄讲道理，皇兄很快就不会生气啦。皇兄罚我们，只是要堵别人的嘴而已，其实他心里已经不气我们了。"说完他又对李承乾谆谆教诲，让李承乾记得贯彻"敌强我就弱，敌弱我就强"的基本搞事原则，每当李二陛下和老孔他们骂得凶时一定要诚恳认错，等风头过去再继续干坏事！

李承乾回想着李元婴刚才和李二陛下相处的情景，依稀也知晓他们父皇为什么独独对这个幺叔格外宽容，一般人绝对没李元婴这脸皮和这胆量！

李承乾道："我记着了。"

李元婴一脸"孺子可教也"的满意表情。

李承乾和李元婴提起另一件事："遗直那边有孙老的消息了。孙老眼下落脚的村子离骊山不远，赶巧父皇过两天要启程去骊山，应该可以直接把孙老请到骊山替父皇看看。"

李元婴听后很高兴，"看来老房还是有靠谱儿子的，那遗爱看着就不太靠谱。"

李承乾道："十几岁的少年哪有不风流的，去个北里算不得什么。"

李元婴还是不太满意："去个北里是没什么，他去了又不敢堂堂正正地承认，瞧着是个没担当的。"李元婴对几个"小萝卜头"非常上心："老房是很厉害，可要是他自己立不起来，爹再厉害也没用。换成你是高阳，你也不会喜欢这样的夫婿！"

李承乾道："你说得也在理，可适龄的人都才十来岁，你哪里看得出他们将来能不能立起来？"他拍拍李元婴的肩膀，让李元婴不要想太多，先去把《诗经》抄完再说。

李元婴面色一苦，跑去把《诗经》找出来，才发现这玩意比《礼记》的字数要多好几倍！李元婴和为他找出《诗经》的武才人抱怨："你说皇兄为什么让我抄这玩意儿啊？这么多诗，我一点都不想看！"

武才人娓娓为李元婴介绍："《诗经》中的诗原是周王朝叫人收集的歌谣，有风、雅、颂三类，'风'乃是百姓传唱的民谣，大多展现百姓的所思所想；'雅'乃是名门望族祭祀或宴饮时所用的雅乐，还有一些来自百姓的讽咏；'颂'则是宗庙祭祀时用的乐曲和舞曲。"她含笑说道："陛下让你抄这个，应当是想让你多了解一下礼乐之事。"

李元婴一听，明白了，哼道："上次让我抄《礼记》，这次让我抄《诗经》，太坏了！罚人就罚人，还要借机讽刺我不懂礼乐！"

武才人没有接这话。

不是谁都能无拘无束地在背后骂当今天子的。

普天之下，她也只见过这么一个胆大包天的家伙。

李元婴也没再和武才人说什么，抱着厚厚的几卷《诗经》走了。他边往回走，还边在心里暗暗发誓，等他玉米种出来了，每个人都分一包爆米花，坚决不分给李二陛下，馋死他！

毕竟是《诗三百》，足足有三百多首诗，接下来两天李元婴埋头苦抄，抄到出发那天都才抄了一小半。李元婴耍赖之心又起，抱着抄好的部分去找李二陛下哭：

"我怎么抄都抄不完！"

李二陛下瞥了他一眼，淡道："收拾收拾去骊山。"见李元婴听到这句话就满脸喜色，李二陛下停顿了好一会儿才慢悠悠地把下一句补完："到了骊山你接着抄，总能抄完的。"

李元婴决定不理李二陛下了。

李二陛下是去骊山调理身体的，带的人并不多，太子也被留在京中处理朝中事务。临去前李承乾把随身信物交给李元婴，让李元婴到时候拿着去接孙思邈，事关李二陛下，交给别人他不放心。

李元婴难得被委以重任，很是郑重地把信物收起来，又从李承乾那里听到了关于房家的八卦：房玄龄隔天就去向李二陛下请罪，说自己二儿子顽劣，已经被他狠狠地教训过了。听说，房二这几天病得根本不出门，也不知是真病还是被他爹打的。而且，房玄龄脖子上还多了两道口子，被人挠的那种！

李元婴闹的这一出事，把人房家上下弄得鸡飞狗跳！

李元婴认为自己非常无辜："我真的只是去听个曲儿，谁知道他会来抢人？"

李承乾也不觉得李元婴真做错了，毕竟李元婴是真不懂那到底是什么地方。他也不再多说，只劝说李元婴："高阳的婚事父皇自有考量，你不用太操心。眼下最重要的还是先请孙老给父皇调理调理身体，最好能把父皇那些旧伤隐疾都给治好。"

李元婴一口答应，带着大侄子的信物跑了。

骊山离长安城不远，不需多久，御驾便行至汤泉处。

由于隋末战乱连连，大唐又国库空虚，即便太上皇和李二陛下时不时会过来玩玩，骊山行宫并未大规模修葺，瞧着破破烂烂的。

因为前两天才把李二陛下气了个狠的，李元婴一路都很乖巧，一点事都没闹。

李二陛下带随行的人用过饭，入夜后便领着几个亲近大臣泡汤泉去。

骊山的汤泉堪称当世一绝，太医们都说那边天然的温泉池对疗养身体很有好处，李二陛下这几日一直忍着旧疾复发带来的痛楚，坐进汤泉后终于放松下来。

李元婴则和李治他们泡在一起。

夜色这么好，李元婴觉着光泡汤泉有点无聊，索性开始给李治他们讲鬼故事。

讲故事是李元婴的专长，他不讲书上那些教育人的鬼怪故事，专挑自己平时叫底下的人收集回来的讲，全都很接地气，很贴近生活。

李治是和李元婴混得多的，还稳得住，其他随御驾来骊山泡汤泉的皇子们对此完全没有抵抗力，听着听着只觉阴风阵阵，不是觉得泉水底下会伸出只手来，就是觉得左右伺候的宫人们会变成怪物。

随着李元婴越讲越恐怖，几个"小萝卜头"终于没撑住，从汤泉里连滚带爬地爬起来，口里哭喊着"父皇"，光着屁股寻李二陛下去了。

李元婴成功吓跑一群小伙伴，心里真啊真高兴，倚在石岸边和李治说："他们一走，我们泡着就宽敞多啦！"

李治竟无言以对。

半晌，李治才说："小心他们和父皇告状。"

李元婴道："他们自己胆子小，可不怪我！有句话怎么说来着，'平生不做亏心事，夜半敲门也不惊'。你看看，我们不就不怕？"

李治一阵无语。他哪里是不怕，他是以前被李元婴吓唬过，习惯了。

李治奇怪地问："你从哪找出这么多稀奇古怪的故事？"

李元婴道："宫里最不缺故事了，你知道你身边伺候的人都来自哪里吗？"

李治一愣，摇摇头。

李元婴道："我也不知道，不过我知道他们来自不同的地方。他们每个人的家乡都流传着不少传说故事，有的大相径庭，有的大同小异，听起来都很有趣。我小时候每天不肯睡觉，非要身边的人轮流给我讲故事；因为我喜欢听，我身边渐渐都换成会说故事的人；他们自己的故事讲完了，为了继续留在我近前伺候，又会自己去收集别人的故事讲给我听。这样一来，天南地北的传说故事我都晓得了！"

李元婴虽恶名在外，人称混世小魔王，在他跟前当差却是轻松又有油水，许多人都对早早在他身边占了个位置的戴亭羡妒不已。

李治想了想，说道："这就是'上有所好，下必甚焉'。楚灵王好细腰，所以士人们多忍饥挨饿，瘦得需要扶着墙才能站起来；晋文公好素简，所以士人们多穿着简陋的衣裳，衣食住行都很节约。"

李元婴不耐烦这些大道理，不接李治的话，转了个身，改趴在石岸边打瞌睡。

李治怕他睡着，戳了戳他，说道："可别睡了，太医说汤泉虽好，也不能泡太久的。"

李元婴打着哈欠说："好了好了，不泡了，回去睡觉！"他确实有点困了，套上小宫女拿过来的里衣便赤着脚回房睡觉去。

李治没想到李元婴这么干脆，还真说走就走，傻眼了，一会儿也穿起里衣回房了。

刚才有李元婴在，他还不觉得怎么样，李元婴一走，这家伙刚才讲的那些鬼怪故事一下子涌入李治脑海中。太吓人了！

李治快步跑回房，一会儿在心里念一段《道德经》，一会儿在心里念一段《心经》，强迫自己不胡思乱想。

另一边，李二陛下正和长孙无忌说着话，几个光屁股的儿子跑了过来，一脸的惊吓。

李二陛下一问，才晓得又是李元婴那小子在作妖，根本懒得生气了，由着几个儿子挤在一边一起泡汤泉。

一行人泡完往回走，李二陛下招来底下的人询问，很快得知李元婴早已回去呼呼大睡。

这小子吓完别人，自己倒是一点都不害怕，睡得老香甜了！

第二日一早，李元婴抄了几首《诗经》里的诗让李二陛下品鉴一下自己的字是不是大有进益。

李二陛下接过一看，发现李元婴练字还真练出了点成果，一手字瞧着可比以前的鬼画符好看多了。

李二陛下满意地颔首："倒是不错，看得出是下了功夫。"

李元婴便顺势把自己和大侄子商量好的事给李二陛下说了："承乾差人打听了好些天，终于打听出那孙老神医这两个月刚巧在骊山一带给人治病。"他取出李承乾给他的信物让李二陛下看："既然太医对皇兄你的旧疾束手无策，我和承乾就想着去把那孙老神医请来给您瞧瞧！"

李二陛下毫不意外李元婴会把两个人上次的对话转告给李承乾听，闻言脸上并没有什么变化。

对李承乾这个儿子、这个太子，李二陛下一直是满意的，面对这个儿子近几年的叛逆，他一直没想出应对之法。他是一国之君，也是李家的大家长，不可能对儿女——尤其是太子放低姿态说太多软话。

近来看李元婴和他走得近，李二陛下便有心让李元婴当个传话之人，把一些想告诉这个儿子的话转达过去。

李元婴不知道李二陛下的心思，见李二陛下不为所动，只觉得自己皇兄真是铁石心肠，半点感动都不表现一下。

李元婴只能越俎代庖地替李二陛下感慨道："承乾这孩子，多孝顺啊！知道您旧疾缠身，他晚上根本睡不着觉！"

李二陛下听他这么个豆丁点大的个头说什么"承乾这孩子"，脸上的冷淡表情有些绷不住了，抬手便往李元婴脑门上敲去。

李元婴觉得自己要被李二陛下敲傻了。

他不理李二陛下了，带上李二陛下借调到他身边的两个禁卫去寻随行至骊山的李德謇。

李德謇与李承乾交好，李承乾让底下的人把孙思邈的下落告知李德謇，让李德謇带李元婴去找这位老神医。

得知李元婴已经和李二陛下通过气，李德謇便告假带李元婴出了行宫，前去附近一个村庄拜会孙思邈。

大唐立国已有二十余年，战乱带来的伤痛已经逐渐平复，骊山行宫周围的田野又恢复了过去的祥和模样，入春后处处都透着蓬勃生机。

李元婴鲜少在田野间行走，觉得什么都很新鲜，不时停下来看看农夫怎么驱赶耕牛翻地、蜻蜓怎么试探着停到青青的嫩苗上。

李德謇见李元婴这般模样，也不催促，由着他走走停停，慢腾腾地行到村头。

还未走近，李元婴便看到村头有株几人合抱才抱得过来的老树。此时那株婆娑的老树下有朗朗诵读声传来，细听隐约能听到"天地玄黄，宇宙洪荒"之类的，竟是前朝逐渐流传开的《千字文》。

李元婴初启蒙时学的也是这个，全文由近千个不相同的常用字组成，既能帮初学者认字，又把许多道理与典故编了进去。

李元婴好奇地走过去一看，发现树下立着个和李治差不多大的少年，约莫十一二岁，手里拿着卷书在教导几个齐齐整整坐在树下的小孩。

他们有的带了个蒲垫，有的直接席地而坐，年纪约莫是十岁，全都认认真真地挺直腰听那少年口齿清晰地带他们念《千字文》。

李元婴觉得真稀奇，这么个十岁刚出头的少年怎么成了夫子？

那少年并未注意到李元婴等人由远及近，他拿着块黑漆漆的木炭把字写在树干上给同伴们看着学。旁边有条小溪，每教完一个字，那少年便用水把字洗掉，再写别的字。

李元婴驻足看了一会儿，那少年才注意到他们一行人的到来，停下讲解，上前拱手问："几位客人来我们唐家村可是有事？"

树下坐着的村童们都好奇地看向李元婴几人，觉得李元婴的衣着华贵得很，身边跟着的几个禁卫也特别气派。

李元婴像模像样地拱手朝为首的少年还了一礼，也不隐瞒，开门见山地说道："我是来寻孙老神医的，家中长辈有疾，想请孙老神医替他瞧瞧。"

少年道："那来得倒巧了，要是再过几日，孙老神医就不在我们这儿了。"说罢他让其他人先背一背刚才教的那几句，亲自引李元婴一行人入村。

李元婴对这少年很有好感，直接自报家门："我姓李，名元婴，你叫我名字便好，你叫什么？"

李是陇右大姓，遍地都是李家人，少年不曾多想，只觉李元婴兴许是哪个权贵人家之子。

少年不卑不亢地答道："我姓唐，单名一字璿，还未取字，你也叫我'阿璿'便好。"

李元婴点头，顺势问起唐璿刚才在做什么。

唐璿告诉李元婴，他家中比村里其他人宽裕一些，家里人舍得送他去读书。他认为村中的伙伴们虽都家贫读不起书，能认几个字也是好的，即使能去考科举的人寥寥无几，出去受雇佣时也算有个一技之长，指不定能多拿几个工钱。

于是唐璿总趁着休沐时给同村伙伴们教几个字。

一篇《千字文》，他已经教了大半了，自己也把《千字文》记得更牢了，算是利人也利己！

李元婴道："你真了不起。"

唐璿摇头道："只是做一些力所能及之事而已。"

李元婴由衷夸道："便是力所能及之事，也不是人人都愿意做的，你太棒啦。"

这样直白的夸奖让唐璿有些脸红，他腼腆地笑了笑，指着前头一处简陋的农宅说："孙老神医就住在这儿，最近他在教村里人采药。"

周围山多林多，药材也长得好，学会采药对村里的人来说是个很不错的新进项，所以村里人每天都聚在那处农宅中学习如何辨认药材、如何在采集和晾晒药材的过程中不损伤药性，也就这两天孙思邈说要进山采药才冷清些。

唐璿和李元婴说了这些事，补充道："昨天孙老也进山了，不知有没有回来，若是没回来的话，你怕是要等一等。"

李元婴爽快地道："我等得的。"

唐璿点头，上前帮李元婴叩门。

连敲几声，里头都没人应。

唐璿转头看向李元婴。

李元婴也不失望，反而兴致勃勃地和唐璿说："既然孙老神医没回来，那我们再回那棵大树下去，我也帮你教教他们！"他跟唐璿夸口："我已经学完《论语》和《礼记》啦，最近我在学《诗经》，可以教他们读《无衣》！"

至于《诗经》是前几天才被他皇兄罚抄的这种事，李元婴是决计不会提半句的。

唐璿早看出李元婴出身显贵，见李元婴年纪比自己要小几岁却已经读了这么多书，心中大为钦佩，当即欢喜地带着李元婴去村头一起教村中伙伴们习字背诗。

李元婴虽没正儿八经地教过人，但他有着丰富的装样子经验，教的又都是一群求知若渴、一心向学的村中少年，一首《无衣》竟教得顺利无比。

于是孙思邈背着药篓出山归来，便听到村口传来一阵阵响亮而清越的诵背声："岂曰无衣？与子同袍。王于兴师，修我戈矛……"

孙思邈驻足看去，只见一群小孩在那株几人合抱的大树下或坐或立，齐声诵读。

两个站着的小孩里头，一个是孙思邈这段时间早就记下的唐璿，是很不错的好孩子；另一个却是孙思邈不曾见过的，定睛细看，但见他唇红齿白，眉目俊秀，当真是天生一副好皮相！

更稀罕的是，这小孩明明衣着华贵，容色骄矜，本应与这山野村景格格不入，偏却有模有样地背着手立在那群村童前头——若不是年纪太小，怕还真有点当人先生的气势。

唐璿最先察觉孙思邈的归来。他与李元婴搭档了小半天，对这毫不拘束的新朋友很是喜欢，看到孙思邈后便让其他人先散了，自己领着李元婴上前与孙思邈搭话。

前些天已有人寻了过来，请孙思邈先莫要云游四方，且在这边多留些时日，太子李承乾有事相请。连李二陛下都对孙思邈礼遇有加，李承乾自然不可能强留他太久，因此才叮嘱李元婴到骊山后马上带着信物亲自来请孙思邈。

李元婴也很喜欢新认识的小伙伴，说话不曾避着他，跟着孙思邈走入那简陋农宅便把自己的来意告诉孙思邈。

孙思邈一听李元婴的名字已知晓他的身份，再听他说家中长辈身上有疾，立刻就想到驾临骊山的李二陛下。

这事，棘手啊！

太医之所以多用温和之法，原因就在于为达官贵人治病太难，药用下去没有起色也就算了，若是用得猛烈些出了事，那是要掉脑袋的！

李元婴一直看着孙思邈，见孙思邈神色莫测，瞧着真像个叫人猜不透的老神仙，当即正了正身子朝孙思邈一拜："请您为我皇兄走一趟。"虽说李二陛下总欺负他，不是敲他脑门就是罚他抄书，可他已经没了宠着他的父皇，没了温柔的皇嫂，不想再没了这个"坏"皇兄。

孙思邈看李元婴言辞恳切，态度诚挚，一时说不出拒绝的话。他向来不喜欢受官身拘束，极不希望与皇家有过多牵扯，可这么个半大少年满怀期望地向他提出请求，他同样不想让他失望。

还在旁听的唐璿有些呆愣。他到底没去过太多地方，也没经什么事，只能判断出李元婴出身肯定不凡，却没想到他竟是皇家之人，货真价实的天潢贵胄。

孙思邈伸手把李元婴扶了起来，答应道："我可以与你走一趟，不过陛下既然不派人来请我，怕是知道我也无能为力，你莫要有太大期望。"

李元婴一听孙思邈答应，高兴得不得了："只要您去给皇兄治一治，肯定能好的。"既然孙思邈都应下了，李元婴又起了玩心，兴致勃勃地和孙思邈说："皇兄的旧疾都那么久了，不差这一时半会儿！我方才听阿璿说这一带的菌菇滋味鲜美，最近又正好是菌菇最多的时节，往树底下一摸能有一大把，又大又好！这么肥美的菌菇，若是用来炖鸡肯定非常好吃，不如我们先尝尝鲜再回行宫也不迟。"

李元婴遣了个禁卫回去告诉李二陛下自己午膳不回去用，跟着新小伙伴一块儿去找菌菇了。

待李元婴欢快地跟着唐璿弄回一小箩筐菌菇，李德謇已挽起袖子把买来的嫩鸡料理好，这位沉默寡言的军二代动起手来居然很熟练。

李元婴凑过去和李德謇搭话，老艰难地从李德謇口里知晓开春后他母亲身体越发虚弱，李德謇逢上休沐日便要亲自料理些容易入口的吃食侍奉母亲。

李元婴上回为了讨些兵书，跑过李靖府上拜访，当时李靖夫人还出来见过他。李靖夫人虽已年近六十，却仍看得出年轻时是个大美人。

李元婴小时候听说过关于她的故事，据说当年李靖夫人名叫红拂，原是别人府上一名歌女，隋末乱起，她看李靖颇有英雄气魄，毫不犹豫地跟着李靖奔走各处。李靖归唐后，她便成了李靖的夫人。

听李德謇说那位温柔的老夫人生病了，李元婴劝慰："等孙老给皇兄看过旧疾了，你再把孙老请到府上去为你母亲瞧瞧，一定能好的。"

李德謇闻言点头。旁人都说这位滕王是混世小魔王，李德謇见了李元婴两面，倒觉得李元婴和传言中不大相同。

李元婴拉着唐璿在孙思邈落脚的地方吃了顿香喷喷的菌菇炖鸡，觉得这菇确实鲜，村里养的鸡味道也真的很好！

李元婴吃得肚儿饱饱，非常满足，临别时还拉着唐璿的手依依惜别道："你要是去长安玩，到西市的图书馆走一趟，给我留个信。若是我能赶上，就带你把长安玩个遍！"虽说他自己也没玩遍，但在朋友面前说话一定要豪气点，要不然怎么让朋友和自己好！

唐璿到底只是十二三岁的少年，听李元婴这样热络地邀请自己去长安，便也不再拘着什么身份地位，一口答应下来。在此之前他对长安没有什么想法，只想着学出点名堂之后再去长安考个功名，如今有了这样的约定，长安在他心里就大不一样了。

李元婴提到的西市图书馆，他也很想去看看。

唐璿认真答应："我会去的。"

成功约上了新小伙伴，李元婴开开心心地和唐璿告别，和孙思邈一道回行宫去。

这天李治去找李元婴玩，才知道他一大早找完李二陛下就出去了，也不知带着人跑去哪里野。到用午膳时，这厮还让人回来说他在外面用过饭再回来，显见是玩得乐不思蜀！

李治和几个"小萝卜头"都怨念得很：出去玩怎么不带上他们？

李二陛下倒不至于和几个小孩一样不满，不过他算是明白李元婴根本就是个小没良心的，说是去帮他请孙老神医，实际上还是想出去玩！

李元婴带着孙思邈回到行宫，几个"小萝卜头"一起扑了上来，你一句我一句地控诉李元婴不带她们一起出去。

李元婴是什么人？他可不会因为高阳她们的指责就好好忏悔，他不仅觉得自己一个人玩个够没有什么可耻，还得意扬扬地和她们说起自己认识了新朋友，还和新朋友一起当了半天夫子！

接着他又和高阳她们讲起自己去林子里找菌菇的事，前几天下雨了，山里还湿漉漉的，菌菇都长在树底下，好找得很，轻轻松松就能采到许多。自己弄到的菌菇，味道就是不一样，特别好吃！还有，李德謇杀鸡功夫一流，老嫩老嫩一只母鸡，他三两下把毛全拔了，一根细毛都没留下，太厉害啦！

兕子和衡山听得向往不已，一左一右地拉着李元婴说："我也想去！"

李元婴直摇头："不行，你们父皇不许我再带你们出去了。"

高阳毫不犹豫地提起裙子跑去找李二陛下，哭着表示想要和李元婴一起出去玩，她也想吃菌菇炖鸡！

兕子三人也有样学样地拉着李二陛下哭求。

李二陛下一听又是李元婴干的好事，气得不轻，哄好四个"小萝卜头"让她们自己去玩，这才叫人去把一回来就搞事情的李元婴拎过来。

李元婴见李二陛下脸色奇臭，也不慌，坐下和李二陛下漫天开扯，说自己走了老远才找到村子，又累又饿，不吃过饭再回来根本走不动路了。李元婴一脸感慨："寻医问药真是辛苦，幸好承乾早托人和孙老传过话，要不然孙老可能又去云游四海了，哪里找得着人！"

李二陛下冷笑一声，拆穿他的瞎话："你不是还和兕子她们说外头的鲜菇炖鸡很香吗？"

李元婴仍是振振有词："我是长辈，哪能和兕子她们说不高兴的事，肯定是要挑高兴的事和她们说！"

李二陛下才不信他的鬼话，这小子分明是见自己不许他带兕子她们到处跑，故意说些好吃的好玩的馋哭兕子她们。李二陛下睨着他："孙老先生和你一起回来了？"

李元婴道："一直在太医那边候着呢，就看皇兄你什么时候得空让他过来给您瞧瞧。"

李二陛下未置可否，打发走李元婴，才让人去把孙思邈请过来。

李元婴对李二陛下这种过河拆桥的行为很是不满，溜达到不远处，见没人注意自己，又绕回去偷偷听墙角。对于这位滕王殿下的鬼祟行径，不少禁卫都注意到了，上回被李元婴往议事堂门口贴画已经是失职，这次他们自然不能放任李元婴再窥听御前之事，堵着人便毫不犹豫地把他"请"得远远的。

李元婴愤愤不平地在周围绕着圈。

过了约莫半个时辰，孙思邈才从殿内出来。

李元婴跑上去问孙思邈结果如何，孙思邈却摇摇头，表示李二陛下不许他往外说。泄露御前之事不管搁在哪儿都是个大罪名，更何况事关李二陛下的身体！

李元婴也不为难孙思邈，又倒回去直接找李二陛下问。

李二陛下早听禁卫禀报说李元婴一直在外头转悠，老想找机会偷听他与孙思邈的对话。瞅着拉着自己想问个究竟的李元婴，李二陛下觉得这小子烦人之余又有点贴心。

孙思邈看过他身上旧疾后，首先就是要他放下繁杂的事务好好静养。

光是这一点，李二陛下就做不到。他正当壮年，有太多的事想要做，怎么可能愿意放下手里的事去疗养身体？

既然无法静心调养，其余的法子效果就差多了，大多只是治标不治本。孙思邈医术再高明，也不可能在李二陛下常年忙碌的情况下让他药到病除！

这些事李二陛下不会和李元婴说，孙思邈能写几个缓解疼痛的方子助他熬过旧疾复发时的煎熬便很不错了，没必要再想别的。

李二陛下心中已有计较，口里便毫不留情地训道："你又不曾学医，问这么多做什么？告诉你你还能治不成？"

李元婴可不满意李二陛下把他当小孩搪塞，小脸绷得紧紧的，一脸不高兴地说："我想知道！"

李二陛下气定神闲地往凭几上一靠，瞥着李元婴说："《诗经》抄完了？"

听李二陛下不仅什么都不告诉他，还惦记着罚他抄《诗经》，李元婴生气了："皇兄你真讨厌！"说完他再不理李二陛下，气鼓鼓地转身跑了。

李元婴被李二陛下气得晚膳多吃了很多，饭后有点撑，对泡汤泉也没了兴趣，索性带着儿子她们在骊山行宫瞎转悠消食。

等把食物消化得差不多，李元婴又有了新想法：既然他要开什么都教的大书院，那学医的东西自然也是要教的。

要教人学医，得有好医书！

若是孙思邈能把他会的全写出来让人照着学，将来岂不是能有很多个神医？

李元婴让高阳她们先回去玩耍，自己直奔太医那边找孙思邈去。

孙思邈经常云游四方，这次不留下他，下回想再找人可不容易！

孙思邈名气很大，知晓是他之后，太医们晚上也不急着睡觉，都聚在一起向孙思邈讨教问题。

听人说李元婴跑来了，太医们都愣了一下，纷纷起身告退，都想避着李元婴这混世小魔王。

李元婴可不在意别人怎么看他。他一屁股坐到孙思邈身边，兴冲冲地与孙思邈说起自己的大书院。

李元婴一旦想说服别人，道理那是一套一套地往外搬，一口气就能扯出一大段："如今医书良莠不齐，大夫也少，许多游方郎中都是骗钱的。骗钱事小，最要紧的是人命，别说乱用药治死人，便是小病被他们耽误久了也会出事。我琢磨着到时候书院里也教想学的人学医，到时候教出很多大夫，百姓就不愁看病了！"

孙思邈觉着李元婴想法挺好，要实现却太难了。他说道："这书院你准备什么时候开？"

李元婴道："等我去封地的时候开！"

他知道这看起来还要很久，又把自己搞了个图书馆的事情告诉孙思邈，说可以先把书放到图书馆。

李元婴积极地游说："虽说我也从太医那边抄录了不少书送到图书馆去，可这些书太过零散，懂医的人不需要看，不懂医的人看了还是不懂。您这么厉害，有没有办法编一套可以用来教人治病的书？您要是编出来了，我只需要找几个会教学生的人教下去就可以啦！若是您编出来了，我可以叫李淳风帮忙印很多很多，让所有人都有机会看到！"

李元婴一通连说带劝，还真把孙思邈说动了。

虽然李元婴张口闭口就说"百姓""天下人"，口气大得很，却真正戳到了孙思邈心坎上。李元婴所说的庸医误人，正巧也是孙思邈一大心病。

李元婴所说的有条理、有系统性的医书，孙思邈这些年来一直陆陆续续地写着，并且已经将它定名为《千金方》，意为人命重如千金。

从某种方面来说，他的想法与李元婴是一致的，只是从未对别人提起而已。

孙思邈思量片刻，温声答应："既是如此，这次我便在长安多留些时日。"

若是李元婴当真言行一致，他写好《千金方》后将它交予李元婴也无妨，毕竟他写《千金方》就是想让更多人不被庸医耽误、能得到及时的救治。

李元婴一听孙思邈答应，立刻高兴起来。他想到李二陛下那些气人的话，又挪到孙思邈身边提出另一个请求："那你能不能教我看病！就是那种看看别人脸色就知道对方生了什么病的！扁鹊就这样，看一眼就知道蔡桓公病到什么程度了，多厉害！"

孙思邈摇头道："医者确实有'望闻问切'四法，可也没多少人能单凭'望'就看出是什么病。"

李元婴失望地说："您也不可以吗？"

孙思邈道："自是不行的。"他细细端详李元婴几眼，给李元婴介绍基本的判断之法："殿下面色红润，双目有神，唇舌之色皆鲜明亮泽，这些都表示殿下身体康健。反过来说，面色枯槁、双目无神，肤色、唇色暗沉，舌苔有异，这些都是有恙在身的征兆。可要判断具体是什么病还需要进一步的诊断，比如从患病者的日常起居入手看看能不能找出病因、从患病者的脉象看看各处脏腑是否有问题。"

李元婴认真听了，觉得不难，又让孙思邈教他诊脉。

孙思邈道："诊脉之法医书之中多有记载，但脉象之间差别极为细微，须得静心识辨，否则差之毫厘便谬之千里。"

孙思邈这话隐含的意思很简单，像李元婴这么贪玩的人不可能静下心来学这个，还是算了吧。

李元婴可不会把自己代入到"难静心、不细心"那类人里去，他听孙思邈这么说更觉诊脉之法玄妙至极，立刻兴高采烈地说："我要学！"

孙思邈拒绝不了这么积极的小孩，只能给他挑了本诊脉口诀让他背去。

李元婴对背书不太感兴趣，但对学会诊脉很感兴趣，很是认真地收下那卷医书。等他学会了，一摸他皇兄的脉，就什么都知道了！

怀揣着"等我学会了就去吓死皇兄"的想法，回去之后李元婴也不急着睡觉，先把孙思邈给的那卷医书通读一遍。

和其他人相比，李元婴背起书来有个极大的优势：只要他通篇读完了，随时都能在万界图书馆里调阅出来重读。而且在万界图书馆里，他根本不必睡觉，身体随时都能得到充分的滋养，保证离开时各项身体机能都处于最佳状态。

这使李元婴能比别人拥有多一倍的学习时间以及超乎寻常的学习效率。

当然，以前这对李元婴没什么用处，毕竟他一般很少想学点什么。他什么都不缺，每天只要开开心心玩就可以了，万界图书馆里又没人陪他玩！

这次李元婴铆足劲要学会诊脉之法，万界图书馆的用处就显现出来了：他只花了一夜就把孙思邈给他的医书学得透透的，甚至还在系统的帮助下知道书上所说的五脏六腑到底是怎么回事。

系统直接给李元婴一个仿真模型，他可以先了解人体的脏腑构成、骨骼构成，再了解血液运行和肌肉运动规则。

虽说仿真度太高看着有点吓人，但李元婴天生胆子大，甚至还好奇地伸手戳了戳模型胸腔那颗规律搏动着的鲜红心脏，觉得很有趣。

帮助李元婴了解完基础结构，系统又让模型模拟出各种常见疾病的脉象供李元婴实践练习。

为了不超纲，系统把模拟范围规定在李元婴刚读完的那卷医书的内容之中，不掺杂那些后世才陆续发现的疾病。

在系统看来这种学习进度应该是正常的，毕竟后来大家都这么学，应该不会有问题才对。

李元婴也不觉得有问题，既然系统连那么大的九成宫都能模拟出来，模拟个人又算什么。

李元婴把感兴趣的脉象都玩了一遍，觉得这样学诊脉太方便了！他兴致勃勃地和系统提出要求："不如把人脸换成皇兄！"

系统一板一眼地回复："自定义模型需要花费 100 积分。"

李元婴奇道："你不是说我有很多积分吗？"

系统沉默半响，答道："是的。"毕竟不是哪个宿主都像李元婴这样对图书馆各项功能一点兴趣都没有，赚的积分堆积如山，偏就不怎么用！

李元婴愉快地花费 100 积分把模拟患者换上李二陛下的脸，并对系统说："我要看看喜脉是什么样的。"

系统默不作声地把模型身体各项机能切换到孕期状态。

李元婴一本正经地给这位孕期状态的"皇兄"把完脉，终于感觉大仇得报，高高兴兴地睡觉去了！

第二天一早，李元婴用了早膳又跑去找孙思邈，告诉孙思邈自己已经把那卷医书全看完了。

孙思邈暗暗吃惊。

孙思邈稍一考校，发现李元婴竟没有说假话，果真把整卷医书倒背如流！不仅倒背如流，他还能有模有样地摆出诊脉的架势给人把脉了！

更让人惊讶的是，孙思邈让李元婴上手试了试，发现李元婴居然不是花架子，而是真把书上的内容学进了心里去，把探知的脉象说得头头是道！

若不是昨天李元婴还天真地说"想学一看就知道什么病的本领"，孙思邈怕是要怀疑他以前已经学过。

李二陛下来骊山一趟，随行伺候的人不少，生病的、受伤的都有，每日几乎都有人过来求医问药。孙思邈有心试试李元婴，便让李元婴先替他们诊脉，再自己亲自诊脉比对。

结果很明显：但凡那卷医书上有提到的脉象，李元婴都能诊得清清楚楚；书上没提的，李元婴不太能判断出来，只能依稀说出是身上哪个部位可能出毛病。

光是这样，已经足够让孙思邈震惊。多少人学医半生都不一定能达到这种程度！

若非李元婴出身李唐皇家，孙思邈定然会把李元婴收为关门弟子，把一身医术全部教授给他。

可李元婴生在皇室，岂会愿意当地位低微的医者？

孙思邈在心中叹息一声，对李元婴说："我再帮你寻几卷书，这几天你且先看着。过几天我会将平生所见的脉象整理出来给你留一份，往后供你参考。"

李元婴得到孙思邈的肯定，高兴得不得了，抱着孙思邈挑给他的几卷医书回去看。

等兕子她们来找他玩，李元婴立刻和她们吹嘘起自己学会了把脉的事，只花一晚，他就学会啦！孙思邈知道不？那可是人人信服的老神医，连老神医都说他学会了，那肯定是真学会了！

兕子和衡山都一脸震惊地说："幺叔厉害！"

城阳也点头应和。

李治和高阳却一脸不信，他们可从来没听说李元婴学过诊脉，难道老神医真那么神，一天就能教会李元婴？根本不可能！

吹别的牛可能还没法当场戳破，吹把脉要拆穿却简单得很。

高阳当场把衣袖往上一撩，露出一截白皙细嫩的手腕，一脸不信地朝李元婴挑挑小眉毛，说道："那你这就给我把把脉，让我瞧瞧你是不是真学会了！"

李元婴当然是不会怵的，他有模有样地拉高阳坐下，如此这般地叮嘱一番，说什么你坐得不正不行、你刚跑动过不准，唬得高阳端端正正地坐直，待李元婴说的时限过去后才再次伸出手。

李元婴搞完心理战术，高阳心里的怀疑竟去了大半，眨巴着眼等李元婴诊出结果来。

李元婴按着高阳的脉门，细细一辨识，便知高阳身体无碍。可单说无碍岂能显示出他的能耐，李元婴故意摆出严肃的脸色，绷着小脸把了一次脉，又把了一次脉，又把了一次……

李元婴要是直说她生病了，高阳肯定不会信。偏李元婴这样欲言又止，高阳心里倒生出点担心来了，她着急地问："怎么了？"

李元婴一本正经地道："你最近吃多了，手腕胖，摸不准！"

高阳起身要打李元婴，李元婴反应快得很，撒腿就跑！两个人绕着回廊跑了几圈，跑到两个人都跑不动了，才勉强握手言和，又回到原处凑到一起玩耍。这俩家伙追闹的动静太吵，李二陛下在另一边办公都听到了，无奈地和魏徵他们感慨道："那混账小子到哪都能闹起来。"

魏徵几人都不接腔。混账确实挺混账，可也不想想是谁惯出来的！来行宫泡汤泉都把他带上，还不是喜欢看他闹腾？

高阳脉象无恙，李元婴闹过后便略过她，改拿李治他们练手。李治也没大毛病，就是有些躁，睡不太好，倒是身体有点虚。李元婴没学治病的法子，只会诊脉，便把诊出来的结果和李治说了，让他自己调理调理。这点小问题大概根本不需要吃药，注意一下饮食便好！

李治见李元婴还真说出点门道来了，半信半疑地记下李元婴的话。

李元婴又给城阳把脉，没什么问题。

轮到兕子，李元婴刚探下去便愣了一下，停顿下来想了想，又重新把了一次脉。瞧见兕子有些紧张地看着自己，李元婴笑眯眯地道："兕子最近也胖了，幺叔得再把一次才行！”

兕子脾气软，听到李元婴说她胖了也不生气，还抬手摸摸自己的小脸蛋，高兴地问李元婴：“我真的长肉了吗？父皇说喜欢我多吃点，多长点肉。”

李元婴这才发现兕子偏瘦，明明比衡山要大一岁，身形却和衡山差不多。他抬手把兕子抱起来，掂了掂兕子的重量，笃定地点点头：“长肉了！”

兕子搂住李元婴脖子开心地笑。

李元婴把兕子放下，又重新给她把了一次脉，才正儿八经地说：“兕子也没问题。”

兕子高兴地复述结果：“兕子没问题！”

李元婴哄完兕子，最后才替衡山把脉，衡山也很听话，乖乖伸出小手让李元婴替她诊脉。

衡山的脉象也很平稳，没什么异常之处。

李元婴练完手，和小伙伴们开了一会儿故事会，直至兕子她们回去午歇了，他才再一次找上孙思邈。

李元婴去而复返，孙思邈还真担心李元婴张口又说“我已经把书全看完了”。看李元婴神色不太对，孙思邈才问道：“怎么了？”

李元婴道：“兕子出生时有不足之症，这几年都还好，只在秋季容易得病。可我刚才给她把了脉，发现她脉象属于‘轻取不应，重按始得，举之不足，按之有余’的沉脉，又隐隐有挺然指下之势，怕是沉弦相兼，不能轻忽。”

见孙思邈凝神细听，李元婴又把自己平日里注意到的一些情况与孙思邈一一说了，兕子身体比其他人弱，肠胃不太好，夏季容易出汗，秋冬容易咳嗽。

近来天气多变，入睡时有些热，后半夜又冷，兕子怕是有些着凉了，即便还没显出来也得多注意点，不都说病向浅中医嘛！

李元婴到底只是初学者，遇到这等相兼脉不敢妄下定论，所以先安抚完兕子才悄悄来找孙思邈。

孙思邈听李元婴这样慎重，点头说：“光凭脉象也不能断定到底如何，还需再配合望诊和问诊，你都弄清楚了才能判断是不是当真有问题。”

兕子虽还小，但到底是李家公主，孙思邈这个外臣不能贸然去替她看诊。而李元婴若是凭着一个不知对不对的脉象就跑去和李二陛下说“我学了一天诊脉觉得兕子身体出了问题，你赶紧找人帮兕子治治病”，李二陛下怕是会把他打出去！

孙思邈想了想,让李元婴多留一会儿,他找些病患边替他们看诊,边教他如何综合各项结果得出结论。

事关儿子,李元婴自然一口应下,捋起袖子充当学徒在旁边给孙思邈打下手,跟着孙思邈学那望闻问切之法。

诊断方法之中最难的其实是诊脉,这个李元婴都轻松学会,其他自然也不难,他缺的是多多识背和临床实践。

行宫之中只有那么点人,每日来求医问药的人来过一轮就少了,李元婴等了一会儿见没人过来,便大胆地提出要和孙思邈出去义诊。

义诊这个词还是李元婴从孙思邈口里听到的,孙思邈说他当年为了见识更多奇难病症,偏又年纪轻,不易取信于人,于是每次攒了些钱便到街头摆个摊搞义诊,借机接触大量病人。

那场景,光是想想就很热闹。李元婴最喜欢热闹了,一听还可以这么玩就跃跃欲试!

孙思邈道:"今日不早了,明日再去吧,要义诊也得准备些药材才行,有些药在寻常药堂一时半会儿可能找不着。"

李元婴听孙思邈这么说,立刻表示药钱全部由他出,总不能让孙思邈不仅出人又出力,还得自掏腰包给人送药!

惦记着明日去义诊,李元婴晚膳也不回去用了,直接跟着孙思邈用太医这边的"工作餐",还叫太医卖他个小药箱,跟着孙思邈一起收拾药材,孙思邈拿什么他便拿什么,十足的一个小跟屁虫。

孙思邈收过不少弟子,还是头一回遇上李元婴这么个活力充沛的,由着他跟在自己屁股后面跑来跑去。

李二陛下用饭时数了数"小萝卜头"的数目,发现少了一个,着人去问才晓得李元婴不知怎的又跑去找孙思邈了,而且孙思邈干啥他都跟着,连晚膳都在那边用了!

李二陛下想到那日自己说了李元婴一句"你又不曾学医",难道他随口一提,李元婴便真跑去跟孙思邈学医?这傻小子,便是现在马上开始学,等他学会得等到什么时候?李二陛下道:"既是如此,我们就不等他了,随他去吧。"

儿子踊跃地和李二陛下说晌午发生的事:"幺叔已经学会诊脉了,可厉害了!"

高阳哼道:"哪里学会了,我看他分明是装样子!"

李二陛下也认同高阳的话，带着儿女们用过晚膳，照常拉着魏徵他们接着泡汤泉商讨政务。

直至月儿高升，李二陛下才放几个信重的大臣回去歇息，自己踏着月色往回走。

行至半途，李二陛下又想起自己那既糟心又贴心的弟弟，觉得他为自己去学医着实难得，便让人把李元婴眼馋了好久的那套琉璃杯给他送去。

那套琉璃杯本不是李二陛下的心头好，看李元婴眼馋，李二陛下才时常拿出来用用，而且专挑李元婴在的场合拿出来，比如这次来骊山就让人带上了。

琉璃虽贵重，重金去买也不是买不着，只是这一套琉璃杯纹理特别得很，又通体晶莹剔透，美得不得了。当初李元婴一眼就看上了，结果李二陛下偏不给他，气得李元婴和他绝交了足足好几天，后来为了吃南边送来的荔枝才结束了这次绝交，因为荔枝在外头根本买不到。

李元婴在孙思邈那边玩耍到宫门要落锁才跑回去。听底下的人说李二陛下命人把那套琉璃杯送来给他了，李元婴大吃一惊，只觉得李二陛下一定有阴谋。

有句话怎么说来着？无事献殷勤，非奸即盗！

李元婴十分警惕地打开盛着琉璃杯的锦盒一看，发现里头确实是他非常眼馋的那套杯子没错。

他有点纳闷李二陛下为什么突然这么好心，但思来想去也没想出个所以然，索性不想了，欢欢喜喜地拿起琉璃杯把玩了一会儿，才去看孙思邈给他挑的医书。

第二日一早，李元婴随意用了早膳，精神奕奕地跑去和孙思邈会合。听说孙思邈要给李元婴搞现场教学，其他太医都很吃惊，不明白这位滕王怎么突然开始学医，还能劳动孙思邈手把手地教。

怀着疑惑又艳羡的心情，太医们纷纷派出手底的学徒去给孙思邈打下手，希望自己平时使唤的学徒也能学到一星半点。要不然光是给滕王讲，完全是浪费啊！

孙思邈不介意有人帮忙跑腿干活，由着他们齐齐上阵帮忙扛药扛杂物。他也把太医们的想法看得清清楚楚，不过他相信这些学徒很快会发现，才入门两天的李元婴比他们学得快许多！

骊山之下也有个人流密集的县城，李元婴头一次到这种县城来，一路上很感兴趣地到处张望着。直至被孙思邈招呼着走进前头的药堂，李元婴才安安分分地跟到孙思邈身边。

孙思邈把自己要义诊的事一讲，和药堂借了纸笔和铜锣，亲自写了"义诊一日"四字张贴到外头，便让随行的学徒去外头敲锣吆喝。

县城里头热闹事还是不多，不消多时周围的人便都循着锣声聚集而来。

听说有位老神医要在此处义诊，众人都将信将疑。等他们探头往里一望，发现孙思邈鹤发童颜，面色红润，精神奕奕，顿时疑虑全消。

再一问，居然是孙思邈，更是都信服不已。有人当场便排起队来，余下那些觉得自己没病的也飞快往回跑，通知家里或邻里的病人。

随着孙思邈在县里义诊的消息传开，镇上的人不管有病没病都奔涌而至，或是想搭上良机治治身上顽疾，或是纯粹想看看孙老神医到底长什么样！

李元婴瞧见这阵势，眼睛睁得老大。

哇，真的好热闹！

果然来对了！

李元婴也就感叹了一会儿，看排队的人之中确实有不少面色憔悴，一看就属于孙思邈所说的"身体有恙"那类人，便认真跟在孙思邈身边忙活起来。

孙思邈是见过大场面的，外头排了长长的队伍也不慌，不急不缓地给李元婴讲解望闻问切之法。

李元婴听得直点头，瞧见相似的病患便懂得举一反三，学着孙思邈一一询问过去，但凡孙思邈教过一遍的他绝对不需要孙思邈讲第二遍。

随行的学徒们都惊呆了，要知道孙思邈可不是专门停下来给李元婴讲解，而是按照平时的速度给人诊病，顶多只是在李元婴有疑问时解答一番。

一轮下来，李元婴却把县里的春季常见病全给摸清了，只是没学药理，不能给人下方子而已。

而他们，还仅限于把孙思邈所说的话和往日所学的东西做个比对，离完全消化还远得很！

外头都传言李元婴是个混世小魔王，等闲不要和他有牵扯，今日一相处，学徒们倒觉得李元婴远比其他达官贵人要好。

至少他们没见过哪位天潢贵胄能像李元婴这样殷勤地给孙思邈打下手，还时不时给孙思邈擦汗递水的！

这家伙浑身上下好像有用不完的活力，见孙思邈累了还自告奋勇要帮忙把脉，诊出摸不准的脉才叫孙思邈细看。

换成往日，这么个"小大夫"出诊是没人信的，不过李元婴长得唇红齿白，一看就是富贵人家的孩子，嘴巴又能说会道，众人哪怕是想逗他一逗也没散去，仍是排着长队等着李元婴帮孙思邈动手动嘴。

别看李元婴是个初学者，看多了他已经可以头头是道地叫人"胸闷气短就别老闷在被子里，多下地走走才能好"，别人震惊地问他怎么知道的，他说："你看看你脸上，还有红红的席子印呢！"

其他人一看，那人脸上还真留着席子印，显见是听人一说便从床上爬起来凑热闹的，不由得都哈哈大笑。

县里的人倒都是看得起病的，身体真有毛病的人得了孙思邈下的方子便在药堂里抓药，带得药堂生意大火，掌柜的眉开眼笑地招呼客人。

到午后，李元婴随意用了些周围摊贩送来的吃食，才发现陆陆续续有乡里的人搀着亲眷入城，他们显然是被人通知说孙老神医在县城里义诊才急急赶来的。

午后还多了些生病的乞丐流民，这些人起初不敢靠近，后来有领头试探着走上前没被赶走，便都把需要求医问药的相识喊了起来。

这些人都是想问个方子，若是凑得齐钱就治治看，凑不齐就算了。

李元婴还是头一次看到这么多衣衫褴褛、面黄肌瘦的人，骊山离长安也不远，说是天子脚下也不为过，怎地会有这么多人家中无片瓦遮头，不仅吃不起饭穿不了好衣服，而且连病都看不起？

早上李元婴还玩得挺高兴，看到这么一批人步履蹒跚地加入队伍之中后，他心里莫名有些难受，变得沉默了许多。

孙思邈以为他嫌这些农夫和乞儿流民身上脏，也不觉有什么，只道这孩子到底是金玉堆里长大的，受不了这种脏也正常，便说："你看了这么多人也累了，到一旁歇着，让我来吧。"

李元婴要想事情，这些人又都是真正需要义诊的，就没争着上，只叫董小乙给药堂递了钱，让药堂免费给付不起药钱的人抓药。

队伍里头还有几个年纪和李元婴相仿的小乞儿，都十岁左右，蓬头垢面，连是男孩女孩都看不出来，他们赤着足、散着发，身体瘦弱，浑身脏兮兮。

李元婴想了想，叫董小乙出去买了几身衣服鞋袜，不用太好，普普通通就行，再买些热乎的吃食供他们垫肚子，要不然买了药一会儿还是会生病。

至于更多的，李元婴还没想好，毕竟他可以让所有人吃顿好的，却不能天天给他们吃饱穿暖。

李元婴把事情安排下去，才坐回孙思邈身边，看着伸到孙思邈面前的一只只脏黑而瘦弱的手。

许多人病其实都不是大病，只是拖太久了，反而把身体拖到虚弱不堪，若不是朝廷还在各处寺庙周围设了"悲田"，偶尔可供他们吃顿饱饭，救治一下垂危之人，怕是有很多人要熬不过上个冬天。

快轮到那几个乞儿看病时，董小乙也按照目测的大小把衣裳鞋袜买了回来。

虽看不出几个乞儿是男是女，但百姓所穿的衣裳大多大同小异，没太多的男女之分，董小乙买了最寻常最耐穿的那种，按着李元婴的意思送去给几个乞儿。

那几个乞儿先是一愣，而后顺着董小乙的指示上前向李元婴连磕好几个响头。

宫中其实不兴磕头，这是最重的礼仪了，李元婴平时连李二陛下都不会拜！见几个乞儿上来伏地便拜，头还磕实了，声音老响老响，李元婴感觉简直是磕在自己的心脏上一样，叫他胸口有点闷又有点疼。

李元婴不太理解这种感受，只能先起身亲自把几个乞儿扶了起来。

他向来是能说会道的，到这时候也只能干巴巴地说："你们的病会好的，病好了，日子也会好起来。"

几个乞儿齐齐向李元婴道谢。

李元婴说完顿了顿，拉他们坐下，叫他们伸出手来一一给他们把脉，一一给他们问诊。

等孙思邈那边看完前一个病患，李元婴才把几个乞儿的情况告诉孙思邈，他们的病其实也不严重，就是其中一个风寒缠身太久，咳得厉害，身体还在发烫，得赶紧把这热退下去才行。

孙思邈见李元婴如此行事，便知他方才并不是嫌弃这些人，而是在想应对之法。他心中对李元婴更加喜欢，和颜悦色地帮几个乞儿复核了病情，把方子增减一番分别给了他们。

李元婴见他们肯定连住的地方都没有，更别说找地方煎药，索性叫董小乙跟药堂商量着直接帮他们把药煎好服下再走。

都是春天生的病，每个人的情况差不太远，李元婴也没继续守在孙思邈身边，而是上前与几个乞儿攀谈，问他们怎么孤零零地在外头游荡。

最年长的乞儿竟是个女孩子，照她自己说其实已有十一岁了，只是因为吃不饱所以瞧着显小，比李元婴还矮了一个头。

她告诉李元婴前几年家乡遇到大旱，大家都吃不起饭了，只能把家里还不能帮衬着干活的女孩子带去外面扔掉。

这次病得最重的是她的妹妹，她们两个人都是被扔到外头不认得回家的路，也不会做别的事，这些年一直在外面乞食为生。

其他乞儿的遭遇也差不多，有的是被家里扔掉的，有的是家里人都不在了，她看他们年纪小，什么都不懂，没人管会饿死在路边，所以都带上一起乞讨，不想这次妹妹染了风寒，大家也都病了。

大夫都嫌弃她们又脏又没钱连进都不许她们进，眼看妹妹越病越重，这几日她天天抱着妹妹哭，都快绝望了，今日一听孙老神医来县里义诊便轮流背着妹妹赶来。

李元婴听她们说完，叫董小乙换了串铜钱递给为首的女孩，说道："等你们和你妹妹病好了，去长安城外一处叫葵园的田庄找人，就说是滕王让去的，他们会给你们安排些活干，你们肯干活，就有你们住的地方。"

李元婴与魏妹往来多了，也知晓外头鲜少用他随手拿来赏人的金豆子银豆子，又读过"匹夫无罪怀璧其罪"的故事，没多给钱，只给她们足够去葵园的盘缠。

骊山离长安并不是特别远，即便这钱被抢了她们也是可以走到的，不至于因为揣着太多钱而招来灾祸。

几个乞儿听李元婴给他们指了条活路，自是欢喜地落下泪来。

他们不是不肯干活，只是没人教他们也没人愿意收留他们，这才只能到处乞讨。他们牢牢地把李元婴的话全记在心里，又伏跪在地重重地给李元婴磕了两个头。

李元婴再一次被他们磕得心里发闷，暗暗决定以后都不许底下的人朝自己磕头，磕头一点都不好！

这边又是赠衣又是磕头的，引起了不少人的注意，纷纷朝李元婴那边张望。

见人群有异动，随行的侍卫立刻护在李元婴左右，他们颇有威严的禁卫服饰和亮闪闪的佩剑让所有人都心生畏惧，全吓得收回了窥探的目光，继续排队等待孙老给自己诊病。

李元婴见此情景，示意两个护在自己身前的侍卫退下，起身对围拢在药堂前的人说出自己思索过后想出的一番话："我是当今陛下亲封的滕王，将来的封地在滕州，地很大，又临湖靠海，能做的营生多得是。你们之中若是有无家可归又想谋一条生路的，病好之后都可去长安城外的葵园找些活计干。我知道很多人都是年景不好失了家中田地，只要你们愿意和以前一样好好耕作，将来我便带你们到我的封地去，给你们分些田地，帮你们建房子，绝不再让你们像现在这样流离失所、无家可归！"

李元婴的想法是，他不止葵园一个庄子，将来又有大大的封地，来更多的人都不愁，所以他敢夸下海口。

见人群中不少人都意动不已，李元婴又把丑话说到前头："但我有言在先，葵园只收留愿意干活的，不干活的不会收。就是在你们自己家中，一定也不想养吃白饭的人对不对？"

众人都齐声应道："那是当然！"

谁家的钱都不是大风刮来的，谁愿意养吃白饭的呢？即便是自己儿子、自家婆娘，太懒也是要骂上几句的。

这位滕王殿下年纪虽小，说起话来却有条有理，周围有人曾看着他给人看了半天病，不喊苦也不喊累，眼下听他站出来说出这样一番话都很信服。别家魏王吴王可没见他们愿意坐在外头给他们这些人义诊，这位滕王显然和那些个魏王吴王不一样，他说愿意收留，那就是愿意收留；他说将来给他们分田地，那就是会给他们分田地！

一时间，早前闻讯来求医的乞儿流民都沸腾了，齐齐跪倒在地朝李元婴磕头。

这些人都没有和达官贵人行礼的经验，只想着自己到了庙里就是这样拜的，滕王又给他们治病又给他们找活路，可不就和庙里的神仙一样吗？

于是一个个都磕头磕得极为认真，仿佛自己的脑壳比石头地面还硬。

李元婴没奈何，只能过去一一把他们扶了起来，心里的决心更坚定了：往后谁都不许给他磕头，谁要是磕了，他就狠狠地罚！他们这样跪着还得他一个个去扶，多累人啊！

忙了一天，李元婴也累了，一县之地也不可能真有那么多要求医问药的人，热闹散去后便目送孙思邈带着李元婴和一众学徒回去。

一行人走到县城大门外，还有不少百姓依依相送，董小乙走出老远后回头一看，悄声对李元婴说："殿下，他们还在城门外看着呢。"

李元婴回首望去，果然还有不少百姓在城门目送他们离开。

李元婴只停顿片刻便收回目光，点点头没说什么，亦步亦趋地跟在孙思邈身边走。

　　孙思邈见李元婴比来时沉默，仿佛还在思索刚才的事，不由得提点了一句："殿下下回莫要再和人提分田地之事，须知你的封地之中也有百姓，你把田地分给了外来的人，原来的百姓将如何自处？"

　　李元婴觉得孙思邈的话有道理，认真记下孙思邈的话，说道："我看他们无家可归，有些可怜。"

　　孙思邈道："天下可怜之人多的是，把你的封地全分完也不够的。"

　　李元婴道："其他的我又没见到。"能见到的，李元婴觉得可以管当然要管；见不到的，李元婴就不管了。

　　听着李元婴天真的话语，孙思邈免不了有点担心，给李元婴点出其中的弊端："只怕说者无心，听者有意。你这话一说出去，一传十十传百，家里分不着地的都想去找你要地；别说你不可能都给他们分，就算你舍得分，别人会怎么看？"

　　孙思邈说的前一点李元婴是想过的，还是弄图书馆时魏微给他提的醒，说免费不一定会让人珍惜，有的人反而会因为不花钱而随意糟蹋。所以不管什么事都要先把丑话说到前头，把规矩立好，后面管理起来才能顺顺利利。

　　李元婴给想来投奔自己的人立的规矩就是"不能不干活"，只要愿意干活，把他们招揽过来就不会亏。人多了，能做的事才多！

　　至于孙思邈说的后一点，李元婴却纳闷不已，不太明白孙思邈的意思，"别人会怎么看啊？"

　　周围还有李二陛下派来保护李元婴的禁卫在，孙思邈不可能把话都明明白白地讲出来。

　　李元婴到底只是个藩王，即便是李二陛下看着他长大的，知道他是什么性情，太子继位之后会不会还这么信任他？会不会觉得他在收拢民心？前头他已办了个图书馆，叫寒门士子对他感激不已，如今还对这些乞儿流民施恩，大肆收拢民心，这让别人能怎么看？

　　孙思邈只能隐晦提醒："别人都不分，只有你分，这如何使得？"

　　李元婴想了想，认真点点头，表示自己明白了。

　　别人都不干，只有自己干，确实太招眼了，他决定回去后游说大侄子他们一起干！大侄子是太子不说，李治他们也有封地，这么一算，加起来能收留的人就多了，不愁人太多，只愁人太少！

　　人一多，荒地都能够开垦，各种活都有人干，收成会增多，徭役均下来会轻松很多。等他们安定下来，各种买卖也会越来越多，封地的进项绝对只多不少，这事怎么算都不亏啊！

李元婴这边觉得自己找到件利人利己的好事情可以和小伙伴们分享，欢欢喜喜地和孙思邈一起回骊山行宫。

另一边，李泰正在李二陛下跟前说话，聊着聊着便提到跑去外面野的李元婴。李泰说今天带来的纸赶巧用完了，他差遣身边的人出宫买些纸回来，结果到了骊山脚下的县城里竟看了一场热闹。

李泰先是说李元婴跟着孙思邈搞义诊的事，接着又把李元婴对乞儿说的那番话复述给李二陛下听。

李泰感慨道："以前幺叔总没心没肺的，还干过用雪把人埋起来取乐的事，没想到他如今竟这样爱惜百姓，连父皇给他定的封地都能早早许给人。"

李二陛下听李泰这么一说，手里沾着朱墨的笔轻轻停顿，思索起李元婴近来的改变。

这大半年来，李元婴先是要和魏徵他们学《礼记》《论语》，然后又去弄出个图书馆，如今还和乞儿流民大谈分土地，仔细一想确实和从前大不相同。

李二陛下心中的猜疑一闪而逝，而后则想到这些事的关联：若不是他罚李元婴抄《礼记》，又和孔颖达一起故意激他，李元婴不会铆足劲跑去和魏徵他们求教；李元婴若不被他们激将、不开始读书，也不会想出要办什么大书院和他那图书馆；就连去找孙思邈学医，那也是因为他随口一句"你又不曾学医"。

这小子从小聪明过人，偏就是脾气横、性子野，从不肯安安心心做正事，只想搞东搞西。你真要叫他正正经经地上个朝议个正事，他肯定会叫苦连天，死活不肯！

这么个疲懒的家伙，真要是有什么心思，也会被他自己懒回去。

李二陛下淡淡地道："他想分就让他分去，等将来他把自己那点东西全分完了就知道哭了。"

李泰听李二陛下这么说，当即不再多言，心里却暗想，他这幺叔到底给父皇灌了什么迷药，这样大张旗鼓地收揽民心父皇都不生疑！

只可惜李元婴能去挥霍自己手里的东西，他却不能，他若把什么都许出去了，还有什么本钱去争太子之位？做这种傻事，那些愿意支持他的人怕都会作鸟兽散，毕竟，眼下愿意冒险站到他这边来的，哪个不是希望险中求富贵？

若是他和他们说："你们支持我，得把你们的地全分给底下的泥腿子，让天下百姓安居乐业！"他们会理他吗？没有人会理他！

连魏徵这种平日里甘愿过清贫生活的朝中大员，为儿子谋婚事时也都往高门大姓里寻，说是官宦之家和庶族通婚不像样，让人知道了会丢李二陛下的脸。

良贱分明，士庶有别！

李泰陪李二陛下说了一会儿话，回去又与心腹说起此事，摇着头说李元婴到底还小，做事太天真了。就他那么点儿封地，够养活多少人的？别到时连他们母子俩都过不下去了！

李元婴可不晓得李泰把他干的事跑到御前如此这般地说了一通，他回到行宫后直奔去寻李二陛下说话。

照理说，他这时候该在生李二陛下的气，按他的性格是坚决不会主动找李二陛下说话的。不过李元婴觉得自己已经暗中"报复"过了，这天出去野了一天憋了许多话，哪还惦记着什么生不生气？

李元婴兴冲冲地跑去找李二陛下说："皇兄我跟你说，今天我一下子诊出两个人有喜了！她们自己都还不知道，说不晓得为什么经常吐，吃不下饭！我一摸就摸准了，老师都夸我厉害！"

李二陛下可不知道李元婴的想法，只觉得是自己送的琉璃杯起了效果。他挑眉说道："了不起，连喜脉都会看？"

李元婴笃定李二陛下不可能知道他的"报复"，在心里暗暗窃喜：当然会了，还是从"皇兄"身上学会的！

李元婴一边偷着乐，一边兴致盎然地把义诊时遇到的事竹筒倒豆子般地往外说，瞧着有不说完绝不闭嘴的势头。

李二陛下只能停下手里的事务听他说。

等李元婴说起那几个乞儿，李二陛下眉头拧了起来。

李元婴在李二陛下面前从来不藏事，奇怪地问李二陛下："皇兄，为什么看到他们跟我磕头，我心里闷闷的，感觉很难受？"

李二陛下注视着李元婴满含疑惑的双眼。

这小孩想法直来直往，看到别人没吃的就想给吃的，没穿的就想给穿的，没书看就想给书看，没田没地就想给田给地。可天下之大，受苦受累的百姓那么多，他又怎么可能全给过去。

李二陛下耐心地说："那是因为你觉得你做的事不算什么，他们却用最隆重的礼仪回你、把你视作救他们于水火之中的人。对你来说那些只是一张嘴就能说的话，于那些无家可归的百姓而言却是救他们的命。"

大唐开国二十余年，到处都缺人，各地都有土地无人耕作，可失地之人同样到处都有。他可以颁布各种政令尽量让百姓休养生息，却不能遏制各地出现的种种问题。有功之臣，你不能不赏赐；皇室宗亲，你不能不分封；既然田地都赏了下去、分了下去，能继续留百姓手里的好地自然会大大减少，他们要么只能按照官府的安排去开垦荒地，要么只能给权贵之家当佃户。

这些事李二陛下都清楚，却也不可能为此寒了功臣与宗室的心，只能广开科举之门让寒门子弟也能有个进身之途。

所有事都不可能一下子做到尽善尽美，只能徐徐图之，一点一点地改，一点一点地变，不能操之过急。

李元婴听李二陛下把其中因由细细道来，一时消化不了。

这对他来说太难了，读书的时候一句话一般就是一个意思，诊脉时一个脉象一般就对一种病，全都是直来直去的东西，李元婴学得很快，可是李二陛下说的这些弯弯绕绕他就想不明白。

李元婴只能说："皇兄，您说的这些我全听不懂。当皇帝真的太累啦，您可真辛苦。"

李二陛下瞥着他："辛苦还不是那么多人想当。"

李元婴大言不惭地道："就是让我当，我也决计不会当的。"提到这个，李元婴又想起他同样辛苦的大侄子，一点都不见外地和李二陛下分享起自己的想法来："当太子也辛苦，您把老孔他们全安排去东宫盯着承乾，他一做点什么就被骂得狗血淋头，太惨了。皇兄，我老觉得您是嫌老孔他们骂起人来比老魏还烦，才把他们安排去骂承乾的。听说当初张玄素那老头不让您重修洛阳宫，当面骂你要效仿桀纣，你明面上听他的话不修了，隔天就把他安排到东宫去！您可真是老奸巨猾！"

李二陛下一下子没忍住，抬起手往李元婴凑在近前的脑壳上敲了一记，骂道："张卿是德高望重的老臣，管管你的嘴巴！"而且，什么叫老奸巨猾？李二陛下觉得自己迟早会忍不住把这混账弟弟打死！

李元婴捂着脑袋，死不改口："皇兄，你这是恼羞成怒！"

李二陛下懒得理他。

"当皇帝和当太子真辛苦"这个话题结束了，李元婴又把孙思邈提醒自己的话原原本本地和李二陛下说了，并将自觉完美的理解告诉李二陛下："我让承乾和雉奴他们跟我一起招揽流民，这样就不算是别人都不做而独有我自己做了，皇兄你说对不对？"

李二陛下何许人也，一听便知孙思邈这个活了七八十岁的老神医想提醒李元婴什么。

见李元婴不仅没明白孙思邈的意思，还说要拉着几个侄子一起干，李二陛下绷着一张脸忍住没笑，颔首对他的理解表示赞同："对，就这么办吧。"

那群小子生于宫中，自小锦衣玉食娇养着长大，没见过多少人间疾苦，让他们走出宫门看看，早些知道大唐不是哪儿都像长安城中一样繁华也好。

李元婴跑出去野了一天，到晚上才有时间和小伙伴们玩耍。赶巧兕子这天胃口不好，李元婴又借机给她把了把脉，问起她最近的起居情况，一一记了下来，准备拿去问问孙思邈。

兕子忍不住问李元婴："很严重吗？"

李元婴笃定地道："不严重的。"他心里对兕子的情况已有了点基本的判断，从前兕子秋冬总生病，太医们只对症开些温和的方子，没注意根子上的毛病，只当是养了这么多年已养好了。现在看来，兕子娘胎里带来的一些毛病还在，得好好调养一番，平时在饮食上也需要多上点心，别碰那些容易引发积疾的玩意儿。

兕子对李元婴信任得很，听他说不严重便放心了，缠着李元婴要听故事。李元婴又给她们开起了故事会，过了个冬，李元婴多读了许多书，积攒了一大批故事素材，不怕不够多，只怕她们不想听！

李元婴哄完四个"小萝卜头"，让她们都心满意足地回去睡觉，一转头才发现在旁边蹭着听故事的李治还没走。李元婴道："你不回去睡吗？"

李治还没睡意，好奇地问李元婴："你今天都去做了什么？怎么一整天不见人影？"

李元婴把自己跟孙思邈出去义诊的事和李治说了。他拉着李治在榻上坐下，与李治说起遇到的那些乞儿和流民。

李治听了有些吃惊，骊山算是京畿，实打实的天子脚下，竟还有这么多人吃不饱穿不暖，没房没地无家可归。

李元婴见李治听得认真，便将自己已经和李二陛下通过气的事也告诉李治。他说道："我可是在皇兄面前夸口说要带你一起的，你不会不乐意吧？"

知道李治做事一向犹犹豫豫的，你说好他便听你的，你说不好他又开始动摇，李元婴又把多招揽些人的好处给李治分析了一下。要把封地治理好，干什么不需要人啊？既然李二陛下都说让他们放开手去招揽，他们就大大方方地先把人招到自己庄子上培养培养，到时直接带去封地！

李治比李元婴年长一些，多少接触过这类事情，知道私下招揽流民有些犯忌讳。

他与李元婴要好得很，说话自然不避忌那么多，直接把其中利害给李元婴分析了一遍：大肆招揽流民，一来会让父皇和皇兄心里有疙瘩，觉得你这小子招揽这么多人想做什么？二来也会让一些世家大族心生不满，认为你让他们没脸。这些流民哪里来的？还不是地落入了别人手里，才会无家可归！各地的世家大族正是占地最多的人，你收留的流民多了，他们指不定会觉得你要借这些流民针对他们！

李元婴听李治把事情分析得头头是道，对李治刮目相看。不过，这些分析在他这儿一点用处都没有，他才不在意呢。李元婴道："你这样说就没道理了，你看过《墨经》吗？"

李治一愣，摇头。

《墨经》早已失传了大半，只在一些道士手中有几卷。

李元婴看过，因为从魏徵口里得知《墨经》快失传了，只在李淳风手里有全本，他便来了兴趣，跑去和李淳风借来读了一遍。

这一读还真有点收获，至少墨子的很多说法都让李元婴耳目一新！听李治说没看过，李元婴便给他讲了一些墨子的言论："墨子的学生问他，想要成就大义要做什么？墨子就回答说'譬若筑墙然，能筑者筑，能实壤者实壤，能欣者欣，然后墙成也。为义犹是也，能谈辩者谈辩，能说书者说书，能从事者从事，然后义事成'，意思是自己有能力做什么就做什么，每个人都做自己力所能及的事，大事就能干成了！"

李治点头。

他虽没读过墨家之学，却也觉得这话说得在理。

李元婴道："墨子还说了另一句话，'世之君子，欲其义之成，而助之修其身则愠，是犹欲其墙之成，而人助之筑则愠也'。意思是，世上有的人想要成就大义，别人帮助他修身齐志他却觉得愤怒，简直就像是你想砌墙时有人来帮你砌，你反而生对方的气一样！所以你说皇兄和承乾心里会有疙瘩，这话是没道理的，除非你觉得皇兄他们和一些'君子'一样满嘴大义，实际上并不想去做！"

李治可不像李元婴这样口没遮拦、什么都敢说，看李元婴一脸坦荡荡，他只能应和："是我多想了，父皇和皇兄肯定不是那样的人。"

李元婴道："那是自然，皇兄都说我想得很对！我还准备回京之后拉上承乾一起呢，你要是不乐意，我可就不带你了。"

李治可不想被李元婴撇下，那会无聊死的！他立刻说道："我当然乐意，你说怎么做我就怎么做。"

李元婴满意地点点头。

这才对嘛，男子汉大丈夫，整天犹犹豫豫的做什么，先做了再说！别人要是有意见，大可也跟着做去，也没谁拦着他们不是吗？

李元婴和李治商量完"大事"，赶走李治开始读孙思邈给他挑的医书。他虽有系统帮助，想要把书上的内容运用于实践之中却还得费些功夫，连夜把几卷医书都读完后才进入万界图书馆把它们逐一背完，再一次进入方便无比的临床练习模式。

孙思邈教人是很讲究循序渐进的，李元婴才刚开始学诊病，药理之事便都没让李元婴碰，只给他挑了与诊断相关的医书。

李元婴反复练习了一整晚，可算把几卷书的内容都吃透了，又让系统把兕子的身体状况模拟了一遍，顿时对兕子的情况也有了更透彻的理解：兕子应该是心肺和气管这些部位天生比别人弱些，秋冬便容易犯气疾；若是遭遇意外刺激，可能还会有窒息死亡的危险，这种刺激有可能是情绪上的，也有可能是外界的一些刺激源——这一点李元婴可看不出来，是系统引导他补充出来的，某些部位比较弱，自然可能出问题，而用来呼吸的地方出问题是会致命的！

第二日，李元婴又是一大早跑去找孙思邈，跟孙思邈说他已经把书看完。

孙思邈这次有了心理准备，听李元婴这么说也不太震惊，例行地对李元婴考校一番，心里不免嘀咕：这小孩学东西实在太快了，而且这股劲头把许多人都甩得远远的，用来学什么都肯定能学有所成！

李元婴向孙思邈汇报完学习成果，又将自己记录下来的诊断结果给孙思邈看。孙思邈最擅调养，他相信孙思邈一定能给兕子拟出个适合的调养方案，让兕子健健康康地长大成人。

孙思邈把李元婴写的情况仔细看完，沉吟半晌，对李元婴说："你虽然学得快，到底也只是初学，我不能光凭你的判断就给她下方子。"孙思邈捋须沉吟片刻，补充道："最好还是先和陛下说一声，让我当面给晋阳公主看看，到时我再给出调养之法比较稳妥。"

李元婴听了觉得有理，撒腿便跑，去寻李二陛下提出这件事。早前他没直接找李二陛下说，是因为觉得闺女只是偶然受了湿寒才会有那样的脉象，眼下判断出闺女的不足之症仍是个大隐患，李元婴可不会再犹豫。还是早治早安心！

李二陛下正在与魏徵他们商量政务，听人说李元婴过来了，只让人先把他拦在外面，等正事商量完才放他进来。

李元婴记挂着闺女，在外面转悠来转悠去，转悠到魏徵出来了才停下来，问魏徵："你们说完事了吗？"

魏徵道："对，陛下让你进去。"

李元婴哼了一声，对李二陛下把他挡在门外这么久很不满，在心里默念"这是闺女她爹，这是闺女她爹，这是闺女她爹"，才稍稍气顺了点，跑进殿内和李二陛下商量拜托孙思邈给闺女诊病的事。

李二陛下对李元婴这么快学会诊病的事半信半疑，转头看他，"此话当真？"

李元婴道："皇兄你这是什么话，我编派你也不会编派闺女的！"

李二陛下想到李元婴每天很有耐心地带着闺女她们玩，亲近得不得了，也觉得李元婴不会拿闺女开玩笑。不过听李元婴说'编派你也不编派闺女'，李二陛下横了他一眼，骂道："有能耐了你，还想编派我？"

李元婴一点都不怕他，哼道："你不让我知道你身体怎么样，我就瞎编派。"

李二陛下没理会他，只说："既然你言之凿凿，那我就安排孙老给闺女她们诊一次病，也不单给闺女看，其他人也顺带瞧瞧有没有什么毛病。"对待闺女，李二陛下也和李元婴一样上心，不想诊断结果出来之前就让闺女觉得自己和别人有什么不同。

若是孙思邈真诊出有性命之忧，那就没办法了，只能着手调养，该吃药吃药，该忌口忌口，绝对不能耽搁。

李元婴说动了李二陛下，又惦记起自己还不知道李二陛下身上的旧疾到底如何，立即跃跃欲试地说："我真的已经学成啦，皇兄你快让我帮你把把脉，看看你的身体到底如何！"

李二陛下瞥了他一眼，把手一收，避开李元婴抓上来的手，毫不留情地拒绝了李元婴的要求："才学了那么几天就吹嘘自己学成了，你也真有胆子说。"

李元婴说："兕子的脉象就是我诊出来的！"

李二陛下道："怕是孙老远远看出兕子的情况，原原本本告诉了你，你才能说得这么清楚。拿别人诊出来的结果当自己的，你可真不害臊。"

李元婴道："才不是，老师说他也不能看一眼就看出别人生什么病，又不是人人都是那神医扁鹊！"

李二陛下并不应允他的要求，还打趣他："我听说你在九成宫时认了萧老学士当老师，这会儿又喊孙老当老师，你到底有几个老师？"

李元婴有自己的一套道理："教我学问的，就是老师，什么学问都一样。"

知道李二陛下打定主意不让他把脉，李元婴也不乐意留下和李二陛下多磕牙了，一溜烟跑去告知兕子她们要让孙思邈诊病的事。

李元婴先是和她们吹了一通孙思邈有多厉害、有多了不得，多少人重金上门求他他都抽不出身去治；接着又和她们科普"病向浅中医"的道理，告诉她们虽然大家看起来健健康康、每天都活蹦乱跳，可病根很可能已经埋在身体里，早点发现早点治，就不用受那病痛之苦了！

经过李元婴一番提前宣传，兕子几人都欣然接受了自己要接受神医"体检"的事。轮到诸皇子那边，李元婴科普起来就没那么用心了，只说了孙思邈过来的时间，让他们爱来不来，不来算了，省得孙思邈他老人家太劳累！

唯一听齐两边说辞的李治心道，他们这么叔对侄子和侄女的区别待遇也太明显了！

第六章

爱民如子

有孙思邈出马，李元婴放心多了，也没出去野，只逮着周围的人逐一练练手。练到别人看到他总绕着走，孙思邈才开始带他学药理。

这时候李二陛下泡汤泉疗养的"假期"已经快结束，孙思邈正式给皇子公主们做了回全面体检，还真有两三个人需要调养一下，兕子混在其中一点都不显突兀。

兕子喝苦药时，年纪最小的衡山还在一边奶声奶气地安抚她："姐姐，喝完就能好，长肉又长高！"

兕子认真点头。

有李元婴在前头洗脑，兕子对孙思邈信任得很，喝药也不喊苦，李元婴还给她兑换了甜甜的糖让她喝完药后吃。

那糖甜滋滋的，入口便化，吃了后口里药味全消，好吃得不得了！一旁看着兕子吃的高阳她们都眼馋了，缠着李元婴说也要吃。

李元婴道："不成，要喝药的才能吃。"

李元婴是很有原则的，说不给你就不给你，你求来求去也没用，他还兴致勃勃地逗你玩。

几个"小萝卜头"讨不到糖，简直想自己也生下病喝个药。

至于另外两个需要喝药的侄子，李元婴表示不熟，不给！

李元婴最近对万界图书馆的观感有了变化，觉着这玩意儿也不是那么一无是处，便开始摸索起系统的具体用法来。

认真研究了两天，李元婴就弄明白了：新物品的兑换通道需要完成任务才能开启，前头任务获得过的物品他是可以花积分兑换的。既是如此，李元婴就不用担心十颗玉米种子和十颗花生种子不够用了，他可以多兑换一些交给董小乙去试种！

给兕子换的糖，是李元婴把骊山行宫扫描进万界图书馆后换来的。据说这糖不仅好吃，吃了对身体还有好处，缺点就是比较贵，一颗就要100积分。

李元婴对系统吹嘘的效果半信半疑，不过他又不差那点积分，哪怕只有万分之一的可能性他也会换给兕子。没那效果也没关系，好吃也值了！

兕子的治疗方案敲定下来，李二陛下便在二月底摆驾回长安。

李二陛下这次对李元婴颇为满意，因为李元婴托孙思邈写医书，还亲自跟着孙思邈学医，竟把孙思邈强留了下来。这次回京，孙思邈跟着御驾一同回去！

与此同时，骊山脚下的县城外，一行衣衫褴褛的人认认真真把自己收拾齐整，回头看了眼借自己许多天檐头避春寒的小县城，怀揣着对未来的期望按照别人的指引走向长安。他们一行三十余人，有男有女、有老有少，此前彼此也不甚熟悉，都算不得精壮劳力，但他们心里都怀着远大理想，一同想着一个词：葵园。

回到长安已快进入三月，李元婴把董小乙差遣出宫管理几处田庄，尤其以葵园为要。

两种新作物的种植方法，李元婴都给过图文并茂的种植教程，董小乙早背得滚瓜烂熟，拍着胸脯保证一定不辜负李元婴的信任。

李元婴身边不缺人伺候，董小乙收拾包袱出宫也没多少人注意。倒是孔颖达的几个学生先注意到李元婴到讲堂时总拿着些医书，把这事与孔颖达说了。

孔颖达平日里大多在管理国子监的事务和给李承乾讲学，近来倒没什么机会被李元婴气了。

听说李元婴学完《韩子》《墨子》之流又去看医书，孔颖达见了李二陛下，免不了提上一嘴："滕王虽聪慧，这样东一榔头西一棒子也不是个事。"

李二陛下知晓李元婴跑去跟着孙思邈学医的始末，闻言并不气恼，只说道："他生来便是朕的幺弟，无须去考科举，也无须去做学问，他想学什么就让他学去。若是当真学不会，他学个几日就没兴趣了。"

当然，李二陛下觉得这个弟弟糟心归糟心，想学什么本领却一学一个准。是以李二陛下不觉得李元婴这样东一榔头西一棒子有什么问题，反正还有余力，爱学什么便学什么！

孔颖达察言观色，发现李二陛下还为他幺弟的"博学"骄傲上了，便也不再多劝。

李元婴毕竟只是滕王，又不是太子，他会提上一句还是因为觉得李元婴够聪明，怕浪费了李元婴的好天资。

孔颖达这边与李二陛下谈论着李元婴的学习问题，另一边李元婴却跑到孙思邈身边献殷勤，他要开始学辨认药材，每天亦步亦趋地跟在孙思邈身后走访长安各大药堂。

比起别人学习识辨药材的艰辛，李元婴可就轻松多了，他只要把孙思邈讲的药性记下，再摸摸现成的药材，便能在脑海中得到它的全株情况：它长多高、草本还是灌木、叶子是什么形状、开花时是怎么样的、果子又长什么样。

这些东西系统都能即时展现给李元婴看，帮助李元婴理解和辨认。

孙思邈起初还怕李元婴记不住，每天只教李元婴认几种，后来发现李元婴这极其惊人的学习能力便不再收着，只按平日里的挑药习惯直接给李元婴过一遍。

只消短短数日，李元婴便把常用的药材全认了个遍，自己去药堂给人抓药都不用犹豫！

这时李德謇找了过来，面色焦急地求李元婴帮忙请孙思邈过府替他母亲看看。

李元婴在骊山行宫时早答应过李德謇帮他请孙思邈，前段时间他忙着学药理都给忘了！

李元婴应下李德謇的请托，去寻孙思邈问他愿不愿意去李靖府上一趟。怕孙思邈不答应，李元婴又给孙思邈吹起了李靖的厉害之处。

李靖早些年和他父皇同为隋朝官员，他父皇想发兵当皇帝，李靖装作囚犯潜出去要往京城告密，差点让他父皇出师未捷身先死！后来，他父皇举兵了也没舍得杀他这个人才，而是把他安排到他皇兄的秦王府上。自那以后李靖就立了不少大功，这些年也打了突厥打了吐谷浑，多厉害啊！他皇兄还曾经让现在领队去伐高昌的侯君集跟他学兵法！

李元婴最喜欢的还是李靖身上各种传奇故事，比如"红拂女慧眼识英才"之类的。

听说李靖打仗时奇计百出，当初还想过一个特别损的法子，说是有种鸟喜欢立在别人茅檐底下歇息，他便往鸟腿上绑了带火星的东西让鸟飞出去找茅檐，呼啦啦地把人家的房子烧了一大片！这可真是太厉害了，弄得李元婴一度很想跟李靖出去打仗！

李元婴说得眉飞色舞，孙思邈都仔细听了，最后自然是答应去卫国公府走一趟。

李元婴早不把自己当外人，与李德謇那边说好时间，隔天便屁颠屁颠跟着孙思邈一块儿去卫国公府。

李靖这几年得了足疾，经常闭门不出，也不爱接待客人，做事谨慎得很。他与妻子红拂感情甚笃，开春红拂生病之后他更是告病回家，边编写兵书边守在妻子身边。

听人说李元婴和孙思邈到了，李靖亲自出来相迎，引李元婴两人入内。

　　换成别的勋贵，府上规矩可能很多，李靖却没那么多讲究，他心里惦念着妻子的病情，寒暄过后便提出让孙思邈去给红拂诊诊脉。

　　红拂今年已是六十耳顺之年，这个年纪最生不得病，哪怕染个风寒都比别人好得慢。

　　孙思邈替红拂把完脉，又问了她近来的进食情况，发现情况不太理想。他思量片刻，给红拂开了几个适合的方子，叫李靖循序渐进地用，好好地把身体调理调理，绝不能用虎狼之药。

　　李靖坐到榻边紧握着红拂的手，另一只手轻轻拍拍红拂的手背，对红拂说：“怕是要你多受些苦，多陪我几年。”

　　红拂朝他一笑，哪怕面色憔悴、气息微弱，她的笑容依稀还是能看出当年的美丽。

　　李元婴在一旁懵懵懂懂地看着，夫妻的事、感情的事，李元婴还不太懂。

　　母亲生下他时不到二十岁，他父皇已经六十出头了，他母亲在他父皇面前恭顺得很，连句话都不敢多说，怎么都不像夫妻，仅是主从而已。后来看到皇兄和皇嫂的相处方式，他便认为寻常夫妻应当是那种相互帮扶、相敬如宾的模样。

　　可现在看李靖和红拂这样相处，他又觉得像这样更好，没那么多要顾忌的，没那么多要讲究的，亲亲密密地相伴到老！

　　李元婴随孙思邈在李靖家中用了顿饭，饭后还不愿意走，溜达去看李靖在家中养的鸟儿和兽类。

　　李靖早年就是驯养鸟兽的高手，老来不爱出门更是养了不少，见李元婴感兴趣，李靖便亲自引着他去看，逐一给他介绍了一番。

　　溜达到李靖府中驯养鸟兽的园子里，李元婴才发现李靖竟还养着头大象，据说是他去岭南安抚山民时南边的人送给他的。

　　大象体格大，长着对蒲扇那么大的耳朵，还有长长的鼻子，有些地方会训练大象驮运东西，甚至会搞“象军”来打仗！

　　李元婴想象着几千头大象齐齐驮着士卒出战，感觉那踏步声可能会和天降惊雷一样大，地上还会掀起滚滚尘浪！

　　李元婴两眼发亮，也不害怕眼前那庞然大物，很不怕死地问李靖：“我可以骑大象吗？”

　　李靖早知道李元婴胆子大，只是没想到居然这么大。他最喜欢这样的小孩，竟也不拦着李元婴，点点头招来平日里负责照料那头大象的仆从，命那仆从小心地把李元婴送到象背上。

李元婴兴奋得不得了，在仆从的帮助下顺利爬上象背。他年纪小，个头和大大的大象一对比，还不及人家一条腿粗，但他一点都不害怕，还叫那仆从指挥大象东走走西走走。

随行的内侍瞧见李元婴稳稳当当坐在象背上朝李靖和孙思邈招手，吓得腿都软了，恨不得上前去把李元婴拉下来。若是李元婴摔伤了，他们也讨不了好！

李元婴无所畏惧，骑在象背上玩了个够本，很快对大象失去兴趣，高高兴兴地跟着孙思邈和李靖道别。

回宫之后，李元婴又去找小伙伴们玩耍，和小伙伴们吹嘘大象骑起来多好玩。

那大象腿粗耳大鼻子长，背上老宽老宽的，和马背完全不一样，稳当得很！他还现学现卖，把从李靖那边听来的象军给小伙伴们讲了。反正，特别好玩特别刺激就是了！

兕子她们还好，她们不爱刺激的，听着只觉得好玩。高阳不一样，高阳从小爱玩爱闹，早早学会了骑马，马球打得老好，她那些个皇兄们都爱带她一起玩。

高阳听李元婴说完便想去李靖府上玩，偏李二陛下下过令，不许李元婴再带她们出宫，李元婴没法带她去。

对小孩子来说，越是不能做的她就越想做，高阳越想越心痒，最后寻了个时机跑去找李二陛下撒了一通娇，表示幺叔去卫国公府骑大象了，自己也要去骑大象！

李二陛下一听，这还得了？这混账小子自己玩刺激就算了，竟还教唆高阳一块儿去玩！

就他俩的小身板，不够大象踩一脚的！

李二陛下马上叫人去把李元婴找来臭骂一顿，勒令他继续把上次没抄完的《诗经》重抄一遍，一个字都不能少！高阳也得和他一起抄，不抄完谁都不许出门，他会让人寸步不离地盯着他们！

罚完两个小的，李二陛下还是气不顺，又叫人去卫国公府走了一趟，叫李靖以后不许让李元婴登门，他再上门就把他轰出去。

李元婴和高阳一起被押送回去抄书。

李元婴对高阳干的好事埋怨不已："你是不是傻的，直接去叫你父皇让你骑，用脚指头想都知道他不会许你去的好不好？还白白把我捅出去！"

高阳才觉得自己冤枉："谁叫你说得那么好玩！我没骑成还要跟你一起抄书，

不比你更惨？"

两个人唉声叹气地回到平日里读书的地方，不情不愿地分坐两边动手抄书。

好歹是《诗三百》，足足三百多首诗，一两天是抄不完的，何况李元婴不可能安安分分一口气抄完，他和高阳写写停停，变相禁足了好些天。

李元婴抄完《诗经》交差那天，董小乙赶巧回宫一趟，告诉李元婴葵园那边来了不少人，本来只有骊山山脚下遇到的那一批，谁想到沿途有人听说能去滕王手底下谋生后纷纷跟上，寻到葵园时，前前后后加在一起竟来了三百余人，翻了足足十倍！

这是三百个人，不是三百个鸡鸭鹅，不能等闲对待，董小乙叫人带他们在几处田庄上勉强安顿下来，赶紧入宫寻李元婴禀报此事。

李元婴早料到人会挺多，听说是三百多人不仅不惊讶，竟还觉得挺少。他自觉已经和李二陛下通过气，和董小乙了解了那三百人的具体情况便去寻大侄子说话。

正是三月初，东宫花木处处含香吐蕊，李元婴溜达过去时，太子妃正带着李象在庭院中玩耍。

远远见到李元婴，皇孙李象乌溜溜的眼睛倏地一亮，迈开小短腿跑过去，跑过去奶声奶气地喊："幺幺！"

李象还小，记不住太复杂的关系，因着李元婴和李治他们年纪差不多，李治他们喊李元婴"幺叔"，李象就化繁为简喊李元婴"幺幺"。

至于李元婴从辈分上来说得算他叔爷爷这种事，李象是压根理解不了的，他只知道李元婴总给他带好吃的好玩的！

李元婴见李象颠儿颠儿地朝自己跑来，半蹲下张手把人抱起来掂了掂，夸道："重了！"

李象高兴地咯咯笑。

李元婴摸出一小布包的爆米花，给李象解馋。

太子妃知道李元婴和李承乾关系不错，来找李承乾兴许是有事，便给李元婴指了方向，说李承乾在前堂听于志宁讲学。

李元婴一听，马上表示自己先不去了，再陪李象玩玩。

这于志宁在李元婴这里是上了黑名单的人，当然了，于志宁看他也是横看竖看看不顺眼的！

前些天他们从骊山行宫回来，于志宁就干了件事：他把规劝李承乾的话写成厚厚二十卷书，名为《谏苑》，趁着李二陛下回来的机会直接呈给李二陛下！

那可是整整二十卷，大到李承乾游猎废学，小到李承乾一根头发丝乱了，全都给写成劝谏的文章整理成书！

这真是太可怕了，平时骂骂还不够，还要写文章来骂，骂完了还要送到家长手里。家长能怎么办，当然是表示老师您辛苦了，然后回头揍儿子啊！

李元婴越琢磨，越觉得他大侄子真是太惨了，太子真不好当啊。李元婴叫人盯着讲学之处，等于志宁走了他再过去，接着便兴致勃勃地带皇孙玩耍。

过了半晌，派出去的人跑回来说讲学结束了，李元婴才把玩得满头汗珠子、脸蛋红扑扑的皇孙还给太子妃，自个儿跑去找他大侄子！

李元婴明摆着想避开于志宁，偏就不凑巧得很，于志宁刚好从他选的那条路迎面走来。

这老头就是那种一根头发丝都不允许自己弄乱的人，连脸上的皱纹都是算着来长的，齐齐整整，纹丝不乱。

李元婴一看到他就想躲，转头溜到一半，又觉得自己为啥要躲，于志宁又骂不到自己头上！这样一想，李元婴不躲了，大大方方迎着人走上去。

于志宁前段时间献了本《谏苑》，李二陛下特意任他兼任太子詹事，李元婴赶巧记住了他的新官职，大摇大摆地迎上去喊人："于詹事给承乾讲完学了？"

于志宁对李元婴这大名鼎鼎的混世小魔王很有印象，尤其是他那些"光辉事迹"。

相逢不如偶遇，于志宁捋着须叹息一声，开始对李元婴进行劝诫："古语有云，千金之子，坐不垂堂。殿下乃千金之躯，怎么能学那蛮人骑上象背，若是出了意外如何是好？"

接着，于志宁针对这一事件开始对李元婴进行深刻的思想教育。

首先是如果你受伤了，你的亲朋好友全都会为你伤心，他们对你如此关心、如此爱重，你怎么能让他们为你担心？

然后于志宁又全面地阐述李元婴这样干的社会影响，如果人人都不爱惜自己的身体，田地谁去耕作，器物谁去锻造，敌人当前谁去拼杀？身为皇室宗亲，你理应以身作则，绝不为玩乐嬉闹让自己身处险境！

李元婴听得瞠目结舌。

这老头年过半百，说话却中气十足，不疾不徐地劝谏一通，竟连气都不用喘！

听到最后，李元婴都头皮发麻了，忙不迭地应声："我都知道啦，您给承乾讲学也累了，还是先去歇息吧！"

于志宁满意颔首，翩然离去。

李元婴寻到他大侄子，一屁股坐下，把左右端上来的水一口气喝到底，惊魂未定地和李承乾说："承乾啊，你真是太辛苦了。"

李承乾只在李元婴从骊山回来后见过他一回，知晓孙思邈已经给李二陛下看过了，结果却谁都不知道。接着李元婴就去李靖府上骑大象，被李二陛下罚了。

李承乾见他一脸心有余悸，不由得问道："怎么了？"

李元婴把自己撞上于志宁的事和李承乾说了，无比同情地望着自家大侄子："真不知道你平时过的都是什么日子！"一个于志宁就是这种功力，再加上孔颖达和张玄素，那真是想想就可怕。

李承乾最近惦记着李二陛下的身体情况，消停了不少，被骂的次数倒是少了，顶多只是被李二陛下兜头扔来二十卷《谏苑》让他有点受不了。李承乾问："卫国公家里的大象比宫里的还大吗？"

宫中也饲养了一些珍禽异兽供李二陛下赏玩，他们想看的话也能去瞧瞧，只是没谁会胆大包天地爬到象背上去。

一聊到自己骑大象的事，李元婴又来了精神，如此这般如此那般地给李承乾说了一通。他对只能耳闻不能亲睹的象军十分向往，和李承乾感慨道："我觉得南边的事情好玩，北边的事情也好玩，东边的事情好玩，西边的事情也好玩！可惜都太远了，我根本去不了！"

李承乾本只觉得李元婴说得活灵活现、非常有趣，听李元婴这么一提，也觉得很遗憾。他说道："这也容易，改天我寻些人来陪你玩便是。"

李承乾又给李元婴分享自己的玩乐经验，他喜欢和突厥人一起玩，觉得他们性情豪迈，做什么都很自在，与他们一起游猎让他有种置身大草原的感觉。有时他觉得东宫太过寂寞，便叫他们来陪着玩，篝火升腾，载歌载舞，想多热闹就多热闹。

李承乾说："若是你当真感兴趣，我回头叫人去弄一批大象过来，让骑象的南人和骑马的突厥人演练一番。只不过这么大的动静不好在东宫弄，得去外头！"

李元婴一听就来了劲头，眼睛亮得不得了："真的吗？"

李承乾道："当然。"他说完才想起李元婴上回随口把他卖掉的事，免不了叮嘱李元婴："你嘴巴严实一点，不能在父皇面前走漏风声，要不然就玩不成了。"

听到可能玩不成，李元婴立刻保证道："我绝对不会告诉皇兄的！"

李承乾这才问起李元婴来找他做什么。

李元婴把自己收留流民的事和李承乾说了。上回李元婴已经和李承乾提过此事，李承乾也答应若是李元婴那几个庄子容不下那么多人可以由他找地方安顿。

听说一次来了三百人，李承乾有些吃惊。别看三百人不算多，搁在底下也能成个有近百户人家的村子了。

李承乾道："没想到近在京畿竟也有这么多无家可归之人。"

李元婴道："现在他们有家可归了，我的几个田庄还能安置过来。"他把基本情况和李承乾说了，"正值青壮年的劳力和女子到哪都能活，大多不至于流落他乡。我叫董小乙一一统计过，他们这些人老的老，小的小，能干的活不多。我本来也不太缺干苦活的人，所以老人家的话，意思意思让他们做做饭之类的就好，至于那些小孩，我倒有个新想法。"

李承乾问："什么想法？"

李元婴说："我到封地后要弄个大书院，那不得要很多识字的人吗？便是整理一下各种书卷，不识字也不行的。这三百人里有一小半都是十岁以下的小孩，我先给他们弄个小学堂给他们开蒙，学个一两年应当把识字和算数都学完了，有能耐的可以继续往下学，没能耐的往后便在我手底下打打下手，他们有手有脚，将来又有屋有田，日子总不至于过得太差。"

李承乾道："这想法很不错。"

李元婴一脸腼腆地说："问题就是，我又不认得几个读书人，我去请人给这些小孩开蒙，他们怕是会把我轰出门。我想着承乾你可是太子，肯定认识很多读书人，你和他们说道说道，他们一定会答应推荐些适合的人过来！"他紧紧拉着李承乾的手，语气殷切："皇兄说这事该我们一起干的，承乾你可不能不出力！"

李承乾本想说"我也不认得几个读书人"，可对上李元婴亮亮的眼睛又说不出这种话。

他身为太子，怎么能连几个读书人都凑不出来？

李承乾点头应下了李元婴交托的任务。

李元婴没急着走，他刚才从于志宁连篇累牍的劝诫中得到了极大的启发，拉着李承乾讨论招募夫子的说辞。

这说辞不能往小里说，让人觉得去给那些大字不识的乞儿开蒙太埋汰人，所以他们要有多大说多大，先是痛惜大唐虽强盛却仍有这么多百姓受苦受难，接着要夸他们此行此举将垂范天下，他们的一小步，大唐的一大步，就连后世子孙也会记住他们的姓名！

李元婴洋洋洒洒地说完自己的构想，又殷殷地望着李承乾："承乾，你读书比我多，肯定已经会写文章了，你赶紧按着这意思写一篇出来，一定要写得那些个读书人一读就痛哭流涕、感动不已，不要钱都抢着来干！"

李元婴这样满含期望地看过来，李承乾能说自己也不爱写文章吗？

那当然是不能的，李承乾只能在李元婴的注视下叫人研了墨，挥毫按照李元婴的意思写起文章来。

文章李元婴不会写，不过李元婴会看，李承乾写一段他就在旁边念一段，积极地给李承乾鼓劲，马屁拍起来简直不要钱，一个劲地说什么"这一段写得真是精妙绝伦""承乾你真是妙笔生花，写得好极了""对对对，就是这样写，太棒了"。

李承乾听得一阵默然，若他不是知道李元婴是什么水平，他会觉得自己是文曲星下凡了！

不知是不是被李元婴胡吹海吹吹得有些膨胀，李承乾等李元婴走后，把整篇文章重读一遍，竟也觉得这文章写得酣畅淋漓，全然不见往日下笔时的瘀滞。

这是他近年来头一次没把写文章当烦人的任务看待，停下笔来还在回味刚才那种感觉，尤其是想起李元婴那番话他就乐。

李元婴说，这是他从于志宁劝诫他的话里得来的灵感，觉着这种一套大道理砸下来把你砸蒙的劝人方法很棒，任谁听了都会被说服！说服就好办了！这好看的高帽子你想戴上，多少得干点实事才行，要不然我就用夸你的话来骂死你！

这话说得有点糙，不过话糙理不糙，李承乾越琢磨越觉得是这个理。

平日里，于志宁他们不就是这样要求他的吗？先说他是太子，然后要求他这要求他那，若是他做不到就喷得他狗血淋头，顺便去父皇面前告他一状！

现在他要和李元婴干正事，他只消把这篇完全符合他们观念的文章呈给孔颖达他们，孔颖达他们不得给他推一批读书人出来把这件事办妥？

李承乾以前最不耐烦这些事，学不来文人那些弯弯绕绕的东西，不想经李元婴这么一闹腾，眼前反倒豁然一片，全没了往日那束手束脚的感觉。

李承乾说干就干，收拾好文稿，整了整衣冠，径直去寻孔颖达说话。

要说如今谁门下的读书人最多，自然是孔颖达无疑，毕竟他不仅门生众多，还管着李二陛下颇为看重的国子监。

李承乾把李二陛下让他与李元婴一起安顿流民的事与孔颖达说了，人肯定能找地方安置下去，只是要怎么让他们往后能靠自己生活下去、成长为于大唐有用处的人还得费些功夫。接着李承乾便把他在李元婴一路鼓吹下写出的文章取给孔颖达看，等待孔颖达的答复。

孔颖达没想到李承乾还会主动写文章。与爱好文学的李泰不一样，李承乾对文治方面不太"感冒"，只爱上马弯弓，平日里要他多看点书、多写些文章他都不愿听，如非迫不得已他决计不会把笔拿起来！

孔颖达老怀大慰，接过文章仔细一读，发现文章条理分明，主题突出，句句都在情在理，写得动人至极。他看完了，也觉得天子脚下竟有这么多人无家可归，老无所依、幼无所养，着实让人痛心！

而太子与滕王所求的，不过是寻几个读书人给这些无人抚育的孩子开蒙，叫他们识字做人，将来也能成为有用之人！

这样拳拳的爱民之心，孔颖达读完自是动容不已，当即应了下来，少有地夸了李承乾许多句，给李承乾打包票道："殿下放心，老臣一定尽快办妥此事，过几日便让人去葵园那边。"

李承乾听孔颖达一口应承，心里也高兴，难得主动留下与孔颖达多谈了一会儿才离去。

孔颖达虽是刻板严苛，却也不是不讲道理的人，见李承乾有此转变心中大慰。待李承乾走后，孔颖达起身在直舍内踱步两圈，决定去求见李二陛下，与李二陛下提一提此事。

李二陛下还不知道李元婴当真收留了三百余人，听孔颖达说完才晓得李元婴还真把人安置下去了。

孔颖达对此有些疑虑："滕王还小，如此多流民安置在他的田庄上怕是会出乱子。"

不说这些流民之中是否有居心叵测之人，光是给他们吃的住的也得费不少钱！更别说原来在田庄上谋生的人与这些外来者也会生出矛盾，无论治国治事向来都是"不患寡而患不均"的，人一多，必然要分走原来已经分好的东西，谁愿意把自己的东西匀出来给别人？给谁多给谁少都不可能让人满意！

滕王到底才十岁，如何应对得了这些事情？

换成以前，孔颖达肯定不会关心李元婴能不能搞定，可李元婴拉着李承乾出面，孔颖达就不得不替李承乾考虑了。毕竟李元婴丢了名声没什么要紧，太子若是行差踏错问题可就大了，一不小心可能会动摇国本！

李二陛下看出孔颖达的心思，笑道："元婴还小，不是还有承乾吗？承乾身边有孔卿你们在，莫说三百人，便是三万人也是能安置好的。朕将承乾交托给你们，就是想让你们把他教导成遇事能决、遇难能解的储君，朕相信孔卿你们一定不会让朕失望。"

孔颖达得了李二陛下这番话，心中大定，取出李承乾写的文章给李二陛下过目。

李承乾的文章写得不如李泰有文采，但胜在言语中正，句句切理，读来流利酣畅，绝没有半句矫揉造作之言！

李二陛下戎马半生，即位后反而对文治尤为看重，看完孔颖达呈上来的文章自是心中大悦，派人去给东宫送了许多好东西作为嘉奖。

毕竟，李二陛下如今每日所想的，不过是如何把这大好河山治理好以及如何让大唐世世代代都能长治久安，太子能有所转变，不再耽于游猎玩乐，于李二陛下而言自然是最值得高兴的事。

另一边，李承乾正命人去给李元婴凑"象军"，不想竟有人从李二陛下那边送东西过来。

东宫什么都不缺，可李二陛下赐下的东西和自己弄来的哪能一样？这些东西里有的是给他的，有的是给他儿子李象的，李承乾拿到跟前看了，心里百味杂陈，一时竟想不起他父皇上一次对他表示满意是什么时候。

李元婴可不知道李二陛下父子间的事，他听李承乾遣人过来说夫子的事孔颖达应下了，便不再担忧。

老孔这人烦是烦了点，言而有信还是能做到的，图书馆不就是他回国子监动员一番，出人又出书吗？

开学堂的事有了着落，李元婴命董小乙回葵园好好准备，不能让人家夫子到了连个像样的学堂都看不到，赶紧挑几处窗明几净的地方拾掇拾掇腾出来用。

至于该添置什么、该改动哪里，董小乙自己看着办便是了，事事都要他操心的话还要董小乙他们做什么？

李元婴把话说得很明白，要是董小乙办不好，他就换能办的人去办。

董小乙知道宫中想往上爬的人多得是，丝毫不敢松懈，铆足劲把回宫前日思夜想琢磨出来的章程和李元婴报备一番，预支了对应的钱款便火急火燎地出宫办事去。

事情都交代下去，李元婴就不操心了，继续跟着孙思邈学药理。他还撺掇孙思邈和李淳风见上了面，这两个人都是道士出身，很快便熟悉起来，商量起《千金方》要怎么设计排版才能尽量把孙思邈想表达的东西都塞进去。

李元婴优哉游哉地搞东搞西到月中，董小乙才再次回宫，禀报李元婴学堂清整出来了，按着他的意思男的女的都去学堂报到。

这批小孩全是穷出身，都没讲究什么男女之别，知道能有书读，个个都积极得很。

起初孔颖达派过去的夫子还对男女混坐有异议，后来发现那些个女娃娃比男孩子学得还用心，对待师长殷勤恭敬，习字认真踏实，没比外头那些皮上天的男孩子差到哪里去，便也默认了此事，全给一并教了。

另外，葵园中的向日葵也都发芽了，没出现死苗现象。玉米、花生也挑了适合的地方陆续种下，挑拣了一批细心的老人专门看护着，这些老人和田地打了一辈子交道，有个什么长虫缺肥的迹象准能第一时间发现。

听董小乙把事情安排得井井有条，李元婴非常满意，嘉许地点点头，说道："过几日我叫上承乾他们过去一趟，看看玉米花生，也看看那些老人孩子。具体哪天去还不知道，你不必叫人特意准备，我们就是要看看平时葵园是什么样的。"

董小乙欣然领命，出宫回了葵园。

李元婴正要去找李承乾说这事，李承乾那边赶巧派人找了过来，说是叫他过去一趟。

李元婴屁颠屁颠地跑过去，就听李承乾说周围的村子有头耕牛不巧摔断了腿，养不好了，不能再犁地了，昨日主人家已经和官府报备过。他手底下的人抢先把牛买下来养着了，这几天他们可以挑个空出去吃李元婴心心念念的烤全牛！

上回说好要凑"象军"玩，李承乾已经寻了好几头大象，偷偷驯养在秘密基地那边，这次他们叔侄俩正好去一睹为快。

李元婴听了自然兴奋不已，就是有点遗憾只能两个人偷偷去！想到他原本是要邀李治他们一起去葵园的，李元婴凑过去怂恿他大侄子："我们带上雉奴和兕子他们吧！人多，热闹！"

李承乾虽觉得人多不保险，但听李元婴说有葵园那边打掩护，便点头应了下来。都是自己的亲弟弟亲妹妹，一起去玩确实热闹点。

叔侄俩商量好瞒天过海的小计划，李元婴交托给李承乾另一个重要任务：既是要去葵园看看那些孩子们，李承乾身为太子怎么能不对他们讲讲话呢？

李元婴让李承乾准备准备，到时候要好生勉励那些孩子一番，比照着李二陛下释奠时激励国子监监生的话来讲就好，不过不要像李二陛下那样讲得文绉绉，听着有点打瞌睡，小孩子肯定是听不懂的！

李承乾一口应承下来，心里暗道，他们幺叔这话要是叫父皇听到了，肯定又被气得不轻。

李元婴可不觉得自己的话有什么不妥，他觉得自己说的都是大实话。和大侄子把正事坏事都商量好了，李元婴高高兴兴地来，高高兴兴地回，嘴里甚至还哼哼着小曲。

回到住处，李元婴与柳宝林说了自己过两日要出宫玩一天的事。柳宝林拉着李元婴的手嘱咐："出去玩可以，可不能再爬到象背上去。"上回李二陛下一罚李元婴，李元婴去卫国公府骑大象的事就尽人皆知了，柳宝林这几天都后怕不已。

柳宝林说话，李元婴还是愿意听的，乖乖答应，满嘴保证绝对不会再骑象："我都骑过啦，再骑就没意思了。"他只是和大侄子他们去看看骑马的和骑象的哪边比较厉害而已，才不会再亲自上阵！

柳宝林可不知道李元婴一颗心早飞到烤全牛和象马大战去了，听李元婴这么一说便放下心来，由着李元婴请人去给唯一在宫外的小伙伴魏姝传话，说到时接上她一起去葵园玩。

自从上次和李元婴闹出过上"花楼"的荒唐事，魏姝被魏徵禁足了好几天。

这回李元婴遣人过来传话，魏徵下衙归来后听了也不是很赞同，没上北里那事魏徵还觉得李元婴这孩子还可以教一教，现在他一想到李元婴把他宝贝孙女带去北里就肝疼！

谁家女孩会去那种地方？更别说后头高阳竟还和房俊直接对上了，这事要是传出去简直要让人笑上半年！

可惜魏徵心肠再硬，也抵不过孙女在旁边撒娇恳求，终是点头应允让她跟着去玩。

李元婴把小伙伴都通知了，才想起自己还没过李二陛下那关。

他又跑去李二陛下面前献了老半天殷勤，如此这般地把葵园的事和李二陛下说了，说是想邀请大侄子去给那些个小孩鼓鼓劲，就像皇兄你在国子监主持释奠一样。

李二陛下自也知晓葵园那边的情况，他既允了李元婴拉着李承乾他们一并解决此事，享受完李元婴的讨好之后便解除掉不许他带几个小辈乱跑的禁令，答应放他们出去玩一天。

李元婴高兴地跑了。

到约定好那日，李元婴先把侄子侄女数齐，又浩浩荡荡地去魏家接人。魏徵早到朝中当值去了，家中只有裴氏和魏姝在，李元婴对裴氏作了一番保证，表示好好把姝妹妹送回来，轻轻松松把魏姝接走了。

李元婴把爆米花和鱼皮花生给他们分着吃，和他们介绍起这两种作物的稀罕之处，夸口说："包管你们从来没见过。"

李元婴和李承乾凑在一起的时间少，上回要给他分爆米花时中间还隔了个人，几番下来竟都错过了分着吃的机会。

这次李承乾终于拿到了李元婴分过来的小布包，试着尝了几颗，觉得确实有独到之处。再听李元婴说这玉米容易长，屋前屋后山上山下都能种一些，花生更是混在地里种下就能长出许多来，李承乾吃了一惊。

这样的作物，他以前确实没见过！

李元婴叮嘱他们："你们不许和你们父皇提起，等我种出来了再吓他一跳！"

李承乾听李元婴只留了一小批种子去种，剩下的都做成了他们手里的吃食，当然只能答应帮李元婴瞒着——不瞒着的话，他觉得他们幺叔怕是要挨揍了！

上回李元婴把葵瓜子炒熟了吃，可把他们父皇气得够呛。若不是后种出了一小批，他们父皇哪里会放过他！

李元婴的葵园这边到开春才把去年留的种种下去，宫中却已在暖房仔细种了几批，生怕去年留的种放到今年会坏掉。为了种出这种能出油又能当零嘴吃的新作物，可把暖房那边的人忙得够呛！

事已至此，李承乾也只能边吃着爆米花边劝说李元婴："往后你可别叫人把找到的种子都弄成这些吃食了，我怕父皇受不住被你气病。"

就算和李承乾他们玩得好，李元婴也知道万界图书馆的存在不能告知自己以外的任何人。就像孙思邈所说的那样，别人都没有，就你自己有，这如何使得？

既然解释不了玉米和花生为什么会变成这样的吃食，李元婴当然不会去反驳这事不是自己干的——谁叫系统给他时就是零嘴，种子才是附带赠品！

李元婴含糊应下："往后的事，往后再说！"

李承乾知道李元婴从小天不怕地不怕，不再多劝。一行人骑马的骑马，坐马车的坐马车，很快抵达葵园之外。这田庄还是太上皇在世时拨给李元婴的，挑了十里八乡最好的一块地圈起来，前面绕着水，背后靠着山，后头那一整座山也都划入了田庄范围内。

不少人打过这庄子的主意，愣是让当时只有四岁多的李元婴占了去！这几年田庄收成极好，每年都给李元婴带来不小的进项，更别提还有另外两处小一些的田庄也在他名下。

所以，李元婴不缺钱。

正是因为不缺钱，他才能大手一挥让底下的人不种农桑，全部改种向日葵、玉米和花生。底下的人听说不种粮其实有点犯嘀咕，不过董小乙先安抚后敲打，借着李元婴的名义恩威并施，把庄子上下打理得服服帖帖，让种什么就种什么。

开春以来，董小乙直接住到田庄上盯着下面的人种下三种新作物，每天一早就要起来认认真真把整个庄子巡一圈。若是没别的要事，他还要骑马去另外两个庄子看一看，忙得不得了，不到一个月小身板都给锻炼结实了。

这天董小乙和往常一样在向日葵田间巡视那浅浅的嫩苗，远远便眼尖地瞧见李元婴一行人过来了。他立刻连走带跑地迎了过去，和李承乾几人行过礼后麻利地引他们入内，给他们介绍这一片种的是向日葵、那一片种的是玉米、另一片则是花生。

几种幼苗都还青青嫩嫩的，远看瞧不出太大的差别，只有凑近看看它们刚刚舒展开的嫩叶才能看出不同来。

李元婴牵着儿子几人把三种作物的幼苗认了一遍，才在董小乙的引领下走向学堂所在地。

还未走近，朗朗的读书声已随风传来。

已是三月，屋前屋后的桃花都到了最烂漫的时候，风一动，柔嫩的花瓣轻轻飘舞，颇有些世外桃源的感觉。李元婴看着开了满树粉花的桃树，兴致勃勃地问董小乙："这桃树结桃子吗？大吗？好吃吗？"

李治本来正沉浸在那美丽的桃花和悦耳的读书声之中，听李元婴这么一开腔，简直不知该说什么好。李治道："幺叔，你真能煞风景！"

李元婴可就不乐意了："哪里煞风景？你不想亲自来摘桃玩吗？自己摘的桃一定更好吃！"李元婴还拉儿子她们声援自己："儿子你们说说，我说得没错吧？"

在九哥和幺叔之间做选择，儿子她们自然是选幺叔的，都说爬树摘桃子一定好玩。宫中虽也有桃树，却不见有前头那株那么大、长得那么好的，若是能结桃子的话一准又大又甜。

李治无话可说。

董小乙在李元婴身边伺候了一段时间，多少也摸清了李元婴的性情，早和人打听过屋前屋后几株桃树的事。等李元婴和李治他们争辩完了，董小乙才仔细给李元婴介绍："这株最大的桃树，结出的桃儿最大，品相也佳，随便摘一个都没有不好的；可要说最甜的话，得是学堂后头那株才是最甜的，就是个头小了点。不过许是因为这儿水土丰沃，和外头卖的比起来，这里的哪一株都更好吃！"

这话李元婴喜欢听，当即叫董小乙等桃儿熟了回宫禀报给他，他要带兕子她们来摘。

董小乙喏然应下。

一行人走到学堂外，读书声没停，夫子带一句，一群小孩便念一句，响亮又齐整。

学堂是现成的屋舍改造成的，没有能容下一百人的大屋，这百来个孩子便按照年龄段和初期考校分了几间屋舍。周围一些佃户听闻这边开了学堂，也都把适龄的孩子送了过来，加起来竟有将近一百五十个学生！

不同夫子教法不一样，几批小孩的开蒙进度大不相同，读起书来像是在比试谁念得更洪亮一样，统统用上了最大的嗓门。李元婴对此很满意，他最喜欢热闹，百来个孩子竞相读书的盛景很符合他的喜好！

直至夫子们陆续教完一段，董小乙才敲响屋檐下垂下的铁条，按照平时训练的指令"当当当"地敲了三下。

夫子们虽没听说李承乾他们会过来，却也早跟董小乙约法三章，讲学他们来，管理要听董小乙的。这些孩子将来都要替太子和滕王他们办事，学问要教，做事更要教，不能养出一群不知感恩、不恭不敬的白眼狼！

于是指令一响，夫子们便和平时一样叫学生们有序地走出学堂，去前头的空地上集合。

待学生都出去了，夫子们也跟着走了出去。这时他们才看到站在不远处看着学生们列队的李承乾一行人。别人不认得太子，这些夫子却都是读书人，怎么可能不认得？

看到太子立在那看着学生们三三两两地列着队，夫子们一激灵，纷纷上前让学生们动作麻利些，不要叫太子他们失望！

这群小孩无一不是出身寒门，有的还没有双亲教养，哪里知晓太子滕王之类的到底是什么身份。好在这段时间董小乙每日一早让他们排好队锻炼锻炼，再做一番思想工作，主要内容是这样的：现在给你们吃、给你们穿的是滕王，让你们有书可读的是太子殿下，你们只要好好把握学习学问的机会，将来不管做什么都更有机会。比如他董小乙就是因为识得几个字，便抓住了到滕王身边当差的机会！

对这些从小得为温饱挣扎的小孩来说，和他们说什么家国天下、说什么仁义道德都不顶用，得和他们说实在的，告诉他们识字算数有什么用，他们才会铆足劲把握机会！

董小乙简单粗暴的洗脑工作还是很有效果的，一听是两位恩人过来看他们，百来个小孩迅速排得齐齐整整，连混在其中的佃户儿女都被他们感染了，齐齐抬起头望向衣着华贵的李元婴几人。

李家人到了李二陛下这一代相貌都不差，到李承乾这一代更是越长越好，叔侄几人站在那儿都是非常扎眼的，唯一一个不姓李的魏姝瞧着也很俊秀，可把整群小孩的眼睛都看直了。

李元婴戳戳李承乾，示意该他发表讲话！

一路上，李元婴已经和李承乾对过"演讲草案"，李元婴各种意见一提再提，直接把李承乾还带着点文气的说辞改成了大白话。

李承乾虽向来不喜欢舞文弄墨，可若要他对着百来个小孩说一大段毫无修饰的大白话，还真有点难张口！

等抬眼对上那一双双乌黑明亮、齐齐望向自己的眼睛，李承乾心里才有了种异样的触动，闲话家常般把早已想好的话向眼前的小孩们说了出口，将自己对他们的期许、对他们的要求用最直白浅显的话语表达出来。

所有小孩都听得非常认真，最后齐声向李承乾保证自己一定好好学习，绝不偷懒！

直至和李元婴他们一起离开葵园前往"秘密基地"，李承乾还在回味着刚才对孩子们讲话的感觉，他心里还存留着一丝莫名的激荡，心情竟和他与人驰骋在猎场中游猎一样好。那明明只是一群无依无靠的孩子，为什么会给他这样的感觉？

李承乾没想明白。

没想明白，李承乾也就不想了，只打算下回再和李元婴一块儿过来看看这些孩子学习进展如何。

李元婴更是什么都不想。他正把自己和大侄子的瞒天过海大计告诉李治几人，说到葵园来只是计划之一，现在他们要进行计划之二了——去吃烤全牛和看象马大战！

高阳本来因为只过来给葵园的小孩们讲了番话而有些失望，听李元婴这么一说，一双眼睛倏地亮了起来："真的吗？"

李元婴道："自然是真的，我什么时候骗过你们啊！"

兕子有些担忧地拉着李元婴的手说："幺叔，父皇会生气的吧？"上回她们出宫玩误入挽翠楼，父皇就生了很大的气！

李元婴道："不怕，我们就是去吃吃玩玩，又不会干别的！再说了，我们不告诉皇兄不就得了？"他一脸笃定："皇兄不知道，就不会生气！"

李元婴言之凿凿，表示李二陛下日理万机，每天忙得不得了，肯定不会晓得他们去完葵园后又去"秘密基地"玩耍。

几个小的向来信服李元婴，高高兴兴地坐在车里，前往上回烤全羊的地方。

许是因为这"秘密基地"在李二陛下和诸位大臣面前过了明路，大烤炉安安稳稳地存活至今，没像上一个那样惨遭拆除。

李治比李元婴想得多点，觉着李元婴有点天真了，他们这么多人跟着大哥去玩，李二陛下压根不可能不知道。他把自己的担忧和李元婴说了，叫李元婴悠着点，别玩得太过火。

高阳道："就你担心得多，怕什么啊，先玩了再说。"至于被发现后的事，那当然是被发现后再想，玩都没玩谁要想东想西！

这就是高阳和李元婴臭味相投的地方了。两个人靠丰富的作死经验说服了兕子她们，到了地方便高高兴兴地跳下马车去看烤全牛是怎么烤的。

那牛长得肥壮得很，李承乾买下它时花了不少钱，主要是当时别家也有人想要，他派去的人得跟人竞价，价钱被人抬了上去。

李承乾在吃和玩方面很舍得"砸"钱，又记着自己和李元婴约定过要做烤全牛，这才"砸"下重金。

知晓他们今天要过来，"秘密基地"这边早忙活开了，把那养了几天伤的耕牛利落地宰杀。这牛比上次的羊大上许多，在旁边手动翻身和涂调味料的人多了一倍，一个个都专注地盯着烧得红彤彤的炉子，生怕把这么大一头牛烤坏了！

李元婴带着兕子她们看了一会儿，觉得烤全牛与烤全羊没太大区别，顿时没了围在一边等它烤熟的兴致，拉着李承乾说要去看他募集过来的"象军"。

李承乾领着他们到一处视野极好的高地上，朝左右轻轻一拍手。左右领命而去，令人取出两面旗帜迎风一甩，便见旷野两侧的山林中出现两队人马：两边都不过十来人，左边的骑着马，右边的骑着象！

双方还没行到能相逢处，那些高鼻广目的突厥人已经将胯下骏马驱赶得啾啾作响。

另一头，许是大象长得格外高大，所以象背上的南人显得个头小上许多，不过他们骑着的大象也高高昂起象鼻、拍动巨大的双耳踏步前行，所到之处那些趁着春季雨水丰沛而肆意疯长的野草都被踩得东倒西歪，硬生生靠粗大的象足开出一条路来！

大约是因为没见过大象，随着那庞然大物靠近，突厥人的马儿忽然开始不听使唤起来，纷纷惊慌地嘶叫起来。若不是平时这些突厥人把马驯养得极好，遇到这种阵势怕是要四散奔逃了！

饶是如此，这些突厥人的境况也没好到哪里去，竭尽全力也无法让马儿再往前！

能与李承乾终日游猎玩乐的，真要说有多大的能耐肯定不可能，顶多只是骑术比一些人好些罢了。

真能指望他们临危不惧，和对面拼个你死我活吗？那当然不可能！

随着那将近十头庞然巨物组成的"象军"步步逼近，这群远称不上是骁勇骑兵的突厥人终归还是溃散了，狼狈地被那几个骑在象背的瘦弱南人撵着跑！

不逃不行，若是不逃，马儿当真要受惊！到时候胯下的马惊惧之下把他们甩下去，他们很可能会被那宛若千钧的象脚踩成肉酱！

李元婴站在高处看得很过瘾，顿觉象军果然很带劲，那些突厥人被它衬得狼狈极了，一点儿都没有平时的骁勇模样。他有些蠢蠢欲动，凑到李承乾身边问："这大象好养吗？"

不仅李元婴意动，李承乾也有些意动，招了个说话利索的南人上前细问。

从前他和突厥人玩得好，觉得突厥人都活得自在极了，很喜欢带他们外出游猎、围坐戏玩，如今一看，他们对比骑象人，着实大失往日风采！

几人就着高地上的草地坐下，齐齐看着那有点紧张的南人。这南人清瘦黝黑，显见常年受日晒风吹。

这南人在李元婴的催促下讲起了他从小的驯象生涯。他叫杨六郎，由于家乡多象，他家又祖祖辈辈都是驯象人，他更是从小认养了一头幼象！

大象怀胎时间比人还长，要长大也得花个十来年，可以说他的象是和他一起成长起来的，他对它才能如臂指使。

若不是这种从小被人驯养的象，寻常人碰到大象都得头疼，毕竟它们块头大，又喜欢群聚，若是山林与草野的草木不够它吃，它们就会去啃庄稼！

李元婴从来没去过南边，听得津津有味。

杨六郎便给李元婴提及养象的不易：一只成年的大象一天下来可能得吃几百斤的草木，吃进去了它又不能全嚼碎，大半又变成粪便排出来。它的粪便一天也可能有两百斤，能把人囫囵着埋起来的那种！

如果不是他们家这样的世代养象之家，恐怕还真难把这么个大家伙伺候好，更别提还要驯化它们。

李元婴听到一头象一天能有两百斤象粪的时候眼都睁圆了，想象不出若是养个百来头大象那粪得堆多高！李元婴与儿子她们感慨道："卫国公也不容易哪，他家怕是得有个人专门清理象粪，要不然用不了几天卫国公府就能叫象粪给埋了！"

高阳本来跃跃欲试想弄一头大象玩玩，听李元婴这么一说便打消了主意，她怕将来自己的府邸被象粪堆满了。她到底是个爱臭美的女孩，哪怕这杨六郎说象粪不臭，还能捡来撒田里肥田，她也不乐意养这种这么能拉的牲畜。

李元婴倒没高阳那么在意象粪，他好奇地问："你们带着大象到长安来，是让它们帮你驮货物吗？"

杨六郎骄傲道："是的，我们被商队雇佣来帮他们驮运货物，顺便吸引一下百姓的目光。赶巧太子殿下要寻大象与突厥人对战，雇我们的人便与我们商量着叫我们试一试。我们这些象还是温顺的，更凶的那批曾经大败吐蕃军，让他们十几年间都不敢再来进犯！"

李承乾也来了兴致："当真如此厉害？"

杨六郎自然不会说假话，搬出自己从小听惯了的象军故事，眉飞色舞地讲给李承乾他们听。

几个小孩都听得激动不已。

李元婴道："虽说大象吃得多，粪也太多，但是用得好是真的有用！"

李承乾和李治都点点头。

魏姝见李元婴显然动了养一批大象的心思，想了想，与就坐在自己身侧的李元婴说道："象军虽然勇武，个头也够吓人，可我觉得它也不是不能破的。"

其他人的目光都聚集到魏姝身上。

魏姝毫不慌乱，仍是不紧不慢地说："战国时期齐国有个叫田单的人曾发明一种战术，叫'火牛阵'。田单收集城中千余牛，饰以绛衣龙纹，再把浸油的芦苇绑到它们的尾巴上，点着芦苇将它们驱往敌军阵中。敌军见近千带火的'怪物'连夜朝自己冲来，吓得慌了手脚、东奔西逃，一下子被齐人击溃了。"

李元婴道："这个我也看过，是《史记》里写的。"他有点疑惑："这和象军有什么关系？难道也用火牛阵来对付象军？"

魏姝点头，娓娓说道："刚才不是说大象怕火吗？若是用上这火牛阵，当带着火尾巴的牛群冲入象军之中它们准会争相躲避，情况不会比刚才骑马的人好多少，甚至还可能让自己人死于象足的践踏之下。"

李元婴脑中拟出了魏姝所说的画面，发现这火牛阵对付象军似乎真的可行！

要知道骑兵或象兵的战场可不是大唐境内，而是北边或西边诸多游牧民族，他们的牛羊不如大唐境内金贵，有水有草他们就能一批批地养，听说吐蕃境内还有许多野生牦牛。若是有人驱赶那些野性十足的牦牛用这种法子冲杀进象军之中，大象原先那些优势又成了劣势！

李元婴夸道："妹妹妹，你怎么这么聪明！"

杨六郎不服气地道："火牛阵也不是谁都能用的，你怎么保证牛会往对方那边跑，而不是倒回来冲撞自己人？当真火烧尾巴了，它们可没法判断方向。"

魏姝道："有驯象之法，自然也有驱牛之法。"

李元婴认同魏姝的话："是这个理，你能让大象听你的话，别人说不定也有法子让牛听他们的话。"

杨六郎不吭声了。

李承乾经他们这么一说，也颇有感触："看来世上没什么无往不胜的法子，你有张良计我有过墙梯，端看应战时谁的办法更高明。"以前李承乾觉得马上驰骋最是潇洒，刚才看他的突厥友人们面对"象军"毫无迎战之力，直接狼狈溃逃，李承乾竟觉得往日喜爱的纵马打猎变得索然无味。

李元婴趁机道："那我们更要多见识各方手段，提早想想应对之法，将来遇上了才不至于手忙脚乱。"他脑筋灵活得很，想到他们今天的瞒天过海大计很可能会被李二陛下识破，又开始怂恿李承乾："我们偷偷出来一次两次还好，出来太多次总归还是太招眼了，不如你再写篇文章把这个想法跟皇兄说一说，让皇兄允你多接触这些事。到那时，我们就能光明正大地玩个够了！"

李承乾一想，觉得李元婴的话可行。这次随行的禁卫那么多，他带着李元婴他们过来玩的事很难瞒到底，倒不如自己写份折子向父皇请示一番！

烤全牛还没做好，李承乾怕自己回头把这事忘了，当场便叫人取来笔墨，在李元婴以及几个弟弟妹妹的注视下挥毫疾书。事例是现成的，感悟也是现成的，李承乾写得比上次被李元婴一通狂夸时还利落。

这回人多，李元婴没有一段段地边念边夸，改为挑选好句好段拉小伙伴们一起吹捧："这句写得真好，我就想不出来！"

兕子很捧场地应和："大哥厉害！"

李治跟着说："确实好！"

城阳和衡山直点头。

高阳虽不喜欢舞文弄墨，却也耐着性子凑在一边看，不时跟风夸上一句。毕竟，李元婴说这文章若是写得好，她们父皇不仅不会骂她们，还会夸她们！

倒是最开始提出"火牛阵"的魏姝立在李元婴一侧，没再多说什么，只沉静地看着李承乾在李元婴的鼓动下洋洋洒洒地写出一篇由"象马大战"和"火牛阵"起头的文章来。

李元婴见魏姝一直不说话，怕她觉得闷，不由得悄悄和她分享他最近总怂恿李承乾写文章的原因："这写文章的法子，我是从于詹事那里学来的。于詹事知道不？叫于志宁的那个，虽没你祖父老，骂起人来却和你祖父一样厉害。你不晓得，前些日子他写了二十卷《谏苑》来骂承乾，怪可怕的！"他又把那天迎面遇上于志宁的事大略地给魏姝讲了，乐滋滋地对魏姝说："当时我就想，若是能照着他的法子把事情改头换面往家国大义上靠一靠，一准什么事都能把皇兄那关过了，指不定还能得他们的夸呢！可惜我不会写文章，所以得让承乾来写。"

魏姝听得瞠目结舌。

要是让于志宁知道李元婴这想法，怕是打死他的心思都有了！

李承乾将文章写完收好，守在火炉那边的人也寻了过来，说是烤全牛已经熟了。玩耍了半天，李元婴肚子饿了，闻言马上拉着李承乾过去分烤全牛吃。这次李二陛下他们没来，牛蹄分给了获胜的"象军"。

李承乾按年龄算是最年长的，责无旁贷地肩负起分肉义务，李元婴带着一群"小萝卜头"挨个等在一边，一点都没把他当太子看，对着他要切这块要切那块，务必让每个人都分一大块香喷喷、好入口的烤牛肉。

李承乾见他差遣自己差遣得那么顺口，故意切歪一刀，让李元婴到手的烤牛排尤其壮观，瞧着比他脸盘还大，比他手臂还长！

兕子一看，睁圆眼惊叹道："幺叔，你能吃这么多吗？"

男子汉大丈夫，怎么可以说不能？李元婴挺直小身板夸下海口："当然能！"

于是回宫的时候，李元婴没能和李承乾一起骑他的小马，而是瘫靠在马车上揉着圆滚滚的肚子消食。

吃到撑着了！

他发现，大侄子有点坏！

李元婴一路上越想越觉得大侄子学坏了，没等李承乾趄摸个时机把文章呈上去，自个儿就跑去找李二陛下告状。

李二陛下早前刚听人回禀完李元婴一行人去完葵园又跑去外头玩耍的事，还没等遣人细问他们去了哪、有没有干什么坏事，结果李元婴自己撞上来了。再一听他告的黑状，居然是承乾给他切了老大一块肉，把他吃撑了！

李二陛下被逗笑了："承乾给你切，你就全吃光，这么听话？"

李元婴道："那不是兕子在旁边说'幺叔你真的能吃光吗'，我当然要说能啊，男子汉大丈夫不能说自己不行！"

李二陛下瞅着他没长多少的个头，意思是"就你这样也算是男子汉大丈夫？"

李元婴哼道："反正，我觉得他学坏了！"

李二陛下早知道这小子瞅着没脸没皮，在兕子她们面前又死要面子，心里直乐。他气定神闲地戳穿李元婴早前过来撒的谎："不是说去葵园吗？怎么又开始分肉了？"

李元婴一听，发现不对，刚才他越想越气愤就来告承乾状，都忘了自己去吃烤全牛了。李元婴立刻道："我突然想起我还要去老师那边，先走了！"说完他不等李二陛下发话，脚底抹油溜之大吉！

李二陛下由着他跑了，等出去查问的人回来才细问李承乾一行人到底去了哪。承乾几个都是他的嫡出子女，他平日里没太多时间教导他们，可不能由着他们胡闹。

听来禀报的人说完，李二陛下揉揉眉心，摆摆手让人退下。一听到什么烤全牛、象马大战，李二陛下就知道这是哪个混账出的主意，偏承乾还帮他去寻象买牛，当真是混账到一块儿了！

好在承乾还算有分寸，没让兕子她们骑到象背上去，只带她们站到高处看着。要是兕子她们有个什么意外，李二陛下觉得自己真会掐死那混账小子！

还是老四那孩子比较省心，每日也就在府中读书著书。老子看儿子，当然是越看越可爱，连胖乎乎的身量都觉得圆润有福，李二陛下既然想到了，便叫人把李泰宣进宫来见一见，父子俩坐下聊个天放松放松。

李泰正在府上向萧德言请教学问，听李二陛下宣召自己，便别了萧德言进宫去。由于他长得胖，李二陛下还允他入宫时可以乘坐肩舆直接到殿外，不需要他自己走多少步。

一路上，李泰都在想父皇召见自己做什么，这早不早晚不晚的，难道有什么要紧事？不管为的是什么，李泰还是搜肠刮肚地想着自己近来做了什么事、看了什么书，等会儿好在他父皇面前好好说道说道。父皇最喜欢听他说这些！

李泰一到，李二陛下便让他坐下，果真问起他近来在做什么、读了什么书。听李泰满脸热忱地说起文学之事，李二陛下开怀不已，好生勉励了李泰一会儿，才和李泰提起李元婴带兕子她们出去胡闹的事，顺嘴骂了李承乾一句。

李泰听了便说："幺叔他们还小，爱玩爱闹是正常的，不爱玩不爱闹才稀奇。"

李二陛下点头，与这个自己颇为疼爱的孩子聊过后赐了他一些宝贝，再一次投身到政务的海洋之中。

李泰出了宫，寻来心腹之人命他去把李承乾一行人今日在东郊所做的事查清楚，看看有没有可以拿来做文章的东西。

他虽有意争夺太子之位，却不能时刻让人盯着李承乾那边。毕竟他现在最大的优势就是父皇的偏爱，若是在李承乾没行差踏错之前就把事情捅到明面上，他肯定会失去这个优势！可要是李承乾自己干了不该干的事，情况就不同了！李泰与心腹将李二陛下提到的事细说一番，让他们查起来有个方向。

第二日，李承乾还没找机会把文章呈上去，上朝时已有一些人站出来弹劾太子荒废学业、耽于游乐。

这是老话题了，这几年来指着李承乾鼻子骂这个的人可不少，不过这次老瓶装了新酒：有人弹劾李承乾重金买牛，骄奢淫逸，靡费甚多；有人弹劾李承乾让突厥人与南人搞"象马大战"，稍有不慎可能导致无辜者死伤，甚至还隐晦地提了句"天子脚下弄出个象军来是不是有什么想法"；反正你方唱罢我登场，整场朝会都是在攻击李承乾中度过的。

更要命的是，这些人里不仅仅是偏向诸王的人，还有太子自己的老师张玄素之流。

昨天李二陛下听了李元婴他们闹腾出来的事还没多糟心，顶多只是口上骂两句，毕竟，他年轻时也爱干这些事，真要放开了让他去玩，莫说寻几个大象，寻几只虎他都喜欢。儿子像老子，那不是挺正常吗？没想到隔天上朝，居然闹得这样沸沸扬扬，他听着都觉得承乾干了件丧尽天良的事！

李二陛下被一干朝臣的群情激奋弄得无可奈何，看向默然坐在诸王之首的李承乾。李承乾乖乖在这挨骂，另一个始作俑者却不在，李二陛下一想到那糟心玩意儿可能还在呼呼大睡，便觉得心情不太好，当即摆摆手让人先停一停，议点别的事，他叫人去把李元婴这个始作俑者叫过来，好让那混账小子也听听大家的批评。

众人一琢磨，觉得李元婴这混世小魔王确实不像样，这事很可能是他撺掇的，认同了李二陛下的提议。

李元婴这会儿确实还睡得香甜，昨天他吃得太饱，回来后告完李承乾的状还没消完食，肚子撑得厉害，索性拿起医书读到半夜，早上自然就起不来了。而且平时他也不会起这么早的，至少得日上三竿才睁眼！

听到有人来传话说要李元婴去朝会上一趟，柳宝林心中惊疑不定，忙去叫醒李元婴。李元婴迷迷糊糊地被柳宝林帮着穿衣洗漱，到洗完脸才清醒过来，往柳宝林身上蹭了蹭，奇怪地问："娘，这么早让我起来做什么？"

柳宝林细声把李二陛下让他过去的事告诉他。

李元婴嘟嚷："准没好事。"

柳宝林捂住他的嘴："不许乱说话，朝会上都是德高望重的大臣，你去了要乖乖的。"

见柳宝林神色带着忧惧，李元婴老实点头。

李元婴把该戴的玩意儿都戴上，勉强也有个小王爷的模样。等转了个弯、确定守在门前目送他的柳宝林看不见了，李元婴才好奇地问前来传话的内侍怎么回事："皇兄怎么会让我去掺和朝会？"每次他去找李二陛下时若是碰上有正事要谈，李二陛下都会把他晾在门外的！

那内侍常在李二陛下跟前伺候，知晓李二陛下对李元婴这么弟也颇为偏爱，便悄悄把朝会上发生的事挑拣着与李元婴说了。

李元婴一听，这是聚众欺负他大侄子，太坏了！虽说大侄子也有一点点坏，可他们这么多人喷大侄子一个，以多欺少，忒没道理！李元婴的脚步顿时变得虎虎生风起来，直接往朝会那边跑，追在后头的内侍差点没追上。

殿内在商议的事正好告一段落，听人传报说滕王到了，众人便想起刚才搁置的"喷"太子大业，齐齐看向被人引进来的李元婴。

李元婴平时参加宫宴的次数不少，大臣们都认得这混世小魔王，有些个老臣还曾被他拔过胡子，想忘都忘不了！

参加朝会，李元婴却是头一回。像李承乾、李泰这些年长些的皇子若是没去封地，平日里也是要来朝会上旁听的。李元婴年纪不大，性格又混账，李二陛下从没让他来过，由着他好好玩去。

见群臣的目光齐刷刷投来，李元婴也不慌，踏着映入殿内的朝阳往里走，整个人也被晨曦染得金灿灿的。他生得讨喜，此时看着更是机灵可爱，许多人都觉得这若是自家儿孙恐怕没人会对他说一句重话。

可，李元婴不是他们家儿孙！

不少人都撸起袖子准备开干了。

李元婴往里一看，才发现李治早过来了，此时跟鹌鹑一样忐忑不安地坐在李承乾身边。李元婴也跑过去一屁股坐下，气鼓鼓地看向李二陛下，意思是"你们可以开始骂了，我看看你们要怎么骂"。

若不是地方不对，李二陛下都想伸手掐掐他气得鼓起来的脸颊了。

三个犯事的皇子皇弟来齐了，朝臣们便开始新一轮的弹劾，喷得有条有理，义愤填膺，仿佛李元婴几人不是吃了一头牛，而是强抢了他老娘！李元婴前头被于志宁劝谏过，也算领教过这种上纲上线的骂人法子，可如今听这么多人的唇枪舌剑齐齐朝自己三人刺来，火气还是噌噌噌地往上冒。

儿子买头牛吃，老子觉得钱花多了骂一顿还说得过去，外人也义愤填膺地来骂算什么事，又没花你家的钱！

李元婴咻地站起来，表示自己有话要说。

李二陛下横了他一眼，意思是"让你过来就是让你挨骂的，你乖乖听着"。

李元婴才不理他，冲到那个还在"喷"个不停、陈述李承乾重金买牛有多不妥的官员面前，直接拉住对方的衣袖打断道："到我说了！"

那官员被他这么一弄，直接忘词了，气得涨红了脸。

李二陛下训道："回去坐好！"他看了李元婴一眼："有话便说，动什么手！"

这下所有人都静了下来，再一次齐齐看向李元婴。

李元婴觉得自己个儿矮，坐下说没气势，也不坐回去，直接与弹劾李承乾的官员问对起来："你是觉得承乾花大价钱买牛不好吗？"

那官员道："自然不好。国库空虚，百姓穷苦，太子殿下身为太子，理当以身作则才是！"

李元婴转头问李承乾："承乾你花的是自己的钱，还是国库的钱？"

李承乾道："当然是自己的。"他又不是傻子，怎么会动用国库的钱去玩。

李元婴点头，再次望向那位官员："承乾花自己的钱买下一头牛，这头牛已经在官府报备过，不能再当耕牛了。这个过程就是普通的买卖，没有违反律法之处，没有错吧？"

"是没错，"那官员道，"可太子殿下身为太子，怎么能如此铺张浪费？"

“我们明明把牛都吃完了，怎么能说是铺张浪费？”李元婴不服气地说，“难道你觉得我们吃一顿烤牛都是浪费？那我可真是奇怪了，吃都是浪费的话，要做什么才不浪费？每天不吃不喝早点饿死吗？”

武将那边听到这话，有人忍不住笑出了声。

朝堂之上大家说话都斯斯文文，全按着文臣的规矩走，可把他们这些武将憋得不行，偏偏不来还不成，得按时按点来听他们叨叨。除了程知节这种动不动抡起拳头喊打喊杀的浑人，这还是头一回有人在朝会上和人这样呛声！

李二陛下见李元婴到哪都能闹腾出事来，喝道：“回去坐好！”

李元婴偏不。

李元婴还要接着说：“你肯定要改口说买牛没不对，花重金买才不对是吧？”

那文臣不接腔了。

李元婴道：“要我说，承乾花重金买才是爱民如子的表现！”

其他人都用“我看你要怎么胡说八道”的眼神看着李元婴。

李元婴道：“如果你是卖牛的人，有人花大价钱买你没了用处的牛，你高不高兴？”

那官员是斯文人，被李元婴杵在眼前逼问只能说：“自是高兴。”

李元婴道：“他高兴了，拿了钱不仅可以买一头新牛，还可能多出一笔钱。有了新牛，地耕得更好，来年收成更多，一家人会更富足；有了多余的钱，他又可能出去买别人的米，买别人的布，买些鸡苗鸭苗养起来。那些把东西卖出去的人，家里也多了进项，他们手里同样有了余钱，又去买别的。这样一来，承乾虽只多给了一家人钱，实际上却惠及千百家。”李元婴越说越觉得有理，把自己也给说服了，理直气壮地挺起小腰杆反“喷”起来：“承乾是太子，他要‘节省’多容易，只要搬出太子身份谁敢不卖他，上赶着送他的都有！这倒是节省了，可要是底下的人有样学样学起来，想要什么都叫人白送，百姓手里哪还会有余钱？怕是都被你们这些坏家伙坑了去！我们家承乾，才不学你们这些坏东西祸害百姓！我们家承乾是爱民如子的好太子！”

殿内鸦雀无声。

这话，乍一听好像是这样没错！这钱当真省不得，不仅得花，还得多花，不能仗着太子身份就让百姓吃亏！

趁着群臣被自己绕蒙了，李元婴悄然溜回李承乾身边，用指头捅捅李承乾，压低声音给同样被他说蒙了的大侄子鼓劲：“该你了！把你昨天的文章拿出来！我们是占理的，不能坐着让他们骂！”

李承乾刚当太子时比李元婴还小些，什么都不懂，被老师骂了也懵懵懂懂，他母后去世后他更是对此习以为常，甚至还时常想着"骂吧骂吧赶紧骂完我好去玩"。

没见到他父皇被魏徵追着骂，连斗鸡都不玩了吗？

当堂骂回去这种事，李承乾当真是头一回见识，哪怕李二陛下被气狠了，大多时候也是拂袖离去。

哪有人会像李元婴这样，人小嗓子大，喊不赢还要去扯人家袖子的？而且李元婴张嘴就是一套一套的歪理，若不是他已经见识过这份瞎掰扯的功力，一时半会儿怕也缓不过神来！

眼下被"喷"得猝不及防，昨日他们想好的应对之法其实正好可以用上，顶多只是从应对李二陛下一个变成应对满朝文武而已。

李承乾想到李元婴为了自己不顾李二陛下的训斥，愣是把自己的意见原原本本地说完才坐回来，心中感动，也决定不再像往常那样充耳不闻、当作什么都没听到。

李承乾站起身来，朗声道："父皇，儿臣有一篇文章本来准备下朝后再献给你，不想今日朝中竟都已知晓儿臣昨日做了什么。"李承乾眉宇之间颇有些李二陛下的影子，只是往日性格沉郁，总像是笼着一层阴云，瞧着便有些不讨喜。此时他脸上郁郁之色一扫而空，说起话来也掷地有声："既是如此，儿臣想将这篇文章当堂念一遍，也算是给父皇与诸位大臣一个交代！"

房玄龄等人齐齐望向李承乾，蓦然发现太子已年过弱冠，身量修长，面容英朗，隐然有李二陛下当年的风采。

相较之下，坐在后头的李泰、李治便略逊一筹，宛如珠玉在侧、黯然形秽。

李承乾当了这么多年太子，勉强也算是受过千锤百炼的，得了李二陛下的首肯，便把昨日写的文章念了出来。最近这两篇文章让他有种开了窍的感觉，念起来也顺畅无比。

这文章的大意很简单，开头写他与李元婴、李治听说南边曾有象军能赢吐蕃军，不知象军与突厥骑兵相比如何，便请来南人所驯之象与北人所驯之马对战。

胜负分出之后，他们席地而坐，先听南人谈起如何驯象、如何对战吐蕃军，获益良多。随后，又听魏徵之孙女谈起"火牛阵"，深感战事时局都变幻无常，做什么都鲜有万全之法！

因此，他们都希望日后可以多接触来自天南海北的人才，像这次了解"象马之战"一样好好了解南边的战法和北边的战法，好好了解东边的情况和西边的情况——这样一来，不管是遇到哪儿有事，决断时都能做到心里有数！否则这也不知那也不知，与盲聋之人何异？

李承乾朗声把整篇文章念完，没再为自己辩解什么，退回位置上坐下。

虽说文章里一些细节是经过修饰美化了的，但大体来说确实是他们昨天玩耍时生出来的真实想法，他表现得十分坦荡。

殿中再一次静了下来。

这篇文章有理有据，直接将原本被攻讦的"象马之战"延伸到战事与国事之上。象军能轻易逼退骑兵，火牛阵又能破象军，可不就是说明遇事无万全之法，任何时候都得尽量掌握各方情况灵活应对！

细想一下，太子若是端坐宫中苦读书，不去了解外头的真正情况，真正遇到要解决的事情该如何做判断、如何想办法？而且哪怕再怎么说天下是一家，突厥、吐蕃以及南边未曾归化的山蛮其实仍是朝廷的心头之患，太子想了解了解他们显然不过分——毕竟知彼知己，百战不殆！

房玄龄乃是太子太师，见李承乾说得有理，自是出声应和："臣认为太子殿下所言甚是。"说完他还看了魏徵一眼，意思是"你孙女都一起去了，你不该说点什么吗"。

换作往日，魏徵绝不会掺和这些事。

李二陛下春秋正盛，又已经给太子安排了房玄龄当太子太师，他要是还往太子那边凑，李二陛下很可能在心里犯嘀咕："我这还没老，你们一个两个都往太子那边靠，是不是觉得我活不长了？"

魏徵虽然以刚正善谏出名，可他不是傻子。他知道李二陛下容他忍他，一来是他的进谏确实不偏不倚、秉直为公，二来则是朝中需要一个"榜样"。

李二陛下想要把天下治理好，就不能当那闭目塞聪、耳聋目盲的人，所以，就算没有魏徵，也会有张徵李徵！

魏徵不想掺和，偏偏刚才房玄龄朝他递的眼神让李二陛下注意到了。

李二陛下顿时想起李承乾刚才提到的人除了李元婴和李治，还有魏徵的亲孙女。

这女娃不过才大儿子大一点，读书习字却比男孩还出色，生作女子确实可惜了。

李二陛下对几个心腹要臣的性格门儿清，他知道魏徵孙女肯定不是太子请过去的，而是李元婴拉人家出去玩。

小孩子想一块儿玩，大人拦得住吗？强拦肯定可以，可没多少人舍得强拦！

李元婴这混账小子，挑玩伴的眼光倒是挺不错。

李二陛下看了李元婴一眼，目光又绕回魏徵身上，故意点魏徵的名："魏卿，你觉得此事如何？"

魏徵没奈何，自己孙女都一起去了，太子殿下也写了篇好文章为自己辩解了，他难道还要挌起袖子加入"喷"太子大军里？他的主要职责是劝谏李二陛下，太子的事不归他管！

魏徵只能执起长笏回道："臣认为房仆射所言有理。此事一未劳财，二未扰民，太子何过之有？"

房玄龄与魏徵都这样说了，长孙无忌这个亲舅舅自也不会再沉默，也开口表示太子无过。

转眼间，朝会上的局面已完全逆转了。

太子不能再骂，其他人便提出别的事情出来商议。

见没人敢再欺负大侄子，李元婴满意了，只是听着百官议事又觉着有些无聊。

这么多人正儿八经地讨论着政务，偷溜走不太容易。走是不能走了，李元婴看了看左右，发现后头坐的是四侄子李泰！

闲着也是闲着，李元婴回头观察一番，惊奇地压低声音和李泰说小话："四侄子啊，你的凭几看着比别人的大一圈，你可真能长肉！"

上朝时，百官都是有位置可坐的，前面几排座位上多设有凭几。

所谓的凭几，其实就是像扶手一样的玩意，一般有三足，围拢在座位周围。若是相熟的人坐到一块儿，你可以懒洋洋地倚在上面和人磕牙。

李泰胖，胖得李二陛下怕他走着太累，直接允他坐肩舆来上朝，那可是六七十岁快退休的有功老臣才有机会享受的待遇。他这身量搁在普通凭几里就有点挤了，所以他位置上的凭几是特制的，比旁人大一圈！

李泰正聚精会神听百官商议政事，冷不丁听到李元婴转过头来朝自己感慨，掐死李元婴的心都有了。

本来李泰让人暗中把李承乾昨天干的事不着痕迹地传到朝中诸人耳中，满心期待地等着看朝中诸官对李承乾群起而攻之。这些人之中有的支持三哥李恪，有的支持五弟六弟，有的则是在其位要谋其政，有的有心效仿魏徵能言直谏获得父皇赏识。总之，这里头的每一个人知道昨天的事后都不会没有动作！

结果，李二陛下突然把李元婴宣召过来，朝会上的情况骤然变了！

饶是李泰平日里总笑得像和气的面人，这会儿脸色还是不由自主地发黑："朝堂重地，不要喧哗。"

李元婴是那种你不让他说话他就不说的人吗？当然不是。

不管李泰回什么，李元婴都能和他掰扯下去。他振振有词地反驳："我才没喧哗，我声音很小的。"

李元婴的位置是临时加上的，只有个坐垫，没凭几之类的，也没长长的笏板。他堂而皇之地把坐垫往后挪了挪，本来临时插在李承乾身边的位置便挪到了李泰身边。

挪位成功，李元婴好奇地凑过脑袋去看了看李泰的笏板，开始洋洋洒洒地发表自己的想法："你这个笏板是象牙做的吗？我昨天听那杨六说，象牙本来是大象用来保护自己的，象牙越大打架越厉害，可惜后来有人发现象牙白白的，很适合用来雕琢成各种宝贝，便有许多人开始打起它们的主意！你说说，大象是不是好可怜啊？它们用来保护自己的象牙，现在反而成了害死它们的东西！"

李泰额头青筋直跳，脸都气得有点抖了。这小子一开口，他根本听不到房玄龄他们到底在商议什么了！

李元婴才不管李泰气不气，说完自己的感慨又开始新一轮的磕牙："不是说上朝时你们会把要说的事情记在笏板上吗？为什么你的笏板上什么都没写？听人说你的字写得很好的，我还想看看到底好成什么样呢，真是太可惜了。我跟你说，上次我瞅见老魏的笏板了，上面密密麻麻的都是字，那才是认真为上朝做准备的典范，你这么懒怎么行！"

李泰忍无可忍地吼出声："你闭嘴行不行！"

殿中再一次鸦雀无声。

李泰不仅长得胖，声音不控制的话也比别人响亮许多。刚才他一个没注意直接往外吼，满殿人都听得清清楚楚，并且转过头看向他们所在的方向。

李元婴乖乖闭了嘴，甚至还有点自觉非常无辜的小委屈。他们讲的事情他都听不懂，也不爱听，找侄子磕牙不行吗？他的声音又不大，别人根本听不见，四侄子怎么可以吼得尽人皆知，真是太过分了！

李泰毕竟是李二陛下最偏爱的儿子，哪怕出了这殿前失仪之事，李二陛下也只是训了他和搞事情的李元婴几句，让他们安安静静地听着，不许再影响朝议。

李元婴被点名批评还很不乐意，趁李二陛下转开目光又埋怨起李泰来："你刚才说不能喧哗，自己那么大声，害我和你一起挨骂！"

李泰真的很想掐死他。

下朝之后，李元婴越想越觉得自己吃了大亏，一大早被人从被窝里拎起来挨骂不说，和四侄子聊个天还让他给卖了！

李元婴有气从来不憋着，也不拉李治一块儿去玩耍了，径自溜去找李二陛下告黑状，和李二陛下说这四侄子不行，没有叔侄情义，刚才在朝堂重地上居然那么大声吼他。

李二陛下都不知道怎么骂这糟心玩意儿好，横了他一眼，训道："你不吵着他，他怎么会让你闭嘴？"

李元婴道："你们讲的我听不懂，皇兄你一大早把我叫来挨骂就算了，还不兴我和人说说话了。"

刚才李元婴前后左右都看了，就李泰最有话头，这才和李泰说话的。要是知道李泰这么坏，他才不和他聊天呢，他可以和旁边的长孙无忌聊，指不定还能瞧瞧长孙无忌在笏板上写了什么！

李元婴在李二陛下面前说话向来没顾忌，当场和李二陛下翻起了旧账："上回在释奠时他找皇兄你告状说我们分东西吃，我就该知道他是这样的人！"

李二陛下听他还挺理直气壮，搁下手里的笔往后一靠，问他："你与青雀都说了什么？"

李元婴便把自己关于象牙的一番感悟告诉李二陛下，还说道："这是不是就是周谚里所说的'匹夫无罪，怀璧其罪'？"

李二陛下淡淡地道："是这个道理。"他看向李元婴："我看你藏着挺多宝贝的，既然你也知道'匹夫无罪，怀璧其罪'，不如都拿出来充国库好了。"

李元婴一听李二陛下居然打自己宝贝的主意，气鼓鼓地说："难怪青雀那么坏，原来是有其父必有其子！"

这说的都是什么话？！

李二陛下一下子没忍住，伸手往他脸颊上掐了一把。

李元婴吃痛地扯开李二陛下的手，不敢再瞎说，只哼哼道："我又不是匹夫，我可是皇兄的弟弟，谁敢打我宝贝的主意！再说了，母亲跟我说，那些宝贝都是要给我娶王妃用的！"他掰着指头和李二陛下数起他家宝贝的用处："首先，要给王妃很多很多聘礼；然后，我琢磨着王妃又不是猪啊狗啊猫啊的，娶回来养着就行了，我还要让王妃过好日子，至少得让她想做什么就做什么；接着，我还要有孩子的，儿子要有，女儿也要有！儿子还好，随便养大打发他自己去想办法成家立业就好，女儿不行，要给她很多很多好东西，让她什么都见识一下，长大后别轻易被人骗了。真要被人骗走了也没办法，我得给她置办一大笔嫁妆，绝不能让人小瞧她！一想到这个，我就特别愁，我这点宝贝哪里够！"

李二陛下听他说得头头是道，王妃都没娶上已经愁起了女儿的嫁妆来，乐得不行。

李二陛下说道："什么叫作'儿子还好，打发他自己去想办法成家立业就好'？你这话若是让你儿子听见了，他怕是不会给你养老了。"

李元婴不以为然地道："不养就不养，我有的是人伺候，要他来给我养老做什么？他真要一天到晚往我跟前凑，指不定我还嫌他烦呢！"

至于沦落到一无所有，连自己都养不起得靠儿子养那种事，李元婴是想都不会去想的。真那样，他还是早点死了算了！

李二陛下听李元婴这么一说，竟觉得挺有道理，左右李元婴都是皇室宗亲，不缺人伺候，确实是想疼儿子疼儿子，爱疼女儿疼女儿，谁都管不着。

从来都是老子可以偏心，儿女不能挑拣父母！

李二陛下骂道："你这些歪理一套接一套，也不晓得是从哪里学来的。"

李元婴道："哪里用学，自己想一想不就知道了？像皇兄你也一样，我看你对承乾就是随随便便养大，你每天只训他几句要做什么不能做什么，他也好好地娶了太子妃生了皇孙，长大成人了！"李元婴颇受启发，与李二陛下说出自己的决定："往后我有了儿子，我就照着皇兄你这样教。等他大了，把事情全甩给他干，轻松，舒坦！"

李二陛下嫌他烦人，不乐意听他叨叨了，摆摆手让他赶紧回去念书，他得和魏徵他们议事。

李元婴告完刁状又和李二陛下胡扯海扯一通，心情舒泰得很，也不多留，一溜烟跑去学这学那了。

李二陛下忙了一天，用过晚膳已是黄昏，他不知怎的想起了李元婴那番话。

回过头去一琢磨，李二陛下发现李元婴说得确实在理，他对承乾确实是提要求的时候多于关心的时候。

哪怕承乾是太子，父子之间也不至于生疏如此！

想想当初太上皇退位，他忙着处理朝务，不能时常去看望太上皇，皇后都还踏着点风雨不改地带着承乾他们去向太上皇问安。

这天傍晚李二陛下没宣召诸学士入宫谈话，而是在用膳后信步走到东宫。

东宫这边似乎有什么事耽搁了，用膳用得晚些，这个点才开始传膳。

李二陛下不许人传报，领着人行到李承乾用膳之处，只听李承乾在里头对太子妃说："不是说了不必等吗？"

太子妃没答，皇孙李象奶声奶气地答："幺幺说，一家人要一起吃饭，多晚都要等。"李象年纪虽小，记性却很不错，还和李承乾分享从他幺叔祖那里听来的话："幺幺还说，有一次他玩忘了，回去得很晚，幺幺娘等得饭菜都冷了，自己也没吃。往后，幺幺一想到娘会挨饿，就再也不晚归。"

李象是照搬李元婴的话，李承乾却听懂了他的意思。

这儿子和李元婴玩多了，人小鬼大，鬼精鬼精的，这番话明显是想让他知道，若是他不早回来，他们会挨饿等着，希望他也和李元婴一样每日按时回来。

李承乾心中一软，摸摸李象的脑袋，说道："好，耶耶答应你往后都不晚归，不能回来也早点叫人回来说一声。"

李象高兴地要他抱。

李二陛下正看着这其乐融融的一幕，太子妃却注意到了他的到来，拉了拉李承乾，示意李承乾一起起身相迎。

李承乾才把儿子抱到膝上，经太子妃一示意，便见李二陛下立在外头看着他们。

李承乾重新把儿子放地，领着太子妃和儿子起身迎李二陛下入内。

李二陛下虽用过了，却也坐下喝了碗汤，随意又和煦地问李象可有开始习字。

李象一开始有些不敢靠近李二陛下，毕竟他以前见到李二陛下时，李二陛下总板着一张脸，还经常会骂他爹爹！

这会儿听到李二陛下神色慈和地问自己话，李象觉着李二陛下今天好像不怎么凶，便不怕了。

李象噔噔噔跑到李二陛下身边坐下，回道："我在习字了，先生有教，幺幺还送我很多识字卡！幺幺说，等我都认得了，他再送我别的！"

李二陛下知晓李元婴一向有很多新奇想法，识字卡这种东西兕子她们早玩过了，没想到那小子连皇孙都来逗一逗。

李二陛下把李象抱到膝上考校了几句，发现李象应答伶俐，竟是出奇地聪明，心里自是非常满意。

李二陛下心情不错，亲自给李象喂了饭，离开东宫前还对李承乾说："象儿也不小了，你别整天让他闷在宫中，多让他出去与雉奴他们一起玩。你与雉奴他们是至亲的兄弟，莫因为事务多学业重就生疏了。"

父子俩难得这样心平气和地说家常，李承乾虽不知李二陛下为什么突然到东宫来，还对孙子这样亲近，心里却也有些高兴。

李二陛下走后，太子妃欢喜地抱起李象，对李承乾说："父皇看着很喜欢象儿。"

李象点头应和："喜欢！"

李承乾揉了揉儿子脑袋，说道："象儿聪明可爱，父皇自然喜欢。"

东宫那边用完了一顿其乐融融的晚膳，李元婴这边也在拉着柳宝林散步消食。

柳宝林行事谨慎，连禁苑都不太去，饭后只在住所周围转悠。

中午李元婴回来只说"朝会上什么都没发生，听着还有点无聊"，柳宝林信了。结果傍晚她却从旁人口里听说李元婴不仅在朝会上把朝臣辩驳得回不上话，还和魏王李泰在朝会上说私话挨了李二陛下一顿批。

散步时，柳宝林便忍不住提了这事："你什么时候又和那魏王玩得好了？"

李元婴一听，肯定有人往柳宝林跟前传消息了。他可不认这话，当即和柳宝林数落起李泰的不是来："我才不和他好呢，他总和皇兄告状，这次也是他突然大声吼我才让别人发现我们在说话的。"

至于自己也去告了状这种事，李元婴当然不会和柳宝林说。他认为自己告状是占理的，《礼记》里说得清清楚楚，礼尚往来，往而不来，非礼也；来而不往，亦非礼也！

所以，李泰告他状，他怎么能不告回去！

柳宝林知道李二陛下对自家儿子颇为宽纵，一整天下来也确实没人过来问罪，悬着的心才放回原处。她说道："外头的事我不懂，我只想你每天高高兴兴地出去，也高高兴兴地回来，千万别磕着碰着，也千万别与人结怨。"

李元婴连声答应。从小到大他就没遇到多少敢让他不高兴的人，谁敢让他不快活，他就让对方更不快活！不带怕的！

见柳宝林面上仍有忧色，李元婴便把自己和李二陛下兄弟俩聊的育儿养老话题扒拉出来和柳宝林说了，告诉柳宝林儿子他是不会宠着的。

将来，他要学李二陛下那样早早开始培养儿子来接班，儿子一长大，立刻把苦事累事全扔给儿子办，自己带着娘和王妃到处玩耍。

当然，要是有女儿的话，他肯定也带着一块儿去玩！

那日子啊，想想就觉得要多美有多美！

柳宝林听完李元婴的话，果然不担心儿子了，她开始担心自己可怜的孙子。

要不，等孙子出生了，自己多疼着点？

第七章

有茶千金

　　李元婴在朝堂上冒了个头，接下来一个多月都十分安静，主要是孙思邈在太医院待不住，总想出去云游四方。

　　李元婴怕李二陛下和儿子身体稳不住，自是不肯放孙思邈走，便在图书馆旁又盘下个临湖的宅院，后头当药库，前头当医馆，给孙思邈每天开馆诊病过把瘾，顺便把《千金方》和李元婴所要的"医学教材"编好。

　　李元婴东一榔头西一棒子地学，偏又有系统帮他归纳总结、供他实践练习，胡乱学着竟也颇有成效。可听孙思邈说，他前头收的徒弟无一不是从小学起，扎扎实实地熬个十年八年才勉强能看些小病，再要治些疑难杂病，就只能多积攒经验、多见识些病例了。总之，没学个十来年是不可能出师的，出师了也没人敢找你看病。

　　别家的事孙思邈管不着，自己收的徒弟，孙思邈当然要管，这可是人命关天的事。若是李元婴要用他编的医书，照着他的规矩来学，怕是没个几年也不可能学通！

　　李元婴对此没意见，反正，又不用他去学，好好挑挑总有学医的好苗子。

　　得到了李元婴的保证，孙思邈便安心在图书馆旁的医馆住了下来，医馆每天对外开放半天接诊病人，剩下半天用来和慕名而来的各方医者切磋医技、交流心得，到晚上闭馆了，孙思邈才静下心来编医书。

　　李元婴还是怕他走，又借图书馆的便利张贴布告，叫往来的读书人若是在别处遇上医者务必要让他过来交流交流，还把孙思邈狂吹一通，说什么神医下凡、药王现世，走过路过千万不要错过，带着你的药箱带上你的医案，来找我们孙老神医谈医论药吧！药材认不准，孙老神医帮你认；方子拿不准，孙老神医帮你增减，只要你来了，总能学到点本领！

　　李元婴一个多月都在忙活这事。

　　开业虽才不到三个月，图书馆的名声却已打得极其响亮，从天南海北来的读书人大多要往这地方走一趟，简直跟朝圣似的。读书人往来多了，消息也逐渐传开去！

听说孙思邈准备编医书，每日都腾出半天来与人谈论医术，各地的游医自然云集而至，便是自家开着医馆走不开的，也遣个把学徒过来凑个热闹，盼着他们能学个一两手回去。

这家刚开业不久的医馆很快热闹起来，往来的人瞧着比隔壁图书馆还多。

到五月初，有人来图书馆送了个信，说是南边的船过来了，送来了今春的新茶。听说是小王爷想要，那边已匀出了最好的明前茶准备献给小王爷，不知小王爷什么时候得空与他们见上一见。

李元婴乍一听这消息还有些愣神，想了一会儿才想起这是他叮嘱挽翠楼的苏七娘办的。他也就去了北里一回，回来叫李二陛下训了半天，抄了老久的《诗经》，回头便把这事给忘了。

没想到苏七娘没忘，那苏二娘的义兄也积极得很。想想也说得通，北边爱喝茶的人不多，偏长安城汇聚了整个大唐最有钱也最舍得花钱的一批人，苏二娘这位义兄是做茶生意的，打不开这个大市场，可不就急得抓耳挠腮？

挽翠楼虽是个能销茶的地方，可去挽翠楼的有多少是去喝茶的？便是喝了，也不会觉得这茶能登大雅之堂，要不，怎么达官贵人们都不喝，只有你这烟花之地喝？难得有个不是去寻欢作乐，而是独独对茶感兴趣的人，那苏二娘的义兄自是迫不及待想靠上来。

想来他们也打听清楚了，李元婴这位小王爷不是寻常王爷，而是李二陛下最偏疼的弟弟，连几个嫡出儿女都时常让他带着到处玩！近两个月非常有名的图书馆，算起来也是他花钱建的。哪怕李元婴年纪小，打通他这一环也可能把茶推到达官贵人里面去！

李元婴没想那么多，难得人家惦记着自己随口说的话，便让人带话过去，直接约到外头谈话。上回李元婴去北里是因为不知道那是什么地方，李二陛下知晓他是误入的才没重罚，不过李二陛下话也放出来了，他再敢去的话直接把他腿打断！

离约定时间还早，李元婴在医馆里学了半天才出发。苏二娘的义兄早到了，身边还坐着戴幕篱的苏七娘。李元婴一到，两人便起身相迎，苏七娘把她的幕篱也摘了，露出那张越长越有美人相的姝丽脸庞。

当年太上皇老来耽于酒色，李元婴从小便泡在美人堆里长大，自己的相貌也是一等一地好，美貌与否对他没什么区别。他没多看苏七娘那边，反倒好奇地打量起苏二娘那位义兄来，这人年约四十出头，长得倒挺斯文，是典型的南方人样貌，眼睛偏小，瞧着挺精明。

这人一看就很有故事。

李元婴最喜欢听故事，坐下也不急着聊那茶叶，而是问起他和苏二娘是怎么认识的。毕竟，一个是种茶的商贾，一个是北里的鸨儿，若说欢场相逢、逢场作戏倒有可能，结为兄妹倒挺稀罕。

苏二娘的义兄便自我介绍，他也姓苏，排行老大，乡里人家起名挺随意，老大便叫大郎。当年从南边带着货物随商队来京，没想到半途船翻了，同船的都死了，他侥幸活了下来，货物和钱款却全没了，连归家的路钱都没有。想到家中妻儿还盼着他赚钱回去，苏大郎心中苦不堪言。

他就在此时遇到了出城祭拜亡母的苏二娘。

苏二娘听了他的遭遇，又知晓他也姓苏，便给了他路钱和本钱，说是五百年前可能是一家，让他在京里办点走俏的货物回乡卖，兴许也能赚上一笔，不算白走这一趟。苏大郎自是感激不已，再三推拒后才收下钱买了货物运回南边。

都说赶得好不如赶得巧，那年他挑的货都是南边紧缺的，当真大赚了一笔！他回家与妻子提及此事，妻子是个明事理的，没上赶着拈酸吃醋，而是说锦上添花易、雪中送炭难，一定要回报人家的恩情。

一来二去，苏大郎便与苏二娘成了结义兄妹。苏二娘也是南边的人，苏大郎在家乡买山种茶之后，每年都会早早上京把春茶送来给苏二娘，并不贵重，聊以慰藉苏二娘的思乡之情。

想把这茶销出去还是苏二娘先动的念头，这几年他们兄妹俩都在想办法，只可惜收效甚微。

李元婴听完苏大郎的叙述虽觉得没想象中那么跌宕起伏，却也挺满足。他想了想，对苏大郎说道："这茶是好的，只是旁人还不知它的好处，看它绿汪汪的便不想喝。你们想往外卖就得想想，它真正的好处是什么？旁人为什么不喝白水不喝酒，偏来喝你这茶汤？"

苏大郎原本见李元婴年纪实在有些小，心里已没抱什么希望，听他这么一说倒是来了精神。他如数家珍地给李元婴说起茶的好处来："这茶喝了提神解乏不说，若是酒肉吃多了还可以醒酒解腻，每日喝上一碗，整个人都会轻快许多。"

李元婴道："你这次来京带了多少茶？"

苏大郎说："不多，只有五百来斤。"

"够了。"李元婴与苏大郎商量，"我接下来有许多要用钱的地方，我有两个合作的方法，你听听看觉得选哪个好。"

苏大郎一听，坐直了身体做出洗耳恭听的姿态。

李元婴道："其一，你按市价把茶全卖我，价钱方面我绝不叫你吃亏；其二，我出销茶的主意、销茶的路子，你去办妥，回头我们一人一半把赚的钱对半分了。"

苏大郎听完，一下子明白过来：第一个法子是一锤子买卖，把茶卖给李元婴就没他什么事了；第二个法子是真正的合作，他可以借用李元婴的名头和人脉，只是要把利润分一半给李元婴。

苏大郎仅思量片刻，便道："我选第二个。"他又不是只有五百斤茶，若不打通销路，往后他的茶该卖不出好价钱还是卖不出好价钱。

李元婴听苏大郎爽快应了，对他的印象很不错，拉着他如此这般地交代一番。

接下来好些天里，苏大郎着人将茶叶分为数等，最好的一批尽数给李元婴自己喝，只匀出几斤拿来当"茶王"卖。次一等的也一斤一斤地分好，按两算给它们用纸做的小包装包起来，外头再配上精美的盒子。

包装的盒子也很讲究，跟着茶叶分了等，银的、木的、陶的、纸的。

这样一细分，能往外卖的竟有四百多盒！

虽说光是捣鼓这包装就费了不少工夫，苏大郎忙活完以后再看那一排排整齐垒好的茶却颇有成就感，感觉这和自己运来的两箱子茶叶完全不是一样东西了！

有了亮眼的包装，还得有销路。

李元婴一琢磨，最近朝中有个热闹事：党仁弘回京献俘。党仁弘是李二陛下的心腹爱将与少年好友，这次他被派去南边解决罗窦反獠，痛快地把罗窦反獠拿下，俘虏了七千余人。七千人搁哪儿都不是小数目，又都是青壮之年的男丁，安排去垦荒地也好，修路造桥也好，都能解决一下各地缺人的情况。

李二陛下一高兴，肯定又要大宴群臣。李元婴自然可以一个个找过去，寻几个朝中重臣来当活广告，可他嫌弃那样效果来得太慢，不如一次性来个大推广，趁着这场大宴直接把茶叶给推起来！

李元婴愉快地欣赏完茶叶雅致漂亮的新包装，满意地带上一盒茶叶溜达去孙思邈的"千金堂"那边，邀孙思邈一起品茶。

既然苏大郎说这茶叶有那么多好处，李元婴自然不能不好好利用一番。论起评判某样入口的东西对身体有没有益处，谁能比孙思邈更权威？老神医都说好，那就一定好！

孙思邈走遍大江南北，自也饮过南边的茶汤，见李元婴取了茶过来也不觉稀奇，只觉得这包装精细漂亮，瞧着倒与他从前看到的不太一样。

趁着这几日专门去学此道的内侍退到一边烧水煮茶，孙思邈坐定与李元婴闲谈："这东西南人多饮，北边不太流行，你是如何喜欢上的？"

李元婴将幼时初次喝到这茶汤的事与孙思邈说了。当年这东西还是外头的人送到太上皇面前的，虽说太上皇在生时并不喜欢吃茶，他看到后却免不了想起太上皇。当时他食肉太多，喝了茶汤消食解腻，对此印象颇深，这回偶然再次碰上便想推上一把。

李元婴坦然和孙思邈说出自己的想法："不瞒您说，上回我误入北里，见到此茶，便想用它来赚些利钱。不单是开书院，还有造纸印书诸事都是耗钱的，我早些年从父皇那里得了些宝贝，却也不够把这些事一一办好。遇上您之后，我还想把您正在写的《千金方》刊行天下！"李元婴认真说起自己最近想到的难处："想做的事越多，越是知道'有钱万事可为，无钱寸步难行'的道理。"

孙思邈颔首，认同李元婴的话。这些年他走南过北，见过太多的悲欢与生死，自是知道世上有不少一文钱难倒英雄汉的惨事。

李元婴目光灼亮地望着孙思邈："若您能帮着将此茶推广开去，将来您的书写好了想印多少便印多少，我们的书院也能多招收些真正想学医的人，断不叫那些庸医再贻误别人病情！"

孙思邈听完李元婴这番话，捋须沉吟片刻，问李元婴希望他怎么做。

李元婴便把自己的计划全盘托出，这茶就定名为"千金茶"，只在这千金堂内售卖，也只卖给权贵高门与富贵人家。只有这些人才会每天吃得腻腻乎乎的，当官的还需要时常早早爬起来去上朝，肯定需要喝点茶解腻醒神，百姓暂且还不需要。等将来市场打开了，钱也赚足了，再做些百姓买得起的茶品推而广之，好叫人人都能受益。

孙思邈留京之后，不少权贵之家都曾登门请他诊病。李元婴的意思是，孙思邈先喝个两天，确定这茶汤确实有提神醒脑的良效，便趁他们来访或者去复诊时提一嘴这茶的好处，每日与人谈医论道也煮几碗茶待客。如此重复几天，定会有效！

到那时，他趁机在皇兄大宴群臣时提上一嘴，说仅此三百盒，卖完就没了，好叫大家都来千金堂买茶！

孙思邈听李元婴计划如此周全，点头表示自己晓得了。茶汤他喝过，确实有清心解乏良效，若是此茶确实好，和人提上一句也只是顺嘴的事。

两人商定之后，茶也煮出来了。

南边茶汤是先把茶叶研成细末，将水煮沸再加入茶末，煮出香中带涩的茶汤，若是嫌弃茶味单调还可以加些姜末之类的调料。苏大郎送来的茶是上好的春茶，煮出来颜色漂亮，香味不浓不淡，闻着就叫人喜欢。

孙思邈和李元婴对坐吃茶，尝过后都觉不错，是顶好的茶。孙思邈这边认为没问题了，李元婴给他留了两个伶俐人，每日帮孙思邈煮茶待客，顺便和客人们说道说道这茶的好处。

毕竟，孙思邈可是医者，吹嘘的话肯定不能由他来说，他只需要一脸仙风道骨地点个头应和一下便好。

李元婴给茶叶找好托，心情很不错，叫苏大郎那边挑几个人快马加鞭南下，挑些适合种茶的山头盘下来，赶早占住先机，要不然回头别人知道茶利高会蜂拥而至。

一切都安排妥当，孙思邈那边也开始煮茶待客，李元婴才取了盒上等茶溜达去找李二陛下，说自己得了好东西要和皇兄分享。

这段时间李元婴乖得很，没怎么闹腾，每日几乎都跟在孙思邈身边跑来跑去，李二陛下都觉得有些稀奇。听李元婴说得了好东西，李二陛下便让他拿来看看。

李元婴死皮赖脸地表示自己饿了想蹭顿饭，要吃好鱼好肉，没好鱼好肉坚决不拿出来。

李二陛下觉得这小子就是来蹭饭的。不过他这里也不缺李元婴一口吃的，当即吩咐底下的人传膳上来，给李元婴也传一份。李元婴优点不多，吃饭吃得香是其一，别人看他吃得有滋有味，不自觉地也跟着多吃了一碗。

李二陛下也一样，用完膳才发现自己吃得有点撑。他倚着凭几睨向李元婴："吃完了，是不是该把你的好东西拿出来了？"

李元婴便让人把提前备好的炉子与煮茶的家伙搬进来，着人当着李二陛下的面煮茶。不是李元婴不想亲自给李二陛下煮，而是他实在不擅长此道，上回他带兄子他们做烤鸡都把那野雉烤得黑乎乎一团！

茶还在煮，李元婴便和李二陛下吹了一通这茶的好处，说是孙思邈喝过也觉得好，有提神醒脑之效！

李元婴一屁股往李二陛下身边坐去，十分诚恳地说："我一听，像皇兄您这样日理万机的人喝不是正好吗？我叫人留了三十盒最好的上等春茶，专门留给皇兄！像老魏啊，老房啊，长孙大哥啊，这些都是每日跟您一起为大唐社稷劳心劳力的人，这不是那老党要回京献俘吗？您喝着若觉得好，开宫宴赏赐群臣时便给他们也赐一些。反正，茶我给您要来了，喝不喝、给不给其他人喝都随您。"

李二陛下听他这么说，发现挑不出什么错处来，便让近前伺候的内侍过去取一碗茶过来。

李元婴也分了一碗，很有经验地端坐喝了两口，又抬眼去偷看李二陛下喝着觉得怎么样。

李二陛下觉得确实不错，刚才吃得有点撑，喝了几口这茶下去，竟觉得口里的腻味全没了。再细品几口，发现茶色虽浓，入口却清清淡淡的，初尝带着点涩味，喝下后口余清甘，当真有明目醒神之用。

飑了眼偷偷看向自己的幺弟，李二陛下客观地评价道："这茶喝着确实不错。"

李元婴大喜过望，表示自己回头就让人把茶送进宫来，让李二陛下想自己喝就自己喝，想赏赐给人就赏赐给人。

李元婴一走，李二陛下拿起李元婴留下的那盒茶一看，发现那银盒盒面上雕着灵椿丹桂，旁边还写着一行小字：借问好茶何处有？千金堂内千金茶！

《庄子》曾提到灵椿，说'上古有大椿者，以八千岁为春，八千岁为秋'，自此以后这灵椿便有长寿之意；而丹桂怕是出自"桂林一支"之说，意为出类拔萃、独得头筹。

这灵椿丹桂图画得倒是雅致，寓意也好，又是长寿又是高才，谁看了都会喜欢。就是旁边那句话太一言难尽了，字写得不顶好，语句更是狗屁不通！

若是这时候李二陛下还不知道李元婴打的是什么主意，他就白当这一国之君了。亏他小子想得出来！

人已经走了，李二陛下骂不着人，只能暂且放下此事。后来有人来报说李元婴往库房那边送茶，李二陛下想了想，还是如李元婴的愿把这茶加入赏赐物品之列。

人虽然混账了些，但东西确实是好东西，魏徵他们每日劳累，赐他们一盒也无妨。

李元婴只送了三十盒来，除了留一些宫中用外，能赏的就只有那么二十来人，余下那些就顾不上了。负责拟赏赐物品单子的人把名单挑出来让李二陛下过目，李二陛下看完后觉得没什么问题，点头表示可以。

这么一个小变动，却彻底带起了长安城中的抢茶之风。

李二陛下赏赐群臣，各家得的东西都是有数的，虽说能获赏的大多数都不差这么点赏赐，可有的多了样新鲜事物，有的人却没有，怎么能不叫人好奇？得了的茶回去之后便叫人照着盒中的"煮茶流程图"煮了一小包尝尝，没得茶的抓耳挠腮想知道这东西到底是什么，李二陛下为什么单给魏徵他们赐，不给他们赐？

隔天，程知节等人得知魏徵等人得了御赐的茶，自家没有，心中颇有些不忿：自从天下大定，陛下用他们的机会少了，每日都与魏徵他们谈论政事、读书写诗，现在，连赐东西都不赐给他们！

经过这半个月来的前期宣传，许多人都已经听说过吃茶的好处，只要派人出去一打听便晓得"千金茶"可以上哪买了。

程知节知晓那茶到底有什么名堂之后，毫不犹豫地命人前去千金堂那边买一盒回来。仆人拿着钱赶到千金堂那边一看，发现千金堂外头已经被围得水泄不通，定睛一看，里头大都是相熟的人，他能认出好几个权贵府中常受差遣的家仆！

这……这是什么情况？

仆人找人一问，才知道千金堂那边说，下个时辰整点开始卖茶，只有三百盒，卖完就没有了。

那人又给仆人解说：这茶分四等，第一等只有二十盒，另外三十盒已经被当今陛下要走赐给当朝重臣；第二等有五十盒，茶质稍差，但也算是上好的茶；第三等有两百盒，茶质一般，但该有的茶效也样样不缺，也能尝个相似的味道。

今年所采的千金茶就这么一点儿，秋茶得等入冬后才能送过来，所以先到先得，后到没有！先卖二等茶和三等茶，最后才卖一等茶。一等茶数量稀少，又是御赐茶同款，所以每人只能买一份，没有标价，价高者得！

一听是这种卖法，程知节家派出的人忙回去请示问要不要出价。程知节早年名叫程咬金，本是出身官宦之家，也读过些书，偏偏这些年脾气越来越火爆，一言不合抢拳头揍人是常有的事。他一听那御赐茶只有二十盒，要和人竞价才能买，当即拍案道："去买，全给我买回来，我倒看看有谁来和我抢！"

仆人忙把只能买一盒的事也说了，算算时辰，现在也差不多要开卖了，尉迟家、张亮家、李靖家都早有人候在那儿，还有许多别家的他不认识的人也在！

程知节虎目一瞪，斥道："那你还不快去？"

　　这样的事不仅发生在程知节家中，其他人的反应也相差无几，他们可不差这么几个钱，就是要争个面子！

　　许是为了尽快进入竞拍御赐茶环节，又或是知道抢不赢几位威名在外的国公爷，前面那些不限购的二等茶三等茶卖得也非常快，不过小半个时辰两百盒茶便一扫而空。买完茶，这些人也不急着走，仍围着看剩下的人竞价！

　　苏大郎负责出面主持这次竞拍，看到那些衣着比他要光鲜许多的"家仆"差点腿软，不过他也看出来了，这是一个天大的机会，抓住这个机会，他手里的茶园就会变成能下金蛋的鸡，一斤茶叶能卖出金子的价钱！

　　苏大郎深吸一口气，宣布竞价开始。

　　早已奉命等候在千金堂前的家仆们纷纷开始报价——

　　"二十贯！""三十贯！"

　　"五十贯！""八十贯！"

　　"一百贯！""两百贯！"

　　"三百贯！"

　　被吸引过来看热闹的百姓都惊呆了，这是疯了吧？这么一小盒茶要三百贯？！一贯钱差不多可以买三百多斗米，够一家人吃上许久了。三百贯钱换成米粮，那得吃多久？！就在百姓们目瞪口呆的时候，有人报出了更高的价格——

　　"四百贯！"

　　这个价显然已经超出许多人预料，不少人或在观望，或悄悄叫同伴回去问问要不要继续加价，都没敢贸然报更高的价，第一盒御赐茶便以四百贯的价格卖了出去。

　　有了个好开头，剩下的茶也依样画葫芦地竞价拍卖，价钱一盒卖得更比一盒高——最后一盒还有人加价到八百贯，被个穷得只剩下钱的富商买了去！

　　清场之后，苏大郎努力平复好激动的心情算了算，发现哪怕不加上先前那两百盒二等茶和三等茶，光这二十盒一等茶就卖出了超一万贯的价钱！万贯家财啊，别人一辈子都挣不来的钱，他们的滕王殿下轻轻松松就挣来了，还把千金茶的名号打了出去！

　　等饮茶之风盛行开，只要茶叶供应得上，哪怕再也不能像今天这样竞价拍卖，他们也会有源源不断的进项！

　　如果说先前苏大郎还有些疑虑的话，李元婴亮的这一手已经叫他彻底折服了。即便别人看到商机也从南边贩茶来卖，往后别人提到喝茶还是会先想到他们的千金茶。

别家的茶，有当今陛下金口玉言夸的好？没有！

别家的茶，有神医孙思邈亲自认定说于身体有益吗？没有！

苏大郎心头火热，火急火燎地去与李元婴分账。

李元婴从小到大就没缺过钱，得知那批茶着着实实大赚了一笔后也没多热切，只叮嘱苏大郎接着办他先前安排过的事："记得再派一批人回去确认新茶园买下没有，可别叫人抢了先。"

苏大郎见李元婴一点都不激动，很快也平复好心情。

长安乃天子脚下，权贵高门遍地都有，巨富之家比比皆是，出得起几百贯钱的人绝对不少，确实没什么值得欣喜若狂的，赶早开拓出能长久经营下去的茶叶大市场才是最要紧的。

苏大郎喏然应下，离开时脸上已没了见到李元婴前的狂喜与激动。他转头去与义妹苏二娘说了事情始末，表示自己这就要回南边去，亲自把买新茶园的事尽早敲定下来。

苏二娘听完不由得问："怎地这般着急？何不多留几日？"

苏大郎摇头，与苏二娘感慨了一番，说滕王当真了得，不愧是天子么弟，敢想旁人不敢想、做别人不敢做的事！现在他迫不及待想要跟着滕王大展手脚，一天都不愿意多留了。

另一边，千金茶名声打出去了，李元婴又闲了下来。李元婴一琢磨，自己最近只跟着孙思邈学医，好久没去拜会自己的另一个老师萧德言啦。虽说不太想去李泰府上，可为了去看望萧德言，李元婴还是带着人、拎着茶溜达去魏王府那边。

魏王府是李二陛下钦点人下去精修的，照理说李泰都二十了，早该去封地，李二陛下偏不让他去，年后还特地亲临魏王府玩。

李元婴现在到处乱跑，除却北里和李靖家前段时间被李二陛下下令禁止他去之外，整个长安城就没有他不能去的地方。

李元婴领着人到魏王府门口，很有礼貌地叫人进去通传一声，说是滕王来拜访萧德言萧老学士。

李泰赶巧在府中修他的《括地志》，听人说李元婴来了，新仇旧恨涌上心头，很想直接把这家伙挡在门外。可转念一想，这小子从来都是没脸没皮的主，要是不让他进门，他一准要在大门前闹开，到时别人会说魏王府连亲叔都给挡在门外！

李泰捏着鼻子叫人去迎李元婴进门，还搁下手里的稿子准备亲自去见李元婴一面，尽量做到礼数周全。

结果李泰还没迈过门槛，他派去出迎接李元婴的人已经跑回来了，说门一开，李元婴就熟门熟路地往萧老学士所在的地方跑，压根不用人带路。

李泰心里一阵暴躁。

他能把萧德言请到府上，得益于手头正在编写的《括地志》。

眼下《括地志》已经修了好几年了，怎么都该收尾了，可他还没有把文学馆这些人全拉拢到自己这边。他文学馆里的人才，比之父皇当年弘文馆中的十八学士差远了，偏那混账李元婴还见天打萧德言的主意！

李元婴清楚地知道自己有多讨李泰嫌，所以他很有自知之明地选择直接不去见李泰，径自去寻萧德言。

许久不见，李元婴和萧德言也不觉生疏，他一屁股坐下，完全把萧德言的居处当自己家，高兴地叫人张罗着烧水煮茶。

忙活完了，李元婴才跟萧德言说话，殷勤地问他最近吃得好不好，有没有什么难处，缺不缺什么东西，要不要自己帮忙跑腿什么的。

萧德言道："一切都好，我没什么需要的。"

李元婴一个人能热闹出十个人的动静，见萧德言不烦他，便与萧德言说起孙思邈来："他和您一样，虽然都七老八十啦，走起路来却还很稳健，骑马也比许多年轻人要稳当，若不是头发白了，看上去真是一点都不显老。"

说完孙思邈的模样，他又与萧德言说起孙思邈的医术，说孙思邈正在著医书，名为《千金方》，搜罗所有传世的经方、验方、奇方，勘其谬误缺失之处，列其增减佐使之法。

名为《千金方》，意思是一方能救一命，而人命重于千金！

萧德言听了，夸道："这很是不错，世上许多医者大多自珍其术，家传、师传医方多不愿传予他人。诸多传世之方往往又多有差谬，有些庸医拿着去治病反害了人。有此一书，于医者、百姓都是桩大好事。"

得了萧德言的肯定，李元婴十分欢喜，夸口道："我已与孙师说定了，等他的书写成，我便替他刊行天下，让所有想看的人都能看到，替天下百姓多培养一些好大夫，让大家都少遇几个庸医。"

萧德言闻言颔首，又提醒道："怕是会靡费甚巨。"

李元婴便把千金茶之事告诉萧德言，头一批茶他已卖完了，苏大郎已赶回南边。

这趟回去，苏大郎带着两个任务：其一，带着秋茶上京再卖一次；其二，买下周围的茶山扩大规模。

有此茶在，不怕印不成书。

萧德言听完李元婴整个五月在忙活的事，既觉得这孩子聪明过人，又觉得他如此行事会惹祸上身。

萧德言顿了顿，出言规劝："你售茶获利甚大，很可能会招人非议，要提前想好应对之法。"

李元婴有些不明白，凑到萧德言近前虚心求教："招什么非议？"

萧德言便给他念条文律例："士农工商，四人各业，食禄之家不得与下人争利。"萧德言目光温煦地望着李元婴："你身为皇家宗亲，自是不能行商贾之事，虽说你不曾亲自去做这买卖，难免会有人拿这个做文章。"

萧德言还给李元婴科普了一些朝中关于商贾的规定，商者，贱业也，商贾及其子弟都是不能参加科举的，平日里甚至连衣裳都不能挑拣颜色。

虽说各家或多或少都有自己的铺子与生意，真正摆到明面上的却少，大家都要脸，不会把这与民争利之事摆到明面上干。

李元婴更加不解："都是大唐子民，为何商贾子弟便不能参加科举？万一里头有特别聪明的，岂不是浪费了好人才？"

萧德言道："为官者当为民做主，若你既当官又行商，你做的是好事还是歹事该由谁来评判？各行各业各司其职，天下才不会乱套。"

这些东西李元婴听不太懂，又是官又是商的，不在他的理解范围之内。他认真点头，表示自己记下了这些话，也会做好被人骂的心理准备。

在李元婴看来，骂了就骂了，又不会少块肉，随他们骂去！

此时茶也煮好了，李元婴亲自接了一碗捧给萧德言。

萧德言知李元婴不拘身份、万事随心，便也不推辞，接过热茶饮了一口，本是暑气升腾的盛夏天，数口热茶饮下却觉两腋生风，浑身轻快得很。

萧德言道："这茶确实不错，暑热天气喝着正好。"

李元婴道："我给您留的是最好的，你每次唤人煮一小包就够喝了！"

萧德言取过李元婴带来的银盒，看了眼上头的灵椿丹桂图，一眼便看出它的出处。他说道："画得不错，就是这两句话写得浅白了些。你在宫中读书，可有开始写诗文？"

李元婴道："还没教呢。"他说的想的写的，全都是自己在瞎琢磨！提到这个李元婴就忍不住嘀咕："我觉得他们都不想教我写，爱教不教，我也不耐烦学！"

别看李元婴年纪小，实际上小孩子可比大人敏感多了。

至少谁喜欢他谁不喜欢他，谁诚心教他谁敷衍着应付他，李元婴从小就能感觉出来的。

这事萧德言也有所耳闻。

前段时间太子出了两篇不错的文章，孔颖达追问之下，太子才说是他与李元婴合写的，主要是李元婴提出要写这样的文章但不会写，最后负责动笔的人才成了太子！

还有，李元婴上次在朝会上冒了次头，把一个文臣辩驳得哑口无言！

孔颖达几个门生知晓了此事，都觉得，这祸害还是不会写诗文比较好。

看看吧，光靠他这张嘴都能把人说死了，真要让他学会舞文弄墨，全天下的读书人还不教他怄死？

你不想教、我也不想教，谁都不想教，一来二去李元婴就没机会好好学这个，只能写出《韩子寓言》那种给小孩子讲故事的水平。

萧德言淡笑道："你不学，你就没法把他们说通。只有学了他们那一套，你才能用他们那一套把他们说服。"

李元婴一听，觉得萧德言这话很有道理，立刻拍着胸脯自己一定好好学。

话赶话赶到这了，李元婴索性直接赖下来，要萧德言先教教他，他学上几手回去唬一唬别人！

萧德言没拒绝，饮着热茶，点拨李元婴一些写文章的要诀，又教他回去看些什么书、看书时要注意什么。

李元婴一向爱听萧德言给他讲学，每一句都听得仔仔细细，不知不觉竟到了薄暮时分。

直至有人来问萧德言要不要传膳，李元婴才发现已经这么晚了！他想了想，索性叫人回去和宫中说一声，自己今晚直接宿在魏王府算了。眼下他正学得起劲、恨不得立刻讨来笔墨下笔试一试，不想断了这股劲头！

李元婴要留在萧德言那边蹭饭，还决定留宿魏王府，李泰这个魏王自然不可能不知道。他听到这事后，气得想立刻过去叫人把李元婴扔出府，千忍万忍忍下来了，用过膳后才努力装出心平气和的模样去萧德言那儿。

李泰找过去时，李元婴和萧德言也用过膳了，李元婴正凑在萧德言身边读萧德言给他挑的范文，一老一少坐在灯下你一句我一句地聊着，瞧着非常亲厚。

李泰额角青筋跳了跳，上前向萧德言问了好，又转头关心李元婴晚膳吃得如何，还问李元婴来了魏王府为什么都不见他这个侄子一面。

李元婴老实道："我见了你也没话说啊，我又不是来找你的。"

李泰脸颊上的肉抖了抖，那张本来很有福相的胖脸看着都有点狰狞了。

他就没见过李元婴这样的，别人无论怎么样，面上总会说几句客气话，这家伙都来他魏王府蹭吃蹭住了还说什么"我又不是来找你的"！

李元婴见李泰脸色不太好看，也想起自己是客人来着，当即拉起李泰的胖手一脸诚挚地说："上回我在朝会上与你说话不是惹你生气了吗？我怕你看到我又不高兴，就没去见你。若是知道你早不计前嫌了，我肯定会先去找你聊天的！"

李泰脸皮又抽动了一下。

他还好意思提！

父皇也不知道喜欢这小子哪一点，这小子在朝会上凑到他身边唠嗑个没完，父皇还和他说什么"你幺叔头一次参加朝会，你怎么和他计较起来了"。

这笔账他还在心里记着呢，记得可牢可牢，谁不计前嫌了？

偏李元婴都这样说了，李泰怎么都不能回一句"不，我没有不计前嫌，我还是恨不得掐死你"。

李泰只能说："幺叔你头回上朝，不懂规矩很正常。"

李元婴点头认同李泰这话，并且自认已经和平友好地和李泰寒暄完了，反客为主地对李泰下逐客令："你找老师还有事吗？没有的话我要继续请教老师了，你可以回去忙你的事，不用费心招待我，我和老师聊累了，随便寻个客房应付一下就好。"

李泰觉得，他还是很想弄死这混账。

李泰走了，李元婴留下接着让萧德言给他讲，听累了当真不见外，叫人引他去空客房安歇。

李元婴倒是睡得挺香，宫中的柳宝林得知他宿在魏王府，夜深后翻来覆去没睡着，起来点着灯做起了针线活。

一针一线仔仔细细地缝过去，柳宝林心里才渐渐安宁下来，儿子虽爱玩爱闹，从小到大却没吃过什么亏，他与李泰再有嫌隙，李泰也不可能在自己府中对他下手，那不是傻子吗？

那萧老学士是极有学问的，儿子既然有心向学，当娘的应该全力支持，怎么都不能拖儿子后腿。柳宝林把事情想清楚了，才收起没做完的秋衣歇下。

李元婴跑魏王府去的消息，第二日一早才从内侍口中传到李二陛下耳里，是李二陛下穿衣时左右提起说晋阳公主她们昨天没找着李元婴，一晚上闷闷不乐。李二陛下奇道："那小子晚上都没回来？"

左右回道："宫门落锁前派人回来说了一声，说是要请教萧老学士如何写文章，夜里宿在魏王府。"

李二陛下道："他倒是挺喜欢萧卿。"这萧德言是有名的饱学之士，年纪又大，历经多朝、门生遍地，无论学问还是见识都远比一般人要广博许多，确实是个求教的好对象。若是萧德言年轻个一二十岁，他说不定也会重用一番，而不是只让他编编书修修史。

左右不敢妄议朝中要事，遇上滕王的事倒是敢说一嘴："萧老学士为人和善，也有耐心，滕王遇上他都闹腾不起来了，瞧着不知道多听话。"

李二陛下道："那小子确实是遇上喜欢的就听话，遇到不喜欢的就闹腾，可惜朕已让萧卿去帮青雀编书，要不然倒是可以如他的愿让萧卿当他老师。"

幸亏这番话是李二陛下随口一说，李泰没机会听到，要不然真要把李元婴活活撕了，还要骂李二陛下偏心眼！李元婴会闹腾了不起吗？会闹腾就要什么给什么，太过分了！

李泰虽不知道李二陛下想把萧德言安排给李元婴，却也不是以德报怨的人，昨天被李元婴一刺激，新仇旧恨涌上心头，第二天醒来后便叫人把事情安排下去，让人去鼓动朝臣参李元婴一本。

打着御赐茶的名义卖天价茶，这事能做的文章多了去了！

连他们这些做儿女的都不会把主意打到父皇身上，他李元婴凭什么啊？

赚钱赚得那么欢是吧？他要李元婴拿了多少都全给吐出来！

李元婴第二天还是赖在魏王府没走，除了和萧德言学如何写文章，他还和萧德言请教起昨日提到的那些关于士农工商的问题，跟着萧德言把朝廷现今的赋税理了一遍，朝中现在是按丁收税，就是给每个人授予一定的田地，每年按人头交一定数目的米粮、绢帛以及服为期二十天的劳役。

按现在的情况来算，这样的赋税不算高，足以让百姓休养生息。不过萧德言特意提了一点，就是皇亲国戚、达官贵人、道士僧侣以及富户匠人这些都是免赋税的。

李元婴不太明白其中关窍："这有什么不妥吗？"他自个儿就是皇亲国戚，能免赋税当然好啊，他才不给皇兄送钱呢，让皇兄自己烦恼去！

萧德言道："《列子》里讲过一个愚公移山的故事，说是愚公想把门前的山移走，往后出行可以通畅些，智叟听了觉得很可笑，人怎么可能把山搬走？愚公回他：'虽我之死，有子存焉；子又生孙，孙又生子；子又有子，子又有孙；子子孙孙无穷匮也，而山不加增，何苦而不平？'"

李元婴还没看过《列子》，暗暗记下这个书名，决定回头去看一看，他最喜欢会讲故事的书了！

李元婴道："这和赋税有什么关系呢？"

萧德言道："你想想，太上皇的子女有多少，陛下的子女有多少？你们要不要娶妻生子？朝中诸官家中可有没有儿女兄弟的？富户有钱了会不会买地建房、娶妻纳妾？"

萧德言这么一说，李元婴就明白了，他光是兄弟就有二十几个，姐妹更是多不胜数，除去夭折、被杀的兄弟姐妹，那也是十个指头都数不清的。至于侄子，那也很多了，上回印了一百本书都还有许多个没送！

李元婴在心里算了算，有些咋舌："那将来肯定会有越来越多人不必承担赋税。"他仔细想了想，又补充："赋税是按人头来收的，假使一个人有几千亩地，那也只要交他自己一个人的税对不对？要是像我这样的话，我有地，租给没地的人去种，他们没地不用缴赋税，我是皇亲国戚，也不用缴赋税，那这一整片地就都不用缴赋税了！"

萧德言最喜他的聪慧过人，领首说道："就是这样。"

李元婴还是头一回了解这方面的东西，越想越觉得震惊："怪不得《韩子》要写那'五蠹'和'八奸'呢，照这样下去，这子又生孙、孙又生子的，还全都不用缴赋税又有钱买地置田，大唐肯定要给人分完了啊。"

萧德言不再多言。

李元婴一个人坐着瞎琢磨。

怪不得了，他说怎么这么大的大唐说没就没，原来小小的赋税都有这样的门道。可是，知道了这个祸根，他也不晓得该怎么解决啊。

人家有钱，他总不能不许人家买地，田地是根基、是保障，只要有地在手就死不了，谁不想多买点？便是他，也觉得地越多越好，全天下的地都给他他更高兴！他自己都这样，怎么能去要求别人不这样？

李元婴琢磨了半天，没想出个所以然来，又虚心地向萧德言请教有什么解决之法。

萧德言叹息着道："我若是有解决之法，便是拼上我这把老骨头也要去陛下面前说一说。可世上哪有万全之法？"萧德言仔细地给李元婴解说了一番："比如汉室希望鼓励农桑，不愿百姓图市利都去当商贾，便对富户加收重税；大唐立国之初百废待兴，需要商贾多投身去做那南北货易之事，所以让富户免去赋税，往来货易亦不纳税。这都是朝中贤能之辈因时制宜选的法子，于当时的情况而言是非常妥当的。"

李元婴道："那以后情况有变，原先的法子不妥当了，不能改吗？"

萧德言道："若是你辛辛苦苦攒钱买了地，朝廷忽然告诉你要换种税法，多收你一大笔钱，你能乐意吗？一两个人不乐意不要紧，要是天下人都不乐意，你要怎么改？"

李元婴不吭声了。

这样不行，那样也不行，太难了！想想他皇兄，想想他大侄子，李元婴越发觉得他们真辛苦，皇帝果然不好当！

见李元婴小眉头皱得紧紧的，萧德言温声宽慰："你还小，不必想太多。"

萧德言观李元婴行事，觉得这小孩和别人不一样，才会与他深说这些事。他已经老了，所能做的也不过是在这些小辈心里埋下颗种子，看看将来这些种子会不会生根发芽。

李元婴点头答应。

左右他也想不出解决的法子，不如先别想了。等将来他建了个大书院，就把这个问题交给书院的学生去想，这些学生也会有儿子孙子，一代接一代地想，往后真出了问题，他们总能解决的！

李元婴拿定了主意，不再叨扰萧德言，高高兴兴地回宫去。回到宫里，他还和柳宝林说自己和萧德言学了一宿，一点都不觉得累！

柳宝林见他囫囵着回来了，顿时放下心来，柔声让他想学就好好学，不要让人家萧老学士失望。

李元婴自是一口答应。

李元婴揣着一脑子新东西回来，也没把自己关屋子里琢磨，而是去寻兕子她们玩耍。最近李元婴要忙活千金茶的事，又是出主意又是画图，还溜过去看看竞拍盛况，着实冷落了几个宝贝小侄女，一个个都背过身不理他！

李元婴盘腿一坐，唉声叹气地说："看来你们都不知道昨天卖茶有多热闹了。"

高阳最爱热闹，一下子没忍住，转过身来质问："你为什么不带我们去？"

李元婴道："昨儿长乐不是要入宫吗？你们就扔下长乐出宫玩？"

长乐是他大侄女，昨天入宫来见李二陛下，顺便和几个妹妹见上一面。李元婴小时候很喜欢这个又温柔又好看的大侄女，时常拉她一起玩，只是没过两年长乐就嫁到长孙家去了！

李元婴也挺久没见长乐，不过他惦记着卖茶的热闹，还是寻机溜了出宫。

毕竟，长乐越大越讲规矩，她回宫见妹妹们，他是不能带她们去玩的，没意思。

听李元婴提起长乐，兕子也转过来，说道："你自己跑出去玩了！姐姐还问起你呢！"

李元婴道："改天我带你们去长孙府看她！"

兕子几人听了才高兴起来，围着李元婴问昨天一斤茶叶怎么卖出那么高的价钱，连宫里都传遍啦！李元婴好生与她们说了许多，又允诺说葵园那边的玉米差不多能吃了，回头约上长乐一块儿去烤玉米吃，几个小萝卜头才又拉着他幺叔幺叔地喊。

这个时候，高昌那边竟传回了捷报。这捷报简直比外面的传奇故事还离奇，说的是高昌那边本来觉得长安路远，大唐绝不会派兵过来，五月初还在载歌载舞呢，结果就听到有人说唐军快来到他们家门口了！

高昌国主一听，当场晕了过去，当晚人就没了。

国主都死了，新君根本立不住脚，唐军兵临城下能怎么办？只能打开城门降了！

于是侯君集和薛万均等同于仗还没打，就拿下一国！

上回朝廷战事捷报还是党仁弘平罗窦反獠，高昌的捷报用最快的速度传回来，让李二陛下大为快慰，迫不及待地召长孙无忌与房玄龄他们入宫分享这个好消息。

虽说平高昌的过程顺遂了些，可拿下高昌总是桩大喜事，这是个重要的运输关口，按照李二陛下的意思当然是直接把高昌收为大唐所有，设为陇右道，置安西都护府辖之。如此一来，大唐的疆域便往西延伸了一大截。

李二陛下与房玄龄他们商量完，高兴了一宿。眼下侯君集他们还没回京，这消息也只能让大家欢喜一下，还没到庆功和设府的时候，第二日上朝时李二陛下没立刻拿出来与百官同乐。

由于心情好，这天朝会进行得颇为顺利，许多事务都是稍一讨论便过去了。

许多人都能看出李二陛下心情不错。通常来说，每到这种时刻就该魏徵出来泼冷水了。然而没等魏徵酝酿出劝谏的话来，后面的班次竟有人抢先手执笏板高高举起，表示自己有本要奏。

李泰不由得往开口之人看了一眼。

上回他暗中着人去散布太子骄奢淫逸之事，不少人都上了套，齐齐站出来弹劾太子。这次他故技重施叫人出去暗暗挑引几句，成效却不怎么好，毕竟李元婴是满朝皆知的浑人，惹急了他能给你耍赖打滚的那种，等闲不会有人愿意沾惹。

李元婴只是让人卖个茶，又没做什么特别出格的事。能到朝会上来的这些大臣里头，哪个家里没几桩生意？顶多只是交给下人或者远亲打理而已。

所以，眼下站出来的不过是个想要借李元婴扬名的言官。

上有所好，下必甚焉，李二陛下立起了魏徵这面镜子，大肆鼓励百官畅所欲言，底下的人自然也绞尽脑汁发表自己的各种看法、提出各种建议。有的人是有真本事的，没蹉跎多久就步步高升；有的人是绣花枕头，读了满肚子墨水，要他办事和提建议时两眼抓瞎，李二陛下自然不可能重用。

眼前这人就是这样的绣花枕头，搁在平时李泰肯定看不上眼，但现在李泰心里特别期待他开口。就李元婴做的那些破事，写个一天准能写出封够他喝上一壶的弹劾折子！

李二陛下不知道这事是李泰私底下撺掇的，听到有人说有本要奏自是允对方开口。

这言官得了李二陛下许可，当即洋洋洒洒地念起自己精心炮制的弹劾折子来。

此人文采出众，缺点也很明显，就是啰唆！头一段无关要旨的开头便有几百字，他声音又属于平板无波的那种，若不是还记得不能殿前失仪，一些武官都想倚在凭几上呼呼大睡了。

切入主题后，这人啰唆的毛病变得更加严重，洋洋洒洒千来字念下来，表达的只有一个意思："区区一斤茶叶居然卖出八百贯钱，滕王身为陛下的亲弟弟，怎么能做出这种事？"

接着他还用洋洋洒洒几千字叙述起李元婴过去干的坏事，直接从李元婴五岁那年以雪埋人写起！可惜的是，他才提到"贞观七年"，李二陛下已经摆摆手表示自己知道了，这都不只是陈年旧账了，简直是烂账！

众人都在心里大喊"陛下英明"，再叫这人说下去，这场朝会不知要什么时候才能开完！

李元婴又不是太子，好财也没碍着谁，李二陛下亲自出手帮他打广告了，别人能说什么？真要喷的话，也要喷李二陛下才是，可惜这人没魏徵的能耐，不敢直接将矛头对准李二陛下！

李泰暗恨在心，怎的只有这么个蠢货肯站出来不痛不痒地弹劾几句？就他这种弹劾法，李元婴会有事才怪！

李泰在心里愤懑不已，坐在他前头的李承乾却有了动作。

李承乾执起象笏开口道："儿臣有事要奏。"

李承乾鲜少在朝会上说话，不缺席就不错了，难得他主动开口，李二陛下自然欣然颔首，示意他尽管说。

李承乾取出一份文稿让人呈给李二陛下。

李二陛下不明所以，打开那卷文稿一看，上头的字有点熟悉，写得和千金茶盒子上头的"借问好茶何处有？千金堂内千金茶"一个样，显见是他幺弟写的。

李承乾道："这是滕王昨日给我看的，他才刚学写文章不久，昨日写好这篇文章觉得心里没底，拿来给儿臣，让儿臣帮他看看有没有需要修改的地方，回头他再呈给父皇。"李承乾顿了顿，看了眼刚才说话的言官："若非刚才有人弹劾滕王，我不会在没经滕王允许前就拿出来。"

其他人你看我我看你，都看见了对方眼底的好奇：那混世小魔王写了什么文章，居然能让李承乾拿到朝会上来说？

李二陛下把那稍显稚气的文章看完，掩卷让人把它拿回给李承乾，吩咐道："承乾，你给大家念一念，让大家都听听这个被骂胡作非为的家伙是怎么想的。"

李承乾依言取回文稿，不疾不徐地给文武百官念出李元婴这篇文章。

论文采，李元婴和刚才那位文官差得不是一星半点，他倒是一点都不啰唆，开头就把卖茶获利几何的事都列了出来，不过三四百斤茶叶，卖出的价钱可以换回无数石米粮，这个利润是非常惊人的！

这么一大笔钱，李元婴一点折扣都没打，就在文章里写了出来。

李元婴还在文章里写，他与萧德言谈论赋税，知晓为了鼓励南北货易，各种买卖都是不收税的，但是他认为茶利甚巨，若不收的话可能会导致百姓纷纷不种粮食种茶叶。

李元婴提出，为了大唐社稷长治久安，往后茶叶买卖按照汉时的商税来收，直接来个十税一！

李元婴还进一步提议，往后已有的、必需的行当还按照以前的惯例来，若是有个什么新事物、新买卖，那必须经由朝廷来判定需不需要纳税。

更多的东西，李元婴没在文章里写，他只写他现在能想到的。既然萧德言说已有的不能随便改，李元婴觉得现在北边又没几个人卖茶，像千金堂这样卖茶叶是个全新的行当，那这一行总是能改的！

至于其他人要不要继续跟风卖茶、要不要再南下买茶山买茶园，那就看他们愿不愿意跟着纳税了。

反正，李元婴是不差这几个钱的，只要大唐江山稳固，他就能没心没肺地继续当他的小王爷。

李元婴琢磨出这文章，自觉还不错，昨晚便溜去东宫让李承乾抽空看看，回头告诉他有没有要改的地方。

李承乾昨晚还有要事要处理，原以为李元婴只是写了篇普通意义上的诗文，便叫李元婴先放下，他回头再看看。

结果等李承乾忙完后拿起来看时，他又有些睡不着了，一整晚都在想着这事：他们幺叔才十岁，不过跟着萧德言学了几天，跟着孙思邈看了看宫外的世界，想的做的便与旁人不同了。

相比之下，他这个太子倒是从来没静下心来想过这些问题。

今天来上朝，李承乾还揣着李元婴的文章，本来是想朝会之后给孔颖达他们看看，没想到居然有言官攻讦李元婴高价卖茶之事。

李承乾想都没想，李二陛下喊停那位言官之后，他马上把李元婴的文章拿了出来。

这篇无论文采还是技巧都非常稚嫩的文章，又一次让整个朝会沉默下来。

大唐立国已有二十余年，从最初的纷乱不堪到贞观的百废俱兴，耗尽了朝中所有人的心血。

现在，天下安定了，仗打得少，还基本是胜仗，他们原本应该可以暂且松一口气才是，可随着新旧世家纷纷结为姻亲、互相勾连，各地的豪强富户逐渐冒头，更多的问题也渐渐来到眼前。

虽然眼下还没出什么乱子，看起来一切都和和美美，好得不得了，可人无远虑则必有近忧，萧德言能看出来的事，别人也不是看不出来的！

房玄龄首先反应过来，开口直接夸了李元婴一通，表示滕王此心可嘉，可以依言照办。

房玄龄一开腔，其他人自然也跟上。

朝会结束后，百官都去外头吃工作餐。这工作餐又叫"廊下食"，是上朝之后给百官安排的食物，荤素搭配，营养均衡，免得百官一天下来饿得不行！

文武百官依次往外退，三三两两地聚到一起边用饭边讨论刚才的朝会，进行亘古不变的饭桌交际。

李二陛下把李承乾叫了过去，把李元婴那篇文章要了过去。

父子两人分坐两处，没聊政务也没聊别的，倒是就着李元婴聊了起来。

李承乾老实地说，他一开始根本不知道李元婴写的是这样的文章，如果知道的话，他一定会直接留下李元婴彻夜深谈。

李二陛下已经看了一遍，又听了一遍，取过文章之后又细细地重读一番，越读越觉得心中欢喜。他这个么弟终于不再整日胡搞瞎玩了，还懂得为朝廷出主意。

这种主意换了别人肯定是不会提出来的，谁乐意费心费力开拓出一个新行当给朝廷纳税？只有瞧不上那几个税钱的李元婴，才会敢想又敢说！

李二陛下欢喜完了，又绷起一张脸，拿着李元婴那篇文章教育起李承乾来："你比你么叔虚长十岁，这些年却没怎么给朝廷提过什么有用的意见，往后得多和你么叔学学。"说罢他便命人将李元婴那篇文章张贴到身后的屏风上，上头贴着的有魏徵他们的《十思疏》《十渐不克终疏》等等。

换了平时，李承乾肯定不爱听这种话，不过这次他倒是不觉得不高兴了。他信步回了东宫，才刚走入庭中，便看到李元婴在那逗李象玩。

李元婴见李承乾回来了，牵着李象跑到李承乾面前，问道："承乾，你帮我看过文章了吗？"

李承乾道："看过了，不过文章已经没了。"

李元婴一听，不高兴地说："你不喜欢也不能把它扔了啊，你不喜欢的话我找别人看去！"

李承乾见李元婴有些生气，便拉着他进屋坐下，一边把儿子抱到膝上哄，一边与李元婴说起朝会上发生的事。

李元婴很快从李承乾口里得知朝会上已经针对他的文章讨了一轮，房玄龄他们都只夸不骂的！后头李二陛下还把那文章讨了去，贴到了他议事之地的屏风上，听说那上面贴的都是他会经常回看的奏疏！

李元婴听得眼睛都睁大了，吃惊得不得了："皇兄他觉得我写得这么好吗？"

李承乾便把李二陛下最后那句"往后得多和你么叔学学"转述给李元婴听。

这下好了，李元婴尾巴简直要翘上天了。他有模有样地学着李二陛下板起脸的样子去逗李象："听到没有，要多和么么学学。"

李象很配合，马上乖乖点头："和幺幺学！"

李元婴从李承乾那得知自己被夸了，逗了李象一会儿就坐不住了，别过李承乾要去找李二陛下。

李二陛下正和房玄龄他们议事，听人说李元婴在外面探头探脑，无奈地叫人把李元婴给放进来。

李元婴一听李二陛下叫他，马上欢快地往里跑，跑进去还不和往常一样凑李二陛下身边坐下，而是先跑去里头看李二陛下那面屏风。

屏风上贴的果然都是许多有名的奏疏，其中魏徵占了不少，也有房玄龄、长孙无忌他们的。

李元婴找了一会儿，终于在里头找到自己那篇文章。他读读自己的，又读读旁边的，觉得差得有点远，还是有许多可以改进的地方。不过，反正皇兄喜欢，皇兄觉得好！皇兄都说好了，那当然很好！

李元婴得意扬扬地跑回到李二陛下身边坐下，和李二陛下大谈特谈教儿子心得："刚才承乾和我说，你又说他做得不好了，你这样是不行的，你要夸他做得好，他下次做起来才有劲！"

房玄龄几人看李元婴这么一开腔，一时都不知道说什么好，这家伙年纪不大，讲起这些话来却有模有样的，一副"我和你哥俩好才跟你说这些"的过来人姿态，也不看看他才几岁！

李二陛下上回已经听过李元婴养儿育女的未来计划，趣道："你不是说儿子随便养大就好？怎么又操心起承乾来了？"

李元婴道："这你就不懂了，你就是偏心也不能摆在明面上来讲的，你要天天告诉他，我是为你好，我可喜欢你了，你看看这大好的家业将来我都留给你！他听你这么一说，干起活来才特别有劲！"

李二陛下听着直点头，表示自己知道了，又问起李元婴怎么突然想起茶税来。

李元婴看了看在场的人，长孙无忌、房玄龄、魏徵，瞧着都是自己人！

李元婴便也不忌讳了，直接把自己与萧德言的那番对话说了出来，他把自己的想法告诉李二陛下："老师说，已经说出去的不好改，茶这一样买卖还没什么人做，我觉得可以改的。更多的我想不出来，我准备以后让别人想去！"

李元婴没什么大仁大义的念头，他是这样认为的：大唐是李家的大唐，有大唐在他才能无拘无束地过他的好日子，想做什么就做什么；土地和百姓是朝廷的根，百姓安居乐业、休养生息，才有余力供养整个大唐！所以，他希望大唐能长长久久地延续下去！

李二陛下听完李元婴的话，觉得这想法虽然天真了些，却也比许多人要强上许多。

这些事，萧德言也曾教给青雀吗？这个念头只在李二陛下脑中一闪而过，并没有停留太久。李二陛下见李元婴一脸的高兴，难得地没有打击他，而是遂了他的意夸了他一通，让他自己玩去。

李元婴欢欢喜喜地跑了。

李二陛下与房玄龄几人相对而坐，过了一会儿，魏徵才先开口："这些事并非没人能看出来，只是看出来的人不是不敢说，就是不愿说。眼下各地已有这样的苗头，将来恐怕会酿成大祸！"

房玄龄与长孙无忌亦点头认同。

君臣几人又开始新一轮的议事。

李元婴是没那么多烦恼的，他回去和柳宝林说李二陛下夸了他，又重新把文章写了一遍，跑出宫去和萧德言献宝。

萧德言没想到李元婴初试牛刀就闹出这么大动静来，更没想到李元婴直接把两人的对话搬到李二陛下面前去。

见萧德言脸色不对，李元婴紧张地问："我做得不对吗？"

萧德言轻轻摇头，说道："没有不对，事无不可对人言，方称得上是磊落君子。"

换成别人，犹豫太多，顾忌太多，肯定不会就这样把事情捅到御前去。

像茶税一事，京城未必没有看李元婴大赚一笔想要掺一脚茶利之事的，现在李元婴这个首先开拓北边茶叶市场的人表示自己要主动纳税，提出让后头的人也跟着纳税，难免会劝退一批人，也难免会招一批人恨。

换成一心图茶利之人，怎么会提出让朝廷征收茶税？

李元婴不知道萧德言的种种思虑，听萧德言肯定自己的做法便高兴地让萧德言给他指点文章的不足之处。

李元婴又在萧德言这边蹭了顿饭，才心满意足地要走。不想这次溜达到前头，李元婴碰上几个小内侍和小侍女焦急地在一个哇哇大哭的胖娃娃周围，这娃娃年仅一岁左右，话还说不利索，只边哭边喊："球球，我的，球球！"

李元婴过去一看，才晓得这是他小侄孙李欣，比李象小一些，体形随了他爹，圆圆胖胖的，不过比他爹可爱多了，眼下哭得老惨老惨，瞧着怪可怜！李元婴蹲下捏捏李小圆球被眼泪糊了一脸的脸颊，问道："怎么啦？"

李小圆球哭得噎了一下，抬起乌溜溜的眼睛看向李元婴，眨巴一下眼，觉得不太认识，撇撇嘴又想哭。

李元婴道："我是你幺叔祖父。"

李小圆球理解不了这个称呼，喊了半截："幺叔？"

李元婴道："这辈分可不对，要么你和大侄孙一样喊我幺幺好了。"

这个李小圆球会了："幺幺！"

李元婴应了，又问李小圆球哭啥，李小圆球抽噎着跟李元婴说自己心爱的球球掉进洞里去了。旁边的内侍也帮着解释，说李小圆球在玩别人送他的小皮球，假山旁不知什么时候泡出个小洞来，球掉下去就拿不出来了，大家的手都不够长，根本够不着！

李元婴过去观察了一下，那洞口平时都被草木掩映着，没人注意到很正常。

李元婴劝慰道："拿不回来就算了，改天幺幺再叫人送几个给你！"

李小圆球倔强地哽咽道："球球！"

李元婴见他这般执着，稍一思索，叫人去取水来齐齐往洞里灌灌看。

众人虽不解，却还是依言去取水。

李泰正巧从书房里出来，看到那些个内侍与侍女们提着水往假山那边去，拧着眉拦下人问他们去做什么。

知晓是李元婴让他们这样干的，李泰心头一阵火气噌噌噌直冒，也不拦着了，只跟在众人背后前往假山那边看看李元婴到底要在他府上做什么！

李泰走进一看，却见自己儿子和李元婴很是亲热，口里说着别人听不懂的话："幺幺！球球，出吗？"

李元婴道："你等着看，球球很快出来了。"他又耐心地和李小圆球解释一番："球轻，像叶子会浮在水面上一样，球也会浮在水面上。洞里的水一多，你的球球就会浮上来了！"

李小圆球虽然听不太懂，但听到球会浮上来就很高兴。

李泰阴沉着脸看着自己儿子亲亲密密地腻在李元婴身边。这家伙从小就很会哄小孩，儿子她们就被他哄得天天幺叔幺叔地喊！

李元婴没注意到李泰的到来，一声令下，指挥几个内侍轮流灌水。这洞虽然挺深，却不算大，一轮灌下去皮球就冒头了，守在洞口的内侍眼疾手快把它捞起来，捧过去呈给李小圆球。

李小圆球高兴地接过湿漉漉的皮球，拉着李元婴要他陪自己一起玩。

李元婴道："不能玩了，我还要去找你大姑姑，下次我再过来陪你玩。"他给李小圆球伸出一只小指头："来，我们拉钩。"

见李小圆球不会，李元婴还把左手和右手勾在一起给他示范了一下。

李小圆球马上懂了，伸出短短软软的小指头和李元婴拉钩。

李元婴哄完李小圆球，才注意到李泰这个大圆球不知道什么时候过来了！李元婴把李小圆球牵过去交给李泰，熟稔地问好："青雀你什么时候来了？也不吭一声！儿子还你，下回我再过来找他玩！"

李元婴好言好语地帮他哄儿子，李泰自然不好说什么，更何况他在外本就是谦和有礼的形象，此刻当然只能表示随时欢迎李元婴过来玩耍。

李元婴和颇有些舍不得他的李小圆球道别，又亲自跑了趟长孙府，约大侄女长乐改天去葵园玩。

长乐十三岁便嫁到长孙府，如今十八九岁，已梳着妇人的装扮。听人说李元婴来访，长乐自是亲自相迎。

长乐的长相随了长孙皇后，性情也随长孙皇后。前两年李二陛下突发奇想要给宗室和功臣封个世袭刺史，意思是这地方给了你，以后这地方的一把手永远是你的儿子孙子，一代代地传下去永远不带改！

这种做法长孙无忌等人自然是不希望看到的，劝说无果之后长孙无忌便想到让长乐进宫去劝一劝李二陛下。

经过长孙无忌等人的多方努力之后，李二陛下终于收回了世袭之令。

由这事就可以看出，长乐某种程度上很像长孙皇后。

李元婴上回没见着长乐，这次径自跑过来约人也没不好意思，一见面就嘴巴抹蜜地直夸："好久不见了，我老想你啦！"

长乐戳穿他："嘴里说想我，上回我要回宫你却自己跑去玩了。"长乐在李元婴面前没平时的守礼，邀李元婴进屋坐下再说话。

两人许久不见，李元婴嘴巴又特别甜，把近来做了什么都跟长乐说了一番。他还说，像长乐这么聪明，整日闷在家中实在浪费了，该多出去走走，开个学堂也好，开几次文会也罢，多结识些人，日子过得热闹些。

长乐道："女子出嫁后合该侍奉公母、相夫教子，哪来的空闲赶这些热闹。"

李元婴听长乐这么一说，就有些不乐意了，拉着长乐的手说："你公母身边都不缺伺候的人，侄女婿又要出去当值，你每日给公母问个安，剩下的时间如何打发？府中杂务不都有管事们帮你打理吗？即便是你来当家，那也是只需要拿个主意便好，用不着你事必亲躬。"

长乐听他说得句句在理，竟想不出反驳的话来。

嫁到长孙家后长乐的日子确实比在宫中时要乏味许多，公公长孙无忌在朝中越得信重，他们就越要谨言慎行。因着她屡屡规劝长孙冲行事要谨慎，长孙冲对她有些不喜。

她是公主，长孙冲便是有不喜也不会摆在脸上，只是夫妻之间一旦生疏，再傻的人都能感觉出来，何况她又不傻。

长乐道："还是往后再说吧。"

李元婴也不多劝，他又和长乐显摆起自己认识了孙思邈，已经学会怎么看病了，央着长乐给他看看。刚才进门时他便觉得长乐容色有些憔悴，挺担心长乐在长孙府上过得不好。

长乐对这个比自己小许多岁的幺叔很是纵容，依言伸出手让李元婴给她诊脉。长乐身体倒没什么大碍，就是身子骨也随了长孙皇后，天生体弱，须得好好养着。她嫁人时年纪太小了，身体都没长开便要为人媳为人妇，这几年许是忧虑过多，气血有些虚。

李元婴到底只学过那么一点，拿不准如何调养，小眉头皱了起来。

长乐笑着捏了捏他的脸颊，让李元婴不必担心，若是她觉得身体不适，肯定会请大夫或者太医登门，绝不会耽搁。

李元婴道："等自己都觉得要请大夫才调养就迟了！"他把儿子当例子举出来给长乐听，趁机给长乐喂了颗甜甜的糖，才将玉米之约和长乐说了，要长乐到时候和他们一块儿去葵园玩耍。

这都是夏末了，长乐也觉得自己许久没有出去散心，点头应下李元婴的邀约。

三日后，李元婴又呼朋唤友出去玩，宫里几个"小萝卜头"自然要带上的，最近李象时常被带过来找他们玩耍，李元婴便把他捎带上了。虽然是同种玉米，成熟期却有早有晚，他们赶的是最早的一批，一听董小乙回宫禀报说有玉米可以吃了他就开始约人。

李象还是头一回跟着李元婴出宫，到了葵园后看什么都好奇，走过一片金灿灿的向日葵田，他仰头看看这边、看看那边，觉得这花他没见过，一整片都开着同一种花，真的太好看啦！

李元婴领着几个小的跑到玉米田边，差遣左右掰这根掰那根，玩兴很高。长乐则好奇地和唯一一个自己不熟悉的魏姝说话，问她是怎么和李元婴认识的、怎么和李元婴玩得这么好。

魏姝的心虽也飞到玉米田里了，不过长乐到底是公主，她不能失礼地扔下长乐去追李元婴，只好老老实实地作答，把自己如何和李元婴熟悉起来的事一五一十地告诉长乐。

李元婴叫人掰了一箩筐最大最好的玉米，回头一看发现长乐和魏姝没跟上来，立刻转身招呼魏姝两人赶紧过来。

魏姝如蒙大赦，跑过去和大队伍会合，听着李元婴煞有介事地给她们介绍玉米的情况。据说玉米也和向日葵一样长在很远很远的地方，要很大很大的船开很久才能到，一根玉米上和向日葵那样有许多颗种子，撒到地里可以种出一大片玉米！

李象分到一根生玉米，好奇地拔玉米须玩。

李元婴教他："这是玉米。"

李象点头，"玉米！"

李元婴道："你上次吃的爆米花，就是用这个玉米做的。"

李象两眼一亮："爆米花！"

李元婴说："今天做不了爆米花，我们烤玉米去！"他吩咐董小乙把玉米收拾好，方便他们烤玉米吃，再顺便弄些肉菜之类的一起烤，荤素搭配吃着才不腻！多出来的那些鲜玉米先用水煮熟，回头他带些去给孙思邈和萧德言他们尝尝。

想到李泰府上还有只小圆球，李元婴便让人留了两根，等会儿他回去前打成汁，带去给李小圆球尝尝鲜！

李元婴把能想到的人都安排上了，才兴致勃勃地带着小儿他们开开心心地烤起了玉米。

大家虽然都吃过爆米花，整根的玉米却还是头一次见到。董小乙给挑的都是颗粒饱满，不太老也不太嫩，瞧着刚刚好。

烧烤的东西已有人准备好了，不用他们洗洗切切也不用他们生火加炭，李元婴只要把玉米弄上去时不时翻个身就好。李元婴本来不太耐烦这个，不过一群"小萝卜头"兴致都很高，他也没扫兴，捋起袖子认真地给玉米刷点蜂蜜之类的，最终成果比起上次惨烈的黑乎乎烤野鸡要优秀多了。

长乐跟着烤了根玉米尝了尝鲜，觉得这玉米鲜嫩可口，烤出来又香又甜，着实是诱人的美味。更难得的是，这东西怎么做都能入口，烤着吃、煮着吃、熬汤吃都成！

想到李元婴刚才说一根玉米上的种子就能种出一整片玉米来，长乐的心脏猛跳了几下，开口问李元婴："幺叔，这玉米你告诉过父皇吗？"

长乐不提，李元婴还真忘了这茬，前两个月他还信誓旦旦说要让李二陛下看得着吃不着来着。现在长乐一提，李元婴顿时陷入了挣扎之中，毕竟李二陛下最近可是夸过他的，暂且被他归入好皇兄行列。那么，玉米给不给他吃好呢？

李元婴哼哼两声，说道："那就让儿子去送一根给他吃好了，多了不给！"

长乐听李元婴这么说便不再多提。

李元婴带儿子她们吃饱喝足，又提出要带他们去学堂旁听，让夫子不用特别准备，他们拿几个蒲团坐在后头瞧瞧那些小孩子是怎么上课的就好。

董小乙把事情安排下去，很快给李元婴一行人安排了"旁听席"。也许是小孩子之间相互影响，比起外头的学堂，这群小孩学习的劲头特别足，还有好几个女孩子非常出挑，不仅学东西比其他人快，课堂上也非常活跃。

总的来说，整个学堂看起来活力十足、欣欣向荣。

李元婴满意了，分别把长乐、魏姝和儿子她们送回去，自己拎着新煮的玉米和鲜榨的玉米汁去寻萧德言，和萧德言说了这个新鲜吃食是什么，又拿了根命人特制取自细竹枝的"吸管"给萧德言尝尝鲜。

萧德言活到八十岁了，自然不是贪嘴之人，不过李元婴热情地把竹枝吸管递到他嘴边了，他自然只好按着李元婴的意思尝了两口，夸这东西喝起来挺特别。

李元婴道："您喜欢的话我回头叫人多给你送一些！"

萧德言道："我老了，吃不了多少，你自己留着吃便是。"

李元婴道："我吃不完的，老多老多了。"

找完萧德言，李元婴又去寻自己的侄孙李小圆球。李小圆球身边跟着不少人，见李元婴拿外面的吃食来哄李小圆球，有些紧张地想拦下李元婴，委婉地说得让人先试喝一下。

在宫中时，李二陛下入口的食物也是要先验上三道的，李元婴对此倒没什么意见，由着人拿去分着试喝。

李小圆球瞧着倒是气鼓鼓的，拉着李元婴说："我的！我的！"我的玉米汁，凭什么先让他们喝啊！

李元婴捏捏他圆鼓鼓的小脸蛋，说道："不行的，得让他们先尝尝，不好喝的话不能给你喝。"

换成别人捏他脸，李小圆球肯定要生气了，李元婴捏他脸他却挺高兴，伸出胖乎乎的小圆手可着劲地往李元婴脸颊边凑，显然也想捏回去以示亲近。

李元婴大点其头："不错，真聪明，这么小就懂得礼尚往来了！"他很体贴地凑近一些，方便李小圆球也达成捏脸成就。

李小圆球成功捏到李元婴的脸，觉得软软的，热乎乎的，高兴得不得了，开心地跟着李元婴冒词："往来！"

这时左右终于把玉米汁端过来了，李元婴取过旁边搁着的吸管教李小圆球用。李小圆球头一次玩这个，用它吸到玉米汁时震惊极了，连吸了好几口，觉得又好喝又好玩！

李元婴逗了李小圆球一会儿，才心满意足地回宫去。这么多晚辈之中，就李小圆球长得最圆润，捏起来手感也最好，怪不得他皇兄这么喜欢老四呢，看来也是觉得小孩子圆滚滚最可爱！像兕子那么瘦，他都舍不得捏她脸！

李元婴在心里感慨了一番，骑着小马嘚嘚地回宫。

这个时候，李二陛下正在迎接各方接踵而至的玉米攻势。

最先送到他面前的当然是兕子她们送来的，兕子和李治把李元婴在葵园种了玉米的事如此这般地一说，李二陛下起先还没怎么在意，等接过玉米一瞧，发现这是个很不错的粮食作物才上了心！

再听李治说，这上面的每一颗玉米都能种下去，一根玉米就能种一大片，李二陛下不由捏紧手里那根煮得透透的玉米。

这样的好东西，他们又是烤又是煮，全给吃了？！

没等李二陛下发作，又有人说长孙无忌来求见，说是有要紧事。

李二陛下把人召进来一问，才知道长乐也去了这次烤玉米聚会，带了几根玉米回去给长孙无忌他们尝鲜。长孙无忌一看，这是好东西啊，怎么全给煮了？！他顾不得尝尝这玉米是什么味，赶紧带进宫求见李二陛下！

李二陛下与长孙无忌正相对无言，又有人通传说，魏徵求见。

李二陛下和长孙无忌对视一眼，都看出了对方的想法：魏徵肯定也是为着玉米来的，这玉米能吃了，李元婴肯定会去喊上他在宫外的小伙伴魏姝。

李二陛下让人宣魏徵进来。

魏徵入内一看，好家伙，李二陛下这里已经有两盘玉米了。

魏徵顿时了然，把自己那盘玉米也摆到御前。

儿子见气氛不对，拉着李二陛下的衣角说："父皇，你不高兴吗？我们怕煮好带回来不新鲜了，叫人在另一辆马车上边回来边煮，回到宫里正好能吃！可好吃了！"

李二陛下对儿子永远黑不起脸，哄了两句说自己很高兴，才转向李治盘问："这东西什么时候开始种的？"

李治老实说："是和向日葵差不多时间种下的。"

李二陛下道："收成就这些？"

李治据实以告："这只是一部分，地里还有很多，听说不是太老了不好吃就是太嫩了还不能吃。"

李二陛下心里有数了，打发李治带几个妹妹回去。回头再看向案上摆着的三盘玉米，李二陛下冷哼道："我们先尝个鲜，尝完以后无忌你去安排一下，派人去把那葵园围了。"

长孙无忌喏然听命。

李二陛下拿起根玉米尝了两口，只觉口感甘甜，味道极佳。

越是觉得这玉米是好东西，李二陛下越是怒从中来。

种下好几个月，几个小孩一点风声都没往他面前透，显然是李元婴那混账小子叫李治他们不许说的。这几个小的也不知被李元婴灌了什么药，什么事都愿意听李元婴的，连他都敢瞒！

李二陛下派人去围了葵园，李元婴当天没法知道，毕竟长孙无忌安排下去时宫门都要落锁了，董小乙赶不及去报信。

第二天一早，董小乙才着急地回宫，与李元婴说起李二陛下派人过去围住葵园的事。

李元婴一听，急了，去议事堂门前堵李二陛下去。李二陛下带着长孙无忌等人往议事堂走，远远便瞧见李元婴搬了个蒲团直接坐在议事堂门口，一副"你不给我个说法我就坐在这里不走了"的势头。

李二陛下看见他就来气，早前他就叮嘱过这小子有向日葵那样的好东西不能再炒着吃。结果这小子是不炒了，他做成爆米花分给儿子她们吃，收成之后还煮的煮、烤的烤、送人的送人！念着这小子好歹还留了种子的份上，他才没当场把人拎过来教训！

这混账小子倒好，还敢跑议事堂前堵他来了！

李元婴见李二陛下面带凶煞、大步流星地走过来，瞧着马上要破口大骂，觉得有点不太妙。

都这样了，要跑也来不及了，李元婴马上从蒲团上起来，主动跑过去拉着李二陛下的手，一脸诚挚地说："皇兄，昨天我让儿子给您带的玉米好吃吗？为了让您吃上新鲜的，我叫人直接在马车上煮，煮到回宫刚好能吃！您若是觉得好吃，我再叫人多送些进宫。"

好歹是自己看着长大的幺弟，李二陛下扫上一眼就知道李元婴是临时改的口，刚才他那架势可是来兴师问罪的！很显然，葵园那边的人对李元婴还是忠心耿耿的，一大早便进宫来和李元婴通风报信。

李二陛下笑着睨了李元婴一眼，说道："朕觉得好吃，准备全要了，你给不给？"

李元婴想起自己惨遭抢夺的向日葵，一张脸皱成了包子，亦步亦趋地跟着李二陛下往议事堂里走，口里说道："玉米好多的，皇兄您吃不完。要不，我分您一半？"

李二陛下没给他商量的余地，相当冷酷地说："朕全要。"

李元婴据理力争："葵园是父皇留给我的，您不能抢我的葵园！"

李二陛下道："你不是常说'普天之下莫非王土'吗？"这小子小时候想要什么就把这话挂嘴边，说您堂堂一国之君怎么可能要不到，赶紧帮忙要来！

李元婴想咬他。

李二陛下瞥他一眼，问他："花生也可以收成了是不是？这东西好吃，也和葵瓜子一样能出油，瞧着不错。"

李元婴忍痛说："花生也分您一半！"

李二陛下仍是一脸的冷酷无情："朕全要。"

李元婴生气了，不理李二陛下直接跑掉。回到住处后他还气不过，气鼓鼓地对着庭中的梧桐树踹了好几脚。

柳宝林听到动静跑出来，就看到李元婴一屁股坐在地上，脱了靴子在心疼自己的脚丫子。

柳宝林已听人说李元婴在踹树，见李元婴抱着踢红的脚指头在生闷气，柳宝林又是好笑又是心疼，伸手把他揽进怀里说道："你这细皮嫩肉的小身板，脚丫子哪有树硬，踢那么大劲还不是自己受罪？"

李元婴回身伸手抱住柳宝林，往柳宝林怀里蹭了蹭，生气地说："我再也不要理皇兄了。"从现在起，皇兄在他心里就是天底下最坏的坏人！

柳宝林仔细问了，才知道李二陛下派人把葵园围了，要全盘接手里面的玉米花生。

柳宝林道："你又吃不了多少，这样的好东西陛下便是不要，你也该献给陛下才是。"

李元婴说："不一样！"

他自己要给的，和皇兄强抢的，哪里能一样！

柳宝林劝他不动，只能帮他揉了揉脚掌，叮嘱道："行，不理了，但是下次不高兴也别再踢树。"

李元婴给柳宝林一哄就不疼了，乖乖点点头，麻利地套上靴袜。这几天忙这忙那的，他也许久没好好歇着了，今天他决定哪也不去，留在宫里看看书。

李元婴典型的生气也只气一会儿，生完了便与柳宝林说了一声，又撒丫子跑去寻武才人。

若没得李二陛下宣召，武才人便很空闲，见李元婴找过来她也不嫌烦，只问道："殿下又想看什么书吗？"

李元婴道："宫中可有《列子》，我想看一看。"

武才人问他为什么突然想看《列子》。

《列子》成书于战国，列子全名列御寇，其学本于黄老之学，上承《老子》下接《庄子》，乃是道家学问。

李元婴听武才人介绍了一番，觉得她也读过《列子》，便将自己与萧德言的对话与她说了一遍，说自己对愚公移山之类的故事很感兴趣，想看看书里还有没有别的故事。

武才人听了萧德言关于当前赋税之法或成祸根的推断，颇有些入神，等李元婴说自己想看故事，又觉得这小孩果然是孩子心性。她说道："故事自然是有的，只怕是有挺多内容你不会感兴趣。"

李元婴觉得这没什么，不感兴趣的部分他跳过便是。他点头说："只要有故事就好！"

武才人边与李元婴一起走向藏书楼那边，边问道："殿下今日看起来不太高兴，莫非遇上什么事了？"

李元婴听武才人这么一问，又想起在李二陛下那边遇到的委屈。他把李二陛下强抢他玉米花生的事跟武才人说了，言语之间对李二陛下的气愤一点都不带掩饰的。

武才人听了，觉得李二陛下大概就是想看李元婴生气才故意强抢他葵园的。武才人道："殿下应该是怕你把那玉米花生全吃掉了，来不及让百姓受益，等他留够了种自然会把葵园还你。"

李元婴才不管那么多："反正我再也不理他了！"

武才人也不再多劝，让李元婴稍候，驾轻就熟地帮李元婴把《列子》取了出来。

哪怕已经见识过武才人找书的效率，李元婴还是忍不住好奇地问："你怎么好像把所有书全看了啊？"

武才人道："多看些书总是好的。"李二陛下是一国之君，有太多的事要忙，便是到后宫来也留不了太久，后宫妃嫔自然只好自己找事情打发时间。有人专心抚育儿女，有人专心养颜固宠，有人专心你争我斗，她对这些没有太大兴趣，只准备多学一些东西以备不时之需。她含笑望着李元婴："殿下可以自由自在地去见识宫外的世界，我出不了宫门，能在书上见识见识也不错。"

李元婴接过武才人递来的《列子》抱在怀里，一边往外走，一边和武才人说起自己昨天劝长乐的事。长乐显然没把他的话听进去，不会和高阳她们那样让自己过得舒舒服服、高高兴兴！

李元婴和武才人说起自己的见解："底下又不缺做事的人，女孩子怎么就不能去做自己想做的事了？要是我娶了王妃，一定让她想做什么就做什么。"

武才人也不觉得他小小年纪就说娶王妃有什么不妥，笑着说道："殿下这话要是被别人听去了，怕是有许多女孩想要嫁你。"

李元婴喜欢被人夸，闻言自是高兴不已，一点都没谦虚的意思，还和武才人说："想嫁也没用，我也不是谁都娶的。"

武才人问他要娶什么样的。

李元婴想了想，才说："我还没想好。"他掰着手指数道："只一点，肯定要孝顺我娘才行！当然，王妃孝顺我娘，我也会孝顺王妃爹娘，绝不让她吃亏的。"

武才人笑了一下，没再多说，在分岔口与李元婴分别。

回去时武才人还在想，李元婴生为太上皇幺子，本应在这宫中举步维艰，不想他天生运气好，他母亲柳宝林分位虽低，行事却谨慎小心，从不出半分差错，他自己又生性跳脱豁朗，所思所想皆与旁人不同，那些鬼蜮伎俩便沾不了他的身，反倒让他更得圣心。

细算起来，这宫中上下活得最快活的竟是这个理应最不快活的滕王！

李元婴只是照着习惯去寻武才人帮忙找书，没别的想法，武才人也习惯了他来找自己要书，两个人都没当回事，不想这事却落入了有心人的眼里。

这日李二陛下听人回禀说李元婴回去后拿庭中梧桐树出气，结果踢得自己脚疼，一屁股坐在地上揉脚丫子，顿时龙心大悦，连晚饭都吃了一碗，又着人煮碗茶来给他消食。端到那香味悠远的茶，李二陛下自是又想到他那糟心的幺弟，乐得浑身通泰。

不想入夜后李二陛下去后宫走了一遭，竟有人胆大包天地拦下他向他告密，说李元婴总往后宫跑，而且每次都跑武才人那边，哪怕李元婴是陛下的弟弟，如此出入宫闱怕也不妥当。

李二陛下看了那告密的宫人一眼，叫人记下她的姓名，摆摆手让人把她带下去。

左右见李二陛下神色淡淡，看不出情绪，都不敢多言，紧跟在李二陛下身后往武才人居处走去。

武才人显然没睡下，此时正点着灯在看书。《列子》她早前草草看过一遍，今日听李元婴对它有兴趣，她便也取了一卷回来重读。

听人通报说李二陛下到，武才人忙放下书起身相迎。

李二陛下迈步入内，在武才人刚才看书的位置坐下，拿起案上那卷《列子》看了眼。

李元婴前几天刚在他面前说过那"愚公移山"，李二陛下自然还记得这本书。不须多问，李二陛下已确定那宫人所言非虚，李元婴确实与武才人往来甚密。

李二陛下搁下《列子》，带着探究的目光扫向端坐在一侧的武才人。

武才人心头直跳。

李二陛下道："你与元婴时常见面？"

武才人微微一惊。

李元婴年纪再小，到底也是个王爷，再过个一两年便是不去封地也该出去自己开府。他私通宫闱这种事说出去可能有人会发笑，可真要有人要拿这个做文章也不是做不了的！武才人不敢隐瞒，把自己与李元婴之间多次见面的因由一五一十地道来。

李二陛下仍是神色淡淡地听着。

李二陛下当然不会怀疑李元婴，他是怀疑武才人。

武才人初入宫不久，他赶巧得了匹无人能驯服的烈马，下令说谁能驯服它便有重赏。

当时武才人就站出来说她可以，她提出要他赐下三种东西：铁鞭、铁锤和匕首。先用铁鞭鞭打它，看它服不服；若是不服，就用铁锤捶打它；若是还不服，那就用匕首杀死它，这样它就再也不敢不听话！

一个年方十余岁的女子就能娓娓说出这样狠辣的法子，李二陛下不能不怀疑她接近李元婴是别有用心。

待武才人把自己与李元婴的多番往来说完了，李二陛下淡淡开口："若是朕把你赐给元婴，你可愿意不当朕的才人到他身边去？"

第八章

误会解除

听李二陛下这么一问，武才人就着跪坐的姿势伏跪在地，朝李二陛下行了个大礼。哪怕背脊早渗出了一层薄汗，她面上仍是镇定无比，嗓儿带着一丝恰到好处的颤音："嫔妾身为女子，未嫁从父，既嫁从夫，若陛下有命，嫔妾不敢不从。"

李二陛下未置可否，也不曾多留，起身迈步离开，甩动的衣袖恰好将案上的《列子》扫落。

《列子》掉在地面，恰恰落在武才人目光所及之处。

武才人没有立即起身，直至四周静悄悄地没了动静，她才浑身虚软地虚坐在地，安静地坐了半晌才拾起面前那卷《列子》。

她垂眸看向手中的书卷。

不可否认地，刚才李二陛下问出那句话的时候，她是有些动心的。她才十六岁，十三岁进宫，在家时父亲对她并不关心，她能识几个字已是难得，想要更多的是决计不可能的。

当时她就不甘心，不甘心自己无一处不如异母兄长，为何异母兄长可以想要什么就有什么，她却不行？

被选入宫中前，她也想象过李二陛下是怎么样一个人，想象过自己努力争得李二陛下的宠爱，好叫两个异母兄长都只能仰仗自己，可惜李二陛下并不是一个耽于美色之人，封她为才人也仅是因为她父亲武士彟当年勉强算是有过"从龙之功"。

只有身在深宫中的人才会知晓宫里的日子有多寂寞。

李元婴的存在与整个皇城格格不入，他像是闯入这潭深水之中的鱼儿，活得自由又鲜活，想做什么便做什么，想说什么便说什么，即便对上李二陛下，他依然是想闹便闹、想骂便骂。

只是冷静下来一想，便知道李二陛下这话是不能应的。李二陛下明显是听了什么话才会过来，若是她露出欣喜地应下，等待她的肯定不会是把她送到李元婴身边的旨意。

武才人攥紧手里的《列子》。

仔细想想，李元婴也不是个多好的选择，他的母亲到最后都只是个宝林，比之才人品阶更低，李元婴有的不过是李二陛下的偏爱。

而这份偏爱是真是假还难以判定。

毕竟，李二陛下早年曾对兄弟下手，想拿李元婴来演一出兄友弟恭也不是不可能。

说到底，他们这些人的生死荣宠都攥在李二陛下手中，他想让你富贵一生你就富贵一生，他想让你荣华一世你就荣华一世。若他不想，你便连他一面都见不到，此生此世永远困于高墙之后。

不自由。

也难自由。

武才人坐在原处，久久没有动弹。

烛火静静地燃着，让她手中的书卷在地上投下淡淡的影子。

另一边，李二陛下离开武才人居处，没再转向任何一个妃嫔那边，而是径直前往李元婴的住处。

左右对看一眼，快步跟上，不敢多言。

李元婴此时正在挑灯夜读，《列子》这书果然和武才人说的那样有些他看不太懂的东西，不过有趣的故事还是有的，比如《疑人偷斧》这个故事就和他前头看过的《智子疑邻》差不多。说的是有个人把自己的斧头忘在干活的地方了，回去后没找着斧头，越看邻居越像是偷他斧头的人；第二天在干活的地方找回自己的斧头后，他看邻居又觉得不像是偷儿了！

李元婴正读得津津有味，柳宝林就端着绿豆汤给他送来，说是天气还有些热，喝点才能静心看书。

李元婴接过绿豆汤咕噜咕噜喝了几口，才问柳宝林自己喝了没。

柳宝林笑着道："当然喝了。"她见李元婴案上摆着看到一半的书，也不吵着他，只叮嘱他看着冷热增减衣裳，若是一会儿夜深了天气转凉要记得披衣。

李元婴没有丝毫不耐烦，一一应下。

柳宝林刚转身要往外走，却见李二陛下不知什么时候走到了李元婴的小书房门口。

柳宝林忙低下头向李二陛下行礼。

李二陛下免了她的礼，着她先退下，自己撩起袍子在李元婴对面坐下。

柳宝林虽担心李元婴和李二陛下闹起来，却不敢违抗君命，只能依言退了出去，回到自己房间叫人注意着小书房这边的动静。

李元婴不知道李二陛下是为什么过来的，他还记恨着葵园的事呢，搁下手里的绿豆汤转过身不理李二陛下。

李二陛下见他给自己留个后脑勺，也不知该气还是该笑。兕子她们对上他时越来越无法无天，显然都是和李元婴学的。

李二陛下伸手揪着李元婴的后领让他乖乖转回来。

李元婴被领子勒得气闷，更生气了，转身气鼓鼓地推走李二陛下伸过来的手："我再也不理你了！我再不去找你，你也不许来我这！"

李二陛下道："看不出来啊，气性还挺大。"

李元婴不理他。

李二陛下拿起案上一卷《列子》，说道："刚才有人拦下我，说你时常去找武才人？"

李元婴听到李二陛下意有所指的话，暂且收了恼意，奇怪地看向李二陛下，不懂他为什么突然提这么一句。他哼道："那有什么稀奇的，还要特意拦下你说！"

李二陛下道："你很喜欢她？"

李元婴本来不想再回答李二陛下，可看李二陛下神色与平时不太相同，想了想又哼哼着回答："我当然喜欢了，她可厉害了！在九成宫时我和她说'为什么老魏和老孔都送我文房四宝里的一样，我却觉得老魏是在勉励我、老孔是在嘲笑我'，她就给我找了《韩子》，我看完里面那个'智子疑邻'的故事就懂了！"

李二陛下耐心听着，未置一词。

话头都起了，李元婴的嘴巴根本闭不上："说起来今天我还和她说，长乐文章和算学都学得很好，每日只在府中侍奉公婆什么的太闷了！皇兄你这么一提我就觉得武才人在宫中也很浪费，如今后宫里那么多女人，皇兄你又那么忙，根本宠幸不过来的！时间一久，怕是连她们长什么样子都记不起来了。照我说，您该放一些没空闲宠幸的女孩出宫，省得她们在宫中独守一生！我听说，当初嫂嫂就放走了三千宫女！"

李二陛下淡淡地道："你倒是什么都敢说，连后宫之事都敢插嘴。"

李元婴不吭声了，继续贯彻"再也不理皇兄"原则。

李二陛下道："既然你都这么说了，我也不能不听。"他瞅着李元婴："我把武才人赐你可好？"

李元婴一愣，抬起头看李二陛下。

李二陛下目光幽邃，看不出是喜是怒。

李元婴不解地问："您把她赐给我做什么？"他觉得自己身边不缺人了，他也没到娶妻的年纪。再说，也没有弟弟娶哥哥宫里人的道理啊！

李二陛下道："你想让她做什么，就让她做什么，她得听你的。怎么样？就当是我拿她换你的玉米花生。"

想到武才人那么厉害，李元婴有些心动，可他想了想又犹豫起来，说道："那皇兄你可亏大了，她那么厉害！而且，她不一定想到我身边来的，若她不高兴过来，来了我这边不快活，那还不如不来。"

李二陛下道："我让她来，她就得来，有什么快活不快活的？你说让我放人出宫，怎么就没想过她们愿不愿意？"

不管是生在权贵之家还是寻常百姓家，嫁娶都不一定能如意，说不定日子过得还不如留在宫中！

当初长孙皇后释放三千宫女，不过是因为当时处于贞观初年，百姓需要休养生息，裁减宫女一来是为了减少宫中支出，二来则是缓解百姓嫁娶艰难的燃眉之急，希望能鼓励百姓多生孩子，多为大唐添些新丁。

李元婴还真没想过这一点。

想到在骊山脚下遇上的那群流民与乞儿，李元婴安静下来。

李二陛下道："怎么样？想好了没？"

李元婴道："我能明天再告诉您吗？"

李二陛下深深地看了他一眼，点头说："行，随你。明天你若再不说，你的玉米花生可就白给我了。"

李元婴一听到玉米花生就来气，气咻咻地起身去推李二陛下，把李二陛下推起来后还一个劲地把他往门口推去，口里不客气地说道："您该走了，我要睡觉了！"

李二陛下哈哈大笑，也不恼他的以下犯上，大步迈出李元婴的小书房，带上左右离开。

李二陛下一走，柳宝林便过来问李元婴李二陛下为了什么事过来。

李元婴没与柳宝林多说，只说李二陛下是过来哄他的，说要给他一些补偿。

现在他勉强决定理一理李二陛下了，但是具体要什么他还没想好！

在柳宝林看来，那玉米花生再好吃，和李二陛下的恩宠比起来也不足一提。只有得李二陛下的心，儿子将来的日子才能过得舒坦！她既怕儿子闹得太过失了圣心，又怕她若把教儿子学别人一样对李二陛下毕恭毕敬、恪守礼仪，李二陛下可能再也不会多看他一眼，毕竟那样的人比比皆是。

柳宝林只能拉着李元婴的手劝道："既然陛下都亲自来了，你可别再生他的气了。"

李元婴哼哼两声，没答应也没反驳，只哄柳宝林去睡觉。

第二日一早，李元婴直接溜去找武才人。

武才人昨夜睡得并不好，容色略显憔悴。

看到李元婴大咧咧地跑过来，武才人心头一跳，止不住地想到李二陛下昨天夜里问的那句话。

李元婴见武才人少了几分平日里的从容，关心地问："怎么了？是生病了吗？可请了太医来看看？"

武才人见李元婴行止一如往常，也笑了起来，回道："没事，昨天夜里没睡好而已。"

李元婴瞧着也觉得武才人不像生病，点点头拉武才人坐下说话。

武才人本不想再与李元婴多往来，对上李元婴却说不出太冷硬的话，只好跟着坐下问："殿下已把《列子》看完了？"

李元婴道："还没呢。都怪皇兄，昨晚他突然到我那儿去了，害我没心思看书！"

武才人心猛跳两下。

李元婴是藏不住话的，也不顾武才人好不好奇李二陛下找他做什么，径自把李二陛下昨晚去找他的事噼里啪啦地告诉武才人。提到有人拦下李二陛下告密，他还觉得奇怪呢，纳闷地和武才人嘀咕："我找你让你帮我找书，有什么好和皇兄说的？"

武才人听李元婴这么说，心里那根原本紧绷的弦蓦然一松。

外面那些乱七八糟的事，似乎永远都沾不到李元婴心上。

她笑了起来，说道："是的，没什么好说的。"

李元婴觉得找到了知己，高兴不已。他直接把李二陛下剩下那些话也告诉武才人，见武才人有些怔愣，便拉了拉武才人的袖角，说："我没马上答应，虽说怎么算都是我赚大了，但我还是想先问问你才回答皇兄。我也和皇兄说过，若是你来了我身边觉得不快活，那就没意思了。"

武才人定定地看着李元婴。

这小孩双眼明亮逼人。

宛如天上星。

李元婴也不避开武才人望过来的目光。他没有给武才人允诺什么，也没有夸口说往后要带她一起做什么了不起的大事，只认真地询问她的意愿："你愿意来我身边吗？你愿意的话，我就去和皇兄说，你若不愿意，我就不去说了。"

屋里变得静悄悄，只有清早的阳光悄悄爬上案头。

武才人安静片刻，注视着李元婴说："昨天夜里，陛下也来找过我。"

李元婴听了就纳闷了，他皇兄是先找他还是先找武才人？李元婴道："他也与你说了这件事吗？你答应了吗？"

武才人把自己的回答娓娓告知李元婴。

李元婴听不太明白："那是答应了，还是没答应？"

武才人道："我不能答应，也不能不答应。"她替李元婴倒了杯水，稳住双手将温水呈到李元婴面前，温言与他分析其中利害。她的生死去留都在李二陛下的一念之间，所以她不能有自己的想法，其实同样地，李元婴也不能。武才人望着李元婴说："你把我要过去，可能会给你和你母亲带来灾祸。"

眼下的好，谁知道是不是真的？即便现在是真的，将来说不定也会变。

如果李二陛下并不是真心要把她赐给他，而是出言试探，那李元婴走这一趟就已经大错特错。

李元婴听武才人给他细细分析，摇头说道："我听不懂这些。"他坐直了身体，和武才人说出自己的打算："皇兄金口玉言地与我说了，还能改口不成？他若是改口，我就坐到他议事堂外边举着牌子说他言而无信，还要去街上贴布告骂他！"

李元婴反过来和武才人说出自己的想法："我又没问他要，皇兄他自己说要用你换那玉米花生的，他若因为这个生我的气就太没道理了。"李元婴哼道："皇兄要是因为这个不喜欢我了，那我再也不喜欢他！听雉奴说我的封地离海很近，旁边还有个很大的大湖。到时我悄悄在那边造个几个大船，直接带着人扬帆出海去，再不回来了，让他后悔了想我了也见不着我！"

武才人怔住。

过了一会儿，武才人笑道："你这话可不能在陛下面前说，要不然他把你的封地换到西边去。"

李元婴道："那我就养许多骆驼，一直往西走，再不回来了！"

武才人含笑看着李元婴，说道："殿下当真是天下第一快活人。"

李元婴喜欢听这样的夸，得意扬扬地说："那是自然的，便是皇兄也不能叫我不快活！"

武才人算是明白李二陛下为何对着幺弟这般宠溺了，他心中别有洞天，与别人都不一样。谁对他好，他便对谁好；谁对他不好，他便对谁不好；他从无所求，只好那吃喝玩乐之道，所以别人骂他他不在意，名声、地位、权势于他而言全无意义，他只做他想做的事。

即便是贵为一国之君，身居高位、坐拥天下，李二陛下也是寂寞的，而且这份寂寞会随着膝下儿女的长大而与日俱增，永远不可能消减半分。若有一个人不当他是予求予取的天子，只当他是家中兄长，不想和他要什么、不想和其他人争什么，只快快活活地做所有他不能放肆去做的事、说所有他不能放肆去说的话，那么他有什么不喜欢的道理？

若是没登上那至高之位，李二陛下原也该活成这样。

李元婴得意完了，才想到自己还没从武才人口里得到准信，便问："那你是愿意来还是不愿意来？"

武才人安静下来。

李二陛下已动了把她送走的心思，这事便是不成，她怕也不会再得圣宠，一个膝下没有一儿半女的才人，将来最好的结果也不过是青灯古佛长伴一生。

她才十六岁。

一边是宫中暂时的安稳，一个是宫外未知的前程，这样的选择并不容易。

武才人柔声问："我若答应了，你让我做什么呢？"

眼前的李元婴比她入宫时还小，她当年尚且懵懂，更何况是年仅十岁的李元婴？

果然，李元婴道："我昨天夜里思来想去，让你在我身边伺候太委屈了，还不如继续当才人呢。我是这样想的，若是你愿意的话，暂且先替我管着葵园的学堂。将来我去了封地便让你管我的大书院，你看了那么多书，也算是有用处了！"

武才人没想到李元婴会有这样的打算。

她说道："在外求学之人多是男子，他们如何肯听我的？"

李元婴道："你这么厉害，一定有办法的。"他一脸的理所当然："若是有人不听你的，你就把他们赶走，不让他们来我们书院读书！更何况，我们书院也收女子的，若是他们不愿来我们就全收女子，他们不来就算了，让他们学不到好本领！"

武才人安静地听着。

提到自己伟大的书院计划，李元婴两眼熠熠生辉："我跟你说，书院的头一个学生就是我妹妹妹，我早和她约定好啦。到时我们就在滕州广收学生，什么学问都给他们教，教出来让他们喜欢出海的出海、喜欢科举的科举、喜欢领兵打仗的领兵打仗，士农工商想干哪一行就干哪一行，各行各业都有我们书院出去的人才！"

武才人听他欢欢喜喜地和自己分享将来的安排，她也没提醒他魏妹一个女孩子等闲是不可能跟他去封地的。她虽然早听说过他要在封地开书院的事，但那也只是听听而已，从未想过自己会有参与进去的可能。

昨夜用一宿平息下来的心动，此时再一次复苏，而且有种按捺不住的期待在心底疯长。

李元婴见武才人神色有些松动，便趁热打铁地再问一遍："那你要不要来？"

武才人直起身子，正色朝李元婴行了一个大礼，行完之后才认真回道："我愿意去。"

李元婴高兴极了，扶起她说："那你等着，我这就去和皇兄说！"

武才人起身送他离开，站在门边看着李元婴那明显透着迫不及待的背影飞快跑远。此时朝阳高高升起，明灿灿的日光洒落满地。她的目光垂落在满庭浓绿深翠的花木上，看着那曳动着的细碎阳光微微笑了起来。

若能从此挣脱樊笼，天高海阔自在翱翔，便是有那折翼失鳞、折戟沉沙之险又何妨！

另一边，李元婴跑到议事堂那边蹲守李二陛下。见李二陛下从前头回来了，马上殷勤地跑上去和他问好。

李二陛下睨了他一眼，领他一起入内。

李元婴拉了个蒲团很不见外地在李二陛下近前坐下，说道："皇兄你昨天说的事，我去找武才人说过了，她说愿意到我身边来！昨儿我们说好的，玉米花生皇兄你已经让人围起来，皇兄你赶紧下旨把人给我。"

李二陛下挑眉道："哦？我昨夜去问她，她好像不太愿意，怎么你去问她又愿意了？"

李元婴从不藏话，把武才人给他分析出来的东西如此这般地和李二陛下说了。他问李二陛下："皇兄您当真不是真心把她赐给我的？我要了她您真的会生我的气？"

李二陛下瞅着他。

这种话没几个人敢这样问出口，亏武才人仔仔细细地和他分析其中利害，他倒好，一转身直接把人家给卖了。李二陛下道："她都和你这样说了，你还敢要？"

李元婴说："我为什么不敢要，您自己说要给我的！"他哼了一声，把和武才人说的话也给李二陛下说了一遍："我跟她说了，您真要是那样的人，我就在封地偷偷造个大船出海去，再也不回来啦！您不和我好，我才不高兴和你好呢！"

李二陛下抬手往他脸颊使劲掐了一把。

李元婴生气了，费劲地把李二陛下的手扒拉开，鼓着脸警告："不许掐我脸！"

李二陛下往凭几上一靠，施施然地道："看来我还得下一道旨意，明令不许你封地造船才行。"

李元婴说道："你们这些人真麻烦。"

李二陛下朝他挑眉，示意他说说怎么个麻烦法。

"给就给，不给就不给，"李元婴说，"哪有口里说给，心里却不想给的。我要不想给，我就藏得严严实实，根本不让别人知道！"

李二陛下睨着他问："你个黄毛小子，讨朕的才人去做什么？"

李元婴道："本来我也不知道让她做什么，昨儿你那么一提，我晚上就想了一宿！我不是要开个大书院吗？我先让她管着葵园的学堂，往后我就让她去管我封地上的大书院！一开始我是想请老师帮我管的，可老师说他年纪大了，管不了，只允诺给我推荐几个学生帮我把书院办起来，所以，书院可以交给她管！"

李二陛下听完李元婴这番打算，便明白武才人为何会答应李元婴到他身边去。他看了眼巴巴地坐在一边等自己给个准话的李元婴，淡淡地道："那行，回头我就让人去传旨。"

李元婴高兴了，又绕着李二陛下大献殷勤，又是磨墨又是捏肩的，把左右的活全抢光。

想到最近李二陛下突然喜欢捏上他可怜的脸蛋，李元婴还和李二陛下别有居心地分享起捏李小圆球脸的好手感："皇兄我跟你说，我上次去青雀家遇见小侄孙了，小侄孙像他爹，长得圆滚滚的，像个小圆球！他脸上肉多，特别好捏！不信你下次捏捏看！"

李二陛下最宠爱李泰，自也亲自抱过自己的皇孙，闻言骂道："什么叫像个小圆球？有你这么说自己晚辈的吗？"

李元婴把那天李小圆球哭着要皮球的事告诉李二陛下："那孩子哭得鼻子红红，拿回自己的小皮球又笑了！小圆球抱着小皮球，多可爱！"

李元婴积极地表达一个意思：李小圆球贼可爱捏起来手感贼好，改天我们一起捏李小圆球去，可千万别再捏我！

李二陛下和他待久了又觉得烦，摆摆手打断了他张口就来的唠嗑，让他自己滚去玩，别妨碍他处理政务。

才人分位不算高，却是实打实的后宫妃嫔，李二陛下有需要时还兼有女官之职。

李二陛下把这么一个人安排到李元婴身边，着实让不少人吃了一惊，首先睡不着觉的自然是拦下李二陛下告密的人，其次则是魏徵这些朝臣。

哪怕知道李二陛下偏宠幼弟，这种后宫妃嫔说送就送的做法还是让魏徵等人有些受不了。

早些年李二陛下就不太讲究，连已故巢刺王的王妃杨氏都收入后宫之中。这次不收弟弟的王妃了，改为把宫里的才人赐给自己弟弟，这像话吗？朝廷上下好不容易营造的一点点好名声，被李二陛下来这么一出怕是又要没了！

首先捋起袖子开干的就是魏徵。

当初长孙皇后病重时亲自给李二陛下挑了个继后，家世相貌样样都好，各种程序也走完了，就等着先接进宫里准备准备。不想魏徵从别人那里知晓这个准继后曾和人有过婚约，当即上书死谏了一番，表示李二陛下这样干不行。

这事也就不了了之。

后来长孙皇后去了，李二陛下有意从后宫之中随意挑个适合的妃嫔来主持后宫之事，结果都因为这样或那样的原因被魏徵等人劝下。李二陛下贵为天子，他的家事便是国事，天下那么多眼睛盯着看，哪能开这种乱来的风气！

魏徵气得晚饭都吃不下，把自己闷在书房里憋奏疏，铆足劲要让李二陛下把武才人从李元婴那边收回去。

魏姝起初不知是什么事，小心地摆了蒲团在魏徵身边坐下细问，才知道这事与李元婴还有关系。

魏姝依稀见过那位武才人几面，不过没有正式结识过，听说是赐到李元婴身边去了，她心中有些好奇，说道："不知她是个什么样的人。"

魏徵是外臣，自然不知身在宫中的武才人是什么样的人。他看了眼魏姝，说："我如何能知道？"

魏姝笃定地道："滕王殿下不会随随便便和陛下要人，其中必然有些因由。我听殿下提起过她，说她学识广博，每回他想找什么书，她都能准确无误地帮他找出来。"魏姝的想法和李元婴不谋而合："陛下能随便把她给了滕王殿下，必然不甚看重她。既是如此，还不如让她到殿下身边去，这样的人一辈子困守宫中太浪费了。"

魏徵道："既已入宫，便得守得住寂寞。今日陛下开此先河，焉知来日百姓之家会有多少人效仿？"

见魏徵如此坚决，魏姝不再与魏徵多说。她走出外间思来想去，觉得自己得给李元婴传个信，把这事和李元婴通通气，免得李元婴被她祖父打得措手不及。

在魏姝看来，既然武才人在李二陛下那边不重要，于李元婴而言却是有用之人，那自然是去李元婴那边好。

魏姝寻了纸笔，躲在树底下飞快地把自己知晓的情况写在信里，并在信中表达了自己对李元婴这个决定的支持。他们的书院要开得足够大，正需要厉害的人来筹谋，既然李元婴都夸这武才人聪明，她觉得拉武才人一起来开书院正合适。

不经魏徵的手，魏姝自是没门路传信入宫的，不过图书馆那边有李元婴派出宫坐镇的人，魏姝和他们熟悉，径直去了图书馆那儿托人尽早把信送到李元婴手上。要不然的话，可能她祖父明天就要把折子递上去了！

李元婴身边的人都是从小给他讲故事讲出来的，口才好，人也伶俐。他们早就知道李元婴铸的金牌只给了魏姝一个，自是不敢怠慢，当着魏姝的面便派了个人赶在宫门落锁前回宫递信。

魏姝见他们办事这么利索便放下心来，踏着夕阳走回家。魏徵已经写完一份声情并茂的劝谏折子，正在屋里煮茶喝，见魏姝从外头回来，便问："怎的又出去了？"

魏姝可不会承认自己给小伙伴通风报信去了，坐到茶壶前接过煮茶的活，边仔细地把茶末取出来放入水中，边埋汰起自己祖父来："祖父您喝着殿下送来的茶，却要坏他好事！"

魏徵横了魏姝一眼，冷哼道："他总来拐带你出去玩的事我还没和他算账，他们兄弟俩干了这种浑事我岂能不上书劝谏？若我不劝谏，等天下骂声四起就迟了！"

魏姝知道自己说不过魏徵，不再多说，专心煮茶。

很快地，茶香飘了满室。

李元婴有时候挺没心没肺，有时候又很有心，有什么好东西都先给自己喜欢的人送一轮。

这茶就是李元婴送来给魏姝的。当时李元婴讨了几枝她种在院中的茉莉作为交换，说这花开得好，闻着香，他弄几枝回去送他娘。

结果第二天，李元婴又来了，还送了她几盆花当赔礼，说回去他娘骂了他，说他不该折她的花，种出那么好的花不知得花多少心思。

那几盆花如今摆在魏姝房里。

李元婴神神秘秘地说，这都是他亲自带人去禁苑里偷挖出来的，专挑他皇兄最喜欢的挖，每一株都金贵着呢！这种来历的花，魏姝可不敢把它们摆在人前，怕被人认出这是李二陛下丢的那几株！

魏姝驾轻就熟地煮好茶，给自己和魏徵都斟了一碗，捧着碗闻了闻茶香，借着碗身的掩映弯起唇偷偷地笑出两个小梨涡。

宫外都知道消息了，宫里自然不可能落后，武才人收拾收拾东西，便带着再简单不过的家当搬到李元婴所住的地方。李元婴身边伺候的人是有定数的，能腾出来的房间自然不如武才人本来的居所。

武才人如今也不能叫武才人了，该唤她御赐之名"武媚"，因为被拨到了李元婴身边后她成了滕王府的女官之首。

现在滕王府还没影，她没多少能管的事，只负责管辖李元婴身边的内侍与女史们。

李元婴和李二陛下要完人，才回去与柳宝林说了此事。

柳宝林起初一听简直心如擂鼓，急得不得了。那可是陛下的才人，李元婴怎么能去讨要？于情于理，这事都做不得！

可李二陛下的旨意都到武媚那边了，柳宝林没胆子让李元婴再去请李二陛下收回成命，只能忐忑不安地接受此事。后来看武媚举止有度，言行端方，遇事不急不躁、不怯不骄，竟是个做事面面俱到的，柳宝林才稍稍放心，只在面对武媚时略有不安。

即便同为女子，柳宝林也觉得武媚的相貌与容止实在美得不一般，有时连她都忍不住看得失了神。

这样的女孩，若是生在寻常百姓家，怕是未及及笄就被踏破门槛！

李二陛下把这样的女子赐给她的儿子，到底有何用意？难道是想考验考验他？柳宝林心中不解，可见李元婴瞧着挺高兴的，便也没多说什么。人都过来了，她也改变不了什么，只盼着能顺顺利利熬到李元婴就藩那天，再不用为这些事提心吊胆。

李元婴是挺高兴的，人捞过来了，他皇兄在想什么他是不管的，脑子长在皇兄脑壳里，皇兄爱怎么想怎么想，和他一点关系都没有。用过晚膳后他正在前庭散步消食，便听有人来报，说魏姝托人捎信进宫。

一听是姝妹妹给他写信，李元婴高兴不已，迫不及待想知道魏姝在信里写了什么，当下也不散步了，带着信便去他的小书房展开来看。魏姝是随便找的纸笔，瞧着没点正经写信的样子，不过李元婴不在意这些，展信读完后更加欢喜，觉得魏姝当真懂他，信上写的和他想的简直一模一样。

李元婴拿着信起来转悠一圈，没憋住，跑出去和武媚炫耀自己和小伙伴不谋而合的默契。

李元婴道："姝妹妹在信上说，老魏明天可能要骂人了！"他与武媚商量："要不这样，明日一早你就拿着我的信物出宫去，去图书馆那边也好，去葵园那边也行，你先在外头安顿下来，看看这两边的事你能不能上手。宫外之事我先前都交给董小乙负责，他虽然机灵，却不如戴亭周全，你来接手应当好一些。"

武媚没有反对的理由，点头应下李元婴的话。

她已答应到李元婴这边来，再回去日子不会好过，所以明日一早暂且出宫躲过朝中的风波是最好的。

武媚望着李元婴："殿下不会让他们把我赶回去的，对吧？"

李元婴道："那是自然，只要你想留在我这边，我就不会让皇兄出尔反尔。"他先前可是认认真真、扎扎实实地和魏徵学过大半年《礼记》，虽可能比不得魏徵的老奸巨猾，留下武媚还是有把握的！

武媚得了李元婴这句允诺便不再多言，回房琢磨起图书馆与葵园有什么可以改善的地方。

李元婴信得过她，她自然要对得起这份信任。

李元婴安排完武媚的去处，又回去小书房把魏姝的信重读一遍，越读越觉得这小伙伴和他合拍极了，也没马上琢磨如何应对魏徵的上书，而是兴致勃勃地给魏姝写起了回信，准备明日一早叫人送去给魏姝看。

反正魏徵要喷也是先喷他皇兄，他不用着急！

第二日一早，武媚与送信的人都赶早出了宫。

与此同时，魏徵也一大早就拦下李二陛下开始进谏。

这天不用上朝，李二陛下本想着会过得轻松一些，不想迎面就迎来魏徵的一顿喷，说他这事做得太不妥了，造成的影响难以估量！

魏徵边喷这事还边翻旧账，说知道您以前不讲究，巢刺王妃都收进宫里，甚至还想过立她为后，可现在不同，贞观之治才稍显成效，您如何能做出这种事坏了皇室名声？您以为您这是在宠爱滕王吗？您这是害了他！

李二陛下被魏徵一路喷到议事堂，请魏徵坐下后还得接着被喷，偏又不能对这小老头发火，只能忍着！

那日李二陛下问武媚那么一句，不过心中有些疑心她是否别有用心。后来听李元婴说到她分析了其中利害，李二陛下便觉得这女子虽有心机，却也不算包藏祸心，李元婴想要便给他好了，左右宫中也不缺这么一个才人。

就像魏徵说的那样，李二陛下是不太讲究这些的，隋末战乱频起，早些年又兄弟阋墙，有了那玄武门之变，生里来死里去的日子他过了不少，哪会计较这些事？

李二陛下被魏徵骂烦了，便恼火地反驳道："这也不是百姓想效仿就能效仿的，就拿魏卿你家来说，你可有才人可以送给你兄弟？"

魏徵被李二陛下噎了一下。

他俸禄不算多，若不是李二陛下赐了置宅钱，他怕是根本买不起长安的房子。儿子要成亲，女儿要出嫁，家中日子过得紧巴巴，他哪里来的闲钱纳妾？再说了，他也不是那样的人，他妻子早早跟了他，他哪能做那等狼心狗肺的事？

李二陛下见魏徵被自己噎住了，乘胜追击地把祸水往李元婴身上引去："你不知道，元婴那小子赖皮得很，他说我若不答应他，他要偷偷造几艘大船扬帆出海去，再不回来了！我跟他说把他封地换到西边去，他就说'那我养许多骆驼，一直往西边走，再不回来了'！"李二陛下一脸叹息，语气带着恰到好处的无奈与伤怀："魏卿啊，先皇将这么弟托付给我，临去前叮嘱我要好好照顾他，他这样说了，我难道要为了一个才人让我们兄弟离心？"

搁平时，魏徵是不会特意去骂李元婴的，毕竟李元婴就是个浑人。可此事不一般，你个当弟弟的去讨哥哥宫里人是什么意思？你不说敬之、远之就算了，还和自己哥哥讨人？

魏徵怒气冲冲地堵李元婴去了。

李二陛下看着小老头怒气冲冲的背影，龙心大悦，叫人给自己煮壶茶来。哥哥有难，弟弟帮忙挡一挡乃是应分之事！

这茶，真香啊！

以前怎么不觉着茶好喝呢？

李元婴最近东搞搞西搞搞，忙得不得了，这天赶早让武媚出了宫，良心发现准备用过早膳就去意思意思地上上课，和讲学的先生们抬抬杠。不想他才刚在柳宝林的目送下溜达出门，就被魏徵给堵路上！

魏徵骂起人来一套一套的，把李元婴都给说蒙了，又听魏徵指责的话句句都是他说过的，心里顿时有些发虚。

这老魏，怎么不去骂皇兄，反而跑来骂他？李元婴百思不得其解，可魏姝已偷偷报过信，他心里对此有所准备。

人他都要来了，还回去是不可能的，李元婴待魏徵骂够了，才拉魏徵去就近的亭子里坐下说话。

魏徵横着他。

哪怕悉心教过李元婴一整本的《礼记》，魏徵对这个整日来拐带他孙女去玩的家伙仍是横看竖看都看不顺眼，经此一事更觉这小子行事毫无法度、缺少约束。

李元婴昨夜已思量过应对之法，与魏徵掰扯起这件事的合法性来："我听说百姓之家亦有离休之事，譬如乐府之中有《孔雀东南飞》一诗，讲的便是那姓刘的为着母命与妻子和离另娶之事。"

魏徵道："那是父母之命。"

李元婴道："我年纪虽小，却也知道婚姻之事尤为重要，处得好了，一家和美；处得不好，家宅不宁。《孔雀东南飞》是他们处得好却非要他们离了，硬生生害了三四家人！反过来，夫妻间处得不好的您让他们一直处下去，也会害了两家人！"

魏徵见他小小年纪竟敢对婚姻大事发表意见，冷笑着说："天子后宫，能和寻常百姓家一样吗？"

李元婴道："正是天家后宫，才要当领头的。您家也有女儿孙女，若是您女儿孙女受了欺负，您难道只教她忍气吞声，说什么'日子是过出来的，你且忍一忍，他总会改的'？照我说，世间夫妻理当合则处不合则离，谁都不受谁的气才行！"

魏徵道："和离本就可以，有心和离的照着府衙的章程走便是。"

"那不就得了？"李元婴道，"那您的意思就是只许百姓和离放妻，不许天子放个才人了？"

魏徵道："要放才人走，也得有个因由。"

李元婴道："他们处不来不就是因由了？自九成宫偶遇媚娘后，我知晓她熟读群书，若想找什么书便想着让她帮我找。结果那日有人拦下皇兄说我常与媚娘见面，皇兄便生出疑心试探于媚娘，直接对媚娘说要将她赐予我，问她愿不愿意。"

这一段魏徵是不知道的，毕竟李二陛下只说是李元婴闹着跟他要人。

他肃容听李元婴接着往下说。

李元婴坐直了身体，坦荡无畏地与魏徵对视："他们便是算不得正经夫妻，这样问也是诛心之言，您说，她该答愿意还是不愿意？都这样了，她再留在宫中当如何自处？所以，我才去把人要了过来！媚娘是一个聪慧过人、才能出众的女孩子，因我无心之举而失了圣心，我难道不该还她一个前程？"

李元婴笨吗？

李元婴不笨，很多事他不懂，只是没去深想而已。

他听武媚分析完其中利害后仍是去和李二陛下要人，就是因为此事由他而起。

他从小在大安宫中长大，虽不至于看遍世间冷暖，却也知道深宫之中的日子并不好过，得势还好，不得势连个阉竖都能骑到你头上去。

当初他还没被皇兄皇嫂接到太极宫，底下就曾有人寻机欺辱他娘，毕竟太上皇一去，一个宝林算什么呢？李元婴那时虽才五岁，却是被娇惯着长大的，乍然撞见母亲被迫朝人低头赔笑，只觉浑身气血齐齐上涌，想也不想便叫人把那阉竖埋到雪里去！若不是嫂嫂赶巧来了，他手上就要沾一条人命了。

哪怕是现在，底下依然流传着他以雪埋人的狠事，都说他是个混世小魔王。李元婴不怕担这个浑名，他也希望所有人都好好的、希望每个人都快快活活地过上好日子，可要是有人欺辱到他在意的人头上，他定是不会把对方当人看的，他们哪怕死一百次，也抵不过他们让他娘掉的一滴泪。

李元婴心中是非黑白分得清清楚楚。当初皇嫂耐心教他、真心疼他，他便高高兴兴当个好弟弟，天天带着几个侄子侄女玩耍，乖乖听她说什么该做什么不该做。比如"男子汉大丈夫，遇事要有担当"！

既然是他招来的事，断不能叫别人受过。

李元婴仰头，澄明的双眼直直地望向魏徵："您觉得我说得可对？"

魏徵无言以对。

李元婴若是为着美色而和李二陛下讨人，他肯定要骂得李元婴狗血淋头。可李元婴这样与他一说，魏徵便觉得这事是李二陛下做得不地道。

李元婴只是个小孩子而已，若他当真到了通晓男女之事的年龄，早该让他出宫自己开府或者就藩去了。李二陛下明知道他们不可能当真有私情，还去问自己的才人愿不愿意跟自己弟弟，这不是诛心之言是什么？若当真是寻常夫妻，这么一问肯定是过不下去的了。

这么说来，李元婴去讨人反倒是重情重义、极有担当之举。

魏徵道："你倒是巧舌如簧。"

李元婴见魏徵神色松动下来，当即旁敲侧击起魏徵为什么不去骂李二陛下，反而来堵自己。一问之下，李元婴才知道魏徵已经骂过李二陛下了，是被李二陛下忽悠过来的！

李元婴简直被他皇兄的无耻惊呆了。

真是岂有此理！

堂堂一国之君，居然扯谎骗人！话是他说的没错，可这事明明不是他起的头！被他皇兄这么一说，倒像是他见色起意、撒泼耍赖去讨要宫里的才人似的！

李元婴气得不轻，见魏徵显然也觉得李二陛下这事做得太糟心，他眼珠子一转，计上心来，凑过去拉住魏徵的手说："我觉得这事皇兄做得很不错，他晓得自己说错了话便放媚娘自由。您应该好好夸一夸皇兄，鼓励天下人学习皇兄这等知错就改的好品质，让所有人都引以为戒，尊重、爱护自己的妻子，不偏听偏信，随意对自己的妻子口出恶言。"

宫中设有皇后、四夫人、九嫔、二十七世妇和八十一御女，才人就是二十七世妇里的最末等，与婕妤、美人一起协管宫中祭祀与宴客之事。虽比不得百姓之家所说的正妻，却也是正正经经的有品阶的妃嫔。

事情经李元婴这样一转换，这事不仅不算败坏风气，倒还像是李二陛下因一时失言不得不放走心爱的女人一样，不仅不该骂，还要大肆褒奖一番！

这种折子，魏徵是绝不可能写的，听着就像那种谄媚之辈写出来媚上的东西！魏徵没应下这事，只是不再骂李元婴，正酝酿如何重新写一封"喷"人折子，把李二陛下推卸责任之事也写进去再骂一遍。

至于李元婴，魏徵不准备骂了，他觉着这孩子还有救，李二陛下把事情赖到他身上，他还愿意帮李二陛下说话！怎么看，这都是个好孩子啊！

小老头干劲十足，起身虎虎生威地走了，回去重新写折子！

魏徵走了，李元婴见时间不早，讲学应当已经开始了，马上决定继续翘课一天。想到李二陛下的无耻行径，李元婴恶向胆边生，让左右伺候的人都靠过来，如此这般地吩咐下去。

做完安排，李元婴便溜达去寻儿子和皇孙们玩耍，继续争当这宫里最野的孩子！

很快地，宫里宫外渐渐流传起一个新故事：《莽国王一言失美》。

这故事就是刚发生的事被稍微架空一下，改进一下，变成一个有头有尾的精彩传奇：女主角坚定聪慧有主见，很有敢爱敢恨的风骨，秉承着"君既无情我便休"想法在国王后悔时也不愿回头，依然奔向宫外自由自在的生活！

这里面既没有提什么李二陛下，也没有提什么武才人，只讲了一个令人向往的美好故事。可是，只要是听说过最近李二陛下把武媚赐给滕王的人，一听到这个故事便会想到李二陛下身上！

到望日朝会时，不少朝臣上朝时都忍不住悄悄打量李二陛下，看看李二陛下是不是和故事中所说的那样"黯然神伤，容色憔悴"。

起初李二陛下没发觉什么，挨了魏徵一通骂后见没人逼着自己去把武媚要回来也就把此事揭过了。结果故事越传越广，李二陛下左右伺候之人都听了一耳朵，早上替李二陛下穿衣时犹犹豫豫地提了一嘴。

李二陛下这才知道他成了故事里因一句失言惨遭美人抛弃的可怜国王！

李二陛下用脚指头想都知道这玩意是谁的手笔。

他怒不可遏地叫人去把李元婴拎过来。

李元婴见东窗事发，不仅不害怕，竟还挺得意，哼哼着说："怎么？就许你把事情推到我头上，不许我编个故事吗？"论起编故事传故事的人才，他身边多着呢！

李二陛下一大早抄起家伙追着李元婴揍的消息不胫而走。

这对兄弟一个四十多，一个才十岁，爹又在好几年前没了，怎么看都是亦兄亦父的组合，哥哥要揍弟弟是天经地义的事。偏李元婴是不肯乖乖挨揍的，见势不对撒腿就跑，气得李二陛下非要揍到他不可！

李元婴这厮还是很有良心的，后来看李二陛下跑不动了，还倒回去把李二陛下拉进屋有模有样地给他揉捏腿脚，语重心长地劝说："您看看您，身体不顶好，还学人跑起来了！"

李二陛下国事缠身，也不能年年都外出避暑，今年他就没去九成宫，只叫人去把洛阳宫修一修，看看明年能不能去巡幸洛阳宫。

瞧见李元婴坐在自己身边装乖卖巧，李二陛下揍人的心思也歇了。自己惯出来的弟弟能怎么办，且受着吧！他抬手往李元婴脑壳敲了一记，骂道："下回再干这种事，我非扒了你的皮不可！"

李元婴嘟囔："还不是你先诬赖我的。"

李二陛下懒得理他。

虽说这个收场有损李二陛下的颜面，导致大家都用"听说你被甩了"的眼神看着他，但武媚之事也算是有了个良好的收场。别人提起来不会觉得李二陛下此举荒唐，反倒觉得这帝王听着有血有肉了许多，还挺重信诺的，一言既出，驷马难追，便是帝王自己也不能后悔！

李元婴让董小乙回宫一趟，交代董小乙把学堂与图书馆都交予武媚管理，他先专心完成玉米花生的交接。

得知武媚是玉米花生换来的，董小乙一阵肉疼。不过等武媚迅速拟定出学堂发展规划并推行开去之后，董小乙就知道自己不需要心疼玉米花生了。有这么个人才在，学堂这头批生员都会被调教成他们底下最得用的人手，将来到了封地上能直接把书院铺展开！

除了调教人才之外，武媚还挑了批年长些的学生以及常驻图书馆的志愿者轮流渗入图书馆的管理之中，创立了一个名叫"馆报"的东西。

这馆报仿照官府邸报形式，向往来的读书人收集各方时文趣事，每日放在馆中供人阅览，写得普通的文章、没价值的消息只把原稿摆在原处随别人挑着看，写得好的文章、有价值的消息都选入第二日的馆报之中，由人挑选出来张贴到图书馆外的布告栏中供所有人阅览。

武媚是觉得图书馆光出不进有些浪费，想尽量把这些读书人的能量给利用起来。办都办了，不能闷不吭声地投入，最好能让所有人都以文章选入馆报为荣，争相把自己知道的消息、自己创作的文章送到图书馆这边来，彻底把图书馆打造成天下读书人心中的圣地！如此一来，只要图书馆开一天，天下读书人就会记得滕王为他们做过的事！

武媚当然没把这种想法和李元婴明说，她知道李元婴对被天下读书人感激这种事没什么兴趣，所以说动李元婴时用的是"这样一来你每天都可以看到很多奇闻异事"。

李元婴一听，高兴得不得了，觉得玉米花生换回个这么厉害的人实在太值啦！

八月初，李元婴便拿到了第一份馆报。

李元婴屁颠屁颠地把武媚誊写的馆报拿去和李二陛下炫耀，说道："看吧，媚娘多厉害，我就说你亏大了！"

这东西真是太合李元婴心意了，上面全是他在宫里没听过的新奇事，还有一些读书人写的好文章！

李元婴凑到李二陛下近前坐下，给李二陛下看抄在最前面的文章，这是他让他大侄子他们一人凑的一句"创刊寄语"，最前头的是李承乾对馆报的话，紧接着就是他。有太子背书，读书人的投稿热情可高了！李元婴得意扬扬地说："怎么样？后悔了吧？媚娘多聪明啊！"

李二陛下睨了他一眼，说道："你身边那么多会编故事的人，还不够你听？"

李元婴道："这哪能一样，每个人知道的故事都是不同的，我在宫中只能听到宫中人的故事，图书馆可是在宫外的，所有人都能进出，我能听到全天下的故事！"

李二陛下挑眉道："口气挺大。"

李元婴跑李二陛下面前臭屁地献完宝，乐滋滋地走了。

就在这个月里头，李元婴接连迎来两个好消息：首先是工坊那边来报喜，说一年下来他们顺利掌握了三种不同的纸张造法：竹纸、苇纸、秸秆纸。他们还用了一些别的材料尝试，可惜不是造价太高就是质量不好，算下来还不如原来的麻纸和藤纸。

这三种材料的优点是，材料好找，季节不同总能找到不一样的材料。竹纸、苇纸自不必说，就是用竹子和芦苇来造，倒是秸秆纸比较特别。

今年入秋之后各地陆陆续续开始秋收，工坊周围也一样。工匠之中有个叫邓庆的，今年才十九岁，刚娶了妻，妻子娘家喊他过去帮忙，邓庆去了。

忙碌了一天正要和妻子归家，邓庆忽然注意到地里摆着一堆脱了谷粒的秸秆。

按着从前的习惯，这些秸秆是要烧掉肥田的，邓庆看着它们，不知道怎地想到了李元婴拿出来说要奖励给他们的金元宝。

试试吧！

要是成功了，能得一个金元宝！

邓庆生出这个念头后，便与相熟的人一起尝试着用秸秆造纸。

结果是，造是造出来了，纸张却不太适合书写，有的太软，有的太硬，而且颜色不好，杂纹太多。邓庆抱着万分之一的希望把成果递到董小乙那边，董小乙也拿不准这东西算不算纸，带着回宫去请示李元婴。

李元婴看了，对此非常满意，表示软些的可以用来当草纸，硬些的用来当包装纸，不用来写字也还不错，叫董小乙去取金元宝去分给邓庆他们。

秸秆这东西秋天到处都是，花不了多少钱，一个秋天够造许多秸秆纸了，杨六今年还在长安养大象，大不了用象粪和百姓换秸秆，象粪堆肥可比烧秸秆好用多了！

秸秆纸虽然不适合写字，却是做草纸的好材料！眼下没有人会用纸来擦屁股，那会被天下读书人骂死，富贵些的用绢帛，穷人用竹片，李元婴觉得若是能多产些草纸应该能造福许多人的屁股。

至于要给读书人们的纸，李元婴让他们专注改进竹纸和苇纸，竹纸漫山遍野都能长，芦苇也比比皆是，这些原料都便宜！如果可以的话，他希望尽快投入生产，这样他就可以尽情地帮孙思邈印《千金方》了！

邓庆等人得了奖励，自是干劲十足地开工，力求尽快把这些纸张的造法摸索透。

李元婴安排完造纸事宜，便听人说王师即将凯旋，全城可以预备迎接了！王师自然是侯君集与薛万均带领的军队，他们兵不血刃拿下高昌，又走了几个月，才带着高昌新国主麴智盛跋涉千里回到长安。

李元婴一听，激动不已，不仅侯君集他们要回来，戴亭也要回来了啊！他的葡萄、美酒都要回来了！

李元婴跑去和李二陛下打听好侯君集等人抵京的日子，算着时间骑着小马出城去接自己远行的小伙伴。

李元婴出城后先看到的是长长的军队，侯君集、薛万均在前面领头。

迎面看见李元婴，侯君集和薛万均都望向他。

不知道是不是错觉，李元婴总觉得他们看他的目光怪怪的，好像在说"怎么会有你这么无耻的人"。

李元婴有点纳闷，但还是嘚嘚地骑着马过去和侯君集等人打招呼，问了句戴亭他们可随军回来了。

听到戴亭二字，侯君集他们的脸色就更臭了。

薛万均没好气地说："在后头，你看看就知道了。"

李元婴兴冲冲地骑着马越过长长的队伍，终于看见了缀在军队后面的戴亭一行人。

出发的时候，戴亭不过带了百来人，可这会儿李元婴定睛一看，随行归来的竟有近千人，每个人还都带着大包小包，甚至还有大车小车跟随！李元婴还看到了浩浩荡荡几百头驮着重物的骆驼。

李元婴睁圆了眼。

带回了这么多人、这么多东西啊！

戴亭原也骑着马，远远见李元婴过来了，立即示意队伍停下，自己下马恭迎李元婴。比之出发之前，戴亭又老成了许多，脸上的面具上多了几道清晰的划痕，显示着他们此行也并非一帆风顺。

李元婴兴致勃勃地问戴亭："你怎么会带回这么多人？"

戴亭简略地给李元婴解释了一番，简单来说，情况和李元婴预料的差不多，侯君集是个喜奢豪的，不费一兵一卒拿下高昌之后他兴奋不已，认为自己立下了大功，入城后便大肆掳掠美人和财物。

戴亭是很挑的，他伺机与一些高昌豪强富户亮明身份，这些人不想被侯君集搜刮干净便答应带着家财与工匠伎人之类的投奔他们，由于戴亭眼光精准，一下子宝贝有了，葡萄有了，美酒有了，李元婴要的书籍与人才也有了。他们这百来人拿下的东西，比侯君集手下士卒的无差别抢掠收获要丰厚多了！

简单来说就是，全靠同行衬托。

有侯君集带头抢掠了一番，不想被祸害的高昌人都投奔了他们！戴亭带去的准王府侍卫们也都寻机博得美人芳心，成功抱得美人归！

李元婴听完，便明白侯君集他们为什么会用那样的眼神看他了。

不过他全然不在意这些。

他看向戴亭带回的那群国破家亡、离乡背井的高昌人。

他皇兄认为四海一家，不管是哪里的人，只要愿意到大唐来、愿意为大唐效力那都算是大唐人！

李元婴和戴亭嘀咕了两句，跟戴亭现学了句高昌话，迈步上前友善地望向那群面带惶然、略显无助的高昌来客，学着他皇兄平日里端出的姿态对他们说道："欢迎你们到大唐来，大唐将会是你们未来的家园！"

李元婴大话说出去了，面对这么多人却不知该如何安置，只能先着戴亭带他们去葵园和附近几个庄子稍做休整，回头再琢磨把他们安排到哪里去好。

正好那边的玉米、花生、向日葵都收完了，瞧着空荡荡的，多少人都塞得下。

知晓王师凯旋、跑出来看热闹的人并不少，本来他们觉得后边缀着的这一队是乖乖跟着回长安的高昌俘虏，结果，这些人居然在城外和大军分开了，改为转向葵园放下，不由得都有些发愣。随后有不少人认出了李元婴来，暗自嘀咕：这位滕王难道也参与伐高昌了？

李元婴瞧完热闹，屁颠屁颠地回了宫，找李治他们商量如何安置这笔天降的横财以及近千个高昌能工巧匠、舞姬歌者和饱学之士。儿子她们还小，还不懂人才的用处，倒是李治从小被李元婴洗脑教育，在这方面挺有自己的想法："过了年我就十三了，要么出去开府，要么去封地，你多少分我点人。"

李元婴对此没意见，还给李治出主意："我听说晋地蛮适合种葡萄的，回头分一批最会种葡萄和酿葡萄酒的人给你。照我说，你还是早点去封地好，晋州又不远，坐船来回老方便了。等你去了封地，我们就有借口出去玩啦，就说去找你！"

李治没说话，他舍不得离开长安，他是在长安长大的，认得的人都在长安。

李治说道："就算我想去，父皇也未必会肯放我去的。"

李元婴嗤之以鼻："就是你自己不想去，你自己去和他说想去，他肯定让你去。"

李二陛下疼惜所出的孩子，承乾小时候不爱读书，他惯着；李泰成年了不想离开长安，他惯着；李治要是也学李泰赖着不走，李二陛下肯定也不可能下令让李治去外头。都是自家孩子，谁不希望他们长伴身边？

李治被李元婴戳穿了心思，面上有些困窘，他说道："我舍不得你们。"他本来就不是一个有主意的人，不说他不想离开，就是他想，也不能亲口和李二陛下提出这样的请求。

李元婴道："看来你该娶个有主意的王妃，好叫她事事给你拿主意！"

李治红着脸道："我才十二岁！"

李元婴说："那差不多了，你看长乐十三岁就嫁到长孙家。"提到长乐，李元婴又和李治提了一句："我从戴亭那得了单子，上头有许多补益身体的好东西，你回头给送一些去长乐那边。我上回给长乐把过脉，发现她身子有些虚，得好好调养才行。你劝劝她多休息、多出去散心，别总为一大家子操心这个操心那个，身体才是最重要的。"

李治一听胞姐体弱，自是紧张不已，一口答应这几天就跑一趟长孙府给他姐送好东西。

李元婴又把单子上一些宝贝分拨给兕子几人，说是让她们当嫁妆用。

城阳有些不好意思，高阳却拉着李元婴说："幺叔，我不想嫁给那房二。"上回高阳和房遗爱在挽翠楼偶遇的事不知道被谁传扬开了，有人还和高阳打趣说他们当真是天生一对，气得高阳想冲上去打人。

高阳不高兴地说："我听人讲，房二喝醉酒时还跟人说我坏话！"

李元婴也知道这些事，说到这个，李元婴就要替房遗爱讲句公道话了："哪里说你坏话了？我听着都是大实话啊。什么性格泼辣、胡作非为之类的，不都是实话实说吗？"

高阳被李元婴这话噎了一下，别过脸去不理李元婴了。

李元婴语重心长地说："我们敢干，就不怕人说。"他给高阳保证，"别瞎担心，要是他当真不喜欢你这样的，你也不喜欢他那样的，我肯定帮你把事情搅黄！"

高阳有些难过："你不是要去封地吗？"藩王一旦去了封地，没有宣召是不能回长安的，李元婴每次兴致勃勃规划着要去封地大展拳脚，她们私底下就要难过好一阵子，觉得这幺叔一点都没有舍不得她们！到时候李治走了，幺叔也走了，再没有人带他们玩了。

李元婴信心满满："去了封地，我也能帮你搅黄的。"

高阳道："等你去封地了，连我们出嫁你都赶不回来。"

这确实是个问题，藩王毕竟是藩王，封地是一种恩宠，也是一种限制，等闲不能让他乱跑。李元婴道："你们出嫁的日子总不是临时定的，到时给我来个信，我一准说服皇兄让我回来给你们送嫁，想法子帮你们狠狠敲打驸马一顿，叫他们绝对不敢欺负你！"

高阳哼道："本来就没人敢欺负我！"

几个人嘀嘀咕咕地把这次的成果瓜分完了，还剩一些分不了的，李元婴收起来去寻李承乾商量。

当时，李元婴和李承乾关系还没那么好，没带李承乾一块玩耍，李承乾可不晓得他派了这么一批人跟在侯君集后面"捡漏"。

李承乾得知李元婴大赚一笔，不得不佩服李元婴的胆大，连这种财都敢发！听李元婴说有些人安置不下，又夸口说戴亭眼光好，带回来的一准都是厉害人，李承乾便道："这有什么难的，有用的人到哪里都有用，我给你拨点地方让人住进去。"

李元婴欢喜地说："那敢情好，等把人安置好了，听说高昌人跳舞很厉害，我们一起看看高昌的歌舞！"

李承乾一口应下。

时间不早了，李承乾已回了宫中，没第一时间见着大捷而归的侯君集，所以也不知道李元婴派去的一行人其实算是虎口夺食，特招人恨！

这会儿李二陛下亲自见了享受完万众瞩目待遇的侯君集和薛万均。

拿下高昌的过程在捷报里已经写过了，李二陛下没问得太细，只询问侯君集和薛万均如今的高昌可适合置安西都护府。

侯君集两人自是赞同的，好歹是他们拿下来的地方，要是把它变成安西都护府，那就真正成了大唐的地方了，往后大家提起来都会记得他们的功绩！

君臣聊着聊着，免不了聊到此次征高昌的所得，高昌有好酒、好歌舞，也有不少良种作物。

提到这个，侯君集两人的表情都有些古怪。

李二陛下见他们神色不对，问道："怎么了？"

侯君集就给李二陛下说道了一番。

论美酒，他们得了挺多，都是上好的，全都进献上来了。不过，听人说，高昌最好的酒不在宫中，而在某个古老家族的窖藏之中。

李二陛下虽不是嗜酒如命的人，可男人哪有不爱喝酒的？他当即追问："那你们就没有去要来？"

侯君集道："去了，但晚了。"

薛万均道："是的，晚了，滕王他们的人把那酒窖搬空了。"

李二陛下脸皮抽了抽。

论歌姬舞姬，他们也带了一批回来，不过侯君集还是说，最好的被戴亭提前捞走了。

那厮不仅捞好酒捞美人，还拐带了许多种葡萄的、酿酒的、编织的，反正高昌最顶尖的能工巧匠都被他们骗走了，林林总总带回了差不多一千高昌人！

李二陛下本来觉得李元婴瞎胡闹，也就去捞点钱之类的，不承想李元婴派去的人这么能干，居然轻轻松松赶在侯君集前面把好东西全弄走了！

李二陛下奇道："朕记得元婴派去的人都是临时从禁军里挑的，领头的还是个十来岁的内侍，怎的事事都赶在你们前面去了？"

侯君集告了李元婴一状，心头稍稍气顺一些。他客观地说道："那小内侍年纪小，手段却不简单，不知怎么笼络得手底下那百来人对他言听计从，走出去就很能唬人。那些高昌人没什么见识，听他们又是皇子又是公主的，自然就被他糊弄过去了。"

李二陛下对李元婴身边的内侍没多大印象，只记得是个男生女相的少年，论长相是一等一的好，但话不多，从不出头，瞧不出有什么特别的能耐。

没想到这样一个小内侍居然能跟着大军跋涉千万里，还把李元婴交代的事办得这么漂亮！

李二陛下道："那小子倒是会选人。"

高昌国都拿下了，李二陛下没怎么计较几坛子美酒和几个美人，这些都是小事。接下来几天，李二陛下都在和朝臣们商议高昌置府事宜，许多人的意见是高昌离长安太远，管辖不易，给了教训继续让麹智盛管着就好，实在不必改州置府、派遣官员与将士去管理这个离得那么远的地方。

李二陛下坚持要将高昌变为西州，置安西都护府，把高昌正式纳入大唐疆域之中。高昌乃是大唐与西域贸易通道上的要紧地方，只有把它牢牢地把控在大唐手中才能保证贸易通畅，不至于再发生使者与商队被人横截的事情！

胳膊拧不过大腿，在李二陛下的坚持之下，高昌终归还是成了大唐的西州。李二陛下满意不已，精心挑了几个得力的人让他们回头护送麹智盛回西州，顺便建设并接管安西都护府！

李二陛下心中快慰，准备在宫中设宴邀百官同乐。

这个时候李二陛下才腾出空来收拾他那个和他几个儿女分战利品分得特别起劲的幺弟。

李二陛下叫人把李元婴拎过来，睨着李元婴说：“听侯君集说最好的酒、最好的歌姬舞姬都被你抢了去？”

李元婴据理力争：“这怎么能说我抢了去？是他们自愿带着酒、带着人跟戴亭回来的！”他还反咬侯君集一口：“这老侯带的可是大唐精锐之师，他居然好意思和您说好东西全被我们这百来人弄走了？真要这样，他也太没用了吧？他是不是不会当将军啊？看来，他拿下高昌就是运气好，比人老李差远了！”

李二陛下瞪他。

李元婴知道李二陛下特别无耻，也没咬死不肯把吃进去的东西吐出来，听李二陛下说要大宴群臣，便提出到时把好酒和美人都带来，让大伙品鉴品鉴是不是真的比侯君集他们带回来的好。反正，酒他尝过了，还是不太爱喝，留几坛尝尝鲜就好，回头他想喝的话可以叫人重新酿！

兕子她们早拿着单子到李二陛下面前炫耀过，李二陛下知道李元婴没把好东西独吞，听李元婴这么上道也就决定对他大赚一笔的事睁一只眼闭一只眼。

李元婴这边在李二陛下面前把自己得的东西过了明路，朝中却有一些人得知了侯君集在高昌的所作所为：高昌是开城门投降的，侯君集率军进城后却还是肆意抢夺财物、掳掠美人，这种把好好的仁义之师变成强盗土匪的做法叫很多人非常不齿，有看不过眼的人纷纷回去捋起袖子写折子，准备开喷！

侯君集最近春风得意，走路都是飘的。

有谁能像他这样不费一兵一卒拿下一国？

结果李二陛下还没正式大宴群臣，雪花似的奏本就在朝会上齐齐砸向他，这些奏本中心思想很一致：老侯这事干得不太地道，若是不正军风往后恐酿大祸！

这还是客气的说辞，有的则是直接指着侯君集鼻子破口大骂。武将在朝会上被文臣压着骂的情况不是一回两回，毕竟在舞文弄墨、唇枪舌剑方面武将天然就处于劣势。

侯君集乍一听还觉得参他的人是在开玩笑，他可是立下大功，不替他请封赏就算了，怎的还骂起他来了？结果越来越多人站出来“喷”他，侯君集才发现这些人是认真的。

侯君集心中气愤不已。

这些鸟文人，打仗时没见他们拿过半个人头，指手画脚倒是一套接一套地来！好的士兵都是拿命去拼军功的，又没搜刮你家家财、没抢你家女儿，城破后怎么就不能捞点好处了？你想要牛干活，又不给牛吃草，能成吗？

侯君集听得一肚子邪火，偏又口拙得很，没办法拿出舌战群雄的架势来把这些人都驳回去。

朝会结束后，侯君集便去寻李二陛下诉说自己的委屈。

李二陛下有点被文官们说服了，也觉得侯君集这事干得不太地道。不过侯君集率军长途跋涉震慑高昌，李二陛下在心里是记了他的功的，便宽慰了侯君集几句，让侯君集且安心回去待着。

侯君集看出李二陛下有些偏向文官，心里憋闷不已，当天出了宫气不太顺，甩了不小心挡了他路的货郎一鞭子。

那小商贩也不敢追究，狼狈地拖着货筐连滚带爬地避到一边，手臂上的鞭痕深得见了血。

一众百姓噤声不敢言语，默不作声地目送侯君集收鞭扬长而去。人群之中有个半大少年，年约十岁，长得眉清目秀，瞧着就是好人家出来的。他正被身边的老仆捂住嘴巴，呜呜呜地想要开口说话，直至侯君集走远了，他那老仆才松手。

这少年是自太原来的，姓狄，名仁杰，他随父亲来长安投奔在朝为官的祖父，今日天气正好，他临时起意带着老仆到街上逛逛，不想才出来不久就看到侯君集抽鞭甩人的一幕。

狄仁杰乃是热心少年，当场就想冲上去拦下侯君集理论，好在身边的老仆看着他长大，十分清楚他的性情，当机立断拽住捂着他的嘴不让他出头。长安脚下公侯遍地，个个都是不好惹的主，他们这种小官之家哪能得罪？

侯君集已经走远，狄仁杰自然不好再追上去，他上前扶起那个一身狼狈的货郎，说道："我听说西市有个医馆，我领你去上点药吧！"

货郎见他如此热心，感激不已，随着他一起前往西市。入了西市一问，大家都说最好的医馆就是那千金堂，有老神医孙思邈坐镇。狄仁杰与老仆领着货郎直奔千金堂，很快看到旁边不少人在排队的图书馆。

将人送入医馆后，狄仁杰又跑出去看看旁边那新鲜的去处。走到外边一看，只见图书馆大门前悬着个黑底金字的匾额，上书"大唐图书馆"五个大字，字迹遒劲有力，瞧着有万钧之势。

左右有人看他仔细看着那匾额，立刻骄傲地和他解说："这五个字可是当今陛下亲笔所题！"接着他们又把图书馆的进出规则给狄仁杰讲了一遍。

狄仁杰听完看了看在排队的人，觉得自己还有机会进去，马上毫不犹豫地排到队伍里去。排队的时间也不无聊，前后的人看他脸生，纷纷和他说起不少关于图书馆的奇闻异事，还和他科普最近新出的馆报，说他等会儿出来可以到布告栏前看一看，那可都是"图书馆读书会"精心挑选出来的好文和趣闻。

狄仁杰听得心驰神往。

这长安虽有刚才那等仗势欺人之事，却也有这么新鲜的东西！他恨不得里面的人立刻出来，好叫自己能赶紧进里面去看一看！

从前后诸人的科普里，狄仁杰知道了一个自己以前没注意过的人：滕王。

这滕王乃是当今陛下最小的弟弟，太上皇去后他年纪还小，便被当今陛下带到身边抚养。都说长兄如父，当今陛下显见是把他当自己儿子养了，到哪儿都会把他带上。滕王倒腾出这个图书馆后，当今陛下亲自题了匾额，对外开放那日还让几个嫡出的皇子皇女过来观礼！

有人夸滕王此举造福天下读书人，有人夸当今陛下与滕王兄弟情深，当然，还有人神神秘秘地讲起"莽国王一言失美"的故事，说是如今的读书会就是那位"很有骨气的美才人"组织起来的。

狄仁杰听得津津有味，领到号牌后往里一走，脚步顿时不自觉地放轻了。

这地方什么都没有，只有书，一个个架子上摆满了书，开馆将近一年，书没有少，反而还多了，有的被人翻阅过多、损耗过度的书也被人细心地重抄一遍摆回原处。每个踏进馆内的人都自觉地维护着这处给予读书人的宝地，书架下、过道旁都有人捧着书读得如痴如醉。

狄仁杰家里从小不缺书，却也为这馆内的藏书之巨而震撼，他粗粗地走了一圈，挑出一卷书捧读片刻，觉得比在家中读书更有劲头。思及老仆还在隔壁的千金堂，狄仁杰没有久留，读完一卷书便把它放回原位，还了号牌走出图书馆。

老仆已看着那货郎上完药，早早等候在外面，见狄仁杰从里面出来便说："郎君，我们出来很久了，也该回去了。"

狄仁杰道："等我先把馆报看了。"

一开始狄仁杰就被勾得心痒，此时当然不会答应回去，不等老仆答应便跑到馆报张贴处往前挤。

馆报前围了一圈百姓，旁边还有热心的志愿者给他们读报。今天的志愿者显见是头一回上阵，读得不甚流畅，也不会用大白话给人解释。不过百姓发问多了，这人也渐渐熟练起来，一句句地给百姓们解说了一遍。

狄仁杰也听得津津有味。

待狄仁杰听完读报，随着人群散去，转身去寻守在外围等他的老仆，迎面却看见个锦衣少年郎从马车上跳下来，叫千金堂内的学徒帮着把东西往下搬。他定睛一看，好家伙，有酒，有摆件，有药材，有这样那样的新奇玩意儿，学徒一件一件地往车下搬，好似那车连着个无底洞，怎么搬都搬不完似的！

这锦衣少年郎自然是李元婴。他把好东西和小伙伴分了一轮，隔天便给宫外惦记着的人送一遍，萧德言那边送了，李小圆球那边送了，妹妹妹那边送了，这会儿轮到孙思邈这里了。

在李元婴的未来计划里，孙老神医可重要了，他要笼络好才行。

李元婴笼络人的办法简单粗暴，有什么好东西就往他们面前送！

这不，他拉了一马车的宝贝来送给孙思邈，有些是大家都喜欢的好酒好物，有的是单独留给孙思邈的独特药材。李元婴正要入内与孙思邈说道说道这些宝贝的来处，抬头一看，也注意到了正看着他那些"礼物"瞠目结舌的狄仁杰。

两个人年纪差不多，李元婴便朝狄仁杰笑了一笑，露出两个十分讨喜的酒窝，看起来无害得很。他抱起车上剩下的一坛子酒邀请狄仁杰："这是从高昌那边带回来的葡萄酒，你喝过吗？要不要来喝一杯试试看？就一小杯，多了可不能喝，孙师说小孩子不能喝太多酒，要不然会长不高！"

狄仁杰也听说过高昌的葡萄酒，只是高昌路远，葡萄酒运输不易，这酒大多时候只作为贡品送到宫中，他没机会品尝。听李元婴这么邀请，狄仁杰心动不已，上前自报家门："我姓狄，名仁杰，今年十岁，还没取字，你叫我仁杰便好。你呢？"

李元婴一听狄仁杰也是十岁，更觉两人挺有缘分，学着狄仁杰那样报了名字："我姓李，名元婴，今年也十岁，你可以叫我元婴。"

狄仁杰听了这名字觉得有些耳熟，却想不起在哪里听过。

想不起来他也就不想了，高兴地应邀跟着李元婴入内。

李元婴和孙思邈打了招呼，又拉狄仁杰坐下给孙思邈介绍了一番，现学现卖地把狄仁杰的姓名报给孙思邈。

孙思邈朝狄仁杰颔首，而后对李元婴说道："你把贵重的东西都搬回去。"

李元婴反驳道："我就没拿什么贵重的东西，全都不如我房里摆的半个瓶子值钱。"别人眼里的贵重，和李元婴眼里的贵重，那是大不相同的！

孙思邈无奈地看着他。

李元婴把戴亭从高昌带回来的药材翻出来给孙思邈过目。

造物之奇，永远妙不可言，高昌常年炎热少雨，却有一些中原难以找到的稀有药材。孙思邈对这些当然是喜欢的，见李元婴坚持要给便没有拒绝，叫人把东西都搬进内室好好放着。

李元婴给孙思邈送完东西才把自己亲自抱进屋的酒开封，叫人取出一套白玉杯摆到桌上给孙思邈和狄仁杰分酒。这确实是高昌上好的葡萄酒，甫一开封便能闻到沁人心脾的淡香，深红的葡萄酒徐徐流入薄如蝉翼的玉杯，颜色莹泽漂亮，瞧着十分诱人。

李元婴这两天现学过不少高昌酒的喝法，装作很懂地给狄仁杰和孙思邈提醒："刚倒出来口感可能有些涩，放一会儿就好喝了。"趁着等酒喝这一小段时间，李元婴又和新结识的小伙伴狄仁杰联络起感情来，问狄仁杰是不是长安人士。听狄仁杰说不是，他又连着问狄仁杰为何来长安，什么时候来的，路上可曾遇到什么有趣的事？

李元婴如此热情，狄仁杰当然不会拘着，大大方方地和李元婴说起自己家的情况与一路走来遇上的种种趣事。他本就活泼好动得很，天生是个路见不平就想为人出头的少年，两个人一聊之下竟十分投契。

得知狄仁杰是太原那边过来的，李元婴不由得感叹："你家乡听着多好玩啊，就说了让雉奴早些去封地，这样我就能去太原那边玩了！"

狄仁杰一听这话，顿时想起李元婴的名字为何这么耳熟了，已故太上皇李渊的儿子大多是"元"字辈，比如李元吉、李元景、李元亨，等等，只是寻常百姓甚少提及他们名讳，所以知道的人不多。狄仁杰会知道这些是因为他祖父和父亲写信时偶然提到过，他又刚巧曾看过几眼，这才有点印象。

这么说来，李元婴显然就是太上皇之子了。

再想想刚才那些人提及滕王时说过滕王还跟孙思邈学医，李元婴又喊孙思邈"孙师"，李元婴的身份便呼之欲出了！

狄仁杰惊奇地说道："没想到殿下就是滕王。"

李元婴也没想过隐瞒自己的身份，爽快地承认狄仁杰的推断："对啊，我皇兄去年才给我封的。"这时酒已经能喝了，他便拉着狄仁杰一起尝尝从高昌弄回来的葡萄酒。

狄仁杰还是个半大少年，见李元婴不甚在意自己的身份，自然也没有再纠结这个问题，端起李元婴推到他面前的葡萄酒浅啜一口，细细地品味起来。

两个人都还小，没到喜欢喝酒的年纪，李元婴咂巴一下嘴，觉得也不是很特别，不过比起他以前喝过的要好许多。他愉快地和新认识的小伙伴说起这酒是怎么弄回来的，先讲他如何挑人命戴亭跟着大军去高昌，又讲戴亭如何从侯君集手底下虎口夺食，整个过程讲得跌宕起伏，有惊有险，听得狄仁杰心潮澎湃，恨不得自己也亲自去高昌领略一番。

赶得好不如赶得巧，李元婴才因为新结识一个小伙伴高兴不已，图书馆那边又来了个人和戴亭禀报说有人自称唐璿，是从骊山那一带来的。李元婴一听，马上起身走出去相迎。

唐璿比去年见面时长高了一些，相貌渐渐显出些少年人的清俊来。李元婴十分欢喜，拉着唐璿入内给两个小伙伴介绍认识。

狄仁杰听说唐璿教乡里小孩认字的事，大为佩服，越发觉得李元婴和别的勋贵不一样，要不怎么认识的人都这般出色。

李元婴问唐璿："阿璿，你怎么到长安来了？"

唐璿道："我祖父得了个机会，让我到长安来考国子监，我昨日来的，歇了一晚明日又要去国子监参加考核，这才得空来图书馆这边给你递个信。"他腼腆一笑："不承想你赶巧就在这边，立刻就见上了。"

小伙伴记得自己，李元婴自然高兴，又亲自给唐璿倒了杯酒。他们年纪都小，不宜多饮，都是尝了一小杯便搁下。孙思邈已与人谈论医道去了，把这专门腾出来的茶室留给李元婴和新旧小伙伴坐着说话。

戴亭在一旁为他们煮茶。

戴亭从高昌回来后不骄不躁、恪守本分、寸步不离地跟着李元婴，得知李元婴现在爱喝茶，还特地去学了煮茶之法，恭谨认真更甚从前。李元婴不叫他，他便不说话；李元婴叫他给狄仁杰和唐璿讲讲高昌见闻，他便挑拣着能说的给他们讲一遍，虽然他讲起故事来不如李元婴生动，但胜在都是他亲身经历的，李元婴三人都听得有滋有味。

不知不觉快到饭点，三人得各自归家，都有些不舍，李元婴叫戴亭记下狄仁杰和唐璿现在的落脚处，下回有什么好玩的他可以去找上他们一块儿玩。

这日狄仁杰回去正巧碰上祖父归来，他上前见了礼，把今日所见所闻都与祖父狄孝绪说了。

狄孝绪时任尚书左丞，上朝时也算能说得上话，听狄仁杰说侯君集挥鞭伤人，又听了侯君集在高昌横征暴敛之事，心头自是不满得很。军士粮饷与抚恤自有朝廷拨给，你拿着军饷、吃着军粮，却说"想要马儿跑，不能不让马吃草"，哪有这样的道理？这恐怕不是在替朝廷安抚士卒，而是在替自己招揽军心，好叫这些士卒都对你忠心耿耿，愿意跟你出生入死！

今日陛下听了众人弹劾，态度模棱两可，还特意寻侯君集去说话。这侯君集出宫后却拿寻常百姓出气，怕是对陛下不曾明言偏袒他心有不满！

这种心胸狭隘的武人，岂能让他再受赏？狄孝绪道："你且玩耍去，这些事你不必管。"

狄仁杰自小聪慧，一看自家祖父的神色便知晓他不会坐视不管，当即便放心了，心满意足地自己看书去。

第二天一早，李元婴惦记着唐璿要考国子监，溜达去找许久不见的孔颖达。

孔颖达正襟危坐地批阅着学生们的文章，见李元婴在外头探头探脑，搁下笔斥道："有事便进来！"

若不是想打听打听唐璿考得怎么样，李元婴才不乐意来找脸黑黑的孔颖达。眼下有求于人，李元婴不要这点小面子了，拉了个蒲团屁颠屁颠往孔颖达身边坐下，和孔颖达说道："这两日是不是有许多学生来考国子监？"

孔颖达瞅他一眼："是又如何？"

李元婴和孔颖达介绍起唐璿来，把自己当初去寻孙思邈时遇上唐璿的事给孔颖达讲了一遍。说唐璿人聪明，心地又好，敦亲睦邻，一人学好不止，还带乡里小孩全学好，这样的好学生国子监不收，以后绝对会后悔！

孔颖达算是听明白了，李元婴是来帮那唐璿走后门来的，这家伙走后门也不挑人，不知道他最讨厌这种行事不正、专走邪门歪道的人吗？孔颖达面上没什么好脸色，问道："他叫你来和我说的？"

李元婴道："我自己想来的，他才没叫我来，他那么聪明肯定能考上！"

孔颖达道："既是如此，你还来找我做什么？"

李元婴振振有词："万一你手底下有的人太笨，看不出他这么好这么聪明，把他挡在外头了怎么办？要是他进不了国子监，就不能留在长安陪我玩了，你可一定要收下他！"

敢情这小子就是为了让人家留在长安陪他玩！

孔颖达差点把手里的长须拧断，他骂道："他真要有你说的那么聪明，自然不会考不进，你少动这些歪心思。你还是看看你自己吧，你都多久没去讲堂那边了？别以为没有人报上来我们就不知道！"

李元婴可不怕被骂，反驳道："我去不去都没差，我又不用考科举，字认识了，剩下我自己看看书就差不多了！"

孔颖达瞪着他。

李元婴不甘示弱地瞪回去。

孔颖达知道这厮是没脸没皮的，要和他讲道理根本讲不通，只好摆摆手说："行了，唐璿是吧？我记下了，你赶紧走，别在这儿碍事。"

李元婴得了孔颖达这句准话，哪还愿意多留，马上一溜烟跑了。

李元婴这边给唐璿走完后门，李二陛下那边却又一次被御史轰炸，这次还多了一条侯君集当街欺凌百姓的罪状。他这头刚和陛下说完话，那头出了宫门就开始抽鞭打人，显见是不思己过，反而对君主、同僚们心生怨愤！

这次御史们的准备做得更足，把侯君集在高昌做的事、敛的财一桩桩一件件列得清清楚楚，还从李元婴的葵园那边请来几个人证，狠了心要压下侯君集这股邪风！

李二陛下没办法，只能在众御史的围攻下下了诏书，命人先把侯君集收押起来，经过朝议讨论再下定论。

侯君集是早年随李二陛下一路走来的，他还曾请李靖给他教授兵法，对侯君集算是寄予厚望。

打发走御史之后，李二陛下揉揉额角，想了想，叫人给几个心腹朝臣去个信，让他们想办法把侯君集保出来！这一路走来，他已失去许多重要臂膀，不能因为侯君集一时贪敛就失了这个爱将。

李二陛下这边忙着捞人，李元婴那头却闲不住，要带着小伙伴们去见一见长得高挑美丽的高昌人。

李元婴把宫里的"小萝卜头"数齐了，出宫接狄仁杰和魏姝去。唐璿那边还在等国子监的消息，暂且不能随意出门，李元婴也没去寻他，把魏姝接上车，骑着小马去狄家拜访。

狄家人早从狄仁杰口里知道他认识了李元婴，见李元婴亲自过来相邀，言行都不带半分倨傲，便也对这个小王爷很是喜欢。李元婴装乖卖巧把狄仁杰捎带出来，叫人牵了匹小马给狄仁杰，问道："你可会骑马？她们女孩子坐车里，我们几个骑马过去。"

狄仁杰道："会的。"

李元婴给他备的是一头温顺的枣红色小母马，狄仁杰上前摸了摸它的头，它友善地回抵他手心，显见也很满意他这个主人。

李元婴一看便知自己的小伙伴和这匹马挺合拍，高兴地招呼狄仁杰上马，几个半大少年在侍卫的簇拥下出城往葵园方向走去。李治与高阳也骑着马，高阳不耐烦坐车里，穿着男装稳稳当当地骑在小马背上踏着满路秋色前行。

葵园这边正热火朝天地展开建房大业，房子的图纸是李元婴给的，傻瓜式图纸，不识字都能看懂，董小乙找齐人手照着盖就好。

这图纸仍是系统出品，李元婴把葵园这边的情况扫描进万界图书馆，系统就依着地况设计出一个依山而建的小寨子，其中还弄了些缆绳运输、滑轮起重、活梯起降等新鲜的构造。

这寨子建好之后莫说是现在暂时分散在几个庄子里住着的高昌来客们，便是再来一批也能住得下！外头一圈，甚至还能供各方客人暂住！

本来董小乙还想着自家庄子上召集点人手趁着农闲时分搞一搞就好，图纸一到手便知这种想法不可行，赶紧募集十里八乡的人手过来开工，运木材的运木材，挑沙石的挑沙石，忙得不得了。好在为了保证葵园的孩子们读书不受影响，学堂这边暂且不会动，都在山脚那边做准备！

李元婴一行人到了之后，留守在学堂里的媚娘亲自出来相迎。

李治是见过媚娘的，也听过李元婴叫人散布的那个"莽国王一言失美"的故事，见到武媚也不觉得有什么惊奇，只觉她出宫之后看起来越发精神勃发，整个人透着种明亮灿烂的感觉。

倒是狄仁杰乍见媚娘，差点连怎么下马都忘了，同手同脚地滑下马背，听着李元婴给他们介绍："这是媚娘，她现在管着学堂和图书馆，你们每天看的馆报就是媚娘弄出来的。"

眼下李元婴每日拿到的那份馆报是媚娘抄的，余下那些媚娘雇了些寒门书生负责抄写，一来满足了李治他们想看馆报的需求，二来也让那些寒门书生有个固定的进项，不至于买不起笔墨、过不好日子。

狄仁杰听着李元婴将媚娘所做之事一一道来，越发觉得这女孩不仅长得美丽过人，也有与常人绝不相同的心窍。这还是他头一次见到这样出色的女子，自是不愿在媚娘面前出糗的，当下便稳住心神上前报了自己的姓名。

媚娘虽没听过狄仁杰这名字，但狄仁杰是李元婴亲自带来，她自是含笑回应。

李元婴可没发现新小伙伴有些紧张，他心里就没紧张这种概念，替他们引荐过后便跑去掀开车帘，把车里的"小萝卜头"一个个牵下车。

兕子一下地，抬眼往四周看了看，失望地说："向日葵和玉米全没了啊！"

衡山默默补了一句："花生也没了。"

李元婴如今说起栽种之事来也头头是道，很是权威地给兕子她们科普："明年再种，秋冬得养养地，要不然种不出好东西。"

李元婴一手牵好一个"小萝卜头"，口里还招呼落后了半步的魏姝："走，我给你们看看新寨子的规划图，可大可好看了！"

第九章

伟大计划

李元婴兴致很高，拉着小伙伴们围着长案坐下了，将图纸往桌上摊开。

这不是董小乙拿去募工开搞的设计图，而是寨子效果图。整个寨子没用什么特别的材料，但设计十分精巧，全部依山势建成，最高处要用活梯升降上去，可以远远地将周遭景致一览无余。往下一看，还能看到山中一圈上建着各不相同的漂亮树屋，树与树之间有缆绳或者横梯相连。

更有趣的是，山下的小河边设有辘辘转动的水车，可以把甘美的河水输送到各家各户，在出水处截停则出水，不截停则绕个一圈重归河中。

这些东西一般人并非做不出来，只是没人会费那个钱去做这些看着华而不实的东西而已。李元婴不一样，他还是个半大小孩，一看到这个图纸便惦记上了，立刻叫董小乙去张罗，要钱给钱，要人招人，反正，他一定要把这图纸造出来！

李元婴打开图纸如此这般地给小伙伴们解说了一通，说道："山下这些普通房子先建着，好叫高昌来的人早日有地方安家，剩下这些慢慢造。造个一年半年总能修好的，现在你们可以挑挑你们想要哪间屋子，到时候我留给你们！"

小孩子哪有不喜欢这样玩的，一听可以自己挑房子每个人都兴奋起来，煞有介事地讨论起哪棵树上的房子最别致，哪个地方可能看到最好的风景，还要约定谁和谁住近点，平时好凑一起玩！李元婴当然是最受欢迎的邻居，"小萝卜头"们都拉着他问他选哪里，她们要离幺叔近一些！

李元婴当然是不客气地挑了中间一棵最大的树："这个是我的，最大，最好！"

对李元婴这种无耻行为，其他人都没意见，毕竟，一来这寨子原本就是他的，二来她们平时肯定会往李元婴那边跑，李元婴的和她们的也没差了！几个"小萝卜头"踊跃地把周围的树挑光，随后才轮到李治他们。

狄仁杰和魏姝不是爱占人便宜的人，没参与这次分房行动，只叫李元婴留个客房让他们将来蹭住。

李元婴没勉强，把旁边一棵树屋分出来供狄仁杰这些小伙伴们过来玩耍时暂住。

一行人兴致勃勃地琢磨完以后住哪里，都对这个寨子期待得很，热热闹闹地围着图纸讨论上面都有哪些新奇又精巧的设计，恨不得马上把它建好齐齐住进去！

看完图纸，李元婴便邀高昌来的歌姬舞姬们出来和小伙伴们见个面，和她们商量起李二陛下大宴群臣那天要她们去献舞的事。这些歌姬舞姬本来因为远离故土而忐忑不安，听李元婴借着戴亭之口好言与她们商量宫宴之事，渐渐也就镇定下来，点头应下李元婴的吩咐。

接着她们还在"小萝卜头"们期待的目光之中表演了一出很有高昌特色的歌舞，美人们身段柔软，姿容美丽，歌喉也有着高昌人独有的悠长明亮。

大唐人本极好舞蹈，"小萝卜头"们虽然听不太懂，听着听着还是坐不住了，起身伴着那很有节奏的旋律和舞姬们一起跳了起来。

李元婴牵着儿子的手带她胡乱转了好几圈，又去拉新城和衡山她们乱转，还把最文静的魏姝也闹了起来，硬是拉着她跟着人家高昌舞姬转圈，把人家美得不得了的舞都弄乱了都不反省，累了还一屁股坐下，看看左边累倒的"小萝卜头"，再看看右边累倒的"小萝卜头"，感觉满足得不得了。

舞姬们看他们毫无权贵的凶横，渐渐也放开了，应邀坐下用一路上现学的官话和李元婴这几天现学的高昌话瞎聊起来。

儿子和衡山刚才玩得累了，又听不懂两边四不像的怪话，没一会儿便一人一边枕在李元婴腿上呼呼大睡。

李元婴聊完自己感兴趣的事，才发现两个"小萝卜头"挨着自己睡熟了。他让舞姬和歌姬们先散去，和李治一人抱了一个"小萝卜头"上马车，叫城阳与魏姝帮忙看顾好她们，自己与狄仁杰一起骑马回城。

狄仁杰从前总觉得天家无情，皇家之中连兄弟都能相互厮杀，怕是没什么真情实意可言。可看过李元婴与儿子她们的相处后，狄仁杰却觉得以前自己想得不对，即便是无情的帝王家，一样也有李元婴这样的人！

狄仁杰年纪虽小，心中却自有一把衡量是非的秤杆。此行让他肯定地认为李元婴这个朋友交对了，很值得深交下去。

一群"小萝卜头"在葵园玩得特别开心，还准备把高昌得来的横财砸进去搞个玩耍基地，李二陛下那边却还在为侯君集的事烦恼。侯君集下狱之后满心不忿，愤怒地说，论捞钱李元婴的人捞得更多！

结果，不管是随高昌新国主麴智盛入京的高昌要员们，还是随戴亭他们而来的高昌来客，都表示破他们家抢他们钱财和女儿的不是李元婴派去的人，一口咬定是侯君集干的，李元婴派去的人，那都是好人呢，不仅保他们不被士卒侵扰，还热情地邀请他们来大唐安家落户。

李二陛下听着这些话，额头青筋抽搐。

朝臣们还在吵，一边说"大唐的军队要讲仁义，不能对降者出手，今天你让降者全家灭门，往后谁还肯归降"，一边说"侯君集于国有功，不能不奖反罚，令功臣们寒心"。这两边都有理有据，吵得李二陛下脑仁疼，只能委屈侯君集继续在牢里待一夜。

到傍晚，兕子她们睡醒了，晚膳也吃得饱饱的，高高兴兴地跑去找李二陛下说起自己都玩了什么，还现场给李二陛下转了几圈表演白天学来的舞蹈。李二陛下被几个宝贝女儿逗得开怀了一些，将兕子抱到膝上听她接着讲白日里的见闻。

兕子自然是奶声奶气地把李元婴规划的大寨子告诉李二陛下，说她们都已经挑好树屋了。

李二陛下听着就觉得，这小小的寨子不知得砸多少钱进去。

一想到李元婴手里的钱是怎么来的，李二陛下脑仁又疼了，李元婴倒是借着侯君集干的事轻松捞了一笔，可怜侯君集现在还在大牢里出不来！

偏偏跟着李元婴回来的那些高昌人都表示自己是自愿的，还猛夸了李元婴一通，说李元婴果真有其兄之风！这话夸得，李二陛下都不好把李元婴揪过来骂了。

李二陛下耐心听完兕子讲述自己选了什么样的树屋，才把几个宝贝女儿哄了回去。

这边父女几个叙完话，李元婴那边也从戴亭口中得知侯君集被人"喷"进大牢里的事。

李元婴听着觉得魏徵他们对他挺好了，骂虽然没少骂，却没有一次这样动真格的。

闲着也是闲着，李元婴提了壶酒跑了趟大牢，叫人开了牢房门，进去与侯君集相对而坐，奇怪地说道："老侯啊，你到底怎么得罪朝里那些言官了？瞧他们这架势，活像你挖了他们祖坟！"

侯君集看到李元婴就来气，转过身去不想理他。

李元婴觉得侯君集真没道理，他都没不生侯君集乱攀咬的气呢，侯君集居然还不理自己。老侯这心胸真不宽广！

李元婴锲而不舍地道："我可是一听到你被关了，马上就带着酒来看你，你怎么这样拒人于千里之外呢？戴亭回来和我说，你和薛将军一路上都很照顾他们，我才特意来一趟的。"

侯君集转过头瞪他。

不提还好，一提这个侯君集就来气。明明李元婴捞得更多，这家伙怎么好意思跑来说这些风凉话？这明显是看他有多狼狈的！

李元婴挪了个位置，坐得离侯君集近一些，倒了杯酒递给侯君集。

侯君集被关了一整天，没吃什么好东西，闻着酒香也馋了，黑着脸接过李元婴递来的酒一口喝尽。

李元婴又给侯君集倒了一杯，待侯君集喝得酒意微醺，他才再次开口："你还是不懂皇兄，现在皇兄已经不是秦王了。"

侯君集锐利的目光扫向他。

李元婴道："皇兄心在四海。"他取过侯君集手里的空杯，却没接着给侯君集倒酒："你若是想要高昌那点金银财宝，皇兄绝不会吝啬，可你出去代表的是大唐，行事得有大唐的气度。你开了那个头，底下那些人也效仿你，事态才会变得不可收拾。"

这些话若是换成别人来说，侯君集是绝对听不进去的。可李元婴不一样，李元婴是所有人眼里的混世小魔王，从李元婴嘴里说出这些话来，怎么能让侯君集不惊讶？

惊讶之后，侯君集反倒定定地坐着，认真思索起李元婴的话。

他早年就跟着还是秦王的李二陛下南征北战，玄武门之变中更是紧随李二陛下的脚步除去隐太子。不管于公于私，他认为自己都是有功之臣，他觉得自己拿点东西没什么大不了，他辛苦跋涉数月，熬过了隆冬的严寒与盛夏的酷暑，凭什么不能捞点好处？

但是，李二陛下确实不是秦王了。

李二陛下是大唐的君主，是天下人的"天可汗"，为了当一个合格的明君，他连自己都豁出去任人责骂。

侯君集抬眼看向李元婴，仿佛第一次认识这个众人口中的"混世小魔王"。

李元婴接着道："我听说我出生那年，莱国公去了，皇兄非常伤心，时常会错唤他的名字，随后暗自流泪。后来胡国公去了，皇兄也一样悲恸难抑。皇兄他是个念旧之人，当年跟着他征战天下的人没一个就少一个，要说朝中谁最不希望你身陷囹圄，那肯定是皇兄无疑。可是你所做的事，却等同于把他推到两难的境地！"

侯君集沉默下来。

李元婴叫戴亭把带来的笔墨和纸张摆到侯君集面前，说道："这个留给你。"说完他将剩下的半壶酒也推到侯君集面前："这个也留给你，你想喝个大醉也好，想做什么都好，随你自己高兴。"

李元婴说完想说的话，不再多留，起身走出牢房，命狱卒上前把牢房门重新锁上。

他带着戴亭往外走，才走到大牢狭长的过道前，便见一个熟悉的身影背着他立在那里，似乎是赶巧站在那儿思索着什么，又似乎是在等他。

李元婴惊了一下，脚步停顿下来，那人却转过身望向他，目光幽邃深沉，不是李二陛下又是谁。

李二陛下本想亲自来看看侯君集这位老朋友，没想到还未走近就听到一个熟悉的嗓音从里面传来。

是他的幺弟李元婴在和侯君集说话。

李二陛下定定地看着李元婴，也和侯君集一样像是第一次认识这个幺弟。

外面天色已昏黄，金黄的夕辉从过道的小窗照射进来，落在这两个兄弟之间的空地上。气氛过于古怪，左右都噤声不敢上前行礼、贸然打破此刻的沉默。

李元婴只停顿片刻，便噔噔噔地跑到李二陛下身边，拉住李二陛下的手拖着李二陛下往外走，口里还说："天要黑了，宫门马上快落锁，我们赶紧回去吧。"

李二陛下是秘密过来的，摆摆手示意其他人不要行礼惊动了其他人，自己迈步随着李元婴走过狭仄的过道。

行至大牢之外，但见满天云霞染红了天际。

李元婴安安静静地抓着李二陛下的手，李二陛下不说话，他也不说。

直至入了宫门，走过长长的石道，李二陛下才停下脚步，看向闷不吭声、难得安静的李元婴。他瞅着李元婴："怎么想到去牢里的？"

李元婴道："我听戴亭说老侯下狱了，就想去看看，反正也没什么事干。"

李二陛下道："没什么事干？孔卿可是说了，你好些天没有去讲堂，是觉得自己已经学得够好了？"

李元婴老实说道："我觉得我自己学着挺好的，有不懂的就去请教老师和老魏他们，比每天干坐着听讲学好。"这样大家都轻松，不用相看两厌！

李二陛下望着他。

李元婴问："刚才我说的话，皇兄你都听到了。"

李二陛下淡淡道："都听到了。"

若不是赶巧他想微服去见侯君集，也不会听见李元婴那么一番话，这小子看着爱胡闹，实际上比谁都滑溜，等闲不会露出他的小尾巴。若今天他没去，侯君集会把这些话告诉他吗？侯君集不会，侯君集哪怕把李元婴这番话听进去了，也不会在他面前帮李元婴说好话。

这世上没多少人像李元婴这样，既想这个好，又想那个好，希望所有人都好好的。人都有私欲，有了私欲便有立场，有了立场行事便有偏倚，世间诸事本就没有圆圆满满、对谁都好的可能。

这一点，李二陛下看得清清楚楚。

李元婴被李二陛下幽沉的目光望过来，安静了一会儿，仍是抓着李二陛下的手不放。他说道："皇嫂曾对我说，太子和晋王的叔叔太多了，她希望我做承乾和雉奴的叔叔。"李元婴直直地与李二陛下对望："我觉得'天可汗'的弟弟也太多了，我该做李世民的弟弟。"

李二陛下骂道："你小子是越来越放肆了！"

李世民也是他能叫的吗？

李元婴把话说完了，把手一松，对李二陛下说："我娘该等急了，我得先回去了，皇兄你慢慢走。"说完他也不管李二陛下同不同意，撒腿就跑，生怕李二陛下再和他谈心。

这种话说起来怪肉麻，李元婴不爱说，若不是赶巧被李二陛下撞上了，他是决计不会挂在嘴上的。

男子汉大丈夫，做该做的事，还用和人说吗？

李二陛下站在原地看着李元婴跑远，过了一会儿才和点上了灯笼的左右说道："这家伙说得倒好听，朕稀罕吗？"

左右对视一眼，都看见了彼此眼里的笑意，齐齐恭谨地道："陛下稀罕。"

李二陛下瞪了他们一眼，瞪完自己也笑了起来，这两日的烦闷一扫而空。那么小一个小不点，口口声声说什么"不当天可汗的弟弟，要当李世民的弟弟"，胆子倒是挺大！

不过，这心胸倒是随他，宽广！侯君集白天咬他一口，他还愿意去和侯君集说那样一番话，可见不是嘴上说点好听的。

第二日朝议时，朝臣讶异地发现李二陛下心情似乎很不错，一点都没有前两天的躁怒烦闷，众人再次弹劾侯君集，他甚至还会点点头表示说得有理。

该"喷"的人"喷"完了，接下来便轮到辩解的人上场，其中代表人物是中书侍郎岑文本，他一条一条陈述了侯君集的功绩，表示此事有亏德行，但过不抵功，不该让他受牢狱之辱。

接着，有人呈上了侯君集连夜写的自省，侯君集表示自己此事做得不妥，对内对外都造成了不良影响，希望能有机会将功补过、再为大唐升平大业出一份力云云。

话都是套话，可说得很好听，也算是为数日来争论不休的朝议铺了个好台阶。论功，那肯定是有功的，行军本就有许多不可控的变故，真要李二陛下为这件事折了侯君集这个爱将肯定不可能。

众人对视一眼，都不再上场，纷纷顺着这个台阶下去了。

李二陛下命人去释放侯君集，算是了了一桩烦心事。

不管怎么说这次都是得了一国之地，闹了这么一出，原定的大宴虽不好再办，李二陛下还是宣召几个心腹重臣开宴好好庆贺一番。

李元婴也在被邀之列，因为他要出好酒和出美人。他想到小皇孙李象上回没跟着出宫看高昌美人，一早跑去和他大侄子会合，撺掇李承乾把李象带上。

李承乾虽然觉得擅自带上李象不太妥当，最终却还是敌不过李象紧抱着李元婴大腿不撒手的倔劲。

李元婴见李承乾点了头，扛起李象就往外跑。

李象被人扛高也不害怕，还高兴地咯咯大笑，一点都不留恋离他越来越远的耶耶和阿娘。

太子妃替李承乾整理好腰上的玉佩，说道："幺叔力气还挺大的，我抱象儿都有点吃力了，他轻轻松松就扛了起来。"

李承乾道："他从小就爱爬树翻墙玩弹弓，野惯了，力气当然大。"

野惯了的李元婴扛着李象跑去寻李二陛下，李二陛下远远看他扛着自己孙子来了，着实怕他把自己孙子摔着了，上去把李象从李元婴肩膀上扒拉下来。

李象跟李元婴玩多了，也不怕李二陛下了，小屁股往下一坐，稳稳当当地坐到李二陛下腿上，奶声奶气地喊人："祖祖。"

李二陛下横了李元婴一眼，拍拍李象的屁股说："别和你幺幺闹，摔着了有你哭的。"

李象大胆反驳："幺幺不摔。"

幺幺才不摔他呢！

有侄孙的全心信任，李元婴得意地笑。

李承乾追过来后，李二陛下便领着他们一起去开宴。

文臣有魏徵、房玄龄、长孙无忌等人，武将有尉迟敬德、程知节、李靖等人，平定高昌的侯君集与薛万均自也不会缺席，李二陛下一到，他们都起身相迎，瞧着就很热闹。

李二陛下示意他们坐下，又让李元婴和李承乾分坐自己两边。李元婴出现在这种场合挺突兀的，但他一点都不觉得不自在，还把李象哄到自己身边专心逗侄子玩。等有人来给他倒酒，他便把酒杯递到李象面前哄道："这个很好喝的，不信你尝尝看。"

李象深信不疑，张嘴舔了舔李元婴递到自己面前的酒。

舌头一沾上酒，李象整张小脸皱成一团，被冲鼻而来的酒味呛得不轻。小孩子哪能受得了这委屈，当场哇地哭了出来："不好喝，幺幺骗人！"

李二陛下正和文武心腹们相互祝酒呢，这突兀的哭声让大好的气氛霎时静了下来。

李二陛下转头一看就知道李元婴干了什么好事，骂道："混账小子，给我把酒放下！"

李元婴更得意了："小时候皇兄你也骗我喝酒，这就叫'君子报仇，十年不晚'。"皇兄骗他，他骗皇兄的孙子，扯平了！

李二陛下叫人把李元婴那边的酒撤走。

李象不像他幺幺那么记仇，哭了一会儿，被李元婴一哄又黏了回去，李二陛下和李承乾喊他他都不走。

接下来大人玩大人的，小孩玩小孩的，气氛又恢复了一开始的和谐。

待舞姬上场后，李元婴又哄李象下去跟着跳舞，说他儿子姑姑都学会了，让他也学一学。李象信了，那么一丁点大的小不点噔噔噔跑出去，跟着舞姬们有样学样地手舞足蹈，模样逗趣得很，李二陛下被他逗乐了，一拍手掌，招呼魏徵他们也起来动一动。

隋朝时，蹈舞礼是朝臣对君王的最高礼仪，上朝、出师、宴会、游猎、宣召受命等正式或者非正式的场合都会一言不合地行起蹈舞礼来。到太上皇立国之后，蹈舞礼也延续下来，太上皇甚至时常亲自下场弹着琵琶跳着舞与群臣同乐。

所以，跳舞是当官的基础技能，李二陛下都发话了，魏徵等人自然不会干坐着，随着很有异域味道的乐曲动了起来。

宴会开到这里，大伙才真正放开了，李二陛下也下场抱起李象举高了逗他，李象一点都不怕，还跟着李二陛下开心地大笑。

至于李元婴捞走的酒是不是最好的、带走的美人是不是最美的，已经没人再去追究。

李二陛下把李元婴带到宴会上的意思很明显：这个弟弟做的事都在他那里挂过号，他这个当兄长的就是纵着这个弟弟！

左右那些个高昌人都是自愿跟着李元婴的人回来的，东西也是人家自愿送给李元婴的，他们还能说什么？还是高高兴兴地喝喝酒、跳跳舞吧！

接下来李元婴安分了许多，一直在为葵园的寨子忙碌，时不时过去看一眼进展，慰问慰问远从高昌来的人们，看看他们如何在葵园挑地方种葡萄。

这期间唐璿倒是成功考入了国子监，可惜因为李元婴跑去走后门，孔颖达特别吩咐下去让人好好"照顾"唐璿。是以，李元婴每次去找唐璿玩耍，都看到唐璿在埋头苦读、奋笔疾书。

李元婴暗自咂舌：国子监这么辛苦的吗？

唐璿也是头一回进国子监，当然也不知道正常监生的课业是什么情况，闷不吭声地完成着夫子们交代的任务，从来都不喊苦不喊累。一段时间下来，唐璿靠着自己的聪慧与勤勉赢得了不少人的认同，算是顺利打入了国子监！

这年年底宫里来了个新小伙伴，是李二陛下许婚给吐蕃国主松赞干布的文成公主。

这婚事是李二陛下早前允了的。

李二陛下有个习惯，和人打仗打赢了，对方来请罪了，就给对方许个宗室之女，以昭显大唐的威德。去年李二陛下给吐谷浑嫁了个弘化公主，今年吐蕃来人了，李二陛下自也将宗室之中早已挑选出来的人选封为文成公主许了出去。

文成公主今年不过十五岁，相貌清秀，行止大方，很有天家公主的模样。

比起奄奄一息的吐谷浑，吐蕃占地更广、蓄兵更多，是西面最需要交好的国家。李二陛下亲自见过文成公主一面，觉得这次选得很不错，便让文成公主入宫与高阳她们住在一起，吃用一致，高阳她们学什么她也学什么，以此显示大唐对此事的重视。

李元婴听高阳说文成要嫁到吐蕃去，拉着李治研究了好一会儿吐蕃在哪里，松赞干布住的地方离长安有多远。

等研究完了，李元婴觉得那可真是太远了。

李元婴感慨过后，怂恿高阳约文成出来玩玩，整日闷在屋里多没意思！

文成本不是闷葫芦的性子，高阳一招呼便溜出来与李元婴他们玩耍。听说文成正月便要前往吐蕃完婚，李元婴还很是蠢蠢欲动："听孙师说，吐蕃那边和长安很不一样，往西边走有连片的雪山，又高又漂亮，就是不好走，一般人过去受不了。我可不是一般人，说不准可以去看看！"

文成是在长安长大的，本来很舍不得长安，听李元婴这么一说倒也好奇起那经年不化的雪山长什么样来。

眼看文成婚期将近，李元婴又把小伙伴们都动员起来，分任务让他们去了解了解吐蕃那边到底是什么样的。

任务分配是这样的：高阳她们负责陪文成好好玩耍；李元婴和李治去会会禄东赞一行人；戴亭负责搜集各方消息；媚娘则在图书馆发布一个"吐蕃专题"，挖出读书人所了解的吐蕃。

戴亭和媚娘那边迅速行动起来，李元婴和李治也寻了个由头去拜会禄东赞。

得知是帝子来寻，禄东赞自然欣然相迎。禄东赞身形高大，相貌倒是比李元婴想象中斯文，不过吐蕃人有个习惯，就是爱往脸上涂些红色涂料，涂得面色赤红，硬生生糟蹋了一张英挺的好脸。

李元婴是个自来熟，因着自己不能喝酒，便叫戴亭带了茶来，边煮茶边与禄东赞聊天。

这禄东赞出身不高，能力却十分出众，凭着过人的智谋当上了吐蕃大相。他数次出使大唐，逐渐学会了大唐人的语言，与李元婴交流起来竟比那些个高昌人还顺畅。

见姿容秀美的戴亭静坐煮茶，举手投足有种吐蕃人学不来的风雅秀致，禄东赞不由得问道："这是何物？闻着可真香。"

李元婴便和禄东赞说起他们的千金茶，夸口说是去年卖了八百贯一斤，十分金贵，且有价无市，很多人想买都买不到。

李元婴如此这般地说了一通，茶也煮好了，茶香溢了满室，闻得禄东赞精神一振。茶对草原人来说绝对是好东西，他们常年吃肉，不好消化，若是能每日吃上一碗茶，一准会爽利许多。

禄东赞吃了一碗，大赞道："果真不错，怪不得如此昂贵！"

李元婴道："也不全都这样昂贵，一等的才这么贵，二等、三等要便宜许多，最末一等的，寻常人家也能喝得起！"李元婴对谁都能夸夸其谈："等将来大唐的茶叶多了，一准要叫天下人都喝得上茶。"

禄东赞喜欢这种大气的说法，觉得这年纪不怎么大的小王爷很对自己胃口，当即说道："那你可要卖我一些，我带回去让我们大王也尝尝。"

李元婴欣然答应，说是赶巧有一批茶赶在今冬送到长安。这是时间不凑巧，若是下次早些来的话，指不定还能赶上最好的春茶，春来万物复苏，正是茶叶长势最好的季节，那时候的茶宛如天地孕育的宝物一般，喝来唇齿留香！

禄东赞听得心向往之，表示可以留两个人等春茶送来再走。看了看一边煮茶煮得万般风雅的戴亭，禄东赞还道："有好茶也需要有人会煮，不知你能不能叫人教教我留下的人？"

见禄东赞的目光落在戴亭身上，李元婴说道："那肯定没问题，不过戴亭是不行的。"他又给禄东赞介绍起戴亭来，给禄东赞讲了一遍戴亭的高昌之行，大夸特夸戴亭的厉害。

禄东赞原以为这不过是李元婴身边一个小内侍，顶多只是长得比较招眼而已，没想到戴亭竟有这样的大本领。更让禄东赞感到震惊的是，这样一个人居然甘心继续留在李元婴身边煮茶奉食！

这样大的事，派人出去一打听就能知道真假，李元婴理应不会说这种谎才对！

大唐人竟都这般出色吗？

禄东赞心中惊疑不定。

戴亭面色不改，依旧恭谨地给在座诸人添上新煮的茶。

接下来李元婴就完全把控住了话头，想了解什么就了解什么，和李治你一句我一句地问起吐蕃的风土人情。末了，李元婴还偷偷问禄东赞："你们大王和你长得像吗？"

禄东赞哪敢说像？自然说不像。

李元婴又问，你们大王比你胖还是比你瘦？比你高还是比你矮？爱不爱抹红脸？

禄东赞连比带划，大致给李元婴描述了一下松赞干布的模样，还带李元婴去看带来求亲的画像。

李元婴看了眼，觉得这画师水平不太行，又在原画的基础上继续追问和微调，最后当场给禄东赞重画了一幅松赞干布的肖像。

禄东赞看到李元婴的成果后惊了一下，更不敢小觑李元婴这个最受宠爱的天子么弟。

别人都说此人顽劣不堪，是皇室之中最有名的纨绔子弟，若大唐的纨绔都是李元婴这样的，那吐蕃怕是该早早降了大唐才能自保！

李元婴可不管禄东赞如何震惊，他成功拿到了获得禄东赞认可的松赞干布画像、摸清了对方的身高体重鞋底大小，还顺带发展出一条茶叶销路，高兴得不得了。

回去的路上，李元婴还教育李治："你刚才话怎么那么少？该多说说才是，文成现在可是公主，算是你的姐姐了，你得给她出点力！"

李治道："话都让你说了，我还能说什么？"他就没见过李元婴这么能唠嗑的，谁会去问别人大王穿多大的衣裳多大的鞋子？

李治很是埋怨了李元婴一番，觉得李元婴这样做太唐突。

李元婴一脸正色："哪里唐突了？这些话总不好让文成去问，我们这些当长辈的得多操心。"

李治道："你刚说她是我姐姐。"弟弟还能当长辈吗？

李元婴也不纠结这个问题，谆谆善诱："我问这些，是让随行的绣娘开始给那松赞干布准备衣裳靴子，全照着文成喜欢的来做。你想想看，她又没法挑人了，只能想办法改造改造啊，对方照着自己喜欢的来穿，看着也会顺眼许多是不是？"

李治没想到李元婴大费周章地跑去见禄东赞居然是为了这个，听完后不知该说什么好。

其他资料还没弄来，李元婴便拿着画像和各种尺寸去寻文成，把自己的想法给文成讲了。

文成这段时间一想到要远离故土，心中便不舍得很，被李元婴这么一闹顿时有些哭笑不得。

高阳和城阳几人都凑过来看文成未来的夫婿。

换成一般人早被弄红脸了，文成却不一样。她大方地取过画像，注视着画上英姿勃发的吐蕃国主，和李元婴夸道："瞧着是个英雄人物。"

李元婴道："我也觉得不错。"他又和文成说起禄东赞把脸抹红的事，"我觉着你去了要叫他把脸洗干净，这样比较顺眼。"

文成点头。

过了几日，戴亭把自己搜集的以及图书馆那边搜集的吐蕃风土人情集结成册送到李元婴手上，方便文成提前了解吐蕃的情况。

转眼到了贞观十五年的正月。

上元节那天，李元婴带着一群小伙伴去逛灯会，文成也在其中。

看着灯火通明的长安城，文成心中一阵酸涩，不觉潸然泪落。上元节后，她便要在父亲的护送下出嫁了，此去离长安岂止千里，长安的灯会她从此再也没机会看到了。

李元婴见文成望着花灯落泪，有些沉默。

等文成哭过了，李元婴说："你若不想去，我帮你想想办法。"

文成抹了泪，张手给了李元婴这个幺叔一个拥抱，说道："我想去的，我还要帮幺叔去看看那连片的雪山是不是当真经年不化。"

李元婴心里懵懵懂懂，自己也不知到底是什么滋味。他伸手轻轻回抱文成一下，抬起头认真对文成说："要是吐蕃那边有人欺负你了，你只管给我来信。就算吐蕃再远，我都会带人过去帮你揍他们！"

文成朝李元婴一笑，明灿灿的双眸盈满笑意，瞧着比灯火还亮。

"好。"

她也认真答应。

上元节后，礼部尚书、江夏王李道宗便要护送文成前往吐蕃。

李元婴骑着马送文成公主出城，送了文成一个小荷包。

不等文成发问，李元婴已给她解说："这荷包里是向日葵的种子，你到了那边可以找个阳光好的地方种下去。"李元婴特别喜欢向日葵，连庄子也改成了葵园，原因就是他很喜欢向日葵这个名字。李元婴拉住文成的手："向日葵总是向着阳光洒落的方向，只要有太阳，它就会抬起头。"

文成听了，点了点头，笑着说道："我记下了。"她在李元婴的搀扶下上了车，坐定之后撩起车帘，看着站在车旁目送她的李元婴。

早些年文成就听说过李元婴，听说他是个混世小魔王，什么事都敢干，连宫里都没人敢招惹他。听得多了，他们这些宗室子女大多对李元婴敬而远之。

相处过后，她才知晓传言不可信。

再怎么不舍，送嫁队伍也要按时出发。

李元婴牵着马站在原处朝文成挥手送别。

文成一直撩高车帘，直至李元婴等人的身影再也看不见，她才收回手，泪水像断了线的珠子一样落下。此去山高路远，她再也不能见到长安城，再也见不到长安城里的人了。

禄东赞本应走在最前面，见李元婴还在原处站着，便倒回来与李元婴话别。李元婴道："文成她一个女子孤身前往吐蕃，还望你多照顾她。"

禄东赞道："那是自然，肯定不会让大唐的公主受委屈。"他那双看似平和的眼睛含着笑意："等滕王殿下再长大一些，大可到我们吐蕃来玩玩，到时我们一定好好招待滕王殿下。"

李元婴也不管自己能不能去，大大方方地一口应下，正式与禄东赞道了别。直至送嫁队伍再也看不见了，李元婴才上马跟着李二陛下一起回城。

李元婴一路都挺安静，安静到李二陛下都觉稀奇，回到宫中后单独留下他说话。

李元婴这段时间想了挺多，主要是关于宗室之女外嫁的事。

虽说大唐宗室众多，各家女儿也多得是，可谁都是别人怀胎十月生下来的，要远嫁外邦，父母难道不心疼？反正，将来谁要是叫他将自己女儿远嫁到外面去，李元婴是绝对不会同意的，哪怕不当滕王都不同意！

李元婴说出自己心里的疑惑："既然要联姻，怎的不是他们把女儿嫁过来，要我们把女儿嫁过去呢？文成过了年才十六岁，那松赞干布虽不算太老，可吐蕃那么远，一个女孩过去了被欺负了怎么办？寻常百姓家嫁女还有娘家可撑腰，她在外头可是举目无亲！"

李二陛下道："我李家女儿岂是软弱之辈？"

李元婴不吭声。

李二陛下见他闷闷不乐，便给他说了说吐蕃的情况。虽说上次那一仗大唐赢了，可赢得不怎么漂亮，吐蕃若是铁了心要骚扰大唐边境，大唐肯定不胜其扰。若是不缓和唐蕃局势，大唐将要面临吐蕃、突厥的两面夹击，容易顾此失彼，酿成大祸！

当初李二陛下刚继位，突厥可汗便率二十万雄兵兵临大唐，一度逼近长安城！当时的情况无比艰险，也在李二陛下心中埋下一颗种子：突厥是大唐之患，必须要将突厥各部尽数收归大唐所有，他才能放心。

如今东突厥虽亡败，却仍有西突厥威胁着大唐，按李二陛下的想法定然是要把这股威胁清扫干净才能让大唐高枕无忧地延续下去。至于吐蕃，他们可以在解决突厥各部后再腾出手来解决。

李元婴安静地听着，没有插话，只在心里描画着大唐的疆域。

一个去年刚安排下去的安西都护府横截在突厥与吐蕃之间，硬生生撑开了大唐与西域的通道，这是一条大唐通向外面的通道，可以保证大唐与外面的贸易往来。但是安西都护府离长安太远，派去守卫安西都护府的人也太少，大唐对它的管控还是太弱了，突厥和吐蕃随时都能侵袭这条交通要道、轻轻松松把它截断。

所以，不仅是到嘴的高昌不能吐出去，这条贸易通道更不能断。

现在他们能做的就是厉兵秣马，尽量练出强兵强将，把大唐疆域牢牢把控在自己手里，再稳步解决周遭的威胁。

李元婴捏紧还不怎么大的拳头。

李元婴不甘心地道："没有别的办法了吗？一定要让一个女孩子背井离乡嫁给一个外邦人？"

李二陛下道："松赞干布年仅二十四，骁勇善战，才能出众，我是亲自见过的，嫁给这样的男子不算委屈了文成。只要大唐足够强盛，不管是吐蕃国主还是吐谷浑国主都得好好对待我们嫁去的公主。嫁给一国之主，难道不比下嫁给一个普通的官宦子弟要强？你不是一直都觉得我给高阳她们挑的女婿不好，嫌他们没本领？"

李元婴道："可那也太远了。"连他都没有去过那么远的地方！

李二陛下道："世上没有十全十美的事，她父母也应允了，你何必再操这个心？"

李元婴听出李二陛下解释得有点不耐烦了，也不再多问，独自回去琢磨这事。他自个儿想了一晚上，还是没想透，第二天寻了狄仁杰、唐璿、李治、戴亭、媚娘和魏姝六人齐聚在千金堂的茶室，正儿八经地讨论吐蕃与突厥的事。

这几个人里，年纪最大的也不过十六七岁，面孔都生嫩得很。听说李元婴要和他们讨论正事，每个人都正襟危坐，等着李元婴开启话头。

李元婴把带来的舆图摊开，把李二陛下昨天与他解说的东西告诉狄仁杰等人。他说道："当初高昌会违逆大唐的命令，不纳贡，拦使者，截商队，联合突厥攻打大唐属国，就是因为长安离他们远、突厥离他们近。现在高昌虽然没了，位置却没变，那么面临高昌那种困境的就变成安西都护府了。"

狄仁杰和唐璿还是头一次看到这么清晰的大唐疆域图，静静地听着李元婴解说，没有贸然发表意见。

媚娘看着夹缝中的安西都护府，想了想，说道："一劳永逸的办法只有把安西都护府两边的地方都变成大唐的疆域，这样一来，周围都是自己人，就没什么可担忧的了。"

李元婴也觉得这话说得有理。

狄仁杰应和道："可惜我们还太小，要不然我们一准有办法把突厥和吐蕃都收归大唐所有。"他伸手指着高昌所在的位置："就像高昌一样变成大唐的一部分。"

唐璿是个比较实际的人，闻言摇头道："真要那么容易的话，陛下就不用那么烦心了。"

这个最直截了当的办法行不通，茶室内一时有些沉默。

戴亭没有参与讨论，他把茶煮好了，一一送到每个人面前。

李元婴招呼他："别忙活了，你也坐下来说说。"

戴亭应道："殿下说要怎么做，我们去做便是。"

李元婴知道戴亭向来如此，也就不再逼他，端起茶喝了一口，看向没有吱声的李治和魏姝。

李治憋了半天，还是没憋出话来。他不爱说大话，也想不出好办法，自然不知道该说什么。

魏姝见李元婴望向自己，捧起茶抿了一口，把热腾腾的茶汤重新搁下，抬眸回视李元婴，说道："既然暂时不能把吐蕃和突厥收归大唐所有，那就徐徐图之。"

上回魏姝提出可以用火牛阵破象军，李元婴觉得她的见识和巧思都同同龄孩子不一样，所以这次他没叫上高阳和兕子她们，却特意把魏姝邀了过来。

听魏姝终于开口，李元婴立刻坐直了身体，很感兴趣地追问："怎么徐徐图之？"

魏姝道："《孙子》里写，'知彼知己，百战不殆'。我们现在束手无策，可能是因为还不够了解吐蕃和突厥。"魏姝拿起李元婴带来的《吐蕃风物手册》，刚才李元婴已经简单给她们介绍过这册子的由来，她夸道："这个就很好，我们把其他人了解的东西都掌握了。还有更多的，可能需要派人去吐蕃和突厥那边再好好了解。"

李元婴听得直点头，媚娘等人也齐齐看着魏姝，觉得这个年纪比李元婴还小的女孩很不一般。

魏姝道："比如你说孙老神医提到过，一般人深入吐蕃后可能会水土不服，不是土生土长的吐蕃人很可能会病倒。那么，为什么吐蕃人不会病倒？是他们饮食上有什么特别之处吗？我听说世间万物往往相生相克，一个地方有什么有害的东西，必然会有这东西的天敌，那会不会是吐蕃人有什么特殊的食物或药物可以应对这种'水土不服'？要是找出应对之法，我们大唐的大军深入吐蕃便不会再发生'水土不服'的情况了！"

李元婴两眼灼亮："妹妹妹你怎么这么聪明？我们先把能做的做好了，往后真要起了战事就不会吃亏了！"李元婴举起茶碗，学着他皇兄给人敬酒的模样给魏姝敬茶："你给出了个顶好顶好的好主意，值得喝掉这碗茶！"

魏姝没奈何，端起茶碗和他举着的那只轻轻地撞了一下。

李元婴一口把茶喝光光，又招呼其他人集思广益，想想该怎么摸清吐蕃和突厥的底细。

媚娘端起茶碗说道："这不就有现成的法子。"

李元婴一看，懂了，卖茶啊！

这吐蕃与突厥都身居草原，整日吃肉，腻到不行，正好把茶叶卖它们！不仅要卖，还要好好卖，变着花样卖，有针对性地卖。

李元婴给小伙伴们分任务："我们每人拿一本小册子回去研究，分别写一份适合吐蕃的卖茶方法，下回带来大家合计着看看谁的法子最好，谁的最好用谁的，或者多管齐下！"他说完后又转向一旁的媚娘，吩咐道："媚娘，你再想办法弄一份有关突厥风土人情的小册子出来。"

媚娘点头应下。

商量完初步策略，几人便各自归去。

狄仁杰和唐璿是一个方向的，都没让李元婴派人送，一起步行往回走。

唐璿和狄仁杰感慨道："从前我觉得自己挺聪明的，今天却觉得自己不如两个女孩。"不管是武媚还是魏姝，他瞧着都和寻常女子不一样，不管是见识还是学问，她们都远胜于同龄人，更别说心思的灵巧和机敏。

狄仁杰道："能让元婴看得上眼的，自然都不一般。"

唐璿点头，认同狄仁杰的话，心里不仅没有因为李元婴请他们和两个女孩、一个内侍坐下商量事情而不高兴，还隐隐有点骄傲：他们也是李元婴看得上眼的，要不李元婴不会把他们一并找来！

两个半大少年一同加快了脚步，随后在前头的分岔路相互话别，迫不及待地跑回自己的住处，准备认真琢磨如何打开吐蕃、突厥茶叶市场、完成收服吐蕃、突厥伟大计划的第一阶段。

下一次会面约在葵园，还是李元婴逐个去把小伙伴接上，顺便还叫上李承乾、太子妃和李象。

冬天太冷，建房不容易，但为了赶早让暂时分散安置的高昌来客们安家落户，李元婴还是花重金请人来把山下的房屋建好。他出钱大方，又给发冬衣和米粮，许多人为了过好这个冬天都愿意过来干活，竟真的赶在开春之前把山下一圈房子建了出来。

不仅高昌人，葵园的庄户也搬进了新房子里。原先那些房子就真的单纯当成学堂用了，媚娘准备年后扩招一批学生，把十里八乡的庄户子女都招过来搞搞基础教育，所以冬天里头谁都没闲着，搬家的搬家、修葺的修葺，所有人脸上都洋溢着满足又充满期待的笑容。

最近长安没下雪了，远处的山头渐渐染了点青意，李元婴便想叫小伙伴们一起过来看看葵园的新面貌。

可惜冬天刚过去，周围有些光秃秃，看起来不怎么有趣，李元婴只能带她们去逛逛未来的"树屋基地"。新老庄户们的落脚处解决了，春耕时节过去就能抽调人手全力建造图纸上剩下的部分，要不了多久，他们就能在这个树屋基地里尽情玩耍了！

这也是李元婴把李承乾一并请来的原因，他拉着李承乾跑到一处空地上比画了一通，问李承乾："承乾你觉得这个地方学你造个大火炉怎么样？葵园这里人多，将来还会更多，什么烤全牛烤全羊全都能吃完的，用上的次数不会比你那边少！"

李承乾哪懂营造？不过他看了看李元婴腾出的那片空地，点头说："这位置应该可以了。"李承乾还是很懂李元婴的，不等他开口便主动说："回头我让人过来帮你把火炉造出来，要是到时你手底下没人会做烤全羊的话，我再给你拨几个人。"

空手套了火炉的李元婴非常高兴，这就是他喜欢大侄子的原因了，大侄子太大方啦。

正事什么的，李元婴没想着马上谈，先带着李象他们在葵园里转悠了一圈，跟着葵园的孩子们玩了小半天。到李象玩得小脸红扑扑，再也玩不动了，李元婴才让几个小的先去吃点心歇息，自己拉着狄仁杰他们坐在一起接着讨论这几天思考的结果。

李元婴把前情给李承乾讲了讲，李承乾有许多突厥友人，虽都是归降大唐的突厥人，生活习性却和眼下活跃在草原上的西突厥相去不远，这是李元婴把李承乾拉来的第二个原因。

当然，李元婴没有张口就说他们想要把吐蕃和突厥收归大唐所有，那样口气太大了，讲出去指不定还会被人说这说那！

李元婴只把初衷和李承乾说了，他担心文成在吐蕃过得不好，又举目无亲、诉说无门，所以他想要派商队前往吐蕃、吐谷浑这些地方，多多往来，及时把那边的消息传递回来。

李承乾听完李元婴的打算，说道："你们是准备先把南边的茶叶卖到吐蕃和突厥去？”

李元婴道："对，吐蕃那边我已经和那禄东赞提过了，再讨论几个法子出来应该不难卖过去。商队往来得多了，我们才能及时知道最新的消息，文成在吐蕃，弘化在吐谷浑，这两边肯定要派人去。突厥那边我觉得也该派些人过去，所以找你过来一起商量。"

李承乾道："这怕是不容易。商队在大唐境内行走尚且有盗匪之忧，何况是去吐蕃、吐谷浑和突厥？"

李元婴道："所以我们得好好计议。"

李治这次铆足劲要发表一下自己的意见，插嘴道："茶利若是能起来，肯定有人愿意冒险。"

如今长安饮茶之风渐兴，周围各地肯定会陆续跟着长安学，如此一来，南边定然会兴起种茶风潮。茶这东西并不是百姓的必需品，百姓平日里可饮可不饮，到那时，茶叶市场会迎来短暂的过度饱和期。

狄仁杰几个人回去后冥思苦想数日，得出的结果很一致：长安这边的千金茶供应仍走少量及高价路线，把千金茶的价格继续炒起来。剩下的产出，他们派商队带往吐蕃和吐谷浑开拓茶叶市场。过个两三年，跟风种下的新茶陆陆续续进入市场，大唐境内的茶价被大大压低，他们再把这些茶商引向吐蕃和突厥，用茶叶从吐蕃、突厥那边换回牛羊马匹和其他金银财宝。

这样的好处有两个：其一，他们的商队混在普通商队里面没那么显眼；其二，茶利是要纳税的，市场大了，朝廷收的茶税会大大增加。

要怎么开拓吐蕃等地的茶叶市场，他们也都列出一二三点，汇集起来大致是这样的：首先当然是培养一批肯吃跋涉之苦的茶艺师让他们去传播茶文化，狄仁杰提出可以让僧侣去，吐蕃那边也有不少人信佛教；其次是要给茶叶因地制宜地套几个容易被当地人接受的传说故事，这个李元婴身边的人可以搞定，只要给个背景设定，戴亭一天就可以收集回十个八个像模像样的传奇说法；至于茶价怎么定、茶叶怎么运输，这些每个人都提出了自己的想法。

媚娘这次没有发言，她和魏姝在旁边将每个人的意见整理记录下来，汇总成了一份看起来可行性极高的茶叶外销策划。

李承乾本以为李元婴只是单纯地想一想而已，完完整整地听完他们的讨论之后才发现，这群小孩是认真的。

李承乾心情有些复杂。

为了及时得到吐蕃那边的消息，李元婴居然能大费周章地弄出这么个计划来。这大概就是小孩子们都喜欢和李元婴玩的原因，李元婴爱闹腾归爱闹腾，维护起自己人来却比谁都认真。

这个计划于朝廷而言是百利而无一害的，茶叶能远销吐蕃和突厥，带回牛羊马匹这些中原非常需要的物资，朝廷里谁会不高兴？更何况，李元婴还曾上书表示茶叶应该十税一，卖出十份茶叶，朝廷就能得一份利！若是当真把这事做成了，何愁国库空虚？

李承乾立刻把自己知晓的情况和李元婴他们说了，还表示若是当真要往突厥卖茶，他可以引荐一些突厥友人让他们负责领路。

双方一拍即合，当场把突厥那边的方案也拟了出来。

这边正聊得火热，那边的李象结束午睡了。太子妃正在一边与随行伺候的人闲谈，李象坐起来揉揉眼睛，没看到睡下前陪他玩的幺幺，很是失落，手脚并用地从榻上滑下地面，拎起自己的小长靴，光着脚丫子吧嗒吧嗒地往太子妃那边走。

太子妃察觉到儿子醒来的动静，弯身把他抱起来，伸手捂着他的脚丫子，责备道："怎么不叫人？光着脚走路可别冻病了。"

李象道："找幺幺！"

太子妃心里免不了有些泛酸，边亲自给李象套上鞋袜边说道："你啊，有了幺幺就谁都不要了。"

李象说："要！"说完他还学着他幺幺那样张手抱了抱太子妃，有模有样地抬起小手去拍太子妃的背。

太子妃被他逗乐了，替他理好衣裳，牵着他去找李元婴他们。

葵园这边都是自己人，太子妃牵着李象走近时也没人拦着。一听到屋里传来李元婴说话的声音，李象就有些迫不及待了，挣开太子妃的手噔噔噔跑过去撩起门帘往里看。

李元婴这边的讨论正好告一段落。

听到有人撩动门帘，李元婴转头一看，看到小不点李象撒腿跑了过来，立刻张手抱住奔向自己的小不点，问他睡醒了要不要喝点茶。

李象看着那绿绿的茶水，想起上回李元婴骗他舔酒，坚决摇头，死不肯张口。

李承乾道："让你上次骗他，他以后再不吃你给的东西了。"

李元婴可不信邪，铆足劲哄李象喝茶吃点心。李象摇摆了一会儿，最终还是决定再相信李元婴一次，半信半疑地吃了点心吃了茶。

李元婴得意："怎么样？幺幺没骗你吧？好吃！"

李象点头："好吃！"

回去的路上，太子妃抱着李象和李承乾说："象儿真喜欢幺叔。"

李承乾摸摸李象毛茸茸的脑袋，和太子妃讲起李元婴准备怎么和文成保持联系。

文成从前根本没和李元婴接触过，去年年底才进宫住了一段时间，李元婴却能为了她倒腾出一个这么大的计划来！可见这种事往往是相互的，他们感觉到了李元婴对他们的好，自然会特别喜欢李元婴。

太子妃不太懂这些事，听李承乾说李元婴要往吐蕃卖茶叶，忍不住问："这真的能做成吗？"

李承乾还没答，认真旁听的李象争着抢答："能做成！"

李承乾看李象信心满满，奇道："你怎么知道能做成？"

李象奶声奶气地说："幺幺说，只要想做，一定能做成！世上无难事，只怕有心人！"

李承乾和太子妃发现自己儿子记性挺好，他幺幺和他说什么，他都能一字不漏地记下来，长大了说不定是个读书料子。李承乾夸道："象儿说得对，只要想做，一定能做成。"

李象纠正他："幺幺说的！"

都说了是幺幺说的，耶耶真笨！

见丈夫明显被儿子鄙视了，太子妃忍不住笑了起来。

李承乾没和儿子计较。

回东宫后，李承乾把房遗直他们召了过来，让他们有人出人、有钱出钱，好好支持李元婴执行那个一不小心变得十分宏大的卖茶计划。要把整个计划铺开，光靠李元婴手底下那点人远远不够，李承乾自然参与了今天的讨论，自然不会想着坐收渔利。

房遗直等人回去后便吩咐底下的人行动起来，每日忙里忙外地配合李元婴那边做前期准备。

房玄龄见长子最近变得格外忙碌，寻机会找房遗直进书房询问他到底在做什么。

这是正经事，没什么好隐瞒的，房遗直挑拣着能往外说的和房玄龄说了。房玄龄眼下仍是太子太师，听太子要和滕王一起开辟茶叶贸易市场，心中大慰，感觉太子越来越长进了。

虽说这事听起来有些天马行空，可真要肯去做未必不能做成！

要知道中原能养牛羊马匹的地方可不多，别说顿顿吃肉，就算想让畜力代替人力都不太容易，很多苦差都还得靠人力去做！要是能靠茶叶去换点牲畜回来，于国于民都是件大好事。

房玄龄欣慰地勉励了房遗直几句，第二日便和李二陛下提了此事。

李二陛下心情不错，今年他准备去洛阳避暑，留太子在长安监国。送完文成公主，这事便要开始筹备起来了。

房玄龄有事来找，李二陛下自是让他坐下说话。等房玄龄把太子和李元婴要干的事如此这般地一说，李二陛下只觉得，李元婴这混账小子又偷偷搞事情，这次连太子都拉上了！

李二陛下问："玄龄，你觉得他们能做成吗？"

房玄龄捋着须道："若是换成旁人可能很难办成，但是滕王的话，我觉得真有可能做成。"

李元婴这人很玄乎，天生有着逢凶化吉的好本领，好几次房玄龄都觉得这小子恐怕要挨揍了，结果愣是让他给蒙混过关，还顺带做成了很多别人想都没想过的事。

比如带公主上风月之地这种事，古往今来就没人干成过。李元婴不仅干完了，还要把这事往孝子上扯，让他那不成器的儿子一个人惹上一身腥！

听房玄龄赞同李元婴和李承乾做的事，李二陛下心里还挺高兴。他颔首说："既是如此，那就让他们去做吧。"

李元婴也不用干什么，计划拟出来了，他便交给戴亭去调配人手。他把事情甩出去了，又开始轻轻松松地带着小伙伴们玩耍。

直至宫中传出李二陛下要去洛阳的消息，李元婴才想起沉寂已久的系统，奇怪地问这个沉默的小伙伴："这次皇兄要去新造的襄城宫避暑，你怎的不发任务了？"

系统安静了一会儿，才告诉李元婴这两年出的差错。它给李元婴传送的实物都是按照"相近时空投递原则"发放的，问题就出在这个"相近时空"上，一两千年于系统而言是非常短的一段时间，对于远古的人类而言却是非常漫长的时光，两者之间的差距对于大唐来说甚至可以用翻天覆地来形容！

系统将此时远在重洋之外、还没培养出来的种子投递到大唐来，等同于改变了这个时空的走向。所以，他们这个世界所采集的图文资料、影像资料，已不能当作史料来研究了，甚至有很多人因为在九成宫虚拟影像里发现了栽种向日葵的地方而怀疑他们是在造假。

系统向来机械化的嗓音隐含歉意："对不起，这是我的失误。"

李元婴对别人怎么想才不关心，反正他又不认得他们。他还反过来宽慰系统："没关系，反正短短几十年对你来说短暂得很，你就当休息休息，等我死了你再去找别人绑定去。"

系统想说"我并不需要休假"，可想了想又把这句话收了回去。

这还是它第一次听到这样的话，从前它与宿主就是普通的交易关系，他们帮忙采集资料，它满足他们的需求，彼此之间并没有太多的交流，也不需要太多的交流。像现在这样的相处，于它而言是非常陌生的，它甚至觉得自己可能真的需要休息，不采集资料也不发任务，只静静看着这群小孩闹腾着长大就挺好。

"好。"系统第一次说出了不是经过数据库分析反馈回来的答案。

李元婴和系统交流完了，虽然有点遗憾没任务奖励可领，还是蠢蠢欲动想去洛阳和襄城宫看看。

现在李元婴和李二陛下感情好多了，想去也不用通过兕子她们绕着弯试探，趁着李二陛下空闲时溜过去问："皇兄，你要去洛阳吗？"

李二陛下睨了他一眼，不理他。

李元婴一屁股坐到李二陛下身边不走了，给他添茶磨墨，忙来忙去。忙得李二陛下终于搁下笔看他，李元婴才积极追问："皇兄你去洛阳能不能带上我啊？我没去过洛阳，想去看看。"

李二陛下淡淡地道："你不挺忙的吗？哪有空去洛阳？"

李元婴一听，李二陛下这是知道他在忙活什么了，看着还挺不高兴的。李元婴麻溜地把自己的"茶叶贸易计划"挑些要紧的告诉李二陛下，还神神秘秘地凑到李二陛下耳边说悄悄话："皇兄我跟你说，我们有个想法连承乾都没告诉，你要是肯带我去洛阳，我就告诉你！"

李二陛下已从房玄龄那听了大半，大致知道他们整个计划是怎么样的，闻言往凭几上一靠，摆摆手把凑到近前来的李元婴挥开，痛快地答应李元婴的央求："行，我带你去，你说。"

李元婴便将他们想把吐蕃和突厥统统收归大唐所有的想法和李二陛下说了。李元婴很有自己的想法："吐蕃和突厥要是成了大唐的一部分，皇兄肯定会让它们的百姓过上和大唐百姓一样的好日子，它们的人才也能得到重用！到那时，我们大唐人还能一起往更西边走，往更北边走，把东南西北都走一遭，好好看看更广阔的世界。"

李二陛下还是头一次听人把掠夺别人的国家说得这么冠冕堂皇的。

但是，听着好像不赖。

征战和掠夺从来都不是他们的目的，他们想要的是四海如一，想要的是大唐人天下无处不可去、天下无处不交通，只要是愿意臣服的，他们都欣然接纳，视他们如一体！

可，这太难了。

李二陛下无奈地说："想要做到你说的事，得花多少年？"

李元婴道："做不到也要起个头，现在承乾已经有儿子了，我们早早把象儿教起来，等我们干不了了，他还能继续干！我也有儿子，等我儿子长大了，我把他们全赶出去做事。"李元婴做了个总结："反正能做一点是一点，总不能因为觉得太难办到就什么都不做！"

李二陛下道："看来你把你的儿子们全安排妥当了。"

李元婴道："那是自然，他们能干什么，我就让他们干什么。"

李二陛下想到自己的儿子们，除已经派出去的几个，养在身边的也有好些已经到了要放出去做事的年纪。上回听高阳说的，他们开始聊平康坊了，确实该培养培养他们独当一面的能力。

李二陛下在心里盘算完让儿子早些就藩的事，瞥着李元婴说道："你这话我可记下了，别到时候你舍不得放人，跑来和我哭。"

李元婴拍着他那还不怎么结实的小胸脯说："我肯定不会舍不得，到时皇兄你要是有看得上眼的只管挑！"

李二陛下被他逗乐了，笑骂："王妃都没娶回来，你还慷慨上了。"

李元婴道："反正总会娶的，儿子也会有的。"说完他又警惕地说："女儿不行，你可不能打我女儿的主意，随便把她嫁给别人！要不我就造个大船，带着王妃和女儿远走高飞！"

李二陛下让他滚，赶紧滚，别在他眼前晃悠了，烦人。

李元婴成功争取到去洛阳玩的机会，自是不会再留着碍李二陛下的眼，麻溜地跑去玩。

关于僧侣这方面，由于李二陛下和李承乾都不太信佛，这方面的人李元婴不太好接触。李元婴让戴亭去打听了一通，选出了一个很适合敲开佛门的人选：欧阳询。

欧阳询写得一手好字，李元婴记得魏妹学过他的字，李元婴自己也临过欧阳询的帖子。今年欧阳询已经八十岁了，他受养父江总的影响笃信佛法，亲自写过《心经》《仲尼梦奠帖》等，又因为高寿的原因与长安城中众多佛门高僧往来密切。

李元婴没怎么接触过欧阳询，不过为了茶叶大计，他拎着上好的千金茶跑去欧阳询府上拜访。

欧阳询家位置很好，出了朱雀门直走，走到前头的通化坊绕个弯就能找着。

李元婴规规矩矩地叫人进去递个信。

欧阳询虽然不知晓李元婴找自己做什么，不过他已活到八十岁，心胸开阔得很，也不觉得李元婴来找自己一定是坏事，大方地让人把李元婴请进来。

李元婴跟着欧阳询府上的人往里走，看着府中的景致，觉得这欧阳询的府邸大是不算大，瞧着却着实清幽又雅致。再往里走一段路，李元婴远远便见屋中一个清瘦的老者抄写着什么，屋里飘着清淡宜人的墨汁香气。

这显然就是欧阳询了。

少年人的耐心向来不多，李元婴不耐烦和仆从一起慢慢走了，直接跑了过去。

欧阳询没有停笔。

李元婴脚步一顿，轻手轻脚地走过去，坐到一边看欧阳询稳稳地运笔。

欧阳询年轻时就瘦，老了更是瘦得叫人忧心，手瞧着跟枯竹枝似的，不见一丝血色，只有岁月带来的苍老与有力。

这一看就是常年握笔的手。

李元婴乖乖坐在一旁，眼睛偷偷瞄向欧阳询在抄写的东西。

那是《心经》。

欧阳询把整份《心经》写完了，搁下笔看向李元婴，问道："殿下为何事而来？"

李元婴道："我有事想请您帮忙。"

欧阳询道："愿闻其详。"

李元婴亲自给欧阳询煮了一碗茶，自己也倒了一碗，和欧阳询相对而坐，说道："这是南边来的茶，您尝尝？"

欧阳询也听闻过千金茶被重金抢购的事，对这散发着淡淡清香的茶汤也很好奇，闻言端起来喝了一口。茶是上好的茶，水也是上好的水，入口后先苦后甘，喝起来感觉很特别。

李元婴趁机把茶叶的用处给欧阳询说了一遍，才道："文成远嫁吐蕃，我心中挂念。吐蕃不比长安，物产少得很，茶叶在那边就种不活。她在长安时爱喝茶，我怕她到了吐蕃喝不到，所以想每年把新出的茶叶送到她们居住的逻些城去。可是逻些城离长安太远，谁愿意长途跋涉到那边去？"

欧阳询道："老朽年事已高，能帮到殿下什么？"

李元婴便把想结识高僧，游说僧侣前往吐蕃传教和传播茶叶的意图。

这茶入口苦，余味甘，颇合禅道；吐蕃虽也有佛教，但教义驳杂、真经不传，跋涉千里，传播佛道，正是僧侣该完成的苦修。欧阳询稍一思量，便应下了李元婴的话，答应帮李元婴牵线。

李元婴大喜过望，回去后又叫底下的人连夜编了许多与佛经有关的故事，挑拣出听着有理有据的留着备用。

这种编故事的行为于大唐僧侣而言是不陌生的，通称"俗讲"，就是把佛家经义通过通俗化的故事表现出来，好叫百姓能够轻松听懂。哪家佛寺的"俗讲"讲得好，香火钱都会多些呢！当然，真正的高僧不是为了香火钱而编，而是为了让更多人能够理解和领会佛家经义。

李元婴揣着一肚子现编的故事在欧阳询的牵线下与长安城中的高僧们见了一面。

这时候从小到大培养出来的讲故事口才终于派上用场，李元婴把集思广益编出来、又经他整理加工的茶叶传说搬出来一讲，众僧觉得手里捧着的茶汤变得神秘而又美好。再听李元婴讲起文成公主带着御赐佛像前往吐蕃、缔结两国之好的事，众僧潸然泪下，纷纷表示向这些未开化之地传播佛家经义不能光靠一个弱女子，他们才是该去的人！

欧阳询认识的都是颇有名望的高僧，底下有着一批忠实又狂热的徒儿和信众。他们回去将李元婴讲的那些俗讲故事给徒儿和信众们一讲，长安城各大佛寺的僧侣都争相响应。

茶叶的对外贸易还未开始，在佛家信众之中倒是先掀起了一股禅茶之风，人人都想尝一尝高僧口中提到的"先苦后甘，人生之味"到底是什么样的！

御驾前往洛阳那天，李元婴揣着几封书信去的，准备去拜会一下洛阳的高僧们，开个禅茶俗讲小讲座。

李二陛下见李元婴一天到晚往寺里跑，一度担心这幺弟想剃度出家，后来看李元婴啃肘子啃得很欢才放下心来。再听人说千金堂的千金茶已经被佛家信众预定完了，李二陛下一时不知该说什么好。

敢情这小子从小爱听故事还真有点用处，讲起故事来把人唬得一愣一愣的！茶叶能不能卖到吐蕃那边去还看不出来，反正长安城里的饮茶之风是越来越盛了。

要知道佛家信众不乏像欧阳询这样的朝中老臣，他们有门生、有故交，算下来就是个无比庞大的关系网，他们一旦以茶待客，带起的风潮不亚于去年宫中赐茶！

房玄龄也知道这些事，骑马跟在李二陛下身后时忍不住感慨道："滕王这本领可真是了不得。"好好一医馆被他拿来卖茶不说，人孙老神医还不恼，仍是每日坐镇千金堂，弄得学医的、看病的都变得爱喝茶。现在他祸害完医馆，又去祸害人家寺庙，还真是有能耐得很！

李二陛下道："他就是歪脑筋动得快。"

长孙无忌道："要是臣儿子有这样的歪脑筋，臣不知该多高兴。"

房玄龄等人都附议。

李二陛下哈哈一笑，心中高兴又得意，口里却还要说："你们也就说说罢了，他真要成了你们儿子，肯定一天一小揍三天一大揍。而且这话要让他听见了，他一准说你们占他便宜！"

房玄龄想到李元婴一口一个老房老孔的，脸皮抽了抽，有些羡慕魏徵有个好孙女。有那么个孙女在，李元婴平时对魏徵可尊敬了！

李元婴不晓得外头的人在编派他，他正坐在改良后的马车上舒舒服服地给兕子她们讲故事。

自从上回和系统讨论过任务的事后，李元婴陆续从系统那里听说有人申述要求从他们这里退钱的事，他大手一挥表示想要退的都给退回去，一点都没犹豫。

李元婴这爽快的回应和系统对自己失误的致歉往外一挂，倒是让不少人被圈粉了，李元婴个人图书馆的关注量又陆陆续续回涨，群众纷纷表示画风如此清奇的系统和宿主在万界图书馆里简直独此一家。

现在有人再跑来"喷"造假已经有粉丝帮着讲道理，说歉也道了，钱也能退，不想来的可以不来，没必要追着人家十来岁小孩和"傻子保姆"系统"喷"。

"傻子保姆"系统闻言哑然。

想当初，它也是蝉联万界图书馆贡献榜冠军足足十轮的优秀系统！

李元婴对此不甚关心，确定兕子她们要一起去洛阳后，他兴致勃勃地叫系统帮忙设计个新马车，要抗震的，要麻雀虽小五脏俱全、在车上能吃能喝能玩的。以前李元婴不怎么关心这个，但他已经知道兕子身体不太好，当然想让几个小萝卜头在路上坐得舒坦一些。

李元婴去和他皇兄讨了最好的匠人，在系统的帮助下改造了几辆马车。新式马车架构精巧，行驶平稳，损耗也小，而且明明大小和原来差不多，里头却跟个小房子似的，每个人都能够轻松找到需要的东西。

李元婴对这样的改进很满意，给了系统一个大大的好评。自从系统不给他发任务了，帮他设计起东西来反而更放得开，上次就把葵园的寨子弄得让他充满期待！

李元婴高兴不已，拿着新式马车去和李二陛下献宝。

结局很明显，李二陛下大手一挥，让人把这趟洛阳之行用上的马车全改造了一遍。

这日御驾行到骊山脚下，需要稍做休整，李二陛下便带着人到温汤那边泡汤泉去。

想到上次李元婴给皇子们讲鬼故事的恶劣行径，李二陛下勒令李元婴和他们一起泡。

李元婴对此没什么意见，光着屁股抢先往汤泉里一坐，跟随后下水的李二陛下等人说道："皇兄，你们要听故事吗？"

李二陛下坚决不给他作妖的机会："闭嘴。"

李元婴哗啦哗啦地游到李二陛下身边坐下，不乐意地说道："一声不吭地泡汤泉有什么意思？上回我给雉奴他们讲故事，他们就肯听。和你们一起泡太无聊了，连话都不许说，哪有这样的？古语有云'防民之口，甚于防川，川壅而溃，伤人必多，民亦如之。是故为川者，决之使导；为民者，宣之使言'，意思是，你防着别人说话，就跟把江河堵起来一样，江河堵起来了，水越涨越多，最后会闹大水灾！所以，河水要及时疏导，别人想说话你也要让别人说，要不然后果会比把江河堵起来更严重！"

李二陛下额头青筋突突直跳。

他说一句闭嘴，这小子还没完没了了是吧？

长孙无忌听得直乐，说道："陛下最近睡不好，殿下可莫要给他讲鬼故事。"

李元婴立刻关心地说："皇兄你睡不好吗？要不要让孙师来给你看看？"孙思邈挺久没有外出了，早在长安闷得骨头都僵了，这次李元婴要去洛阳，他也随驾而来。

李二陛下道："天气湿热，泡个汤泉就好。"

李元婴仔细观察一番，觉得李二陛下面色挺好，没什么病兆，稍稍放下心来。孙思邈和他说，心情也会影响身体，要是每天都保持好心情，身体上的病痛都会少一些。

既然李二陛下没大问题，李元婴玩心又起，见鬼故事讲不成，他决定埋汰埋汰李二陛下挑过来一起泡汤泉的几个重臣："我发现这一池子人挺对称的。"

李二陛下横他一眼，总算没叫他闭嘴，问道："怎么个对称法？"

李元婴指指魏徵，又指指长孙无忌："瘦对胖！"

长孙无忌乐呵呵地道："老魏是瘦了点。"至于自己被说胖，长孙无忌是一点都不在乎的。

李元婴道："对的！我看比他瘦的人，只有欧阳老学士了。"说完他又指指尉迟恭和孔颖达："黑对白！"

孔颖达拧断了自己一根长须。

尉迟恭哈哈一笑，毫不在意李元婴说他黑。行伍之人黑点好，镇得住人！

李元婴一一点评过去，最后剩下李二陛下和他自己了，他也评议了一番："大对小！"

李二陛下颔首，表示还挺有道理。

李元婴想了想又换了个主意，改口说："不行，应该是老奸巨猾对老实孩子才对！"他年纪小，个头小，人又老实，绝对是老实孩子无疑了！至于他皇兄，怎么看都老奸巨猾！

众人静了一下。

接着便看到老实孩子李元婴在李二陛下抄起家伙要揍他前光着屁股撒腿就跑，没一会儿已不见人影。

长孙无忌等人忍笑劝道："陛下息怒。"

李二陛下不息怒能怎么办，难道还能学他幺弟那么不要脸，裤子都不穿直接跑？

这夜李二陛下泡完汤泉，很快有了睡意，和长孙无忌他们分头回去安歇了。不想李二陛下还未睡熟，忽听外面有利箭破空之声。他猛地坐起来，外面已经响起纷杂的脚步声。

李二陛下披衣起身，屋里伺候的人已疾步出去查问情况。不一会儿，便有禁卫随内侍入内禀报，说是有两个随行的士兵觉得行役清苦，不愿随驾前往洛阳，故意朝内庭射箭惊扰他们。

听着这个令人啼笑皆非的理由，李二陛下神色晦暗不明。

禁卫都是精挑细选的精锐，身家清白是头一个要确定的，不堪行役辛苦故意往内庭射箭这个理由未免有些牵强。行宫守备森严，他们难道认为自己不会被发现？李二陛下叫人把犯禁之人带下去盘问，并下令加强行宫守备，彻查行宫中是否有余党。

这时李元婴正坐在灯下帮孙思邈校对写了一半的《千金方》。这书写得比外面流传的医书好多了，李元婴看得有些入迷，时不时还问问系统一些自己不太明白的地方。在系统的查询和指引之下，李元婴还真找出了几个需要稍做调整的地方。他认认真真地记了下来，准备明天去和孙思邈探讨探讨。

听到门外传来脚步声，守在外间的戴亭马上警惕地起身。在带人前往高昌的路上，他养成了军人般警醒的习性，几乎是一有动静就能捕捉到。

戴亭与李元婴说了一声，到外面去询问发生了什么事。

得知是李二陛下下令戒严，戴亭入内如实向李元婴回禀。

李元婴搁下书听着，莫名想到上回去九成宫也遇到了这样的事。每次李元婴都忍不住感慨当皇帝可真不容易，衣食住行都得分外警惕，出个门总被人盯着。这种时候李元婴不会去讨嫌，他把《千金方》收了起来，由戴亭伺候着脱了外面的衣裳爬到榻上安歇。

第二日一早，李元婴早早洗漱完毕，跑去李二陛下那边蹭早膳。李治他们也过来了，一群"小萝卜头"都没注意到昨晚的动静，睡得老香甜。

李二陛下显见没睡太好，眼底带着隐约的青影。饭后再出发时，李二陛下没骑马，而是坐上改良后的宽敞马车前往洛阳。李元婴没马上回到兕子她们边上，而是跑去李二陛下那边蹭车，顺便问问昨晚到底怎么回事。

李二陛下没把李元婴赶下车，路途遥远，干坐着也无聊，有个人过来解解闷挺好。听李元婴问起昨晚之事，李二陛下瞅了他一眼，说道："你倒是挺警觉。"

李元婴道："我可没发现，我当时正在给孙师校对《千金方》，是守在外间的戴亭发现的。"提到了戴亭，他自然又要夸耀一番戴亭带人千里迢迢远赴高昌的事，把戴亭说得比军中的将军还厉害。

李二陛下斜睨着他，也没隐瞒，把昨夜发生的事与他说了。

李元婴听到这么奇葩的理由，着实吃了一惊。因为不想跟着去洛阳，就干这种等同于谋逆的事？

李元婴道："这两个人可真厉害啊，比我还敢想！"

李二陛下还是头一回听人主动用谋逆之人和自己对比的。他淡淡地说："是吗？我看你也挺敢想的。"

李元婴坚决否认："才没有，我顶多也只想过夫子老让我看书，太烦人，想偷偷把藏书的地方烧了。当时我连火折子都找好了，可惜还没学会怎么用，娘就发现了，她也不骂我，只坐着抹眼泪，我就再也不敢想啦。"

李二陛下没想到宫中的藏书还遇到过这样的危机，淡道："那我可得替天下读书人好好赏赐你娘。"

李元婴意识到自己不小心暴露了曾经想干的坏事，赶紧拉着李二陛下的手央求说："不行，您就当没听过吧！您要是再提这件事，我娘又该哭了！"

李二陛下意味深长地看着他："这就得看你一路上的表现了。"

很快地，所有人都发现滕王一夕之间变成了绝世好弟弟，每天亦步亦趋地跟在李二陛下左右，有好东西先送给李二陛下吃，有好酒好茶先倒给李二陛下喝，兄弟俩看起来兄友弟恭得很。

众人暗自纳罕：这位混世小魔王怎的突然转性了？

李元婴悔恨得很，好奇心害死人哪，他怎么就在他皇兄心情不好的时候往前凑！这下好了，他上赶着将把柄往他手上送，只能由着他皇兄揉扁搓圆！

虽说赏赐是好事，可那赏赐理由真能把他娘吓死，何况他现在不在他娘身边，李二陛下真要让人快马加鞭回去用这种理由赏赐他娘，他娘怕是接下来再也睡不了半天好觉！

李元婴在心里把李二陛下骂了又骂，事到临头还是要跑去李二陛下面前献殷勤。李治都有些纳闷了，悄悄把他拉到一边问："你这些天怎么对父皇那么殷勤？"

李元婴正气凛然道："什么叫殷勤？我这个当弟弟的，当然得处处想着皇兄。"他越说越义正词严，严肃地批评起李治来："相比之下，你这个当儿子的就不太行了，你知道我们在骊山行宫那边歇的那晚有人行刺皇兄吗？"

李治那天挺累的，早就歇下了，哪里察觉那晚的动静？他吃了一惊，忍不住追问："真的吗？"

李元婴语重心长地说："当然是真的，我骗你作甚？你啊，就是粗心大意，什么都不关心。我这是看你父皇心情不好，想哄他开心！大事我们帮不上忙，还不能做点能做的小事让皇兄高兴高兴？"

李治信了，还跑去和李二陛下确认是不是真有其事，并和李二陛下反省说自己这个儿子比不得幺叔这个当弟弟的，心中非常惭愧，觉得自己不够孝顺。

李二陛下一听就知道这儿子被李元婴忽悠瘸了。

他也不戳破李元婴的谎言，颔首表示李治反省得挺对，多和李元婴学学。

于是李二陛下身边从一个献殷勤的变成了两个献殷勤的，后来李元婴越忽悠越多，连带着剩下那群"小萝卜头"也跟过来一起抢着陪伴在李二陛下左右，瞧着好生热闹。

御驾抵达襄城宫时，看了一路的朝臣们纷纷向李二陛下称贺："陛下有个好弟弟，更有一群好儿女。皇家儿女尚且如此，何愁百姓子女不孝不悌！"

李二陛下十分快慰。

李元婴也很快慰，一开始可把他累死了，还好他机智地拉上李治他们一块儿围着李二陛下转，每天都迅速烦得李二陛下把他们打发走！

襄城宫是李二陛下派阎立德到洛阳外围督建的行宫，耗资甚巨，从外面看去还挺不错。阎立德这人不太出名，不过他是个厉害的建筑设计师，画得一手好设计图，长安城的改造工作有很多都是他完成的。

阎立德还有个挺出名的弟弟，叫阎立本，画画非常棒，有什么大小盛事李二陛下都会叫他画下来，比如禄东赞代松赞干布来求娶文成时的画面就曾被阎立本用画笔记录下来！

这次李二陛下这个业主要过来验收襄城宫，阎立德和阎立本兄弟俩都随驾而来，一个是要看看李二陛下满意不满意，不满意的话得好好改；一个是要看看有什么大事需要自己画上一笔。

李元婴没机会认识阎立本兄弟，他当了一路好弟弟，到襄城宫后终于彻底解放，带着兕子她们满襄城宫玩去了。

虽说现在没那么多人盼着他采集图文资料放到万界图书馆去了，但李元婴还是准备把襄城宫扫描一遍，给系统当参考资料。毕竟，他往后要建点什么可都需要系统给他出图纸，反正系统闲着也是闲着，就该多学习多干活，能者多劳嘛！

李元婴带着"小萝卜头"们玩了一天，大致摸清了襄城宫的情况。系统帮他分析了一遍，发现这襄城宫其实不太适合避暑，天气热起来比太极宫还可怕。选的地方也不好，周围都是山林杂木，野兽还好，容易防备，难缠的是周遭滋生的蛇蚁蚊虫！

这种地方别说当避暑行宫了，连普通人住都不太适合。

李元婴不太相信系统这个评测结果："这可是皇兄花了大钱让老阎搞的啊，真要这么差劲，户部那边还不得把老阎给骂死！"

系统闷不吭声地重测了一遍宜居指数，最终还是给李元婴反馈了相同的结果：这地方不仅不适合避暑，还容易诱发李二陛下的宿疾。

不知是不是受这个结果的影响，李元婴晚上觉得屋里闷热得很，睡着一点都不舒服。第二天一早他早早爬起来去寻李治玩耍，却见李治也顶着个黑眼圈，显然也没睡踏实。

李元婴问："你昨天夜里没睡好吗？"

李治精神萎靡地点点头，说："我觉得这里比宫里还热，一点都不舒服。"

李元婴觉得阎立德这回怕是要遭殃了。

没等李元婴去找阎家兄弟聊聊这事，李二陛下随行的嫔妃之中就有人出事了，有个小宫女为了护主竟被一条潜入室内的毒蛇咬伤！虽然被咬伤的是个小宫女，那也是个活生生的人，那妃子后怕不已，去求李二陛下为被咬的小宫女请个太医，顺便给她们换个住处。

听说行宫之中出现毒蛇，随行女眷们都吓得不轻，兕子她们也第一时间找到李元婴，忧心忡忡地问李元婴要是有蛇钻进她们房间怎么办。

李元婴安慰她们："没事，我们去找孙师，让孙师调配些驱赶蛇虫鼠蚁的药粉在房间撒上一圈，保准让它们都不敢来！"

兕子她们虽没听说过这样的药粉，却对李元婴的话深信不疑，跟在李元婴屁股后面寻孙思邈去了。

孙思邈也听说有人被蛇咬伤的事，不过他不属于太医体系，没机会去给后妃身边的人急救，具体如何他不太清楚。听了李元婴的来意，孙思邈说道："驱蛇的法子倒是有，就是怕坚持不了太久，要想把整个行宫都清理干净不太容易。如果是担心蛇虫近身，可以用药材调配个香包带在身上。"

李元婴便带着兕子她们跟着孙思邈找药研药，按照比例调配出驱蛇蚁的药末。

城阳贡献出一批身边宫女们缝制的小荷包，大伙分工合作地把药末分装好系在腰上。

忙活完了，兕子挑了个好看的香包说要去送给李二陛下，又怕路上遇到蛇，拉着李元婴央他一起去。

好不容易熬到重获自由，李元婴是不太乐意去找李二陛下的，不过他更不想让兕子失望，所以还是牵着兕子找李二陛下送驱蛇药去。

李二陛下心情不太好。

后妃那边出事后，李二陛下就命令随行的禁卫们全面开展搜蛇抓蛇行动，绝对不能让半条毒蛇溜进行宫。禁卫那边反馈回来的消息很不乐观，他们估摸着这襄城宫是建在蛇窝里了，毒蛇多得很，时不时还会出现点蜈蚣之类的毒虫，简直防不胜防。主要是，行宫里的清理干净了也不行，它们会从外面溜进来！

李二陛下怒从中来，叫人去宣阎立德。

这次洛阳之行开头就不太顺利，本以为来到襄城宫后可以好好休息，结果居然闹出这样的事。又闷又热，还蛇虫横生，这是人住的地方吗？

阎立德还没到，李元婴牵着儿子、领着城阳她们过来了。李元婴远远地察言观色，发现李二陛下心情显然不太好，聪明地没往前凑，只松手让儿子给李二陛下送香包去。

儿子现在口齿越发伶俐，跑上去麻利地给李二陛下系上香包，口里给李二陛下解释："这是幺叔带我们去孙师那边做的，孙师说可以防着蛇虫近身，父皇您要好好戴着，不能掉了！"说到蛇虫，儿子就一脸的担忧，虽然她没亲眼看到毒蛇，可一想到那种滑溜溜的东西会钻进她们房间，甚至藏进她们被窝里，她就觉得可怕极了！

李二陛下心中一软，刚才积聚的怒意消散了大半，揉揉儿子的脑袋说："好，我戴着。"他把儿子抱到膝上安慰："别怕，父皇已经让人去清理掉可能跑进来的蛇虫，不会让它们有机会再进来。"

儿子还是不放心："行宫那么大，它们要是翻墙钻洞进来的话怎么防得住？"

小孩子都懂的道理，李二陛下当然也懂。李二陛下哄完儿子，示意躲在一边装不存在的李元婴把她们带去玩，随后对着奉命来觐见的阎立德大发雷霆，当场罢了阎立德的官。

这襄城宫是不能接着住了，李二陛下直接带着人进了洛阳城，暂住在提前派人修整过的洛阳宫里。

一通折腾之下，李二陛下竟病倒了。

阎立德虽被罢官，还是随行至洛阳宫。听说李二陛下病了，阎立德急得不得了，拼命从太医那边打听消息。眼下暂时罢官没什么，要是李二陛下有个好歹，他可就成千古罪人了！

第十章

一路急追

御前之事没人敢轻易泄露，哪怕阎立本还随驾在侧也探听不出什么来，只能安慰兄长少安毋躁："陛下早年南征北战，身体健壮得很，不会有事的，你且先安心等着。"

阎立德哪能安心？去年夏天李二陛下命他前往洛阳这边督造襄城宫，他赶到时已是秋天了，当时秋高气爽，草木发黄，没什么蚊虫蛇蚁，感觉气候和堪舆结果等都很不错，谁想到春夏之际会变成这样？现在说这些也没什么用处了，自己捅的娄子只能自己受着。

阎立德叹气，默不作声地祈求李二陛下平安无事去了。

阎立本也觉得这事挺糟心，好好的避暑之行居然闹成这样，还不如在长安待着算了。

阎立德和阎立本兄弟俩束手无策，李元婴也没好到哪里去。起先他们都不知道李二陛下生病的事，后来事情传开了，他们跑到李二陛下寝殿外也没能进去，只能在外头着急地瞎转悠。

李元婴等了大半天，期间太医进进出出，都不敢外泄李二陛下的情况。他有些等不了了，拉着李治跑到一处窗户外，叫李治爬窗进去看看李二陛下到底怎么样了。

李治忙不迭地摇头，不想和李元婴一起胡闹，父皇不让他们进去，他们怎么好爬窗去？更何况周围那些禁卫又不是瞎子，他们警惕着呢，他们爬窗怎么可能不被发现！

李元婴道："你不爬算了，我爬，你给我望风，有人来了提醒我。"

李治拿李元婴没办法，只能守在一边看李元婴手脚并用地扒拉着窗户爬了上去，趁着别人不注意一骨碌地翻进李二陛下寝殿里。许是他们在这边转悠大半天了，关注他们这边的人还真不多，还真给李元婴顺顺利利地混进去了！

李元婴溜了进去，还朝窗户外的李治招手，让李治一起进来。

李治看看左右，又看看里头的李元婴，咬咬牙跟着爬进屋里。

李二陛下暂住的寝殿很大，有些空旷，里面伺候的人都战战兢兢，生怕自己在这节骨眼上出了差错。李元婴混进屋后就镇定自若地往里走，小胸脯挺得挺高，一副"皇兄让我们来看他"的正经模样，竟没人张口拦他们。

李治不知不觉也被李元婴带得理直气壮起来。他们来看父皇，有什么不对吗？没有不对，他们就该来看父皇！

两个人顺顺利利到了李二陛下榻前，左右守着的人有些惊讶他们的到来。转念一想，李治和李元婴一个是李二陛下的亲儿子，一个是李二陛下最偏爱的幺弟，李二陛下会允许禁卫放他们进来也很正常。于是守在左右的人亦没有多言，退到一边由着李元婴和李治上前看李二陛下。

李治不敢相信他们当真混进来了。

不过此时更重要的是李二陛下的病情。虽然李治不通医理，却也看得出李二陛下病容憔悴，显见是真生病了。

李治赶紧看向李元婴。

李元婴已经跪坐到榻前，把李二陛下的手从被褥里挪了出来。以前李二陛下不让李元婴诊脉，李元婴心里就猜测李二陛下身体不会太好，看着李二陛下腕上的脉门，他有些犹豫，想了想还是把三指搭了上去。

明明已经上手了，李元婴却有些静不下心来感知脉象，指头甚至有点颤抖。

孙思邈说过"能医不自医"，也说过事关亲近之人的话有可能出现失误，李元婴以前是不信的，现在却有点懂了，这大概就是所谓的关心则乱。

就在李元婴心里乱糟糟一片的时候，系统的声音忽然响了起来："是否需要提供检测帮助？"

李元婴心中一喜，还可以这样的吗？

系统道："开启医疗通道并将机体情况扫描上传，可以获得对应的健康报告与推荐的治疗方案。"说完系统又补充："开启医疗通道需要耗费大量积分，按你现有的积分估算，有可能仅剩一千点积分。"

万界图书馆内各种功能都是要靠积分来换取的，按前面兑换过的物品来换算，一千点积分大概只够出一张改造马车的图纸，想要再打造一个葵园那样的寨子怕是要重新开始累积积分才可以。但是，前不久他们刚被质疑造假，想要再轻松获取大量积分怕是不容易！

李元婴听系统细致地解说完，默不作声地选择开启医疗通道，一点都不带犹豫的。

接着李元婴按照系统的指示将李二陛下的情况扫描进了医疗通道里。

很快地，李二陛下的健康报告完完整整地出现在李元婴面前。

只看了一遍，李元婴就安静下来，他皇兄才四十多岁，身体却耗损得严重，平日里不仅休息不好，还经常思虑过度，身体和精神都不太好。

系统展示的立体影像上甚至还标示出他皇兄身上的伤都是什么时候落下的、由什么造成的，看起来很触目惊心。

李元婴跪坐在榻前吧嗒吧嗒地掉泪珠子。

李治不知道李元婴与系统的一番交流，只看到李元婴按着李二陛下的脉门掉眼泪，顿时有些着急，"幺叔，父皇他怎么了？"

榻上的李二陛下也察觉了周遭的动静。

李二陛下睁开眼，入目便是坐在榻前哭的李元婴，还有一脸焦急的李治。

李二陛下仍是虚弱，却还是艰难地坐了起来，板起脸骂道："谁让你们进来的？"

寝殿内伺候的人都惊慌地伏地请罪。

李治先是惊喜李二陛下醒了过来，对上李二陛下含怒的眼神后才嗫嚅着解释："我们、我们爬窗进来的。父皇，我们担心你！"

李二陛下咳嗽了两声，转头看向在一边抹眼泪的李元婴。不用想都知道，雉奴敢干出爬窗这种事，肯定是被李元婴怂恿的。这混账小子自从学了医就一直想给他把脉，这次倒是让这小子得逞了！

李二陛下放缓了语气，说道："行了，你们回去吧，我没什么事，歇个两天就好。"

李治伸手拉李元婴。

李元婴才不肯离开："不行，我要看看太医给用什么药。"他也不嫌脏，一屁股坐在榻前，倔强地说："我不走。"

李二陛下想起来踹他一脚。

自己还在病着，李二陛下没再强撑，叫人把李治打发走，留耍赖的李元婴在旁边待着。

人都退出去后，屋里只剩他们兄弟俩。

李元婴这才转头，看向躺回榻上去的李二陛下。

李二陛下半闭着眼，由着他看。

李元婴憋不住了，开口说道："皇兄，要不你不当这皇帝了。"只有不当皇帝了，才不用天天劳心劳力，不是给这个气病就是给那个气病。

李二陛下没睁眼，淡淡地说："这样的话，换别人说可是要掉脑袋的。"

李元婴道："我知道皇兄不会生我气，我才说的。"他想想也觉得不太安全，赶紧给李二陛下补一句马屁："皇兄你心胸宽广着呢！"

李二陛下道："是啊，要不早叫人把你拉去砍了，哪能让你天天上房揭瓦。"

李元婴觉得脖子一凉。可话都开了头，他又不想憋回去，憋死还是找死，选哪个都不好！李元婴继续顽强地发表自己的见解："当皇帝没什么好的，天天忙到那么晚，还起得那么早，谁有事都来找你，什么水灾啦旱灾啦地龙翻身啦，全是你的责任，想想都累死人了。"

李二陛下没说话。

李元婴道："大侄子三侄子四侄子他们都挺想当的，你随便挑一个让他们当去。我看大侄子不错，大侄孙也聪明可爱，都是能顶事的。你要是不喜欢大侄子，挑三侄子四侄子也可以，你那么多儿子，高兴选哪个就选哪个。"

李二陛下睁开眼看他。

李元婴满眼希冀地回望李二陛下。

这是他能想到的最好的办法了。

李二陛下道："承乾他们都很好，每个儿子是我的骄傲。"李二陛下语气坚定："但我才四十三岁，正当壮年。我想做的事还有很多，要我现在就和我们父皇当初那样当个每日寻欢作乐、耽于酒色的太上皇，我做不到。"

李元婴又想掉眼泪了。

他呜咽着说："我不懂。"

李二陛下道："你会懂的，你比承乾他们聪明。"

李元婴安静下来。

他确实懂的。

不是每个人都像他这样只想每天快快活活地玩，像李二陛下这样的人、像魏徵这样的人、像房玄龄这样的人，全都和他不一样。

他们胸中有大抱负，他们眼中有更广阔的世界，他们想要做前人不曾做到的事，想要把大唐打造成前人无法企及的盛世。

他只是不想皇兄把命赔在里面。

父皇不在了，皇嫂不在了，他亲近的人也是没一个就少一个。哪怕将来会有很多侄孙侄孙女，会有很多儿子女儿、孙子孙女，那也是不一样的。

兄弟俩都没再说话。

这时太医那边送了药过来。

李二陛下这病来得急，可把随行的太医都吓坏了，端药上前的手都差点要抖起来。

李元婴这会儿已经对李二陛下的情况了然于胸，反倒镇定下来，直接拦下其他人取过药尝了一口。送到御前的药当然已经让人试过了，肯定不会有毒，李元婴只是怕御医用了和李二陛下病情相冲、有可能加重病情的药材。

毕竟不是谁都能像系统扫描那么全面。

李元婴也不嫌苦，呷巴着嘴仔细琢磨了一会儿，大致能分析出这碗汤药里都用了什么。等断定这玩意虽没什么大用处，却也不会有害处，他才亲自将药端给李二陛下。

李二陛下看在眼里，没说什么，一口将药饮尽。

李元婴又麻利地往李二陛下嘴边递了颗糖。

这糖是系统连着李二陛下的健康报告一起给他的，说是里面裹着药，吃了对李二陛下身体有好处，不说延年益寿，至少能让李二陛下旧疾复发时不那么痛苦。

糖只此一颗，没法让别人先试，李元婴只能努力游说李二陛下："药苦得很，皇兄你吃颗糖，这糖可甜可甜了，吃完马上就不苦！"

李二陛下看了眼左右欲言又止的神色，又看了眼李元婴手里拿着的糖，最终还是张嘴把李元婴送到他嘴边的糖吃了下去。

一颗糖而已，吃了就吃了，没什么大不了。他登基后哪怕是儿女送来的食物也得经过一重重检验才能入口，这皇帝当得确实挺累，破例一次也无妨。

李元婴高兴不已。

当天傍晚，李二陛下身体就好多了。他到儿子她们面前露了个脸，和她们一起用了晚膳，饭后又宣召了房玄龄他们，告诉他们自己身体已无恙，让所有人都睡个安心觉。

既然李二陛下病愈，第二日一早就要讨论襄城宫和阎立德该如何处置了。

襄城宫这事，阎立德需要负主要责任。

问题在于阎立德家世不一般。

阎立德的长女乃是李泰的王妃，所以阎立德算起来和李二陛下还是亲家；他的另一个女儿又嫁给朝中要臣唐俭的儿子，唐俭当年有从龙之功，从太原起兵之日起就参与谋划，妻子是北魏皇族元氏女不说，另一个儿子还娶了李二陛下家的公主！

简单来说，无论这关系怎么绕，阎立德和李二陛下都算是亲戚。

更何况阎家也算是个不小的世家大族。

李二陛下想到阎立德乃是李泰的岳父，便想从轻发落，先罢了他现在的官职，等过了这个风头再安排他干别的。这也是没办法的事，真要不处置，不仅言官们不会放过阎立德，他自己也气不顺。

至于这襄城宫李二陛下是不可能再用来避暑的了，可砸了那么多钱进去，白白放着怕是要被人"喷"的。

李二陛下寻魏徵他们过来商量。

李二陛下刚病过一场，魏徵还是很给他面子的，难得没有"喷"他。魏徵认为既然襄城宫住不得人，那么把要紧的地方拆一拆，剩下的分赐百姓，暂且当这行宫没建过好了。

房玄龄几人也没什么好办法，都已经劳民伤财过了，想再劝阻也没办法了。只能庆幸这行宫只造了大半年，规模不算大，费的钱不算多。要是李二陛下是个喜奢豪的，那才叫让人肉疼！

李二陛下这边商讨完襄城宫的处理方案，没立刻吩咐下去。

且不说现在地里有活要干，就是有富余人手李二陛下也不会叫人马上把襄城宫分拆了，真要马上拆掉，李二陛下感觉自己走到哪都会被人嘲笑：刚建好又拆，你这皇帝是不是傻子？

李元婴知道李二陛下又精神百倍地和他的大伙伴们聊政务去了，没再去烦着李二陛下，他揣着高僧们的推荐信，准备在洛阳组织个论禅茶会。

洛阳之中也名寺众多，僧侣数目相当可观，根据李元婴的了解，僧侣和道士也都属于不须缴纳赋税的行列。既是这样，放任他们每天在寺庙里念经哪行？光是顾着自己修行，不能造福他人，算不得普度众生！

李元婴叫戴亭把自己的正经行头拿出来，顶着大热天溜达去约定地点与高僧们会面。他今日还特地让小宫女取了朱砂，往他额心点了一点，瞧起来颇有几分宝相，明明还是很有矜贵小王爷的样子，却又莫名透出一种让人很想亲近的气质。

李治看到他这打扮都惊呆了。

李治问："去见几个和尚，你还需要穿成这样吗？你不觉得热？"

李元婴有随行的帮着打伞扇风，倒是不觉得热。他说道："外头不都说'佛靠金装，人靠衣装'？我得先把他们唬住，才好和他们聊，这叫向佛祖学习。"在长安时他有欧阳询引荐，才能轻松忽悠动那么多高人，现在他只带着轻飘飘的几封信来洛阳，得重视起来啊！

李治一阵无语。

李元婴赶李治回去带儿子她们玩，自己领着人去开论禅茶会。李元婴别的不擅长，临场应对却有几分机智，和洛阳有名气的高僧们侃侃而谈竟也没露馅，甚至还得了句"与佛颇有缘分"的评价。

李元婴心里颇不赞同，与佛有缘有什么好？不能吃肉不能穿好衣裳不能娶王妃生孩子。不过不赞同归不赞同，李元婴还是积极地听高僧们讲禅，适时地穿插一下茶叶广告小故事，增强高僧们对茶叶的认同感。

半天下来，李元婴把洛阳这边好吃的点心和素菜都尝了个遍，也成功把茶叶推销给了洛阳各大佛寺，让茶叶和点心成功成为日后论禅时必备的两样东西。

洛阳这边的高僧们也答应只要茶叶到位，他们一定会派人和长安那边的僧侣会合，一块深入吐蕃传播佛法。

李元婴得了众僧的保证，心满意足地摸着吃得滚圆的小肚子回行宫那边。回去的路上，李元婴还和戴亭磕牙："都说出家人不打诳语，他们应该不会骗我才是。"

戴亭应道："若是他们敢骗殿下，自有让他们后悔的办法。"

李元婴觉得戴亭去了趟高昌，性情有了点改变，至少说起话来有主意多了。李元婴点头说道："那行，要是到时候他们反悔就交给你解决了。"

戴亭点头应是。

李元婴继续摸着肚子消食，心里也琢磨着和众僧谈论时学到的东西。

无论哪个行当，能混出头的都不会是简单人物，哪怕是当和尚，能当得信众遍地、声名赫赫，那也是相当不容易的。很多东西李元婴听的时候云里雾里，细细回味却能从里头琢磨出点道理来。

厉害的人全都很了不起啊！

李元婴向来是坐不住的性子，自觉学有所成，傍晚便跑去寻李二陛下，大言不惭地说要给他讲佛法。

李二陛下想撵他走都撵不了，只能由着他在耳边嘟啵嘟啵地说个不停，都是经他夹带过私货的俗讲故事，什么做人呢最重要的是开心，什么人不该有太多烦恼，要高高兴兴过好每一天，听得李二陛下觉得，这李元婴现学的佛法怕是源自"元婴佛"。

烦归烦，李元婴想表达的意思李二陛下也明白了，这小子就是想他高兴点。为了不让李元婴天天瞎琢磨，李二陛下随口提了一句："你闲着也是闲着，不如想办法解决一下襄城宫的问题。要是你能把它改造好，我就把这地方给你好了。"

李元婴没想到还能有这样的好事，又惊又喜地说："真的吗？"

李二陛下道："自然是真的。"这地方反正都要拆分了，要是李元婴能把它改造出新名堂来，给李元婴也无妨。这小子虽然爱胡闹，行事却总有出人意料之处，指不定他当真能想出办法来把襄城宫改造好。

李元婴道："那就这么说定了！"一有事干，李元婴便不再烦着李二陛下，兴冲冲地跑回去和李治他们分享自己新得了个襄城宫的大好事。

兕子对此不是很感兴趣，提及襄城宫还是有点后怕："那里有毒蛇。"

李元婴道："不怕，总会有办法解决的。那么大一个地方，我得好好想想该用来做什么好。"

高阳胆子大，提起蛇也不怕，还提出个挺有建设性的意见："我觉得可以在里头养点吃蛇的东西。"

李元婴点头："养点鹰之类的不错，还有一些兽类。蛇虫多，可能是因为草木多，我们养它十头八头大象，再养它一大批牛羊，一准把周围吃得光秃秃，让它们无所遁形！"

城阳道："能防蛇虫的药草多种一些，可能也有用。"

几人围坐在一起集思广益，竟想出了不少解决蛇虫问题的法子。至于夏天燥热问题，不是所有人都有条件避暑的，只要不是用来当避暑行宫，夏天热点其实没什么关系。

李元婴把每个人的意见汇总了一下，觉得改造襄城宫的可行性很高，但具体成不成还需要实践一下才知道。

李元婴宣布先散会，第二日一早，他早早起了床，洗漱完毕，跑去阎家兄弟的住处拜访丢了官的阎立德。若说世上谁最了解襄城宫的构造，那肯定是阎立德无疑了，具体可以怎么改造，李元婴也需要阎立德的帮助。

毕竟现在他积分快用光了，只剩区区一千个积分根本改造不了那么大一个襄城宫！

阎立德正因为罢官而有些憋闷，听人说李元婴来访后心里咯噔一跳。

他的第一感觉是，自己好像没有招惹过这混世小魔王啊！

不能怪阎立德心生警惕，一来大女婿李泰说这小子从不干好事，满肚子坏水，还说李元婴是个糟心玩意儿，盯着他父皇，盯着他老师，最近还盯上他儿子，一听到儿子念叨"幺幺什么时候来玩"他就难受；二来另一个女婿唐嘉会又说，这小子不是什么好东西，整天拐带太子殿下出去玩，还摆出一堆冠冕堂皇的道理把太子支使得团团转。

没错，阎立德大女婿是李泰，另一个女婿却是太子身边的心腹。

唐嘉会和李靖的儿子李德謇都是李承乾的人，不过两个人父辈有点小恩怨，到这一代也相互不待见。

主要是，当年打东突厥的时候李靖捅得人家讨饶求和了，李二陛下见势头不错，派唐嘉会的父亲唐俭奉命持节出使突厥和谈。结果唐俭这个持节而去的和谈使者屁股还没坐热，李靖那边觉得和谈没什么意思，一鼓作气收了东突厥才是正理，于是瞅准机会带着人一打到底。

至于唐俭这个使者的死活，李靖是没在意的，就当他是为大唐开疆拓土牺牲了吧。当时唐俭命大，没死，却也没法追究，毕竟开疆拓土确实是大功劳。唐俭不仅不能骂人，还得展现自己的宽宏大量和大仁大义，要不能怎么办？还能让李二陛下左右为难不成？

父辈维持着面子上的和气，儿子一辈暗中较劲却没人能指斥，人家为自己爹抱不平还不行吗？

李元婴和李德謇有点交情，还帮李德謇母亲请了神医，唐嘉会心里有点疙瘩，提到李元婴免不了和老丈人黑上两句。

所以，李元婴在阎立德这里除了传言中的"从小就是混世小魔王"之外，又增加了"长大还是混世魔王"的标签。

警惕归警惕，人都到门口了，阎立德还是让人把李元婴请进来说话。

都是行宫的落脚处，屋里没什么特别的陈设，阎立德也没那个兴致去弄。李元婴进屋后悄悄扫了一圈，没瞅见有趣的东西，便坐到阎立德为他留的座位上。

阎立德今年也不过四十六岁，比李二陛下大不了多少，下巴上那把长须还又黑又亮。他主动开口："殿下可是有事相寻？"

李元婴忙不迭地点头："有的有的。"他把李二陛下开口把襄城宫送给他的事告诉了阎立德，问道："我听说大阎你现在暂时不用上衙啦，要不和我一起琢磨琢磨怎么把襄城宫改造一下？要不然的话，我听老魏他们说准备把襄城宫拆分给百姓，多浪费！"

阎立德自然也从阎立本那里听说了李二陛下他们的决定，心里正郁闷着呢，听李元婴说事情还有转机，顿时来了精神。

阎立德家世不差，学问自认也还行，任将作大匠期间营建出了不少让自己和其他人都很满意的杰作；妻子出身名门，儿女都聪慧懂事，可以说一路都是顺风顺水的，突然出现襄城宫这么个败笔，他心里也不好受！

阎立德叫人给李元婴送上茶水，与李元婴促膝详谈起来。

聊着聊着，李元婴也明白襄城宫为什么会出这样的娄子了，阎立德的出身决定了他能够把建筑设计得美轮美奂，人人看了都夸好，可他有时候过于追求艺术的美，反而试图让住在里面的人为建筑艺术让道。

若是选好地方让他营建或者改造，他能搞得有声有色，要是让他自己过来选地方，他肯定选好看的，瞧瞧襄城宫周围吧，草木丰美、依山傍水，一看就是好地方啊，建出来一定很棒！

可惜的是，李二陛下可不是那种会为建筑艺术让道的业主，那毒蛇千挑万挑还挑上随行后妃身边伺候的人来咬，直接导致李二陛下这个"甲方爸爸"勃然大怒，要追究"乙方"责任了！

这倒是让李元婴白捡了个大便宜。

李元婴和阎立德说出自己的初步构想："我这边从高昌那儿得了不少骆驼，正愁着养在哪都不够它们吃，襄城宫一带草长得那么好，我正好可以把它们送过去养。还有，承乾那边养了些大象，也可以一并弄过去。擅长象的人都是南边来的，很有治蛇虫的经验，我把他们叫过来集思广益地想一想，总有办法解决蛇虫鼠蚁的问题。"

阎立德点头，觉得李元婴的想法可行。

李元婴说："到时候再养点骆驼、大象、牛、马，前往吐蕃和突厥的商队都在这里集合休整，往南的领大象，往西往北的领牛马骆驼，不用都往长安那边挤。

既然骆驼、大象、牛、马都养了，再养点别的东西也行，像鹰会抓蛇，我们也可以养鹰。"他越说越高兴，进一步完善自己的想法："回头我就叫人去张贴告示，叫天下善于驯养的人都去襄城宫，谁要是能拿出一种行之有效的养殖之法，我就给他们重金奖励。天下想学驯养之法的人，也可以去襄城宫求教。这样一来，大家家中有余力的时候都可以养点肉禽肉畜给家里的小孩子开开荤！我听说，许多小孩从出生到十几岁都没吃过肉，家里想养点肉禽肉畜又怕不会养赔了钱，索性不动这个心思了，要是有人教的话，他们家里说不定会愿意养。"

阎立德本以为李元婴只是想养点骆驼大象玩玩，没想到他后面竟还说出这么一番话来。

一想到此事若当真能成，襄城宫不仅不会废弃，还会成为于国于民都大有益处的"养殖基地"，阎立德心中也有些激动。心潮澎湃之下，阎立德嘴快地应了下来："殿下此举大善，阎某愿与殿下一起推行此事！"

有人愿意和自己一块儿玩，李元婴自是高兴，也拉着阎立德的手欢喜地说道："那太好了，我这去给承乾写信，让他把杨六和大象借我，再把董小乙调来负责此事。等人到齐了，我马上写告示叫人贴满洛阳城，到时大阎你可要帮我带一带董小乙！"

阎立德这才注意到他喊自己"大阎"，脸皮抽了抽。现在再纠结称呼也没用了，由着他去吧！阎立德道："若有需要，阎某这边出人出钱都没问题。"

李元婴拜访完阎立德，对此行的收获非常满意，还跑去和李二陛下夸了阎立德一通。

李二陛下见李元婴跑回来将阎立德夸得天花乱坠，还以为是阎立德拿什么好东西收买了李元婴，一问才知道是阎立德答应出钱出力和他一起改造襄城宫。李二陛下道："你们有主意了？"

李元婴便把自己琢磨出来的大胆想法跟李二陛下讲了。有人怕蛇，自然也有人不怕蛇，他曾听那养大象的杨六说，南边有的人挺喜欢蛇的，逮住可以吃顿荤的，炖汤挺不错，烤蛇肉也不错，就是毒蛇有点麻烦，得注意别被它咬到。

李元婴道："上回戴亭从高昌那边带回来的人有擅长养骆驼的，我叫他们过来这边多养些骆驼，把那些长蛇的草丛吃光光！"他又给李二陛下鼓吹了一通，说自己一定叫天下人都能吃上肉。

李二陛下靠在凭几上替他数了一遍："你已经说过要让天下人都能吃饱穿暖，

天下人都有书可读，天下人都有好大夫可以治病，你做得来那么多吗？"

李元婴道："不管，遇上了就做，做不到又不亏，何况这事还有大阁陪我呢。大阁，好人啊，一口答应说要人出人要钱出钱。"他还和李二陛下感慨："以前我就觉得小圆球不太像青雀，却说不出像谁，今天一见大阁，才知道小圆球像的是大阁啊！"

李二陛下被他乱七八糟的称呼弄得脑仁疼，都懒得纠正了，摆摆手道："行了，你能做成只管去做，别把人家阎立德的钱也全赔进去就好。"

李元婴没再招惹李二陛下，而是和小伙伴们宣布襄城宫会变成他们的玩耍基地，他们想骑骆驼骑骆驼，想骑大象骑大象，什么鹰隼鹄鹤都能养着玩，儿子她们还是有点怕毒蛇，高阳却振奋起来："那到时候我可以叫上其他人一起去吗？"

李元婴道："当然可以，多叫些人更热闹。我叫大阁帮忙规划规划，肉好吃的多养点，能干活的多养点，嗯，还有漂亮的也多养点。"他神神秘秘地问高阳："听说蛇肉也挺好吃的，你敢吃蛇吗？"

高阳正是最容易受激的年纪，一听人问敢不敢，第一反应当然是二话不说应了下来："有什么不敢？"

李元婴道："那到时我们找些捕蛇人，抓几条蛇尝尝鲜，他们一定知道哪种蛇好吃！"

李治忍不住提醒李元婴："幺叔，高阳还要嫁人的。"

高阳挑眉："要嫁人又怎么样，要嫁人不能吃蛇吗？"

李治闭了嘴。

行吧，反正不会让他娶。

现在李治有点同情自己的未来妹夫了，指不定那房二很希望自己通不过李元婴的考验来着。

李治乖乖住嘴，李元婴却还要对他进行深刻的思想教育："蛇怎么就不能吃了？蛇还能入药呢，你小时候还吃过，我看过太医那边记录的方子，你吃过的一剂药里头就有蛇蜕。"

李元婴仗着自己跟着孙思邈学过几天医，继续洋洋洒洒地给李治列出蛇都能怎么入药，除了蛇蜕之外，还有什么蛇胆啦，什么蛇酒啦，什么蛇膏啦，什么蛇肉蛇汤蛇卵啦。

蛇都辛辛苦苦地抓到了，他们伟大的先祖们是不会浪费的，能吃的全吃了，能入药的全入药了。

李治听得胃部一阵翻腾，受不了地灌了好几口茶，感觉自己以前可能已经不小心吃过那滑溜溜到处乱爬乱钻的玩意儿了！

李元婴鄙夷道："穷讲究。"

李元婴这边正积极地游说小伙伴们以后一起去吃蛇，李泰那边也听说了李元婴要接手襄城宫的事。

这事还是李二陛下和他说的，父子俩开开心心地聊着天，眼看气氛挺融洽，李泰便趁机替自己王妃问了问阎立德之事。

一问之下李泰才知道，李二陛下居然准备把襄城宫送给李元婴玩，而他那岳父不知被李元婴灌了什么药，居然夸口说会出钱出力帮李元婴改造那破地方！

李泰气得不轻，当着李二陛下的面却不能表露出来。回去之后，李泰和王妃阎氏说道："哪用得着我去和父皇说情，你父亲自己就有办法脱身。"

阎氏听李泰语气不太对，一追问，才晓得自己父亲和李元婴搅和到一块了。不知道为什么，她丈夫对李元婴这个幺叔的敌意很大，而且还与日俱增，看着都要直追太子了。

阎氏正要劝两句，李小圆球抱着他心爱的小皮球摇摇摆摆地跑过来，奶声奶气地喊："耶耶，球球，玩。"

阎氏把他抱起来说："耶耶有事要忙，没空和你玩球球，你和嬷嬷她们玩好吗？"

李小圆球听阎氏说李泰没空，又换了个要求："幺幺，找。"他记得幺幺说也要来洛阳的，幺幺说可以去找他玩。

李泰一听到幺幺两个字就烦，朝阎氏骂道："你把他带出去，别来烦我。"父皇不知怎的越来越偏爱李元婴就算了，儿子、岳父竟也都和李元婴搅和在一起！所以说，他痛恨李元婴！

阎氏知道李泰心情不好，忙抱着李小圆球出去。

李小圆球眼里蓄起了泪花，撇撇嘴，想要哭。

阎氏哄道："欣儿不哭，耶耶只是不开心，耶耶最喜欢欣儿了。"

李小圆球抱着阎氏的脖子委屈地哭了，眼泪哗啦啦往下掉："幺幺，找，要幺幺。"

阎氏没奈何，思虑片刻，抱着李小圆球去寻李元婴。等差不多要走到时，李小圆球吵着要下地："幺幺说，男子汉。"

李元婴对他说过，男子汉不能整天让人抱，要自己走路。李小圆球挣扎着离开阎氏的怀抱，又撇撇嘴，抱着球噔噔噔往里跑，远远见到李元婴在那带着儿子姑姑她们写写画画，刚才的委屈又涌了上来，小皮球一扔，吧嗒吧嗒跑上去抱住李元婴的手臂："幺幺！"

李小圆球嘴里喊着人，眼睛里又泪花翻涌。

李元婴一看，稀罕得不得了，也心疼得不得了，搁下笔把人抱起来哄："怎么了？谁欺负你了？告诉幺幺，幺幺帮你欺负回去！"

李小圆球想了想，泪珠子掉了下来："不能。"

李元婴耐心道："为什么不能？"

李小圆球软软地说："耶耶，不能欺负。"虽然耶耶坏，但也不能欺负耶耶，耶耶平时也会陪他玩球球的。他用自己没什么条理的逻辑和李元婴说起刚才的事："耶耶，不玩球，凶娘娘。"

李元婴有丰富的哄小孩经验，一下子听明白了：这小孩是抱着球想去找李泰玩，结果赶上李泰心情不佳，连着他娘也被李泰凶了。

要不是李小圆球跑过来找他，李元婴还真想不到在外面道貌岸然的李泰居然这样对媳妇儿子。

李元婴稍一思索，便明白症结所在，李泰怕是知道李二陛下把襄城宫给他改造的事。事情一桩桩一件件的，都连一块儿呢。

既然李小圆球说不能欺负回去，李元婴也没打算横生枝节，只起身招呼早就坐不住的高阳一起来陪李小圆球玩皮球。

李小圆球一看有人陪自己玩，立刻高兴了，兴冲冲地捡回皮球和李元婴他们玩了起来，迈开小短腿东跑西跑捡皮球，玩得小脸红扑扑。

阎氏坐下，边与城阳她们叙话，边看着儿子开心的笑脸。

李泰生了一会儿闷气，回过味来觉得自己朝儿子发火不太好，起身出去找人。一问，却听底下的人说阎氏带着儿子出去了。

李泰皱起眉。

他不喜欢李元婴。

当初李元婴被接到太极宫，他们母后就对这小子视若己出。后来母后去了，儿子她们又很黏李元婴，给了李元婴不少在他们父皇面前"刷存在感"的机会。原本父皇还对这小子挺疏淡，这几年也不知怎么回事，父皇越发地偏爱李元婴——这就是占了住在太极宫内的便利！

一想到这个，李泰就有点肝疼。本来父皇也想过让他住到武德殿去，每日见面更加方便，结果听了魏徵一通劝谏之后便作罢了。这魏徵平时看着不偏不倚，关键时刻却来坏他好事！

思及儿子对李元婴突如其来的亲近，李泰觉得李元婴天生就是来克他的。他顿了顿，领着人前往李元婴的住处。

李泰还没走进李元婴所在的庭院内，便听里面传来小孩子们满是开心又肆意的笑声，其中最稚嫩的显然属于他儿子。

李泰顿步，示意随行之人不要声张，自己走到拱门边上一看，却见儿子眼睛上蒙着布条，迈着小短腿高高兴兴地追着李元婴和几个姑姑乱跑，只有兕子和阎氏坐在檐下看着。

洛阳是多花的，满园子都开得花团锦簇，庭中树木也高大繁茂，洒下一地浓荫，为小孩子们遮挡住入夏后的烈日艳阳。李元婴逗着李小圆球跑了半天，终于成功被李小圆球"抓获"，一脸认真地夸李小圆球真厉害。

李小圆球高兴地说："厉害！"

李泰在门外远远看了一会儿，转身带着人往回走。

回去的路上，李泰想了许多事，他想起了自己带儿子玩的时候儿子也这么高兴，却想不起来自己有没有这样带弟弟妹妹玩过。

生在皇家，真的能像李元婴那样无拘无束、无忧无虑，每天只想着怎么吃怎么玩吗？李泰觉得不可能。

他是在为自己的将来打算、为儿子的将来打算，当一个王爷能有什么未来？哪怕他不争不抢，依着父皇对他的偏疼，大哥也会把他当眼中钉肉中刺，容得了他不争不抢吗？

而且，他也不想不争不抢，父皇那么疼爱他，他要什么就给什么，只要他耐心等待，一定可以等到机会。他凭什么不去争取？机会永远是留给有准备的人的！

阎氏带着李小圆球回来时，李小圆球已经累得呼呼大睡。听人说李泰在看书，阎氏放下李小圆球便去寻李泰说话。

阎氏道："滕王对欣儿挺好，他真的很喜欢小孩。"李元婴有耐心带小孩子们玩，小孩子们自然都喜欢他。

两人成婚数年，没闹过什么龃龉，听阎氏来提及李元婴，李泰已没了早前的烦躁，放下书卷和阎氏道歉："今天是我不对，只是最近事情都堆在一起，我心里不顺畅。"

阎氏主动伸手握住李泰的手："我知道的，刚才我看到夫君了。"

李泰被温软的手掌一握，心中霎时涌出许多想说的话来。可很多事即便是枕边人，他也不能轻易说出口，一说出口，那就当真没有回头路了。

李泰回握阎氏的手，说道："你若担心丈人，我明日叫人请他过来一叙，或者我陪你去见见他。"

夫妻俩说了一会儿话，早前那点不快便消散无踪。到晚上李小圆球转醒了，李泰又哄了他一会儿，亲自教他读《千字文》，成功让李小圆球忘记了白天的委屈，抱着他耶耶耶耶地喊。

李元婴白天玩得欢，晚上却独坐灯前，提笔给柳宝林写信。眼下他宫里宫外都有得用之人，倒是不用托大侄子转送了，写起信来也肆意许多，随随便便就下笔千言。

李元婴给柳宝林挑拣着高兴的事讲了。又写信给他妹妹妹，附上最近的练字成果供他妹妹妹评鉴。他自我感觉良好，觉得自己的字大有进益，美滋滋地写完信等夸呢！

写完要紧的信，李元婴才把襄城宫的事整理整理写在信里给大侄子那边说了，交给戴亭让他快马加鞭把信全带回长安去。戴亭办事，李元婴是放心的，不需要他另外叮嘱，戴亭自然会把该找的人找齐。

接下来几天，李元婴仍是忙活这忙活那，时不时还拉着阎立德骑马去襄城宫那边实地考察可以怎么改造。外围是各种飞禽走兽的驯养区，李元婴此前央着李二陛下给襄城宫圈了一大块地，都是准备用来搞养殖实践活动的，毕竟，这是为国为民的大好事！

阎立德听着李元婴的构想，也对这项改造工程产生了极大的兴趣。襄城宫的事让他意识到自己在将作大匠这份职业上的缺陷，认识到缺陷，意味着找到了提升方向，阎立德很快如痴如醉地投入襄城宫的改造之中，和李元婴一起了解每个区域适合养什么、可能会出现什么问题。

虽然李元婴的积分所剩无几，但是他刚到襄城宫时已经把襄城宫扫描给系统，得出了相应的分析报告，和阎立德聊起相关问题来毫无压力，甚至还让阎立德产生了知己之感，恨不得天天拉着李元婴探讨建筑学问题。

阎立本起初觉得阎立德可能会因为罢官的事变得消沉，时不时抽出空回住处和阎立德聊聊天、疏解疏解兄长的忧闷。结果是阎立德对他越来越不耐烦，他稍微留久一点，阎立德就催促："你没别的事干吗？怎么整天回来？我还要去寻元婴小友说话。"

得了，称呼还换成小友了！

阎立本觉得自己真是咸吃萝卜淡操心，气得拂袖而去！

李元婴按时跑来寻阎立德聊天，迎面撞上阎立本，很是乖巧地和阎立本打招呼："小阎啊，你不用当值的吗？怎么经常看到你回来？"

阎立本不想理他。

李元婴兴致勃勃地跑去找阎立德，坐下之后还和阎立德嘀咕："大阎，我感觉你兄弟不喜欢我，是不是我和你关系太好，他吃味了啊？你可得多关心关心他，别因为我害了你们兄弟间的感情！"

阎立德道："他就是闲的，不用理他。"

李元婴点头。

两个人略过这个话题，又开始对着襄城宫的图纸你一句我一句地讨论起来。

回去之后，李元婴还寻机找李二陛下感慨："我和大阎关系太好啦，小阎都嫉妒了。小阎这心胸可不够宽广，像皇兄你和那么多人关系好，也没见我嫉妒对不对？"

李二陛下听了，觉得这小子的话不太可信。第二天见了阎立本，李二陛下玩笑般问他是不是嫉妒李元婴和阎立德处得好。

阎立本恨不得去把李元婴揪过来对质：谁嫉妒了？谁会为这种事嫉妒你个毛头小子？不就这么一次没给你好脸色，你居然能告到陛下面前去！

阎立本怀揣着满肚子郁闷当值去，戴亭此时也把信一一送到长安诸人手里，柳宝林、李承乾那边的反应都挺正常，倒是魏姝那边出了点岔子。

李元婴给魏姝的信，送到魏姝和裴氏手里都没问题，可惜这次去洛阳，魏徵没带上裴氏和魏姝。因为魏姝父亲回来了，一起回来的还有魏姝母亲和兄长魏膺。

魏膺年纪比魏姝大许多，约莫十三四岁，这些年一直随着魏叔玉夫妻俩在外赴任。与妹妹分开这么久，魏膺自然很想表示兄长对妹妹的关心，每天都绕着妹妹打转。

是以，戴亭过来送信时，魏膺警惕地守在魏姝身边，怎么看都觉得这送信的人居心叵测。毕竟戴亭长得太好了，明显就是外面那些传说故事里的害人精怪！魏膺觉得这人很可能是来骗他妹妹的！

等戴亭走后，魏膺缠着魏姝想跟着看信，魏姝这几天被他烦得不行，看在对方是兄长的分上才忍了。一听魏膺还要看李元婴写给她的信，魏姝不高兴了，收着信不让魏膺看。

魏膺着急啊，立刻去和魏父说了这事，说是有个长得顶好看的人来找妹妹，那人还说什么应滕王之命来给妹妹送信的。妹妹什么时候认得滕王了？滕王他听过，听说是个很能折腾的混世小魔王，妹妹怎么和他有往来了？

魏父是魏徵长子，从小被魏徵严格教导，听说魏姝和滕王扯上关系，立刻把魏姝叫了出来训话。

魏姝不吭声。

裴氏闻讯过来，见魏姝坐在那里红了眼眶，心疼得不得了，护着魏姝骂道："哪有你们这样的，一年到头没来两封信，回来就摆架子逞威风，真是能耐了你们这些当父亲当兄长的！"

魏父是个孝子，听裴氏这么一骂，脸涨得通红，他说道："姝儿还小，我怕她被人哄骗了。"

裴氏道："哄骗又怎么样？至少哄得姝儿高兴，不像你们，一回来就把人惹哭。"

魏父百口莫辩。

魏姝得了祖母维护，却还是不太开心，抹了眼泪躲在魏徵书房里拆信看。

李元婴信里写的都是高兴的事，主要是一路上吃了玩了什么，末了还告诉魏姝他白得了一个襄城宫，等改造好后带她一起过去玩。

在最后，李元婴才提了一句，说信后附着自己这段时间的练字成果，让魏姝评鉴评鉴。

这句话后头，还添了行极小极小的小字：最好多夸我，不许学老魏。

魏姝忍俊不禁。

她只恨自己没有生为男儿，和李元婴一样想去哪就去哪，想和谁往来就和谁往来。

魏姝仔仔细细把信叠好收起来，正要拿起后面那几张字稿来看，就听到门帘响动的动静。她抬头看去，只见兄长魏膺在门边探头探脑，一副想进来又不敢进来懦样子。

魏姝把李元婴的字压在书下，已没了刚才的快快不乐，说道："阿兄有事吗？"

魏膺见妹妹不哭了，也不像在生自己气，大着胆子走进屋里，手里拿着个又大又红的桃子，说道："妹妹，我不该和耶耶告你状，这是我刚出去买的，给你赔罪。"

魏姝不是小气的人，兄长这样赔罪了，她自也不再纠结刚才的委屈。她说道："殿下他才不是传言里的坏人。"

魏姝把李元婴办图书馆和收留流民的事给魏膺讲了一遍，听得魏膺目瞪口呆，感觉自己离开长安几年，什么都变了。

为了进一步证实李元婴不是那种不学无术、仗势欺人的皇室子弟，魏姝取出自己压在书下的字稿，准备给魏膺看看李元婴的习字成果。

不想才看到第一张字稿上写的诗句，魏姝便愣住了。

李元婴写的是《静女》。

魏姝再往下翻，剩下的字稿里也都写着这首诗，只是明显不是同一天写的，每一张都大有进益。

李元婴显见是随便从《诗经》里挑了一首觉得有趣的每天反复练习，自觉大有成效，便兴致勃勃地附在信里给她送来。

魏姝年纪虽小，却也能读懂这首诗的意思，这诗写的是男女之间的爱情：两个人约好相会于城外，相赠的东西虽然在别人看来不甚贵重，彼此却觉得收到了天底下最美好的礼物。

因为那是对方所赠。

诗里的感情单纯又美好。

魏姝自是不会误会李元婴，可抵不过魏膺在旁边看着！

字稿都拿出来了，魏膺已经看见了，魏姝一时竟想不到有什么应对之法。

魏膺确实看见了，他直愣愣地看着那重复了好几页纸的"静女其姝"。他已学过《诗经》了，也暗暗觉得"静女其姝"应当是妹妹名字的出处，可是回想一下这首诗的意思，魏膺就觉得自己简直要气炸了。

这滕王怎么敢光明正大写这种诗给他妹妹？

魏膺抢过魏姝手里的字稿，看了又看，还是气得不轻，不顾魏姝的阻拦拿着去给魏父看。

魏姝知道拦不住，也就不去追了，一个人坐回原处出了神。

魏父很快神色严肃地带着那叠字稿走进来。

魏姝低着头不说话。

魏父道："我与你娘商量好了，这次我们把你也带去任地。当初你年纪小，身体又弱，我们才把你留在祖父和祖母身边，这次你就跟我们一起走吧。"

魏姝只是点点头，没有应声。

她知道她自由自在的日子要结束了，父亲不会允许她每天往外跑，更不会允许她和李元婴交朋友。

她父亲不喜欢李元婴。

因为李元婴行事与很多人惯有的认知不一样，他太自由，也太放纵，天生就像是来捣乱的，别人视之如命的东西在他看来根本不值一提。

所以，有的人有多喜欢他，有的人就有多厌恶他。

魏父见魏姝默不作声，带走了李元婴那些字稿，回房去给随御驾去了洛阳的魏徵写信。

接下来几日，魏父拿到了新的任命，便要带着妻子儿女一起前往新任地。期间戴亭来了一趟，询问魏姝是否有回信要带给李元婴。

魏姝一直坐在外面的大树下等戴亭，见戴亭来了就把写好的回信给了他。

给完了信，魏姝便一个人坐在树下，看着树下那片自己曾用来练字的沙壤。

若是没有认识李元婴的话，她应该很高兴和父母兄长一起去任地才是，可是，现在什么都不一样了。

戴亭见魏姝神色不太对，碍于身份却不好多问，只好带着信快马加鞭地赶往洛阳。

李元婴已经圈好地、网罗好人才，摩拳擦掌等着戴亭把董小乙他们带过来开工。不想等了一段时间，等来的却是先行赶来的戴亭。

李元婴道："其他人呢？"

戴亭把魏姝的异样和李元婴说了，并把打听来的关于魏家的事告知李元婴：魏徵长子携妻子和长子归来，已经得到新任命。魏姝郁郁寡欢可能是因为这件事，不过这都是他的猜测，他没有直接询问魏姝。

李元婴点头，先把魏姝的回信挑出来看完。

魏姝的回信很正常，先夸他的字写得越来越好，又挑拣了几个可以改进的地方告诉他。最后魏姝才提了一句，说她可能要随父亲一起去任地了，让他不要再往她家写信，今后不知道还有没有机会再见面，希望他以后都能平安又快活。

李元婴看完信，不大高兴。他问戴亭："你可有打听姝妹妹父亲要调任到哪里去？什么时候出发的？"

戴亭一一告诉李元婴。

李元婴二话不说跑去寻李二陛下，说道："皇兄，我要出去一趟。"

李二陛下道："你不是整天往外跑吗？"

李元婴道："不一样，这次我可能要去好几天。"

李二陛下转头看他，示意他往下说。

李元婴没解释太多，只说："我走了，等我回来再来和皇兄你说一声！"说完李元婴撒腿便跑，回去点了一批人，带上戴亭和这批侍卫飞驰而去，快得让别人都来不及反应。

接下来几日，先注意到李元婴不见了的是李治和兕子她们，接着阎立德、阎立本等人也发现李元婴不知哪去了。到最后，朝中诸人也发现李元婴没在李二陛下跟前晃悠。

所有人都纳闷起来：这小子去哪了？

李二陛下叫人跟着李元婴呢，跟过去的人送回来消息说李元婴一出城门就骑着马一路往西，到傍晚才停下宿在一个小县城里。第二日一早，李元婴又早早起来再次出发，看着赶得很急。

李元婴带着侍卫去的，自己又遣了禁卫紧随其后，李二陛下不太担心这个幺弟的安危，只好奇李元婴怎的突然带着人往外跑。

魏徵本来也挺好奇，结果没等他好奇太久，长子的来信也送到了他手上。长子在信中说，他要把魏姝一起带去任地，接着又在信里说起李元婴给魏姝写《静女》的事。这小子写一张就算了，还要反反复复写十几二十张，居心叵测！听闻李元婴去年还和陛下讨要宫中才人，年纪小小就是个好色滥情的，他着实不放心女儿和这样的人往来。所以综上所述，他走完交接程序之后就直接把女儿一起带走了，希望父亲莫要见怪！

魏徵一看这信就知道要糟。

李元婴这不是去哪里玩，是去追他孙女啊！

要是让李元婴追上了，把事情闹开，他孙女以后还要不要嫁人了？

魏徵老脸抽了抽，对着信一筹莫展。他挣扎了很久，还是豁出老脸带着信去寻李二陛下，希望李二陛下能派人追回李元婴那混账。

如果不拦着，李元婴真的敢做出拦路抢人的事！

李二陛下这两日挺牵挂这个有事没事都爱作妖的幺弟，琢磨着等人回来了要不要揍他一顿。他听魏徵把李元婴可能去做什么的事一说，再比对李元婴眼下走到了什么地方，立刻知道魏徵的猜测没错，李元婴就是去追他妹妹妹的！

李二陛下知晓李元婴和魏姝玩得好，每次出宫玩总要邀上魏姝。得知李元婴急匆匆往外跑的原因，李二陛下反倒气定神闲起来，慢悠悠地说道："小孩子舍不得朋友，追上去说说话送个别有什么不对？"

魏徵一看就知道，李二陛下不仅不想管束他那混账弟弟，还准备看好戏了，简直有苦难言。

追上去说说话是没什么不对，可李元婴这架势像是想说说话送个别的吗？

魏徵只能硬着头皮请求道："希望陛下能让人追回滕王殿下。"

李二陛下道："元婴是朕看着长大的，朕相信他做事会有分寸，魏卿不必太过忧心。过个几天，他自己就会回来了。"

魏徵无言以对。

要是李元婴做事都算有分寸，那世上就没有没分寸的人了！

回来是会回来，怕就怕他不是自己一个人回来的！

李元婴没有自己出过远门。

可听说魏姝不开心，李元婴也不高兴。这魏家父子一年到头也没来几封信，他都没听魏姝提起过他们，凭什么一回来就把魏姝带走。

要是魏姝愿意跟他们走就算了，可魏姝明显是不愿意的。

一想到魏姝在信里说他们可能再也见不着了，李元婴就气到不行，非把人追回来不可。他李元婴的小伙伴，可不能受这样的委屈，哪怕对方是她父兄也不行！他皇兄还是皇帝呢，他不照样该干什么干什么！

李元婴一路急赶，叫善骑的人跑在前面询问路上的驿站可曾接待魏家一行人，终于在两天后从一处驿站那里得知魏父在驿站里吃了些东西后出发了，才走不久。

有了魏姝的消息，李元婴马上翻身上马，带着人浩浩荡荡地追上去。

驿站里不少小厮和帮工都停下手里的活，好奇地看向李元婴远去的方向，议论纷纷："那都是什么人啊？""看着不是普通人家的小孩！""那当然，普通人家谁能养这么多带刀的人？"

管事的闻讯出来，摆摆手驱赶那群聚集在一起的家伙，斥道："看什么看？贵人是你们能说的吗？小心贵人剜了你的眼！"

众人一哄而散。

李元婴很快追上魏家人那辆马车。

比起他这浩浩荡荡的一行人，魏父这辆马车就显得寒酸多了，除了赶车的连个多余的帮手都没有。

听到后头传来急促的马蹄声，经验丰富的赶车人手一抖，正要闪避到一旁，四周却已经被骁健的马匹围拢，惊得他赶着的那头温顺老马踟蹰着不敢再动。

很快地，李元婴骑着匹矮了一头的马儿横在马车面前，定定地看着紧合的车帘。

车里的魏父察觉不对，示意妻子儿女少安毋躁，抬手掀起车帘往前看去。看到来人以后，魏父有些惊讶，这少年约莫十一二岁，骑在马上的姿仪却俨然有几分寻常人家难有的气势。

魏姝抬头往外看去，一下子愣住了，以为是自己眼花。等确定来的真是李元婴后，魏姝起身挪到了前面，问李元婴："殿下，你怎么来了？"

李元婴见到了魏姝，才敛起自己刚才的敌意，恢复他一贯好相处的模样，轻轻松松地翻身下马，走到马车前说："你在信里写我们再也见不着了，我当然要来。"

魏姝本已说服自己不要觉得难过了，听到李元婴这么说，眼眶忽然又开始泛热。这世上有多少人会因为信里的一句话一路快马追来？

魏父见两个小孩完全没把自己放在眼里，自顾自地说起话来，心里有些恼火。再看看李元婴让人把马车围拢的架势，魏父冷笑说："滕王这是要挟持朝廷命官吗？"

李元婴这才把目光转向魏父。

魏父长得和魏徵有点像，不过魏徵是看着不近人情，实则比谁都懂变通、懂审时度势；魏父只学到了魏徵面上的东西，却没真正学到魏徵的本领，更没明白魏徵是凭什么封的郑国公。

李元婴奇怪地道："我对朝廷命官又没兴趣，做什么要挟持朝廷命官，我是来找我姝妹妹的。"

魏父腮帮子抖了抖，气得不知该说什么好。

魏膺上前把魏姝挡在身后，怒道："你少一口一个姝妹妹，谁是你妹妹？谁许你叫得这么亲近的？女孩子的闺名，也是你一个外人能叫的吗？"

李元婴理直气壮地道："名字起了不就是让人叫的吗？我还嫌弃姝妹妹一直叫我殿下呢，叫名字多好。"他哼了一声，扬起下巴反问魏膺，"你又是谁啊？我和姝妹妹认识这么久都没见过你，也没看你给姝妹妹写过信，也不知是从哪儿冒出来的！"

魏膺气得想把他活撕了："我是她哥哥！"

魏父终于找回自己的声音："既然殿下无意挟持我们一家人，那就让人都散开吧！"

李元婴耍无赖："那不行，我还没好好和姝妹妹说话。"

魏父道："你有什么要说的？！"

李元婴往车里探头探脑，试图越过魏家父子俩看看魏姝，结果魏父和魏膺把魏妹挡得严严实实。这对父子俩心眼真小！李元婴耍赖不成，只能开始和魏父讲道理："敢问魏长史，是郑国公大，还是你这个长史大？"

魏父皱着眉答："当然是郑国公大。"

李元婴又问："是当父亲的大，还是当儿子的大？"

魏父道："当然是当父亲的大。"

李元婴道："那就得了。"他面不改色心不跳地扯谎，挺直腰杆直视魏父和魏膺："我是魏侍中叫来的，他要我问妹妹妹几个问题，最后要怎么做全凭妹妹妹决定。现在我要按魏侍中的意思和妹妹妹说话了，你们还不快让开！"

魏父不信："父亲怎么可能让你来？"

李元婴言之凿凿，瞧不见半分心虚："怎么不能？我和魏侍中学了整本《礼记》，算是魏侍中的半个弟子，魏侍中六十多岁了，有话要转达怎么不能让我跑腿了？这叫'有事弟子服其劳'！"为了印证自己跟魏徵学《礼记》的事，李元婴还恬不知耻地自夸起来："魏侍中还说，我学东西可比你快多了！你像我这么大的时候一句话得给你讲三遍你才能记住！不信？你随便从《礼记》里挑一段，看我是不是比你学得更好！"

李元婴表现得太理直气壮，魏父被他给唬住了。

如果李元婴真的是来帮魏徵传话的，他确实没理由阻拦。毕竟父母替他们照顾了女儿那么久，他不顾母亲反对直接把魏妹带走已是不对了，哪能再当众违逆魏徵的意思？

魏父冷硬地松口："你现在就可以直接转达。"

李元婴不依，指着横在车门前挡住魏妹的魏膺说："你把妹妹妹挡住了，让一让，和人说话时要看着对方的眼睛才算尊重对方。"

魏膺气呼呼地转了个身，让李元婴可以和魏妹对视。

李元婴问："你愿意和他们去任地吗？"他语气平静地询问魏妹："你愿意的话，我叫人准备了许多东西，后面几辆马车马上就跟上来了，我让他们跟着你到地方，把地址记下来，到时我们还是可以继续通信。"

魏妹定定地望着李元婴认真的眼睛，一时说不出话来。

李元婴明白了。

魏妹确实不愿意的。

看看魏父和魏膺刚才的态度就知道，他们和魏妹肯定不是一路人，魏妹跟他们走肯定不会快活。

李元婴道："那我换个问法，你愿意留下来吗？"

魏姝也不能回答，父兄和母亲都在身边，她有什么理由留下来？

李元婴径直往下说："你祖父和祖母年纪都不小了，人老了免不了浑身毛病，你祖母又不喜欢雇外人到家里，事事都喜欢亲力亲为，身边没个亲近人肯定不行。可你的父亲和叔叔们都要为国效力，姑姑们又已出嫁，不可能长留在你祖父祖母身边。所以，虽然你还小，但是跑个腿、做个菜、喊个大夫这些事你还是做得来的，你可愿意辛苦一下留在祖父母身边照料他们、替你父母在祖父母身边尽孝？"

魏姝愣愣地听着。

李元婴道："怎么？你怕辛苦吗？"

魏姝立刻说："不怕！"

李元婴高兴地说："我就知道你可孝顺了，怎么会怕辛苦。"他笑了起来，朝坐在车里望向自己的魏母露出两个小酒窝，瞧着乖巧又可爱："伯母，刚才没能和您问好，对不住了。"

魏母觉得自己没见过比这更讨巧好看的少年郎，她说道："当真是姝儿祖父让你来的？"

李元婴道："那是自然，不然我怎么敢来拦人？魏长史也说了，他是朝廷命官，我一个小小的王爷敢挟持朝廷命官，肯定会给朝廷里那些言官们骂死！"李元婴趁热打铁地说，"魏侍中身边没个儿孙在，着实寂寞得很。我看不如这样，你们夫妇二人去任地就好，我带着两个小的一起去洛阳，回头让他们和魏侍中一起回长安去。"

如果李元婴单独要把魏姝带走，魏父自然不会答应。可李元婴说要把魏膺一起带回去，又把让他们"替父母尽孝"的事说得有板有眼，魏父本就惭愧不能留在父母身边侍奉双亲，如何能拒绝父亲的请求？

不知不觉间，魏父的态度软化下来了，他与妻子对视一眼，想征询妻子的意见。

魏母拿了主意："既是如此，膺儿和姝儿就留下吧。"

李元婴给他们添了把火："魏兄留在长安也大有好处，我认得一个朋友叫唐璿，今年和魏兄差不多大，自己一个人到长安投奔亲故也要考进国子监。他如今在国子监名列前茅，可努力了！"虽然这份努力有李元婴贡献的一份力量（帮唐璿去和孔颖达打招呼），不过李元婴是不可能承认的。李元婴道："虽说魏兄可以等着袭爵，将来什么都不用干就能位列国公，确实没什么可烦恼的，但我觉得男儿大丈夫，还是应当多学些学问，多学些本领，不能因为自己可以靠祖荫过活就混吃等死，魏长史您觉得我这话说得对不对？"

魏膺涨红了脸。

魏父当然认同李元婴的话，要是他不认同的话也不会像现在这样辗转各地积攒经验，想当个于国于民都有用的人。听完李元婴这番话，他对李元婴改观了许多，赞同地点头说道："确实如此。"

李元婴也直点头："魏兄留下的话，也可以考进国子监多学着点。能进国子监的都是未来的国之栋梁，他们来自五湖四海，有着不同的成长历程，自然也有着不同的见识，多结识这样的良朋益友，不仅可以增长学问，还可以开阔眼界。所以我觉得啊，魏兄还是一起留下比较好。而且，魏兄还得庆幸妹妹是妹妹不是弟弟，要是妹妹妹是男孩，一准也能考进国子监去，说不定还能拿个头名！"

魏父想到女儿远超于同龄人的聪慧，心里很赞同李元婴的话，看向魏膺的目光便多了几分严厉："你带妹妹跟着滕王殿下去见你祖父，回头准备准备，进国子监读书去。"

直至被父母连着行囊和妹妹打包到李元婴派人赶来的马车里，魏膺还有些回不过神来：怎么他不仅没能把妹妹带走，还把自己赔上了？怎么父亲对李元婴的态度和开始时完全不一样，对他这个儿子反而变得那么凶？

李元婴成功地把他妹妹妹骗到自己马车上，又让人带着几马车礼物缀在魏家那辆小破马车后面，殷殷地握住魏父的手说："这些不是什么值钱的东西，是一些书和笔墨纸砚之类的，妹妹妹在长安的话可以去图书馆看和用，就不用带回去了，您都带去任地供当地的士子们借阅和使用吧。"

如此于文教有利的事，魏父不好拒绝，有些惭愧地应允下来，觉得自己着实错怪了这个好孩子。

传言害人啊！

这孩子，多懂事，多明理，一开始的骄横姿态兴许是因为彼此有所误会吧！

李元婴做足了礼数，站在原地送走从一辆马车变成一个小车队的魏家父母。直至小车队走得足够远了，李元婴才把自己那头小马交给别人牵着，麻利地钻上了魏姝兄妹俩所在的那辆马车。

魏膺警惕地道："你怎么上来了？"

李元婴直接叫人把马车往回赶，不理会魏膺的问候，而是和魏姝抱怨道："骑了两天马，可累死我了，还好赶上了。"

魏姝两眼亮晶晶地看他："真的是祖父让你来的吗？"

她觉得这可不是她祖父会干的事。

李元婴眨巴一下眼，一脸无辜地说："我觉得老魏应该是这样想的吧。"

魏膺一下子明白过来，他这是上了贼船啊！根本没什么祖父的嘱托，这小子完全是扯虎皮骗他父亲！

魏膺道："马上让人停车，我要去拆穿你！"

李元婴相当热心地询问魏膺的意愿："魏兄，你是想自己坐着去洛阳，还是想让人打晕你躺着去洛阳？"

魏膺想想马车外面全是李元婴的人，闷不吭声地挪到角落，面壁装死。

他再不想理和这滕王狼狈为奸的妹妹了，甚至有点想哭，怎的父亲就听这滕王忽悠，把他和妹妹交给他！

魏膺安静下来，李元婴便兴致勃勃地和魏姝聊天："我跟你说，本来我还想着还得一两个月才见你，实在想念得紧，不承想居然会有这样的事。好端端的，你父母怎么突然想把你一起带走了？"

魏膺一听李元婴嘴里抹油地说什么"想念得紧"，想转过来骂李元婴，想了想又继续面壁去了。说也说不过，打又没人家人多，妹妹还偏着这家伙，他能怎么办，他什么都做不了！

魏姝看了魏膺一眼，坦然相告："你让我看的字稿被兄长拿去给我父亲看了。"

李元婴皱着眉想了想，才想起自己给魏姝写的是《静女》。

李元婴道："看了又怎么样？我看这诗有你的名字，才拿来习字的。"

魏膺受不了了，转头插话："你要不是故意的，怎么写那么多遍！"

李元婴觉得这家伙简直莫名其妙，理所当然地说道："要想看练字成效，自然是写一样的字最容易看出来啊。你怎么这么笨，一点都不像妹妹妹的兄长。"

魏膺看看理直气壮的李元婴，又看看坦坦荡荡的魏姝，一时竟不知该说什么好。合着这两正主真的就是练练字，反而是他和父亲想多了！

李元婴见魏膺哑口无言，懒得理他了，继续问魏姝："怎的看了诗，就要带你走？我看你是不愿意走的，他们还要强带你走，太坏了。"

魏姝道："这诗写的是男女之情，他们误会了。"

李元婴总算明白过来，敢情是魏父这个当爹的以为自己觊觎他闺女，这才临时决定要把魏姝一起带去任地。

这么一说，李元婴倒是理解魏父了，恍然点头说："真要是这样，那倒是说得通了，要是将来有人盯上我女儿，我不止要把女儿带得远远的，还要叫人去揍那混账小子一顿！"

魏姝被他逗乐了。

李元婴得了便宜还卖乖："多亏了文人讲究'君子动口不动手'啊，要不你耶耶刚才就要冲上来揍我了。"

魏姝等李元婴得意完，才问他是怎么想出刚才那通说辞的。

提到这个，李元婴就要教导魏姝了："你说你，整天被你祖父言传身教，怎么没学到你祖父的本领？来给你讲一遍，你可要听好了，这都是我从你祖父那里学来的好东西。"

魏姝点头。

李元婴道："《礼记》里讲的，其实是人在不同的场合、面对不同的人的应对之法，面对君王有面对君王的礼仪，面对同僚有面对同僚的礼仪，面对父兄有面对父兄的礼仪，对士农工商也都有对应的礼仪，这礼仪的范围涵盖甚广，包括你所有的言谈举止。所以精读过《礼记》的人，肯定能学会一样东西：知道自己在什么场合要做什么事，知道自己面对什么人要说什么话。"

魏姝也读过《礼记》，可李元婴这个理解角度她还是头一次听。她说道："这是祖父教你的？"

李元婴道："你祖父没有明教这些道理，不过他举的例子教了。"他继续给魏姝上课："直白点说，那就是对于重情义者，你要和他讲情义；重仁德者，你要和他讲仁德；重钱财者，你要和他讲钱财；重功名利禄者，你要和他讲功名利禄。只有这样，他们才能听得进你的话。你要是和你耶耶讲钱利，他会嫌那是阿堵物，臭不可言；反过来讲，你对那大字不识、衣不蔽体的人满口仁义道德，那未免太残忍了，他们眼前最需要的可能只是一口热饭一口热汤。"

魏姝点头。

李元婴说的话，她读书时也有过相近的感悟，只是不能这么简明地表述出来而已。

李元婴道："所以你往后要聪明点，别一声不吭就被你父母带走了。你父亲重孝道，你就和他讲孝道！"他看了眼魏膺："你父亲望子成龙，你就拿你兄长的前程做文章，一准能成的。"

魏姝继续点头。

她是头一回遇到这样的事，才会慌了手脚，若是她也和李元婴一样"身经百战"，肯定也能临危不惧！

李元婴见魏姝认真听着，谈兴更浓，又提了另一点："至于他们所说的那些个无稽之谈，你也该反驳回去的，比如孔圣人说过，《诗》三百，一言以蔽之，曰'思无邪'。意思是《诗经》中的风、雅、颂都坦荡又自由，事无不可对人言，无论是歌颂的还是指责的，无论是赞扬的还是痛恨的，都能够通过当时的歌谣自由表达。当初的周朝尚且能如此，难道到我们大唐反而不行了？这是越活越回去了！有的人自己想法龌龊，才会想那些乱七八糟的！我们坦坦荡荡地往来，凭什么被人污蔑？下回你就把这状告回去，绝不能平白无故受这委屈！"

魏膺听得瞠目结舌。

这小子，怎么这么能说啊！

听这小子义愤填膺地替他妹妹抱不平，连他都觉得自己就是这小子口里那个"想法龌龊"的人，自己当真冤枉了妹妹！

魏姝道："殿下说得有理，下回我一定反驳回去。"

李元婴道："这就对了，我们的书不能白读，读了就要用上。"

魏姝赞同地"嗯"了一声。

魏膺急了："妹妹，你可不能被他教坏了。"

魏姝慢条斯理地问他："阿兄可是觉得孔圣人的话不对？"

魏膺没法反驳。论口才，他真比不过李元婴！真不知道他们祖父为什么要教这小子学《礼记》，看看都把这小子教成什么样了！

李元婴很满意魏姝的活学活用，给了她一个"孺子可教也"的眼神。

魏膺愤愤不平地道："你就得意吧，看看到了洛阳你们要怎么收场！"

李元婴道："不都说了吗？你们祖父让我来跑个腿啊，我就是热心帮忙而已，要怎么收场？"

魏膺道："你刚才明明说不是受祖父所托来的！"

这下魏姝都觉得自己这个哥哥有点笨了，幸好李元婴把他留了下来，可以趁着年纪还不大扔进国子监改造改造！要不然等她这哥哥再长大一些就完了，根本掰不回来了。

魏姝道："都这样了，祖父难道还能说不是他拜托殿下来接人的吗？只要你不乱说话，我们就是听祖父的话留下来替双亲尽孝的。"

魏膺听魏姝这么说，失魂落魄地转过身，这次他不止面壁，竟还用脑壳撞上去，看着特别傻。

本来他觉得自己挺聪明的，结果听李元婴和魏姝你一言我一语地说完，他真开始觉得自己笨了。

魏膺咚咚撞壁。

李元婴见状，无声无息地用眼神询问魏姝：你哥哥不是被刺激傻了吧，本来只是笨而已，现在傻了可怎么办才好？

魏姝也用眼神回他：随他去。

既然不开心的只有魏膺一个，李元婴也就不操心了。来的时候他光顾着赶路，没来得及好好赏玩沿途风景，难得独自带着人跑外面玩耍，李元婴贪玩的心性又冒头了，一路上拉着魏姝这里玩玩那里玩玩，明明来时只用了两天，回去时却用了足足五天！

这时候戴亭已经回了趟洛阳，将"托李元婴跑腿接孙子"这件事和魏徵提前通气。

魏徵一听李元婴果然把自己孙女截下了，气得肝疼，恨李元婴嘴巴太好使，也恨自己儿子不中用，连个十来岁的小孩都能从他眼皮底下骗走他女儿，还附带个儿子！

可事已至此，魏徵也不能不认这件事，毕竟他不认，不好听的是他孙女的名声。

至于李元婴的名声？李元婴有过名声这种玩意儿吗？这小子自己糟蹋起自己的名声来可一点都不含糊！他压根不在乎这种事！

再说了，世人对男孩和女孩的要求本就不一样，女孩稍有出格就会被戳脊梁骨，男孩哪怕到处留情也只会被夸一句"风流过人"。

魏徵不仅不能否认李元婴的话，还得提前和相熟的人说起这事，说自己舍不得儿孙，和李元婴提了一嘴，李元婴竟就帮他去追人了。这小子热心肠啊，是个好孩子！

魏徵把话散出去之后，等了一天，两天，三天，四天……

就在魏徵差点爆发，想去李二陛下面前一头撞到柱子上时，李元婴终于玩得心满意足，带着魏家兄妹回到洛阳行宫。

李元婴一本正经地把魏姝兄妹俩带到魏徵那边，当着所有人的面握着魏徵的手郑重说道："蒙您信重，幸不辱命，我把魏兄他们俩平安给您带回来啦！"

魏徵额头青筋直跳，还是得朝李元婴挤出一抹笑，忍着怒气向李元婴道谢："真是多谢殿下了！殿下一路辛苦，且先回去歇息吧。"

魏徵的言下之意是让李元婴赶紧滚，不然他看着就来气！

　　李元婴怕魏徵装不下去，抄起家伙来揍自己，当即也不多留，一溜烟跑去寻他皇兄。

　　李二陛下这几天心情也不太好，主要是他派去跟着李元婴的人这几天时不时飞鸽传书，传回关于李元婴一行人的消息：他们绕道旁边的小镇子吃了什么好吃的；他们绕道去附近的山脚下看飞瀑了；他们绕道去周围的猎场打猎尝野味了……

　　总之，他们在洛阳忙忙碌碌，李元婴却带着他的小伙伴在外头玩得乐不思蜀。

　　李元婴溜到李二陛下身边一看，发现李二陛下脸色有点臭，赶紧和李二陛下分享魏徵刚才那"好气哦但还是要努力微笑"的憋屈表情。

　　李二陛下听着魏徵咬牙应下李元婴扯的大谎，心情确实舒泰了不少，但口里还是骂道："你这混账，才几岁就晓得去拐带人家孙女了？"

　　李元婴道："这哪能叫拐带，妹妹妹明明不愿意和他们走，他们非要带妹妹妹走，是他们没道理！"

　　李二陛下道："那是人家的女儿，你管得着吗？"

　　李元婴理直气壮地道："我管得着！我只认得妹妹妹，又不认得他们，我当然只看妹妹妹高不高兴。"

　　李二陛下有些好奇李元婴是怎么把人家女儿骗回来的，也不给李元婴摆冷脸了，缓下语气问他事情始末。

　　李元婴把整个过程如此这般地一说，又把自己给魏姝分析的东西和李二陛下讲了一遍。

　　李二陛下听完后一阵默然，过了一会儿才说道："要是魏卿知道你和他孙女说你这套见人说人话、见鬼说鬼话的理论是跟他学的，他肯定要追着你揍。"

　　李元婴还觉得自己挺占理的呢，振振有词地反驳道："老魏做什么要揍我？我就是和他学的。"

　　这如果不是魏徵教的，难道他还能无师自通不成？就是魏徵教他的！

编后记

本书版权由北京晋江原创网络科技有限公司授权，由北京宏泰恒信文化传播有限公司出品，由中国言实出版社出版。

在此真挚地感谢在《闲唐》出版过程中参与策划、创作的贡献者。北京宏泰恒信文化传播有限公司参加本书选题策划、封面设计、插图等工作人员有：连慧、李艳、小茜设计、叶比 yippee、麻雀酥、Edel、龙轩静、sunny 普利尼。

2021 年 12 月